# O encantador de mulheres

Rogério Ramos

SENDAS edições

Coordenação editorial: Sálvio Nienkötter
Editor-executivo: Daniel Osiecki
Editor-adjunto: Raul K. Souza
Editora-assistente: Isadora M. Castro Custódio
Capa e Projeto gráfico: Carlos Garcia Fernandes
Produção: Cristiane Nienkötter
Preparação de originais e revisão: o Autor

Dados Internacionais de Catalogação na Publicação (CIP)
Angelica Ilacqua CRB-8/7057

Silva, Rogério
O encantador de mulheres / Rogério Silva -- Curitiba : Kotter Editorial, 2020.
832 p.

ISBN 978-65-86526-10-3

1. Ficção brasileira I. Título

CDD B869.3

20-2047

Sendas Editorial Ltda.
Rua das Cerejeiras, 194
CEP: 82700-510 - Curitiba - PR
Tel. + 55(41) 3585-5161
www.kotter.com.br | contato@kotter.com.br

Feito o depósito legal
1ª Edição
2020

# O encantador de mulheres

Rogério Ramos

# O poder das "orações"

Em: "O livro proibido"

# Sumário

## Parte 1



## Parte 2

# Prefácio

Este livro além de retratar as crendices de um povo, retrata um pouco os meandros da sua sublime maneira de ser e de viver; fala de forma quase poética a respeito da distinta mitologia de alguns povos da região do nordeste do Brasil; de uma cultura que flutua entre o realismo e o surrealismo; entre o romantismo e a estupidez; entre a paixão e o ódio; entre o bem e o mal. Que, involuntariamente trazem a tona ponderações a respeito de princípios morais, éticos e religiosos; disseca a vida do personagem principal, e mostra através da sua saga, como os indivíduos oriundos dessa região se comportam e como reagem aos ensinamentos que são passados de pai para filho de geração a geração, cujos fundamentos, não são só permeados pela religiosidade que é uma das suas características mais marcantes, mas também, pela imaginação fértil de uma gente, que, na labuta contra as agruras impostas pela natureza e pelo sobrenatural desenvolveu artifícios mirabolantes. É também uma forma de voltar ao passado para se inteirar e relembrar alguns fatos e os seus desdobramentos para que através deles se reconheça o sacrifício humano pelo qual o povo russo fora submetido e sem alternativa tivera que no seu maior desafio usar tanto a força da sua alma bem como o furor do seu espírito; lutar bravamente quase a exaustão até derrotar o inimigo mais poderoso e mais cruel da história que já enfrentou; e assim arrancar das mãos dos seus algozes a sua liberdade e o seu glorioso destino. Que o recrudescimento dos seus exércitos que foram forjados pela dor e por uma pérfida invasão jamais caia no ostracismo, pelo contrário, que o determinante e colossal desempenho militar da nação soviética frente a Alemanha nazista de Hitler, durante a invasão do território russo na Segunda Guerra Mundial seja exaltado; onde as criaturas surreais que são apresentadas, representam simbolicamente, o grande poderio militar alemão que fora arregimentado na época; e o herói em ação, prodigioso e determinado, representa o espírito indomável de um povo que quando inflamado, provaram todo o seu furor e patriotismo. Sobretudo, este livro nos transporta ao universo do abstrato e do surrealismo e, nos faz sonhar como seria bom se pudéssemos através de palavras ou simples toque de vara mágica possuir poderes que nos permitisse enfrentar de igual para igual os mais difíceis obstáculos da vida e vencê-los.

# Parte 1

# Capítulo I
# A origem

Moscou, aproximadamente, 07h45min, do dia 09 de maio do ano de 2005. Era final da primavera, e fazia 8° graus Celsius. Porém, os meteorologistas previam que, a partir dás 14h00, a temperatura aumentaria e chegaria por volta de 18° graus. Estava começando o dia de comemoração da grande "Guerra patriótica". Era feriado. Era o dia em que os russos mais uma vez reunir-se-iam para render homenagens a aqueles que lutaram para defender o país da tirania de hordas invasoras que há muito foram fomentadas por sentimentos tanto de desprezo bem como de superioridade. Podia se deduzir que a ordem e o sossego reinavam por ali; onde pessoas ainda dormiam; e outras, que já se encontravam de pé se preparavam para tomar os desjejuns. No solo e no ar, se via pouco movimento, e era até possível dizer que, se um pingo de água caísse de uma indesejada goteira se ouviria o seu som. De repente, a serenidade que tomava conta da cidade bem como de seu povo que começava a despertar do sono noturno, entrou em colapso, e tudo se tornara algazarra. E como o marulhar de ondas agitadas que no encontro de dois bravios oceanos se batem fragorosamente; se ouvia falações de crianças e adultos; pisadas nos chão; tropel de cavalarias; buzinação de carros que subiam e que desciam as avenidas em meio aos estridularem dos apitos de guardas de trânsito que tentavam organizar o tráfego que estava uma balbúrdia. Enquanto, que, nas margens das avenidas, massas humanas de todas as classes e de quase todas as idades, em alvoroço, e com os rostos radiantes de alegria se dirigiam para a grande praça soviética: a Praça Vermelha onde já se encontravam centenas de soldados da marinha, da aeronáutica e do exército russo, todos perfilados esperando o início da cerimônia. No céu, dezenas de aviões militares russos de alguns tipos como se fossem raios passavam entre os edifícios, e os seus indomáveis pilotos atraídos pela matização e a variedade das cores que pintalgavam a abóbada terrestre, pareciam que não se cansavam de contemplar o brilho que era emitido pelos fogos de artifícios que explodiam aos milhares, pois volteavam e novamente passavam velozmente. Em meio a esse alvoroço o tempo foi se alongando e o sol mesmo ainda tímido já demonstrava querer aumentar de tamanho para reverberar um pouco mais a sua luminosidade sobre o céu da capital. Não obstante a temperatura que aos poucos aumentava e aos insistentes alaridos dos estampidos dos fogos de artifícios, na sacada de um prédio de luxo, no 6°andar, se encontrava em pé, e com porte de uma rainha, uma mulher de "DNA" de herói, rosto simétrico e belo; corpo escultural; tez clara; olhos negros e cabelos também negros. Lendo de maneira atenta e em voz alta à reportagem de um jornal de grande circulação do país, que relembrava o sacrifício que a União das Repúblicas Socialistas Soviéticas fizera para vencer um funesto desafio. Nesse ínterim, enquanto lia alguns detalhes da saga do povo russo, olhou para fora do edifício para um ponto fixo e distante e declamou palavras um tanto quanto melancólicas de um trágico evento de um passado recente:

Já era dia, mas um evento pérfido o transformou em uma noite sombria e calamitosa, deixando a população atônita e sem perceber de onde viam aqueles que protestavam com as suas máquinas possantes e implacáveis que produziam gritos aterrorizantes, agudos, graves e descomunais que abalavam as estruturas do corpo e da alma, os quais não se importavam com pedidos tanto de socorro bem como de clemência de anônimos que, além de não saberem para onde correr, onde se esconder, não tivera a mínima possibilidade de perguntar por quê? Era o soar da trombeta da besta-fera que enviara os seus filhos sedentos de sangue, revestidos de poder e personificados pela morte; era a marcha das hordas invasoras que tanto pelo ar e por terra, esfuziavam e aniquilavam tudo o que viam na frente.

Neste momento duas pessoas além dela se encontravam presente na sala e a ouvira declamar, eram os filhos: um de 14 anos, de tez clara, olhos azuis, cabelos loiros, lisos e cacheados que caiam sobre os olhos; e o outro de apenas 10 anos, de tez também clara, cabelos negros e olhos azuis; ambos de rostos com expressões angelicais, e beleza irrepreensível, os quais sem compreenderem minimamente o que a mãe lhes dissera através daquele conjunto de frases, a inquiriram:

— O que é que a senhora está querendo nos dizer mamãe?

— É sobre a invasão que sofremos dos nazistas meu filho, e hoje, faz exatamente 60 anos que os derrotamos, mas segundo vovó, senão tivéssemos contado com a ajuda de um brasileiro que veio em nosso socorro no momento mais tenebroso, talvez, nós não estaríamos aqui hoje para contar essa história.

— Então mamãe, conte-nos um pouco a história do nosso bisavô que fora considerado herói de guerra, falou o primogênito empolgado demonstrando agudo interesse em ouvir a mãe contar detalhe por detalhe, enquanto o outro que era menor brincava esparramado pelo chão, segurando em uma das mãos, um boneco de plástico musculoso, de formas simétricas, que trajava uniforme do exército russo o qual aludia a um herói de origem estrangeira que voava e que ajudou a União Soviética a derrotar a Alemanha nazista.

— Ah, seu danadinho, amor da minha vida! Outro dia, prometo que contarei esta história para você, porque agora, a sua mamãe está ocupada!

— Oh, mamãe, por favor! Conte-nos! Conte-nos pelo menos um pouco! Repetiu após se levantar do sofá, jogar de lado a "revista em quadrinhos" que lia, e seguir andando em sua direção, com a cara fulgurosa aloirada que se assemelhava a um anjo.

A mãe ao perceber que o primogênito realmente estava interessado, falou:

— Está bem, Oligarchenko! Então, sente-se aqui perto e preste bem atenção, pois lhe contarei somente desta vez, porque tenho muito que fazer! E balançando a cabeça, deu um gracioso sorriso como se quisesse dizer com o gesto que ele era igual ao bisavô: insistente e decidido.

Enquanto Oligarchenko e o irmão mais novo Cosac, que também se interessou pelo assunto, se ajeitavam para ouvi-la falar: um se sentando no sofá e o outro permanecera sentado ao chão, mas com o olhar voltado com deferência para a sua direção. A mulher, primeiro, caminhou, e se aproximou da sacada do hotel. Encostou o tórax contra o parapeito feito de cimento. Apoiou os braços sobre a amurada. E além de esticar a cabeça, arregalou os olhos para dar mais uma espiada para contemplar o movimento de gente que se avultavam cada vez mais nas avenidas. Desgarrou-se da amurada, e seguiu em direção as crianças. Aproximou-se deles e sentou na poltrona ficando de frente. Olhou nos olhos azuis de cada um. Alisou os cabelos loiros e lisos do mais velho, retirando-os de cima dos olhos. Em seguida, pegou na ponta do queixo do mais novo com carinho, e exclamou:

— Segundo vovó Katarzyna, ela o conheceu no início da Segunda Guerra Mundial, no campo de concentração de judeus na cidade de Treblinka, na Polônia, de onde alguns meses depois, e por obra do destino, eles conseguiram fugir. Quando se viram livre e já distante do perigo, do maldito cárcere nazista, ele contou o segredo, de onde veio e como obteve poderes surpreendentes que hoje apenas alguns detalhes são conhecidos pelo povo russo através dos livros e dos fatos narrados que ajudaram a definir a guerra ao nosso favor. A história que vovó me contou sobre ele, que, além de ser extremamente bonito, elegante, envolvente e, poderoso se deu assim: no dia 27 de janeiro do ano de 1907, em algum lugar no estado da Bahia, no Brasil, tempo em que a vivência entre os diferentes povos por todo o planeta terra transcorria sem grandes guerras. Quando subitamente, um evento natural aconteceu. Era exatamente 06h00, de uma manhã fresca, momento em que o astro-rei emitia os primeiros raios que são tão vivificante para nós seres humanos; onde os galos que são os "donos dos poleiros" cantavam entretidos olhando para um céu azul e límpido; sendo contemplados de perto pelas galinhas que de forma frenética já ciscavam e comiam tudo que encontravam no solo. Nesse instante, nascera em um humilde lar de uma família considerada por muitas pessoas da região, como: "mística" uma criança normal, saudável, e toda lambuzada de sangue, porém, frágil e semelhante às outras crianças no instante em que nascem, mas que no decorrer dos tempos se tornaria "diferente" e "enigmática". No ato do nascimento, a parteira que era uma mulher quase idosa, porém, sábia, e que, fora chamada por familiares para ajudar no parto, teve uma grande surpresa ao pegá-lo no colo e ver o seu pequenino rosto resplandecer quase semelhante ao nascer do sol. Então, admirada com a cena que se sucedeu diante dos olhos, não se contentou e alardeou: se cumpriuuuuu! Se cumpriuuuuu! Estas palavras proferidas assombraram os outros familiares que esperavam pacientemente nos outros cômodos da casa. Quando as pessoas correram até o quarto e foram saber o que havia acontecido, encontraram a parteira com o semblante transmudado como o de alguém que vira algo que há muito tempo era esperado, aonde ela andava de um lado para o outro, ninando em seus braços o tal menino que empanado chorava inocentemente sem saber o que o futuro havia lhe reservado. E ela logo exclamou com veemência para que todos pudessem ouvi-la: essa criança é um "guerreiro de fogo" que foi profetizado por meus ancestrais. E ela carregará em seus ombros o destino de muita gente, pois está marcada por um poderoso estigma! O povo ficou pasmo, ao ouvi-la falar daquela história, sobre antiga profecia, sobre a qual não esperavam que, justamente naquele dia e naquele lugar habitado por pessoas simples, nasceria "o menino branco" e que, no exato instante de seu nascimento, o seu pequenino rosto brilharia parecendo o nascer do sol quando envia os primeiros raios para a terra. Esse seria o sinal que identificaria aquele que promoveria no futuro, e por toda a região, a libertação de muita gente, de: enchentes; fogo de proporções colossais; várias formas de flagelos e possessões espíritas.

Os seus genitores que eram antigos moradores dali eram de descendências distintas: o pai chamado de Francisco Crisóstomo Araújo da Silva era descendente de dinamarqueses da linhagem dos vikings que no ano de 1480 D.C. Saíram da Europa e vieram para América em busca de território novo para explorar. Parte da frota chegou ao destino que fora anteriormente traçado e aportou no Canadá, mas, a outra parte composta por uma embarcação apenas se perdeu da rota, e em águas desconhecidas navegou durante semanas até chegar à costa brasileira. E com o navio em frangalhos devido as constantes tempestades que tivera que enfrentar, aportou em Porto Seguro na Bahia. Onde aos poucos os tripulantes remanescentes que, no principio tentaram reparar os estragos que se dera na embarcação foram se fixando, e se misturando com a população nativa formada por indígenas. Contudo, com a chegada dos portugueses em solo brasileiro em 1500 D.C. Com um número proporcionalmente maior do que eles 10 ou 15 vezes, se sentiram obrigados a fugir para o interior para não entrarem em rota de colisão e consequentemente serem dizimados. E no recôncavo baiano fixaram residência nas proximidades de Cachoeira e, de Maragogipe. Já a mãe era descendente de índios nativos, de uma linhagem de famosos e poderosos xamãs tanto no misticismo bem como na curandoria, os quais mantinham a tradição de ensinar aos filhos os segredos do "mundo espiritual" para que eles pudessem continuar a liderar o seu povo. Ela era chamada de Alexandrina Ferreira da Silva. O casal se conheceu ainda jovem, cresceram e foram batizados na mesma capela do povoado em que moravam desde a idade mais tenra. Ao se tornarem adultos se casaram numa igreja católica do município. Mas, por serem descendentes de povos que possuíam culturas diferentes, fizeram um acordo para que a tradição de ambas as culturas de seus ancestrais se perpetuassem, por isso, ensinaram aos filhos uma profusão de crenças, como: o respeito à natureza; às águas; aos espíritos; mas acima de tudo, o temor ao Deus altíssimo criador do universo, os ensinando desde novinhos a fazerem as devidas preces sempre ao se levantar e na hora de dormir. Aquele tempo fora uma época em que a longevidade de alguns membros da linhagem gerada da fusão que se dera entre as estirpes mencionadas quase se perpetuava chegando a muitos anciões a viverem perto de 250 anos. E através do decorrer dos anos, além de se tornarem sábios, se tornaram fiéis defensores da tradição familiar e devotos praticantes de artifícios centenários cujos fundamentos eram firmados na crença do poder curativo que eles encontravam tanto em plantas bem como nas "rezas" e, nas "orações". Esses "artifícios" muitas vezes eram eficazes e ajudavam a combater os flagelos do dia a dia e a solucionar vários tipos de problemas que assolavam até mesmo outras famílias.

— Quais os tipos de problemas que eles resolviam com "esses artifícios" mamãe?

Perguntou Oligarchenko.

— Do tipo meu filho: dor de ouvido; dor de cabeça; "mal do vento"; osso quebrado que através do sumo de algumas plantas eles conseguiam uni-los novamente; febre e, até picada de cobra venenosa eles conseguiam através de "rezas fortes" curar as pessoas que foram acidentalmente acometidas pelos répteis. E, tanto os segredos sobre as "rezas" bem como as "orações", literalmente eram cultivados com esmero desde cedo por membros da família, e passados de geração a geração de pai para filho, mas sempre observando princípios e a primazia da linhagem genealógica.

Segundo a história que vovó me contou, o destino daquelas pessoas era influenciado de maneira marcante, principalmente, aquelas que moravam na zona rural, cuja razão de ser e de existir era o de crê vivamente nas forças sobrenaturais. Mas falando especificamente sobre seu bisavô, em um belo dia, o pai dele, um homem também bonito, envolvente, e respeitado na região onde morava, o conduziu até a beira de um famoso rio que se encontrava nas redondezas, e diante de suas margens plácidas, lhe disse:

— Hoje, você está completando 07 anos, atingindo a idade limite permitida para aprender e receber o legado que a nossa família nos deixou há muitos anos. — Olha meu filho! O que irei lhe ensinar a partir de hoje, foi mantido em segredo por nossos ancestrais durante muito tempo, para que não caísse em mãos erradas, mas agora, que você já completou 7 anos, e é o meu primogênito, porque o costume reza que deve ser ensinado somente ao primogênito de cada geração, não poderei mais protelar, vou lhe ensinar todas as "orações benignas" que aprendi com o meu pai. Porém, o ensinarei com devido respeito as nossas tradições.

— Você está pronto?

— Estou papai! Respondeu prontamente com brilho nos olhos negros e uma segurança notável digna de alguém que no futuro se tornaria um herói.

Primeiro, o pai embora estivesse com receio de que o segredo fosse revelado, pois o filho ainda era uma criança inocente, e algum adulto mal-intencionado que soubesse a respeito das orações, poderia se aproveitar de sua tenra idade para aprendê-las e usá-las para o mal. Contudo, durante 07 semanas ininterruptas, foi o tempo necessário para ensiná- lo de acordo com as tradições de seu povo. Segundo o seu bisavô, após decorar as orações que lhe foram ensinadas, e proferi-las gradualmente com aguda fé no coração, aconteceu algo surreal, que o tornou habilidoso, forte e com os sentidos mais aguçados. Aos 09 anos, a energia que circulava nas veias era intensa, e lhe garantia força equiparável a de dois homens. E esse poder que obtinha, aproveitava para utilizar assertivamente na labuta com os animais domésticos da família, e os ajudava a domá-los montando nos jumentos e nos cavalos bravos, segurando nos cabrestos até que ficassem completamente parados sob o seu controle. Aos 10 anos, a habilidade que possuía era fantástica, e a leveza e a velocidade dos movimentos eram tão espantosas que impressionavam a todos que tinham a oportunidade de vê-lo se mover pulando por cima dos galhos das árvores, ao brincar de pega-pega com os micos e macacos da região em que morava como se fosse um deles. Ao completar 11 anos, com o corpo alongado e bem mais forte do que outra criança de sua idade nadava habilmente no rio Jacuípe, um dos afluentes do rio Paraguaçu, acompanhando os pescadores quando saiam com as embarcações para a labuta da pescaria, e, em meio à faina, entrava nas águas sem temor, e nadando rápido parecendo um peixe, saia do povoado onde morava e ia próximo à cidade de Cachoeira, lugar distante mais de 18 quilômetros. Contudo, no mesmo dia, com o céu ainda claro, retornava para casa fazendo o mesmo percurso, pois nessa feita, com o poder que absorvera das orações, já nadava mais rápido do que qualquer nadador recordista mundial ou olímpico. Aos 12 anos, tinha o costume de se juntar aos amiguinhos que eram moradores do próprio povoado para caçar passarinhos nas matas que ficavam às margens do rio Jacuípe, a qual era considerada por muitos caçadores uma floresta perigosa, pois se tratava de mata densa que para conseguir transpô-la eram necessários braços fortes, e o manejo hábil de ferramentas poderosas. Sem falar nas lendas, nos "encantos" e nos "mistérios" que a mesma possuía, e dos animais selvagens e perigosos que por lá existiam. Até que um dia, às 10h00, dia claro e fresco, ele, sem entender como aquilo aconteceu, se perdeu dos amiguinhos, mas não se desesperou. E, ao caminhar voltando para casa, ouviu o gorjear desconfiado dos pássaros que, em alvoroço trinavam os seus cantos sobre as árvores; e no solo o rugitar nervoso de outros habitantes selvagens que compunham aquela mata. Ao ouvir esses sinais sonoros de alerta, começou a pressentir que alguma coisa estava para acontecer. Quando passava por baixo de densa abóbada de folhagens verdes de emaranhados de árvores grandes, entre elas, jaqueiras, mangueiras e cajueiros, e, formulava no pensamento o que falaria para os coleguinhas: Paulinho, Neco e Dezinho, e dizer para eles que: não se afastem tanto uns dos outros da próxima vez para que não venham se perder novamente, deu de cara com um homem que estava em pé e parado em sua frente, exatamente, no caminho onde obrigatoriamente deveria passar, como se o mesmo estivesse por ali há horas o esperando. Era um senhor negro, acaboclado, de estatura média, e, era bem velho; rosto cadavérico, olhos grandes e negros, mas opacos sem brilho; lábios grossos ressecados pelo sol; barba cheia, encaracolada e toda branca; seus cabelos eram rasteiros, encaracolados e brancos; tinha pendurado no pescoço, uma gargantilha que era feita de ossos de dedos humanos; fumava um cachimbo que estava bem desgastado; e ainda vestia calça e camisa branca de tecido, de mangas compridas. Ao se deparar com esse ser, se arrepiou todo, porém, não fugiu, ficou resignado á sua frente. Foi quando, o sujeito estranho a sua pessoa, estendeu a mão em sua direção, e para surpresa, lhe ofereceu uma pedra branca arredondada, com manchas vermelhas e pretas, do tamanho de um pequeno mamão com aproximadamente 300 gramas, a qual era chamada de: "Pedra do veado preto". Ele olhou para dentro dos olhos do ignoto ancião, deu um suspiro de alivio, e se aproximou na distância de 1 metro. Esticou o braço, e pegou a pedra que se encontrava na palma da mão do velho. E com brilho nos olhos negros, guardou-a na pequena e desbotada capanga, que sempre carregava pendurada nos ombros quando saia para caçar. Olhou de soslaio para o homem, que, a sua frente e em pé se encontrava, e disse: obrigado moço! O senhor que lhe entregou a pedra, balançou a cabeça assentindo o agradecimento, e vaporoso com a voz roufenha semelhante a alguém que está chegando ao fim da vida, falou: você menino, poderá usar esta pedra mágica durante 10 anos para poder obter sucesso nas caçadas que realizar, seja lá em qual mata for, mas depois, obrigatoriamente, deverá passar para outra pessoa, caso contrário, sofrerá amargas consequências!

Aos 13 anos, como a "vida sentimental" desde cedo fora marcada pela sorrelfa, já conseguia com voz meio rouca, mas envolvente, engabelar as meninas que moravam na região, onde ele gentilmente as convidava para passear pela roça, e no momento em que chegava aos locais escolhidos, distante dos pais e familiares das garotas, dizia para elas que ficassem quietas que não se mexessem do lugar porque tinha um pequeno inseto no rosto. Então, aproveitava para se aproximar ao ponto de lhes roubar um beijo. Certo dia convidou uma mocinha da mesma idade que a sua para passear e conversar um pouco, ela toda derretida, embora fosse inocente, aceitou o convite. Sem demora se embrearam nas matas da chácara dos pais da menina. Todavia, o genitor da garota que há dias desconfiava da demora da filha que há 2 dias estava chegando atrasada da escola, saiu a procurá-la pela roça, e logo descobriu os sapatos dela jogados debaixo de uma mangueira. Quando olhou para cima entre a copagem da árvore, viu o jovem galanteador a beijando e a despindo de mansinho, como se a preparasse para fazer algo proibido para a idade. Então, o homem gritou: mas o que é isso ai, o que é que você está querendo fazer com a minha filha seu "cabra safado"? Ele olhou para o pai da menina, se desgarrou dela, e sem dizer absolutamente nada, porém, aos pulos de galho em galho desceu da árvore, e rapidamente foi embora. Com 14 anos, bonito, alto, e, espadaúdo, iniciou a vida sexual com uma lindíssima e jovem viúva, que, através de uma vida sexual conjugal ativa adquiriu ardilosidade, por isso, com esmero lhe mostrou os caminhos do prazer. Aos 15 anos, começou a trabalhar nas "feiras livres" de São Gonçalo dos Campos negociando frutas e verduras em profusão com o objetivo de juntar dinheiro para comprar uma casa, porém, o tempo livre que dispunha, aproveitava para vadiar pelas ruas do povoado, pelas fazendas, pelas cidades vizinhas de bairro a bairro, mas sempre em alerta como se tivesse implantado no cérebro um radar que ficava emitindo sinal procurando encontrar alguma moça em idade de namoro, e de preferência que fosse bonita e donzela, para com ele se ameigar. A beleza física e o olhar insinuante de sedutor que possuía os utilizavam para seduzir as moças; somando-se a esses atributos ele ainda detinha na ponta da língua repertório de engabelações que aprendera com homens mais velhos, com o qual com o passar do tempo foi consolidando a sua fama de sedutor. Ao completar a maioridade, se tornou um sujeito admirável de raríssima e indubitável beleza. Pois, nos lugares por onde andava, fora considerado pelas mulheres como aquele que tinha o rosto mais "encantador" que viram na vida; o homem mais charmoso entre todos os outros que existiam na terra; considerado também o senhor da elegância; de voz reverberante com sonoridade agradável que quando falava parecia que hipnotizava; tinha musculatura definida e invejável, se assemelhando em sua forma anatômica a atleta praticante de halterofilismo; pesava 100 quilos, com 1.88 de altura e tinha a cor da tez clara um pouco bronzeada do sol; os cabelos eram negros e lisos, e, a cor dos olhos eram negros; o rosto de estrutura simétrica condizente com as características faciais dos povos nórdicos tinha um quê de antagonismo: faces de homem adulto já formado, mas, ao mesmo tempo, juvenil e angelical.

Em fevereiro do ano de 1927, com 20 anos apenas, se mudou para Feira de Santana-BA, em busca de um emprego tradicional ou de uma profissão que lhe garantisse no futuro "um lugar ao sol". A cidade é a segunda maior do estado da Bahia, perdendo em tamanho e importância somente para a capital Salvador. Originou-se de uma fazenda da paróquia de São José das Itapororocas, e recebeu o nome de Santana dos Olhos D'água, porque ali passava a estrada das boiadas, trecho de estrada de chão em que os boiadeiros passavam com o gado que deveria ser vendido em Salvador, Cachoeira e Santo Amaro da Purificação, cujos donos eram católicos fervorosos, e por isso, construíram uma pequena capela em louvor à Senhora Santana e ao santo São Domingos. Com o movimento contínuo tanto de viajantes bem como o de vaqueiros que passavam com as boiadas em frente à fazenda e apeavam os animais por determinado período para que pudessem saciar as sedes e descansar, após terem percorrido longo percurso, vindo dos estados de Minas Gerais e de Goiás, formou-se então uma "feirinha". E, a partir dela, originou-se mais tarde o nome da cidade, a qual por ter o maior entroncamento rodoviário do norte-nordeste do Brasil, e a relativa proximidade com a capital Salvador, possibilitou o grande desenvolvimento econômico e industrial, atraindo para si diversas pessoas de todos os cantos da Bahia, e inclusive, regiões de outros estados da federação brasileira.

Já morando na cidade, e com o dinheiro que, com esmero conseguira juntar ao longo dos tempos através da venda de frutas e de verduras que negociara nas "feiras livres" de São Gonçalo dos Campos, comprou uma pequena casa num bairro recheado de crendices, conhecido pelo nome de: Tomba, o qual recebera esse nome porque na época, a linha dos trens passava cortando o centro do bairro, e num determinado ponto no lado norte e distante apenas 450 metros da praça principal, os trens, quando subiam a ladeira que era íngreme, davam a impressão que tombariam, ou seja, que descarrilhariam. E muitas vezes, quando não estavam embalados, com velocidade suficiente para subir de uma única vez, desciam a ladeira de ré. Contudo, o mais engraçado era que, os trens, quando começavam a subir esse pequeno trajeto, os passageiros, percebendo que não subiria de uma única vez, gritavam: vai tombar! Vai tombar! A partir dessas constatações e das observações dos próprios usuários, foi que, o bairro, ganhou o nome.

Ainda na mocidade e com a idade que era permitida para prestar o serviço militar, se alistou no "tiro de guerra" e com bastante voluntariedade que é peculiar de um jovem, serviu as forças armadas do Brasil, durante 1ano e 6 meses, onde aprendeu táticas de guerra e a atirar como ninguém. Era visível no rosto o orgulho que tinha de poder dizer que fazia parte de um pelotão militar, e ao mesmo tempo, de poder servir o país de origem. Ao cumprir por determinado período os trabalhos militares laboriosos, e finalizar essa missão com honradez, buscou alternativa de emprego que o permitisse ganhar dinheiro de forma legal. Então, aprendeu a arte de cortar cabelo, e logo, começou a desempenhar de forma profissional, a encantadora função, pela qual, se tornou muito conhecido na região pelo apelido de: "O barbeiro" ou simplesmente: "João barbeiro". A barbearia ficava exatamente no centro do bairro, e era, além de ser o local de trabalho, o ponto de encontro com amigos todas as vezes que se reuniam para organizar alguma pescaria ou caçada, amigos que conhecera, assim que chegou ao bairro.

Em relação à educação, apesar de ter frequentado à escola apenas uns 10 anos e de não possuir certificado acadêmico, isto, não se tornara empecilho que o impedisse de alcançar alto nível de conhecimento a respeito de vários assuntos, pois era autodidata e apreciava com disposição ler os diversos tipos de romances de quase todos os tipos e gêneros, como: filosofia, engenharia civil, mecânica, química, física e, livros sobre carpintaria. A sapiência e o alto grau de conhecimento que obtivera, após anos de dedicação e labor, além de se tornarem notáveis foram atingidos acima do tempo, e muito acima da média brasileira, e inclusive, acima da média de povos dos países desenvolvidos da Europa e dos Estados Unidos da América. Esse habitual ensimesmamento sobre o "mundo literário" foi fazendo com que se tornasse contemplador em demasia "dessa arte", porém, era extremamente analítico. E, instigado pela curiosidade de querer conhecer e desvendar o que estava por trás das letras, que sem hesitar como um sedento num deserto; mergulhava nas "fontes do conhecimento". E no dia a dia através da leitura dos livros que selecionava os quais achava interessante, e de absoluta conveniência saber o conteúdo, que logo se tornou intelectual, sendo considerado por pessoas letradas e renomadas, como: professores de nível superior, médicos, juízes e advogados, como um dos homens mais inteligentes da região onde vivia, mas sem perder a solicitude, a gentileza e outras qualidades características peculiares que são pertinentes aos homens nascidos no nordeste do Brasil. Enfim, foi morando nesse bairro, que começou a ser escrito a maioria de suas façanhas, que depois do almoço, eu continuarei a lhes contar. A mulher deu uma pausa para a refeição, mas depois continuou contando as histórias até chegar à boca da noite às 17h50min, quando pronunciou a última palavra dizendo que pararia por aquele dia, foi ai nesse exato instante que percebeu que os filhos haviam adormecidos: um deles estava largado ao chão, parecendo uma concha do mar fechada no fundo do Oceano Atlântico; e o outro, deitado sobre o braço do sofá, com os pés descalços para baixo, segurando entre os braços, uma almofada de veludo de cor azul. Ela parou em pé por uns instantes perto do sofá onde permaneceu emudecida durante alguns segundos, com os olhos fixos a contemplar a imagem seráfica dos filhos. E, além de sorrir com olhar adocicado de mãe desvelosa, monologou: meus anjinhos!

— Dimitry! Dimitry! Por favor! Corre aqui e me ajude a colocar as crianças no quarto!

— Já vai meu bem, só 1 minuto, pois ainda estou no chuveiro!

— Mas tem que ser agora amor!

— Espere-me um pouco, já estou saindo do banho!

— Não demore homem, pois já escureceu e está começando a esfriar, não quero que contraiam resfriados!

— Está bem! Já estou indo mulher, deixe-me enxugar primeiro!

Dimitry era um homem alto de 1.92; possuía cabelos loiros e lisos, e a cor dos olhos eram azuis; era de tez clara característica russa típica dos habitantes da "região branca" do país. Sem delongas saiu do banheiro com os pés descalços, seminu, enrolado apenas por uma toalha de cor azul. Aligeirou os passos e seguiu rápido para obedecer ao sinal da esposa que gesticulava apontando o dedo quase que sem parar para o filho mais novo. O pegou entre os braços como se fosse um bebê, e o levou para o quarto. Enquanto o outro maior, a esposa com total desvelo, o despertou e andando junto e abraçada o conduziu para outro quarto como se fosse um casal apaixonado que se dirigem para o ninho de amor. Passados alguns minutos, e ao retornarem dos leitos para a sala, o marido falou:

— Esta história que ouvir você narrar agora a pouco é muito interessante! Gostaria de saber mais sobre esse assunto, pois com certeza a maioria do povo da nossa nação não sabe de muitos detalhes!

— É verdade! Embora eu não fosse contar para os meninos todas às histórias que vovó me contou, mas para você seu safadinho! Eu contarei tudo, se você quiser! Exclamou fazendo beicinho, enquanto guardava os brinquedos do filho mais novo dentro de uma caixa de papelão que estava em cima de uma mesa retangular de vidro fumê que possuía seis cadeiras.

— Opa! Já sei, tem história sórdida no meio, acertei? Perguntou com expressão de curiosidade no rosto, enquanto a observava carregar a caixa com os brinquedos para interior do quarto.

Quando ela retornou, respondeu:

— Acertou! Como sempre. Mas saiba de uma coisa, a história que lhe contarei é longa e vai levar alguns dias ou talvez 01 mês até que eu conte tudo, o.k.?

— O.k.! Tempo é que não vai me faltar, nós somos casados, lembra-se? Por isso, meu amor, não se preocupe, pois teremos uma vida inteira pela frente! Ressaltou sorrindo, mas depois, abriu os braços, e em seguida, os cruzou sobre o peito desnudado.

— O.k.! Mister Dimitry! Meu lindo e fofo marido! Então, vamos lá! Exclamou pedindo total atenção. Porém, antes, uma coisa: esta história, como você já sabe, é sobre o meu querido avô, a quem o chamarei às vezes durante a narração de: o galante; galanteador ou o mais galante entre os homens.

# Capítulo II
# “O encantador”

A Segunda Guerra Mundial já havia terminado há alguns meses, porém, vovó vivia a sua guerra pessoal, travada na mente e no coração, pois, além de se sentir só ainda se sentia acossada pelo sentimento de arrependimento por não ter aceitado o convite para ir embora da Rússia. Então, os dias de amargura foram passando e estes indesejados sentimentos começaram a lhe obsedar e, o resultado dessa indigesta combinação foi uma mudança brusca no seu semblante de mulher bonita e alegre, para tristeza quase fúnebre. Contudo, para não sofrer nem mais um segundo, arrumou as malas, e aos prantos se despediu dos familiares remanescentes. E sem delongas, viajou para o Brasil, atrás do grande amor de sua vida. Ao chegar ao Brasil, no estado da Bahia, no município de Feira de Santana, eles se reencontraram e passaram a viver conjugalmente. Em poucos meses de convivência e fruição de sentimento de amor genuíno e reciproco ela ficou grávida, e com 9 meses depois mamãe nasceu. Como vovó Katarzyna tinha facilidade em aprender línguas diferentes, e havia aprendido ainda no curso da guerra a pronunciar algumas palavras com o meu avô, em apenas 6 meses, já conseguia falar o português quase que fluentemente. Com a barreira da comunicação transposta, o entrosamento com o povo nativo se tornou mais fluído, e a partir de então, ficou sabendo através de conterrâneos de vovô, pessoas que conheciam a respeito de toda a história e a tradição da família, que sem pestanejar, contaram-lhe tudo como havia começado desde a idade mais tenra, até o ápice da fama. Então, aos poucos ela foi se interessando, e passou a escrever anotando nos mínimos detalhes, tudo aquilo que julgava ser importante. Segundo as pessoas que lhes contaram as histórias, quando vovô chegou à fase adulta com 22 anos, vivia à vontade em Feira de Santana, gozando tanto o frescor que a juventude lhe proporcionava, bem como imunidade incomum, pois tinha saúde de ferro. Nesse ínterim, jamais se ouvira falar que houvesse pegado gripe; resfriado depois de ter tomado chuva; dor de cabeça que o deixasse alquebrado; dor de ouvido ou "dor de barriga" que o assolasse, nada o incomodava. Nem mesmo febre por mais leve que fosse. Enfim, parecia que tinha o corpo "blindado" contra as mazelas da vida. E quanto à beleza? Ah!... Essa desabrochava como uma flor! Resplandecia como o sol da manhã! E parecia que era a própria personificação do que é belo encarnado na terra! Por isso, detinha indubitável prazer ao chegar aos lugares por onde andava e perceber que as mulheres suspiravam umas com as outras, ao notarem a sua beleza estonteante, a qual parecia que excedia a de todos os outros homens da terra. Nesse ensejo, não deixava as oportunidades que surgiam de seduzir passar em branco. E segundo más línguas, moças solteiras "filhas de família" eram acometidas por um tipo de transe que as induzia a desobedecerem às ordens de seus desvelosos pais, saíssem sozinhas de suas casas á noite, andavam pelas ruas desertas como zumbis, vestidas apenas por roupas intimas. No entanto, não foram sós as moças solteiras que foram afetadas, e, consoante, por quase toda a cidade, se via pelas ruas e becos dos bairros, movimento de mulheres casadas, com as feições extenuadas, como a de alguém que não dormia direito há dias. Nesse tempo, elas iam com frequência as igrejas para se confessar dos pecados, pedir perdão a Deus

Pai por intercessão dos padres, pois tinham as mentes obsedadas por desejos sexuais que amiúde nutriam por ele, principalmente, quando se encontravam em seus leitos conjugais. Nesse mesmo tempo, sem pretensão, despertou outro tipo de sentimento, porém, entre a população masculina. Foi que começou a correr solto por todos os cantos da cidade: nas esquinas, nas barbearias, nos botecos e nas "feiras livres", zunzum tão maledicente quanto os primeiros. Era a respeito do grande poder de sedução que o mais galante exercia sobre as mulheres que caso tivessem alguma aproximação ou que tivesse apenas um simples contato visual, que logo, descambava para uma relação amorosa. E tudo realizava, segundo os zunzuns, sem se importar se as mulheres pertenciam a qual classe social, estado civil ou se era filha de fulano ou de sicrano. Alguns homens bastante enciumados com o sucesso incomum que ele conseguia fazer no meio feminino, diziam que tudo "aquilo" era fruto de encantamento da lua que havia atingido quase todas as mulheres da região que, coincidentemente ou não haviam nascido em noite de lua cheia; outros com pontos de vista antagônicos discordavam e diziam: isto não tem nada a ver com o encantamento da lua, porque se assim fosse, todos os outros homens solteiros ou casados também seriam contemplados. Tudo isto é uma forte bruxaria que fora bem preparada por aquele pérfido galanteador, que as deixam desse jeito; já outros movidos pelo mesmo ciúme, porém, querendo tirar proveito da situação, deixaram as imaginações voarem, e fluindo no campo do abstrato, vislumbraram para si o mesmo sucesso que ele detinha entre as mulheres, por isso, quase sempre ficavam a espreita e próximo à casa do mais galante esperando uma oportunidade para poderem realizar uma "simpatia" chamada de: "pega beleza" que era o ato de se pegar um espelho que fosse usado com frequência pela pessoa considerada bela; duas fotos do rosto, mas que fossem tiradas recentemente; colá-las no espelho, uma na frente e a outra no verso; colocar dentro de um saco de pano e amarrar com cordão virgem; depois enterrar em um buraco num dia de mudança de quadra de lua, para simbolizar o processo de transformação. Em outro buraco com distância de apenas 1 metro do primeiro e separados por uma seta, dever-se-ia enterrar outro saco também de pano que, impreterivelmente deveria conter no seu interior um espelho virgem e uma foto da pessoa que pretendia se tornar bela. Por último, proferir uma prece por três vezes seguidas ao santo São Romão, o santo da beleza: santo Romão, santo da elegância e da nobreza, leva de mim a feiura e manda a beleza. Contudo, o galanteador como sabia da existência dessa simpatia, antes de sair de casa, escondia o espelho, e nunca, jamais se deixava fotografar.

Ao chegar aos lugares adornado de forma impecável e montado em um cavalo negro e de raça, logo despertava a atenção, e no mesmo instante, o alvoroço tomava conta do público feminino, que de forma frêmita subiam e desciam o local onde ele se encontrava, tentando de algum jeito chamar a sua atenção. Eram mulheres solteiras, viúvas e até mulheres casadas, que no instante em que o viam passar por elas, se apaixonavam e não conseguiam mais desconectar: nem a mente e nem os olhos que ficavam fascinados ao verem o seu porte e a sua fisionomia jovial tão encantadora considerada tão bela quanto à de um deus grego. A partir dos contatos visuais se percebia o frisson feminil, se ouviam bochichos, e, dizeres do tipo: nossa que homem lindo é este! Outras diziam: é um deus entre nós! E, outras falavam: é lindo de morrer! E isto tudo, fazia com que ele se sentisse ser o centro de todas as atenções nos lugares aonde chegava. Nas festas de São João, por exemplo, era sempre convidado pelas mulheres para ser o noivo nas quadrilhas juninas que se apresentavam nesse período festivo, e ao findar a apresentação, já havia seduzido e beijado mais de uma dúzia, mas sempre as mais belas; nas quermesses, os organizadores almejando obter maior arrecadação para as paróquias, o convidavam para trabalhar na "barraca do beijo" onde se formavam longas filas de mulheres que deixavam transparecer através das expressões faciais que estavam sedentas por apenas um toque dos seus lábios; nas festas religiosas que eram realizadas nas igrejas, o espaço destinado ao público feminino das solteiras, praticamente ficava vazio, pois elas se esmeravam para ficar perto onde o galanteador costumava ficar que era sempre próximo da porta de saída. Era como um "pop star" no auge da fama, e as mulheres agiam como as tietes de hoje em dia que correm ensandecidas atrás dos artistas famosos para pegar autógrafos.

Quanto ao se produzir, embora não quisesse ser reconhecido e apontado como janota, onde às vezes dizia para as pessoas próximas que não se vestia de forma elegante apenas para satisfazer o seu ego, e sim, para agradar as mulheres, porém, por onde quer que fosse, exceto, quando ia aos rios pescar, só andava soberbamente bem trajado, parecendo um príncipe; jamais repetia a mesma roupa ou a mesma cor do traje do dia anterior; tinha sempre uma vestimenta disponível para cada dia do mês, as quais se encontravam impecavelmente: lavadas, passadas e engomadas; pois, fazia questão de pagar bem as lavadeiras e passadeiras, para exigir que deixassem com antecedências várias mudas já prontas para vestir; dessa maneira, aproveitava-se de sua indubitável beleza e mandava recados amorosos para as inocentes donzelas, marcando encontros às escuras, em segredo, e bem longe das residências das jovens para que os seus pais não percebessem quem era, pois era tido na extensa região, como um crapuloso, um mulherengo inconsequente, apelidado de: "O encantador" homem místico que usava de magia para seduzir. Porquanto, as más reputações que lhe foram imputadas de certa forma eram pertinentes e corriam livres pelos quatro cantos da cidade de Feira de Santana, e os pais das donzelas com receio que as suas filhas solteiras se interessassem por ele, ficavam pavorosos, quando percebiam que ele se encontrava por perto, pois, eles pensavam que, por causa da má fama que possuía, as suas queridas filhas, muitas ainda ingênuas, poderiam comprometer de forma negativa as reputações em relação ao casamento caso se envolvesse com ele que era dado à voluptuosidade.

Enquanto isso, certa vez, em 03 de outubro de 1929, ele, que, apesar de ser o homem da região mais famigerado de todos os tempos que já se ouvira falar, contudo, e, entretanto, possuía beleza invejável. Nessa ocasião fora convidado por um dos seus amigos para que juntos no domingo próximo pudessem ir a uma festa que tradicionalmente era organizada pela paróquia da cidade de São Gonçalo dos

Campos. Porquanto, sem hesitar, aceitou o cordial e sugestivo convite. Os dias transcorreram e, no domingo marcado, às 11h00, findou o trabalho que habitualmente realizava na barbearia, fechou a porta do estabelecimento, e nesse momento, se lembrou da festa da paróquia. Esfregou as mãos ao alto, com o coração cheio de intenções de libertinagens, e de súbito, se dirigiu às pressas para casa que ficava ao lado. Ao chegar a sua residência, logo escolheu uma calça de linho na cor branca com um cinto preto; uma camisa branca de tecido, de mangas compridas; uma gravata de cor preta; um colete de linho na cor branca que se fechava com cinco botões dourados; e um blazer de cor também branca; calçou um dos melhores sapatos de cor preta que possuía, mas antes, o ilustrou de modo que não ficasse nem um cisco que o maculasse; se olhou no espelho para se certificar que, em seu rosto não havia nem uma espinha emergente que pudesse estragar o dia de galanteio; para finalizar, pôs na cabeça um elegante chapéu de baeta de cor branca que tinha na circunferência uma fita negra. E, às 15h00, em ponto, montou no cavalo, pendurou de um lado da cela do animal uma bolsa de couro com alguns utensílios dentro, e do outro lado, o cabide que estava com a roupa devidamente passada, engomada e embalada. E para aquela cidade, em companhia do amigo que o havia convidado, se dirigiu. Quando percebeu que já se encontrava perto do destino parou no caminho poucos metros próximos a uma lagoa, escovou os dentes novamente e trocou de roupa, se desfazendo da vestimenta comum de viagem, quando andava a cavalo. E, se adornando da roupa escolhida para o galanteio, se preparou.

São Gonçalo dos Campos é distante de Feira de Santana, 13 quilômetros, e é uma das cidades baianas que nasceram com a predisposição para a religiosidade de seu povo, que, aos sábados, domingos e feriados, religiosamente falando, se aglomeram dentro da igreja da matriz para assistir às missas. A sua origem se deu com o aparecimento de uma imagem do Santo São Gonçalo, na área denominada Campos de Cachoeira, no início do século XVIII. Foi construída então, uma capela com o nome de São Gonçalo do Amarante, em torno da qual se formou um arraial de jesuítas e nativos, mais tarde, a cidade ganhou o nome atual, e se tornou do jeito que ela é: frondosa, encantadora, de belos jardins e próspera.

Entrementes, os distintos amigos chegaram a São Gonçalo dos Campos, na principal praça da cidade, montados em cavalos bons de celas, que se encontravam impecavelmente, alinhados e elegantes, cujos nomes eram: preto e russo, porém, perceberam que a procissão já havia saído e que a igreja naquele momento se encontrava vazia. Era exatamente 18h00, de uma noite clara com poucas nuvens no céu, e de temperatura agradável que se encontrava por volta de 21° graus Celsius, propício para um passeio ao luar; o gerador que já estava ligado há 20 minutos alimentava as luzes das gambiarras e dos refletores iluminando tudo e a todos, principalmente a igreja e o coreto que se localizava no centro da praça. Então, ele, e o amigo de nome José, que por sinal era também um rapaz jovem simpático e muito bonito, embora, não se igualasse a beleza do meu querido avô, descavalgaram dos belos cavalos, os apeara em uma das árvores da praça, e como não tinham outra coisa além para fazer naquele momento, ficaram conversando próximo da igreja, esperando a multidão. Passados alguns minutos apenas, antes mesmo da procissão chegar circunvagaram o entorno da praça, e viram que, casais apaixonados andavam lado a lado e de mãos dadas demonstrando o carinho e o afeto que nutriam um pelo outro; crianças de diferentes idades brincavam entretidas com bolinhas de gude esperando o regresso dos seus pais que saíram acompanhando a procissão; vendedores ambulantes transitavam com carrinhos artesanais que mais pareciam casinhas, e, neles, vendiam pipocas tanto doces bem como salgadas; onde outros vendedores mais ativos aos gritos tentavam atrair a atenção das pessoas que circulavam pelas ruas no entorno para que pudessem comprar flores em suas barracas adornadas com palhas de coqueiros e flores de girassóis; além de outros vendedores também informais que conduziam carros de mão que transportavam caixas de madeiras com profusão de iguarias dentro para vender, como: pamonha, milho cozido e, beiju de coco que se encontram tanto em São Gonçalo bem como na região. Até que, de repente, ouviram sons que ora se alternavam em sons semelhantes ao despencar de uma volumosa cachoeira ou ora se alternavam em cantos de marrecos parecidos também a murmúrios. Era som de vozes de todos os tipos que entoavam os cânticos: contraltos, sopranos, baixos e tenores que se misturavam e que subiam e desciam os tons, mas tudo sem harmonia e sem obedecer às regras musicais de uma partitura. Era a procissão que começou a se aproximar de volta para a igreja: as mulheres de mais idade com véus sobre os rostos cantarolavam as ladainhas com fervor; e os homens ascéticos em respeito ao ato religioso segurando os chapéus posicionados ao peito rouquejavam como motores de carro. Enquanto outros que carregavam o andor do santo padroeiro acompanhavam os cânticos em silêncio. Quando no meio da multidão, e andando de forma cadenciada atrás dos homens que carregavam o andor, ele avistara uma moça: era bela, de estatura média com aproximadamente 1.74 cm; de tez morena clara e macia; olhos azuis e lábios vermelhos que se assemelhavam a morangos maduros; trajava vestido de tecido fino de saia rodada que era da moda da época e era ajustado no corpo escultural, de cintura fina, semelhante às formas de um violão, a qual parecia que havia sido plasmada por um escultor; o vestido era de cor azul bem clarinho como o azul do céu em dia de sol; na barra da saia e na barra das mangas, babados de cetim de cor branca, com pequenos e emaranhados laços amarrados numa manga e na outra; na parte de cima, o decote era sensual, e atravessava o busto horizontalmente deixando à mostra os belos ombros; o rosto era simétrico, de traços finos semelhantes à de uma boneca, e nele se podia ver o pequeno queixo um pouco arredondado, o nariz médio, fino e arrebitado, e os olhos que eram médios e singelos, mas de tamanhos proporcionais que combinavam tanto com a estrutura facial bem como com o corte de cabelo arqueado que lhe caia de maneira delicada sobre a testa; os cabelos lisos, longos e negros que desciam vivamente até a cintura, estavam trançados em tripé e jogados para frente por cima do ombro direito, deixando transparecer a aparência que era doce e angelical.

Ao observar a sua postura e o seu jeito feminino tanto no andar bem como na maneira de mexer nos cabelos; o modo de falar e de sorrir e, até como olhava para as colegas, ficou completamente sem ação. E a imagem que via a frente que, em sua plenitude e beleza se assemelhava a "deusa das índias" o deixou aturdido, e por isso, logo de cara, se apaixonou por uma das mulheres mais formosa de São Gonçalo dos Campos, a qual tinha a fama de ser a mais bela e a mais atraente de todo o lugar. Enquanto via o esplendor de mulher chegar entre a multidão que acompanhava a procissão, ele, que parecia que o coração havia sido atingido pelo cúpido, ficou com os olhos enamorados pela sua beleza. Porquanto, ficou apoplético parado em pé na margem da rua, com as mãos nos bolsos da calça, contemplando-a, e se fartando em admirar a sua formosura. Subitamente, retirou uma das mãos do bolso e apontou o dedo indicador para sua direção, e falou para o amigo que estava ao seu lado: José, eis ali uma beldade, uma das mulheres mais formosa que já vi em toda a minha vida, e ela, nesse instante, fisgou o meu coração, porque parece que fui arrebatado por um furacão: dotado de sentimentos e entusiasmo que me eleva as nuvens! Passados alguns segundos olhou novamente para o colega que também estava boquiaberto olhando a moça, e mais uma vez, falou: se você meu amigo, já quiser ir embora, pode ir, mas dessa vez não o acompanharei, porque o amor me chama! Exclamou suspirando como se pressentisse que fora sentenciado pelo destino. Continuando, concluiu: peço-lhe que me desculpes por isso, porém, você me conhece e sabe que não irei embora hoje daqui sem antes conquistá-la! Ato seguinte, e já resoluto sobre o que faria, foi ao encontro da donzela, para a qual, os olhos negros brilhavam de encantamento como se estivesse invólucro por um poder mágico. Nessa feita, enquanto o sino no alto da torre da igreja ainda tilintava os seus badalos, a multidão de fiéis que acompanhava o andor já havia entrado e se acomodado em seu interior e atentamente escutavam o que o padre falava. A jovem, porém, permaneceu fora e estava em pé conversando alegremente com outras moças da mesma idade que a sua, ao lado do coreto da praça, que ficava próximo à igreja. A certa distância, sem que ela percebesse a espreita, ele parou de andar, e distante poucos metros, permaneceu lhe olhando e admirando a sua formosura, porém, torcendo para que o acaso conduzisse o olhar dela até o seu, como se usasse força psíquica: olhe para mim, por favor, olhe! De repente, ela girou o rosto para o lado no qual ele se encontrava estático, e os olhares de súbito se encontraram em meio a tantos outros olhares inquietos de tantas outras pessoas que transitavam pela praça, de maneira que um, ficara conectado no outro, porém, com brilhos de paixão semelhante ao fascínio das crianças quando essas veem os brinquedos mais desejados que estejam expostos na vitrine de uma loja. Naquele instante sublime, mágico para os dois, era como se a terra tivesse parado de se mover; como se as pessoas que andavam livremente por ali, e os objetos de modo geral, não tivessem a mínima importância; hipoteticamente era como se fluísse pelo ar suave fragrância de brisa cheirosa que entorpecem e que deixa as pessoas extasiadas. Por sua vez, o mais galante aproveitou a oportunidade que surgira, e sem perder tempo, se aproximou caminhando de mansinho, todo elegante, barbeado, com sorriso sedutor aflorado no rosto, e com os cabelos pretos e lisos caindo-lhes sobre os olhos negros. No instante em que se aproximou, utilizou o poder de comunicação que dispunha e, entonação de voz que era inconfundível, para educadamente, pedir licença às donzelas que se encontravam entretidas nas conversações; e esta aproximação, de súbito, provocou espanto entre as moças que, ao o ouvirem, e perceberem a sua beleza física, ficaram se olhando estupefatas como se nos íntimos, pretendessem que fossem elas as eleitas para serem cortejadas. Nesse ínterim, com polidez semelhante à de um "lorde inglês" ofereceu gentilmente para a jovem moça um lindo buquê de rosas vermelhas que, há pouco havia comprado na barraca de flores que se encontrava próximo, a qual, olhando para as colegas como se quisesse perguntar com o olhar: o que é que eu faço agora? Enquanto algumas coçavam as cabeças, outras utilizaram de gestos sutis para demonstrar que de modo algum hesitasse aquele homem estonteante que de onde veio ainda não se sabia. Mesmo sendo jovem tímida e inexperiente, entendeu o que as amigas queriam dizer através das expressões faciais, e para não as deixar ainda mais angustiadas, aceitou com docilidade, e cheirou de forma suave o arranjo de flores, enquanto olhava de soslaio para aquele que gentilmente havia lhe dado. Então, o mais galante de maneira perspicaz agiu mais uma vez, e com a mão direita pôs o chapéu de baeta de volta a cabeça que havia retirado para fazer a corte no instante em que dera o arranjo de flores. Com a outra mão, agarrou a mão direita da donzela, e a elevando de forma sutil a trouxe para junto de si até o seu peito esquerdo e a deteve durante alguns segundos como se quisesse dizer com aquela atitude, que ela era a dona do seu coração. E, olhando-a face a face, semelhante a um "Don Juan" mestrado na arte da sedução, com a voz melodiosa que se assemelhava ao som do despencar de uma cachoeira; elogiou-a proferindo doces palavras: tu és um encanto de ternura e beleza que me enfeitiçou! És uma das mulheres mais linda que vi em toda a minha vida. E, eu, atingido como estou pelo brilho dos teus olhos, sinto que serei o seu eterno escravo! Ao ouvir o galanteio, ela suspirou como se tivesse sido atingida por um raio que hipoteticamente lhe acertou diretamente o coração. Ainda segurando a mão da moça sobre o peito, projetou o tórax para frente, encostou o corpo volumoso, viril e cheiroso ao corpo dela que ficara trêmula de emoção, e levemente embaraçada do súbito e inesperado galanteio. Onde se percebia que, em seu rosto as delicadas faces ruborizaram; os olhos azuis brilharam de encantamento; e a boca de lábios macios e vermelhos da cor de morangos maduros tremia parecendo que estava suplicando para ser beijada. Nesse exato momento, ela deu um sorriso acanhado e abaixou o rosto para não o encarar, tornando mais nítidos os belos traços, e isto, à tornou ainda mais bela. Ele então de forma suave passou a mão pela sua face, e deixou que deslizasse de propósito pelos seus cabelos que eram negros como uma noite quando a lua não se faz presente; e finos, macios e agradáveis como a seda. Jogou as garras de gavião oportunista em volta do seu corpo, na altura da cintura, e as cruzou com jeito. Enquanto ela sem querer escapar, e se sentindo entorpecida, colocou as mãos sobre o seu peito como se o massageasse. Por sua vez, o galanteador movimentou o rosto em sua direção para lhe beijar, e ela se assemelhando a inquietação de criança pequena que agoniada fica no colo de estranho, ofegava e tremia. Não obstante, ele encostou os lábios sobre os dela e a beijou com um beijo suave, daqueles que só o beija-flor dá em suas flores escolhidas; ao qual, ela não conseguiu dizer: não. Ao contrário, gostou e correspondeu, fechando os olhos, e demonstrando através do franzir da língua entre os lábios, que o sabor do contato havia lhe agradado.

Enquanto as garotas ainda próximas suspiravam e espiavam de soslaio, ele perguntou olhando fixamente para dentro dos seus olhos que eram orlados por longos cílios:

— Qual a sua graça?

Ela piscando-os quase semelhantes a uma "gueixa japonesa" que no ato da sedução pisca os olhos e movimenta os cílios para dar o sinal para a pessoa a ser seduzida de que está livre; balbuciou e respondeu:

— Zilda! E, com olhar tímido, mas gracioso, também perguntou:

— E o seu?

Ele por sua vez, com expressão maliciosa no olhar como o de alguém que estar a "um ponto" de conseguir o que quer, deu um "sorriso maroto" e respondeu:

— João! E, estou as suas ordens!

Ainda segurando a mão da moça, e alisando e a contornando com a polpa dos dedos, mas sem deixar de olhá-la de modo fixo e penetrante, falou:

— Estou encantado com a sua beleza!

E logo obteve como resposta um singelo sorriso.

Decorrido algum tempo onde à emoção daquele primeiro encontro foi se acentuando, o casal através de pertinentes inquirições foi buscando se conhecer melhor, conversa vai, conversa vem, em meio ao comportamento tímido da parte dela, típico de moça da época quando estava conhecendo o rapaz pela primeira vez. De repente, uma das amigas que há poucos instantes havia saído de perto dos dois, chegou correndo afogueada com o rosto pálido como se estivesse visto um fantasma, mas logo falou: Zilda! Exclamou ofegante. Deu uma pausa para respirar abaixando a fronte e colocando as mãos sobre os joelhos. E, erguendo-se depois disse em seguida: menina corre depressa que o teu pai e os capangas dele estão vindos para cá! A adorável garota ao saber de repente que o seu pai de forma inesperada e inevitavelmente estava seguindo em sua direção, buscou coragem no fundo da alma e de maneira apressada convidou o mais galante para que fosse ao seu encontro 2 semanas depois, porém, 2 horas antes do horário da festa da paróquia. Deu o endereço e disse-lhe que, a sua residência ficava próximo uma quadra da delegacia da cidade, e 16 casas no sentido direito da rua para quem sai da igreja e vai para a delegacia. Sem delongas, antes que o pai chegasse e os flagrassem se ameigando em praça pública, ele se despediu dela dando-lhe um beijo suave no rosto. E se afastando da moça, rapidamente montou no cavalo, e pressuroso retornou para Feira de Santana, chegando à sua residência à 00h01min da madrugada.

Durante as duas semanas que antecederam o reencontro, trocaram missivas românticas nas quais em uma delas falara para a moça: de todas as estrelas que existe no universo ela era a mais bela e a que mais brilhava; e ele, estava tão envolvido, tão apaixonado, que no peito não cabia tanto amor; e há dias que passava as noites em claro sem conseguir dormir direito, só pensando em retornar a São Gonçalo, para reencontrá-la e rever o seu lindo rosto que no mundo inteiro não tinha igual: de sorriso meigo e acanhado, mas que de um jeito penetrante, traspassou o seu coração. Em resposta, ela lhe escreveu: meu querido, digo-lhe que, o meu envolvimento é tão grande quanto o seu; e que da mesma maneira há dias não consigo dormir direito; troquei a noite pelo dia, e só fico imaginando a hora de vê-lo chegar aqui tão bonito como um príncipe, montado em seu cavalo elegante e negro, me pegar em seus braços fortes e transformar o conto de fadas que há muito sonhei em realidade! Enquanto isso chegou o domingo esperado, ele acordou cedo, abriu a barbearia para que na faina habitual do dia a dia não ficasse esperando o tempo passar. Como não aparecera ninguém para cortar cabelo, se pôs ponderativo: que ela era a síntese de mulher e amor que sempre esperou conceber: o amor que lhe enfeitiçava os olhos; que lhe atiçava os desejos; e que lhe entorpecia o coração. Contudo, as horas voaram como o vento, mas no horário previsto ele já estava pronto. Como de inocente não tinha nada, tratou 1ogo de se arrumar todo novamente, e como sempre, de forma impecável. E sem perder tempo, seguiu viagem a cavalo para reencontrar aquela cuja beleza irrepreensível, invadiu a sua mente e arrebatou o seu coração. Conforme o combinado, 2 semanas depois, no dia 18 de outubro do ano de 1929, ele já se encontrava diante do portão da casa da moça. Eram exatamente 16h00.

E logo pôde ver que, a residência era grande e que possuía elevado teto; as paredes eram de cor azul e branca; as portas e as janelas eram arqueadas e feitas de madeiras, e eram ornadas com detalhes de ferro; da porta principal que era imensa descia como singela cachoeira, escadaria larga e revestida de mármore alvacento. Essa residência era toda cercada por imensa murada, na qual tinha solidamente fincado na mesma direção da porta principal, portão de ferro imenso que era semelhante às grades de cadeia da Idade Medieval. Do lado de fora da casa, enquanto a abobada azul do dia se estendia sobre a sua cabeça, e as poucas nuvens que no céu se mexiam e pintava aquele sublime dia de verão, ele se preparava para dar o sinal que havia anteriormente combinado com a moça. Subitamente, de forma sorrateira se encostou do lado direito do imenso portão, ajeitou à calça e a camisa no corpo que haviam sido amassadas durante a viagem que fizera a cavalo. Tirou o chapéu da cabeça, e com uma das mãos penteou os cabelos lisos e os jogou para o lado. Pôs o chapéu de volta derreado para trás. Colocou dois dedos da mão direita na boca. Inflou o peito. E, com arrulhares de um pombo semelhante a este tipo de pássaro quando chama a parceira para o acasalamento, assobiou, produzindo barulhos sutis, mas que fora o sinal anteriormente combinado em comum acordo para que ela pudesse lhe ouvir e que logo viesse ao seu encontro. Porém, para sua surpresa, quem saiu primeiro e veio atender o sinal com manifesto descontentamento estampado no rosto, foi o pai dela: o Sr. Teodoro Espanta Leão, o delegado da cidade. Como na época para escolha de delegado era por indicação de apadrinhados políticos, e por ser ele, um dos homens mais ricos do município, foi nomeado delegado titular pelo Governador da Bahia, o senhor Vital Henrique Batista Soares, para cumprir a lei e manter a ordem. Ele tinha aquele apelido, porque era um sujeito alto com aproximadamente 1.86 cm; era forte, de tez clara, e com expressão fechada; possuía olhos negros, vivos e contundentes daquele tipo de olhar que provoca medo; tinha bigode de estilo mexicano, o qual era preto e enorme. Esse senhor Teodoro, se portava na cidade semelhante a um xerife do antigo "velho oeste" que acontecera há muitos anos nos Estados Unidos, pois só andava armado e acompanhado de "capangas" que tinham a fama de serem perversos. Com ar aflorado no rosto de maioral, saiu praticamente correndo de dentro da casa. Passou rápido como um corisco pela grande porta. Desceu as escadas ligeiramente, e em poucos segundos, já estava próximo ao portão, e em pé, com as mãos postas na cintura, com o sobrecenho fechado, olhando severamente para o rosto do mais galante. E para surpresa do mesmo, perguntou em alta voz:

— O que é que você quer aqui "cabra safado"?

O mais galante por sua vez ficou surpreso com a súbita presença daquele homem que se apresentou como o pai da moça e por isso ficou em estado de irresolução. E tropicando na voz respondeu:

— Eu vim senhor porque a sua adorada filha gentilmente me convidou! Exclamou ligeiramente tentando explicar a sua presença na frente da porta naquela hora.

Seu Teodoro ao ouvir que fora a sua própria filha que havia convidado e que por esse motivo, aquele "forasteiro" se encontrava por ali, aparentou ficar com mais raiva ainda.

E "bufando pela venta" como um boi, vociferou palavras ríspidas como se quisesse voar em seu pescoço e esganá-lo sem consternação:

— Eu não acredito que ela sem me pedir autorização e sem me comunicar com antecedência tenha se atrevido a convidar um "marmanjo" para vir aqui, mas se por acaso ela o fez, mesmo assim, eu não admito e não quero ninguém na frente da minha porta, senão eu mando bala! Está me ouvindo seu infeliz?

Nesse momento, foram se aproximando andando do lado de fora da grande casa, um pequeno grupo de pessoas que veio da direção da delegacia. Eram os capangas, cerca de oito homens, e todos se encontravam malvestidos. Eram feios, corpulentos, e estavam "armados até os dentes" com espingardas, pistolas e facas. E, ao olharem para o rosto daquele homem distinto, cuja beleza irradiava e parecia ser a personificação de um "anjo bom" que fora entronizado, deixaram transparecer através dos olhos, a famigerada inveja que corroí a humanidade. No mesmo ensejo, a filha de Teodoro ao ouvir de dentro do quarto as conversações frias e ríspidas do pai na frente da porta, de súbito, abriu a janela, colocou o lindo e encantador rosto para fora, com os cabelos longos e negros soltos ao vento. E com a voz cheia de indignação, mas de uma forma respeitosa para com o genitor falou:

— Papai! Tenha paciência meu velho! Chamou-lhe atenção repentinamente. O pai e os jagunços pararam para olhá-la e ouvir o que ela tinha para dizer: fui eu paizinho quem o convidou para que viesse aqui me visitar, desculpe-me, se não lhe falei sobre isto. Eu esqueci! Mas oxe, meu pai, não precisava falar assim desse jeito com ele!

Seu Teodoro fez um sinal negativo com o dedo em riste, como se quisesse dizer que, quem mandava por ali era ele, torceu a boca para um lado em repúdio ao que havia sido dito pela moça, e segundos depois, rompeu o silêncio. E mais uma vez falou severamente:

— Para eu aceitar "um cabra safado" na minha porta, cortejando a minha filha querida, ele tem que ser muito macho, e precisa primeiro: passar por um "teste de fogo" até que eu dê a minha permissão.

As palavras proferidas soaram nos ouvidos do mais galante como sopro de esperança de "vento bom" que docilmente refrigera a alma daqueles que se encontram momentaneamente desiludidos. Ele respirou fundo, olhou seriamente para o homem que se encontrava em pé do outro lado do portão e a sua frente, e então, perguntou:

— Que teste é esse? Posso saber?

Seu Teodoro com ar malicioso, com sorriso estampado na cara, daqueles tipos de sorrisos de homens cínicos, do tipo de pessoas que não se pode confiar no que elas falam. Olhou em seguida para os rostos dos jagunços, onde entre eles dava para ver que, alguns acocorados já afiavam as facas no "pé do muro" como se preparassem para agir. Ato seguinte com os dedos polegares das mãos enrolou as pontas do bigode simultaneamente, e depois de balançar a cabeça para cima e para baixo, respondeu a pergunta:

— É um teste simples! Exclamou com altivez e o olhando fixamente para ver qual era a sua reação. O sujeito que quiser conquistar a mão de minha filha... Continuou falando, enquanto caminhava para um lado e para o outro. Deverá impreterivelmente passar por um simples teste que determinarei. É o seguinte: você ai sujeito! Exclamou se dirigindo ao pretendente de sua filha que em pé e resignado a sua frente esperava as deliberações. Já ouviu falar do feiticeiro de Cachoeira, o famoso "Capa preta"? Aquele que é acusado de sequestrar várias pessoas, para realizar magia negra, cujo individuo belicoso é procurado pela justiça daqui de São Gonçalo, e também de quase toda esta região!

O mais galante balançou a cabeça positivamente querendo afirmar que sim, que já ouvira falar. Abriu a boca, e respondeu:

— Já!

— Então! Exclamou seu Teodoro outra vez. Você deverá desafiá-lo e vencê-lo em um duelo de vida ou morte, e no final desta peleja, trará para mim como troféu, a capa que ele usa, após isso, terá a minha bênção e poderá casar-se com a minha filha, se ela ainda o quiser! Mas, se por acaso, admoestou apontando o dedo em sua direção de forma ameaçadora: você se acovardar, e não desafiar o feiticeiro e fugir, eu mandarei os meus soldados... Deu uma pausa na fala, e antes mesmo de terminar de dizer sobre o castigo que poderia aplicar, apontou o dedo novamente, só que dessa vez para os jagunços, mostrando os homens rudes que estavam presentes e próximos e que ouviam todo o teor da conversa. Prosseguindo concluiu: eles terão a minha permissão para irem atrás de você até o inferno, e quando te encontrarem, te arrancarão o couro, pois teve a ousadia de vir aqui em minha casa flertar com a minha filha, motivo pelo qual nunca perdoei ninguém. É pegar ou largar! Ao terminar de fazer as ameaças, os capangas que estavam perto, que eram maus e que gostavam de cumprir com as funestas obrigações, sorriram de um canto da boca a outro, querendo demonstrar a satisfação de que no futuro próximo certamente terão a oportunidade de poder ver aquele corpo e aquele rosto bonito, escalpelados pelas suas mãos. Nesse instante, o mais galante ficou desnorteado, pensando no que poderia fazer para obter a permissão daquele homem rude. Porque assim o pensou: se dissesse não ao desafio, passaria a impressão que era um covarde e que não era digno de se casar com a sua filha. Porém, se dissesse sim, teria que achar o feiticeiro onde ele estivesse metido e, por fim, matá-lo. Por isso, sem alternativa que lhe permitisse obter a mão da donzela em casamento, logo respondeu ao desafio:

— Eu aceito senhor!

Enquanto o pai lançava o seu funesto desafio, da janela do quarto de onde estava contemplando a confusão, dava para perceber que dos olhos da doce Zilda, lágrimas escorriam e lhes manchavam as faces do rosto, pois ficara com o coração apertado do que acabara de ouvir. Quando o mais galante girou a cabeça na direção do lado direito da casa e olhou para a moça, percebeu que de lá da janela, a sua amada que era tão doce e meiga havia elevado as mãos ao lindo rosto e chorava copiosamente. De súbito, sentiu um aperto no coração, como se as dores não físicas que ela sentia, ele as sentisse em seu espírito. Porquanto, ao ver a imagem de sua querida se dissolvendo, seus olhos negros marejaram-se e logo as lágrimas rolaram dos olhos. Contudo, enxugou as lágrimas que teimavam em cair, e novamente se encostou ao grande portão. Colou as mãos nas grades de ferro e olhando para a direção da janela falou elevando a voz em tom de confiança até a moça que de lá do quarto contemplava aflita tudo o que estava acontecendo. E, se expressando com altivez de espírito, falou: não chore minha querida, pois lhe prometo que cumprirei essa missão que o seu pai me confiou, mas depois, voltarei e me casarei com você! Porque minha princesa! Exclamou abrindo o coração: o teu amor me fizera enxergar a beleza existente na natureza e no mundo; o teu abraço aqueceu o meu coração com ternura e docilidade, que me sinto estimulado a enfrentar os rios, os mares, a terra, e, até, as mais distantes estrelas se preciso for para tê-la novamente em meus braços; o seu beijo molhou a minha boca e despertou a sede perene que sinto agora. Oh, minha doce Zilda! Exclamou mais uma vez chamando-lhe a atenção: a partir de hoje, a minha mente, o meu corpo e meu espírito estarão para sempre ligados a você! Segundos depois, com expressão no olhar peculiar como o de alguém que estar com o coração cativo nas teias do amor, como se estivesse irremediavelmente apaixonado; levantou a mão direita e se despediu. E caminhando e olhando de maneira fixa para ela, que também o olhava, com olhar meigo e doce, seguiu em sentido contrário da casa. Porém, quando se encontrava um pouco distante acenou novamente para a amada que ainda se mantinha resignada na janela o observando. E enquanto caminhava se afastando da casa daquela que de forma indireta o impelia a ir cumprir nefasta e perigosa missão, sentiu uma terrível e agonizante sensação como se pressentisse que acenava pela última vez, como se despedisse daquela donzela para sempre. Por isso, em pensamento se perguntou: meu Deus por que carrego no peito esse sentimento indesejável de que essa pode ser a última vez que a vejo? Sobretudo, antes que o mais galante desaparecesse do campo de visão daqueles que se encontravam na grande casa, o delegado, monologando, como se conjecturasse dezenas de coisas ao mesmo tempo. Pediu a um dos seus capangas que rapidamente montasse no cavalo e corresse até ele e que lhe chamasse, pois desejava que ele retornasse e que se aproximasse mais uma vez da residência para que diante dele e, diante de sua filha pudesse confirmar com todas as letras que, havia aceitado a missão de forma voluntária e que por isso não pretendia desistir de jeito nenhum. E, que aproveitaria no ensejo para lhe dizer que aquela empreitada era além de ser um desafio pessoal para provar obstinação e coragem, era, sobretudo, uma diligência oficial da cidade de São Gonçalo dos Campos, que ele não iria sozinho até Cachoeira em busca de um procurado da justiça, porque ele não fazia parte de uma corporação militar, por isso, não tinha autoridade para prender ninguém. E, que sem delongas enviaria uma missiva oficial ao delegado titular de Feira de Santana, e escrever-lhe-ia que, estava em curso sob a sua autoridade uma diligência incomum e que seria imprescindível que viesse reforços a fim de ajudar na procura e captura de um facínora belicoso, altamente periculoso, que era dotado de conhecimentos ocultos sobre magia negra, por isso, pediria que, por obséquio, o homem da lei de Feira de Santana, cedesse provisoriamente parte de sua guarnição que fosse também capaz de enfrentar este tipo de desafio. O delegado de Feira de Santana que no outro dia recebeu a missiva oficial lera com deferência e logo respondeu: caro colega e, delegado de São Gonçalo dos Campos atenderei de imediato a sua solicitação e disponibilizarei parte da guarnição que se encontra sob a minha égide, mas lamento em informar ao nobre colega, que, nenhum membro do corpo militar que será disponibilizado, pelo que eu sei detém o mínimo de conhecimento a respeito do segundo pleito referido!

Enquanto isso, o feiticeiro chamado de: "Capa preta" era um dos homens mais temidos da região. Possuía a tez negra; era alto; e pesava cerca de 100 quilos; tinha olhos castanhos e fundos; de rosto de bochechas chupadas com os ossos das faces salientes se assemelhando a cara de um corvo; tinha os cabelos negros e caracolados caídos até os ombros, no estilo característico dos "rastafáris" oriundos da Jamaica. Era adepto de seitas satânicas, além de ser exímio praticante de capoeira, considerado por muitas pessoas da região como mestre da velha arte importada da "mãe África". Andava armado com um sabre, que era uma espécie de faca, com o qual já havia matado em duelos de vida ou morte, 18 homens de vários lugares que o haviam lhe desafiado.

Seis dias depois, o mais galante que por sua vez tinha nos ombros a incumbência de capturar o feiticeiro, reuniu no pátio da delegacia de São Gonçalo dos Campos, sob a coordenação do delegado, alguns amigos e cerca de 50 denodados policiais, dos quais, 40 vieram de Feira de Santana. O intrépido pelotão que fora recrutado foi formado pelos seguintes elementos: entre os soldados de Feira de Santana, dois eram sergipanos e eram irmãos gêmeos hábeis no manejo da faca e da espingarda. Tinham as feições demasiadamente sisudas, e eram chamados de: Cosme e Damião, os quais nas diligências que eram designados pelo delegado, agiam sempre juntos, se tornando ao longo dos tempos em uma dupla quase perfeita; 10 dos outros denodados soldados eram cearenses naturais da cidade do Crato, no estado do Ceará, eram fortes e eram devotos do "santo padre" chamado carinhosamente pelos cearenses de: "Padim padre Cíço" os quais também eram calejados na labuta do gado bravo no árido sertão cearense; outros 10 eram alagoanos, e eram naturais de Maceió - capital do estado de Alagoas. Eram bons no gatilho, e fizeram parte até o ano de 1925, do bando de Lampião, bandido do sertão nordestino que se autodenominou "Rei do cangaço", mas por se sentirem ameaçados de morte pela "Volante" polícia brasileira que caçava o bando pela caatinga nordestina, resolveram fugir para a Bahia, e em Feira de Santana, arranjaram emprego na polícia local; 18 eram gaúchos da cidade de Bento Gonçalves- Rio Grande do Sul. Nesse grupo variava o tipo físico: uns eram fortes e altos, e outros eram baixos e franzinos, mas todos eram denodados e bons atiradores; dentre esses se destacava um, chamado de: Floriano Peixoto que, além de ser exímio na peixeira e na espingarda, era também, hábil no manejo do chicote. Dentre os soldados da cidade de São Gonçalo dos Campos, tinha Roberval braço de ferro – um homem alto de 1.86 cm; forte, de rosto redondo com bigode incipiente preto na cara, e que, através de versos e prosas as pessoas diziam que apenas com a força dos seus braços que eram musculosos ele conseguia derrubar um garrote. Diógenes brigador – alto de 1.85 cm; forte, tez clara, com a cara cheia de pintas negras daqueles tipos de manchas que se encontram em ovos de codorna, o qual tinha enorme cicatriz na cara que saía da testa e descia até o canto do queixo esquerdo, a qual fora produzida por faca em uma "briga de rua" na qual se envolvera. Juvenal pé de roldo – alto de 1.86 cm; forte, tez clara, e com espantosa habilidade que possuía nos enormes pés de tamanhos 50, derrubava dois ou até três homens de uma única vez. Jaime boca de piranha - estatura média com aproximadamente 1.74 cm; troncudo, albino, rosto redondo, cujos dentes pareciam dentes de peixe de mesmo nome, o qual costumava rasgar o corpo dos oponentes nas brigas que se envolvia. Guilhermino Assombração – grandalhão com aproximadamente 1.94 cm; com cara de mal, e por ser considerado um dos homens mais feios onde nascera, e, apresentando monumental corpulência provocava medo. Guéu Capoeirista - mulato, de cabelos crespos e encaracolados, estatura média de 1.75 cm; musculoso, pernas habilidosas, e hábil praticante de capoeira, talvez o único da guarnição que detinha algum conhecimento sobre manipulação de "forças sobrenaturais". Rubão Valente – alto de 1.85 cm; forte, punhos ligeiros, que, em certa feita deu uma surra em sete irmãos de uma só vez utilizando apenas a força e a habilidade que possuía nos punhos. Saturnino dente de cavalo - cara larga, alto com aproximadamente 1.86 cm; musculoso, o qual sempre que se envolvia em uma luta, utilizava com eficácia os enormes dentes semelhantes aos dentes de cavalo. Por fim Mão certeira e Geraldão quebra ossos que serão descritos mais adiante.

Às 11h00, de um domingo, ele, os amigos, e os 50 denodados soldados, alguns que moravam na própria cidade e outros que já haviam chegado cedo de Feira de Santana, iniciaram os preparativos para a destacada diligência. Primeiro focaram na arrumação das montarias que os levariam para Cachoeira: dispondo de pentes que eram feitos de ossos retirados das costelas dos bovinos escovaram bem os pelos dos equinos de modo que ficaram brilhando semelhantes a sapatos pretos ao serem engraxados; puseram os cabrestos nos animais; puseram as celas e as ajeitaram nos lombos as apertando devidamente; após isso, deram água e ração para os bichos se fartarem. Cada tropa se encontrava adornado devidamente com o seu uniforme militar, ostentando o brasão da cidade que os representava, apenas o mais galante, e os amigos que se ofereceram para ajudá-lo na empreitada, eram os que estavam à paisana. Cada soldado portava uma algema, uma espingarda com razoável quantidade de munição e uma faca afiada que foram disponibilizadas pelos regimentos de suas respectivas cidades, mas também tinham aqueles que ainda possuíam armas pessoais, como: pistolas, garruchas, martelos, porretes tanto de ferros bem como de madeiras, e, facões, curtos e longos. Alguns soldados antes de montarem nos animais puseram às espingardas atravessadas presas nas costas; outros as prenderam nas próprias celas que nem os facões ficam presos nas cinturas; e outros, apenas seguravam-nas com arrojo em uma das mãos, como se fossem as armas a extensão de seus braços. Contudo, antes de pegarem a estrada, se ajoelharam: uns próximos e encostados às barrigas dos cavalos e outros além de se ajoelharem, beijaram o chão, porém, todos fizeram as preces para os santos de suas devoções. Ao finalizarem os preparativos e, formado o "exército" para ir a "guerra" montaram nos cavalos ariscos que começaram a trotar as patas de maneira alternada pela estrada de chão de São Gonçalo dos Campos, com agilidade e destreza, numa marcha de 8 quilômetros por hora. Sendo os animais impostos a galoparem pelas ininterruptas "futucadas" das esporas em suas barrigas e pelos açoites agoniados dos chicotes feitos de couro de boi que ardiam nos lombos. Enquanto os pés nervosos dos cavalos batiam com ímpeto os cascos contra o solo, o vento quente que também veio a galope soprava intensamente sobre os seus rostos, além de arremessar para os ares, a poeira da estrada de chão, onde o ar estava tórrido e a luz solar que recrudescia cada vez mais sobre eles, esquentava os corpos e deixava transparecer o suor através dos uniformes militares. Devido o ardor do sol, muitos começaram a se sentir acossados, por isso, de forma constante passavam as mãos suadas pelos rostos para enxugá-los do suor que vertia torrencialmente das testas. Enquanto isso, os cavalos seguiam trotando e cortando as estradas de chão dos lugares pelos quais passavam, onde de tempos em tempos, surgiam no céu límpido e azul, grossas nuvens embranquecidas que tapavam o sol e os ensombravam, mas era por pouco tempo, pois as nuvens agoniadas e apressadas para irem a algum lugar passavam e deixavam o disco solar livre novamente para irradiar a sua luz sobre a tropa. Na poeirenta estrada de chão que se estendia como uma reta infinita que deveria ser transcorrida, cães de várias raças tanto grandes bem como pequenos, saíam ensandecidos de onde estavam, e insistentemente latiam entre as patas dos cavalos, que passavam trotando imparcialmente sem se importarem com os latidos que mais pareciam serem protestos incompreensíveis de cães vadios. Em determinado momento da cavalgada, dois, entre os bravos soldados que foram recrutados para a missão, puxaram cantoria e começaram a entoar músicas autorais inspiradas no dia a dia da região, mas que eram bem animadas para que pudessem se entreter e entreter o pelotão no extenso caminho que teriam que percorrer, enquanto que na vanguarda da tropa, o mais galante seguia impávido ladeado por dois de seus melhores amigos. Nesse trajeto, percorreram à distância de 45 quilômetros, até chegar ao anoitecer, nos últimos e fúlgidos raios do astro-rei, na cidade de Cachoeira, uma cidade que fica a beira do rio Paraguaçu, rodeado por um pequeno morro, e tem como fronteira do outro lado do rio, o município de São Félix, cidade vizinha que é ligada a Cachoeira através de uma ponte de ferro treliçada chamada de: "Ponte Imperial Don Pedro II", que fora construída durante o reinado de Don Pedro I, em homenagem ao filho.

Nas históricas batalhas que foram efetivamente travadas para conquistar a independência do Brasil, frente às tropas de Portugal, a cidade de Cachoeira tem o seu nome para sempre registrada e marcada na história do Brasil colônia, como uma das cidades brasileiras que lutaram para acabar com o fim do império português, onde aconteceu uma das mais decisivas batalhas, sendo Cachoeira considerada e denominada por esse feito como: "Cidade Heróica" pela bravura de seu povo, que culminou com a derrota das forças portuguesas em solo brasileiro em 02 de julho de 1823. Além disso, por possuir na cidade uma das maiores miscigenações de raças do estado e uma significativa presença de negros e afros descendentes em interação de forma civilizada com europeus de outras nacionalidades que se dera, principalmente, durante o período escravista, potencializou e qualificou o município, como uma das cidades baianas mais prósperas culturalmente falando. Entrementes, no outro dia pela manhã, após passarem à noite nas estrebarias que ficavam nos arredores da cidade, logo a tropa chegou ao centro da cidade histórica que é tombada pelo patrimônio cultural da humanidade. Subitamente, todos ficaram boquiabertos com a suntuosidade da cidade do recôncavo baiano, que tem ruas de pedras e casarões coloniais de estilo português, a qual é margeada por um glorioso rio. Sobretudo, no instante em que chegara ao centro da cidade, a imensa comitiva de soldados, diga-se de passagem, que era um número considerado para a época, em que, quase todos estavam montados em cavalos de raças, causara grande alvoroço. A população quando viu o pelotão chegar, formado por homens esquisitos: uns de "caras invocadas" e outros trincando os desgastados dentes, montados em cavalos ariscos que "bufavam pelas ventas" ficou apreensiva, sem saber o que estava acontecendo, e qual era o motivo daqueles soldados que chegaram armados como se estivessem preparados para uma suposta guerra. Por isso, muitos murmuraram: deve ser golpe de estado ou o governo mandou matar todos os pobres da cidade! Disse um maluco. Outros disseram: senão for a escravidão novamente, então, deve ser a Segunda Guerra Mundial, que já começou! Isso tudo era porque na época, havia rumores de que uma nuvem de guerra se instalara na "velha Europa" e a qualquer momento poderia ser deflagrada. Contudo, a tropa sem dar ouvido, e procurando ficar alheia à inquietude da população cachoeirana, que os olhava desconfiada com a chegada repentina em seu meio, sem perder tempo, tratou logo de procurar o maldito feiticeiro, perguntando a um, e a outro, embora nesse ínterim, tenham encontrado resistência de algumas pessoas que não queriam falar a respeito do procurado em questão. Onde elas rechaçavam as perguntas, viravam os rostos e saiam amofinadas de perto sem dizer absolutamente nada; e outras sem se importar que estivessem sendo grosseiras, de modo simultâneo, fechavam as portas e as janelas na cara dos perguntadores com medo de que sofressem retaliação depois. Porém, não foi muito difícil obter informação a respeito do paradeiro do feiticeiro, porque um senhor de idade avançada, de tez clara, meio corcunda, e de olhos fundos, que estava sentado de maneira entretida na soleira da porta de sua casa. Mostrou-se disposto a ajudar e a dar a informação que eles necessitavam. Então, ao entabular conversação com o pelotão, parou de afiar a faca no batente da porta, ajeitou o cachimbo desgastado que possuía o qual se encontrava posicionado no canto da boca. Suspendeu o rosto para o alto, soltou fumaça pelas narinas, retirou o cachimbo da boca, e falou:

— Meus filhos, esse sujeito que vocês estão procurando por aqui é o próprio diabo! Parece que tem o corpo fechado, porque as balas disparadas contra ele não entram e as facas afiadas com as lâminas mais poderosas que existem envergam em seu corpo. Os soldados que estavam perto do velho, se entreolharam com espanto mortal, ao ouvirem o que o senhor acabara de relatar, e isto, ficou visivelmente estampado em seus rostos. Pois eles, não sabiam e nem tiveram anteriormente o mínimo de informação possível que lhes esclarecessem a respeito de quem realmente estavam procurando. O caso era o seguinte: naquela época um feiticeiro era chamado também de: "manipulador de forças sobrenaturais", e por isso, era muito temido, e, ninguém gozando de suas faculdades mentais, se ousava a desafiá-lo. Contudo, o mais galante que estava do outro lado da rua onde a tropa estava estacionada conversando, logo que escutara o que o ancião acabara de falar para os soldados, foi pedindo licença e passou trotando com o seu animal pelo meio da tropa, até se aproximar da casa onde o idoso estava sentado na soleira. E de cima do lombo do cavalo, sem hesitar, puxou assunto, embora também tenha ficado espantado com a revelação sombria:

— Bom dia senhor, como estais passando?

— Bom dia meu jovem, vou bem, obrigado! Respondeu o senhor que ainda se encontrava sentado e fumando.

— Onde podemos encontrá-lo meu bom velho, aquele que procuramos por aqui para que possamos "dar cabo" de sua vida.

O velho que aparentava possuir mais de 100 anos, com as rugas das faces do rosto trêmulas, e os olhos quebrantados da idade que era avançada, apontou o dedo com dificuldade para o outro lado da cidade, e disse:

— Segundo algumas pessoas que viram a hora que ele chegou e adentrou o lugar: ele se encontra nesse momento na casa de "mulherio" meu filho! Exclamou com a voz trêmula. E ela, fica lá pelas bandas de Juvêncio de Bernardo, região norte da cidade, próximo a uma "palmeira imperial".

Mas tem uma coisa, advertiu: cuidado com aquele infeliz que é muito astuto e tinhoso.

De maneira educada, todos, e em cima dos lombos dos cavalos, se despediram do ancião agradecendo tanto pela solicitude bem como pela sua disponibilidade, e dispostos se dirigiram para o outro lado da cidade. Enquanto o pelotão de soldados esquisitos passava trotando com os cavalos já suados, cortando as ruas da histórica cidade, e indo atrás do perigoso feiticeiro, a população ficou amotinada parada na porta de suas casas, olhando de forma pavorosa e comentando uns com os outros, especulando sobre o real motivo daqueles forasteiros estarem por ali. Enquanto isso o tropel se fazia ouvir com mais fragor. Eles se deslocaram pressurosos e seguiram ensimesmados para o local onde se encontrava o tal belicoso. Passaram próximo da histórica ponte treliçada, a qual fora feita por Don Pedro I, em homenagem ao filho. Deixaram-na para trás, margeando sempre o flanco esquerdo do leito do rio, e depois de percorrem cerca de 900 metros, curvaram uma esquina e chegaram: prac! Prac! Prac! Prac! Esses foram os barulhos das pisadas dos cavalos nas ruas de pedras da cidade. Às 14h30min, do mesmo dia, a comitiva que, quase em sua totalidade estava uniformizada, se posicionou cercando os perímetros frontais que delimitavam o terreno da casa na qual o feiticeiro se encontrava aboletado na companhia de meretrizes fazendo coisas torpes, que, segundo a vizinhança de longe se podia ouvir os gritos de terror das mulheres que ele sempre as mantinha como suas escravas sexuais através de ameaças de morte e o bradar de palavras obscenas que, além de aviltar as "pobres coitadas" envergonhavam as "famílias de bem". A casa era grande, e cercada por grande murada, com terreiro que dava para perder de vista. Em frente dela, existia uma palmeira imperial como o velho havia dito. Essa casa era de estilo arquitetônico da época do império português, e as paredes externas eram pintadas na cor vermelha, para transmitir a quem passava por perto que aquele lugar era um local onde se conseguia diversão e prazer; as portas e janelas eram arqueadas e eram pintadas na cor negra, e eram no total de sete portas e, cerca de 20 janelas que apontavam para todos os lados e para todas as direções. Imediatamente, os soldados que mesmo se encontrando já suados com os uniformes militares colando em seus corpos, devido o ardor do sol que insistia em incidir os seus raios ultravioletas sobre a terra, descavalgaram dos cavalos e os apearam no extenso muro que ficava na frente da casa. E intrépidos e ágeis como macacos, pularam o cercado que era juncado com plantas chamadas de trepadeiras, as quais se ramificaram ao longo dos tempos e que cobriam toda a murada. E frenéticos como se estivessem eletrizados se prostraram impávidos diante das portas e janelas, não deixando espaço físico desguarnecido onde o perigoso procurado pudesse fugir. Por sua vez, o mais galante que também já se encontrava no terreiro em um dos lados da casa, próximo a uma das portas laterais, botou as mãos junto à boca e gritou fortemente:

— Capa preta! Se entregue sem lutar, e saía com as mãos para cima seu facínora, porque nesse instante você será preso! Pois aqui quem lhe fala é João de Feira de Santana! Trago em minhas mãos contra você uma ordem de prisão decretada pelo delegado titular de São Gonçalo dos Campos!

O embrutecido feiticeiro ao ouvir a voz que lhe falara sobre a prisão que fora decretada contra ele, emudeceu por uns instantes. E, ao perceber a presença de vários soldados da polícia, no meio do terreiro, já posicionados e armados em volta da casa, ficou nervoso. Daí a pouco, começou a caminhar para um lado e para outro da sala imaginando o que faria. Olhou por uma fresta de uma das portas laterais para ver o que estava lhe esperando, e respondeu:

— Daqui eu não saio! Daqui ninguém me tira! E, agora, eu quero ver quem é que vem aqui primeiro me buscar!

As palavras que ecoaram fortemente oriundas do interior da casa, com intenções conotativas tanto para amedrontar bem como para desafiar, deixou a tropa sem saber o que fazer no momento. Porém, em apenas 5 minutos, um homenzarrão, de compleição do tipo de perfil de mexicano tradicional, de rosto com expressão severa, com bigode arqueado, preto e enorme na cara, o qual o enrolava com a ponta dos dedos, denotando através de gestos rudes que era tipo de homem tirado a valentão, conhecido no meio da tropa da cidade de São Gonçalo dos Campos, como Geraldão "quebra ossos" porque as vezes, quando detia ou capturava um preso de forma rude, quebrava no mínimo um osso da costela dos coitados. Então, esse tal Geraldão quebra ossos, impaciente com a demora do "cabra" que insistia em não se entregar, resolveu atirar com a sua espingarda de dois canos para o alto. Ele franziu os lábios sob o bigode, e manuseando a arma com o cano para cima engatilhou-a e atirou para o alto na tentativa de intimidar o dito cujo que incógnito se ocultava na grande casa. Quando de repente, se ouviu em seguida ao disparo do tiro, vindo do interior da casa, um grito estrepitoso quase semelhante a um berro de um caprino. Fora de uma mulher de meia idade, "mulher da vida" que abriu a porta e saiu correndo apavorada, dizendo em alarde que o homem através de manipulação de forças sobrenaturais estava invocando "o coisa ruim". Nessa hora, para o espanto deles, de forma misteriosa apareceu uma nuvem densa e negra, e pairou exatamente sobre a casa em que eles se encontravam fazendo o cerco. Nesse instante, começou uma lufada sinistra. Nisso, as janelas começaram a se abrirem e a fecharem sozinhas, num vai e vem frenético e melancólico. Segundos depois, surgiu uma neblina fraca, e as plantas que haviam nascido em volta da casa, começaram a murchar, sem que houvesse explicação lógica para aquilo tudo. Em meio a esses fenômenos se ouviu o feiticeiro dizer ainda dentro da casa com voz trovejante: São Jorge guerreiro, me abençoe, proteja-me com seu escudo de glória e força meu pai, pois agora é decisão! Para surpresa dos soldados que faziam o cerco daquele lado e sem ao menos abrir uma das portas ou uma das janelas, o feiticeiro apareceu já do lado de fora da casa, ataviado por roupa exótica, composto de calça de tecido de saco de farinha, amarrada com uma tira de elástico pela cintura, no estilo que os capoeiristas baianos se vestem, e era na cor branca; a camisa de brim de cor azul e de manga comprida tinha listras verticais na cor vermelha; em seus braços, na altura dos punhos vários patuás; no pescoço, colares espalhafatosos chamavam atenção, e por cima da roupa, uma longa capa preta se encontrava superposta como um escudo. Naquele instante, caminhou descalço pelo terreiro com grande altivez de espírito, e assustadora virulência de ódio; com ar sombrio, que do rosto feio e severo despertou medo. E demonstrando através de seguidas caretas que fazia que estava bastante incomodado com a presença daquele pelotão uniformizado, que de súbito, esfuziou no quintal, uma palangana (espécie de tigela de barro) cheia de farofa de azeite de dendê; velas nas cores brancas, vermelhas e pretas; uma galinha "degolada" de cor preta como recheio; além de flores e alguns charutos feitos de fumo-de-corda, como se quisesse dizer com aquela atitude que, havia encomendado um "despacho" para a tropa. Quando a tigela caiu ao chão, e os seus ingredientes nefastos se esparramaram pelo solo, sete soldados que não eram protegidos espiritualmente falando, que não eram crismados ou batizados, começaram a revirar os olhos e a "batejar" os corpos numa tremedeira sem controle como se estivessem dando crises epiléticas. E dos narizes a escorrer sangue como se estivessem com hemorragia, onde, 40 ou 50 segundos depois morreram e ficaram com os corpos duros e estatelados ao chão. O feiticeiro por sua vez, sorriu de satisfação ao ver aqueles homens uniformizados que o desafiava caírem já fúnebres pelo terreiro. E belicoso que era, pulou violentamente com o sabre na mão em punho cerrado sobre os outros que estavam a espreitar lhe. De repente: se ouviu saraivada de balas disparada contra o feiticeiro, as quais logo crepitaram fragorosamente em meio à neblina. Todavia, o homem astuto de imediato buscou se cobrir com o seu "escudo místico". Simplesmente, além de se agachar, ficando de cócoras, se enrolou em sua longa capa preta para se proteger. E quando percebeu que a chuva de balas havia terminado se levantou incólume e de forma imponente com brilho efervescente no olhar semelhante ao de cachorro louco. E fazendo movimento de braços, segurando nas abas da capa para dentro e para fora como se procurasse se refrescar de suposto calor, sacudiu-a, e todos os projéteis que foram disparados contra ele, caíram ao chão, sem que nenhum tivesse lhe ferido. Abaixou-se novamente, e pegou um dos projéteis que estavam ao chão. Colocou-o entre os dentes, e ironicamente disse: parece cocada! Vejam isso seus imbecis! Exclamou mostrando a bala presa entre os dentes alvos e grandes. E com ar facial de repúdio e desprezo por aqueles soldados cuspiu o projétil para o chão. E agindo rápido em outro ato de fúria, com as enormes mãos negras e calejadas começou a empunhar o sabre sobre os soldados e sobre todos que se apresentaram para o embate. Assim como as trevas da noite que caem de repente sobre o dia claro e deixa tudo na escuridão; assim fora o arrojo do feiticeiro sobre eles. E o primeiro a sentir o frio da lâmina, foi o mais valentão da tropa de São Gonçalo dos Campos, conhecido no meio militar como Geraldão quebra ossos, que era considerado o mais arrojado entre os soldados, o qual partiu ligeiro para cima do feiticeiro para agarrá-lo. Todavia, recebera alguns golpes certeiros e logo teve um olho, um braço o coração e as vísceras arrancados de súbitos pela ponta do sabre, o que o levou a sucumbir e a ser o 8° a "desencarnar" da terra. Naquele momento, em meio à neblina, quase todos os soldados que se encontravam daquele lado do terreiro revolutearam e de forma sincronizada correram e o circunvagaram-no rapidamente, e em círculo se prostraram, prendendo supostamente, dentro da roda, o biltre belicoso. E do lado oposto em que o mais galante se encontrava, começou uma batalha campal, que logo descambou para uma balbúrdia tenebrosa. Nisso, só se ouvia e via um corre-corre danado, um pega-pega, gritos de dor e o descer e o levantar do sabre e o jorrar do sangue que vertia dos corpos dos soldados que caiam mutilados ao chão. Concomitante e quase análogo à morte de Geraldão, morreram os irmãos gêmeos sergipanos: Cosme e Damião, que tentando agarrar o homem de surpresa, um vindo pelo flanco esquerdo e o outro se locomovendo pelo flanco direito, tiveram os braços cortados e decepados do corpo na altura dos ombros. E, enquanto gritavam e se estorciam no solo ao ver os membros separados do corpo sentiram nos pescoços o frio mortal da lâmina do afiado sabre. Nessa feita, partiu Rubão Valente gritando como louco em direção ao belicoso, dizendo: eu te mato cabra safado! Mas o infeliz logo foi rasgado na altura da barriga, como se fosse um saco cheio de farinha de mandioca que horizontalmente é rasgado em dia de feira pelo comerciante; assim, no instante em que se aproximara e recebera o funesto golpe na barriga, sentiu um frio intensíssimo no ventre. Empalideceu. Derreou-se dobrando as pernas ao chão como se ajoelhasse para rezar. Pôs as mãos na barriga, tentando segurar de forma desesperada os fatos e o sangue que escorregava para fora que semelhante à água quando se tenta fechar as mãos escapole entre os dedos. Deu dois gemidos. Revirou os olhos e empenou o corpo para o lado direito, desabando fúnebre no meio do terreiro. E pegando na mão da sombra da morte se despediu da vida. Guéu Capoeirista por sua vez, ao ver a cena funesta, fez o sinal da cruz sobre a testa, jogou o terço no chão com o qual outrora fazia as suas preces; trotou habilmente pelo quintal, correndo em direção à parede lateral da casa. Subiu horizontalmente como se estivesse subindo nos degraus de uma escada. Deu um fabuloso salto-mortal girando o corpo de atleta no ar e caiu em pé e diante de "Capa preta" tentando-lhe golpear por trás com um poderoso chute com a perna direita. Todavia, de maneira hábil o feiticeiro belicoso como era, se virou, e com uma das mãos calejadas das lutas que já havia enfrentado, defendeu o poderoso golpe, e com a outra mão, agarrou o pé de apoio de Guéu capoeirista. Torceu-o girando fortemente, como se o pé do rapaz fosse um parafuso. E sem lhe dar reação de defesa lhe lançou ao ar, o qual girando o corpo no alto sem querer fazer aquele tipo de movimento, caiu estabanado, batendo a cabeça no solo de mau jeito. E, quase igual ao um surfista que pula em cima da prancha e tenta se equilibrar ficando em pé na mesma no momento em que a marola escolhida do alto-mar chega; semelhante fizera Capa preta que pulou em cima da cabeça do homem esmagando lhe o crânio na hora. Então, Saturnino dente de cavalo entrou em cena, correu pelo flanco direito para cima do feiticeiro com as mãos erguidas às quais possuíam unhas grandes cavouqueiras semelhantes a garras de águia que pareciam que não viam tesoura há muito tempo, para tentar agarrar e lhe dar uma funesta mordida. Mas logo foi repreendido por uma forte espetada na boca e depois recebeu um potente chute da perna direita em seu saco escrotal. E, enquanto havia colocado as mãos no "baixo-ventre" massageando a região para absorver a insuportável dor do impacto, recebeu uma espetada fulminante na barriga, o que o levou ao chão de papo para o ar golfando sangue e em poucos segundos morreu. Diógenes brigador para lhe acudir partiu rápido com os dois punhos cerrados para cima do belicoso, e conseguiu dar um forte murro com o braço direito nas "caixas do peito" daquele que era procurado pela polícia, porém, o golpe só foi o suficiente para abalar um pouco o feroz, que logo contra golpeou, dando-lhe um poderoso soco na cara com a mão direita. E, enquanto o homem tentava se equilibrar ele girou em círculo no entorno dele para ludibriá-lo; e como um "mestre-sala" que se locomove no entorno de uma "porta-bandeira" para lhe cortejar; escorregou de propósito por entre as pernas do soldado e lhe deu uma habilidosa rasteira, que Diógenes brigador se desequilibrou e foi ao chão. Quando tentou se levantar, e prosseguir na luta, recebeu de baixo do queixo outro poderoso murro, e caiu estabanado ao chão gritando de dor, onde imediatamente, o feiticeiro avançou, e com movimento da mão direita que estava com o sabre, enfiou na barriga do rapaz, que já estava estirado ao solo e que também em pouco tempo morreu. Roberval braço de ferro vendo que o homem havia projetado o corpo para baixo para desferir o golpe funesto em Diógenes brigador, fez careta de mal, com as veias do pescoço inchadas como se fossem explodir de raiva, e assim gritou furioso: seu filho de uma mula, cão dos infernos, vou te estripar todo e botar os teus buchos para fora cabra da peste! Correu em direção ao feiticeiro que no momento se levantava, agarrou-lhe os braços fortemente, e os virou para trás tentando prender os seus membros superiores com as algemas. Quando de súbito, recebeu um golpe surpreendente. O feiticeiro ao perceber que os seus braços estavam momentaneamente presos pelas mãos daquele forte homem utilizou as pernas e deu um giro para trás em torno do corpo, como se fosse ele um carretel que é girado na vertical, aonde as pernas fortes e habilidosas que eram acostumadas com aqueles tipos de golpes, vieram por entre os seus braços, e entre os braços de Roberval braço de ferro, e acertou-lhe em cheio debaixo do queixo, o qual atingido pelo golpe caiu quase morto ao chão. E, enquanto se encontrava esmorecido pelo golpe e sem poder de reação, também recebeu na barriga uma espetada fulminante do poderoso sabre. Juvenal pé de roldo por sua vez em um golpe de karatê se aproximou de repente do malévolo, sacudiu o enorme pé e o derrubou ao chão com uma grande "pesada". Todavia, o funesto e também belicoso semelhante a uma mola que bate ao solo e pula, se levantou rapidamente e correu para cima do homem. E quando Juvenal pé de roldo tentou lhe acertar mais um chute, o feroz com uma das mãos defendeu o golpe e com a outra mão que segurava o sabre, lhe deu um golpe mortal, manuseando o sabre na horizontal, como se fosse um explorado operário cortador de cana, que utilizando um facão afiado decepa a cana ao meio; de modo que, uma parte cai num lugar e a outra parte cai em outro local; assim, fora o golpe que o feiticeiro deu em Juvenal pé de rodo decepando lhe a cabeça e a separando do corpo na hora, a qual rolou pelo chão como se fosse uma bola que rola em um campo de futebol, fazendo um barulho esquisito pela terra. E do seu corpo que se estremecia em ataques convulsivos e que havia desabado ao chão, na altura da região do pescoço, esguichava sangue em jatos funestos. Jaime boca de piranha de surpresa e por trás voou nas costas de Capa preta, trançou as pernas fortemente em seu tórax, enquanto as mãos como cabresto de cavalo trançaram no pescoço. E, agindo com os dentes vorazes, tentou lhe vencer "na marra" lhe dando uma mordida no ombro direito. E, ao suspender a cabeça parecendo cachorro louco quando morde com raiva as presas, arrancou um pedaço de carne das costas de Capa preta. O feiticeiro por sua vez, mesmo sentindo a terrível dor da mordida no ombro, lançou a mão esquerda para trás e rapidamente pegou na cabeça de Jaime boca de piranha e projetando o tronco e a cabeça para baixo, o derrubou de cima de suas costas com a força de seu braço. E quando o corpo do homem já se encontrava ao chão e em sua frente, enfiou o sabre no "bucho" com toda a raiva e com toda dor que sentira no momento, o qual com a boca entupida de carne e sangue exalou suspiros de dor e morreu. Decretando assim, o extermínio da primeira leva de soldados que se apresentou para prendê-lo. Enquanto os corpos de homens destemidos caiam tombados ao chão, o gaúcho bom de peixeira Floriano Peixoto fazendo movimento com o chicote em punho cerrado, e demonstrando possuir excelente habilidade com aquela arma, jogou o mesmo, que foi ligeiro e enroscou na mão de Capa preta semelhante à cobra quando dá o laço mortal em suas presas. E, quando ia puxar o chicote e desarmar o belicoso, o de corpo fechado se movimentou rapidamente avançando para próximo do homem, nesse ínterim, com a outra mão agarrou uma faca que estava ao chão, cortou o chicote que estava enroscado em seu sabre e enrolado em sua mão, e assim que, o couro do chicote de boi foi cortado, e a sua mão direita ficara livre para agir, jogou o sabre na cara do homem, o qual fora assertivamente e fincou mortalmente direto no olho direito de Floriano Peixoto que deu um grito estrepitoso, e em pé como um poste caiu duro sobre o sabre, o qual entrou e lhe varou perfurando profundamente o seu olho. E, semelhante à bola de assoprar, cheia de ar ao se esvaziar; também exalou suspiros de dor e faleceu semelhante a veado-campeiro quando é atingido de surpresa pelo caçador. Contudo, a marcha do feiticeiro não parou por ai e continuou desbaratando o pelotão, pois o mesmo a partir daquele momento começou a realizar mirabolantes e surpreendentes firulas, e através de grande habilidade corporal que lhe permitia colocar as mãos ao chão, como se estivesse "plantando bananeira" com as pernas estendidas para o alto, tendo fincado entre os dedos do pé direito, o sabre, dava giros de 360° graus. E, ao girar o corpo rapidamente como um pião; o sabre que estava preso entre os dedos do pé, cortava braços, pernas, pescoços, e as barrigas de todos que se aproximavam. Outras vezes, saltava do meio de quatro ou cinco soldados que estavam tentando lhe pegar, e no salto com o corpo ainda girando no ar sobre os militares, desferia golpes certeiros, nos pescoços, nas cabeças e nos braços, que muitas vezes eram mortais. De repente, um soldado alto, esguio, de tez clara, de olhos castanhos com brilho opaco e aspecto sorumbático, tipo de olhar de peixe morto, apelidado de "Mão certeira" armado com uma espingarda "cospe fogo" era assim que ele a chamava mirou na cabeça do feiticeiro querendo pôr um fim naquele massacre. Esse soldado tinha este apelido, pois era considerado um dos melhores atiradores de São Gonçalo dos Campos, porque sempre que mirava nos alvos, os acertava em cheio. Às vezes, quando estava no mato caçando, mirava em alguns pássaros que sobrevoavam o local, mirava no debaixo e de súbito detonava a arma, onde a bala disparada atravessava todo o pequenino corpo da ave, saía pelo bico, e acertava as outras aves que passavam voando no momento. Enquanto isso, enquanto mirava a funesta arma contra o facínora belicoso, Mão certeira com fluxo cerebral clarividente pensou: etá cabra da peste parece que realmente tem o corpo fechado, e até parece que é o próprio diabo, e eu, pobre e, infeliz, só possuo essa bala, por isso, não posso errar senão estarei morto! O feiticeiro por sua vez olhou fixamente para Mão certeira que se encontrava distante apenas 5 metros, porém, a fisionomia do malévolo que era feia e severa não se alterou, se mostrando impassível e frio. O soldado, então, sem querer perder tempo e a vida, lascou o dedo ligeiro, disparando a espingarda contra Capa preta, que, simplesmente mexeu a cabeça para o lado direito, poucos centímetros, mas o suficiente, para que não fosse alvejado pela bala que passou chiando pelo ouvido como muriçoca. E, ao se esquivar fez um movimento malabarístico projetando o corpo para frente e as mãos para o chão, e deu uma "cabriola" que nem macaco em direção ao policial que acabara de atirar contra ele. E com o sabre na mão, enfiou fortemente na barriga de Mão certeira, que exalou suspiros de dor e desalento, em seguida, tombou duro ao chão, com o sangue avermelhado jorrando pelo terreiro.

Embora a habilidade do feiticeiro fosse tamanha e de se admirar, algumas vezes, era surpreendido por alguns ágeis soldados, que se aproximavam por trás de surpresa e empunhava a faca com toda força sobre ele. Todavia, a ponta da arma envergava de maneira surpreendente, e de imediato, o implacável que tinha o corpo fechado por "rezas brabas" como contragolpe, empunhava o sabre contra os seus agressores matando-os de forma instantânea. Após uns 20 ou 30 minutos de luta, um soldado atento aos barulhos que estava acontecendo do outro lado da casa o qual estava próximo do mais galante gritou: etá parece que está acontecendo um bafafá dos diabos do outro lado da casa! Exclamou alto chamando atenção de quem estava presente daquele lado. O mais galante por sua vez ao ouvi-lo notou que realmente estava acontecendo uma tenebrosa balbúrdia, por isso, correu rápido para dar a volta na grande residência, e, ao chegar do outro lado percebeu que o feiticeiro ainda estava vivo, mas o pior, é que ele havia matado 25 soldados, e ferido um dos seus amigos que o acompanhara até Cachoeira. Sobretudo, para resolver aquela tenebrosa questão, o mais galante que tinha a obrigação de desafiar o feiticeiro, e provido que era de grande habilidade corporal, partiu resoluto com o punhal na mão direita em direção ao feiticeiro, e esse encontro provocaria uma titânica disputa entre eles: de um lado, um, benquisto e consagrado pelo povo o qual empunhava um afiado punhal feito de prata que fora encomendado para matar lobisomens. Do outro, o obscuro, o sanguinolento e malquisto por todos na região em que vivia o qual empunhava o mortal sabre que fora forjado nos recônditos mais sinistros de um terreiro de manipulação de magia negra. Quando Capa preta viu o mais galante se locomover em sua direção armado com um punhal, começou a "gingar" movimentando as pernas simultaneamente uma para frente e a outra para trás; vergando o tórax para um lado e para o outro, e meneando tanto os braços bem como a cabeça num ritual de luta como se preparasse para se defender e atacar. E na aproximação de ambos, a luta de súbito começou, numa tentativa de um, querendo furar o outro, e ia de cima a baixo, e de baixo para cima, onde às vezes, o punhal entrechocava-se contra o sabre, o que liberava faíscas. E no enlace dessa luta mortal e no mover frenético das articulações dos corpos que pareciam que não tinham ossos, devido a grande flexibilidade que possuíam, eles se deixavam cair de costas como se estivessem desfalecendo, mas rapidamente, firmavam-se nas mãos, levantavam-se, e num piscar de olhos pulavam um sobre o outro, ora com um dos pés, ora com o outro; davam saltos mortais para frente e para trás; e com as mãos ao chão e os pés para cima davam seguidas piruetas; mergulhavam de relance de cabeça com a arma na mão até a altura dos joelhos, porém, eles se livravam do raio de ação das armas através de cambalhotas. Em meio a isso, mais de 10 minutos se passou, e o embate titânico continuava. Até que, o feiticeiro como exímio lutador e experiente, aproveitou que um cisco caíra no olho direito do oponente, fazendo com que desviasse um pouco a visão, para escorregar de propósito e de repente para frente, e com um dos pés, conseguiu habilmente dá uma rasteira no pé de apoio de seu desafiante. Com isso, o mais galante se desequilibrou e caiu de costas ao chão, e da sua mão direita, o punhal, escapulira uns 2 metros de distância, deixando-o temporariamente desarmado e em perigo. Por sua vez, o feiticeiro que se encontrava em pé a 4 metros de distância parou de se mexer por alguns segundos, passou as mãos pela cabeça e jogou os cabelos encaracolados que estavam assanhados para trás, e os prendeu com um grampo. E com sorriso irônico estampado no rosto, e olhando fixamente para o seu adversário que estava decúpito ao chão, falou: então, você é o famoso João de Feira de Santana, do bairro Tomba aquele de quem tanto se fala por essa região, sobre poderosas orações que a sua família o ensinou, e sobre habilidades e força física nunca antes vistas por essas bandas, não é mesmo? Eu sempre tive a fixação de lhe encontrar um dia para lhe desafiar, no entanto, foi você que veio me encarar, que ironia! Mas agora, eu vou lhe mostrar quem manda por aqui e quem sou eu! Exclamou mostrando o sabre em sua mão negra. Enquanto Capa preta pensava que estava pronto para cravar o sabre até o cepo no corpo de seu desafiante, o astuto galanteador se preparava para dar um golpe, e mesmo decúpito ao chão, se utilizou de um inesperado subterfúgio, o qual era talvez o último recurso que dispunha. E enquanto olhava odiosamente para dentro dos olhos do nefasto sem piscar os seus, com a mão direita pegou um punhado de areia no solo, e sem que o tal percebesse, jogou-a na sua cara. Aonde a areia seca do árido solo foi direto e certeiro no rosto do homem, que na agonia de limpar os olhos se tornou presa fácil. Por sua vez, o mais galante que já ouvira falar que aqueles tipos de feiticeiros tinham os corpos fechados baseando-se no poder das "rezas brabas", entretanto, tinha também, um ponto fraco que era o "pé do umbigo" o único lugar do corpo humano que as ditas rezas não conseguiam fechar, aproveitou a oportunidade, e sem titubear, rapidamente fez o sinal da cruz sobre a testa, pegou o punhal que estava ao chão e pulou em seguida sobre o homem. E com grande rapidez deu um formidável "ippon" que é um golpe de judô, tipo de golpe marcial que o lutador habilmente projeta o corpo do adversário para o ar, com a cabeça para baixo e as pernas para o alto, deixando-o cair em seguida com as costas ao chão, mas tendo o corpo seguro firmemente pelo tórax. Desse modo, enquanto aplicava o golpe certeiro no feiticeiro, e o corpo do mesmo estava resignado ao alto, com as pernas coladas uma na outra e para cima, com um dos braços musculosos segurou firme o corpo do malévolo e com o outro braço que segurava o punhal na mão, enfiou-o no umbigo com muita força, que o mesmo varou de imediato a barriga, perfurando vários órgãos e saindo nas costas do homem. E com o punhal em punho cerrado girou-o ainda dentro como se fosse um parafuso, depois, puxou a mão bruscamente para fora, sendo a mão que segurava a arma seguida de uma "cachoeira de sangue". E isso fora o suficiente para deixar um enorme buraco no meio da barriga. E assim, naquele instante com apenas aquele golpe que foi o de misericórdia, lhe acertou exatamente no local do corpo que era o seu ponto fraco, o qual estrebuchou de dor ao chão, e que, só teve tempo de botar as mãos na barriga, esticar a cabeça para o alto com as faces do rosto empalidecidas, e dar um alto grito, que até do outro lado do rio, na cidade de São Félix se ouviu, e de súbito, a negra sombra da morte veio e lhe velou os seus olhos. Pronto, estava feito, estava consumada a missão, o homem que era considerado o mais charmoso entre os homens, foi feliz, e com um só golpe matou o temido feiticeiro de Cachoeira.

Multidão de curiosos logo começou a circular tanto na frente da casa bem como no terreiro para espiar o que havia sucedido por ali, enquanto alguns apenas observavam com olhares espantados e lamentavam o infortúnio da morte daqueles soldados distintos, outros, se sentindo livres e aliviados para se expressarem, como se estivessem explodindo de contentamento, tocavam fogos de artifícios em sinal evidente de felicidade ao saberem da morte daquele que era malquisto entre eles. A famosa balbúrdia que aconteceu em Cachoeira fora sem sombras de dúvidas uma tragédia sem precedentes, onde 25 policiais uniformizados a serviço da polícia militar de Feira de Santana, e a serviço da polícia de São Gonçalo dos Campos, foram mortos pela ponta do sabre daquele homem. Contudo, 2 dias depois após participar tanto do velório bem como do funeral coletivo, o mais galante pegou o caminho de volta a São Gonçalo dos Campos, e, enquanto o cavalo trotava cortando as estradas poeirentas da região, o mais galante embora tenha lamentado profundamente a morte de muitos soldados naquela diligência, já esboçava um sorriso de contentamento, e enlevo contagiante começava a lhe tomar por assalto a cada trotada que o cavalo dava se aproximando da casa de Zilda.

Sobretudo, os pormenores daquela impactante diligência e a notícia daquele feito correram os quatro cantos da cidade histórica e de toda a imensa região, sobre o destemido João barbeiro, que matou sem consternação o temível feiticeiro, sobre o qual muitos diziam que o sujeito era capaz de matar uma pessoa apenas com o olhar. Porém, não fora a única notícia que correu no ensejo. Quando chegou a São Gonçalo na frente da casa de sua pretendente, para exigir o prêmio que lhe fora prometido que era a mão da donzela em casamento, levando consigo a "capa" como troféu exigido pelo pai da moça, o velho Teodoro Espanta Leão, após balançar a cabeça em reconhecimento ao feito, falou:

— Você me surpreendeu! E, é sem sombras de dúvidas um homem de muita fibra e determinação! Porém, é também um mulherengo inconsequente, um sedutor vil, que usa de rezas e outros artifícios para seduzir. E, eu, em sã consciência nunca darei a permissão para um sujeito que nem você casar com a minha filha.

Nesse instante, o mais galante desceu do animal e o apeou na grade do portão bem na frente da casa. Ficou emudecido durante alguns segundos olhando sem acreditar no que acabara de ouvir. Balançou a cabeça como se quisesse dizer: não é possível! Olhou novamente para a cara daquele homem insensato que não queria cumprir o que havia falado na presença de outras pessoas. Daí a pouco, se revoltou e mostrou nitidamente através da expressão do rosto que ficara possesso. Olhou severamente para dentro dos olhos do pai da moça que do outro lado do portão afirmava o que havia dito, e contestou a decisão:

— Em primeiro lugar não sou o que dizem por aí; e, em segundo, o senhor fez um acordo comigo, e por isso, agora, exijo que cumpra o prometido!

— Realmente fiz um acordo com você! E nisso, você tem razão, mas agora, é diferente, pois já estou sabendo de tudo, de sua má reputação e de seu mau caráter, por isso, eu deveria, era arrancar os seus olhos, porque foi com eles que você certamente, os usou como isca para enfeitiçar a minha filha. Mas vou lhe dar uma chance! Permitirei que vá embora, pois nunca mais quero ter o desprazer de ter que olhar nos seus olhos cínicos, senão eu mando te prender e depois te esfolar todo. Deu uma pausa e concluiu: deixe de me serrazinar e arreda-te do meu caminho e do caminho da minha filha seu crapuloso, seu infame. Disse o velho Teodoro Espanta Leão, quebrando o trato que fizera.

Para o mais galante foi como se o chão tivesse fugido dos seus pés, e nesse instante, se sentiu nocauteado por um pérfido golpe, que o deixou zonzo como um boxeador fica quando recebe um gancho de direita no queixo. Então, respirou fundo, tentando amainar o coração. Olhou para a janela, com desejo firme no peito esperando que a amada aparecesse e que aquela situação constrangedora e decepcionante se contornasse. Mas, o tempo passou e a bela Zilda não apareceu, não deu o ar da graça. O que será que aconteceu? Será que ela foi mandada pelo pai para algum lugar longe dali? Ou sabedora da má reputação que recaia sobre ele, resolveu se afastar para não lhe encarar? Essas foram as perguntas que ficaram em seu íntimo. Mas, e, agora? Continuou monologando perguntando a si mesmo com os olhos rasos d'água: o que é que eu farei da minha vida de agora em diante? Esse questionamento era porque parecia que o mundo havia despencado em sua cabeça de repente. Sensação de que alguma coisa estava faltando ou de que algo estava fora do lugar, lhe obsedando a mente e o espírito ao mesmo tempo. Era tão perturbadora a sensação que tivera que parecia que era o fim de um mundo perfeito que julgava que em pouco tempo compartilharia ao lado daquela donzela. E de súbito, mais uma vez pensou: se por acaso ela aparecer na janela e me oferecer um sorriso acolhedor, sem hesitar enfrentarei o seu pai e todos os seus jagunços, mas, caso não aparecer é por que não me quer mais! Concluiu os desconsolados pensamentos. Porém, com aguda esperança na mente e no peito talvez se baseando em um provérbio antigo chinês que havia aprendido com um ancião conhecido que dizia: "quem sabe esperar, o tempo abre várias portas". Por isso, ficou esperando a amada dar as caras, mas o tempo passou, e nada. Então, desistiu de esperá-la, pois não tinha mais argumentos que pudesse convencer o pai da moça que duvidava do seu caráter, e o olhava fazendo caretas e ora ou outra passava a mão pelo pescoço como se quisesse dizer: vou te estrangular cabra safado. Abaixou a cabeça do seu opróbrio e da infinita decepção do simples fato de sua amada não ter aparecido na janela, e calado, triste em demasia, foi embora, caminhando a passos lentos, puxando o animal pelo cabresto, e sem olhar para trás, para que não retornasse, e com isso, não viesse a ter que tomar atitudes drásticas com consequências imprevisíveis que viessem a lhe prejudicar depois, já que aquele homem além de ser o pai de sua amada, era ainda uma autoridade constituída legalmente, e por isso, ele não queria cometer sedição.

# Capítulo III
# A donzela Glória

No ensejo em que Teodoro Espanta Leão, negou à mão de sua filha, e lhe cerceou o amor que imaginara ter conquistado através do cumprimento de nefasta missão da qual fora submetido. Subitamente, semelhante à flor que na terra seca morre por inanição devido à espera da chuva tão almejada que não chega; assim fora ele que ficara triste com o coração dilacerado como se carregasse no corpo chagas abertas que chamavam atenção por onde passava. Contudo, ao compartilhar esse indesejado sentimento com um dos seus amigos e ouvir do mesmo que deveria enviar mensagens para a donzela para saber o que ocorrera, ponderou. Então, estimulado pelo "vento da esperança"; reuniu forças, e, passou para o papel o que achara que deveria escrever e logo enviou a sugerida missiva na qual explicava quase toda a história que o maculava, além de dizer que: o seu amor era verdadeiro e dele ela não podia duvidar, porque ainda sentia o seu perfume que tal qual a um encanto poderoso havia se impregnado em seu corpo, e que em seus braços, além de sentir na boca o gosto do mel em seu beijo, nunca havia sentindo tanto calor e tanta ternura que nenhum frio no mundo poderia esfriar. No entanto, se passaram quase 3 meses em relação à primeira missiva que enviara a qual fora sequenciada por outras. E sem obter respostas, e não conseguindo conter a angústia, resolveu retornar a São Gonçalo dos Campos, para saber se as recebeu, e, se recebeu, por que não lhe enviara respostas. Na agonia de resolver logo esse imbróglio amoroso, chegou cedo, mas antes, primeiro, dirigiu-se à delegacia para se certificar que o delegado, e, pai de sua amada, ainda se encontrava por lá dando plantão. E aproveitando que o homem não se encontrava na residência, se aproximou de mansinho da casa, se posicionou defronte ao grande portão, do lado direito do quarto da donzela sob a janela. Retirou o chapéu e o pôs sobre o peito. Olhou para um lado e para o outro para ver se vinha alguém. Elevou os olhos mais uma vez em direção a janela, e falou altivo e esperançoso de que a amada estivesse por ali: Zilda! Exclamou alto. E como quase todo romântico incurável, falou sem se importar se estava fazendo papel de bobo ou se, o que falaria seria piegas. E ao abrir a boca para falar o que há dias sentia e pensava, o seu coração assim como uma cachoeira que despenca as águas do alto de um morro ou de uma montanha, além de transbordar de amor, fora tomado por eloquente inspiração, semelhante a poeta quando fica diante das maravilhas da natureza ou do imponderável: você é o meu céu; meu mar; a minha lua e o meu sol, e sem você não saberei viver neste mundo! Contudo, a janela continuou fechada e impassível a sua presença, nem um sinal daquela que fizera o seu coração disparar de emoção quando a conheceu. Abaixou a cabeça e suspirou profundamente, do tipo de suspiro que uma pessoa solta espontaneamente quando reconhece que todo esforço empregado fora em vão. E sentindo que ficara desprestigiado, e que o ostracismo dali em diante seria o seu companheiro, resolveu voltar para casa. Dias depois pensando no que poderia fazer para esquecê-la, resolveu ir embora da Bahia, pois a frustração de não mais a ter em seus braços estava ficando cada vez mais ululante em seu rosto. E consoante a esse indesejado sentimento, uma pergunta ficou a lhe inquietar os sentidos clamando no fundo do entristecido coração: será que o tempo e a distância suprirá essa paixão desenfreada que sinto? A resposta mais conveniente para ele naquele momento de sua desconsolada tristeza foi sim: ir embora para o mais longe possível. Entretanto, para que pudesse permanecer distante sem contato com alguém ou algo que lembrasse à amada, sentiu a necessidade de ter outra ocupação profissional que fosse diferente daquela que exercia. Foi quando ouviu pessoas falarem a respeito de uma empresa renomada que procurava contratar um profissional solteiro, inteligente e que tivesse disponibilidade para viajar. Esse trabalho era laborioso, e possuía apenas uma vaga em aberto na função de "apontador de obras" numa companhia brasileira que cuidava das estradas de rodagem do Brasil a qual é atualmente conhecida como (DNIT) Departamento nacional de infra-estruturas e transportes. Sem pensar muito no que ia fazer resolver agir para não perder a oportunidade, e como carta que fica escondida na manga de jogador astuto; semelhante e de forma assertiva, usou tanto o prestígio bem como o conhecimento que fizera com pessoas ilustres e influentes da região de Feira de Santana, para garantir o emprego que desejava. Porquanto, após se fichar e se tornar empregado de renomada companhia, pediu a parentes seus que tomassem conta de sua casa enquanto permanece fora e distante. Fez as malas, e sem delongas viajou para Florianópolis capital do estado de Santa Catarina, recanto turístico localizada no sul do Brasil, considerado uma das três ilhas capitais do país, cujo litoral é banhado pelo Oceano Atlântico, onde grande parte da cidade de Florianópolis, ou mais de 97% por cento de seu território está situada na ilha de Santa Catarina.

Durante a longa viagem, e, enquanto o trem serpenteava os vagões sobre os trilhos e cortava as cidades do trajeto em que tinha que percorrer até chegar ao estado de Santa Catarina, passando obrigatoriamente, por outros estados, inclusive, pelo estado do Rio de Janeiro, o mais galante se encontrava sentado na poltrona próximo à janela olhando fixamente para fora e via que as belas paisagens que estavam sob a abóbada de um céu azul-celeste passavam diante de si. E ele, recluso em sua tristeza, semelhante a espectador fúnebre; olhava-as com olhar distante e evasivo, mas com o pensamento voltado para todos os episódios que envolvia a sua amada: sei que não terá fim para o que sinto, pois é como se houvesse uma imensa cratera em meu coração que talvez nunca seja fechada! Dessa maneira, carregou no peito nostalgia dilacerante e foi lembrando pelo caminho em que percorria sobre a paixão avassaladora que conheceu: da sua imagem deslumbrante; do seu corpo escultural de curvas perfeitas; dos cabelos longos e negros que eram macios e cheirosos; da boca delicada, e de voz tão suave que o acalentava. E isso, fizera as lágrimas rolarem pelo entristecido rosto, molhando um pouco os lábios trêmulos e marcados pelos beijos da boca que um dia beijou, pois grande era a saudade que sentia, e inextinguível era a recordação daquela de quem a beleza era divinal.

Enquanto isso chegou a Florianópolis. A cidade e a região eram na época o destino final de muitos emigrantes europeus, como: alemães, italianos e outras do "velho continente". Um povo culto, altivo e trabalhador, cujos descendentes não só receberam a herança intelectual como também a genética de compleições físicas admiráveis privilegiando tanto os homens bem como as mulheres as quais possuem belezas físicas reconhecidas mundialmente. Sobretudo, ao se sentir ambientado em um hotel confortável da cidade que fora escolhido pela companhia para que os funcionários, principalmente, os de cargos de chefia ficassem próximos do canteiro de obras, aproveitou os tempos de folgas e circulou pela zona rural, pelos bairros e praças da Ilha, esbanjando charme e elegância, mas sempre atento à procura de alguma jovem donzela para com ele se ameigar. E esse tempo que encontrava e que lhe era disponível foi muito generoso, e fizera com que o mais galante em apenas 03 meses conseguisse seduzir mais de 20 moças solteiras, filhas de emigrantes da região. Onde para seu "bel-prazer" tudo buscou fazer, mas sem deixar se "amarrar sentimentalmente" e sem se comprometer com nenhuma das moças. Contudo, o sentimento que não desejava, o surpreendeu e lhe tomou por assalto, e lhe fizera com que se apaixonasse por uma jovem também filha de um emigrante que ora ou outra ele via passar andando e desfilando de forma sensual a sua beleza feminina, mas sempre acompanhada por outra moça de mais idade. Ela era bonita, jovem e tão pura semelhante à delicada flor quando começa a desabrochar as pétalas. E nesse ensejo em que a conheceste enquanto ela passava caminhando quase todos os dias, no mesmo horário do dia anterior, exatamente, às 16h00, quando deixava o expediente de trabalho, desejou ardentemente tê-la em seus braços, pois a sua estonteante aparência, lhe fizera lembrar-se de Zilda, que, em sua opinião havia deixado para trás sem lutar. Seu nome era Glória Vincenzo Martellucci, filha única de um fazendeiro muito rico da região chamado de:

Giuseppe Tornari Vincenzo Martellucci, italiano, homem de sangue quente, e muito conhecido do povo. Era tão rico que exercia influência exacerbada na vida das pessoas da região. Segundo alguns moradores da cidade, talvez: 1/10 da população economicamente ativa da Ilha trabalhasse para ele, nas suas fazendas; nas suas fábricas; e nas lojas de confecções espalhadas por quase todo o município. E, ainda existiam pessoas que o bajulavam que eram informantes, os quais o deixavam "à pá" de quase tudo que acontecia por ali. Não obstante, certo dia, enquanto a moça passava andando, o mais galante entre os homens a observava de maneira maliciosa com olhar desejoso semelhante ao de um cão esfomeado na porta de um açougue; e consoante ao o olhar, e com a mão coçando o queixo, além de lamber os lábios e franzir um sobre o outro, pensou: és uma linda flor... Ainda sentirei o espargir do perfume do seu corpo. E para o meu deleite colherei "as primícias do jardim do éden"! A colega da jovem que era mais experiente e que já havia percebido os olhares sedutores sobre a amiga, falou: aquele moço alto, de cabelos pretos e lisos, que está vestido de camisa branca, que é lindo de morrer; e que está parado em pé ali do outro lado da rua perto do hotel Eldorado, não tira os olhos de cima de você todas as vezes que passamos por aqui! Ela ouviu o que a colega relatou, olhou para a direção em que ele se encontrava parado com o olhar voltado para ela, e, além de se enrubescer se arrepiou toda, ao constatar que era verdade que olhar malicioso lhe seguia e lhe contemplava como se ela estivesse desnudada, e os seus predicados femininos tão apetecidos pelo público masculino estivessem explícitos. Esse pensamento constativo lhe deixou desconcertada. Não obstante, se fez de rogada, e andando com passadas leves jogou charme e foi embora, mas sem olhar para trás para não deixar transparecer que havia ficado mexida. Assim que se distanciou, perguntou a colega: ele ainda está olhando para mim? Não sei, respondeu a companheira! Passados alguns dias apenas, lá ia ela e a colega novamente andando pela rua e exprimindo no seu delicado rosto: notável ansiedade. Mas no momento em que passava próximo ao hotel e não o viu, ficou com ar de decepção, ao perceber que aquele homem: bonito, alto, charmoso e atraente que há dias lhe paquerava não se encontrava por ali. Por isso, falou: será que ele vai aparecer hoje? Será que chegamos atrasadas ou ele fora embora? No momento em que fechara a boca, foi surpreendida por voz reverberante e envolvente daquele tipo que parece que congela a alma; a qual veio por trás e dissera assim: oi minha linda, que bom vê-la novamente por aqui! Ela olhou para trás, ficou pálida e sem ar; as pernas começaram a tremer; e pensou até em correr de tão tímida que era, mas não teve forças suficientes. Os seus olhos não conseguiram mais desviar dos olhos dele; era como se força hipnótica lhe tivesse paralisado os seus membros deixando-a sem ação e ainda a impelisse para os braços daquele distinto homem, cuja beleza deslumbrante lhe deixara embriagada. Contudo, e, em seguida, deu um sorriso anuente como se quisesse dizer: eu me rendo a você! Nesse momento, sem se importar com a outra moça, ele pegou em sua delicada mão, trouxe-a para junto de si até a boca e a beijou carinhosamente, e perguntou:

—Qual a sua graça?

Ela balbuciando, respondeu:

— Glória!

— Muito prazer Glória! Verbalizou e assentiu com a cabeça ao mesmo tempo. Continuando, falou: há dias que queria conhecê-la, muito embora, pressinto que a partir de hoje, seremos bons amigos! Completou dando sorriso malicioso.

A moça se sentindo constrangida com os olhares das pessoas que passavam pela rua e próximos onde eles se encontravam, e sem saber o que dizer, puxou a mão de forma agoniada se desgarrando da mão dele, despediu-se e foi embora. Sobretudo, enquanto os dias se passavam, ele, sem perder tempo, fora lhe enredando em seu jogo de sedução. Em um dia lhe falara: tal qual um peixe que recebe a sentença do pescador, assim me sinto, pois mordi a isca do amor! Outro dia dissera: fui enlaçado pela sua beleza e agora estou preso nas suas teias! Em outro: a minha sentença indubitavelmente é: amar-te incondicionalmente! E assim, na medida em que o tempo rugia as investidas na tentativa de seduzi-la aumentaram. E a jovem Glória, não mais conseguindo resistir aos constantes assédios e aos encantos, fraquejou, e deixou o coração se render cativo semelhante ao um rio que tem o destino traçado que mesmo correndo às águas por diversos lugares, quase sempre às lançará para o mar; e, numa tarde de domingo como o mover silencioso de um predador durante a caçada; para o desfrute do mais galante o romance iniciou-se e permaneceu em segredo. E na medida em que se encontravam, intimidades cada vez maiores eram permitidas: apertos ardilosos; mãos que percorriam mansamente o baixo ventre e, uma língua molhada e maliciosa que de vez em quando serpenteava pelo ouvido, o que deixava a garota toda arrepiada. Certo dia, ele impulsivo como sempre fora, e, se encontrando à sós com ela durante o dia ainda claro, marcou outro encontro romântico, 02 dias depois, às 19h00, no seu aconchegante quarto de hotel que era localizado na Praça Fernando Machado. Nesse dia, envolvida em seus braços, e se sentindo amada e afetivamente protegida, tipo de proteção que eleva a autoestima, fizera com que aceitasse o convite, mesmo sendo à noite num horário contrário ao que eles estavam acostumados a se encontrar. Na véspera do encontro, pensou em não ir, pois o medo de não resistir às investidas cada vez mais intimas, a apavorava, além do temor dos pais descobrirem o que estava acontecendo. Contudo, não conseguia negar para si mesma que se sentia entorpecida por sensação lúbrica que fazia a cabeça girar, e o corpo todo estremecer, quando se lembrava das palavras românticas que ele havia lhe falado, e, principalmente, das mãos afetuosas que de forma intima haviam lhe tocado. Essas recordações torpes além de lhe excitar e lhe deixar zonza a fazia lamber os lábios como se pressentisse que sensações ainda mais agradáveis talvez estivessem reservadas para ela. Em contrapartida, ele, por sua vez, marcava sempre presença e a esperava pelo caminho em que costumava passar, e com obsequiosidade que lhe era peculiar fazia questão de lembrá-la do compromisso firmado. Nesse ínterim, às horas como o vento que corre livre e depressa se passou. E, exatamente, no dia e no horário marcado, a jovem Glória, saiu de sua casa sem ser percebida pelos pais, e mesmo receosa chegou ao local estabelecido para o encontro. Ela estava toda perfumada, toda maquiada e bem vestida, com uma blusa de tecido na cor preta; uma jaqueta de mangas cumpridas de veludo, superposta por cima da grossa blusa, e era na cor escarlate; a saia de cor preta era longa e reta e o tecido era liso e cobria quase os calcanhares, pois abaixo deles, os lindos pés estavam protegidos por botas de canos médios de cor preta, e de abas de veludos que combinavam com o seu tipo físico e lhe deixavam atraente; nas mãos luvas pretas; e no seu juvenil pescoço um lindo cachecol acinzentado o enrolava para protegê-la do frio. Ele por sua vez, como sempre, estava também bem vestido, com calça de linho na cor bege; com camisa de botões de tecido fino, na cor branca; cinto e sapatos pretos para combinar; e um cachecol vermelho escuro enrolado no pescoço que lhe conferia beleza e elegância; ainda se encontrava perfumado, barbeado e ansioso para poder se deliciar naqueles braços com os quais sonhava em poder se embrenhar. Então, esbanjando charme, recebeu-a em frente ao hotel, tendo em sua mão direita uma desabrochada flor, a qual após conduzi-la as narinas e cheirá-la como se quisesse dizer com o gesto que ela era aos seus olhos: semelhante àquela rosa passou-a para a mão da donzela. E usando uma de suas falas engabeladoras, do seu variado repertório, falou: esta noite estás mais bela do que a mais bela das flores! E, certamente minha linda, a mais bela que há entre as flores murcharia ofuscada diante de sua estupenda beleza! Exclamou com olhar de ternura no rosto. Um gracioso sorriso foi a resposta da inocente garota. Onde o clima ameno de 16° graus daquela noite de sábado que estava um pouco cinzenta parecia que estava convidando o casal para o romance. Sobretudo, sem que ela esperasse alguma ação inicial de atrevimento, ele a agarrou pela cintura e lhe abraçou apertado que quase lhe tirou o fôlego, o que a deixou zonza por uns instantes. Sem lhe dar trégua na guerra do jogo da sedução que há dias havia lhe declarado; agarrou a sua grácil mão que deveras se encontrava vestida por luvas de cor preta para se proteger do frio; e a esticando em direção ao hotel, lhe convidou através de piscada de olho maliciosa, certamente, querendo sugerir que eles não perdessem mais tempo ali fora no relento, para que logo entrassem no prédio que possuía três andares. Ela então entendeu o sinal e a intenção luxuriosa, mas mesmo assim o seguiu. Ao adentrarem o edifício, passaram de relance pela recepção do hotel, trocando passos de maneira pressurosa. Subiram as escadas que davam acesso até o quarto, caminhando lado a lado e juntinhos como dois pombinhos que se dirigem para o ninho. Enquanto caminhavam, ele segurava em sua delicada cintura com a mão direita, e ela, com o braço esquerdo pendurado em seu ombro, lhe ameigava a orelha esquerda. E serelepes andaram pelo extenso corredor do prédio até chegar ao quarto de número 16 e à direita. Ele amável, obsequioso, com a respiração entrecortada demonstrando que o sangue fervia nas veias, e que o ar nos pulmões lhe faltava de tamanha excitação. Abriu a porta do quarto sem fazer barulho, acendeu a luz, parou e ficou estático na entrada da porta, em cima da soleira. Colocou a mão direita sobre o peito esquerdo fazendo charme como se quisesse dizer: estou apaixonado por você! Com a mesma mão passou deslizando pela testa, e retirou os cabelos lisos que lhe caiam sobre os olhos negros, enquanto a olhava esquadrinhando-a. E, com voz de galanteio num tom afetuoso, falou: entre meu favo de mel, e fique à vontade! Nesse sucinto lugar, sentia-se no ar fragrância de perfume inebriante que exalava de forma agradável e que o envolvia em clima de espírito de romantismo; em suas paredes, quadros de paisagens naturalistas lhe enfeitava e o tornava aprazível; numa escrivania feita de madeira que se encontrava posicionada ao lado direito da cama, detalhes chamavam atenção para o que de fato estava para acontecer, sobre ela, havia uma garrafa de vinho tinto bem encorpado, com dois copos de vidros de tamanhos médios; do lado oposto aos copos, e dentro de uma tigela de vidro uvas frescas, vermelhas e suculentas, prontas para serem degustadas; ao centro, colada à parede, havia uma cama de casal devidamente forrada por lençol cheiroso, branco e imaculado, com fronhas brancas, macias e inefáveis. Ainda fora do quarto estava à garota que, parada em pé na frente da porta, se assemelhava a imagem de um inofensivo cordeiro que está sendo preparado para ser abatido pelo açougueiro, e oferecer ao seu ávido predador carne fresca. De repente, ao ouvir o convite, e com ingenuidade peculiar típico de filha única criada com todo carinho e deferência, além de sorrir, obedeceu ao chamado; e andando com passadas vagarosas, adentrou o recinto que estava preparado para a volúpia; parou de andar, e enrolando uma mecha dos cabelos com apenas um dedo de uma das mãos, ficou olhando para o derredor como se fosse um beija- flor quando se encontra diante de um jardim repleto de flores perfumadas. Ele em seguida, com o rosto afogueado por desejo avassalador, olhou para um lado e para o outro do corredor, com tipo de olhar malicioso como o de alguém que está se preparando para aprontar algo; passou a mão de novo pela testa, e novamente retirou os cabelos lisos que lhe caiam sobre os olhos; entrou para o quarto, e encostou a porta bem devagar para não assustá-la; trancou-a, e antes que a jovem se virasse para lhe falar algo, avançou semelhante a leão faminto que avança sobre a presa escolhida, e à agarrou por trás com os braços dando à volta na cintura, encostando de repente o corpo nervoso; e de súbito, começou a beijá-la no cangote pelo flanco esquerdo, enquanto que as mãos como sabonetes que deslizam pelos corpos nus na hora do banho; tateavam-na todos os perímetros; a qual ficando desnorteada dos contínuos ataques nas zonas mais sensíveis, com o corpo pegando fogo com tipos de chamas que não se queimam, reteve um pouco a respiração que estava ficando cada vez mais ofegante, segurou os braços dele na altura da cintura como se quisesse dizer: ei, espere um pouco ai seu moço! E com voz chorosa, falou: não posso me entregar a você, porque me disseram que você tem muitas namoradas, que é um mulherengo, e, eu, continuou, tenho medo que você me machuque! Lembre-se ainda sou virgem! Exclamou com olhar tímido semelhante ao de gazela quando percebe que está encurralada por uma fera. Entretanto, ao conjecturar por alguns segundos a respeito do que acabara de ouvir, ele pensou: apesar de ter expressado que não poderiam seguir adiante, é óbvio que ela me deseja há muito tempo, e que o seu corpo clama ardentemente pelos toques das minhas mãos! Por esses motivos, continuou a beijá-la e a apertá-la contra o seu corpo musculoso e febril; e aproveitou para lhe dizer em meio a sussurros e beijos, que ela era única, e o que as pessoas falavam ao seu respeito, eram mentiras, ilações de gente que procura apenas me difamar. Enquanto isso, ela meneava a cabeça e revirava os olhos como se estivesse dando vertigem; ele, por sua vez, sem se importar com o que ela dissera anteriormente seguiu na sanha, e, embrutecido sarrava e vociferava nas costas da moça como um cão selvagem faminto; sentindo entre os seus braços a maciez de pele de mulher recém-formada, e vendo que os seus lábios vermelhos tremiam numa mistura de medo e excitação, e que, aqueles gestos acanhados de menina frágil a tornava ainda mais desejada. Porquanto, motivado por estímulos eróticos que no rosto transfigurado pela volúpia dava para ver a concupiscência estampada, falou novamente sussurrando junto ao ouvido, e grudado ao corpo da moça que nem chiclete cola na sola de sapato:

— Acalme-se minha princesa, não se preocupe! Eu posso ter várias mulheres, mas você é a única que amo! Serei jeitoso como uma mãe amorosa; e, se o seu pai permitir daqui a 2 meses casaremos na igreja! E, então, farei de você a mulher mais feliz deste mundo!

— Promete que não irá me abandonar? O inquiriu novamente com voz melindrosa.

— Prometo! Eu a amo muito! Você é o ar que respiro como poderei viver sem?

Em questão de milésimos de segundos, as salutares palavras ecoaram rapidamente e penetraram no cérebro da ingênua Glória; ela girou a cabeça por cima do ombro e o olhou fixamente nos olhos; deu um sorriso anuente como se quisesse demonstrar que aquelas maviosas palavras eram tudo o que queria ouvir; e agindo como uma nubente, que após os juramentos para o noivo diante do altar se entrega aos "prazeres conjugais" na sua primeira noite de núpcias; semelhante fora à ingênua garota, que se entregou de corpo e alma. Então, o galante lúbrico como era; e, aproveitando a oportunidade que surgira radiante como o sol; e agindo semelhante a um cavalheiro que segurando na mão de uma dama em um baile à tira para dançar; assim fora ele que, segurando em sua grácil mão a conduziu gentilmente para próximo do leito; e, em pé, de frente para ela, através de gestos suaves, onde ora ou outra tocava em sua silhueta enquanto lhe beijava a boca, com toques e beijos que a fazia estremecer, que lhe provocavam calafrios viscerais, que de súbito, enquanto lhe beijava retirou a jaqueta de veludo; suspendeu os braços dela de maneira delicada, e com a sua anuência foi arrastando para cima a sua vestimenta, retirando em seguida, sua grossa blusa de frio, o que desgrenhou um pouco os seus cabelos negros e cumpridos; e, se abaixando e se esfregando no corpo dela, como se fosse lhe beijar os pés, retirou tanto as botas de canos médios bem como a longa saia de cor preta que vestia, mas de modo que não a espantasse, deixando-a apenas com as roupas de baixo; se levantou e a abraçou na altura do busto para lhe envolver um pouco mais em seus braços; correu a mão pelo baixo-ventre como uma serpente que se prepara para dar o bote, e sem que ela esboçasse reação, com vigoroso e preciso golpe da mão direita, arrancou-lhe a peça mais íntima; e, enquanto ela de forma tímida tapava os olhos com as mãos, pois sentira vergonha ao ver que se encontrava despida, ele aproveitou o ínterim, e retirou também a roupa do seu "corpo nervoso", que estava um pouco suado devido à tensão que sentia. Quando a moça abriu um pouco os dedos das mãos que anteriormente pusera nos olhos por causa da vergonha que sentira, e, percebeu que ele também já se encontrava sem as roupas, inclusive, as íntimas, e viu de relance o seu predicado masculino rijo e assanhado lhe mirando como se tivesse vida própria, deu vertigem e quase desmaiou. Todavia, não era hora para dar um chilique ou coisa parecida, e talvez, já fosse tarde demais para retroceder. Ele, por sua vez, que dos pés à cabeça era considerado pelas mulheres um monumento masculino, um colosso, com o corpo musculoso e todo definido, denotando através da respiração ofegante que tanto a virilidade bem como a libido explodiria pelos olhos, pois se encontrava em estado de efervescência de luxúria. Sem perder tempo, e utilizando as enormes mãos avermelhadas, segurou-a pelos flancos e a trouxe para junto de si, sentindo espargir de sua fresca virgindade um mavioso aroma de almíscar; e lhe envolvendo nos braços, viu que abaixo de sua cintura branquinha em forma de violão, na região do ventre, entre as coxas firmes e torneadas, penugem crespa e emaranhada demarcava a sua feminilidade, e isto, era o que ele mais apetecia naquele momento; e, agindo através de movimentos semelhantes ao balançar das ondas no mar e a beijando e a cariciando em quase toda a extensão do corpo, sugeriu que ela se deitar-se na cama de casal com as pernas em posição de parto e o umbigo descoberto apontando para ele; e com todo o cuidado, se aproximou e se deitou em seu flanco direito, mas logo projetou o seu tórax sobre o dela para lhe entorpecer ainda mais entre os braços enquanto lhe beijava a boca; lançou a mão direita com todos os dedos a lhe acariciarem de forma frenética, indo direto sobre a barriga na altura do umbigo; e, enquanto a respiração da moça aumentava, a sua áspera mão desceu levemente e passou caminhando que nem aranha pela virilha até chegar ao ponto mais vulnerável, na região nervosa, onde concentrou as carícias como se fizesse cócegas na planta do pé de um bebê. Quando ela se encontrava totalmente assenhoreada, tentou enroscar o seu corpo abrasado ao dela semelhante à cobra quando está em época de acasalamento, mas não pôde prosseguir desbravando-a, fora detido no "caminho" na primeira tentativa. Segundos depois, e com a anuência da moça tentou novamente, e pela segunda vez encontrou resistência do corpo que ainda não se encontrava preparado, ou seja, "amolecido". Na terceira tentativa ela começou a chorar, vertendo lágrimas dos olhos avermelhados e tremendo que nem vara verde quando sente a pressão do fogo; ameaçou se levantar da cama dizendo que não conseguiria porque era uma menina frágil e que a dor era a sua companheira naquele momento sofrível. Porém, o galanteador perspicaz e determinado lhe acalmou através de beijos tanto na nuca bem como nas faces do rosto, dizendo que era assim mesmo que doía um pouco, mas que ela não se importasse e que resistisse porque eles seriam muito felizes. Ela assentiu as palavras, fechou os olhos novamente motivados pela vergonha que ainda sentia e semelhante a paciente no leito de hospital que aguarda os procedimentos do médico, retornou para a posição de parto e aguardou o que estava porvir. Na quarta tentativa ele fez uso de um óleo natural que, além de ser lubrificante tinha aroma agradável; artifício que sempre utilizara e que era eficaz nesses momentos. Projetou-se sobre ela novamente como uma serpente em época de acasalamento; e como um astuto arqueiro mirou a "flecha flamejante" para o alvo; mas antes de avançar pegou na mão da donzela e a fez segurar e acarinhar a "sua masculinidade" para que através do contato físico ela se sentisse mais encorajada. E com a sua ajuda que já se demonstrava menos reticente direcionou "o seu furor" concentrando a ação com retidão e os esforços de forma mais intensa com desejo análogo ao de alguém que faminto anela abrir uma porta para adentrar uma sala e encontrar adiante um banquete apetecido. Nesse momento em que deliberava esforço na região mais côncava da garota onde ora se contraia, ora se alongava, sentiu em seus braços o seu corpo se estremecer; onde as articulações do seu ventre arquejaram como dobradiça reticente quando se abre uma porta; e, além de gemer arfou profundamente como se, naquele instante quisesse dizer que não tinha mais como resistir e que iria se render; e isto assomado ao esforço que ele ainda fazia, favoreceu um esmorecimento virginal que lhe dando passagem lhe convidou ao "paraíso". A partir desse ponto, como um instrumentista que dedilha as notas musicais de um drama; começou a "arpejar" num movimento sofrível e entrecortado por gemidos, sussurros e pedidos de clemência não convincentes para que, aquele ato fosse de súbito interrompido, porque ela, embora estivesse adorando não aguentava mais a pressão que estava sendo submetida, que o ar lhe faltava e que, a qualquer momento poderia dar uma síncope. Contudo, o galante em sua sanha, e de forma irracional não lhe atendeu novamente; e o movimento de vai e vem que imprimia aos poucos foi aumentando de velocidade, fazendo com que a cama macia e cheirosa, com lençol branco e imaculado, logo entrasse em convulsão, chacoalhando de forma frenética, semelhante aos abalos sísmicos de terremoto. Enfim, fortes contrações começaram a repuxar todo o corpo da garota; os seus olhos começaram a revirar como se estivessem entrando em "transe"; o rosto de delicadas faces crispava em engraçadas caretas; os pelos arrepiavam-se a cada movimento mais brusco que ora ou outra era desferido; e as mãos que aparentemente eram frágeis se agarravam firmemente ora nas costas do seu conquistador, ora se desgarrava e se atracava ao lençol que nem águia; os ossos começaram a batucar na pele como se fosse perfurá-la; e, quando finalmente a alma parecia que lhe abandonaria escapulindo pelos olhos que ora se abriam, ou ora se fechavam em meios aos gemidos, o mais galante em espasmos viscerais se contorceu e revirou os olhos como se estivesse sido atingido pelas costas por uma contundente punhalada. E uma explosão de sentimento semelhante à raiva seguido de profundo contentamento contagiou a garota, fazendo com que os corpos que se encontravam entrelaçados e vassalados pela lascívia, entrassem em estado de fruição. E, assim consumaram "aquilo" que os casais fazem quando estão em lua de mel.

Cinco dias depois, coincidência ou não, se encontraram na porta do hotel Eldorado, onde ela ainda se convalescia do primeiro embate que tiveram. Novamente ele o engabelou reafirmando as promessas que fizera, e com isso, ela se entregou de novo. E assim, se repetia, um dia sim, no outro não. Contudo, havia um problema, como existiam muitos informantes do fazendeiro na cidade, logo, o homem ficou sabendo do relacionamento amoroso de sua filha com um "Estranho", era assim, que, eram chamadas as pessoas de outros estados da federação brasileira pelos moradores daquela região, de: "Estranhos". O pai de Glória ao perceber que o tempo passava... Passava... E que o suposto "namorado" de sua filha não queria algo sério, devido o comportamento indigno que tinha, marcando encontros amorosos à noite com uma jovem inocente, se mostrando indiferente a família, pois nunca aparecera para que os pais dela o conhecessem, convocou a presença dele em sua casa, que ficava na região norte da cidade, para ambos terem uma conversa séria de um homem para outro. Contudo, um dos colegas que estava hospedado no mesmo hotel, já havia lhe alertado que, caso houvesse praticado "algum mal" para a filha do senhor Giuseppe, que era melhor ele "dar no pé" ou então, se arrependeria amargamente, já que o próprio fazendeiro havia dito em praça pública que, se, a sua filha já se encontrasse "deflorada" ou por aquele pérfido galanteador ou por outro vil qualquer, que, castraria o maldito. Então, quando recebeu a intimação do pai da moça, pensativo ficou, principalmente, porque se lembrou do que o amigo lhe falara. Por isso, sem delongas resolveu que, além de não obedecer ao chamado do pai da moça, deveria partir de volta para a sua terra natal para não se envolver em confusão desnecessária. Ao obter valiosa informação que um trem carregado com ração para animais, estava parado na estação que ficava distante dali apenas 02 quilômetros, e que, às 22h00, iria para o Rio de Janeiro, e que em seguida seguiria para a Bahia, logo teve a ideia de se livrar de ser "castrado". Por isso, no escurecer de um dia qualquer, sem dizer nada a ninguém do hotel, e nem a enganada namorada, a qual havia prometido se casar dentro de 02 meses, aproveitou da condição de ser muito esperto, e 1 dia antes do encontro estabelecido pelo pai da moça, escamoteou da visão de todos aqueles que o procurava, e no trem "de fininho" entrou no meio das placas de capim seco. E sem ser notado pelos passageiros e pelos tripulantes, conseguiu escapar do cerco que o fazendeiro havia feito colocando mais de 40 homens à sua procura por quase toda a cidade, com ordens expressas para prendê-lo e depois levá-lo a sua presença. Todavia, o cerco falhou e ele escondido escapou. E, de volta à Feira de Santana, no bairro Tomba chegou. Deixando para trás os perigos eminentes que o rondaram de forma circunstancial, e a ex-namorada: a jovem Glória. Contudo, ao pisar em terra firme, e conforme um provérbio popular antigo que diz: "O mal que aqui se faz, com o mal aqui se paga"; recebeu da vida como galardão o troco que merecia, pois no mesmo instante em que pisara em terra firme, o destino como se fosse um "juiz de direito" que determina uma sentença para um réu, para contrariá-lo e maltratá-lo, o fizera se lembrar de ter perdido a sua doce Zilda. Por isso, sensação espinhosa de revolta começou a crescer dentro de si, principalmente, quando por coincidência, recebera uma carta desaforada de sua adorada, cuja beleza havia lhe enlaçado, deixando-o preso nas teias da paixão, a qual falara o seguinte:

São Gonçalo dos Campos, 19 de maio de 1930.

Vã foi à hora em que sair de casa para ir até a festa da paróquia, para lá, ter a infelicidade de te encontrar; pérfidos foram os meus olhos no momento em que te vi o qual se tornou o mais infeliz e inaudito de toda a minha vida; pois grande fora a decepção que tive em saber que você sempre fora um homem mal falado, desonrado, e um, dos piores infames que já existiu nesta região; cuja índole é o de sempre agir de forma pérfida para enganar as mulheres aonde chega, tornando-as infelizes e de futuro incerto. Por esses motivos sórdidos que para minha felicidade descobri há tempo, e para apagar resquícios em mim do, talvez, mais famigerado dos homens, foi que permitir que o meu zeloso pai, marcasse com urgência o meu casamento, o qual será em breve, com um homem da região que não o amo, porém, é, para meu alento, uma pessoa respeitadora e de bom caráter, coisa que não encontrei em você! Portanto, peço que esqueça o meu endereço e o meu nome, porque o seu já risquei há tempo do meu diário e da minha vida.

Sem mais, Zilda.

Eram exatamente, 10h00, do dia 28 de maio de 1930, quando lera a carta. E como uma bomba que é jogada junto aos pés e que explode fragorosamente provocando abalo; assim parecido, fora o que provocou o teor da carta. Às lágrimas rolara dos olhos marcando as suas faces, e isto fora seguido por sensação deprimente, como se de repente fosse dar uma síncope. E semelhante a efeito colateral de remédio prescrito por médico não perito; profunda tristeza inundou o seu ser, e isso o levou a submergir no "incógnito e sombrio mundo do seu coração". Então, espicaçado, macerado tanto pela perda definitiva do seu amor bem como pelas palavras que lhe feriram a alma; que começou a protagonizar atos incompreensíveis para todos aqueles que desde pequeno o viam e o tinham como herói. De súbito, começou a culpar a si mesmo, por não ter se esforçado e de não ter lutado na época com todas as forças que dispunha para conquistar aquilo que um dia pensara que fosse seu. Por fim, se sentindo ultrajado pelas circunstâncias, resolveu tirar à forra, principalmente, em relação às festas que tinham cunho religioso, como: rezas, novenas, missas, e, festas em paróquia, porque tudo aquilo, lembrava Zilda. Pois fora exatamente em uma festa religiosa que a conheceu. Naquela época, quando sabia que pelas bandas de São Gonçalo dos Campos seria realizada uma festa religiosa, não perdia tempo, chamava conhecidos que eram dados a farras e as badernas, os quais se aproveitaram do "lado negro" de sua personalidade que ficara em evidência, para aprontar coisas terríveis para o tempo, e mesmo sem serem convidados iam direto para acabar com a festa. Ao chegarem aos locais, o grupo de arruaceiros como ficaram sendo chamados, além de beberem toda a cachaça disponível: enchiam as garrafas de urina; aviltavam as pessoas; batiam nos homens que esboçassem resistência; apagavam os candeeiros e os lampiões, deixando as pessoas temporariamente no escuro, e em seguida, aproveitavam para bolinar as mulheres que encontrassem no caminho. Era um terror quando "o mais galante entre os homens" e sua turma de arruaceiros chegava às festas, era um corre-corre danado.

Nesse tempo, as pessoas falavam muito mal daquelas atitudes deploráveis que ele e os companheiros frívolos que eram dados às badernas cometiam, os quais como já fora dito, só se aproveitaram do momento tenebroso do mesmo, devido à decepção amorosa que tivera no passado recente. Quando já estava bastante famigerado, ou talvez mais sensível devido as constantes falações do povo que se sentia ofendido e cansado daquele tipo de comportamento, procurou ouvir conselhos de pessoas mais velhas, de amigos e de parentes, que disseram: João, se por acaso algo grave lhe aconteceu que lhe magoou direta ou indiretamente e que ainda lhe afeta, não retenha isto no peito rapaz, deixe que isso flua para fora, porque o mal não deve ser cultivado, e sim, o amor, o amor fraterno que tem cativado e marcado a sua vida e a história de sua família. Outros falaram: que tudo aquilo que de forma inconcebível estava cometendo, ia à contramão do bom retrospecto de sua família que era muita respeitada na região. As impactantes palavras ditas por pessoas que respeitava provocaram- lhe inquietação, e durante vários dias lhe obsedaram o espírito. Porquanto, em um dia de terça-feira pela manhã, sem dizer a alguém aonde ia, pegou o trem, e se retirou para um local que era considerado por muitas pessoas como um lugar sagrado. Esse local fica no alto de um morro numa cidade chamada de Conceição da Feira, que é distante apenas 25 quilômetros de Feira de Santana. Ao chegar ao morro, se estabeleceu no píncaro, debaixo de uma pequena barraca de lona que armara como sempre fazia quando se refugiava para meditar; e, ascético, mergulhou nas elucubrações pertinentes das circunstâncias em que vivia: um homem só se difere de um animal através da capacidade de raciocinar e pelo poder de discernir sobre o que é certo e o que é errado; entre o bem e o mal; entre as trevas e o paraíso; entre Deus e o inimigo das nossas almas. Deu uma pausa nessas reflexões, se levantou sentindo o cérebro ferver ao se lembrar dos ensinamentos religiosos que tivera quando criança: o respeito pelo próximo, o zelo que deveria deliberar, e, sobretudo, o amor fraterno que vem de Deus Pai. Deu dois passos em direção ao precipício do morro, olhou ao derredor novamente contemplando o horizonte, onde o sol a pino dardejava os raios sem dó para a sua cabeça, lhe fazendo pensar ainda mais sobre o assunto, e, exclamou: meu Deus quem sou eu? Afinal o que estou fazendo com a minha vida? Eu, que sempre fui sensato e compreensivo, marcado pela serenidade e solicitude, "cujos ombros" antiga profecia previra que seria um herói, no entanto, que lástima, estou provocando é o mal ao próximo, ao me deixar levar por pensamentos frívolos e mesquinhos! Nesse ínterim também, se lembrou das admoestações que algumas pessoas apregoaram dizendo-lhe que ele deveria esquecer tudo que passou e que deveria escrever um novo capítulo na sua história, e isto, assomando-se as reflexões que tivera que lhe obsedaram a mente fora o suficiente para se arrepender de todo o mal que cometera e de toda a decepção que causara em sua honrada família. Todavia, na mesma época em que tomara uma decisão importante e passou a ter postura diferente tanto honrada como respeitada, condizente com o histórico de membros antigos, um homem esquisito estava decidido a lhe enfrentar. Chamava-se: Zé Couruca. Tinha 1.78 de altura; era macilento, de cabelos grisalhos e lisos como fios de teia de aranha; de nariz aduncado e queixo proeminente; os olhos eram oblongos que pareciam que queriam sair de dentro da caixa; o seu aspecto era soturno; e, além de ser antissocial, andava pelos cantos com a cabeça para baixo, e quase nunca olhava diretamente nos olhos das pessoas. Por tudo isso, muita gente desconfiava que ele eventualmente se transformasse em lobisomem. A história de sua vida, sempre fora intrigante. Segundo moradores da região: o seu nascimento foi um tanto bizarro, se deu em um dia de sexta-feira 13, e, em noite de lua cheia; com dentes superiores proeminentes e unhas grandes que se assemelhavam a pequenas navalhas; além de tudo, tinha estranho hábito de andar carregando dentro de um saco de nylon, um crânio humano, dizia que era de um antepassado querido, e, que, aquilo era para ele um amuleto, um objeto de estimação. O ódio que começou a nutrir pelo mais galante, não foi só por ele fazer os estragos nas festas, e bolinar as suas irmãs por parte de pai, e algumas "tias de consideração". Era também, por ter dito na venda de Joaquim de Leopoldo que ele, João, não tinha medo de nada: "assombração de qualquer espécie"; caipora; mula sem cabeça; negro d'água; bicho que corre à noite, e que, até os ferozes e amaldiçoados lobisomens para ele, era "café pequeno". E, isto, dito em público fora o que despertou a sua sanha. Contudo, Zé Couruca já sabia da sua fama, de suas habilidades, da força e das "orações" que o seu pai lhe ensinara. No entanto, começou a segui-lo por onde quer que fosse. E numa certa feita, alimentado por um ódio que crescia vertiginosamente em seu rude coração, tomou coragem, e planejou atacá-lo no caminho da casa de seus pais, que ficava na beira de uma lagoa de margens úmidas e lodentas. Esse caminho era talvez o único ponto de passagem por perto e mais acessível que existia no lugar que, obrigatoriamente, os moradores da localidade tinham para irem até o bairro Tomba que ficava nas proximidades da fazenda. Era um povoado pequeno, que tinha na sua circunferência apenas 35 casas feitas de taipa e barro vermelho, cujas moradias modestas eram cobertas com palhas de coqueiros ou galhos de licori. E por incrível que pareça somente a casa dos pais do mais galante que era feita de alvenaria, para qual toda semana, ele gostava de ir visitá-los.

No dia 28 de novembro de 1930, isso por volta das 15h00, a sua querida e carinhosa mãe depois de ter lhe dado à lista das "compras" que ele deveria fazer o obséquio de ir à venda comprá-las, disse-lhe de maneira cautelosa na porta da frente da casa: Joãozinho, como era carinhosamente chamado por ela. Vá à "venda" umas encomendas comprar, mas depois volte ligeiro para a noite não chegar, porque nessa região, é sabido por todos, que à noite, um homem em lobisomem vem se transformar! Então, a pedido da mãe, com a lista na mão para o Tomba se dirigiu, comprou tudo que lhe fora encomendado, e inclusive, um enorme mocotó de boi. Da lista que recebeu, não deixou nenhum item faltar, para não voltar no outro dia. Contudo, se esqueceu do que ela havia lhe falado para que não demorasse, e que de preferência chegasse cedo com o dia ainda claro. Já na praça do tomba, isso por volta das 17h30min, na única mercearia que existia nas redondezas que ficava próximo a uma pequena capela que fora construída há pouco tempo pelos próprios moradores, chamada de: capela de

Nossa Senhora do Perpetuo Socorro, ele encontrou alguns amigos: dois deles, ele, quase sempre os via, e quase sempre batia papo; os outros no total de quatro há muito não os encontravam por ali, pois viajavam constantemente, por isso, logo se iniciou envolvente conversação:

— João! Você pretende voltar ainda hoje para a fazenda Boa Hora?

— Sim, Pedro! Por quê?

— Porque meu amigo, dizem que naquelas bandas um lobisomem tem atacado as pessoas quando passam pela beira da lagoa. Que o tal matou mais de 40 cachorros da região que, durante as madrugadas o perseguia. Destruiu várias casas de farinha. Chupou o sangue de muitos bois e cavalos. Dizem também que seu Herculano pai de Inácio da batatinha até conseguiu prendê-lo dentro da casa de farinha, mas o demônio se enfureceu e, com força descomunal conseguiu escapar quebrando todas as cordas da armadilha. Você não soube dessas coisas?

Um homem gordo que se encontrava em pé e próximo à porta, com aspecto bonachão e, as formas do corpo com protuberâncias paquidérmicas, gritou:

— Ora mais! Você acha que o grande e respeitado João barbeiro do bairro do Tomba tem medo dessas bestas-feras?

O mais galante sorriu de modo sutil da resposta, mas em seguida, respondeu a pergunta que lhe fora feita:

— Ah, sim! Fiquei sabendo! A minha mãe logo cedo me falou, mas sem querer desdenhar concluiu: sinceramente eu não estou nem um pouco preocupado, olha o tamanho do meu facão! Exclamou, mostrando a ferramenta afiada que se encontrava presa na bainha, pendurada na cintura. Caso ele se atrever e me atacar, verá com quantos paus sc faz uma canoa!

Nesse instante, um velho chamado Eugênio, de estatura média; de rosto cheio e olhos esbugalhados; com o queixo colado ao pescoço, cuja mania além de fumar cachimbo, era o de lamber as raspas de fumo-de-corda que, quase sempre quando fumava se impregnavam nas palmas das suas mãos. Aproximou-se e falou:

— Por falar no bicho feio, o amaldiçoado! Deus que me livre! Fez o sinal da cruz na testa, mas em seguida, iniciou a conversa. Há alguns dias fiquei sabendo através de um ancião sábio, que viajou muito pelo Brasil, e até no estrangeiro, de como fora que surgiu a história desses bichos no mundo, vocês querem saber como se deu essa história?

— Sim! Responderam em uníssono quase todos aqueles que estavam envolvidos na conversação.

— Então, eis a versão:

— Diz o tal que começou na idade medieval, na Inglaterra, em uma pequena cidade do norte do país. O evento inesperado aconteceu à noite durante a lua cheia, no meio de uma família comum de plebeus. Segundo essa história, nasceu um menino estranho e todo peludo que dava medo até de olhar. Dias depois, parentes e amigos após visitarem a criança falaram para os pais que, infelizmente, eles deveriam de forma prudente colocá-lo para dormir longe de casa, amarrado em uma árvore e no meio da floresta, porque os mesmos corriam perigo que o menino peludo os devorasse durante o sono. Segundo essa mesma lenda, com o passar dos anos, eles deixaram de amarrá-lo porque viram que era muito cruel manter o seu único filho além de isolado da família, amarrado a uma árvore. Então, o menino foi crescendo livre e ficando ainda mais peludo, e como havia misteriosamente desenvolvido afinidade com lobos, na companhia dessas criaturas de hábitos noturnos saía para caçar alimentos, sempre à noite e durante as luas cheias. Daí então surgiu à lenda do lobisomem, homem que virava lobo, e que no meio da floresta atacava às pessoas, e todos aqueles que fossem mordidos ou arranhados pelo bicho eram amaldiçoados a se transformarem em lobisomens.

Nesse ínterim, um dos amigos mais achegado do mais galante que era chamado por Tino interrompeu a narração da história, e falou:

— Essa é a primeira vez que ouço essa versão, porque sempre ouvir o povo contar que as pessoas se transformam fazendo uso de bruxarias, rezas ou com magias negras, então, elas se transformam em lobisomens, após usarem de maneira premeditada esses nefastos artifícios que acabei de mencionar. Além é claro, de se espojarem em currais ou em locais que os cavalos, burros e jumentos se espojam, e isso em noite de lua cheia. Então, é isso, o que sempre ouvir contar! Concluiu.

Um homem de rosto repulsivo, cuja face esquerda, fora queimada por sua mãe de forma acidental enquanto a mesma fazia café, a qual sem o ver se aproximar engatinhando entre as suas pernas, derrubou a chaleira de água quente por cima dele e como consequência lhe queimou o rosto desde o "pé da orelha" até a "ponta do queixo", entrou também na conversa e disse com a voz roufenha:

— Eu também já ouvi contar essa história desse jeito Tino!

Do lado de fora, Zé Couruca que não ouviu a conversa, mas percebendo que "o mais galante entre os homens" estava proseando distraído há tempos por ali e que aquela prosa com os colegas no interior daquele lugar sobre vários assuntos talvez durasse mais algumas horas, aproveitou o tempo e a distração daqueles que confabulavam no interior do bar, e foi depressa se transformar debaixo de uma gameleira, uma árvore enorme que ficava próximo à lagoa, e que muitos a consideravam mal assombrada, pois possuía galhos emaranhados em forma de cruz, cujos frutos arredondados em formas de olhos humanos lhe conferiam aspecto soturno. Então, ao chegar ao local à noite, olhou para um lado e para o outro para ver se vinha alguém na estrada que o impedisse de fazer a bruxaria no momento. Sentou-se ao chão, tirou as sandálias feitas de couro de boi, tirou a camisa molhada de suor devido à tensão que sentia. Por fim, tirou a calça, e ficou despido, deixando à mostra o corpo lânguido que possuía. Deitou-se no solo, em um lugar específico, cujo local era mórbido e que não mais nascia capim, onde os cavalos e os jumentos costumavam se espojar, e, para realizar o ritual macabro que o permitiria se transformar em uma fera, se espojou de maneira frenética durante uns 5 minutos. Levantou-se fez uma "reza braba" e esperou o tempo passar. Em pouco tempo, começou a sentir as primeiras contrações da transformação; nisso, golfou sangue em jatos funestos e pelos enormes começaram a surgirem e a crescerem por todo o corpo lânguido, semelhante a matos que nascem no solo após dias de chuvas intensas; as orelhas também começaram a crescer de formas pontudas e exageradas e logo foram ganhando formas monstruosas ficando semelhante às orelhas dos equinos; os dentes começaram a latejar espirrando sangue enegrecido e a empurrar os "dentes normais" para fora da arcada dentária, dando lugar a quatro presas afiadas e enormes; e, enquanto olhava para o alto como se estivesse induzido a olhar para a lua, os olhos ficaram vermelhos e arregalados, onde se podiam ver as veias emaranhadas e alteradas como se "eles" quisessem sair da caixa; o nariz por sua vez começou a inchar como se algo ou alguma coisa estivesse puxando-o para frente, em seguida, se transformou em um focinho animalesco; e, enquanto grunhia de dor fazendo alaridos que nem cão ferido se prostrou de quatro, semelhante aos quadrúpedes; onde os dedos tanto das mãos bem como dos esqueléticos pés foram crescendo de maneira assombrosa; ao passo que isso acontecia, às unhas por suas vezes foram ficando grandes e afiadas, e os braços e as pernas engrossaram e se dobraram para frente como patas de cães selvagens. Após a dolorida transformação, se dirigiu para o matagal que ficava paralelo ao caminho, próximo à lagoa, e se escondeu entre as caaporas, para surpreender o seu inimigo quando passasse de volta para casa de seus pais.

Ainda na venda, chegara a hora do "mais galante" ir embora, ele pegou as compras que haviam sido encomendadas por sua desvelosa mãe, falou com os colegas se despedindo dizendo que já ia embora, antes, porém, pegou um copo de vidro que estava em cima do balcão que havia sido servido para ele e que continha um líquido capitoso feito de cana-de-açúcar, bebida que raramente tomava.

Emborcou o copo na boca e tomou tudo de um só gole; colocou o copo vazio em cima do balcão novamente, e ofereceu uma rodada para quem quisesse, deixando-a paga para os colegas que insistiam em permanecer no estabelecimento; com a mão direita aprumou o chapéu de baeta na cabeça, depois acendeu um cigarro feito de fumo-de-corda e o pôs na boca; ajeitou a roupa no corpo como de costume, onde de um lado da cintura se podia ver o poderoso punhal feito de prata, e do outro lado, o grande facão de rasgar mato selvagem. Com uma das mãos pegou o saco feito de cipó cheio de mantimentos que havia comprado e que também estava em cima do balcão, e, com a outra agarrou o enorme mocotó de boi. Abriu a porta e saiu do estabelecimento fazendo sinal com a mão estendida ao alto desejando boa noite a todos. Próximo ao caminho ensombrado pela árvore que era considerada pelas pessoas do lugar como mal assombrada, num local deserto e de planura extensa, bem próximo da beira da lagoa, ele ouviu uivos fortes e ranger de dentes, parecendo ser alaridos de animal de hábitos noturnos que vagam faminto durante a noite, procurando no caminho o quê dilacerar. Ao andar mais alguns segundos foi se aproximando do local em que o pérfido Zé Couruca ainda na forma humana havia armado a cilada. De repente: uivo forte e agudo se fez ouvir, e no meio da estrada de chão seguindo na direção do mais galante surgiu um cavalo grande e malhado o qual passou correndo em disparada como se estivesse fugindo de algo, e isto, foi seguido por piados de uma coruja agourenta. Nesse instante, ao ouvir o uivo novamente, olhou para o alto já desconfiado, e viu a lua cheia enorme no céu iluminando o caminho.

Então, se lembrou do que a sua mãe dissera, mas já era tarde, pois pressentira a presença do bicho por perto, e já sentia o seu cheiro forte que era semelhante a bafio de enxofre, a qual escondida em alguma caapora daquele local estava a sua espreita. Contudo, intrépido e segurando o paiol cheio de compras seguiu a estrada de chão que paralelo passava junto à lagoa, onde aquele caminho sombrio e deserto contrastava com a beleza da lua cheia no céu. Porquanto, quando foi passando pela beira da lagoa, próximo à árvore "assombrada" uma fera quadrupede saiu de trás dos matos nos quais havia se aboletado, e rosnando e mostrando os dentes, semelhante a bicho descontrolado saltou em cima dele. O qual sem pestanejar, jogou o paiol cheio de compras de lado e foi dizendo: ôaaa! E rapidamente, foi desembainhando o longo facão que se encontrava preso na cintura. Nesse instante, ele pôde ver com espanto no olhar, o tamanho do bicho no qual Zé Couruca se transformou, e de maneira enfurecida se lançou contra ele, na tentativa de estraçalhá-lo. Era uma fera quadrúpede e monstruosa; onde a parte traseira do corpo era mais baixa do que a parte da frente; o rabo era de tamanho médio e ficava entre as patas traseiras que eram extremamente poderosas; assim, como as patas dianteiras que também eram extremamente poderosas; a cabeça se assemelhava a uma cabaça, era enorme e arredondada, com o focinho apontando para frente; a boca compacta de dentes e presas afiadas metia medo em quem às olhassem, e era, certamente, o maior desafio a ser enfrentado naquele instante; no canto da boca que era a parte mais escura do focinho, escorria baba viscosa salivar, que de modo repetido pingava no solo; as unhas além de grandes eram curvadas para frente como bicos de papagaios, as quais riscavam o chão como se fossem ciscadores de roçar mato; os olhos arregalados e sombrios brilhavam intensamente na escuridão como olhos de gato. Contudo, e não obstante, o mais galante trotou com agilidade e habilidade, apoiado por grande força que possuía nos indomados músculos que eram equiparados a força de cinco homens fortes. Na sequência da luta que havia se iniciado o mais galante desferiu uma facãozada poderosa, e logo escutou o animal raivoso urrar, como se quisesse dizer: oi! O mais galante por sua vez se expressou com altivez como se comunicasse com uma pessoa, e perguntou: o que é que foi bicho feio? Onde em uma mão tinha o facão, e na outra, o grande mocotó de boi. De forma destemida ele enfrentou o lobisomem, porém, pensando: as compras terei que comprar depois. E, enquanto enfrentava o bicho feroz, dizia: vou te meter o facão novamente e vou te matar infeliz para ver quem é depois. Nessa agonizante luta, matos foram remexidos, areias para todos os cantos voavam pelo ar, essa batalha ficou na história como um caso de admirar, porque parecia que até os peixes que nadavam na lagoa gritavam: ó eu cá! Assim como as nuvens carregadas de chuvas em noites tenebrosas de fortes tempestades, entrechocam-se, e provocam trovões ruidosos e relâmpagos faiscantes; assim fora a terrível luta naquela noite. O assombro foi tanto que os cachorros daquela redondeza não pararam mais de latir; galinhas nos poleiros ficaram choqueadas; e os bois nos pastos não queriam mais ficar; e vacas prenhas de forma prematura começaram a parir. Enquanto isso, o bicho feroz rosnava enfurecido, rilhava os dentes e pulava sobre ele, que, rapidamente segurando em punho cerrado o mocotó de boi, desferia golpes certeiros. Enquanto que a fera noturna do lado oposto ao seu, rosnava mais uma vez e mostrava as presas para intimidá-lo, sacudia a monstruosa cabeça para um lado e para o outro, e isso fazia, com que a baba viscosa voasse para tudo que a lado, após isso, avançava novamente como um animal descontrolado sobre ele que de maneira rápida pulava fora, e habilmente metia o facão nos dentes do bicho, impedindo que a fera raivosa lhe mordesse. Contudo, mais uma vez o animal noturno fremia as afiadas presas, rangia os dentes, e partia para cima, e de longe ressoava os fortes alaridos ao se entrechocar contra o facão. Conquanto, à noite prosseguia, mas sem nenhum querer se entregar. Essa foi a luta de vida ou de morte de um homem, que de um feroz lobisomem queria se salvar, armado se encontrava com a "feira" que a mãe mandou comprar. Até que, num movimento de pernas em falso, se afastando para trás, um pé depois o outro, enquanto o lobisomem à sua frente fremia os poderosos dentes, e se preparava para mais uma vez atacá-lo. Então, no movimento em que trocava passos andando para trás, e com o facão na mão olhava de maneira serena para o bicho, e via que a fera a frente rugia raivosa, de súbito, em um descuido tropeçou em uma pedra e caiu de costas ao chão. Naquele instante ele ficara sem ar e o suspense quase tomou conta do seu sistema nervoso, pois ficara decúpito no solo, com as pernas dobradas e as mãos tateando a terra úmida, tentando se erguer. Enquanto estava decúpito, levantou um pouco a cabeça, e viu com espanto por entre as pernas, o grande animal peludo a sua frente fazer o movimento de ataque apoiando tanto as patas traseiras bem como as dianteiras e logo pular sobre ele. Por sua vez, e com o facão na mão, assim que a grande fera jogou o corpo quadrúpede sobre o dele e o ensombrou, ele pôs a arma entre os dentes da fera, e segurou firmemente as suas patas dianteiras para impedi-las de arranhá-lo; colocou o pé direito que estava calçado com a bota de cano alto que tinha o costume de usá-la, colocando-o por baixo do corpo peludo do monstro, entre as suas patas dianteiras, e como catapulta que arremessa projétil funesto; catapultou-o para longe, cerca de uns 10 metros de distância, no sentido para onde o focinho do bicho apontava. A fera amaldiçoada voou pelos ares, deu um duplo giro no ar de 360° graus e caiu estabanada em cima de uma pedra, batendo as costas sobre a superfície escarpada de um ser inanimado. Deu grunhidos de dor como se estivesse realmente sentido o tombo. E por alguns segundos ficou imóvel e, esmorecido devido o impacto que sofrera. O mais galante aproveitou que o bicho se encontrava por ora fora de combate, se levantou do solo rapidamente, pegou o facão e o mocotó de boi, correu rápido para cima da fera, e em seguida, bateu tanto no lobisomem que as unhas do mesmo descascaram; e o facão, depois de muitos golpes na cabeça, no corpo, e principalmente, na boca, que o mesmo ficou cego. Além do facão amolado, e do enorme mocotó de boi que usara na luta contra o feroz lobisomem, entrou em cena o poderoso punhal, que da extremidade até o cabo era feita de prata, com o qual, o ajudara a destroçar e acabar de vez com a valentia da fera noturna. Porquanto, quando o lobisomem tentou esboçar reação, ele, de posse de seu poderoso punhal, segurando-o com firmeza na mão direita, cravou fortemente até o cabo bem no fundo do coração do monstro, o qual entrou e o perfurou mortalmente. E no solo aos fiapos externou uivos de dor, e logo após o gemido pavoroso morreu, botando a língua para fora. Segundos depois, o mais galante se aproximou do corpo estendido, fez o sinal da cruz sobre a fera e proferiu algumas palavras. Daí a pouco, o "encanto" que envolvia o homem logo foi quebrado. Em seguida, começou a transformação inversa ao que havia acontecido voltando o corpo depois da transmutação ao estado de origem.

No outro dia, algumas pessoas que foram vê o que ocorrera naquele lugar durante a noite, encontraram o corpo de Zé Couruca despido e largado ao solo, todo rasgado pelo facão e todo furado pela ponta do afiado punhal e, ainda roxo, devido às pancadas certeiras que foram desferidas pelo mais galante que utilizou de maneira eficaz o enorme mocotó de boi. A cabeça e o pescoço estavam virados para as costas, e os braços e as pernas quebradas, como pernas de caranguejos que são esmigalhadas por martelos na beira da praia por banhistas que procuram se deliciar com a sua iguaria. A população da região além de ficar aliviada, ficou também surpresa com tamanha força do mais galante que encarou e matou sem consternação aquela terrível fera, que, por algum tempo estivera infligindo medo no meio das pessoas daquele lugar. Por isso, relato pormenorizado daquela aniquilação se espalhou rapidamente.

## Capítulo IV

# Os amigos de pescaria e caça

Enquanto a história da aniquilação do lobisomem se espalhava, a barbearia que ficava na margem direita para quem chegava pelo sul do bairro, se tornara ponto de visitação de curiosos. Era um espaço físico de apenas um vão de cerca de 5 metros de largura por 5 de comprimento, onde em seu interior, se encontrava uma cadeira confortável que o encosto da cabeça era flexível para que pudesse adaptar a qualquer cliente do sexo masculino que se sentasse e que buscasse fazer diferentes tipos de cortes. Havia também, algumas cadeiras de ferro, e quatro bancos de madeiras que serviam de assento para que outros ficassem acomodados aguardando as suas vezes. Ali chegavam homens de diferentes classes sociais, e de todas as raças e credos que compunham o bairro. Onde muitos deles, que se dirigiam para lá, diziam quando interpelados, que o objetivo de se encontrarem ali, era o de simplesmente cortar cabelo, mas, na realidade, a curiosidade, era o que os motivava em querer saber como o galanteador havia matado o lobisomem: se tinha realizado alguma oração, e como foi que quebrou a sua "pata". Outros interessados em saber a respeito do ponto de vista psicológico do mais galante sobre o embate que tivera, perguntavam como ele estava se sentindo por ter eliminado uma fera brava? Se, sentiu medo? E, se aquele bicho foi o maior desafio que enfrentou? Ele respondia: por um lado me sinto aliviado por ter conseguido livrar as pessoas da região de uma fera amaldiçoada, por outro, triste por saber que um homem, assim como eu, não levou uma vida digna aqui na terra, e que, ao cometer este tipo de pecado ao se transformar num famigerado bicho se afastou das bênçãos e das glórias do Deus vivo! Quanto ao medo: sim, sentir muito medo. Mas ele além de fazer parte de nossas vidas, serve para nos orientar. O que não podemos deixar é que ele nos domine, e nos paralise! E, sobre ser o maior desafio que enfrentei até aqui: certamente foi!

Em meio aos que quase sempre se encontravam presentes na barbearia, existia um grupo de homens notáveis, inteligentes e que por influência do mais galante se tornaram autodidatas, assíduos leitores e conhecedores de grandes obras literárias do Brasil e do mundo, os quais possuíam perfis distintos e características marcantes. Esse grupo fora o que o mais galante conhecera assim que chegou ao bairro, com o qual desenvolvera afinidade e apreciava bater papo, além de realizar caçadas e pescarias. Entre eles, um, chamado de: Vela branca. O sujeito tinha este apelido, porque além de ser alto, com 1.85 cm; tinha a tez clara, com a cor dos olhos castanhos e cabelos pretos; tinha a cara quadrada numa fusão de cara de chinês com alemão; a cor da pele era esbranquiçada, semelhante à cor de uma vela; era sanguíneo, tipo de pessoa com passividade e intuição semelhante ao temperamento feminino, pois era sensível, que chorava por quase todos os motivos e sempre se derretia como uma vela diante de fatos trágicos, principalmente, quando envolvia crianças e mulheres. É desse perfil e da compleição física que advém o apelido: Vela branca. Contudo, era muito engraçado, e sempre disposto a compartilhar as aventuras e excursões que o grupo fizessem. Bacheiro: esse era parente do meu avô, e, era o único entre eles que acionava o chamado: "sexto sentido" e, ora ou outra tinha "visões" do que aconteceria no futuro, porém, essas visões que se apresentavam até mesmo durante o dia e ainda acordado, era em forma de enigmas, e quase sempre ele só conseguia interpretá-las depois do acontecido; era um homem de rosto redondo e carrancudo, mas era gente boa; era fleumático, pois sempre pensava duas ou até três vezes antes de agir; era de tez amorenada da cor de índio originário do estado do Amazonas, Brasil; tinha bigode e a cor dos olhos pretos; cabelos lisos e pretos; e a estatura era baixa de 1.65 cm; gostava e muito das viagens que o grupo fazia. Antônio Sarça: esse era um dos elementos que o mais galante mais tinha afinidade, e um dos que mais respeitava. Era um dos responsáveis por conduzir o grupo de carro até os locais de pescaria; era um sujeito que se destacava dos demais do grupo pela maneira de se expressar usando o português de forma quase sempre correta e por possuir vasto conhecimento do vocabulário de sua língua pátria; a sua inteligência também se revelava para os outros do seu convívio através de seu temperamento calmo e ponderativo e pelo poder de avaliar e resolver supostas situações de eminente risco ou para a integridade física ou de morte; era de tez morena escura; cujas faces do rosto eram análogas às características faciais de um homem originário do estado de Sergipe, Brasil; os cabelos eram crespos e pretos; e a estatura era mediana com aproximadamente 1.72 cm; era franzino e apreciava uma boa pescaria ao lado dos amigos. Seu Tino: era assim que o grupo se reportava a ele. Tino e Antônio Sarça, era um dos amigos que o mais galante entre eles mais gostava, e um dos que mais admirava. Foi com ele, e, ao seu lado que enfrentou algumas aventuras da vida. Esse senhor Seu Tino, era um homem alto com 1.84 cm;

simpático, cabelos crespos e castanhos escuros; tez morena e o bigode preto; o rosto era composto por faces firmes sem saliências, com sobrancelhas em formato de setas que pareciam que estavam sempre em estado de alerta o que denotava para muitos que era tipo de pessoa além de sério, respeitadora. Às vezes fazia as honras de ser o conselheiro do grupo, os apaziguando quando necessário. Dificilmente se ouvia mentira em sua boca, e essa era uma das qualidades que o mais galante, mais admirava em sua personalidade. Aceno da gaiola: outro sujeito dotado de notável inteligência, mas era resmungão, e, além disso, era galhofeiro, pois gostava de arreliar e de botar apelidos zombeteiros em quase todo o grupo, principalmente, quando chegava à beira do rio, o seu local predileto para zoar até encher a paciência dos colegas: a um por motivo de as vezes falar o que vinha a boca sem pensar lhe deu o apelido de: Misericórdia; a outro por ter pequena protuberância na testa o chamava de: "Deus que me livre"; a outro por causa de defeito físico nos pés deu a alcunha de: "Filhote de cruz-credo"; Aceno era um sujeito de tipo físico franzino; de tez um pouco fulvo; estatura média com 1.73 cm; bigode grisalho; era calvo; e também era motorista. E, junto a Antônio sarça, responsável por conduzir o grupo às viagens aos rios. Tico: assim como Antônio Sarça era bastante calmo, de modos quase sempre ponderativos, e, além disso, era o operário do grupo; na beira do rio era ele quem mais se empenhava em buscar lenha para acender a fogueira; era uma das pessoas mais capazes na confecção dos ranchos, por isso, era o responsável pela arrumação das barracas que eles usavam como abrigo; era também, o mais glutão da turma, comia muito, inclusive, depois de encher o prato da farta comida, e se refestelar, dava um tempo, esperava todos apreciarem o que bem lhes aprouvessem, para depois, ver se sobrava alguma coisa, para então, se aproximar das panelas e entrar em ação novamente. Também pudera, o esforço físico que fazia era de se admirar, e em consequência desse esforço físico, desse empenho e disposição, que era sempre lembrado pelo grupo para levá-lo as viagens. Mas há um detalhe que tem que ser registrado, apesar de comer muito, não era pançudo, pois a forma do seu corpo de estatura de aproximadamente 1.78 cm, era enxuta e lisa como uma palmeira. Dedê: esse era o segundo melhor atirador do grupo, porque o primeiro entre eles era o mais galante, e semelhante a primeira comparação também era um dos melhores mergulhadores de toda a região. Embora houvesse entre eles zombeteiros de plantão, que diziam que ele era muito bom nadador, porque os seus pés eram verdadeiramente duas nadadeiras, tudo porque nasceu com um indesejável problema físico: os pés cresceram virados e achatados na forma de peixe, análogo ao corpo de uma piranha. Atirar era com ele mesmo, podia o alvo estar se mexendo ou não, quando mirava a espingarda, dificilmente errava: cabrum, acertava o alvo na mosca; era de temperamento arrojado, austero que não gostava de ser criticado mesmo estando errado; era tipo franzino; altura média de 1.73 cm; tez morena clara; bigode preto e arqueado; e, além de usar chapéu de palha gostava de fumar cachimbo, pois era raro o dia em que não colocasse um cachimbo na boca. Guará: tez morena e de estatura média com aproximadamente 1.73 cm; rosto redondo quase no formato de uma laranja; tinha o bigode fino e arqueado do tamanho exato da boca o que lhe dava aspecto burlesco; possuía olhares e gestos amigáveis; vivia quase sempre de bom humor e gostava de contar casos, digamos surreais de se acreditar; frequentou pouco a escola, porém, assim como todo o grupo além de ser autodidata hábito comum que fora estimulado e desenvolvido entre eles tinha notável inteligência; pois gostava de apelidar os objetos, os animais e as coisas de modo geral, como por exemplo: nas suas eloquências imaginárias, ele dizia que no passado distante, aqui no "nosso mundo" do jeito que o conhecemos, os animais eram racionais, e até falavam, onde o jumento era o juiz entre eles, e se chamava senhor Leopoldo; o cachorro era o delegado e se chamava Juvenal; o urubu era o enfermeiro e se chamava Zeca; o cavalo era o professor e se chamava profeta. Zé Briguento: homem forte e alto de 1.85 cm; tez escura; bigode preto e pequena protuberância na testa. Embora o nome induzisse pensar ser ele uma pessoa desordeira, tinha modos reclusos e era tranquilo no agir; porém, era outra figura que pouco havia frequentado a escola, mas assim como os outros, tinha notável inteligência. Ele era sempre profundo no que queria dizer, e de certa forma dizia muito, pois no dia a dia e na hora que se tinha a necessidade de praticar a comunicação, ele como se quisesse economizar nas palavras só se expressava usando figuras de linguagens para ilustrar o que queria comunicar embora as que mais utilizassem fossem a metáfora e a metonímia, não deixava de lado os outros recursos linguísticos ilustrativos conhecidos da gramática, os quais os utilizavam com maestria para descrever cenas e fatos do cotidiano. Seu Timóteo: esse era o mais velho de todos, mas a sagacidade e a disposição em ir aos rios eram a mesma da turma, e aí daquele que se esquecesse de convidá-lo para ir pescar, que o sujeito falava poucas e boas ao o indivíduo. Seu Timóteo: era sujeito que gostava de marcar a sua posição em relação a quase tudo, para deixar claro que ele não ficava "em cima do muro", porém, era desconfiado e na maioria das vezes preferia se manter com "um pé atrás" em relação às pessoas; era de tez negra; cabelo rasteiro, encaracolado e grisalho; olhos negros e vivos; era alto com 1.85 cm; o corpo era esguio como uma cobra, mas gostava de comer bem, principalmente, na beira do rio, peixe ou caça de qualquer espécie. Por fim, na formação da turma, não posso me esquecer de mencionar o meu querido avô "o mais galante" o qual fazia questão de se comportar quase análogo ao grupo, embora a sua inteligência fosse muito acima, não se deixava levar por isso, e, na maioria das vezes ao se comunicar falava de forma diastrática, ou seja, usava quase o mesmo linguajar para se comunicar com a turma, e nunca, jamais constrangia os colegas corrigindo supostos erros nas falas. Por isso, era muito elogiado entre eles. Além disso, era o cozinheiro digamos oficial do grupo, detinha a confiança e a preferência da turma de que ele lhes preparasse as refeições, e com a "responsabilidade" de cozinhar, levava "carne de sertão" e "carne de sol" para botar no feijão, que era para dar um gosto especial dizia. Levava pó de café, que era para fazer um cafezinho preto para saborearem em volta da fogueira quando estivessem fumando cigarros feitos de fumo-de-corda. Esta mencionada amizade rendeu muitas viagens, diversões, mas também muitas angústias, porém, o que eles mais gostavam, era de estarem juntos naquelas aventuras excitantes, e muitas vezes inesquecíveis, caçando ou pescando, não importava muito.

Em 04 de março de 1931 eles organizaram uma viagem para o rio São Francisco, lá pelas bandas de Remanso, município que se localiza no extremo norte do estado da Bahia, cerca de 600 quilômetros de distância de Feira de Santana; 40 quilômetros da divisa com o estado do Piauí; 175 quilômetros da divisa com o estado de Pernambuco; bem próximo da divisa com os municípios de Casa Nova, cerca de 140 quilômetros; Pilão Arcado 70 quilômetros, e Campo Alegre de Lurdes cerca de 90 quilômetros. Segundo relatos animadores de um pescador, homem sério que há poucos dias, retornou daquelas bandas, o qual falara para eles, que, muitos pescadores das redondezas que conhecia estavam se dirigindo para lá em busca da fartura de peixes e caças, que na região se encontrava em abundância. Isto chamara à atenção do grupo. Por sua vez, o mais galante quando ficou ciente da fartura de peixes, comprou madeira de todo tipo, além de pregos, e outros tipos de materiais. E agindo como um mestre em carpintaria produziu dois barcos, e uma grande caixa de madeira com 02 metros de comprimento, por 1.05 cm de largura; por 1.60 cm de altura. Também fazia parte do planejamento que no futuro próximo quando chegassem à beira do rio de revesti-la por dentro com três camadas de folhas de amendoeiras e galhos de licori, além de colocar junto aos peixes quando fossem pescados sal à vontade; primeiro, colocar-se-iam as camadas no fundo da caixa tanto de galhos de licori bem como as de folhas de amendoeiras; e para finalizar colocar-se-iam as camadas nas laterais fixando-as com pregos como se fossem rebocos de parede. Enquanto isso, em alguns dias além de abastecerem o veículo com a quantidade de combustível necessária para ir e voltar colocaram 10% por cento a mais como margem de segurança. Otimizaram o espaço disponível e arrumaram tudo em cima da carroceria do caminhão: primeiro colocaram a caixa, depois as canoas e as demais coisas em seguida. E, sem delongas viajaram para regiões distantes que possuíam árvores monumentais tão grandes que, em determinados trechos dependendo da hora do dia, não se via o sol. Onde as estradas que davam acesso aquelas "regiões incultas" e "quase virgens" eram além de terra dura e seca, eram tão esburacadas, que eles levaram quase uma semana viajando até chegar ao rio São Francisco, nas proximidades da cidade de Remanso. Nesse trajeto, saindo de Feira de Santana, passaram pelo território de Santa Bárbara; se enveredaram pelo território da cidade de Tanquinho; cortaram o território de Riachão do Jacuípe; passaram pelo centro da cidade de Nova Fátima; pela pequena cidade de Gavião; pelo território de José do Jacuípe; por Capim Grosso e pela cidade de Quixabeira; em seguida, atravessaram cortando ao meio todo o território de Jacobina; depois a cidade de Mirangoba e a de Umburanas; cortaram também ao meio todo o território do município de Santo Sé. Por fim, pegaram a balsa que era o meio de transporte da população, e atravessaram o rio para a outra margem já no território do município de Remanso, onde finalmente chegaram ao destino esperado. Desembarcaram toda profusão de objetos que estava em cima do caminhão; armaram o rancho que usariam para o descanso noturno; revestiram a caixa de madeira que seria usada para conservar os peixes; colocaram as redes de pesca nas águas mais profundas do rio, além de armarem os anzóis com iscas apetitosas para pegar os mais afoitos que aparecessem. E não demorou em que os peixes começassem a dar sinais de vida, o que foi bastante comemorado por todos, onde se podia ver estampado nos rostos à alegria e a satisfação de poderem pegar tantos como nunca fizeram em outras pescarias, e que, se continuasse daquele jeito, uma caixa apenas não seria suficiente para guardá-los. Nessa faina eles entravam e saiam do rio: uns ficavam de cócoras e outros sentados sobre as pedras, mas todos atentos com peixeiras afiadas nas mãos abrindo e destripando os peixes, mas sem descamá-los para manter a carne rígida. Depois, caminhavam até onde se encontrava o caminhão, e os guardavam na "caixa" sem se esquecer de sempre colocar mais uma camada de sal grosso para conservá-los até o dia de retornarem. Em meio à fartura alguns dançaram e outros cantaram alegremente, e o tempo, sem compromisso com eles rugiu. Como as horas avançaram de forma galopante, chegou o momento de prepararem à janta para saciarem a fome que corroía os estômagos vazios do extenuante esforço que empregaram para pegar os peixes. Contudo, antes da janta, às 16h00, quando o sol começou a baixar no horizonte, Bacheiro o primo do mais galante chamou a atenção do grupo, pois, tivera naquele exato momento duas visões: a primeira visão, segundo o próprio, lhe fora apresentada em um local deserto à luz do dia, enquanto ele e um grupo de pessoas desconhecidas, sem saber para onde e o por quê andava ininterruptamente por uma estrada reta, comprida e deserta. De repente, enquanto andavam uma tempestade de areia chegou e os assolou, deixando-os atordoados sem poderem enxergar absolutamente nada. Quando a tempestade passou, viu dois homens ao longe andando e subindo uma ladeira íngreme de uma grande colina, carregando nas mãos uma grande pedra brilhosa, no formato oval semelhante a uma bola, a qual tinha alguns dizeres escritos: sou o medo dos homens, pois sou o filho da criatura que desviou os filhos do Éden dos benditos caminhos; a segunda visão: fora num cenário diferente da primeira: era noite, num caminho ermo e hostil; avistei que por esse caminho em meio a árvores passavam trilhos, e sobre os trilhos um homem alto cujo rosto não conseguir reconhecer, apareceu de repente e corria desesperado e ofegante onde ora ou outra ele olhava para trás; quase ao mesmo tempo passou rápido seguindo o homem uma locomotiva com 10 vagões acoplados, mas sem o maquinista lhe conduzindo; percebi para minha surpresa, que essa locomotiva se transformou em um imenso dragão que vociferava como um leão quando persegue a caça; a qual abriu a boca quando se aproximou do homem que corria a sua frente sobre os trilhos e o engoliu. Finalizou.

— Ora Bacheiro, essas visões que você sempre tem e não consegue interpretá-las com antecedência, não servem nem para você, que dirá para nós. Poupe-nos dessas besteiras homem! Ressaltou Aceno da Gaiola.

— Jonas foi engolido por um grande peixe; e o nosso Senhor Jesus morreu e passou 3 dias no centro da terra, mas depois, glória a Deus Pai, ressuscitou! Acho que deve ter alguma relação. Aduziu Zé Briguento, tornando ainda mais incompreensível as visões que Bacheiro tivera. Não obstante, na boca da noite, enquanto o mais galante tomava banho no rio para se refrescar, alguns já se encontravam acomodados sentados em volta do rancho à beira da fogueira, comendo peixes cozidos que foram devidamente preparados por Tico. E, enquanto a noite passava as bocas frenéticas devoravam os alimentos que foram servidos. Mas isto não impediu que uma conversação se iniciasse. Conversa vai conversa vem, e uma pergunta aparentemente tola foi feita por alguém a outra pessoa distinta: Tino! Alguém chamou a sua atenção. Ele olhou para o lado da aonde supostamente veio o som da voz que o chamara. Passados segundos, a voz outra vez fora ouvida:

— Faça-nos um favor meu amigo, venha aqui e se sente conosco! Exclamou em tom e maneira quase imperativa. Ele se levantou de onde estava sentado e caminhou até onde se encontrava Vela branca, ladeado em sua direita por Antônio Sarça, Guará e Zé Briguento. Após se sentar no tronco de uma árvore que cedo alguém entre eles havia disposto por ali, perguntou:

— O que é que vocês querem?

Vela branca olhou para ele, e perguntou em seguida:

— Diga-nos uma coisa por obséquio, mas sem que João escute a nossa conversa: é verdade Tino, o que dizem por ai, que João, além de aprender com a família orações poderosas, como: oração de chover; oração do sono; oração de fazer e de desfazer encantamentos; oração de voar; a de vultar, e, até a de sumir que lhe permite ficar completamente invisível aos olhos humanos? E, segundo os antigos, quem por "ela" pronunciar as santas palavras, todas as coisas que estiverem diretamente ligadas ao corpo, como: faca, espingarda ou outro objeto, também ficarão invisíveis? Mas antes Tino, que você nos responda: é verdade também que ele tem o corpo fechado desde criança para golpes de facas ou para tiros? É verdade? E Tino fazendo sinal de assentimento com a cabeça, respondeu:

— Sim Vela! Isso tudo que vocês estão me perguntando é verdade. Embora eu nunca presenciei ele proferir e utilizar essas orações. E isso, meus amigos, é o que mais me impressiona e o que mais admiro nele, ele não é exibicionista. Porque é o seguinte: um sujeito tão vistoso; jovem ainda; de força descomunal e poderes mágicos de orações das quais falarei depois, não deixou, aparentemente, que essas coisas subissem a cabeça, pois ele não utiliza o que aprendeu com os pais à toa, somente quando julga ser realmente necessário, pois foi desta forma, segundo o próprio João, que Francisco, seu pai lhe ensinou, e pediu que ele sempre honrasse a tradição da família de proferi-las apenas quando houvesse a real necessidade, e que elas, deveriam sempre ser realizadas para o bem comum.

— Só para concluir o que você falou, disse Zé Briguento, coçando a protuberância que tinha na testa. Além de ser jovem, parece que o tempo não passa para ele, porque não envelhece; o conheço há 8 anos, e nunca vi pessoa com viço igual na pele: a cara é de um adolescente, e tem o mesmo brilho no olhar que o meu irmão de 10 anos possui.

— Eu também o conheço há algum tempo! Exclamou Sarça. Além de tudo, Zé, ele é uma pessoa fora de série! Apesar de ser metódico e calculista; e de possuir personalidade forte, às vezes de temperamento explosivo, é uma pessoa: benfazeja, proba, sincera, amiga de todos, e de boa índole!

Durante alguns segundos houve silêncio entre eles, do tipo que dar para se ouvir até o bater do coração. De repente, Antônio Sarça, falou:

— Vamos mudar o rumo da conversa, que João está se aproximando. E assim, cada um após se levantarem de onde estavam sentados, procurou fazer algo diferente daquilo que estavam fazendo até então.

Após a corroboração de Tino para os dois curiosos, alguém da turma que não entendera o teor da conversa, embora não estivesse nem um pouco interessado no assunto que estava se desenvolvendo, contudo, como se encontrava por perto, falou: acho que já está na hora de ir dormir! Na sequência da sua falação, o homem bocejou, se espreguiçou um pouco, e foi se deitar se pendurando em uma rede. Então, como se aquela fala e aquele bocejo houvesse contaminado os olhos, os ouvidos e as mentes dos ouvintes, todos de maneira simultânea, resolveram também se deitar para que pudessem amainar os corpos e "as cabeças" para que no outro dia pudessem acordar com mais disposição e garra para pegarem mais peixes. Durante a madrugada, o mais galante que se encontrava pendurado na rede de papo para o ar, com os olhos abertos e fixos olhava fixamente para o céu negro que estava salpicado de estrelas que pareciam pontos gotejantes de fogo. Nesse momento inspirado pela contemplação dos astros cósmicos acessou a memória e buscou nos recônditos das lembranças os atos libidinosos mais sórdidos que vivenciara. E nesse ensimesmamento luxurioso começou a fruir a respeito de aconchegos ardilosos que tivera.

E, a primeira lembrança foi com: Lindalva a quem ele chamava de: a minha estrela Dalva! Onde nas "noites calientes" em que eles se encontravam em diferentes e inusitados lugares, durante 5 dias consecutivos, ela com saúde física invejável e disposição notória, além de habilidades corporais tanto de contorcionismo bem como de equilibrismo; tomava a iniciativa nesses encontros, e, quase análoga a um trapezista ao realizar um número num circo; e, a um vampiro na sua funesta atividade milenar; voava sobre ele na altura do tórax bem na raiz do seu céfalo e trançava as pernas torneadas, longilíneas, de pele sedosa e, imaculadas; e oferecia para a sucção "o seu bem mais precioso da luxúria"; enquanto isso deixava o corpo cair em direção ao chão, onde aproveitava que os seus membros superiores se encontravam livres, para imitar com anelo os gestos de um locutor; para enfim, dar cabo a sanha da "lendária criatura da noite". A outra lembrança foi com Iracema: mulher que iniciara a vida sexual com ele quando fizera 18 anos, a qual além de ser uma mulher esplendorosa se tornara ardil em quase todos os sentidos; possuía belo corpo de curvas sensuais e perfeitas; coxas grossas, mas torneadas; boca de lábios carnudos, vermelhos e macios; língua quente e envolvente, e, principalmente nos banhos minuciosos e instigantes que ela lhe dispensava com óleo aromático e sais cheirosos toda vez que não mais conseguia prosseguir na labuta intima "sendo o alvo" dos "arpejos torpes"; ela sem pausar nas luxúrias lhe surpreendia, e sem que ele retirasse os pés do chão, lhe levava ao céu e lhe mostrava as estrelas. E, quando ele se encontrava langoroso, pensando que já estava pousando em terra firme, estremecimento visceral seguido de espasmo vulcânico lhe tomava de assalto e ele retornava para o espaço novamente. Que mulheres… Monologou e suspirou profundamente! Contudo, e não obstante novamente fora bombardeado por pensamentos de crises existenciais: hoje é terça-feira, 10 de março de 1931, onde mais uma vez essa angústia mórbida, essa sensação de vazio invade o meu espírito! Deixando-me ébrio de ansiedade. E por mais que eu tenha tentado até hoje, ainda não sei qual a minha missão. Por isso, vou esperar um sinal dos céus que me oriente e que me guie em busca do meu destino que segundo a profecia dos índios Guajajaras eu hei de cumpri-la. Ao terminar de se questionar qual era a sua missão na terra, a sensação que tinha era de que os seus olhos negros pesavam mais de uma tonelada, e por isso, já não conseguindo mais mantê-los abertos adormeceu. No outro dia bem cedo, Dedê que fora o primeiro a se levantar e já estava à espreita no mato caçando, bispou um vulto passando no ar, e como uma ligeira corça; correu para local aberto longe das árvores, e quando a ave descampou em céu aberto ficando visível ele atirou e a matou em pleno vôo cuja espécie além de ser rara, era muito saborosa. Nesse ensejo, o mais galante que tinha a incumbência de preparar as refeições enquanto eles permanecessem na beira do rio, se levantou e foi procurá-la entre as matas, achou-a entre os arbustos, pegou a ave e a trouxe para o rancho; colocou água para ferver na panela de barro no fogo a lenha que já estava aceso; quando a água começou a ferver, mergulhou o pássaro morto dentro da panela, retirou de dentro e usando as mãos habilmente a depenou lhe tirando todas as penas;

cortou-a em pedaços, lavou-a novamente e misturando-a aos temperos a pôs para cozinhar em outra panela de barro que havia sido lavada nas águas do rio; após isso, saiu do rancho sendo acompanhado pela maioria da turma para verificar se as redes que eles haviam armados na tarde anterior em pontos estratégicos para pegar os peixes se tinham pegado algum. Quando retornou já na hora do almoço teve uma surpresa desagradável. De repente, ao se aproximar da fogueira, onde se encontrava à refeição, tirou a tampa da panela para dar uma espiada, e sem esperar tomou um susto que o deixou perplexo com o que acabara de ver; olhou novamente para dentro da vasilha de barro sem querer acreditar no que estava vendo; olhou-a mais uma vez como se estivesse duvidando, e vira que a panela que se encontrava no fogo a lenha que ainda ardia às brasas estava praticamente vazia. Por isso, com ar de revolta no semblante, falou em tom de reprovação para alguém que estava estático do seu lado direito como se estivesse desconfiado com algo que havia aprontado:

— Não é possível Aceno você comeu tudo! E não se importou em deixar algo para Dedê que foi quem a matou e, nem para mim que a preparei e a cozinhei? Só restaram os ossos? Nós não somos cachorros!

— Oh, João! Exclamou Aceno da gaiola implorando clemência de tal maneira que só faltou se ajoelhar aos pés. Perdoei-me meu amigo! Porque quando sentir o cheiro agradável de comida cozida, me bateu uma "fome de outro mundo" ai de forma inconsciente, fui pegando e comendo, quando dei por mim, já era tarde, já tinha comido quase tudo. Desculpe-me!

— Bom! Exclamou ironicamente. Deu uma pausa na fala, em seguida, externou imprecações contra Aceno. Vou te dizer uma coisa, falou apontando o dedo: você me pagará caro por isso, tomara que tenha uma "dor de barriga" desgraçada, daquelas que jamais esquecerá!

O tempo passou, e como por mistério, a praga deu certo. E Aceno da gaiola logo começou a sentir as primeiras contrações. Às 22h00, de uma noite seca e quente, começou a andar agoniado de um lado a outro no entorno do rancho, fazendo cara feia e gestos com as mãos sobre o abdômen, pois sentia fortes dores estomacais, semelhantes às mulheres grávidas que põem as mãos sobre as barrigas, e se dirigem às pressas para a maternidade na hora de dar à luz. Então, gritou:

— Oi João, estou com uma "dor de barriga" miserável!

O mais galante que já estava deitado na rede, sorriu satisfeito ao perceber que, a praga que externara mais cedo, acontecera exatamente como ele queria, e enquanto sorria, falou:

— Eu te falei: que você ia me pagar caro por ter comido tudo seu esfomeado! Neste momento, todos eles, menos Aceno, irromperam numa risadaria sonora e profunda: ah! Ah! Ah! Ah.

Alguns minutos depois, Aceno atrás dos matos disse mais uma vez:

— Oi gente, pelo amor de Deus me socorrem que eu não estou aguentando mais! E a turma sem se importar com as súplicas de dor do miserável, ficou se acabando de rir desdenhosamente.

Foi um corre-corre danado, Aceno endoidecido procurando folhas verdes e largas durante quase à noite inteira para se limpar, com uma "dor de barriga" que estava cada vez mais insuportável, e a turma toda rindo do seu opróbrio, e se aproveitando de seu flagelo para lhe tirar uma lasquinha por ser ele o maior galhofeiro que conheciam. De repente, ele encontrou algumas folhas no mato, se afastou um pouco dos colegas de maneira agoniada, ficou de cócoras, e fez o que o estômago de forma insistente reclamava que fizesse. Mas, o pior lhe aconteceu, porque as folhas que achara no mato à noite, e as usou para se assear, eram folhas de urtiga; uma espécie de planta nativa da Europa e da Ásia; que tem as folhas com coloração verde-escuro; com pintas amareladas. A qual ao entrar em contato com a pele do homem provoca irritação, pois possui substância ácida em sua folha. E o chororô de Aceno aumentou, porque além de estar se esvaindo aos poucos como se estivesse ficando sem a alma, tudo por causa da "dor de barriga" que estava provocando diarreia, naquele instante também, estava com coceira endiabrada provocada pela reação alérgica das folhas de urtigas na pele. E isto, foi motivo de mais gargalhada da turma, que demasiadamente riram naquela noite, onde não tiveram mais sono para dormir, com as lamúrias e os escândalos de Aceno. Amanheceu, e por volta das 06h00, às coisas voltaram ao normal, e Aceno que ainda se sentia alquebrado já estava bem melhor, isso, depois de ter tomado muito chá de boldo para estancar a disenteria, e de ter passado quase dois litros de cachaça nas nádegas para aliviar a coceira que o assolou. A turma, após se certificar que já estava tudo bem, resolveu atravessar a forte correnteza do rio São Francisco, e foram para uma ilha chamada de: ilha do meio. Chegando lá, eles viram que no entorno dessa ilha o local que parecia que era o berçário, ou seja, local de desova germinava de peixes de todos os tipos e tamanhos. Então eles instalaram as redes, os anzóis, enquanto outros alvoroçados com o que viam jogavam tarrafas. Em pouco tempo, pegaram muitos peixes, como: surubins, pescadas brancas, piranhas amarelas, piranhas vermelhas, apanharis, pintados e outras espécies que também são encontradas no rio São Francisco. Á tarde às 14h00, o céu que estava coberto por nuvens acinzentadas contemplava do alto o rio que também estava um pouco cinzento, porém calmo. Nesse momento, eles pegaram o barco e começaram a remar para o outro lado de volta para o rancho, quando um descuido aconteceu: Bacheiro e Tico que já estavam embriagados de tanto beberem cachaça pura com umbu verde que encontraram em abundância na região, deixaram os remos que eles estavam manuseando, que eram os únicos, caírem no rio e afundar nas águas. Isto provocou murmuração por parte dos outros, que também estavam dentro do barco. Todavia, há um ditado antigo que diz: "Amigos são para muitas coisas!". O mais galante que na época havia alcançado força física equiparável a de seis homens fortes, e usando a inteligência que Deus lhe dera, rapidamente, assim como um "rebocador" que reboca um navio de grande ou de médio calado; assim fizera, pegou uma corda que estava dentro da canoa, amarrou uma das pontas na cintura e a outra amarrou firmemente no leme que é a parte da frente do barco, o qual em seu interior se encontravam os colegas. E com a boia inflada de baixo do ombro e por entre as pernas, começou a nadar, e a remar, para rebocar o barco até a margem do rio, levando em segurança, inclusive, até os que sabiam nadar. Ao chegarem à terra firme, todos agradeceram ao o amigo salvador pelo socorro prestado, livrando-os quem sabe até da morte. Mas ele não deixou que ficasse barato, e vituperou os displicentes, para que prestassem mais atenção da próxima vez no que estavam fazendo. Eles balançaram as cabeças concordando em grau e número com o sermão do amigo. Sobretudo, chegara o dia em que eles deveriam voltar para casa, à caixa de madeira que continha no interior tanto sal comum bem como sal grosso para conservar os peixes, já estava cheia. Era, portanto, tempo de partir. Juntaram tudo, puseram em cima do caminhão, e pegaram à estrada que os levariam para Feira de Santana. Enquanto o carro rodava os pneus nas estradas esburacadas por entre as matas virgens de árvores de dezenas de anos, alguém começou a cantarolar de forma animada e contagiante, enquanto os outros apenas escutavam em silêncio o animado repertório ao mesmo tempo em que, apopléticos observavam as paisagens inverossímeis de árvores tão grandes que pareciam que iam beijar o céu as quais passavam velozmente diante da janela. Até que, Sarça deu uma freada brusca: fuuuuuuuuuuuuchichichichichichichiiii! Onde poeira densa descambou sobre eles como tempestade de verão.

— O que aconteceu Sarça? Alguém perguntou agoniado enquanto limpava os olhos da poeira que havia se impregnado na cara.

— Acho que vi algo na beira da estrada, e é muito estranho!

— Então, vamos descer para ver o que é! Exclamou seu Timóteo.

Todos desceram, inclusive, os que estavam em cima da carroceria, os que mais sofreram com a poeira nos olhos. Ao se aproximarem deram de cara com um enorme ovo que se encontrava na margem esquerda da estrada, tinha algumas rachaduras, mas ainda se encontrava inteiro. A casca estava suja, toda lambuzada por gosma verde pegajosa misturado com areia seca como se, a mãe, que o engendrara por ali em pouco tempo, fosse gigantesca. O ovo media 33 cm de diâmetro por 38 cm de altura. Eles o circunvagaram, e se posicionaram em volta, e olhando fixamente para a inusitada descoberta, ficaram a se perguntar que tipo de bicho no mundo seria capaz de botar um ovo daquele tamanho?

— Ih! Parece ovo de cobra! Disse Vela branca, com expressão no rosto como o de alguém que se demostra estar temeroso com o fato que acabara de ver e que se apresentara como perigo eminente.

— Você é doido homem? Onde já se viu ovo de cobra desse tamanho? Respondeu Seu Timóteo.

— Esse "Misericórdia"! Exclamou Aceno da gaiola, balançando a cabeça para um lado e para outro. Parece que vive no "mundo da lua"!

— É parece que Vela é maluco, porque parola antes de pensar, disse Dedê, em meio a um sorriso irônico.

— Não! Talvez!... Já sei! Deve ser ovo de dinossauro, da família "das cabeças grandes e quadradas" de Vela: ah! Ah! Ah!Ah! Alguém mais extrovertido, aproveitou para tirar sarro.

— Se for ovo de cobra, deve ser de cobra de outro mundo! Só pode ser! Outro deu prosseguimento nas pilhérias.

No momento em que, Vela estava sendo bombardeado, alguém alheio a essas gozações, falou:

— Seu Timóteo!

— Oi João?

— O senhor se esqueceu de que, antes de virmos para cá, durante a semana passada ouvimos juntos o rádio noticiar que um engenheiro agrônomo dessa região havia feito experiências nas lavouras, colocando produtos químicos que faziam as hortaliças crescerem rapidamente, e que, alimentava os seus porcos com essas hortaliças?

— Sim! E isto quer dizer o quê João? Será que tem alguma ligação?

— Quer dizer que, uma cobra pode ter comido os porcos e ter crescido de forma exagerada.

— Como assim ter crescido de forma exagerada? Só porque comeu os porcos?

Perguntou Bacheiro, sem conseguir concatenar as informações.

Enquanto Bacheiro tentava entender o que fora falado, Seu Timóteo exclamou:

— Ah, sim! Lembrei-me agora! É a história do fazendeiro agrônomo que percebeu que os porcos de um a um estavam sumindo do cercado. Então, certo dia, durante a noite, ele pagou a um vigia para tomar conta da criação, mas no outro dia, ao ir cedo fazer a inspeção, não encontrou nem o vigia e nem um dos porcos que ele deixou com um sinal. Só encontrou a espingarda do moço, e um dos sapatos, e, distante do cercado, uma enorme pele de cobra. Foi isso, agora eu lembrei!

— Mas pessoal desde que me entendo como ser humano, sempre escutei os mais velhos dizerem que uma sucuri que é uma das maiores cobra que existe no mundo, pode crescer apenas até 12 metros de comprimento. E, por essa conversa aqui, estamos falando da possibilidade da existência de uma com o dobro do tamanho. Falou Tino.

Aqueles que outrora faziam gozação da cara de Vela branca no momento em que o mesmo falara ao conjecturar julgando pelo tamanho do ovo que fora encontrado na estrada que talvez pudesse ser obra de uma cobra, se calaram. Sobretudo, e, em meio ao silêncio repentino, alguém falou:

— É o seguinte pessoal: vamos levá-lo para Feira de Santana, e lá, procuraremos saber através de pessoas competentes da área da ciência, que possam estudar e nos dizer que espécie de bicho este ovo pertence. Através do balançar das cabeças, todos concordaram com o posicionamento inteligente do colega. Imediatamente dois entre eles se juntaram e pegaram o grande ovo que parecia ser uma enorme melancia. Pegaram-no com cuidado para não o quebrar e o puseram em cima da carroceria do caminhão, próximo à boleia. Ao redor colocaram uma lona, e algumas pedras como barragem protetora para que não rolasse pela carroceria e não se quebrasse nas sacudidelas que o caminhão daria quando estivesse rodando os pneus nas estradas esburacadas. Ligaram o carro e pegaram a estrada novamente, porém, uns 700 metros depois, tiveram uma visão ainda mais estarrecedora do que a primeira. Inopinadamente se depararam com a suposta cobra que seria a responsável pelo ovo que fora abandonado no caminho. Ela se encontrava enrolada como um caracol e dormindo no meio da estrada de rodagem, mas a cabeça se encontrava para fora exposta ao vento. Onde de um lado se podia ver mato fechado de grandes árvores, do outro também mato fechado. E no meio, a estrada de chão a qual eles deviam obrigatoriamente passar com o carro. Ao se aproximarem cerca de uns 15 metros, pararam o automóvel e puderam ver o tamanho exacerbado da mesma, por isso, boquiabertos comentaram uns com os outros:

— Meu Deus é inacreditável! Que coisa é essa? Olhem só o tamanho! Exclamou Seu Tino, sem querer acreditar no que estava vendo.

— Eu falei! Mas vocês não acreditaram, ficaram apenas caçoando. Bem que os índios me falaram da existência de cobras desse tamanho nas florestas. Disse Vela branca.

— Minha Nossa! É realmente gigantesca! Parece um coqueiro largado no meio da estrada! Exclamou o mais galante entre eles, balançando a cabeça, mas com o olhar fito no desmesurado corpo da serpente, que dormia impávida naquele lugar deserto, tendo a sua imensa cabeça apontada para suas direções.

Eles desceram do automóvel, e alguns entre eles, talvez, mais destemidos caminharam lentamente para próximo da grande serpente, para confirmar se estava dormindo ou se estava morta. Contudo, nesse ensejo, Antônio Sarça preocupado e ainda dentro do carro falou chamando a atenção para um fato que poderia ser perigoso para eles:

— Pessoal! Acho que não vai dar para passar com o caminhão, porque, se eu tentar passar por cima, e se ela estiver viva e se mexer rapidamente, pode, quem sabe, até virar o carro.

— É verdade Sarça! E se isso acontecer, vai nos deixar aqui nessa mata em apuros.

Complementou o pensamento do colega o senhor Seu Tino.

— Calma pessoal, o carro é grande e estar carregado, e ela não suportaria o peso!

Exclamou Aceno da gaiola.

— Eu é que não duvido. Ressaltou Tino. Continuando, exclamou espantado quando percebeu que de súbito, raios do sol, desceram rapidamente, e bateram de chapa sobre o dorso do monstro rastejante: olhem gente para isso! Chamou a atenção de alguns detalhes sinistros que existia na cobra: a cabeça dela é diferente de outras sucuris que eu já vi, é mais larga do que o corpo, e parece à cabeça de uma cobra lá do oriente, lá do Egito, a naja!

E os seus olhos enormes que estão fechados parecem ranhuras de fendas de cavernas! Concluiu de maneira espantada a visão assustadora.

— E as presas dela Tino! Também chamou a atenção do amigo aquele que era o mais galante entre eles, fazendo sinal com a mão com dois dedos em riste: parecem duas presas de onças, e são grandes; e a cabeça tem duas pontas tipos chifres, além de possuir no corpo listras verticais pretas, listras horizontais vermelhas, e outras quadriculadas amareladas que eu nunca vi antes em outras sucuris. E mais, ela deve ter mais ou menos, baseado no que estou vendo, mais de 20 metros de comprimento. Finalizou o assunto se mostrando ser conhecedor de répteis.

— Sarça! Alguém chamou a atenção do amigo: vamos dar a ré, e manobrar para sairmos daqui, depois chamaremos o "tiro de guerra" em Xique-Xique para que deem cabo dela! Opinou Seu Timóteo mais uma vez se mostrando cauteloso.

Sem delongas, e, em silêncio, enquanto uns subiram na boleia, outros subiram na carroceria do caminhão. E quando Sarça tentou fazer a manobra essencial para que pudessem sair dali o carro apresentou um pequeno problema na "caixa de marcha". Na primeira tentativa em passar a marcha à ré, ele percebeu que o câmbio deu umas rangidas e ameaçou emperrar. Ele ficou emudecido por uns segundos, se mostrando receoso em tentar novamente a manobra, mas não tinha outro jeito. Quando manuseou o câmbio e acelerou, ouviu um estalo estrepitoso, que emperrou de vez, confirmando assim a sua temeridade, e isto, dificultou que fizesse a manobra necessária para fugir daquele local em que estavam correndo perigo iminente.

— Pessoal! Estamos sem a marcha ré! Disse Sarça.

— E agora? O que é que faremos aqui nesse mato? Perguntou Seu Timóteo olhando espantado para as fisionomias dos companheiros, que, até aquele momento, ainda não tinha pensado em uma solução.

— Então, vamos fazer a manobra à força! Alguém exclamou se mostrando disposto.

Eles desceram do carro novamente de forma receosa, mas em vez de empurrarem o carro para saírem do lugar, se aproximaram mais uma vez da cobra. Foi quando Seu Tino se expressou pausadamente, e perguntou:

— João, você trouxe a espingarda ou o facão?

— Não Tino! Só estou com o punhal.

— E Dedê, trouxe a espingarda?

— Também não! Perdi na mata. Respondeu com ar semelhante ao de alguém que não gostaria de estar por ali naquele momento.

— E, o pessoal que está em cima da carroceria, será que trouxe alguma?

— Não!

— Agora complicou tudo, 11 homens no meio dessa mata selvagem, dão de cara com esse monstro rastejante, e nenhum trouxe uma espingarda para poder se defender! Falou Seu Tino coçando a cabeça, bastante preocupado.

Ao findar a preocupante constatação, o gigantesco réptil deu sinais de que ia acordar do seu sono matinal, e aos poucos e de maneira lenta, começou a se mexer ativando o sistema motor. Contudo, alguém atento, percebeu os movimentos que eram sutis e logo falou sussurrando para turma: corram rápido para dentro do caminhão, pois parece que ela vai acordar! Porém, antes que todos conseguissem de maneira incólume entrar na boleia ou subir na carroceria, a imensa cobra sentiu o cheiro deles próximo, e mexendo o corpo semelhante à linha no novelo quando é mexida por habilidosa bordadeira, suspendeu a cabeça rapidamente voltada para suas direções, e numa velocidade impressionante, deu o bote certeiro, e agarrou Seu Timóteo que estava mais próximo, que, além de ser o mais velho, era o mais lento da turma, e que, em vez de entrar na boleia do lado que anteriormente se encontrava, deu a volta para subir na carroceria, quando foi surpreendido. O corpo e a cabeça da serpente era tão grande e largo que nem precisou desarticular a mandíbula para enlarguecer a passagem para que pudesse engoli-lo, foi deveras fácil, que parecia que estava engolindo um biscoito: oh, meu Deus! Oh, meu Deus! Foram os gritos de espanto do grupo, ao presenciarem a enorme cobra engolir Seu Timóteo inteiro diante de seus olhos. O mais galante por sua vez que já havia entrado na boleia do caminhão, desceu rapidamente do veículo, e começou a fazer barulhos estrepitosos, ora batendo na cabine do caminhão, ora assoprando um instrumento de caça, para chamar a atenção do enorme réptil para si. A cobra que ainda fazia as últimas contrações engolindo Seu Timóteo ficou em pé novamente como se fosse uma árvore gigante que há muito tempo havia nascido naquele lugar. Todos a olharam com espanto ao ver a exorbitância do seu tamanho. A qual mexendo a cabeça no alto para um lado e para o outro, deu uma silvada forte com a sua enorme língua que entrava e saia da boca, como se fosse uma pessoa que queria perguntar: qual era o problema dele que utilizando aquele instrumento na boca fazia barulhos insuportáveis. Baixou a cabeça ao solo e se deslocou furiosamente atrás dele, que, para não ser devorado também, entrou correndo na mata, a qual era composta por árvores de variadas espécies e de variados tamanhos, como: palmeiras Imperiais, pinheiros, pau-brasil e árvores milenares não catalogadas na época que atingiam tamanhos exorbitantes de mais de 80 metros de altura as quais se perpetuaram por ali desde os tempos remotos, onde naquele lugar selvagem e estranho, o mais galante entrou apavorado, correndo rapidamente como um louco, seguindo em direção a um dos afluentes do rio São Francisco que tinha a presciência que existia. Mas sendo seguido de perto pela enorme cobra, que parecia que era um trem correndo nos trilhos, de tão grande que era. Quando o monstro rastejante já se encontrava apenas alguns metros, e se preparava para dar o bote e agarrá-lo, ele ouviu barulho mais intenso do rio que a sua frente corria as águas passando-as por entre as matas. Então, seguiu correndo, ora desviando de uma árvore ora desviando de outra, pulando matos aqui, outros acolá, correndo bem apressado para a margem do rio, mas ouvindo atrás de si os alaridos de matos que estavam sendo quebrados, os quais eram produzidos pelo deslizar frenético da cobra, que, de maneira insistente, o seguia. O qual, do mesmo jeito que chegara pressuroso a um barranco, que ficava na margem do rio, o usou como trampolim, e mergulhou na grande massa líquida para escapar do réptil gigante. Desceu a correnteza, nadando velozmente numa velocidade de 14 quilômetros por hora, onde parecia que logo escaparia da cobra. Porém, a gigantesca serpente era também muito ágil, e após chegar ao leito do rio, desabou nas águas o desmesurado corpo atrás daquele que potencialmente poderia ser sua presa. E começou a se aproximar rapidamente. O qual percebendo que o bicho não havia desistido de persegui-lo e que se aproximava, saiu de dentro do rio, caminhou rapidamente por sua margem de terra seca e firme e aligeirando as passadas começou a correr e, novamente entrou na mata. De repente, atrás de uma árvore enorme e milenar intencionou se esconder, e, ela era tão grande que media mais ou menos uns 80 metros de altura; o seu tronco tinha largura imensa, com cerca de 4.50 cm de diâmetro. Ele correu rápido em sua direção e atrás daquele ser vivo estático buscou ficar oculto e quieto; e em pé ali permaneceu respirando pausadamente, com o punhal em punho cerrado; e com o corpo colado ao grosso tronco, que de tão largo que era que se assemelhava a uma casa. Entretanto, algo estranho aconteceu o surpreendendo e o deixando tenso, pois parecia que a fauna e a flora estavam conspirando contra ele, como se quisessem que fosse descoberto por aquele réptil gigante: os pássaros tanto grandes bem como os pequenos começaram a trinar em grande alvoroço como aves que se encontram presas em gaiolas, e que, ao perceberem a proximidade do fogo ficam desesperadas para fugir; por suas vezes as árvores frondosas e de galhos caudalosos davam a impressão que eram pessoas que apontavam os dedos para a presença de supostos fugitivos, pois sacolejavam os galhos para um lado e para o outro. No mesmo instante, enquanto as árvores que ficavam ao redor ainda sacolejavam os seus galhos, meia centena de cobras verdes, de 1.40 cm de comprimento, que possuíam enfileiradas próximas às cabeças, meia dúzia de asas poderosas, que eram transparentes, análogas às asas das libélulas, as quais mediam aproximadamente 25 cm de comprimento. Surgiram no espaço aéreo próximo à árvore gigante, talvez, atraídas ou pelo cheiro humano ou pelo alvoroço dos pássaros, e de forma doidejantes voejaram sobre ele como se quisessem devorá-lo. Enquanto ele tão afogueado que se encontrava, com o punhal na mão e, sem saber se eram venenosas se defendia dos ataques de forma inquieta as rebatendo, como se defendesse de chuva de espadas flamejantes de inesperada tempestade que chegara de repente. Contudo, pausa nos ataques, as cobras ao perceberem através do cheiro a aproximação da gigante serpente, se comunicaram, e como aves migratórias, se juntaram uma próxima as outras com as cabeças eretas e apontadas para o sul do lugar, e como fumaça que se dissipa no ar, desapareceram no céu, deixando-o livre por alguns instantes o que o deixou surpreso com aquela reviravolta.

Enquanto isso, a grande serpente saiu de dentro do rio mansamente ziguezagueando o invertebrado corpo entre as centenas de árvores o procurando e fazendo arrepiantes alaridos que eram produzidos pelo entrar e sair da enorme língua esvoaçante. Todavia, apesar dos répteis não enxergarem bem têm um faro excelente na ponta da língua, e guiado por esse sentido, em pouco tempo de procura, o descobriu encostado junto ao tronco de grandíssima árvore, aonde ela como se fosse escada rolante, projetou o desmesurado corpo sobre o grosso tronco do ser vivo e rastejando subiu por um lado, fez a volta, e foi descendo pelo outro por cima dos galhos, passando para o lado no qual ele achava que estivesse escondido. Foi quando de repente, olhou para cima e a viu serpenteando e descendo sobre ele para na perfídia abocanhá-lo. Imediatamente, com o semblante em demasia assustado, saiu correndo do lugar, e como um macaco que sobe apressado nas árvores para fugir de supostos predadores que lhe espreitara; assim, fora ele que, de maneira fugaz, como os primatas fazem, tentou por cima de outras árvores de tamanhos semelhantes escapar daquele monstro colossal, pulando de uma árvore para outra, de galho em galho, porém, a serpente de forma insistente não queria deixá-lo fugir, e por isso, atrás dele, subia nas árvores também com muita facilidade, de onde o forçou a descer para não ser pego ainda em cima. E, ao descer de uma daquelas enormes árvores, para não ser devorado inteiro, entrou no meio de três palmeiras que mediam aproximadamente: 24 metros cada uma, as quais se encontravam enfileiradas e próximo uma das outras na distância de apenas 1.60 cm. E da forma como chegou correndo afogueado, girou o corpo e mudou bruscamente de direção, indo para a direita em torno das árvores, para que não fosse de súbito, apanhado pela cobra. Fez o contorno em torno da outra. Pulou o gigantesco corpo da serpente que ainda o seguia. Entrou velozmente entre as árvores novamente. Girou de forma brusca para a esquerda em torno da terceira palmeira. Saltou outra vez o corpo áspero do animal invertebrado. Voltou e entrou de novo no meio das gigantes árvores. Tudo isso, sendo seguido pela cabeça da enorme cobra, a qual serpenteando o imenso corpo pelo solo juncado de folhas secas seguia atrás dele. Ao completar mais umas duas voltas, em torno das grandes árvores, a cobra se enrolou em seu próprio corpo, entre as enormes palmeiras. Nesse instante, com inteligência e astúcia, conseguiu com rapidez realizar uma façanha incrível, dando um nó no monstro rastejante. Nessa época, se encontrava forte como um touro, e os seus braços longos e musculosos estavam definidos e rígidos que pareciam serem feitos de aços. Porquanto, enquanto a cobra se encontrava enrolada nos troncos grossos e roliços daquelas árvores, semelhante à linha no carretel, ele se embrenhou na mata novamente e procurou entre os seres vivos estáticos um pedaço grande e grosso de pau, com aproximadamente 3 metros de comprimento e, cerca de 40 cm de diâmetro. Retornou para onde ela se encontrava presa, e, embora estivesse afogueado de tanto que tivera que correr, não hesitou em atacá-la. E de maneira abrupta começou a fazer movimentos bruscos com os braços alongados, como se estivesse fazendo lançamentos em jogo de golfe, e de forma denodada começou a bater com mais força tentando não acertar o corpo, e sim, a cabeça. Porém, a cobra que havia enlarguescido a cabeça como luva de boxe na mão de um boxeador; por sua vez, era rápida, e em meios aos golpes que estavam sendo desferidos, além de se esquivar, tentava abocanhá-lo e se desenrolar das árvores ao mesmo tempo. E quase que, em dado momento daquele embate conseguiu de súbito, arrancar a arma de sua mão, utilizando a enorme boca, na tentativa desesperada de se livrar dos golpes. Todavia, o galanteador não se entregou, e bravamente puxou o pedaço de pau do meio de sua boca, entre as presas, e continuou a desferir os golpes, os quais começaram a acertá-la, e com uns três ou quatro desferidos, que foram certeiros na cabeça que ela não resistiu e morreu. Lá pelas 18h20min, de uma noite cinzenta, quando Antônio Sarça, Seu Tino e os outros amigos chegaram o mais galante entre eles, já havia matado a enorme cobra com as próprias mãos, através de sua indomada força. Por isso, o encontraram já terminando de abrir a barriga da serpente, na esperança de encontrar ainda vivo o amigo de longas datas. E para alegria deles, Seu Timóteo ainda estava vivo, embora inconsciente, e quase sem fôlego. Rapidamente, eles o ajudaram a fazer fricções em seu peito e fizeram respiração boca a boca para reanimá-lo e trazê-lo a vida novamente. Foi uma alegria quando Seu Timóteo deu os primeiros suspiros de retorno à vida. Onde os abraços de alívio e felicidade pareciam que não se acabariam. Eles o esperaram se convalescer, colocaram a cobra morta em cima da carroceria do caminhão que estava socado de objetos de pescaria, além do grande ovo, depois, seguiram para Feira de Santana. Ao chegar ao bairro Tomba, cortaram-na em pedaços para facilitar a locomoção. Pediram licença a um açougueiro conhecido, e no interior do estabelecimento do tal, mediram e pesaram a cobra. Para o espanto geral, ela mediu 26 metros de comprimento, por 50 cm de diâmetros. O seu peso foi de 843 quilos. E dentro de sua barriga eles descobriram algo surpreendente: ela era ovípara e possuía no interior do corpo mais dois ovos do tamanho de cocos verdes.

# Capítulo V
# "A pedra mágica"

A viagem ao rio São Francisco, e os imprevistos que aconteceram, já eram "águas passadas". Porém, tudo serviu para reforçar ainda mais o laço de amizade entre eles. Sobretudo, no dia 31 de março do mesmo ano, todo o grupo estava reunido na barbearia, com o singelo objetivo internalizado nas mentes de organizar uma nova pescaria, dessa vez, ao rio Paraguaçu, que fica próximo à cidade de Santo Estevão, município que pertence ao estado da Bahia, e que fica as margens da BR-116 sul, para quem sai de Feira de Santana. Tem como cidades vizinhas os municípios de: Rafael Jambeiro, Antônio Cardoso, Castro Alves, Ipecaetá e Cabeceiras do Paraguaçu.

"Existe uma lenda que relata que o município teria surgido através de incursões de um padre catequista que procurava água para os seus animais, ele teria andado durante vários dias até chegar a um local que continha o líquido precioso que procurava. A partir deste fato, se deu à criação da cidade de Santo Estevão, com a descoberta da nascente do salgado, água salobra, porém abundante que até hoje brota de sua nascente".

Entrementes, estavam a postos na barbearia: Timóteo, Vela branca, Guará, Tico, Zé Briguento, Aceno da gaiola, Seu Tino, Dedê, Bacheiro e Antônio Sarça. Entre eles Dedê era o mais animado, haja vista, que era um dos melhores atiradores do grupo, e quiçá da região. E o motivo para tanta animação tinha uma razão, é porque obtivera informações confiáveis de que por aquelas bandas existiam muitas caças de variadas espécies, como: veado, teiú, tatu, camaleão, capivara, onça-pintada, e aves de diferentes espécies e tamanhos. No ínterim em que resolveram viajar, ouviram recomendações de mecânicos conhecidos de que, fizessem uma revisão no automóvel para terem segurança no momento em que fossem pegar as estradas novamente, e de acordo como lhes fora recomendado, fizeram a inspeção que era mais urgente e necessária: ajeitaram a caixa de marcha, os freios, trocaram o óleo do motor, e trocaram os pneus que se encontravam mais desgastados. E, em pouco tempo, o automóvel de segunda mão que fora fabricado em 1925 e importado dos Estados Unidos, já estava pronto e em condições de viajar. Contudo, antes, foram as compras no centro da cidade em Feira de Santana, e compraram tudo que foram descritos como essencial. No dia seguinte, viajaram na expectativa de trazerem muitos peixes, e principalmente, muitas e variadas caças.

Retornando um pouco no tempo, quando o mais galante ainda era adolescente, num lugar onde se encontrara só, perdido na floresta, próximo ao povoado do Jacaré, sua terra natal, local onde recebera das mãos de um velho, uma pedra branca, arredondada, com manchas vermelhas e pretas, chamada de: "Pedra do veado preto". O qual lhe dissera que, ela, era uma pedra mágica, e que por tanto, poderia ser utilizada nas caçadas de forma eficaz durante 10 anos, mas, salientou dizendo-lhe também, que, obrigatoriamente, deveria doá-la a outra pessoa depois de 10 anos de uso ou então, sofreria amargas consequências, caso desobedecesse às recomendações. Todavia, já havia passado uma dezena de anos em que recebera das mãos do velho a bendita pedra. No entanto, se esquecendo da recomendação que o ancião negro salientara, pegou-a como sempre fazia nas viagens que realizava, colocou-a em sua capanga, e foi direto para o rio. Chegando por volta de 10h00. Onde no alto se podia ver o céu azul com poucas nuvens embranquecidas. Na beira do rio, procuraram se estabelecer armando a barraca de dormir, em local, onde a vegetação era menos densa e rasteira, o que propiciava a instalação sem maiores problemas, ficando bem próximo do leito. Acenderam uma grande fogueira, e quando as chamas que, durante minutos permaneceram vivas baixara, ou seja, cessaram o furor e revelaram as brasas, puseram assentadas em seu bojo duas panelas feitas de barro vermelho e de tamanho médio, em uma: continha feijão-de-corda com toucinho de porco, "carne de sertão" e alguns "temperos verdes" que costumavam colocar. Na outra, também feita de barro, puseram as carnes de boi para cozinhar, e aguardaram o momento de ser servido o almoço. Contudo, o tempo sem compromisso com outrem, sem esperá-los e alertá-los de que a viagem era longa correu depressa e foi embora. À noite, após a janta, isso por volta de 19h30, com os buchos já cheios, através de gestos batendo as mãos sobre as barrigas disseram uns aos outros que estavam saciados por hora, e que por isso, só tomariam mais uns goles de cachaças e depois sem delongas dormiriam. Entretanto, antes de se entregarem ao sono, Guará, o "contador de casos" resolveu contar uma de suas histórias quase impossível de se acreditar: ei, gente! Exclamou, já sorrindo e demonstrando em sua expressão facial pandega que, o que contaria seria engraçado: tenho duas histórias para contar: uma foi Sebastião, primo de Vela branca, quem contou. Prestem atenção: certa vez, na venda, ele contou para a rapaziada que tinha tantas cabeças de galinhas em sua roça, tantas cabeças, mais tantas, do tipo que se olha ao redor, e o “enxame” dos bípedes é tanto, que não se ver o chão, que certa vez, despejou pelo quintal para as aves comerem um saco grande de 50 quilos, cheio de grãos de milho, porém, o número de cabeças de galinhas era tanto, que não deu se quer um caroço para cada uma. Continuando, falou: quando Vavá uma das pessoas que estava presente e que ouviu a história, disse que, uns pesquisadores alemães encontraram uma árvore grande na Amazônia, de galhos caudalosos e de folhas compridas de um 1 metro de comprimento, ressaltando que era uma árvore tão grande, que um deles estava tentando dar à volta nela andando a pé há uma semana, e que ainda, não tinha conseguido fazer a circunferência. Sebastião, além de fazer uma careta engraçada de espanto, refutou dizendo que era mentira dele, porque não existia árvore tão grande assim no mundo. Foi ai que o homem aduziu mais uma vez: existe sim! E, eu, posso provar: essa árvore é do tamanho exato que cabem repousadas nos galhos todas as galinhas que você cria no terreiro! Eh! Eh! Eh! Oh, mentira desgraçada! Alguém expressou em alta voz. Mas gente, a outra é verdade. Continuou Guará sorrindo e expressando o seu peculiar jeito engraçado de ser: o meu avô me disse um dia, que nas andanças matinais que ele fazia pelo pasto, deixou o senhor Leopoldo (o jumento) para comer uma melancia enorme que havia nascido no mato entre as caaporas, mas a melancia era tão grande que o bicho se cansou de tanto mastigar e adormeceu no local. Quando ele voltou no outro dia para buscá-lo, o senhor Leopoldo, ainda não havia comido nem um 1/4 e estava com as patas entranhadas dentro da imensa melancia.

Ah! Ah! Ah! Ah! Eita Guará! Tu não tomas jeito, não é homem? Alguém que se encontrava do seu lado esquerdo exclamou sorrindo enquanto os outros que se preparavam para dormir riam de se acabar. Enquanto a farra acontecia e a turma entretida bebia e se esbaldava ouvindo as histórias de Guará, o mais galante entre eles se encontrava há alguns metros de distância deitado em uma rede, com o corpo afogueado e a respiração ofegante, pois os pensamentos estavam distantes e voltados para um encontro amoroso que tivera há poucos dias com uma moça linda e loira; corpo escultural; e olhos azuis da cor do azul do céu; seu nome era Luana, mas ele a chamava de: "Lua minha"! Para qual ele fizera um singelo poema que dizia assim: oh, lua minha brilhante, sublime e formosa; é o satélite que inspira os casais apaixonados e que domina até as águas do mar; desce daí da abobada e vem nesta noite de verão bailar ou então me arrebata para perto do teu brilho lunar, para que sejamos um só no firmamento e a terra inteira, iluminar. Porém, ao se lembrar tanto do poema bem como do azul do céu dos olhos de Luana, olhou para o alto e observou no firmamento algumas nuvens solitárias e faceiras que passavam e que seguiam seus rumos para o infinito. E enquanto prestava atenção, as observando, pensou: aquela nuvem ali no alto, vazia, sem forma e sem rumo, que no céu segue o caminho que o vento lhe ordena; é semelhante a mim que sem direção ainda não decidi o que fazer e qual o rumo tomar neste mundo de meu Deus. Nesse ínterim, Vela branca, talvez, encorajado por ter bebido cachaça pura além da conta falou no momento em que, quase todos se encontravam sentados entorno da fogueira:

— Gente, será que daria certo se eu fizesse a "simpatia da beleza"?

— Oh, Vela, pelo amor de Deus! Interpelou seu Timóteo. Você teria coragem de fazer isso com João, que é seu amigo? Pois você sabe que, quando se realiza essa simpatia, a pessoa que tem de si a beleza copiada, passa pelo processo de escurecimento do rosto, ficando preto como se estivesse queimado, além de correr o risco de vir a óbito.

— Mas seu Timóteo, eu não disse que pretendia fazer isto com João. Eu apenas perguntei se vocês achavam se daria certo se eu fizesse. Além do quê, se for feita por uma pessoa amiga e de bom coração, existe grande possibilidade de que nada aconteça de mal para aquele que tiver a beleza copiada, segundo a sabedoria dos mais antigos. Disse Vela.

— Ah, sim! Mas isto tudo Vela é um caminho escuro de uma ilusão inventada pelos "antigos" que não sabemos direito os seus efeitos e aonde o final dele vai levar. E, se algo der errado? Inquiriu novamente.

— Olha, não farei a simpatia com João, não se preocupe!

Enquanto isso os outros colegas que os escutavam se mantiveram calados sem dar opinião, apenas balançaram as cabeças, talvez, pensassem na milagrosa possibilidade dita por Vela branca, que poderia quem sabe ser a solução para eles.

— Vou dizer uma coisa para vocês, falou Vela sussurrando novamente: Gostaria de ser tão bonito quanto João, só assim, eu teria o privilégio de namorar as mulheres mais bonitas daqui da região, e assim, não mais me sentir como Sarça costuma dizer: pária rejeitado pelas mulheres!

Enquanto alguns suspiraram, outros balançaram as cabeças ao ouvi-lo falar como se quisessem dizer através das suas expressões faciais, que ouvir aquele manifesto voluntário era doloroso para eles, porém, era, sobretudo, a manifestação de um sentimento vulgar, mas pertinente, o qual há bastante tempo tentaram manter oculto, e que através da falação de Vela esse sentimento genuíno veio à tona, e, embora João tenha se mostrado durante todos aqueles anos ser um amigo presente e uma das pessoas mais leais que eles conheciam, a sua beleza física era tão irrepreensível que às vezes eles se sentiam constrangidos em sua presença.

Nesse ensejo, Aceno também falou sussurrando:

— Dizem por aí que João namorou mais mulheres do que a quantidade de fios de cabelos que possui na cabeça.

Enquanto isso, o personagem central de toda aquela conversa se levantou da rede e se aproximou da turma. Sentou-se ao tronco de árvore ao lado de um deles como se quisesse ouvir o que eles ainda tinham para dizer. Contudo, Vela não se conteve em apenas expressar o desejo que tinha de querer ser tão bonito quanto o mais galante, e falou:

— Ei, João! Chamou-o atenção: se eu fosse você ficaria invisível sempre que pudesse para poder ver as mulheres nuas na hora que as bonitonas se despissem para tomar banho! Exclamou com ar de leviandade explicita no rosto quadrado.

Alguém que estava do seu lado direito, mas na distância de apenas 8 metros, respondeu em alta voz:

— Mas João, não precisa desse artifício, pois o que ele mais vê na vida são mulheres nuas seu bobão!

Não obstante, Vela que se encontrava sentado e, ensimesmado no assunto, prosseguiu e disse:

— Já pensou? Se eu pudesse ficar invisível? Que prazer e, que maravilha! Poder estar presente nos banheiros, quando elas começassem a retirar as saias, depois às anáguas, revelando as coxas. Hummmm! Que delicia! Em seguida, lambeu os lábios. Por fim meus amigos começar a retirar e ir mansamente descendo através das pernas aquele pano que cobre aquilo que é mais precioso que possuem que é bonito, cheiroso, que é gostoso e que nos faz perder o juízo! Ai meu Deus... Frisou franzindo os lábios novamente, esfregando as mãos ao alto, e apertando uma perna contra a outra como se quisesse conter suposto espasmo da bexiga que através dos estímulos provocados pelos devaneios luxuriosos ameaçou fluir. Enquanto Vela falava a temperatura entre os ouvintes subiu deixando quase todos que o escutava contaminados pelo vírus da lascívia. Onde um entre eles se sentindo incomodado pela intransigência do corpo que parecia que lhe apunhalaria de dentro para fora, discretamente sem ser percebido, se escamoteou do rol da conversação para trás de moitas ficando longe da visão dos outros e a revelia como se fosse praticar alguma ignomínia; e, ocupando um membro superior com anelo e, deferência, se ensimesmou numa guerra particular declarada contra o próprio eu. Dai a pouco se ouviu zurrares, em meio a oblações dedicadas a nomes femininos, sequenciado e finalizado por brados de protestos. E isto logo o fizera vê o céu se abrir e dele descer uma visão estupenda: uma nuvem quilométrica, alva como a neve, densa e compactada como se fosse um colchão. E nela, dezenas de mulheres virgens. Algumas se encontravam sentadas e outras em pé. Representavam quase todas as raças de distintos países do nosso planeta, pois tinham em suas compleições traços faciais característicos e tezes diferentes uma das outras. Mas eram todas lindas e estavam completamente desnudadas e sorrindo para ele. Contudo, em pouco instantes a visão surreal fruto da sua imaginação, se desfez. Ele olhou fixamente para o alto para o lado onde à visão aparecera como se quisesse vislumbrá-la novamente. Por isso, coçou os olhos, além de abri-los e os fechar umas três vezes. Como não vira mais. Asseou-se. Suspendeu a vestimenta a ajustando no corpo e, apertou o cinto no cós da calça. Saiu de trás das moitas surgindo para a visão dos outros novamente gesticulando e rindo a toa como se estivesse contente com algo. Aproximou-se de novo da turma para ouvir o que ainda estava sendo falado. Onde Vela não obstante a sua saída imperceptível e, a sua volta repentina se levantou e finalizou o que pensava: e, a primeira mulher que eu espiaria nua no banheiro, seria Jurema, a filha de seu Zinho da jaca, que é bonita que dói!

— Ah! Ah! Ah!Ah! Foi o som que alguns emitiram já animados assim como os cães se eriçam quando vê os donos chegarem. Depois fizeram sinal de aprovação com os dedos em ristes. Enquanto que outros suspiraram e falaram: essa, eu também queria vê! Continuando, Vela frisou algo que subitamente veio a sua mente: certo é Roque Aranha João seu tio, que dizem por ai que usa as orações que aprendeu para se dar bem na vida.

— Mas não se esqueça de uma coisa: João seduz as moças, primeiro, com a indubitável beleza que Deus lhe deu. E, segundo, com a voz arrebatadora que seduz e que corta o ar como uma flecha e que atinge assertivamente os corações femininos. Sarça atento às conversações ressaltou esses detalhes.

— É, que colocação infantil e sem graça você fez agora Vela! Exclamou Seu Timóteo dizendo que o homem que ele mencionou o nome era malquisto na região, além de ser um assassino frio e calculista, que usa forças sobrenaturais com o objetivo de provocar o mal ao alheio e que havia aprontado mais uma no mês passado.

Nesse momento, Tino entrou na conversa, e falou:

— João é muito diferente de Roque Aranha Vela! Ele só usa as orações que aprendeu para o bem comum de acordo com o que o seu pai lhe ensinou. Defendeu o amigo como se fosse um advogado que em uma causa que o mesmo julga ser justa, defende a honra alheia.

O mais galante que havia se sentado anteriormente a pergunta, falou:

— Muito obrigado Tino por me defender, embora, Vela, não fez nenhuma acusação a minha pessoa.

— A respeito de Roque Aranha, o que ele tem feito de tão grave e de tão escabroso, que muitas pessoas têm medo de olhá-lo cara a cara? Perguntou Aceno da gaiola, curioso para saber sobre aquele que muitos diziam que, em oculto fazia uso indevido do livro de "São Cipriano".

— É verdade! Exclamou Sarça. Continuando disse: o homem é mal e faz uso do livro da "cabra preta": "o livro proibido"!

— Livro da "cabra preta"? Livro proibido? Livro de São Cipriano? Não estou entendendo nada. Que livros são esses? Perguntou Aceno novamente.

— É um tipo de livro que o povo diz que contem rituais de ocultismo, mas especificamente, de rituais de magias, tanto brancas como negras, com múltiplas finalidades, inclusive, para o dia a dia da vida das pessoas. Respondeu Tino a pergunta. Continuando, falou: o homem não tem escrúpulos e há boatos que na sua residência acontecem manifestações espirituais: as colheres se mexem nos armários; cadeiras flutuam ao redor da mesa; jarros voam circulando a casa; e pedras de maneira misteriosa são atiradas nas pessoas que passam próximo a residência. Além disso, é escutado a partir da meia-noite: urros e gemidos de almas-aflitas que perambulam no interior da casa. Dizem as más-línguas, continuou. Que são as pessoas que ele assassinou através de feitiçaria as quais voltaram para atazaná-lo até que ele desate os nós da bruxaria que ele fez e que os prendem ainda neste mundo. Esta revelação que se dera de maneira inesperada deixou quase todos os ouvintes perplexos, olhando uns aos outros como se estivessem ficados sem ar, procurando silenciosamente entre eles, uma resposta lógica, contudo, mais uma vez, Vela branca resolveu dar o ar da graça e querendo ser o protagonista daquele assunto indigesto, do além, falou:

— Aceno, a história que me contaram foi a seguinte: que o tal Roque Aranha, epa! Olhem gente para isso! Arrepiei-me todo! Exclamou mostrando os pelos do braço que de maneira repentina haviam se arrepiados apenas por falar no nome do dito cujo. Continuando, disse: certo dia o tal não irei mais mencionar o seu nome, se encantou com uma moça daqui da região, que era muito bonita e cheia de vida, e que tinha muitos sonhos pela frente. Foi num dia de sexta-feira pela manhã que esta história macabra começou: ele como sempre e de maneira imponente se encontrava montado em seu "cavalo vermelho" que comprara de um cigano que era "doca de um olho" a observou passar pelo "Corredor dos Ferreiras" seguindo despreocupada sozinha e a pé, vestida de saia de tecido que ficava um pouco abaixo dos joelhos, e de blusa branca de mangas curtas com decote em v. Aproveitou que passava próximo, e falou de cima do lombo do animal, o que sempre costumava falar para as mulheres para ver as suas reações: se elas rissem do elogio e do modo como fora proferido, não havia problema algum. Então, ele as deixava ir embora sem fazer nenhum mal, mas, se por acaso elas refutassem a cantada de maneira ríspida, ele não as perdoava e as faziam pagar alto preço.

— Sim, misericórdia, e, daí o que foi que aconteceu depois? Perguntou Aceno dando uma "espetada" fazendo o que sempre gostava de fazer: ironia.

— Vela ao ouvi-lo falar do modo que lhe era peculiar, além de cingir os lábios lhe deu uma "rabiada de olho" como se quisesse demostrar que não gostou do comentário feito, mas prosseguiu no assunto: o que ele falou para ela foi o seguinte: que ela era um "tesão" de mulher e que não existia potranca nem mais fogosa e nem mais apetitosa em seu pasto. Foi quando recebeu a resposta que não gostava de ouvir:

— Respeite-me seu velho rabugento, procure o seu lugar, pois nunca lhe dei ousadia, não lhe conheço e nem quero lhe conhecer! Respondeu demonstrando repugnância em seus olhos de menina. Ele que já se encontrava na terceira idade, e sobre si, não se via beleza, e, talvez, por isso, que sempre tenha utilizado esses artifícios para abusar das mulheres. Ao ouvir a indesejada resposta, reagiu abruptamente, e falou:

— Não se preocupe sua cachorrinha atrevida! Porque neste dia, nesta madrugada, você sairá de casa só de camisola, toda descabelada e igualmente a uma cadela no cio. E sem se importar com os perigos que possam surgir na noite virá me encontrar debaixo do pé de umburanas que existe no final do "Corredor dos Ferreiras". Então, você vai me conhecer!

— Dizem que na madrugada daquele dia, após o mesmo utilizar o livro da "cabra preta" e fazer uma forte oração com intenção possessiva, a moça foi tomada de forma misteriosa por uma voz imperativa e inquietante que assenhoreou a sua mente e lhe impôs ordens. Então, desesperada, e sem noção das atitudes que tomaria, saiu de casa sozinha, sem ser percebida pelos pais, vestida apenas por uma camisola de renda, exatamente, como o crápula havia dito, e seguiu direto para o 'Corredor dos Ferreiras'. Chegando lá, ele que já a esperava, lhe usou e abusou sexualmente. Pouco tempo depois, após cometer todos os atos libidinosos que queria, para envergonhá-la e afirmar a sua "posição de macho" perante a sociedade, além de expor pelo caminho as roupas íntimas da moça que ficaram manchadas de sangue, cortou com punhal enferrujado como castigo por ter lhe ofendido o chamando de velho rabugento, tanto os bicos dos seios bem como parte do seu órgão genital. Passados alguns dias apenas, traumatizada e não conseguindo mais suportar a dor física de uma terrível infecção que contraíra, pois tivera o corpo mutilado através de objeto enferrujado, e, nem a ignomínia que sofrera por ter sido "deflorada" contra a sua vontade, pois desejava se "entregar" somente ao homem escolhido para esposo. Isto tudo se assomou na sua mente, lhe obsedou o espírito e lhe levou ao desespero culminando no seu suicídio ao se enforcar com um lençol na mesma árvore que sofreu o abuso. Após sua morte, continuou a história horripilante: o seu pai mesmo em estado de choque deu queixa para o delegado Juvenal. O qual começou a investigar o caso, procurando meios de enquadrá-lo no código penal existente da época. E com a ajuda de um advogado criminalista experiente classificou o crime como: utilização de "magia negra" para realização de estupro seguido de lesão corporal. Entretanto, Roque Aranha através de um "responso" que em outras regiões do Brasil é chamado de "previsão do futuro" realizado para ele por Deusdete, uma famosa cartomante muito conhecida na região, disse-lhe que, se ele não tomasse uma providência e não fugisse sem delongas, que o homem da lei que lhe procurava, iria prendê- lo. Quando o delegado se dirigiu fortemente armado, acompanhado de dois denodados soldados para que juntos pudessem prendê-lo antes que o dito cujo fugisse, o inescrupuloso que já sabia que se facilitasse, seria preso. Astutamente, proferiu outra forte oração, e de forma misteriosa sumiu como fumaça se dissipa no ar. Ninguém o encontrou. Durante vários dias seguidos o delegado ficou na cola, vigiando a casa para ver se ele aparecia de repente ou por descuido ou por necessidade de apanhar dinheiro. Mas, nada de o homem deixar sinal de que pudesse estar perto. E ninguém, por mais que tentasse desvendar o mistério do sumiço conseguia dar notícia de seu paradeiro. Contam por ai, que ele "vultou" e se transformou em uma casa de cupim, daqueles tipos de casas de formigas devoradoras de madeiras que dão nas árvores. Finalizou a história triste para Aceno que estarrecido ficou de boca aberta com tudo que acabara de ouvir. Nisso, as horas haviam passado rapidamente, era, portanto, hora de dormir. Então, eles foram se deitar, porque no outro dia, tinham muito trabalho pela frente. De manhã, acordaram cedo, sentindo na pele uma brisa fria que fluía pelo ar, mas embevecida por odor característico de peixe que vinha da direção do rio. Não obstante, se levantaram com bastante disposição, e sem demora, colocaram as redes para pescar em pontos estratégicos, onde em pouco tempo conseguiram pegar muitas traíras e muitas piranhas. Voltaram para o rancho, e alguém pôs em uma panela grande e de barro, o feijão para cozinhar no fogo meio brasa que permanecera aceso durante a noite inteira. Já os peixes que haviam pegados enfiaram em espetos para assar. Na hora da sagrada refeição ao meio dia eles se benzeram com fervor para afastar pensamentos ruins que pudessem abrir brecha para a influência negativa de maus espíritos, pois, ainda ouviam ecos da história lôbrega da noite passada que martelavam em suas cabeças. Contudo, comeram como se estivessem famintos há vários dias. Pela tarde, por volta de 13h45min, como de costume, e por exercer liderança natural, o mais galante distribuiu as tarefas que cada um deveria executar: Tico e Timóteo ficariam na barraca para cozinhar a comida que seria servida na janta. Vela branca e Bacheiro, deveriam ir juntos buscar lenha para alimentar a fogueira durante a noite, e, os demais, armariam as redes de pescar em pontos estratégicos, enquanto ele e Dedê sairiam juntos para caçar. Então, sem delongas cada um buscou cumprir a missão que lhes foram designadas. Assim que saíram à caça, com as espingardas de dois canos nas mãos, andando por entre matas ralas e abertas, por onde se proliferavam brotando do solo seco, vegetais xerófilos, como: as cactáceas, os mandacarus, os facheiros, os xiquexiques, as coroas de frade e as bromélias, onde fizeram um giro minucioso, por entre arbustos e florestas de pequenas árvores, tais como: umbuzeiros, juazeiros, aroeiras e baraúnas, de modo que, em pouco tempo, não havia praticamente nenhum canto da mata que não tivesse sido vasculhada. Ponderando sobre o que estava acontecendo, e conversando entre si em tom melancólico, eles conjecturaram de que havia algo de incompreensível por ali, porque os animais que eles ouviram falar, que, por aquelas bandas existiam em abundância, até aquele momento, ainda não haviam sido vistos. Então, Dedê parou de andar, pendurou a espingarda nos ombros, retirou o chapéu de palha da cabeça, coçou um pouco a testa e, falou gesticulando:

— É João, tudo por aqui está muito estranho, não é? E, isto senão estou enganado nunca aconteceu conosco! Exclamou confuso. Prosseguindo, relatou: todas as vezes que saímos para caçar, sempre conseguimos matar alguma coisa, e hoje, até agora, nem passarinho apareceu por aqui: nem uma rolinha, nem uma codorna, nem uma garça, absolutamente nada! Ontem! Continuou a observação. Antes de virmos para cá, por descuido, além de quebrar um espelho usado sem querer, passei por baixo de uma escada, e ainda, sem me benzer para me resguardar espiritualmente, vi um gato preto cruzando a estrada lá perto de casa, e o tal, miava de forma agourenta. E nós sabemos que, quando esses eventos acontecem um seguido do outro para a mesma pessoa, dão muito azar não é mesmo? Colocou o chapéu de volta a cabeça, e depois perguntou: você acredita nisso João?

— Sim, acredito! Pois desde que me entendo como gente, sei que isto acontece! Exclamou enfatizando e deixando subentendido para o amigo que, o que ele havia perguntado faz parte de todo um contexto que desde criança sempre ouviu com deferência os mais velhos contarem.

— Será que tudo isto que falei têm relação com a nossa caçada aqui? Dedê o indagou esperando a corroboração do colega que atento ouvia as suas perguntas.

— Talvez! Exclamou irresoluto. O que eu sei, é que existem muitos mistérios em nosso planeta que são insondáveis e incompreensíveis para a mente humana, e que ainda não foram decifrados ou talvez, nunca sejam. Concluiu

Passados alguns segundos e sem ao menos ter dado uma passada, Dedê novamente o interrogou:

— Oh, João! Exclamou chamando a sua atenção: será que nós pulamos o cipó da caipora sem perceber? Perguntou demonstrando em sua fisionomia preocupação.

— Acho que não. Respondeu em seguida. Porque quando alguém pula o cipó da caipora: a pessoa além de se perder no mato fica ainda desorientada sem achar o caminho de origem, o que não é o nosso caso. Concluiu a respeito de uma antiga lenda.

A lenda da assombração mencionada pelo mais galante para Dedê era a seguinte: segundo algumas pessoas antigas: a caipora é um ser encantado que vive e vaga nos seios das florestas, para atazanar quem se aventura no mato. Dizem que tem forma apavorante, parecendo com uma índia velha decrépita, com a cara toda deformada, a qual anda montada em um porco do mato encantado de três pernas, cujo principal objetivo desse ser é o de perseguir e perturbar as pessoas que encontrar deixando-as confusas no meio do mato sem saberem o caminho de volta para casa, após elas terem pulado mesmo sem querer o seu cipó que também é encantado.

Enquanto isso, Dedê mais uma vez olhando para um lado e para o outro, novamente o indagou:

— Mas João, você concorda comigo que está muito estranho? Pois até agora não apareceu nem um bicho, nem uma onça, nem um veado nem nada?

— Olha Dedê, concordo com você! E, também acho que está muito estranho, mas para lhe ser sincero, não faço a mínima ideia do que seja. Respondeu ainda irresoluto. Vamos fazer o seguinte: andaremos mais um pouco por aí, e esperaremos ver o que acontece, caso não apareça nem um bicho para que possamos matar, então, iremos embora, o.k.?

— O.K.! Respondeu Dedê se conformando por hora.

Porém o mistério aparentemente insolúvel continuou, e eles, já quase desistindo de continuar a caçada naquela mata selvagem, que até então, ainda não haviam pegado nada, e também porque já estavam cansados de tanto andarem. Foram subitamente surpreendidos por um bando de pássaros de vários tamanhos que sobrevoou o espaço aéreo do local como se estivessem em debandada, e por isso, ar de suspense pairou entre eles naquele momento. Na direção contrária apareceu ao longe e próximo ao um "umbuzeiro" um enorme animal, preto e soturno. Muito embora, devido a grande distância não puderam reconhecer de imediato de qual era a espécie. Todavia, em poucos segundos, o grande animal desapareceu. Porém, o seu vulto novamente fora visto: na direita, na esquerda, no Sul, no Norte, mas como por mistério desaparecia na mata sem deixar vestígios.

Dedê de pavor ficou lívido, batendo o queixo, e muito assustado, perguntou:

— João, você viu aquilo? Depois deu uma pausa na fala, enquanto olhava em derredor para entender o que estava acontecendo. E novamente motivado pelo medo que já paralisava o seu sistema nervoso, perguntou: será alguma assombração?

— Não sei dizer ao certo. Respondeu circunspecto, olhando também para um lado e para o outro, tentando decifrar os estranhos eventos que haviam deixado os pelos do seu corpo todos arrepiados.

Após alguns minutos, se ouviu um forte e apavorante berro, o que forçou Dedê que já estava assustado, a mais uma vez perguntar:

— João, será que é a caipora que está tentando nos assombrar meu amigo?

— Talvez! Porém, enquanto olhava para os derredores, tentando ver alguma coisa em meio à imensidão de seres vivos estáticos que compunham o lugar, se lembrou de um fato antigo, e, se virando para o colega que estava ao lado direito exclamou: Dedê! Eu me lembrei de algo: já sei o que é!

— E é o quê João? Perguntou Dedê com o semblante empalidecido, a voz embargada do medo que estava sentindo, as pernas tremendo, e já querendo correr.

O mais galante com olhar distante como se estivesse tentando enxergar com os olhos da mente o que os olhos da cara não conseguiam ver, pensou profundamente durante alguns segundos sobre o assunto, depois respirou fundo, e aduziu:

— Olha! Exclamou sussurrando, mas chamando a sua atenção. Deve ser a história da "Pedra do veado preto" que recebi quando criança, a qual está aqui comigo, e que naquela época, o velho me disse que eu deveria passar para outra pessoa depois de 10 anos de uso. Acho que é isso!

— E agora João, o que faremos?

— Vamos fazer silêncio, e vamos embora daqui sem fazer barulho, o.k.? Perguntou ao amigo que há tempos já se encontrava assustado.

— Está bem! Respondeu sussurrando.

Assim que fecharam a boca, o sol que ainda se encontrava no alto, descambou rapidamente, e se abaixou sob a linha do firmamento se escondendo por completo entre as nuvens. E em questão de segundos, o dia escureceu como se estivesse sido imposto por mágica. E isto foi seguido por uma ventania que veio do Oeste que começou a sacudir as folhas e os galhos das árvores jogando-as para o lado contrário da sua posição, o lado leste, pendendo os troncos e os galhos apenas para um lado. Daí a pouco, os animais que até então ainda não haviam sido vistos por eles, começaram a aparecer. Eram de todas as espécies que existia na região, os quais apareceram correndo em alvoroço como se fugisse de algo, como se estivesse acontecendo um grande incêndio na floresta. Ao ver todos os animais fugirem daquele jeito, Dedê se arrepiou dos pés até a cabeça, e nas suas entranhas no centro do seu umbigo sentiu um frio incomodo lhe paralisar o corpo e a alma. E com os olhos arregalados, falou:

— João! Chamou a atenção do colega. E falando de forma sussurrante para não chamar a atenção do ser encantado, perguntou: o que é que está acontecendo aqui meu amigo?

— Rapaz... Sussurrou. Jamais vi algo parecido em minha vida! Respondeu concluindo o que pensara, mas muito preocupado com a situação.

Ao longo do caminho que haviam pegado com destino ao rancho, o ignoto ser resolveu se apresentar novamente, e estava próximo a uma árvore. Era grande, imponente e estava imóvel, semelhante a dragão de pedra, do tipo que faz a guarda dos antigos castelos medievais dos famosos romances fictícios. Em pouco tempo, a suposta assombração começou a bater as patas contra o chão, levantando poeira, e balançando a cabeça com os enormes cornos para um lado e para o outro, dava berros assustadores, como se estivesse querendo dizer alguma coisa para os dois.

Dedê mais uma vez, chamou a atenção do colega, e mesmo tomado por um medo mortal fez sinal com o dedo sobre a boca, pedindo que o amigo que se encontrava próximo fizesse silêncio, depois, com o mesmo dedo o apontou em direção ao bicho, e falou sussurrando:

— Olha ele lá João! Vamos matá-lo, o.k.?

— O.K.! Respondeu fazendo sinal positivo com os dedos de uma das mãos.

Enquanto isso, o vento forte que sacudia de modo frenético os galhos e as folhas das árvores parou e se acalmou e as deixou livres para que, se assim quisessem poderiam retroceder os seus troncos e os galhos para a sua posição de origem. Então, eles aproveitaram o ínterim da calmaria momentânea e se abaixaram. Deitaram-se ao solo como se estivessem em confortáveis camas, mas com as funestas armas nas mãos. Começaram a se rastejar semelhante às serpentes, e esgueirando-se entre os arbustos, seguiram em silêncio para não assustá-lo, até chegarem próximo ao ponto de perceberem que se tratava de um enorme veado preto, o qual era macho, com cerca de 3 metros de altura, e, aproximadamente 145 quilos de peso, com longos chifres que mediam em torno de 13 palmos de comprimento. E que na testa tinha uma grande estrela branca, que o deixava com ar mais apavorante. Ainda deitado ao chão, o mais galante entre os homens, se posicionou para atirar, fechou um dos seus olhos negros, pôs a arma de baixo do braço, mirou por alguns segundos, proferiu algumas palavras, e cabrum: detonou-a contra o veado preto. O tiro partiu... Ouviu-se um silvo forte, mas o animal com grande velocidade se saiu da bala. Então, foi à vez de Dedê, que, com a arma em punho cerrado, olhou também de forma fixa mirando para a cabeça do bicho que estava parado apenas uns 6 metros de distância do lugar em que fugira da bala do mais galante. E assim, ainda deitado ao chão, também atirou: cabrum, mas o veado preto mais uma vez conseguiu se esquivar.

— João! João! Chamou Dedê pelo amigo. Vamos flanqueá-lo: vá pela esquerda, que irei pela direita para podermos cercá-lo.

— O.K.! Dessa vez vamos pegá-lo. Vamos atirar juntos e de vez, falou em seguida demonstrando compreender a astuta ideia do colega.

Eles se rastejaram mais uma vez, mas sempre conduzindo nas mãos as armas. Desse modo, foram se aproximando do veado que soltava ventos fortes pelas narinas que se abriam e que se fechavam como se fossem foles de uma sanfona. Ao se aproximarem mais, o mais galante de um lado e Dedê do outro, e no meio o alvo que, estático parecia que facilmente seria alvejado. Miraram por alguns instantes no grande animal que ainda se encontrava impávido que nem uma rocha, como se estivesse os testando. E, de maneira simultânea, os intrépidos caçadores lascaram os dedos apertando os gatilhos das armas contra o bicho, cabruuuuum: dois estampidos fortes foram ouvidos, e fumaças embranquecidas foram vistas se dissipando das bocas dos canos das espingardas. Contudo, mais uma vez, não conseguiram acertar o veado, que saiu ileso. Por errarem novamente, o pavor tomou conta do espírito dos dois, que naquele momento não sabiam mais o que fazer, porque todas as tentativas em acertar o animal encantado, não deram certo.

— Não tem jeito. Vamos embora daqui agora! Exclamou o mais galante assustado.

— Concordo plenamente. Falou Dedê já correndo.

— Tem um ditado antigo que diz: “Tem dia que é do caçador, outro dia, é da caça!”. Naquele momento, era o que estava acontecendo, eles deixaram de ser os temidos caçadores, e passaram a ser a caça. Levantaram-se rapidamente do solo árido e se puseram a correr fugazmente por entre a parte da floresta que era mais densa e que possuía grandes árvores. Todavia, era durante a noite, em completa escuridão, e por isso, as chances de escaparem do bicho encantado eram as mínimas, mas era a única alternativa que tinham.

— Corre! Corre! Exclamou o mais galante para o amigo.

Dedê desesperado, e tentando demonstrar que estava com dificuldades para correr, falou:

— Me espera João! Porque não conheço bem essa região.

Enquanto corriam desabaladamente para se salvar, atrás deles, corria o veado preto enfurecido. Até que, de repente, o bicho de maneira misteriosa, parou de seguir os seus calcanhares. Nesse momento, o mais galante também parou de correr. Segurou a respiração. Olhou para trás, para os lados, para frente, e falou:

— Acho que desistiu de nos pegar. Dedê ainda assombrado, perguntou:

— Será que desistiu mesmo João? Porque já estou morrinhento! O amigo balançou a cabeça concordando, e falou:

— Eu também estou muito cansado!

A constatação de que o grande animal encantado, enfim, havia desistido de continuar a perseguição, os deixou aliviados. Contudo, começaram a andar lado a lado e com muita pressa para que pudessem se sair do lugar o mais rápido possível. De repente, enquanto eles andavam rápido, o mais galante teve forte pressentimento de possível ameaça, a qual se aproximava aos poucos. Então, foi diminuindo as passadas até parar de andar, tentando decifrar os ruídos de suposta ameaça que perfidamente se avizinhava. Nesse instante, ouviu matos sendo quebrado às suas costas, eram barulhos de algo seco que estava sendo pisado, esmigalhado por patas de alguma suposta criatura pesada que fazia contato com o solo ao se mover, a qual se aproximava lentamente. Ele parou de andar, deu um toque fazendo alarido de um pássaro com a boca para chamar a atenção de Dedê que, ao vê-lo parar subitamente, ficou paralisado, empalidecido, e segurando a respiração. Entretanto, antes mesmo de olhar para trás, o mais galante foi surpreendido por uma forte cabeçada nas costas, que o derrubou ao chão. Onde ele de susto e dor gritou ao ser atingido. Porém, a sua pele era resistente, e por isso, os chifres do veado, apesar de serem poderosos e pontudos, não vararam as suas costas. Não obstante, o ser encantado não demostrou a intenção de querer cessar os seus ataques, e, enquanto o mais galante se erguia do solo, o animal se afastou um pouco e fez o contorno dando meia volta num umbuzeiro numa distância de apenas uns 25 metros de onde eles se encontravam. Parou e olhou fixamente para eles, com o seu olhar soturno, como se quisesse lhes dizer: chegou a hora! E baixando a cabeça se preparou para atacar novamente. Roçou seguidamente um dos pés ao chão e soltando ventos fortes pelas narinas, disparou na carreira em suas direções. Contudo, um lapso de memória fizera o mais galante lembrar-se novamente da pedra, a qual havia recebido da mão do velho, por isso, abriu a capanga, e retirando-a urgentemente de dentro, elevou ao alto para que ela ficasse visível, e, em seguida gritou:

— Toma Dedê, agora ela é tua! Ela te pertence! É a tua vez! Fica com ela meu amigo!

Ao proferir as palavras que conferia a outra pessoa a posse da pedra, mesmo sendo no momento de desespero, o ser encantado que se aproximava enfurecido e em alta velocidade, como se estivesse entendido a falação, deu um estrondoso berro, e como por encanto e mistério, da mesma maneira que havia aparecido, também sumiu no tempo e no ar, sem deixar vestígios.

O turbilhão de pânico que o bicho provocou, deixou os dois emudecidos, perplexos. Eles olharam para um lado, para o outro e para cima. Fizeram o sinal da cruz sobre as testas e se comunicando verbalmente deduziram que o perigo enfim havia passado. Então, sem delongas pegaram os pertences, como: espingarda, munição e as capangas. E rapidamente se dirigiram para onde se encontravam os outros.

# Capítulo VI
# O cão raivoso

De volta ao rancho, encontraram os amigos sentados entorno de uma fogueira que crepitava vivamente, fumando cigarros feitos de fumo-de-corda e tomando cachaça em demasia para passar o tempo. Nos semblantes denotava-se que o sono já os afligia por demais, mas também havia preocupação com a demora dos dois companheiros que já deveriam ter chegado, principalmente, com o mais galante que era entre eles, quem mais conhecia aquela região. Assim que os dois se sentaram e respiraram um pouco, contaram à turma o que houve com eles durante a caçada, onde todos ficaram em silêncio e, em estado de perplexidade ao ouvirem em seus pormenores a narração do pânico causado por aquele bicho encantado. E para não estender mais à noite sobre eles chegaram à conclusão que, a "pedra do veado" deveria ter sido doada a outra pessoa há cerca de 1 ano, e de acordo com o que o ancião negro de cabeça branca dissera, e o que eles também sabiam através dos mais velhos, sobre aquela história antiga, o sujeito ficava com a pedra apenas por uma década. E isso, explicava porque João fora bem-sucedido ao longo dos anos em relação às caçadas que realizara, apesar de ser um excelente atirador. Enquanto isso fora servido licor de jenipapo, cachaça com sumo de jatobá, cigarros de fumo-de-corda e, cafezinhos pretos para acompanhar. Já com os olhos carregados e não mais conseguindo manterem as pálpebras abertas caíram no sono. No outro dia, ao acordar às 05h00, com o dia clareando. O mais galante com os olhos marejados do mau sono que tivera, se levantou como se estivesse extenuado, alquebrado. Circunvagou o rancho fazendo caretas e apalpando as costas, pois ainda sentia o local um pouco dolorido. Chamou a atenção da turma, onde Tino se sentou a sua esquerda; Aceno a sua direita; Zé Briguento em sua frente juntamente com Dedê; e os demais ficaram em pé encostados aos troncos das árvores que ficavam no entorno, mas todos atentos esperando ouvir o que ele tinha para falar. Entretanto, antes de ser iniciado o que seria relatado, Dedê se levantou, se aproximou, e pediu que, por obsequio João levantasse a camisa para ver se possíveis ferimentos existiam em suas costas. E logo depois, a não ver nenhuma marca explicita provocada pelo ser que na noite anterior os atacou, se expressou: meu Deus isto é incrível! Simplesmente inacreditável! O local está apenas vermelho, apesar da forte cabeçada. Caso o golpe tivesse sido imposto à outra pessoa que não tem o "corpo fechado" ela morreria na hora, pois com certeza, os chifres trespassariam o corpo de um lado a outro, devido à potência. O mais galante abaixou a camisa, e com um gesto de cabeça assentiu as palavras, e falou:

— Espero que isso nunca aconteça com ninguém. Na verdade, nem para os meus inimigos gostaria que isto acontecesse. Continuando o pensamento, disse: ainda bem que você presenciou tudo não é Dedê? Espero que toda aquela aflição pela qual sem querer nós passamos ontem à noite não tenha sido em vão e que você tenha entendido claramente a situação que é delicada, já que agora, a pedra lhe pertence. Porque meu amigo! Continuou explicando. Não devemos subestimar os mistérios que permeiam o nosso mundo, os quais estão acima da nossa compreensão humana que é limitada. E, certamente, esse foi o meu erro.

Finalizou o assunto exortando os colegas a pensarem profundamente. Quando de repente, Zé Briguento, falou:

— É verdade! Ao vê-los chegarem daqueles jeitos macambúzios, ofegantes e com "as almas saindo pelos olhos" não mais subestimarei essas coisas! Exclamou. Deixando os outros confusos ao ouvi-lo falar daquele modo.

Passado algum tempo, começaram a arrumar as "tralhas" e os outros objetos que lhes pertenciam. Desfizeram o rancho sem delongas, e antes mesmo de pegarem o caminho de volta para casa, tomaram mais alguns goles de cachaça. Mas logo em seguida foram embora. Ao chegar a Feira de Santana, no bairro Tomba o mais galante sentindo pertinaz saudade materna e paterna, resolveu ir visitá-los na fazenda onde moram, e aproveitou o tempo para rever alguns primos, já que fazia algumas semanas que os tinham visto. Já no seio afetivo de seus genitores, sua mãe, se mostrando ser sábia e um tanto quanto desvelosa, pois também havia aprendido com os antecedentes o valor medicinal das plantas curativas, preparou beberagem com folhas verdes. E, enquanto o seu primogênito esteve por ali descansando, foi lhe dando remédio caseiro, que era o suco feito da mistura das folhas do mastruz com o leite de vaca. Enquanto descansava, um dos primos mais achegado, veio lhe ver para que de maneira entretida pudessem confabular como sempre faziam quando ia a fazenda visitar os seus pais, pois ele era muito querido entre eles. E um desses primos, por quem tinha muito respeito e afeto, era uma moça já feita, por volta de seus 18 anos; possuía olhos negros; cabelos longos e pretos; e era de tez clara; tinha 1.75 cm de altura. Era chamada pelo nome de Tina; tinha doçura na fala e possuía olhos meigos, porém, gostava de ouvir e de falar sobre assuntos eróticos, assuntos que eram proibidos até de ser comentados no meio feminino, mas a tal Tina não estava nem ai para o que poderiam dizer ou pensar dela. E por ser muito sapeca com expressão facial também de menina "levada", se dispôs a relatar em detalhes, uma história que ouvira alguém contar a poucos dias sobre uma paixão proibida de uma mulher da região que era casada e que se encontrava atormentada por uma visão que tivera. Então, sem perder tempo, começou a lhe falar a respeito dessa mulher, que se chamava Amália, que segundo Tina, depois que ela o vira na lagoa, semelhante a um bebê quando vem ao mundo, ficou desnorteada, fora de si, alimentando uma paixão obcecada, a qual queria de qualquer maneira, e a qualquer custo, dar cabo a todo o tipo de fantasia erótica e a mais voluptuosa possível com aquele que enfeitiçou os seus olhos e a sua mente. Amália era casada há cerca de 3 anos com um conhecido seu que ela não via há muito tempo. Era uma mulher de 22 anos, e começava a descobrir os prazeres da vida conjugal; fora criada sob uma educação rígida religiosamente falando, cercada de todos os tabus que a sociedade da época lhe impunha. Contudo, vivia um casamento estável, honrado, e até certo ponto feliz. Era tipo de pessoa centrada, daquelas que sabe valorizar o casamento. Era bonita, de sorriso alegre, cabelos lisos e negros; de tez amorenada cor de canela; e um corpão torneado que era invejado por outras mulheres, do tipo que enche as roupas e que deixa os homens com o "pensamento nas nuvens"; tinha sangue quente, pernas grossas e atraentes; e parecia que nada lhe faltava. Porém, em um daqueles dias em que ele estava descansando na casa de seus pais, às 09h45min, aproximadamente, dia de calor intenso, e de céu azul sem nuvens. Onde se sentindo acossado pela alta temperatura que castigava a região, resolveu tomar banho para se refrescar na pequena lagoa de águas plácidas e cristalinas que ficava na fazenda. Foi quando a coincidência levou Amália que circulava pelos pomares para catar frutas, embora sem a anuência dos donos, ao ouvir barulhos que vinham do lado de onde ficava a lagoa, como se alguém estivesse nadando. Porquanto, parou de andar para escutar melhor os barulhos, e se perguntou: quem será que está tomando banho na lagoa há essa hora? Então, seguiu andando para perto para ver o que estava acontecendo. Ao se aproximar devagarinho: um pé depois o outro, bispou que, um estranho emergia das águas doces, semelhante à planta quando brota do seio maternal terrestre. Primeiro, emergiu a cabeça, depois o tronco com os braços musculosos agregados. De repente, ficou em pé deixando à mostra toda a nudez de homem adulto formado e equipado para a vida; saiu andando bem à vontade e parou de súbito; agachou-se e pegou uma toalha que estava sobre as roupas; ficou em pé novamente; enxugou o rosto e as dobraduras geográficas da sua anatomia; parou de se movimentar e curvando o tronco para frente forrou o solo com a toalha que se enxugara; e, fazendo movimento peculiar em direção ao solo para se deitar como o de alguém que, ao chegar ao lar após a exaustiva jornada do trabalho se lança ao leito e se entrega ao descanso noturno. Ela, por sua vez tomou um susto, e ficou paralisada por um instante; os olhos ficaram arregalados, e uma das primeiras atitudes que fizera por impulso foi a de colocar as mãos sobre a boca para não gritar; abaixou-se rapidamente por entre as moitas, para que o ignoto homem não a visse; e, enquanto estava abaixada, ficou pensando na visão que tivera, pois, o único homem desnudado que vira antes fora o seu marido. Então, pensou em sair dali o mais rápido possível, para que o estranho que acabara de se deitar no solo, não acordasse do suposto sono, se levantasse e a visse o espiando, o que seria para ela ignomínia e vergonha indissolúvel. Contudo, a curiosidade que motiva os curiosos e que os empurra a seguir em frente a procurar em saber quem era aquele desconhecido que estava ali a pouco mais de 30 metros, falou mais alto: quem será? Será o filho solteiro de seu Francisco? Aquele que as mulheres falam que não existe homem no mundo inteiro, nem mais bonito e nem mais atraente? Em meio a esses pensamentos se agachou e engatinhando como uma criança se locomoveu sorrateiramente por entre os matos, seguindo bem de mansinho, até se aproximar da margem da lagoa, ficando por trás de um conjunto de bambus e, um pequeno barranco de areia, que era lastrado por plantas rasteiras e capim nativo, o qual ficava bem próximo da margem; fora um ponto estratégico que escolheu e que a possibilitou enxergar no ângulo bom, a qual de maneira oculta ficou por ali olhando o corpo do até então desconhecido. Um homem alto, de tez clara, cabelos lisos e negros; corpo musculoso e todo definido em suas nuances, daqueles que os praticantes de halterofilismo possuem. Ele estava deitado de papo para o ar, com os braços cruzados sob a cabeça, aparentando dormir "o sono dos inocentes". Então, agindo com prudência, permaneceu quieta em surdina sem fazer nenhum barulho; olhou para um lado e para o outro, para ver se vinha alguém de sua família ou outra pessoa qualquer que pudesse recriminar aquela atitude de "voyeurismo"; como não aparecera ninguém, tomou coragem e esticando um pouco o pescoço, suspendeu a cabeça para que entre as moitas do pequeno barranco pudesse vê-lo melhor; e sem querer perder nenhum detalhe, foi passando os olhos, e contemplando todo o rosto, a boca, o nariz, o queixo e as sobrancelhas; pelos ombros largos e másculos; pelos braços fortes com veias grossas e salientes; e foi descendo a visão passando pela barriga, enquanto força semelhante ao de magnetismo de ímã parecia que queria lhe empurrar para os braços daquele estranho. Todavia, com extremo esforço, conseguiu controlar o impulso, fechando os olhos e respirando pausadamente para diminuir a pressão sanguínea; balançou a cabeça para um lado e para o outro como se quisesse se livrar de suposta possessão, mas em poucos segundos voltou a observar o peito carnudo e definido, e de penugem incipiente; os seus olhos percorreram atentamente toda a extensão das pernas que eram grossas, mas torneadas; cada fio de cabelo, e cada músculo enrijecido pelo tempo, antes de pararem exatamente sobre a "libido" a qual de vez em quando, dava sinais de que poderia acordar a qualquer momento, talvez, motivado por algum suposto sonho erótico, pensou. E assim, durante minutos observou as suas partes íntimas. E aquela visão salutar, era para ela a personificação da própria luxúria que ainda não havia contemplado. "Aquilo" explicitamente em sua forma e plenitude mexeu com o seu corpo e lhe deixou em brasas; como sentira fogo abrasador circular pelo corpo inteiro como febre viral; se sentou ao solo se prostrando quase de cócoras como se fosse apenas lavar os pés nas margens de um rio; suspendeu um pouco a saia até os joelhos; correu a mão pelo baixo-ventre sem nenhum remorso do que estava fazendo; e essa atitude que se dera de maneira inquieta, fizera com que enxergasse miríades de estrelas no céu mesmo sendo de dia. Em seguida, além de se contorcer toda como se estivesse tomado choque elétrico, pois sentira espasmo venéreo fluir e lhe abalar o corpo inteiro desde a unha do pé até os fios de cabelo da cabeça, soltou um suspiro profundo. A visão ficou turva e as pernas bambas, sem forças até mesmo para se levantar. Como estava totalmente envolvida em seus pensamentos a respeito do que vira, langor inesperado começou a lhe tomar o espírito, por isso, não percebeu que o tempo passara rapidamente, e que, portanto, deveria voltar para casa, pois, o seu marido estava para chegar para o almoço. Já ficando sonolenta se esforçou e se levantou do lugar umedecido pela fluidez da sua "ignomínia", como se, a sua alma quisesse lhe abandonar naquele instante, pois sentia mórbida fraqueza no corpo e sensação de levitação como se pisasse na maciez de tapetes feitos de plumas. Olhou mais uma vez, para se despedir daquele cuja beleza, era de outro planeta. E andando no sentido contrário do trajeto que fizera antes, foi embora, mas com o sentimento no peito de que havia deixado algo para trás que, talvez, pudesse lhe pertencer. Os dias se passaram, mas a beleza estonteante daquele homem que parecia que era um ser de outro mundo, segundo ela não mais saiu de sua cabeça. E sempre, principalmente à noite, mesmo em seu leito conjugal, ela acorda afogueada e obsedada por desejo sexual incontrolável; observa o seu rude esposo para ver se ele se encontra acordado, e, aproveita os instantes da inércia em que o marido se encontra, para debaixo do cobertor colocar uma das mãos entre as pernas, bem no centro da nudez onde a vida começa. Assanha-lhe com anelo e frenesi inquieto; e, com os olhos fechados, a língua franzindo entre os lábios, começa a se sentir estimulada como se fosse escalar uma montanha naquele instante; e assim logo se pega imaginando aquele homem estonteante semelhante a um deus se levantando de onde estava deitado, caminhando em sua direção, despido, exatamente, como veio ao mundo, porém, sorrindo com docilidade; e ela, como uma mãe desvelosa que segura o filho querido nos braços com carinho abraçá-lo- ia de maneira contente e cheia de amor para dar para aquele que despertou os seus desejos sexuais mais íntimos. Por fim, bota uma das mãos na boca para sufocar um brado de protesto que emerge do corpo que já se estremece completamente imerso no prazer. Ao terminar de ouvir toda a história descrita com detalhes por sua prima, ele se levantou do tronco de jaqueira que ficava no quintal da casa, ficou de costas, tentando ocultar a vergonha que emergira; com o rosto e o corpo afogueados do que acabara de ouvir, pois sentira a mais possessa luxúria se apossar de si, semelhante a foguete que depois de ligar o motor estar pronto para subir para o espaço; porém, se fez de rogado, e de costas para a prima, falou: Tininha, e, suas histórias! Balançou a cabeça como se quisesse dizer: que história quente é essa minha prima? Em seguida, fez menção de que sairia dali, porque toda aquela conversa ardilosa lhe deixou ativo e ele precisava esticar as pernas um pouco.

Quando de repente, a prima que era assanhada, e despida de pudor, rapidamente, se levantou também do tronco de jaqueira, porém, com expressão nítida no rosto de curiosidade, como se quisesse confirmar com os olhos a respeito de algo que lhe chamara a atenção. Por isso, logo se aproximou dele, circunvagou-o ligeiramente, e de frente, ao observar a intimidade do primo que se encontrava avolumada entre as pernas, se expressou com as mãos sobre a boca: uauuuu! Minha nossa, priminho, você realmente ficou mexido com essa história não foi? Aproximou-se mais um pouco dele com sorriso ululante de erotismo, e, além de tatear a sua "intimidade" que parecia que queria "fugir" o apertou com anelo, como se apertasse um saco cheio de batatas. E, corroborando o que pensara e franzindo a língua entre os lábios, concluiu: não tem como negar! Agora me diga: o que é que eu respondo para Amália, que não se cansa de perguntar por você todas as vezes que me encontra nos caminhos? Ele se desgarrou da mão dela rapidamente. Esboçou um sorriso. Virou-se para o outro lado, ficando de costas para prima novamente. Pôs as mãos à frente na altura da cintura, tentando ocultar o que não dava para esconder. Balançou a cabeça negativamente, e em seguida, respondeu: Tina, dentre muitas coisas que os meus pais me ensinaram, algumas, aprendi! Deu uma pausa na fala, mas depois concluiu: o casamento é uma instituição sagrada e foi criada por Deus. Portanto, as juras de amor e de fidelidade que ela fizera para o esposo diante do altar, jamais serão maculadas por mim. Peça que esqueça esse devaneio, essa obsessão, porque não faz sentindo, e não é justo!

Naquele ensejo, já eram 11h30min. O dia ainda estava sereno e de céu azul; onde uma brisa sussurrava sobre as folhas das árvores e sobre as plantas domésticas, mas sendo coadjuvante de um sol luminoso que reverberava a sua luz sobre o telhado da casa. No terreiro, as galinhas ciscavam a terra freneticamente, e, em seguida, bicavam e comiam todo o tipo de alimentos que porventura achassem embreados no seio do solo; onde os galos por suas vezes em suas competições incansáveis um contra os outros, não paravam de cantar parecendo que estavam protestando contra alguma coisa. Nesse ínterim, o mais galante após confabular com a prima sobre um assunto que deveras o instigara, caminhava sozinho pelo terreiro da casa de seus pais, tentando despovoar a mente que fora invadida por "pensamentos mundanos". Com a mão direita segurava uma xícara que continha chá de erva-doce com limão, que a sua mãe havia lhe preparado. Nisso, enquanto contemplava a natureza e os animais domésticos que a família criava, começou a pensar sobre outro assunto, e sobre qual o rumo que deveria tomar: não posso viver dessa maneira individualista que tenho levado até então, somente disponível para o trabalho; viajando para a beira dos rios pescando ou caçando, sabendo que tenho ainda uma missão a cumprir, embora por onde começar, sinceramente, ainda não sei. De repente, em meio aos frenéticos e recorrentes pensamentos, foi surpreendido ao ouvir clamores, pedidos de socorros que foram desferidos aos brados, vindo de um velho amigo e antigo morador daquela área o qual chegou correndo desesperado com a língua para fora, devido a um fato lamentável que lhe ocorrera:

— Socorro! Alguém me ajude! Gritou o homem esbaforido depois de passar como um corisco pela porteira e adentrar a fazenda. Socorro! Disse mais uma vez, bradando cada vez mais alto para que alguém pudesse lhe ouvir que um cachorro doido havia acabado de morder sua filha Rute no quintal de sua casa, e saiu disparado e enlouquecido para outro lugar. No mesmo instante, motivado por impulso que todo herói possui, o mais galante pegou a espingarda que estava encostada na lateral da parede da casa, aligeirou os passos, e saiu atrás acompanhando o Sr. Manoel do boi que estava desesperado, e que, já havia feito à volta entorno da casa, mas esperando ansioso que alguém o acompanhasse na caça ao animal raivoso.

Durante o trajeto até a casa de Antônio Vermelho, ele fez algumas perguntas para entender o que havia acontecido:

— Diga-me seu Manoel, como foi que isso aconteceu? E se já tem tempo?

Perguntou enquanto andava lado a lado com o homem aflito.

— Olha João! A minha menina saiu para o quintal para jogar milho para as galinhas, quando um cachorro grande e vermelho, apareceu e a atacou dando uma mordida em sua perna direita, a qual gritou me chamando: socorro, papai, um cachorro me mordeu aqui no quintal! Quando eu sair e fui ver o que tinha acontecido, o cachorro, já havia sumido. Só encontrei a minha filha querida chorando e dizendo: ele foi para o lado da chácara de seu Antônio Vermelho papai! Depois disso, eu sair correndo nessa direção, procurando alguém que pudesse me ajudar a matar o maldito cachorro. Será que ainda vamos encontrá-lo João?

— Não sei. Mas vamos depressa, que talvez, ainda o encontremos nessas bandas. Respondeu de forma otimista para o homem que estava ao seu lado com a cara de quem estava indo para um enterro.

Ao chegar à chácara de Antônio Vermelho, onde moravam três famílias, em três casas diferentes, mas próximas umas das outras, em que todos os moradores dessas residências, eram parentes de Antônio Vermelho. O cachorro doido, nefasto protagonista daquela confusão, já havia feito um estrago muito grande por ali. Primeiro, no momento em que chegou correndo e "arruinado" pelos infortúnios provocados pela doença que lhe flagelava, sem hesitar se envolveu numa terrível briga canina, onde nessa luta, além de ser mordido, também mordeu os cães da chácara que faziam a guarda das casas. Segundos depois, após sair da briga, como um carro desgovernado avançou sobre outras presas, e mordeu algumas galinhas que ciscavam o solo, algumas das quais, já estavam mortas, com penas espalhadas para todos os lados do terreiro. Ao olhar atentamente e perceber o que o cachorro havia feito, com a arma em punho cerrado e a alma intrépida, de imediato, começou a procurar pelo animal louco, olhando em volta da casa e no galinheiro. E, na distância de cerca de 30 metros o avistou dentro de um chiqueiro, mordendo o porco que pertencia ao primo de Antônio Vermelho. A fera estava: enfurecida, babando, com os dentes arreganhados, o rabo entre as pernas, e os olhos vermelhos que pareciam duas brasas, aparentando ser o próprio demônio em dia de fúria. O qual agindo com poderosas mandíbulas e sem remorso do que estava fazendo ora ou outra as fincavam no couro cabeludo do inocente suíno que, amarrado nos troncos do chiqueiro não podia fazer nada, exceto gritar roucamente, fazendo barulhos estrepitosos como se pedisse socorro. Para surpreender o animal, ele caminhou de mansinho em sua direção, um pé depois o outro, e assim se aproximou lentamente, sem fazer barulho, enquanto o bicho ainda mordia o porco. Pôs o cano da espingarda entre as estacas da cerca, e antes que o cão raivoso o visse e partisse para cima para mordê-lo, detonou a arma. Mas, a espingarda negou fogo, à bala, que era o projétil funesto acostumado a atingir e a matar os alvos, por algum motivo resolveu protestar, e não quis trabalhar naquela hora. Com isso, o cachorro raivoso, através do faro, percebeu a sua presença, e de súbito, saltou de dentro do chiqueiro. E rosnando e mostrando os dentes, avançou enfurecido com as patas e presas sobre o também bravo João barbeiro, que, rapidamente, num movimento brusco, girou a arma de forma habilidosa e lhe deu uma cacetada poderosa com o cabo da espingarda, o qual caiu ao solo estrebuchando de dor. Porém, o cão não se entregou, e avançou ainda mais enfurecido sobre ele, que, ligeiramente, girou a arma, e novamente detonou a espingarda. E dessa vez, ela não protestou, e com um tiro certeiro, o matou, o acertando bem na cabeça. E quando o mais galante se preparava novamente, mirando a espingarda para atirar também no porco, o dono de longe gritou: nãooooo! Ele olhou para aquele que suplicava que não atirasse, mas balançando a cabeça para um lado e para o outro, negou o pedido, e cabrum: atirou e matou o animal. O rapaz pôs às mãos à cabeça, ajoelhou-se ao solo como se fosse rezar, e indignado deu murros no chão lamentando o episódio, porém, não havia mais nada que pudesse ser feito, pois o tiro deflagrado foi fatal. Os moradores das casas ao ouvirem os barulhos dos tiros se amontoaram entorno deles para saberem o que aconteceu, enquanto outras que por acaso apareceram e que também se fizeram presente como foi o caso de Guará, que logo que chegou, exclamou, dizendo que aquilo tudo era abuso de poder do "delegado". E isto, deixou algumas pessoas confusas sem entenderem o que ele estava tentando comunicar. Abuso de poder? Quem é esse delegado? Cadê ele? Não obstante, após alguns minutos de muita conversação e de muitas perguntas sem respostas, com a autorização de seu Antônio Vermelho, o mais galante de forma destemida pegou novamente a espingarda, recarregou-a, e foi em busca dos outros animais que haviam sido mordidos pelo cão raivoso no instante em que ele adentrara a chácara. Os achou ainda nas imediações. Como já tinha a permissão dos donos, atirou e sacrificou todos os animais que supostamente já estavam contaminados. Foram sete cachorros tanto grandes bem como pequenos e de raças diferentes, e quatro galinhas da "raça terra" que deram muito trabalho na hora de serem executadas. Pois, elas pulavam sobre as casas de maneira alvoroçadas como se estivessem chocas, cacarejavam fragorosamente, subiam e, corriam toda a extensão dos telhados tanto das residências bem como a dos galinheiros. Embreavam-se nas espessas folhas das árvores tentando se esconderem, mas enfim, todas foram atingidas mortalmente.

O mais galante ponderando sobre as consequências das investidas do cachorro louco, e, disposto a pôr um ponto final naquela situação que poderia ficar pior, caso não tomasse atitude que fosse preventiva o povoado certamente perderia o controle epidemiológico, ou seja, muita gente seria afetada pela doença. Porquanto, chamou seu Manoel do boi à parte, enquanto várias pessoas que rapidamente se amontoaram para saber o que estava acontecendo meditavam e conversavam sobre o ocorrido. Nesse ínterim, ele olhou nos olhos do homem que ainda se encontrava em estado de choque, e exclamou: agora seu Manoel, quando completar 14 dias, virei aqui, se o senhor desejar, e lhe acompanharei até a praia, pois o senhor sabe que deve levar a sua filha para "passar a onda em alto-mar"! A constatação deixou seu Manoel do boi muito triste, pois sabia através dos "casos contados" pelos mais velhos, que: ao levar um homem ou uma mulher ou uma criança que havia sido mordida ou até mesmo arranhada por um cão raivoso, e, imergisse as suas cabeças na água, na hora em que a onda escolhida viesse do alto-mar, e os atacados pelos cães gritassem alucinados, dizendo que o cachorro que os havia mordido se encontrava por ali, o procedimento cabível como era de costume dos povos mais antigos, era o de jogá-los ao mar, e largá-los a própria sorte, pois era infelizmente, o sinal de que eles supostamente, já estavam contaminados pela raiva. Quando completou o ciclo pré- determinado do tal "costume antigo" que faria com que a menina de maneira impreterível fosse submetida ao processo da onda em alto-mar para corroborar ou não se já estava contaminada, ou seja, 14 dias em que ela ficara isolada, sendo observada de perto por um adulto. Manoel do boi com pesar no coração que estava dilacerado por aquele flagelo pegou a filha querida nos braços, em meio aos prantos dos irmãos e da esposa, e com comoção que dava dó de ver, falou: oh, minha gente, pelo amor de Deus, não façam tanto drama desse jeito, pois é necessário fazer o que deve ser feito. Entretanto, e, embora estejamos tristes, devemos rogar ao Nosso bom e Eterno Deus, que a livre desse mal, porém, não podemos deixá-la aqui sem ter uma resposta, temos que levá-la para passar a onda! E, com a filha querida no colo, olhou ao lado, e com ar fúnebre estampado em sua fisionomia, falou: vamos João! Nesse momento, parecia que o mundo ia se acabar naqueles instantes, pois os irmãos e a desvelosa mãe da menina os quais se encontravam com os rostos desfigurados pela tristeza, aumentaram a sonoridade dos choros e, como se estivessem ensandecidos, enquanto uns tentavam arrancar a menina dos braços do pai, outros se descabelavam e se jogavam ao chão, transformando o lar: harmonioso e afetivo, em um cenário além de fúnebre: num recanto de desespero. Não obstante, isto tudo não se constituíra num obstáculo determinante que impedisse que, acompanhado por João barbeiro, Antônio Vermelho e Tino, Manoel do boi e sua filha Rute, rumassem mesmo que pesarosos para uma praia que se encontrava mais próxima de onde eles moravam, a qual é chamada de: Cabuçu que é o distrito do município de Saubara e que é muita cobiçada pelos turistas que vão se banharem nas suas águas quentes. Tanto aos sábados, domingos e feriados. Principalmente, para os feirenses que moram em Feira de Santana, os quais rumam aos milhares para esse local de veraneio. Antes de chegarem à praia de Cabuçu, fizeram uma pequena parada no caminho no histórico município de Santo Amaro da Purificação, cidade que é uma das mais importantes do estado da Bahia, que concentra um dos maiores acervos arquitetônicos do período barroco do Brasil. Em Santo Amaro, eles se dirigiram até o mercado do "centro" e compraram uma corda com 25 metros de extensão para utilizá-la caso necessitassem, além de contratarem um guia morador e conhecedor da região, para que o mesmo os conduzisse. Seguiram viagem, e, ao chegarem à praia, alugaram uma canoa grande com um pescador nativo do lugar, o qual era bastante hábil no manejo do remo, bem-disposto e denodado. E logo que acertaram o preço do aluguel do barco, entraram na embarcação sem demora. E intrépidos e confiantes na resolução assertiva daquele problema, partiram para o alto-mar. E isso, por volta de 15h20min. No momento em que seguiam pressurosos em direção ao alto-mar, mesmo com o marulhar das águas, a menina que era no aspecto de um anjo, com olhos claros e meigos de criança, cabelos lisos, compridos e castanhos claros; de rosto bonito e inocente, se encontrando sentada no centro do interior da canoa, abraçada a cintura de seu zeloso pai, perguntou, enquanto a água salgada respingava em seus pequeninos olhos: papai, o senhor me ama? Se o senhor me ama não me deixe morrer hoje papaizinho, por favor! Nesse instante, todos que estavam presentes na embarcação foram tomados de assalto pela emoção. E logo se percebia que lágrimas vieram aos olhos, originadas do fundo das almas ao ouvirem de súbito aquelas inocentes, mas dramáticas perguntas daquela doce menina que supostamente estava sentenciada pela morte: é o quê? Oxe! O que é isso minha filha? Que pergunta tola é essa? Ele a interrogou e a olhou com gesto adocicado de um pai que a amava com todas as forças da alma. Não duvide disto! Eu a amo muito minha pequena! Você é um anjo! Um presente precioso que Deus Nosso Pai me concedeu na terra! E, por isso, não deixarei que nenhum mal lhe aconteça! Exclamou com veemência e de forma resoluta. Continuando, disse: eu tenho a fé viva em meu Deus! E, Ele... Nesse instante antes de concluir o que tinha para falar, seu Manoel ergueu simultaneamente as mãos e os olhos aos céus, e concluiu: creio que estará te protegendo! A menina olhou compenetrada no fundo dos olhos do pai, o abraçou mais uma vez em sua cintura, e confiando plenamente no que ele acabara de dizer com segurança e firmeza, sorriu. Enquanto o pai alisava os seus longos, lisos, e claros cabelos, virava o rosto de lado se esforçando ao máximo para não chorar, para que a filha querida não ficasse angustiada. Em alto-mar, minutos depois, nos rostos de alguns, ainda se viam às marcas do instante comovente. No céu o sol que se preparava para se despedir da terra para o descanso noturno dos seres humanos estava a meia altura, mas quente ainda o suficiente para sapecar-lhes a cara. Onde o mar revolto que estava sendo assolado por um fenômeno chamado de: ressaca sacudia as águas mornas e espumantes que se assemelhavam a espumas de champanhe. Eram ondas nervosas que vinham do alto-mar com cerca de 2 metros de altura, as quais batiam na embarcação que era feita de madeira, com sopapos tão tremendos que a jogava para um lado e para o outro, e isso, provocou apreensão de quem estava no interior da embarcação. Mesmo assim, prosseguiram firmes, remando e pedindo a Deus proteção. Não obstante, chegou o momento de passar a onda, e verificar se a menina realmente estava contaminada com a doença. Enquanto o mais galante e seu Manoel se preparavam para segurar a garota, os outros tripulantes seguravam os remos de modo firme e mantiveram a canoa em ordem nas águas que estavam bastante agitadas. Dessa forma, foi possível, quando uma onda volumosa e, galopante que eles aleatoriamente escolheram começou a se aproximar da embarcação, coube ao mais galante segurar as pernas da garota a qual com o rosto transfigurado pelo medo tremia descontroladamente, implorando para que ele não a soltasse de jeito nenhum. Enquanto o seu genitor com todo o cuidado que um amoroso pai tem, olhou para o céu, clamou a Deus por livramento, segurou em seu tórax, e, lhe suspendendo com cuidado e depois lhe arriando para fora da embarcação mergulhou-a de cabeça nas águas salgadas. Quando a menina já se encontrava totalmente com a cabeça imersa, bateu as mãos para fora da água, e gritou: socorro papai puxe-me para fora, olha o cachorro aqui! Nesse instante o mais galante que segurava as pernas da garota, sabendo que se tratava de um ente querido daquele homem, o olhou fixamente nos olhos que, naquele exato momento em que a menina dissera que o cachorro doido se encontrava por ali, se virou e olhou para ele, como se quisesse perguntar: e agora? O que é que eu faço? Contudo, ele disse: agora seu Manoel! Exclamou deixando a decisão para ele: o senhor sabe o procedimento correto e o que tem que fazer ou não! Todavia, o homem não teve a coragem de empurrar a filha ao mar. E quase chorando, com a voz embargada e com o coração quase saindo pela boca, falou: ainda não tenho a certeza que ela esteja com a doença, vou esperar mais um pouco! E contrariando o tal costume antigo, trouxe a filha de volta para o interior da embarcação. Enxugou os cabelos e o rosto da pobrezinha que tremia de frio e medo do que estava por vir. E, abraçando-a firmemente entre os braços protetores de pai, calado ficou a contemplar o mar, enquanto lágrimas de dor e angustia, rolavam pelas suas faces. Por sua vez, o mais galante que há dias já tinha se envolvido emocionalmente pelo instinto de preservação familiar daquele homem, sem questionar a decisão, compreendeu a delicada situação, e calado também ficou.

O laço afetivo de amor entre um amoroso pai e a sua filha querida foi o fator preponderante que pesou na balança e contrariou o costume antigo que, ao longo dos tempos tem ceifado vidas o qual fora passado de geração a geração, porém, isso, por si só, não impediu que eles fossem tocados na consciência de que, apesar de tudo, teriam a obrigação de remar a canoa novamente e de forma pressurosa retornar para terra firme. Pagaram o aluguel da embarcação, e foram para a estação de trem. Pegaram o trem, e seguiram para Santo Amaro da Purificação, onde os cavalos estavam apeados nos apeadores de aluguéis, os quais deviam pegá-los novamente e voltar para casa. Fizeram as montarias e pegaram o rumo de casa. Porém, no meio do caminho enquanto seguiam a galope um atrás do outro direto para a casa de seu Manoel, a menina através de convulsões súbitas e inexplicáveis, começou a demonstrar sinais do flagelo, e surtou em seguida, ficando ensandecida. O seu pequenino, e, lindo rosto de criança inocente, se transformou e aparentou ser naquele instante uma desvairada, a qual ainda em cima do lombo do animal começou a mordê-lo semelhante à onça faminta quando finca as garras e dentes afiados em suas presas, e isto obrigou, ao mais galante que era um excelente atirador, ao ver aquilo, a desmontar ligeiro do cavalo, pegar a espingarda rapidamente que estava embainhada na cela do seu animal, a mirar e atirar para matar o equino, o qual a menina se encontrava montada, para que o bicho, assim como ela, não viesse a surtar depois. Após isso, enquanto os outros que os acompanhavam desciam também das montarias para ajudar no desfecho daquela questão, a menina em sua sanha, ainda se manteve sobre o cavalo lhe mordendo como se fosse uma onça, o qual já estava morto e flagelado ao chão. Então, ele e Manoel do boi correram rapidamente e amarraram os braços e as pernas, enquanto que, Antônio Vermelho retirou do bolso um lenço que lhe pertencia e ligeiramente a amordaçou. Novamente, pegaram o rumo de casa. Enquanto isso, a garota inquieta grunhia e se retorcia em cima da cela de outro cavalo, tentando se livrar das amarras que eles haviam feitos para que pudesse lhe conter durante todo o trajeto da viagem. Ao chegarem à residência de seu Manoel, na fazenda Boa Hora, já era quase 21h00, de uma noite que não se sabia o que se esperar, mas que no final seria inesquecível. A casa era grande e espaçosa, e feita de forma artesanal com barro vermelho; as paredes apesar de serem também feitas de barro vermelho, eram lisinhas. Contudo, no interior o solo era de chão de barro batido; a residência possuía cinco quartos que ficavam na parte dos fundos; duas salas enormes que ficavam na parte da frente; uma cozinha; dois banheiros e, uma grande varanda coberta com palhas de coqueiros que dava volta na casa circulando toda a extensão da moradia. Eles apearam os cavalos ligeiramente nos troncos de madeiras que ficavam na frente da casa, adentraram a residência, e puseram a garota sozinha, no último quarto, antes, porém, retiraram todos os objetos que se encontravam no interior, principalmente, os cortantes para que a menina não se machucasse, deixando disponível no solo um colchão de palha para ela se deitar quando ficasse cansada; tiraram-lhe a mordaça da boca, para que não morresse sufocada, pois estava babando, e como estava em excesso poderia asfixiá-la; afrouxaram- lhe os nós da corda que a mantinha presa, para que se soltasse, e saíram correndo do interior do quarto. Fecharam a porta firmemente, e reunidos na sala, começaram a pensar no que fariam. Enquanto alguns parentes que se encontravam ajoelhados na ante-sala, com as frontes curvadas sobre o peito, pediam um milagre diante de um oratório que no seu interior continha uma imagem de um santo feito de barro que é chamado de: Santo Expedito conhecido também como: "o santo das causas impossíveis"; em outra sala, na principal sala da casa que ficava ao lado, anciões de variadas idades que foram reunidos às pressas por familiares, tentavam achar um meio assertivo que pudesse curá-la da terrível doença. Enquanto isso, a menina se desprendeu da corda. E numa inquietude característica da doença, começou a urrar parecendo um monstro: arranhava a porta, arranhava as paredes feitas de barro vermelho, mordia o colchão de palha, fazendo alaridos estarrecedores. Nesse momento, os pensamentos das pessoas que se encontravam naquele momento e escutavam aqueles barulhos, certamente, voaram na velocidade da luz, mas nenhum dos anciões presentes conseguia chegar a uma solução ou em uma reza poderosa ou em uma receita mágica através das folhas e raízes que se encontram em abundância na roça que pudesse curá-la. Então, para resolver aquele problema, o mais galante que era muito engenhoso, botou a cabeça para girar, e em pouco tempo, se lembrou de algo. Por isso, gesticulando entre o povo para chamar a atenção se expressou, principalmente, para aquele que mais precisava ouvir algo bom. E com firme convicção, falou: eu tive uma ideia seu Manoel! É o seguinte: durante algum tempo em que servir como militar no tiro de guerra, aqui em Feira de Santana, há alguns anos, pude compreender perfeitamente, ao ouvir muitas conversas inteligentes entre os meus comandantes, que eram homens sábios, dignos e estudantes de ciência, que um veneno poderoso, pode suplantar outro mais fraco, ou seja, um veneno mais forte do que o que provoca a "raiva" do cachorro louco, que seja introduzido na corrente sanguínea da pessoa que fora contaminada, pode funcionar de forma eficaz como antídoto e combater o mal que assola não só os cães bem como as pessoas. Então, se tudo der certo, como espero que aconteça, o veneno de uma cascavel, uma das cobras mais letais que conheço, poderá curar a sua filha! Nesse instante, todas as pessoas e os anciões presentes ao ouvirem aquela explanação mesmo sem entenderem grosso modo a lógica daquilo que fora dito e de como aquela conjectura funcionaria, reagiram com pensamentos positivos reascendendo a chama da esperança no seio daquela família, que, há horas se encontrava aos fiapos, totalmente desestruturada pensando no pior, inclusive, na morte da inocente garota. Porque é o seguinte: toda família se analisarmos individualmente membro por membro pode ser comparado a elos de uma corrente. Quando um elo está quebrado, desalinhado, fora do lugar, a corrente se desestrutura e se desfaz, enfim, quando em seu bojo, seja lá em qual parte do mundo coabite, mas que julgue simplesmente ser unida pelo laço sanguíneo, quando passa por problemas dessa estirpe, se sente assim: desestruturada. Sem perder tempo, e com ar de confiança no que havia dito para aquele pobre homem e para aquele povo presente, pegou o cavalo, montou depressa, açoitou o chicote no lombo do bicho, e, o esporeando foi ligeiro atrás de uma cascavel na tentativa de usar o seu veneno como antídoto para curar a menina. Ao chegar à mata, começou a procurar a serpente entre os rendilhos de espinhos, nos bancos de macambira, e entre os seixos de mandacaru. E fuçando um mato aqui e outro acolá, logo a achou e a capturou. Uma hora depois, retornou pressuroso com a cascavel ainda viva em suas mãos. Onde familiares da menina agoniados pela espera de um resultado feliz, saíram do interior da casa para recebê- lo com aguda esperança de salvação em seus semblantes. Os quais disseram: que Deus nosso Pai, conduza as tuas mãos abençoadas para a resolução deste problema! Nesse ínterim também, seu Manoel, aproveitou que familiares haviam ditos palavras de esperanças, e também dissera algumas, querendo demonstrar primeiro, o quanto estava triste, e em segundo lugar, a confiança em seu amigo que, para ele, era "o mais achegado da família": essa menina João é junto aos meus outros filhos, o bem mais precioso que possuo. É o que mais prezo na vida. É parte de mim. É como se fosse o meu próprio coração que bate fora do meu peito. Por isso, se perdê-la, sinceramente, não terei mais nenhuma razão para viver. Continuando, expressou com brilhos de esperança nos olhos: não sei exatamente o que você fará, mas quero lhe dizer o seguinte: que confio plenamente, primeiramente, em Deus, depois em você meu amigo! Essas palavras que expressaram amor genuíno e chamas vivas de esperança deixaram o mais galante comovido. Contudo, tentando ficar alheio à inquietude dos familiares da garota, sem demora, e com apenas um de seus membros superiores, colocou uma escada em pé na parede lateral da casa que ficava na parte dos fundos, bem na direção do quarto onde a menina se encontrava confinada. Subiu em seus degraus, e por cima do teto da casa, abriu uma brecha no telhado que era feito de palha. E se desenredando do réptil que havia se entrelaçado em seu braço, enquanto segurava em sua cabeça, jogou-a para dentro do quarto. Desceu da escada rapidamente e se colocando entre as pessoas que se encontravam presentes na sala principal, ficou a esperar o resultado final daquela empreitada. No momento em que a cobra caiu ao solo, à menina "completamente louca" partiu rápido para cima, e a luta de súbito começou. E este embate foi tão terrível, coisa que ninguém no mundo de sã consciência e de espírito bom gostaria de presenciar e de ouvir, o qual produziu barulhos estarrecedores: de um lado, a menina que urrava semelhante a lobo ensandecido. Do outro, o balançar frenético do chocalho que ficava na ponta do rabo da cascavel venenosa. A luta foi tão preocupante que a mãe da menina ao escutar os barulhos estrepitosos que vinham de dentro do quarto e vê algumas fitas de sangue escorrer e passar por baixo da porta onde a filha querida se encontrava, deduziu que o pior havia lhe acontecido, por isso, desmaiou. Então, sensação de angustia, de tristeza e ar fúnebre se instalaram naquele ambiente. E, silêncio mórbido daqueles que acontecem em velórios tomou conta do quarto, e de quase todos os presentes da casa, principalmente, entre os familiares que começaram a achar que a menina já estivesse "passado para o andar de cima". Contudo, procurando conformar uns aos outros se abraçavam e diziam em sussurros: que Deus o nosso Pai a coloque em um bom lugar! No entanto, ninguém teve a coragem de abrir a porta do quarto para o ver o resultado final e o que de fato havia acontecido. Não obstante, o tempo sem compromisso com outrem, como sempre e rumo ao infinito, correu. E, às 04h00, embora o cansaço físico fosse ululante nas fisionomias de muitos, ainda havia aqueles esperançosos que aguardavam um desfecho favorável para aquela angustiante questão, entre eles, estavam: familiares, vizinhos e amigos, e para surpresa de todos que se faziam presente, alguém mais atento, ouviu barulhos dentro do quarto, ficou em pé e imóvel com a mão posta junto à orelha como se quisesse escutar e decifrar os ruídos que estavam acontecendo. Olhou para os demais, e pediu, por favor, que fizessem silêncio. Passado mais alguns segundos, mais uma vez fora ouvido barulhos, e era semelhante ao de passos. Seria o sinal de que a menina de alguma forma se mexia e que naquele instante dava sinal de vida? Enquanto todos os outros familiares ficaram em silêncio querendo também escutar e entender o que se passava no interior do quarto, a menina chamou pela mãe: mamãe, a senhora está aí? De súbito as palavras de interrogação originadas no quarto soaram como regozijo de vitória. E a euforia tomou conta: eu sabia que ela viveria! Disseram os profetas de plantão. Glória a Deus! Outros exclamaram em alta voz. Foi um milagre de santo Expedito! Assim disseram os devotos do santo. E no meio deles, alguém se lembrou de um humilde personagem que ainda se encontrava por ali: graças a Deus e a João! Porém, ele que sempre fora muito humilde, não queria glória para si, porque em sua opinião, o mais importante, era salvar a vida da menina. O pai da garota que estava quase desfalecendo de tanto que havia chorado, ao ouvir a voz da filha querida, abriu à porta do quarto as pressas, e rapidamente, correu para sua direção. E quando a encontrou, lhe abraçou e a suspendendo no colo, começou a girá-la no ar. E, chorando, dizia: graças a Deus! Graças a Deus! Enquanto a menina quase desmaiando em seus braços por estar bastante cansada, sorria alegremente, embora estivesse com furos no corpo das picadas da cobra venenosa, e ainda toda arranhada, com marcas feitas por ela mesma. Seu Manoel exultante de alegria e de tão emocionado que ficou que não se conteve de tanta felicidade. Imediatamente, pôs a menina na cama em outro quarto deixando-a aos cuidados da mãe e de outros familiares. Voltou pressuroso para a sala principal onde se encontravam as outras pessoas. E, encontrando "o salvador" o abraçou fortemente, e deu um beijo em sua face direita, em reconhecimento ao imenso esforço que fizera para livrar a sua filha querida daquele flagelo. Nesse momento, ao sentir o calor humano e a gratidão de ver aquele homem radiante de alegria por ter a sua filha querida curada, foi que percebera, qual era a sua missão enquanto permanecesse na terra: era onde houvesse alguém precisando de ajuda. Não importava à hora, o dia ou o lugar. Ele deveria estar preparado e sempre firme, para se fazer presente para defender, principalmente, os mais fracos e necessitados. Assim pensou.

Enquanto isso a notícia da cura da filha de Manoel do boi, alcançada pelo galante João barbeiro, se espalhou rapidamente. E muitas pessoas daquela localidade que ficava próxima à fazenda Boa Hora, vieram visitar a menina, para confirmar com os próprios olhos se era verdade que ela tinha sido curada da "raiva" o que na época era praticamente improvável que alguém fosse curado da doença do cachorro doido, pois a medicina ainda não havia descoberto a cura. As pessoas ao chegarem à casa de seu Manoel, e constatarem que era verdade, que, realmente a menina estava curada, saiam bendizendo a Deus, e admirando o celebre benfeitor pela coragem e heroísmo. Um senhor de idade bem avançada, de olhar alquebrado, de tez branca, o qual possuía enorme bigode grisalho; de origem estrangeira, do continente Africano, lá das bandas da Arábia Saudita, conhecido por muitos, pelo nome de Hussein, sabendo que o mais galante era adepto de orações brancas, assim, que eram chamadas aquelas orações benignas. Resolveu presenteá-lo pelo feito, com uma "oração" desconhecida das quais não havia aprendido com o seu genitor. Era a "oração da força", a qual permitia quem dela utilizasse ficar poderoso, com força imensurável, porém, em período não muito longo. Segundo o senhor Hussein, para que a oração da força pudesse ser realizada com eficácia seria necessário primeiro que a pessoa que quisesse proferi-la e, usufruir dos seus inestimáveis poderes era a de realizar quatro etapas básicas: 1° - colocar dentro de uma garrafa de vidro os devidos ingredientes: jurubeba rocha, amendoim, castanha do Pará, castanha de cajueiro branco e raspas de rapadura. 2° - colocar dentro da mesma garrafa, folhas medicinais, como: arruda, erva-doce, manjericão, folhas de alecrim e capim santo. 3° - enterrar a garrafa no dia de sexta-feira à noite, no período de lua crescente, representa que, quando enterrados no dia de lua crescente, a "força mágica" viria para a pessoa de forma progressiva. 4° - e, última etapa: depois de 3 meses enterrada na terra virgem, onde nenhum cavalo havia-se espojado antes, pediria para uma criança de mãos cândidas e que já fosse crismada e batizada que retirasse a garrafa de baixo da terra e fizesse o sinal da cruz sobre o recipiente. Logo em seguida o pretendente deveria começar a beber a porção através de colheradas feitas de pau de cajueiro macho, todos os dias e, em jejum, durante um ano. Após consumir tudo, era só proferir a oração, no momento que surgisse a necessidade, e pronto. Por sua vez o mais galante ficou muito feliz com o inesperado presente que ganhara do senhor Hussein. Prestou atenção a cada detalhe dos ensinamentos daquela poderosa oração, depois agradeceu de forma educada e espontânea que lhe era peculiar, e foi embora. Nesse ensejo, a má fama de "encantador" que usava de "rezas brabas" para seduzir as moças, e de crapuloso atroz, tinha ficado para trás. E ele passou a desfrutar de uma nova vida entre as pessoas da região. Nessa época, fora consagrado como grande herói, principalmente, heróis das crianças e dos adolescentes, aonde muitas pessoas entre homens e mulheres vinham de diversos lugares e traziam os seus filhos pequenos para cumprimentá-lo. Todos queriam falar com ele. Todos queriam estar perto do ídolo.

Capítulo VII

# O devorador de homens

Sobretudo, inconcebível notícia deixou as pessoas apreensivas. E como se diz nessa região do Brasil: com o "coração na boca", tudo isso porque Zequinha, filho de Estevão, e, "primo carnal" do mais galante desaparecera na mata enquanto caçava próximo ao rio Jacuípe, lá pelas bandas do povoado do Jacaré. E, já havia 3 dias em que ele como imagem ilusória que aparece para um sedento no deserto, sumiu sem deixar vestígios; onde familiares saíram exaustivamente à procura e não o encontraram. Apesar de ser caçador experiente, Zequinha nunca dormiu fora de casa, assim disse a sua mãe que estava inconsolável com o desaparecimento repentino do seu filho querido que ainda era solteiro. Então, o mais galante que na resolução assertiva no caso da menina Rute, entendeu o real sentido da jornada de herói que teria pela frente; e, no intuito de querer resolver mais uma questão que corroborasse a finalidade de sua existência e da missão profetizada ao seu respeito; se juntou a outros parentes e amigos, e juntos a cavalo se dirigiram para a casa de Estevão, pai de Zequinha. Já na casa do desaparecido, as conversas foram fluindo, mas tomaram rumos diferentes, onde alguns parentes falaram: deve ser que uma sucuri o pegou, já que nesta região existem muitas cobras grandes que são capazes de engolir um homem inteiro. Outros discordaram da primeira hipótese levantada e disseram: achamos que foi o Crocolobo, porque, se fosse uma sucuri, pelo menos a espingarda ou a capanga nós encontraríamos! Enquanto isso, a mãe do desaparecido, andava sorumbática de um lado para o outro da casa, com os olhos inchados e vermelhos das lágrimas que vertera quase que sem cessar a mais de 2 dias. Nessa ocasião, enquanto as pessoas que se encontravam reunidas na sala também com as fisionomias entristecidas, discutiam o que de fato poderia ter ocorrido com o rapaz, ela interrompeu o raciocínio coletivo e disse com a voz exaltada: alguém salve o meu filho pelo amor de Deus! Em seguida, em um ataque de crise nervosa deu um grito tão estrepitoso tão alto que pareceu um trovão. Em meio a isso, um dos parentes se levantou de um banco de madeira que se encontrava posicionado no canto direito da sala, com o rosto transmudado pelo afogueamento que aquela desvelosa mãe provocou, e disse para aquele que já era consagrado pelo povo: olha João, a meu ver, o único aqui, que pode resolver essa questão é você, pois você João, conhece muito bem essa região, além de saber orações poderosas que Francisco seu pai lhe ensinou, e por saber atirar muito bem, sendo ainda um excelente nadador! Essas súbitas constatações o fizeram reconhecer o "peso da responsabilidade" que doravante teria nos ombros, mas por ser Zequinha, um dos primos que mais nutria afeto e carinho, logo decidiu o que fazer. Por isso, de pé falou enquanto as pessoas ansiosas aguardavam a resposta de sua decisão: prometo que me esforçarei ao máximo para encontrá-lo!

Enquanto isso, Zequinha filho de Estevão: era um sujeito alto com aproximadamente 1.82 cm; era magro, de rosto pândego e de barba grande que, além de encaracolada era cheia. Era um homem inteligente, estudado, formado nas letras como se diz nessa região; tinha espírito alegre e gostava de contar "casos" que faziam as pessoas rirem; por isso, era muito querido pela família, e, também por toda a região onde morava.

O mais galante então mergulhou profundamente em suas elucubrações e ponderando momentaneamente sobre a situação que era inquietante, e para atender aos suplícios daquela gente, principalmente, daquela desvelosa mãe que já se encontrava em estado de desespero, pegou a espingarda de dois canos de calibre 12, com a qual já havia matado incontáveis caças de variadas espécies. Pegou o facão e o punhal. Calçou a bota de canos altos. Botou o chapéu de palha na cabeça. Pegou fumo-de-corda, cachaça, corda e alho. Ajeitou tudo dentro da capanga. E, sozinho e a pé se dirigiu para a floresta as margens do rio Jacuípe. Chegando lá, se posicionou na pedregosa borda do rio. Retirou o chapéu da cabeça e ao chão pôs junto a arma e a capanga. Abaixou-se e ficou de cócoras. Juntou as mãos como uma concha e as imergiu na água, e, as trazendo para si, lavou o rosto que estava um pouco afogueado pelo sol. As imergiu novamente, e bebeu um pouco para saciar a sede que dava um nó na garganta. Ficou em pé, e de forma perscrutável olhou para as paisagens que estavam em sua volta, olhando primeiramente para as grandes árvores, onde entre elas existiam majestosos jequitibás, cajueiros frondosos e monumentais, jaqueiras, mangueiras, perobas, jacarandás e figueiras. Olhou também para as margens plácidas do rio Jacuípe, e, pensou: se foi uma sucuri que de fato pegou Zequinha, será mais fácil resolver, pois é só procurá-la nas margens do rio, debaixo das pedras e folhas para localizar a sua cabeça, porque ao engolir a presa, ela procura um lugar para se ocultar para digeri-la, e durante dias permanece dormindo. Então, localizo a cabeça, dou vários tiros, e com o facão e o punhal, abro a sua barriga, e tiro o corpo de Zequinha de dentro, se é que ela o engoliu. Enquanto isso ponderou mais uma vez, colocou uma das mãos no queixo, e conjecturou: agora, se foi o Crocolobo que o pegou, será muito mais difícil: primeiro encontrá-lo, depois, matá-lo, porque ainda não me recordo da forma que terei que fazê-lo.

Reza a lenda sobre antigos seres das matas, que o Crocolobo foi alguns pajés dos índios guerreiros da tribo Curiru, índios canibais, que habitaram a região há cerca de 60 anos, que, ao ficarem bem velhos, em vez de morrer naturalmente como acontecia com os outros membros da tribo, simplesmente, se "encantavam" e se transformavam em um animal perigoso, de pelos enormes que protegiam todo o corpo. Possuía dentes grandes, além de garras afiadas e compridas. Diz ainda, que a criatura era do tamanho de um homem, de mais ou menos 1.70 cm; pesando cerca de 100 quilos; porém, com força equiparável a mais de 10 homens fortes; o seu dorso é de crocodilo, mas a parte frontal do corpo é musculosa se parecendo com um gorila africano; a cabeça é igual à de um lobo, com chifres pontudos semelhantes aos de bode; e da boca emanam faíscas de fogo seguido de fumaça cinzenta com odor de enxofre. Esse espantoso animal detinha ainda a incrível capacidade de imitar o canto de vários tipos de pássaros, como: os pintassilgos, azulões, pássaros-pretos, pica-paus, cardeais, canário-belgas, juritis, rolinhas e as araras-azuis. E, usava essa habilidade para de forma pérfida, atrair para si a atenção dos caçadores que, porventura, estivessem caçando na região. Quando os pobres homens se embrenhavam nas matas, pensando que estavam espreitando algum tipo de pássaro inofensivo, eram surpreendidos pelo voraz animal, o qual descia ligeiramente dos galhos da árvore de onde estava, e os agarrava imediatamente prendendo-os em suas inexoráveis presas, em seguida, os lascava em pedaços, pois o mesmo era carnívoro, e gostava muito de carne humana. Diz também, que, a única maneira de matá-lo por ser ele um "ser encantado da floresta" era quando estivesse dormindo e se coçando, porque ao mexer-nos pelos que eram enormes, abriam espaços entre eles, e sem querer mostrava o couro, e, assim, dava a oportunidade para que algum ardil atirador que possuísse boa mira e que utilizando espingarda de calibre poderoso, atirasse e o acertasse mortalmente. Porém, as balas teriam que estar impregnadas com o cheiro do alho que, segundo os "mais antigos" o alho, contém uma substância mortal para os "seres maléficos" que habitam as matas.

— Mais uma vez e bem no princípio de sua trajetória de herói, o mais galante se deparava com uma terrível ameaça, e teria que enfrentá-la sozinho, naquela mata soturna, onde muitos homens que de forma voluntária ou não, mas que haviam adentrado os seus recônditos temíveis perderam as suas vidas. Enquanto isso, durante o dia, com a luz do sol brilhando sobre a copa das árvores, ele, circunvagou o lugar, procurando na margem do rio, debaixo de folhas secas e pedras, alguma pista que pudesse levá-lo até Zequinha, porém, não encontrou nenhum objeto, nem cobra, nem nada. Ao adentrar cada vez mais os recônditos mais temíveis da floresta, e, na medida em que o dia fora passando, ouviu de súbito no alto das árvores, o trinar alvoroçado de várias espécies de pássaros. Então, se arrepiou todo. Contudo, acessou a memória, e lembrou que, enquanto criança, ouvira a sua avó contar por várias vezes as histórias sobre o Crocolobo, sobre o seu comportamento animal, a sua sorrelfa para atrair as presas, e de que forma matá-lo. E, enquanto pensava e se lembrava de todas as histórias que ouvira, procurou uma enorme árvore que era bi centenária e que tinha o tronco agigantado que se estendia para o alto como uma grande torre, a qual chegando perto olhou para cima, mas quase não conseguiu enxergar o seu topo. Devagarinho se aproximou do ser vivo que não anda, por sua vez com a espingarda pendurada no ombro direito, e a capanga desbotada pendurada no ombro esquerdo. E, imediatamente, pondo um pé depois o outro, e utilizando as mãos e os músculos com firmeza, começou a subir e a escalar o grosso tronco como se fosse verdadeiramente um macaco. Escalou mais alguns dos seus galhos subindo cada vez mais alto, pois ali em cima daquela enorme árvore, seria o ambiente de batalha que dali em diante travaria contra aquele bicho, pensou naquele instante. A claridade do dia aos poucos foi embora, e durante a noite, na expectativa de encontrar o lendário bicho, amarrou a corda na cintura, como se estivesse colocando um cinturão no cós da calça, e se amarrou pelos galhos para que não viesse a cair caso pegasse no sono. E como um caçador que fica a espreita, ficou quieto e em silêncio, oculto entre as espessas folhas, mas com os sentidos ligados para que de maneira atenta pudesse prestar atenção em tudo o que acontecia. Em poucos minutos, começou a ouvir barulhos, como: o farfalhar das folhas e o gemer dos galhos ao se balançarem sendo impulsionados pelos suspiros apaixonados do vento; viu vultos sinistros passando sobre a cabeça e ao redor; e através do olfato apurado sentiu odores indescritíveis e irreconhecíveis. Nessa noite, ouviu também barulhos arrepiantes, e esquisitos, como se fossem cantos de "corujas orelhudas" que estavam entaladas com alguma caça que fisgara; ouviu cantos de bugios que são espécies de macacos gritadores; cantos de gralhas enlouquecidas e cantos de cigarras. Além de alaridos de animais não identificados, como se estivessem sendo devorados, e que, aqueles barulhos esquisitos durou quase à noite toda, pareciam que estavam se aproximando cada vez mais, chegando a incomodá-lo bastante. Por isso, não pregou o olho. No outro dia, na segunda noite, já com a mente e o corpo cansados, lá pelas 22h00, tomou um susto impactante de duas enormes harpias que são aves de rapina da mata brasileira, que, além de fazerem estardalhaço fragoroso para cumprir o ritual de acasalamento que instintivamente lhes cabiam promover pulavam de árvore em árvore até chegar à árvore na qual ele se encontrava pendurado; por fim, como se quisessem dar cabo a encenação naquela área bateram asas e foram embora. Passado o susto, e enquanto se acalmava e esperava pela fera encantada bateu uma solidão, e ela, de súbito, expandiu os fios do seu imaginário, fazendo com que pensasse em uma moça cujo nome era: Açucena; tinha 18 anos, e era linda de morrer; corpo perfeito e cabelos loiros que pareciam labaredas de fogo; uma boca de lábios vermelhos que parecia que tinha sido feita por um escultor. Ela quase semelhante a ele, também desde pequena desenvolvera efusiva habilidade de se mover no alto sobre os galhos das árvores como os primatas; e por essas e outras características peculiares de ambos formavam juntos um par quase perfeito. Então o casal habilidoso quando próximo ao povoado do Jacaré e no bojo da mata se encontravam à sós, subiam as árvores, aproveitavam que possuíam "semelhantes virtudes" e, como se fossem macacos em suas peripécias habituais; despiam-se de suas vestes completamente para se sentirem livres como os antepassados; depois promoviam entre eles brincadeiras lúbricas... Onde o "perdedor" sem nenhum pudor, tabu ou limites, para o deleite do outro pagava a prenda devida com deferência e, anelo característica dos amantes em fruição da paixão. Hummmm! Franziu a língua entre os lábios e fechou os olhos como se saboreasse os pensamentos. Não vejo a hora de revê-la novamente pensou! Porém, isso não impediu que as horas passassem. Ao amanhecer, e quase pegando no sono, algo lhe chamara a atenção, despertando-lhe os sentidos novamente e fazendo com que pusesse o olhar e os ouvidos atentos mais uma vez. Pois, alguma criatura se mexeu no alto entre as folhas, distante apenas, 150 metros da árvore na qual estava amarrado. Hipoteticamente, pensou que era o Crocolobo, que já espreitava e tentava agarrar algum inocente caçador, porque ouviu insistentemente o trinar de um pássaro muito comum da região. E ele, conjecturou de forma assertiva, porque em pouco tempo, bem distante de onde se encontrava bispou sobre as árvores, o esperado bicho o qual se locomovia como se fosse um enorme gorila, e pulava de uma árvore para outra, de galho em galho, e através delas foi se aproximando da qual ele estava amarrado. Ele ficou imóvel, e quase que sem respirar, para não chamar a atenção, e que, consequentemente, fosse descoberto pelo horrendo animal, que tinha cheiro forte, e rosnava e passava as enormes garras nos galhos das árvores, demonstrando ser bem feroz. Todavia, a aproximação da criatura encantada, estava ficando muito próxima, tanto que dava para ouvir a sua respiração ofegante, que de tão forte que era que se parecia com a respiração de um grande vulcão prestes a entrar em erupção. Porquanto, teria que fazer alguma coisa ou então seria o seu fim. Nesse exato momento, com muita ansiedade, começou a se desamarrar dos nós que havia feito nos galhos para não cair caso pegasse no sono. Porém, e, quando finalmente, havia se livrado totalmente das amarras, o pavoroso bicho de formas monstruosas e espantosas, apareceu em sua frente. E estava bastante agitado, pois havia sentindo o cheiro de carne humana naquela área, e por isso, veio rapidamente verificar onde estava o seu prato predileto. Era um bicho horripilante, uma criatura musculosa de cor acinzentada; de pelos enormes que cobriam toda a extensão do monstruoso corpo, cujas camadas de proteção se pareciam com as de um porco espinho; o dorso era de crocodilo, e a cabeça que tinha formato de cabeça de lobo possuía chifres pontudos de bode e, ainda exalava mau cheiro insuportável de enxofre. E isto tudo assomado o deixou perplexo e quase sem ação, ao olhar nos olhos da fera que tinha fama de ser devoradora de homens. Enquanto o mais galante se encontrava petrificado, o olhando aterrorizado, o bicho encantado vociferou, fremiu os dentes lacerantes, e como queria devorá-lo partiu para cima, semelhante a um leão selvagem que, com salto certeiro sobre o pescoço de sua presa, e mordendo-a funestamente na jugular, lhe paralisa. Todavia, com a força que ainda lhe restava nas pernas, em direção contrária ao bicho, subiu ligeiramente alguns galhos, depois, desceu pelo outro lado da grande árvore, pulou para outra que ficava imediatamente vizinha, girou-a, e pulando um galho aqui e outro acolá, circunvagou quase todos possíveis. Logo após, pulou para mais duas árvores, depois outra e mais outra e subiu rapidamente escalando mais alguns galhos acima para tentar fugir daquele que o perseguia. Exprimindo na fisionomia, medo mortal. Contudo, a criatura disposta ou talvez, esfomeada, o perseguiu eloquentemente, fazendo o mesmo percurso, pulando também de galho em galho de árvore em árvore, seguindo o seu calcanhar. Quando o mais galante chegou ao topo da última árvore de uma sequência de seis que se encontravam enfileiradas, olhou para baixo e viu que o bicho de forma insistente ainda o perseguia, subindo atrás dele querendo lhe devorar. A irresolução tomou-lhe o espírito naquele momento e por isso se desesperou. Nisso pulou de lá de cima, no sentido contrário onde o bicho se encontrava, despencando de uma altura de uns 15 metros, mas caindo com as costas ainda em cima de um dos galhos da árvore. Contudo, como um equilibrista que se sustenta em cima de um trapézio; conseguiu se segurar e com a força dos braços e das pernas ficou em pé novamente. No entanto, o monstro encantado daquela floresta, não queria deixar o seu almoço escapar, e atrás foi descendo pelos galhos também. Para o mais galante lhe restara apenas alguns segundos. Então, nesse instante de suspense e aflição, parado em pé em cima do galho da árvore, e vendo que o bicho seguia em sua direção, descendo de cabeça para baixo semelhante à lagartixa quando desce pelas paredes das residências, e rosnando feito leão furioso, ele proferiu a "oração da invisibilidade": salve, salve meu santo Antônio querido, livre-me daquele que me persegue; livre-me de quem busca me feri, seja na escuridão da noite ou no raiar do novo dia; que o senhor coloque uma fenda nos olhos dos meus inimigos, para que mau algum eles possam me fazer. Oh, meu santo Antônio que ao realizar esta oração, o meu corpo fique invisível tanto aos olhos humanos, bem como aos inexoráveis olhos animais, e que o senhor com a sua misericórdia e a sua grande benevolência me livre do laço do passarinheiro e da peste perniciosa que anda de dia e de noite, buscando a quem tragar na hora, me livre neste instante e agora. Amém! Enquanto isso, a visão que o Crocolobo tinha da inquieta caça desvaneceu dos seus terríveis olhos. Sobretudo, o mais galante tinha que ficar quieto, embora, o bicho de forma alguma pudesse vê-lo. Como o efeito que o envolvia e que o deixava imperceptível aos olhos da criatura não demorava muito. E, enquanto a fera assassina ainda o procurava entre as árvores, ele teve outra ideia. Porquanto, de súbito, começou a assobiar fortemente, colocando dois dedos da mão direita na boca para imitar o canto de aves, para confundir o bicho que já se encontrava a apenas alguns metros de distância sendo guiado pelo instinto de caçador. E sem se sentir surpreso com a sua atitude de astúcia que de imediato surtiu efeito, a fera mesmo sentindo o cheiro da presa, rapidamente, tomou outra direção. E pulando de galho em galho de árvore em árvore começou a se distanciar. Ao perceber que o "devorador de homens" de maneira repentina estava se afastando, deu um suspiro de alívio, fez o sinal da cruz sobre a testa agradecendo a Deus pelo livramento concebido, e pensou: ufa! Essa foi por pouco! Oh, bicho feio danado! De repente, enquanto aliviado respirava ao perceber que a fera carnívora havia se afastado e desaparecera do seu campo de visão no meio das árvores, foi surpreendido pelo seu retorno, que, na tentativa de ludibriá-lo, se afastou como se quisesse fazê-lo pensar que iria embora, mas rapidamente, deu a volta por entre as árvores para surpreendê-lo. Entretanto o mais galante ao ouvir o farfalhar induzido de alguns galhos conjecturou que, alguma criatura se aproximava perfidamente pelas suas costas, foi quando olhou para trás, e vira a fera pular sobre ele, mesmo ele se encontrando invisível. Ele se esquivou para a direita, retirando o corpo de lado, o suficiente para que as garras do Crocolobo não o dilacerassem. Em seguida, pulou para outra árvore, abriu a sacola rapidamente, e retirou de dentro pedaços de fumo-de-corda que carregava. Passou os pedaços de fumo pelo corpo: nos punhos, no pescoço, no umbigo e na testa numa tentativa de ocultar o seu cheiro humano do aguçado olfato do bicho. Enquanto isso, a 'besta fera' furiosa e ainda próxima a ele pulava entre os galhos, e arremetia as garras para um lado e para o outro, tentando lhe encontrar. Contudo, mais uma vez os seus artifícios deram certos, porque o Crocolobo além de não o ver mais perdeu no ar o seu olfato, por isso, começou a se afastar novamente. Embora e por hora o perigo tivesse passado, ele tinha que fazer alguma coisa, não podia ficar o tempo todo se escondendo, já que o efeito tanto da oração bem como o cheiro do fumo-de-corda que se impregnara no corpo, estavam para passar, por isso, dali em diante teria que partir para o ataque. As horas se passaram novamente e adentrou a noite, e lá pelas 21h00, a cerca de uns 50 metros de distância de onde estava, viu uma cena estarrecedora. Era o Crocolobo, que em seu ludibrio assassino atraiu a atenção de um inocente caçador, imitando o trinar de diversos tipos de pássaros. Como tinha a vantagem de ficar oculto por cima das árvores, detendo consigo o poder da surpresa facilitou a emboscada. Rapidamente, desceu da árvore semelhante a macaco quando quer pegar um cacho de bananas no solo; e o agarrou, que do susto que tomou quase desmaiou. Subiu rapidamente para o alto com o corpo do caçador preso entre as suas presas, enquanto que o pobre homem gritava pedindo socorro. Não obstante, com ferocidade tenaz, e já no alto, o inexorável caçador de homens começou a lascá-lo aos pedaços. E, em meio aos gritos de dor do rapaz, que pressentia que a morte se aproximava, pois sentia a sua carne sendo inexoravelmente rasgada tanto pelas presas bem como pelas garras, o devorou na hora. Primeiro, atacou o pescoço fincando as enormes presas e sugando quase todo o sangue; e de forma insaciável devorou as vísceras e outros órgãos que eram as partes mais moles do corpo; não demorou e começou a comer a carne dos braços e das pernas como se roesse uma espiga de milho; logo depois, fincou as enormes garras lacerantes na cabeça, e apertou-a entre os braços musculosos, fazendo com que a explodisse como se fosse uma suculenta melancia; assim, através da pressão que fizera os miolos saltaram para fora do crânio, onde em seguida, ele os abocanhou no ar semelhante a cão vadio na porta de açougue quando lhe é jogado pedaços de carne. Por último, comeu parte do tórax, deixando os ossos e o cabelo. Quando saciou a fome, cuspiu fogo para sapecar o cadáver, depois o jogou ao chão, o qual desabou ao solo como uma jaca podre que despenca do galho. E isto, deixou o mais galante que assistia a tudo sem querer acreditar no que estava vendo, aturdido, e quase sem ar. Ele virou o rosto de lado ao testemunhar a fortíssima cena, como se questionasse com aquela atitude: meu Deus o que é isso? E mesmo sentindo o corpo tremer de pavor, abriu a capanga, pegou uma pequena garrafa que continha cachaça; tomou um gole para aliviar a garganta que estava um pouco seca; pegou fumo-de-corda e comeu um pedaço, pois estava com muita fome, e o "fumo" era a única coisa comestível que dispunha no momento. Logo em seguida, fez a "oração do sono", chamando pelo nome do Crocolobo, para que o mesmo fosse afetado pela fortíssima oração, e como consequência dormisse profundamente: suplico neste momento as forças dos santos, e as forças naturais, as quais sempre que as chamo não me abandonam jamais; forças dos santos, força das águas e força das neblinas venham neste instante atender a minha rima! Sono dos astros e sono do mundo faz esta criatura que tem por nome Crocolobo dormir profundo! Amém! Após isso, exortou o espírito que ficara cambaleado devido às fortíssimas cenas que testemunhara, dando-lhe no rosto algumas palmadas. Respirou fundo, e começou a andar se locomovendo sobre os galhos das árvores de forma hábil como um habilidoso primata. Pulou para outra árvore, e foi de galho em galho, de árvore em árvore, indo à direção ao local em que o Crocolobo agarrara o homem. Às vezes nesse trajeto em que pulava de uma árvore para a outra parava um pouco para descansar ou para imitar algum tipo de ave. Até que, teve um forte pressentimento, olhou ao lado direito, em cima do galho de uma enorme gameleira, e lá estava aquele por quem sentiu pavor, ao se lembrar da cena em que vira o bicho de forma voluptuosa devorar um homem inteiro há poucos instantes. Por isso, tomou um susto que o deixou pálido, quieto, imóvel, e quase sem respirar. Olhou de novo, e percebeu que o bicho estava deitado e dormindo profundamente, talvez, por já ter se alimentado ou pela imposição da oração que fora proferida. Todavia, saber o que o fizera dormir, não importava muito, o que importava mesmo, é que aquele "ser" estava ali em sua frente, diante de seus olhos, e na alça de sua mira. Ele abriu a capanga mais uma vez. Pegou a garrafa que continha cachaça. Tomou mais um gole para aliviar a tensão. E, guardou-a. Pegou a espingarda, a qual as balas já haviam sido preparadas com alho. Engatilhou e mirou em direção ao bicho. E ansiosamente ficou aguardando o momento exato em que se coçasse, para lhe dar a oportunidade desejada. Não demorou, e a fera inconsciente, e sem saber o que estava para lhe acometer, começou a se coçar. Enquanto ali próximo, estava o mais galante: tenso, imóvel, preocupado, mas determinado a "dar cabo" daquela terrível criatura. Sobretudo, percebeu algo de estranho, o bicho, se coçava, porém, era muito rápido nos movimentos que fazia, com isso, não dava a oportunidade para que ele pudesse atirar e matá-lo de uma vez. Contudo, a sua inteligência era de se admirar, e isto lhe era peculiar. Porquanto, procurou outro galho, onde pudesse se esconder melhor nas espessas folhagens, pois o efeito da oração já havia passado, e sem estar invisível poderia ser facilmente localizado, caso o bicho acordasse de forma instantânea. No mesmo instante, se dirigiu passando para uma árvore que se encontrava frontal e se prostrou ficando quase oculto entre os seus galhos. E sem delongas, começou a imitar novamente, o trino de uma ave de canto forte daquela mata, o que chamou à atenção da terrível criatura, que mesmo dormindo, parou para escutar o barulho que estava sendo produzido constantemente. Com isso, o movimento que fazia para se coçar de súbito parou, mas deixando à mostra o couro. Então, com toda a habilidade que possuía em seus indomados braços, e com todo o cuidado para não errar, fez o sinal da cruz sobre a testa. Fechou um dos olhos. Mirou a espingarda. E, lascou o dedo ligeiro: cabrum! Onde o projétil da espingarda de dois canos percorreu à distância de pouco mais de 8 metros, direto para a brecha entre os seus enormes pelos, e isso provocou um funesto ferimento. O qual acordou rapidamente com o susto e a dor do impacto da bala. E como um jaguar que se locomove facilmente por sobre os galhos das árvores, pulou furiosamente sobre o mais galante, que, simplesmente, se esquivou, tirando o corpo de lado e saltando para outro galho para que não fosse atingido pelas enormes garras. O qual errando o alvo, e não conseguindo se agarrar em algo que suportasse o seu peso, desabou de lá de cima, caindo de uma altura de aproximadamente, 22 metros. Além do tiro certeiro no meio da barriga o qual lhe perfurara de imediato os órgãos vitais, mais o impacto da queda, foi o suficiente para que não resistisse e morresse. E no solo, deu um urro apenas, mas fora tão alto, que pareceu ser um trovão, daqueles que abalam os telhados das casas.

Estava consumado, depois de 3 dias e 3 noites de cansaço sem conseguir dormir, finalmente, a "lendária criatura" estava morta. E, ai, chegara o momento em que o mais galante entre os homens deveria ir embora. Ele desceu da árvore com dificuldades, pois estava com as pernas um pouco dormentes com câimbras, e ainda preocupado, sem ter a certeza que realmente o bicho estava morto. Já no chão, e com o semblante parecido com o de alguém que estar desconfiado, engatilhou a espingarda novamente. Mirou em direção da estranha criatura, esperando alguns segundos para ver se ela se mexia. Aproximou-se. Mexeu com o pé, o corpo estendido ao chão, e percebeu que realmente o bicho estava morto. Aproximou-se mais um pouco, se debruçou sobre a apavorante criatura, e com o punhal em punho cerrado, cortou e arrancou pelo cepo a orelha, para que pudesse guardar como troféu. E caminhando para outro lugar, se afastou do bicho, largando-o naquele local para ser devorado por outros tipos de predadores que habitam a mata. E, Zequinha? Onde será que está? Será que ainda está vivo? Pensou em seu primo desaparecido, enquanto circunvagava o lugar procurando alguns pertences que haviam caídos de dentro da capanga quando se encontrava em cima da árvore no momento exato quando sofrera a perseguição. Após as reflexões a respeito do parente, pegou os objetos que lhes pertencia, colocou tudo na capanga, e foi embora, andando lentamente, pois estava exausto. Ao chegar à metade do caminho, indo à direção do povoado do Jacaré, para a casa de seu tio Estevão e, pai de Zequinha, foi surpreendido por facho de luz incandescente, em cima de uma árvore.

Quando a estranha luz se dissipou completamente, viu embaixo de uma enorme jaqueira, onde a luz aparecera, um homem despido que, ou jazia morto ou dormia profundamente. E esse, se parecia com Zequinha, seu primo, que estava desaparecido há alguns dias. Ao se aproximar mais, andando para mais perto, percebeu que era mesmo Zequinha e que estava vivo, pois respirava. Então, chegou ainda mais perto e tocando com as mãos no corpo que estava estendido ao chão, chamou:

— Zequinha, acorde, está me ouvindo? É João seu primo, filho de Francisco, que está te chamando!

Após muito ser chamado, Zequinha acordou atordoado, "como quem se encontra perdido em outro mundo" todo sujo com uma gosma verde em torno do corpo, e com sonolência nítida estampada no rosto semelhante a alguém que havia dormido vários dias seguidos. O qual logo perguntou:

— Onde estou? O que é que estou fazendo aqui?

No mesmo instante, o mais galante, então, respondeu:

— Olha, encontrei você aqui dormindo debaixo dessa árvore. Embora você esteja há 5 dias desaparecido, e todos da nossa família infelizmente acharem que você já estivesse morto: ou devorado por uma sucuri ou por um Crocolobo, mas graças a Deus você está vivo! Continuando, finalizou: agora uma coisa é certa! Exclamou relatando o entendimento da situação: acho que você foi engolido por uma sucuri, e depois, regurgitado devido essa gosma verde pegajosa que está em seu corpo.

Nesse instante, Zequinha teve lampejos de lembranças do que lhe acontecera:

— Agora, me lembro! Estava despreocupado caçando, tentando espreitar um tatu-bola entre os arbustos, quando ouvir roncos, parecendo barulhos de motor de carro, mas de som que constantemente ia e voltava como se o suposto carro se movesse no ar, e isso, me deixou paralisado de medo. Suspendi um pouco a aba do meu chapéu para olhar para o alto para o topo de uma árvore para ver se enxergava o que provocava os barulhos, mas como uma cachoeira que despenca as suas águas do alto de uma montanha; de súbito, veio sobre mim facho de luz bem clara do céu, uma luz tão forte que encandeou os meus olhos e me deixou completamente cego e com sono. E, enquanto momentaneamente me encontrava escravo da escuridão, sentir cheiro estranho e novamente ouvir os mesmos barulhos ao meu redor. Estiquei os braços para os lados, tentando tatear as coisas a minha volta. Quando fui surpreendido por uma "força atrativa" que supus ser de máquina poderosa, a qual me sugou para o interior de ambiente que parecia ser feito de vidro, isso, deduzir pelo barulho do impacto do meu corpo ao cair de costas sobre superfície lisa e fria, onde logo sentir que saia do chão, como se voasse naquele instante, onde sensação esquisita me tomou o espírito, como se os meus órgãos internos fossem de repente sair pela boca. Contudo, em pouco tempo perdi os sentidos e adormeci profundamente. Quando acordei ainda sonolento, e estendi a visão para o horizonte, conjecturei que, certamente, e por hora não me encontrava em nosso planeta, pois notei que as coisas que via era completamente diferente de tudo aquilo que vira antes. Era local estranhíssimo, povoado por criaturas assimétricas, totalmente disformes, que tinham quatro braços: dois menores que ficavam um pouco acima da cintura, eram semelhantes a braços humanos com cinco dedos cumpridos que mediam o dobro do tamanho das palmas das mãos; outros dois maiores que ficavam a baixo eram semelhantes a chicotes feitos de couro de boi e tinham aproximadamente 1.50 de cumprimento; da cabeça para baixo era semelhante ao corpo esguio de lagartixa com as patas avantajadas de coelhos; não possuía pescoço e a cabeça era na proporção de 1/3 do corpo, e era no formato de repolho; tinha três olhos semelhantes aos dos cavalos-marinhos, dois laterais e o terceiro ficava no meio entre os dois laterais. Além disso, pareciam que eram seres extremamente inteligentes, pois possuíam máquinas sofisticadas e equipamentos eletrônicos modernos. Nesse estranho lugar, o vento não corria, por isso, não se via poeira; e nem as árvores que possuíam galhos raquíticos de folhas que eram minúsculas se balançavam; o sol que era diferente do nosso de cor alaranjada e bordas prateadas era muito distante, e só aquecia com 25% por cento de sua capacidade natural. Lá fazia muito frio, e elas, talvez, no instinto de afeto ou na tentativa de preservação da espécie, viviam aos pares, umas agarradas às outras, em locais que eram semelhantes a garrafões de vidro e transparentes, onde esses espaços, ou seja, seus lares um era maior do que o outro, porém, na distância de apenas 4 metros, e ficavam dentro de circunferências, tipo ilhas, as quais comportavam cerca de 20 garrafões. No centro, existia um, que era enorme e de cor reluzente como a cor de uma vela acesa, este ocupava espaço do tamanho de cinco campos de futebol. Então, quando me encontrava distraído contemplando aquele estranho lugar e aquelas estranhas criaturas que pareciam que tinham saído de uma "leira" de uma roça, e que, nem em sonho imaginava que pudesse existir por ai esses tipos de criaturas, recebi por trás em minha cabeça, uma forte pancada. Depois, não me lembro de mais nada.

— Eh! Eh! Eh! ETA história cabeluda, e está muito estranha! Más o mais importante é que você estar vivo. Continuando, disse: olha Zequinha!... Porém, antes de concluir o que tinha para dizer, movimentou os braços, desabotoou os botões da camisa, e a retirando do corpo, falou: é o seguinte: tome-a e vista para cobrir a sua genitália que está exposta, e vamos embora daqui que está ficando muito tarde. E também porque titia coitada está esperando por você há vários dias sem dormir direito, pois está aflita com o seu desaparecimento.

Durante o caminho que percorriam de volta para casa, o mais galante admoestou o primo Zequinha que não contasse a ninguém o que havia visto. Ele se referiu ao facho de luz que veio do céu, e sobre os supostos bichos de outro mundo que dissera ter visto. Argumentou que, em sua opinião ninguém acreditaria, já que o mesmo era conhecido na região como: "contador de casos". Seria ruim para ele porque em vez de acreditarem, fariam "chacota". E, Zequinha sem questionar concordou plenamente com o primo famoso.

## Capítulo VIII

# A jovem amaldiçoada

Quando Zequinha retornou para o lar, a sua desvelosa mãe se encontrava acamada já quase sem vida, pois havia chorado e muito. A qual sem conseguir ficar de pé, fazia as refeições que lhe eram servidas, deitada. Mas, ao ouvir o som de uma voz que vinha da sala e reconhecer que era a do seu filho querido reuniu forças do fundo da alma, pulou do leito, e se dirigiu às pressas para poder abraçá-lo. Fora sem sombras de dúvidas a maior felicidade de toda a vida, rever após 5 dias desaparecido na mata perigosa, aquele que havia saído de suas entranhas. E, ao olhar para o galanteador que ainda se encontrava por ali, disse-lhe com palavras de afeto e os olhos cheios de lágrimas: não tenho palavras para expressar tudo àquilo que você merece receber de Deus e do mundo. Muito obrigado Joãozinho! Que Deus o Nosso Pai te abençoe!

Nesse mesmo período, o povoado do Jacaré sofria com aparições nefastas que eram provocadas por um "ser" sobrenatural que muitas pessoas acreditavam que era de uma jovem que havia residido entre eles há pouco tempo. Segundo antigos moradores, famílias inteiras morreram misteriosamente dentro de suas casas através do efeito trágico que aparição deste "ser" provocava. E contra aquele mal, não havia um morador atual detentor de conhecimento de uma reza ou de uma oração que fosse capaz de detê-lo. Sobretudo, enquanto no dia a dia o povoado era assolado e as pessoas eram vitimadas dentro de suas residências, alguém se lembrou de uma pessoa que havia nascido nas entranhas do povoado, que era capacitado a enfrentá-lo, embora, já houvesse tempo que não mais residisse entre eles, pois havia se mudado. Porém, certamente, se alguém o chamasse, ele não hesitaria em ajudar os seus conterrâneos. Esse fora o pensamento de um dos seus amigos de infância chamado Dezinho que se dirigiu até Feira de Santana, no Tomba, para encarecidamente suplicar ajuda.

O povoado do Jacaré era uma aldeia habitada por pessoas humildes, e, de bom coração. E ali existiam erguidas mais ou menos 108 casas feitas de barro e taipa, que era uma espécie de madeira fina bastante utilizada na época para fazer os levantes das paredes. Os seus telhados eram armados com caibros e cobertos com palhas de coqueiros, e foram construídas ali por antigos moradores na distância de 1 quilômetro das famosas matas do rio Jacuípe. Possuía quatro encruzilhadas e um pequeno cemitério que servia de descanso eterno dos seus ilustres moradores, onde se enterrava até mesmo os mortos da sede do município de São Gonçalo dos Campos. Enquanto isso, em um dia de quinta-feira logo no início da tarde, o mais galante chegou ao povoado para ajudar a população no desfecho daquela questão. E logo um zunzum correu rápido dando conta de que o famoso João barbeiro havia chegado por ali. Por isso, o ancião mais velho que existia no lugar, ao saber de sua presença entre eles, veio lhe encontrar para poder lhe contar como tudo havia começado. O sábio homem se aproximou andando com dificuldades se apoiando em uma bengala, e ainda apoiado pelo ombro por um dos netos. Ao encontrá-lo em frente à pequena capela do povoado, apertou-lhe a mão, e o olhando fixamente nos olhos, disse: já o esperava por aqui, porque você é descendente de uma família honrada e tradicional que nunca se furtou em ajudar o próximo! E para dirimir sobre aquela contingência, o convidou para que fosse até a sua humilde residência, onde sem rodeios contar-lhe-ia a história, o qual de imediato aceitou o convite. Ao chegarem à residência, notava-se explicitamente que a casa era uma espécie de "forte", pois, se encontravam presos nas paredes quadros de vários santos, além de crucifixos e terços; e no solo de terra batida sobre uma mesa de madeira rústica, e arregimentado como um guardião: uma imagem feita de barro, que se encontrava montada num cavalo-branco e poderoso, vestido de armadura prateada, capacete reluzente, e empunhando uma grande lança contra um dragão sanguinário. Era chamado de: "São Jorge". E, aquela imagem em meio aquele cenário místico denotava para as pessoas que ali chegavam que aquele local era a casa de um devoto do "Santo guerreiro". O ancião que era o anfitrião e quem o convidara até ali, foi o primeiro a adentrá-la com toda a dificuldade que a idade avançada lhe impunha. Mas sem se esquecer do ilustre convidado, pediu-lhe por obséquio que entrasse e que se acomodasse em um dos bancos de madeiras que ficava no interior da sala. A sua volta e em pé, ficou o neto, e do lado direito do mais galante sentou-se Tino. Quando todos se acomodaram, o velho se levantou, fez uma volta completa andando no entorno da sala, como se estivesse fazendo um ritual. Pegou um dos terços que estava pendurado na parede próximo a um quadro de outro santo de sua devoção, e o enrolou no braço direito; fez o sinal da cruz sobre a testa; e pediu a todos que, além de imitá-lo rezassem a oração do Pai Nosso; distribuiu folhas de arrudas, para que todos as pusessem nas orelhas esquerdas como proteção; e olhando de maneira serena para o mais galante, balançou a cabeça como se quisesse dizer através do gesto que o problema era muito sério, e falou: meu filho agora mesmo lhe contarei tudo o que sei sobre essa maldição, e como foi que esse flagelo começou por aqui, o qual há tempos nos aterroriza. Deu um suspiro, e iniciou: segundo a bíblia sagrada no velho testamento, no livro de êxodos, capítulo XX, Deus, o nosso Pai celestial, cuja moradia se encontra no altíssimo dos santos, revelou-nos através dos 10 mandamentos dados ao profeta Moisés, que deixou a bênção para os filhos através dos pais. Enfim, para os filhos os honrarem para que os seus dias sejam abençoados e prolongados na terra. Entretanto, todos àqueles que não honrassem os seus genitores, cometeriam desonra e desobediência ao mandamento de Deus. Porquanto, estariam suscetíveis a sofrerem algum tipo de maldição. Continuando, falou: a maldição que nos assola começou há exatamente uns 6 anos, quando uma moça chamada Griselda, jovem ainda e muita bonita, uma das mulheres mais formosa e charmosa que já viveu por aqui. Era cheia de vida e espirituosa, porém, malcriada e desobediente, a qual, além de discutir de forma estúpida com a mãe a agrediu fisicamente, desonrando-a em um dia de sexta-feira 13. Naquele dia, a mãe se sentindo ofendida, murmurou: você é um monstro! Como é que você faz uma coisa dessas comigo? Logo eu que sou uma mãe carinhosa? Exprimiu no rosto indignação, e concluiu lançando lhe imprecações: tomara que você vire uma cavala, para me pagar essa afronta! Então, a maldição de súbito foi consumada. E a partir daquele dia sombrio, aquela linda jovem de olhos verdes se transformou em um “fantasma de cavalo”. E toda a semana no dia de sexta-feira à noite, o ser amaldiçoado surgir nos lugares como num passe de mágica, e na forma de um animal quadrúpede, corre os quatro cantos da região, passando por "sete freguesias" para cumprir a triste sina de ficar vagando sem rumo, e gritando o nome: cavala! Cavala! Cavala! Cavala! Onde esse grito ensurdecedor que muitas pessoas se tremem ao ouvi-lo é desestabilizante. E tem mais, quando vem precedido de um "rasga mortalha" a casa em que o tal fantasma se espojar na frente, ninguém no interior dessa residência sobrevivi ou então, as moças virgens desobedientes, são atingidas também pela maldição e se transformam em fantasma. Além disso, meu rapaz! Exclamou chamando-lhe atenção para mais alguns fatos. O rasga mortalha que é nativo da região do nordeste do Brasil é um pássaro grande, de penas brancas, e de canto forte; é da família das corujas, e muita gente, principalmente, as pessoas do interior do Nordeste, o julga ser agourento, de mau presságio, devido o seu trino ser bastante triste, como se estivesse rasgando um pano e anunciando que a funesta morte virá buscar alguém. Falando ainda sobre o fantasma de cavalo: muitas pessoas do povoado atestam com veemência que, às vezes, ele se materializa, e passa a ter corpo físico gigantesco e monstruoso. E, se alguém que por acaso tiver o azar de o ver na sua forma física e o olhar com medo exacerbado, ele, além de se alimentar desse sentimento frágil que é o medo, aumenta de tamanho, e ainda provoca infarto naquele que o vira. Contudo, meu jovem, prosseguiu: existe uma maneira de combater com eficácia esse terrível mal, porém, é necessário primeiro, além de ser destemido para enfrentar esse ser, tem de ser crismado e batizado, e carregar nos bolsos da calça ou nos bolsos das camisas como proteção espiritual: sal grosso e folhas de arruda na orelha esquerda para quebrar a força do fantasma. E para desfazer a maldição a pessoa deverá saber de maneira preventiva onde e quando, e como proferir as devidas palavras da sagrada "oração de desfazer encantamento". Para quando, ele, o fantasma de cavalo com a sua assustadora forma física cruzar uma encruzilhada, nesse instante, de maneira impreterível deverá ser proferida a oração para desfazer a ignóbil maldição. Mas, há um problema, se por acaso, no instante em que o proferinte voluntário estiver posicionado de joelhos na encruzilhada, proferindo a oração, e o sinistro pássaro passar voando no espaço aéreo sobre o local cantando o canto da morte, a pessoa será acometida por um suposto ataque cardíaco, e cairá dura ao chão, e certamente, morrerá na hora, pois não existe remédio ou médico no mundo que dê jeito. Por isso, é necessário primeiro eliminá-lo, para depois tentar desfazer com eficácia o encantamento. Nesse momento, o mais galante se levantou fazendo gesto de assentimento com a cabeça a aquelas palavras, nas quais prestara atenção com deferência. Como não cultivava o pedantismo, que é uma característica negativa da personalidade humana que muitos intelectuais ou pessoas que supõem serem possuem. E procurando se expressar utilizando linguagem diastrática, falou: senhor, já faz algum tempo que através do meu avô e do meu pai que aprendi o método correto para combater esse mal e qual tipo de oração que deverei usar. Contudo, agradeço de coração por tudo que me dissera, e por sua solicitude! Exclamou e se despediu. O ancião assentiu as palavras balançando a cabeça, e, antes que o mais galante passasse pela porta e deixasse a sua residência, falou: já esperava que você soubesse o que deve ser feito, e dou glórias a Deus por isso meu filho. Que o nosso Senhor Jesus Cristo e São Jorge estejam contigo! Ao sair da casa do ancião, o mais galante fez o sinal da cruz, e sem delongas, como se estivesse medindo o terreno, circunvagou o local no entorno, observando atentamente o ambiente até então hostil. Comentou com o senhor Seu Tino a respeito das providências que teria que tomar, e de súbito, falou para o amigo que o acompanhava que o seu plano era o de subir em uma árvore bem alta que existia próxima a uma das encruzilhadas do povoado, para que quando o pássaro passasse cantando o canto triste, que serve para tirar o sossego e a paz da vida das pessoas, ele, entrincheirado no alto da árvore escolhida, e já posicionado, atiraria sem pudor para matá-lo. Consoante ao que falara quando chegou à noite desse mesmo dia do mês de junho do ano de 1931, dia de sexta-feira, foi o que fizera. Subiu em uma árvore que ficava próxima à encruzilhada. Botou sal grosso no bolso da calça e algumas folhas de arruda na orelha esquerda como proteção espiritual. E pacientemente, com a espingarda na mão, esperou o assombro da noite passar. Nesse ensejo, fora um dia chuvoso e frio característico da estação de inverno. Onde em pouco tempo, em que chegara ao meio dos conterrâneos, logo após ter confabulado com o ancião. Notou que, entorno de si, afluiu pequena multidão, e que o alvoroço tomou conta de alguns curiosos que queriam saber nos mínimos detalhes de como fora que ele conseguira matar o lendário Crocolobo, e salvar o primo Zequinha das garras daquele ser encantado que vivi nas matas. Nesse mesmo ínterim, mesmo sem querer chamou a atenção das moças solteiras, e de algumas mulheres separadas ao perceberem a presença ilustre entre elas, daquele homem tão afamado, e ainda por cima tão bonito e elegante. Onde algumas dessas mulheres que compareceram, tomadas pela sensualidade e ousadia incomum, aproveitaram-se de alguns momentos em que ele se encontrava só, momentos raros que o mais galante se desgarrava da multidão, para discretamente, desabotoarem os botões de seus vestidos, e deixar a vista os meandros das suas exuberantes nudezes femininas, para que ele as visse e assim as desejasse. Ao perceber essas mulheres em torno de si, alguma bela, de formas estupendas, se insinuando para ele, logo sentiu o sangue ferver nas veias, sangue nordestino que, em sua essência é uma mistura combustiva: do índio que é nativo e que vive "in natura" nas matas e que de forma específica sobrevive dos instintos; do negro que foi trazido à força para o Brasil para trabalhar como escravo, mas que é oriundo de regiões quentes da "África selvagem". Por fim, do europeu homem há muito civilizado, construtor de muitos inventos famosos, porém, um desbravador por natureza, um conquistador. Talvez, essas misturas de raças diferentes que constitui o povo nordestino aliado com os poderes das orações que absorvera ao longo dos anos sejam a explicação mais plausível para explicar o porquê de ser tão galanteador e de ter a libido tão estimulada ao ponto de, às vezes não raciocinar direito. Enquanto isso, embora percebesse tudo o que se passava, e de todo o frisson da mulherada que, além de algumas mostrarem os corpos sedutores, de belos seios, de coxas grossas, mas torneadas que, certamente, deixariam qualquer homem sedento de desejo; onde outras, ao redor ficaram piscando os olhos e, fazendo quase todos os tipos de gestos, dizendo palavras para lhe chamar a atenção, do tipo: esse é um verdadeiro tesouro que uma mulher pode possuir na terra! Outras falavam: ah, se um gato desses aparecesse lá em casa, lhe daria leitinho em sua boca todo o santo dia! Enquanto outras diziam: oh, meu príncipe dar-te-ei todo o ouro que existe na face da terra, se tu me quiseres como a tua escrava! Contudo, tentando apenas focar no objetivo que o levou até aquele lugar que era o de resolver o problema do povoado, procurou controlar o seu instinto que era extremamente impulsivo quando se tratava de mulher bonita e jovem, e isto, talvez pudesse atrapalhá-lo em sua missão. E assim, ao começar a amainar o fluxo cerebral e a controlar o ânimo do seu atributo físico que, às vezes o envergonhava, principalmente, quando ele se encontrava em público e o fogo da paixão lhe arrebatava querendo lhe consumir vivo. Entretanto, um grupo de sete belas mulheres, jovens e outras mais maduras, mas, sobretudo, despudoradas. Em comum acordo, e atentas a todos os seus passos desde o primeiro instante em que ele pisara o pé de volta ao povoado, perceberam o seu constrangimento e a maneira como dissimulava andando às vezes de lado ou se virando abruptamente e ficando de costas para quem dele se aproximava, como se procurasse uma maneira ou o melhor momento para evadir do lugar, e investiram ainda mais nas insinuações. E, como se fossem enfermeiras que conduzem os pacientes para a enfermaria, e, através de reticente insistência, o conduziram para a casa de uma delas. Chegando em um ambiente residencial comum, o qual temporariamente se daria a lascívia elas travaram a porta principal por dentro, onde algumas ficaram a postos de sentinela. Enquanto outras conduziram o mais galante para o quarto, onde se despiram e mesmo a sua revelia também o despiram. Lançaram a sorte entre elas para vê quem seria a primeira. Mas, com avidez extrema de um fogo intenso que lhes corroía como se estivessem assenhoreadas por entidades da luxuria, não obedeceram ao resultado do jogo que elas mesmas tiraram à sorte, e quase que simultaneamente lhe usurparam como se ele fosse o último homem sobrevivente da terra. E, através dos seus corpos febris e sedentos, se engajaram na sanha com meticulosidade e criatividade, e desfrutaram do seu membro viril desonroso, robusto e, intimidador, mas, mesmo assim, apetecido por elas. O qual não fraquejou reagindo a cada ação ou estímulos empregados. E, só depois que ele mitigou a libido de ambas as sete, foi que elas em comum acordo e já saciadas, o largaram livre como bagaço de laranja jogado na beira de estrada. Duas horas após, já de volta ao local de onde as mulheres o "raptaram", ele se encontrou com o amigo Tino que não sabia mais onde procurá-lo. E mesmo se sentindo que de certa forma fora aviltado pelas mulheres, não tocou no assunto com o amigo, pelo contrário, procurou dar prosseguimento no objetivo inicial. Contudo, quando entabulou conversação para corroborar sobre o primeiro passo que doravante dariam, deu de cara com alguns homens tirados a "machão" que haviam sidos tomados pelo espírito da inveja, pois podia se supor através dos seus olhares que se pudessem o apunhalariam pelas costas e acabariam de uma vez por todas com as encenações e a ousadia feminina que os constrangiam por demais, porém, para disfarçar um pouco os ciúmes que os corroíam, disseram no ínterim em que a multidão novamente se encontrava reunida entorno do mais galante: olha João! Exclamaram quase que em uníssono. Estaremos em nossas casas atentos e armados com as nossas espingardas, e, caso você precise, pode nos chamar, pois estaremos prontos e a sua disposição! Ele ouviu as palavras com deferência e às considerou maviosas, assentiu a suposta ajuda com a cabeça, e, ainda escabreado pelo constrangimento sexual que fora submetido, falou: se for necessário será muito bem-vinda!

Durante o dia ainda claro, e com uma brisa embora que estivesse um pouco fria, algumas pessoas aproveitaram esse tempo ameno e colocaram na frente das residências, folhas de arruda, sal grosso, a espada de São Jorge, e, folhas de uma planta chamada: comigo-ninguém-pode para se protegerem, enfraquecerem e quebrar a força, tanto do fantasma bem como do rasga-mortalha. No alvorecer, os chefes de famílias fizeram sinais para os familiares para que todos pudessem sem delongas entrar para os lares. Então, todos correram e se trancaram em suas casas feitas de barro e taipa, as sete chaves: é assim como se dizem nessas regiões. Apagaram os candeeiros e os lampiões e deixaram tudo no escuro. E, em pouco tempo, as ruas que eram extensas com algumas pequenas depressões, ficaram desertas. Onde algumas casas que haviam sido abandonadas pelos donos, contribuíram ainda mais para que o local ficasse parecendo uma aldeia fantasma dominado pela penumbra de um ser sobrenatural, as quais assustadas se retiraram as pressas de onde nasceram e de onde viveram durante muitos anos.

Durante as horas que antecederam a realização da oração, não se ouviu o sopro do vento nas árvores, e nem nos telhados das casas. Não se ouviu miado de gato, nem latido de cachorro vadio ou até mesmo o cantar dos grilos saltitantes que à noite saem para fazerem as serenatas de amor. Entretanto, durante aquelas horas que antecederam as últimas batidas da meia-noite, as únicas almas viventes que ficaram por ali perambulando e circunvagando o local, conversando entre si de forma sussurrante, foram o mais galante e o senhor Seu Tino, que tentavam adivinhar de que lado e por onde o pássaro chamado de rasga-mortalha passaria. Quando faltavam exatamente 10 minutos para as 00h00, eles se benzeram, e fizeram sinais entre si mostrando os relógios que guardavam dentro dos bolsos os quais lhes indicavam que as horas enfim já haviam passado. Correram e se dirigiram às pressas para os locais escolhidos em que cada um se posicionaria e aguardaria a ave agourenta passar. Às 00h07min, começou uma lufada misteriosa daquele tipo que arrepia os cabelos. Contudo, e mesmo em meio à ventania que surgira de repente, o sinistro pássaro que estava sendo aguardado começou a cruzar o espaço aéreo na altura da árvore na qual o mais galante entre os homens se encontrava posicionado: tchaaaa! Tchaaaa! Tchaaaa! Eram as batidas das asas do pássaro, que semelhante a vento forte que chega assombrando; chegou batendo as asas fortemente e cantando "o seu langor" que desperta pavor. Todavia, o senhor Seu Tino que estava do outro lado da estrada de chão, no sentido contrário, porém, próximo à encruzilhada, e, em cima do ponto mais alto do telhado de uma casa velha, gritou: lá vem ele João! Por sua vez, o mais galante que já estava posicionado em cima de um galho e no ponto mais alto de uma Jaqueira, uma árvore grande e nativa da Índia, armado com a espingarda de dois canos, e dotado da visão de lince, a qual é pertinente aos grandes caçadores quando estão à espreita de alguma caça, se preparou. E, enquanto o sereno úmido da madrugada caía sobre a sua cabeça e um vento frio que assoprava de maneira sussurrante enrijecia os músculos do seu belo rosto, mirou com todo cuidado e atenção. E no exato instante, em que o pássaro cruzava o espaço aéreo do lugar, detonou a espingarda ligeiramente: buuum! O pássaro sem esperar recebeu um tiro certeiro, deu um piado estrepitoso, exatamente, como fazem os pássaros quando são alvejados. Mas depois caiu ao chão agonizando até que morreu. Contudo, ao receber o fortíssimo tiro de surpresa, na agonia da dor e rolando pelo solo, emitiu um sinal sonoro para o parceiro, outro pássaro da mesma espécie e macho, o qual veio imediatamente socorrer a parceira. O sinal que emitira era imperceptível aos ouvidos humanos, até mesmo para o intuitivo galanteador que possuía os sentidos aguçados, não percebera porque fora emitido através de ondas sonoras de baixíssima frequência. Portanto, ficou alheio àquela possibilidade de que pudesse surgir outra ave agourenta naquele espaço aéreo. Nesse mesmo ínterim, há uns 700 metros de distância, fora ouvido o assombroso fantasma de cavalo, dá um relincho forte, que estremeceu de pavor toda a região. E esse relincho, deixou o mais galante todo arrepiado. Imediatamente, de forma habilidosa ele desceu da árvore, e seguiu correndo com a arma na mão e o espírito inquebrável. E foi depressa para encruzilhada, pois o fantasma de cavalo já se aproximava do lugar. Chegando ao local, se ajoelhou, tirou o chapéu de baeta da cabeça e o pôs de um lado. Do outro, pôs a espingarda. Fez o sinal da cruz sobre a testa rapidamente. Abriu os longos braços ao alto, e ficou esperando o momento exato em que deveria começar a proferir as benditas palavras. Logo em seguida, eis que surgiu um clarão na rua, quase tão brilhante como o raiar de um novo dia, bem no fim da rua, ao norte de onde estava ajoelhado. Era o fantasma de cavalo que já se aproximava, e estava na forma física de um animal quadrúpede, um cavalo gigantesco e medonho, com cerca de 4 metros de altura por 6 de comprimento; o seu aspecto era terrivelmente assustador; a cara de equino era comprida e toda deformada, análoga à cara de um espantalho; as enormes orelhas de quase 1 metro de comprimento tremulavam de forma frenética parecendo duas antenas descontroladas pela força do vento; os dentes que eram enormes, amarelados e carcomidos, estavam para fora como se quisessem morder alguém. E ele, o fantasma, trotava pressuroso como se estivesse sendo imposto por chicotadas, seguindo em alta velocidade em direção ao local onde o mais galante se preparava para fazer a oração. O qual simplesmente olhou para o céu, pediu proteção divina, ajeitou as folhas de arrudas que estavam na orelha esquerda, e começou a fazer a oração para desfazer o terrível mal: todos os anjos, apóstolos e santos fiquem de prontidão, para livrar as pessoas da terrível destruição; anjos protetores que no céu são celestiais cubram os humildes da terra, com seus escudos imortais; apóstolos ativos que de Jesus receberam a missão, de levar as nações para a luz, livrando-as da escuridão; santos benditos eu te peço uma solução, desfaçam todo tipo de bruxaria, possessões espíritas, pragas rogadas, feitiços ou magias, livre as pessoas inocentes seja à noite ou de dia, que tudo que fizeram contra elas caiam por terra neste dia, amém! No momento em que iniciara a oração para desfazer a terrível maldição, fora escutado novamente e se aproximando do local bater frenético de asas no ar e chiado esquisito e fragoroso de canto de ave. Subitamente, surgiu outro rasga mortalha, o qual trinava o canto que era considerado semelhante ao anúncio de morte. E, agora? O que acontecerá? Será que o mais galante entre os homens sucumbiria diante da aparição de outro sinistro pássaro, que rapidamente sem que ele esperasse chegou de surpresa? Entretanto, parece que os anjos da guarda estão sempre de sentinela para livrar quem faz o bem ao próximo, e por isso, sempre estão por perto no momento de necessidade. E o anjo guardião na ocasião foi o velho companheiro, de quase todos os momentos, o qual se encontrava na retaguarda para lhe defender, a saber: o senhor Seu Tino, que, com grande velocidade e incrível habilidade, a qual ainda não havia sido demonstrada. Surpreendeu no momento de suspense, o qual do alto do telhado da casa de onde estava posicionado pegou a espingarda velha, mirou ligeiro e detonou o pássaro agourento no ar, livrando o amigo. Contudo, novamente e de súbito, aparições em massa surgiram no local, semelhante a ataques aéreos que acontecem de maneira surpreendente as bases militares: um, dois, três, quatro, cinco... Sete ou talvez oito "rasga mortalhas" machos que também ouviram o sinal emitido pela fêmea, logo vieram socorrê-la. E mais uma vez fora ouvido bater frenético de asas e chiados fragorosos de cantos de bichos de penas brancas que surgiram convergindo por todos os lados em que se olhavam no céu. Então, mais uma vez, o suspense tomou conta do mais galante que ajoelhado na encruzilhada olhou para o alto perplexo sem saber o que fazer em paralelo ao que estava executando, pois havia recomeçado a proferir a oração que fora interrompida. Todavia, os moradores do povoado, aqueles que haviam oferecido à ajuda, foram os seus salvadores no instante em que os pássaros chegaram ao local sobrevoando e cantando os cantos tristes que se assemelham a cantos de velório. Nesse ínterim, o desejo de se verem libertos daquela assombração mortal, que há tempos os atormentavam, foi o que motivou aquela corrente humana de homens simples nascidos na zona rural, mas determinados a ajudarem de algum modo, a saírem correndo simultaneamente de dentro de suas casas, com as espingardas que possuíam nas mãos, e receberem os pássaros à bala. Onde elas logo assobiaram fragorosamente, cuspindo contra os pássaros balas agoniadas que em poucos segundos e de maneira simultânea, todos foram atingidos. Chuva de penas de aves caiu ao chão, semelhante a flocos de neve que caem durante as nevascas nos países de clima temperado. No mesmo instante em que os tiros foram deflagrados contra as aves que chegaram de súbito, o pavoroso fantasma de cavalo que havia mudado de direção e, dado uma volta completa nos perímetros externos do povoado no momento do primeiro disparo deflagrado, já se aproximava da encruzilhada novamente, onde seria desfeita a maldição, muito embora o mais galante entre os homens já estivesse findando a poderosa oração. Quando o bicho passava em frente à capela do povoado seguindo rápido em sua direção, um fenômeno aconteceu, e como num passe de mágica, o paralisou e o deixou estático no lugar. As nuvens que no céu se mostravam tranquilas, de repente, começaram a se embaralhar e escureceram-se de forma misteriosa. E em pouco tempo, começou a trovejar. No solo, tremores de terra assombraram o povoado. E ventou tão forte, que as árvores de menor porte do lugar, quase todas foram arrancadas do chão pela força do vento. Matos, areias, telhado das casas, quase tudo voavam pelos ares. Além de gemidos, urros e zumbidos assustadores fizeram parte daquele sinistro cenário. Daí então, concomitante a tudo o que estava acontecendo, uma nuvem em forma de redemoinho se formou no céu, desceu rapidamente para o solo em direção ao fantasma, e o capturou e o ensarilhou dentro de uma bolsa de ar. O elevou aos ares, bem ao alto, durante uns 4 ou 6 minutos, enquanto o espectro sombrio relinchava como se estivesse sendo picado por um exame de abelhas. Tempos depois, a estranha nuvem em forma de redemoinho aos poucos começou a se dissipar camada por camada até que o soltou, e ele, caiu ao chão. E para surpresa e espanto de quem se fazia presente, não era mais o fantasma de cavalo que estava largado ao solo ou espectro de terror qualquer, e sim, uma mulher, de cabelos longos; olhos verdes quase sem brilho; com mais ou menos um 1.70 de altura; aparentando possuir uns 26 anos, a qual estava desnudada, revelando palidez espectral de pele que assombrou a todos que a viram. Porém, aquela mulher com olhar infantil fito ao longe, semelhante a quem estar perdido no tempo e no espaço, não se lembrava de nada do que havia acontecido durante algum tempo da vida, e pelo qual motivo, estava ali despida, naquele lugar do qual não se lembrava. Contudo, em meio aquele cenário de guerra e de terror, foi aparecendo por todos os lados, saindo do interior de suas residências e caminhando na direção da mulher, pessoas com os rostos ainda tomados pelo espanto e pelo medo. E uma delas que apareceu de repente, se sentiu comovida pelo drama vivido por ela, e julgando naquele momento que o pecado que cometera no passado já fora pago, retornou a sua residência que não havia sido destruída, pegou algumas vestes adequadas ao seu tamanho, lhe ofereceu, e em seguida, começou a lhe explicar o que havia acontecido enquanto ela permanecera sob o efeito da maldição.

# Capítulo IX
# O espírito possessivo

A repercussão do livramento correu por várias regiões. E muitas pessoas motivadas por esse feito notável o procuravam para que ele também as libertasse de feitiçarias, de pragas rogadas pelos pais, de maldições e possessões espíritas. E nesse ínterim, em que a fama aumentava, um homem marcou e muito a sua trajetória de benfeitor. Ele veio da cidade de Conceição da Feira, município distante, apenas 25 quilômetros de Feira de Santana. Nessa ocasião, o tal saiu esperançoso de seu lar, pois ouvira falar sobre o mais galante de que era uma pessoa generosa; sempre aberto a ajudar o próximo que passasse por necessidade. Sobretudo, capacitado a resolver o seu problema que muito tem lhe angustiado. Quando chegou ao bairro Tomba, desceu do trem sendo acompanhado por dois de seus denodados empregados e juntos se dirigiram a pé pelas ruas, buscando informação e indagando aos transeuntes anônimos que encontravam onde poderia encontrar aquele cuja fama corria longe. Por sua vez, o mais galante se encontrava ocupado trabalhando, e de forma hábil utilizava a tesoura cortando o cabelo de um cliente. Nesse mesmo dia às 10h00, de uma manhã aclarada, de uma terça-feira, do dia 25 de agosto do ano de 1931, um dos amigos do mais galante que se encontrava na barbearia aguardando a sua vez para cortar cabelo, entabulou conversação e perguntou:

— João, soube que ontem você conseguiu conquistar Amelinha, filha de Jacó, como foi que isso aconteceu? Qual dos artifícios você usou para seduzi-la hein? Demorou mais de 20 dias? E ela é realmente tudo o que dizem por aí? Você confirma?

— Sim, confirmo! É tudo e mais um pouco!

O homem assentiu a sucinta resposta do mais galante através do balançar da cabeça, e continuou retratando o que pensava e o que sentia a respeito da moça:

— Que mulher: formosa, educada e linda. É uma deusa! Confesso-lhe uma coisa João. Continuou a expor detalhes da fascinação que tinha. Primeiro meu amigo peço-te que me perdoe que me desculpe, pois tive vários sonhos ardentes: ela tirando a minha roupa, me beijando dos pés até a cabeça, e me chamando de amor. E, ainda, entregando para mim... Ah, você entende o que quero dizer! Epa! Arrepiei-me todo. Concluiu com ar de luxúria nos olhos.

O mais galante sorriu de modo sutil ao ouvi-lo, mas depois fez uma expressão sisuda como se quisesse dizer: respeite a minha namorada seu moço!

— Por falar em mulher bonita, continuou o amigo: por acaso, anteontem, você conheceu Filipe, o filho de sua paixão Zilda, da cidade de São Gonçalo dos Campos?

— Não, Pedro! Ele teve por aqui? Foi a que horas? De manhã ou pela tarde? Quantos anos têm? Parece mais com a mãe ou com o pai? Disparou uma série de perguntas, demonstrando curiosidade.

— Teve. Eram 2 horas da tarde. E se parece mais com o pai! Agora me diga uma coisa João: por que você não se casou com a mãe dele?

— Já te respondo! Depois deu uma pausa tanto na fala bem como na finalização do corte de cabelo. Na nossa sociedade Pedro, você sabe que por tradição o pai é quem determina com quem as filhas devem se casar. E fazendo alusão à física e a provérbios populares para ser mais compreendido dentro do assunto, falou: toda ação tem uma reação: o rio corre, corre... Mas sempre desaguará para o nível mais baixo: ou em outro rio ou no mar. E a mentira ou algum segredo por mais que alguém tente os esconder, tem pernas curtas, e um dia serão descobertos!

— Eu não entendi nada! Exclamou Bacheiro, que, ao ouvir a conversa entabulada em meio a ilustrações ficou apoplético.

— Eu entendi o que João quis dizer, e já vou esclarecer para você! Disse Zé Briguento.

— Então, me diga sabichão. Bacheiro o interpelou com desdém, duvidando da sua capacidade de entendimento.

— Ele quis dizer que: tudo que sobe um dia tem que descer; vento que assopra aqui é o mesmo vento que assopra acolá; um dia se vai, mas outro dia vem, e o ciclo nunca termina, dando a oportunidade para todos. Entendeu? É o efeito ação e reação!

— É o quê? Você complicou ainda mais! Exclamou Bacheiro que ficou mais apoplético.

O mais galante sorriu novamente de modo sutil, assentiu as palavras de Zé Briguento, como se quisesse confirmar que era quase isso que queria dizer, e que ele era sagaz no entendimento, e para esclarecer o imbróglio de falações, falou:

— Eu não me casei com Zilda, porque a má reputação de mulherengo que recaía sobre a minha pessoa impediu que esse sonho se realizasse. As minhas ações consideradas negativas no passado, provocaram reação de rejeição tanto no meu ex-sogro bem como na minha amada. Concluiu em meio a uns suspiros de desalento.

De repente, em meio às conversações, o homem chamado Germano chegou à barbearia, com o olhar fúnebre; aparentando no rosto carrancudo como se a alegria por algum motivo óbvio há muito havia lhe abandonado; como se contasse indesejadamente com dias sombrios de uma catástrofe familiar que havia se instalado no seio de sua família, a qual fora provocada por um espírito malévolo. Aonde esse homem chegou de repente, saudou o benfeitor lhe desejando um bom dia, em seguida, fez a famosa e costumeira pergunta:

— Por acaso é o senhor que é João barbeiro?

Mesmo surpreso com a inesperada pergunta vindo de uma pessoa desconhecida, respondeu prontamente:

— Sim sou eu! E curioso para saber do que se tratava perguntou:

— Por que a pergunta? É algo em que posso ajudar?

— Sim seu João! Respondeu tentando esclarecer a aparição repentina no seu ambiente de trabalho. Em primeiro lugar: muito prazer em conhecê-lo! Meu nome é Germano, sou da cidade de Conceição da Feira, e a minha vinda aqui em sua barbearia para lhe procurar, se dá por extrema necessidade. É porque o meu irmão mais novo está enfermo e necessitando de ajuda. Deu uma pausa na fala, depois voltou a falar: o problema é o seguinte seu João, passou a lhe contar a triste história: o meu irmão que é mais moço do que eu 10 anos está possuído por um espírito perverso e sórdido, que há 1 ano, o leva a ficar malucado, amolecado, imitando toda sorte de grito de animais, e correndo nu à noite pela região como se fosse um depravado. Fala palavrões, e desrespeita a todos. Além de urinar e defecar nas calças, nos envergonhando e deixando todos da nossa família bastante tristes com essas atitudes. Principalmente! Exclamou baixando os olhos da imensa tristeza que há tempos sentia. Envergonhando em demasia a minha mãe que é uma mulher honrada e quase centenária, e que não tem tido sossego desde então. Por esses motivos, eu tenho buscado de modo desesperado por diversos lugares, alguma maneira de acabar com esse sofrimento, trazendo de quase todos os cantos da Bahia, pessoas que pudessem ajudá-lo a se livrar dessa possessão, como: rezadores, padres, curandeiros, espíritas e exorcistas, e ninguém até hoje, pôs fim neste pesadelo. E, o senhor, seu João, aqui na terra! Dirigiu-se mais uma vez ao mais galante: é a nossa última esperança!

Ao ouvir aquilo tudo, ele ficou comovido com a aflição daquele senhor, e para deixá-lo com o espírito mais leve, falou:

— Tenha calma senhor! Exclamou ao perceber que os olhos do homem se avermelharam naquele instante. Continuando, disse: verei o que poderei fazer para poder ajudá-los, não se preocupe. Finalizou com esperança no olhar de que talvez pudesse fazer algo.

Continuando a súplica. O senhor Germano com a voz embargada, engoliu o nó da angustia e concluiu o suplício de sua gente que há tempos sofre com o pesadelo do maldito encosto que pegou o seu irmão:

— Há exatamente 3 dias, que eu soube por uma pessoa respeitável e de caráter idôneo, o que o senhor fez lá no povoado do Jacaré há quase 2 meses atrás, por isso, é que eu vim até aqui buscar ajuda.

Ele fez assentimento com a cabeça, e depois de pensar um pouco no assunto perguntou:

— O senhor sabe responder por que o encosto o pegou? Já que isso só acontece quando a pessoa fica fragilizada: sem fazer as devidas preces na hora de dormir e de acordar; invocar o nome do: "coisa ruim"; blasfemar contra o Deus Todo Poderoso que é o criador dos céus e da terra; ou de andar triste, uma tristeza tão profunda, capaz de deixar "vazão espiritual" para que o mal interaja em sua vida?

— Sim, meu amigo! Um pouco antes de sofrer a possessão, uma grande tristeza se apoderou dele em um dos momentos mais trágicos de toda a sua vida. Um ano antes, a sua amada e querida esposa, uma mulher linda e maravilhosa, temente a Deus, que todos nós a amávamos por ser uma pessoa pura e meiga, estava grávida de gêmeos, mas infelizmente na hora de dar à luz, faleceu com as crianças. E isso, o levou ao abismo. A partir desse fato, ele começou a andar se lamentando, e sem querer aceitar o fato de que a sua esposa e os seus filhos haviam morrido. Por esse motivo, começou a culpar a Deus por aquele infortúnio, dizendo: se Deus é Deus por que Ele que é tão poderoso, os deixou morrer? Será que "Ele" queria me castigar, tirando do meu convívio as pessoas que mais amava na vida? Assim o dizia.

O mais galante por sua vez balançou a cabeça para cima e para baixo  assentindo querendo dizer com o gesto que havia entendido o porquê daquilo tudo, e falou:

— Olha seu Germano! Exclamou pedindo a sua atenção. Acho que tenho uma solução assertiva para o caso: conheço uma "oração poderosa" que talvez possa acabar com o sofrimento do seu irmão.

— Graças a Deus! Exclamou em alta voz. Logo em seguida, ergueu os braços curtos e gordos aos céus, deixando transparecer um sorriso alegre, que há muito tempo não se via naquele rosto carrancudo. Continuando, disse: no meu íntimo eu sabia, aliás, eu tinha certeza de que o senhor de alguma forma nos ajudaria e que não nos negaria socorro! Exclamou esperançoso já contando como certa a resolução do problema do seu irmão. Sinceramente, falou mais uma vez: espero em Deus que dê certo! E, se isso acontecer: ah, quanta alegria eu imagino! Será um presente para a minha mãe e para o meu irmão que em breve aniversariarão. A minha mãe, continuou: fará 100 anos em dezembro e o meu irmão no mesmo mês, fará 45. Ambos ficarão imensamente gratos! Concluiu já emocionado com a possibilidade do livramento que a cada minuto que passava estava ficando mais perto de acontecer.

Novamente, o mais galante falou:

— Será um prazer senhor poder ajudá-los e dar esse presente de aniversários para ambos! Exclamou com veemência, também já emocionado.

— E quanto o senhor cobra para fazer esse serviço seu João? Pode falar o valor, que eu saberei ser bem generoso!

Nesse instante, ao ouvir a interrogação a respeito de pagamento, o mais galante se sentiu ofendido, olhou serenamente para a cara do senhor Germano, que ainda fazia sinal com os dedos sobre dinheiro. Contudo, ponderou, perguntando a si mesmo que conversa era aquela de cobrar dinheiro? Respirou fundo, amainou o coração, e disse:

— Seu Germano! Exclamou com altivez, mas de forma comedida. Quando recebi da minha família o legado das orações benignas, não paguei nenhum tostão. Foram de graça, e por isso, de graça eu as dou e ajudo as pessoas necessitadas. Nunca cobrei e jamais vou cobrar de alguém. Deu uma pausa na fala e continuou em seguida. Para o senhor entender melhor por que não cobro, é porque simplesmente, o dinheiro é sujo meu amigo! Exclamou de maneira incisiva: quantas desgraças e quantas infelicidades ele pode trazer para as nossas vidas: dor e angustia; discórdia entre irmãos e amigos; entre pais e filhos. Por tudo isso não cobro. E, jamais vou cobrar o.k.? E sem nenhuma pretensão de se comparar a Cristo o "Salvador do mundo" fez alusão a uma famosa passagem da bíblia, e falou: porque está escrito nas sagradas escrituras: "De graça recebeste, de graça vos dará"!

— O.K.! Eu entendi. Desculpe-me se lhe interpretei mal meu amigo, eu não tive a intenção de lhe ofender, peço perdão por isso!

— Tá tudo bem! Eu só queria que o senhor, e essas pessoas que aqui estão presente soubessem que tudo o que faço não é por dinheiro! Finalizou. Deixando a todos que o ouviu falar, admirados. Contudo, chamou a atenção do homem e em particular lhe falou: encontre-me na encruzilhada próximo a estação velha de trem, lá em Conceição da Feira, na próxima sexta-feira, às 23h00, que eu irei ajudá-los o.k.? Continuando a falar o indagou: agora me diga uma coisa: de que forma o senhor pretende convencer o seu irmão que está possesso, a ir até o local? Será o que o senhor vai necessitar da minha ajuda para isso também? Se for precisar, eu posso ir mais cedo.

— Não se preocupe! Disse seu Germano. Porque eu tenho os meus próprios métodos que são infalíveis, e no local exato, e na hora marcada, eu lhe asseguro que nós estaremos lá! Exclamou de forma resoluta, respondendo as indagações com muita convicção.

Cinco dias depois, em um dia de sexta-feira à noite, do dia 28 de agosto do mesmo ano, exatamente, no horário marcado como o mais galante havia orientado, o senhor Germano chegou montado em um cavalo grande e bom de cela, acompanhado de oito empregados, que também estavam montados em cavalos. O irmão do fazendeiro que estava possuído era o único que estava deitado e atravessado em cima da cela de um cavalo preto. Encontrava-se ignóbil, com roupas esfiapadas e molambentas, com os braços para um lado e as pernas para o outro, e fortemente amarrados. Percebia-se que os seus olhos castanhos claros estavam vermelhos e pareciam duas brasas fora da fogueira; o rosto que era redondo se encontrava com a aparência de uma criatura raivosa que queria matar e beber o sangue alheio; o bigode e a barba haviam se juntado e batiam no peito; da boca saia secreção espumosa e amarelada, e ainda se via em volta do corpo: uma nuvem espectral oriunda das trevas, segundo a visão de alguns empregados da fazenda que diziam que eram "médiuns". Naquele momento, as estrelas no firmamento, semelhantes a grãos de areia reverberavam a sua luz insistentemente como pontos gotejantes de fogo, numa noite em que havia poucas nuvens no céu; a estação velha de trem de estilo inglês a qual aparentava estar em estado precário de conservação, reclamava a falta de manutenção, no entanto, permanecia em seu devido lugar de maneira impávida, com ar sereno e taciturno, aguardando a chegada de novos ou de velhos passageiros; a linha do trem que passava em paralelo, assemelhava-se, a fila de linhas que alinhadas paralelamente, seguiam uma atrás das outras o mesmo curso horizontal tracejado e determinado, às quais, eram amparadas por outras duas linhas, que, paralelamente, e na vertical, também seguiam o mesmo curso tracejado e determinado. Sobretudo, chegou à hora de fazer a oração e acabar de vez com aquele pavoroso flagelo, que, segundo os empregados da fazenda, o senhor Geraldo era um homem bom e respeitador antes de ser possuído por aquela "entidade". Enquanto os homens desciam de cima dos lombos dos cavalos e os apeavam nas árvores que ficavam do lado direito da estação, o mais galante que havia chegado primeiro, circunvagava o entorno e examinava o terreno atentamente com olhar perscrutável, cujo lugar certamente, travaria uma batalha espiritual imprescindível. Mas, antes de iniciar o ritual que antecede a oração, se posicionou, ficando em pé, em cima da linha do trem. Olhou atentamente tudo em sua volta, principalmente, para o homem que estava amarrado a poucos metros. Nesse ínterim, retirou o chapéu e o colocou sobre o peito. E através do sexto sentido, pressentiu a presença de uma forma de vida espiritual maléfica, a qual assolava aquele homem e que não tinha a intenção de deixá-lo no momento. Não obstante, fez o sinal da cruz sobre a testa, e curvou a cabeça sobre a fronte. Elevou os pensamentos até os céus, e, falou: meu Deus ajude-me Senhor, porque hoje terei que travar uma batalha duríssima, porquanto, peço forças ao Senhor meu Pai para que eu possa ter muita calma e sabedoria. Todavia, quando os empregados da fazenda tiraram o homem de cima da cela do cavalo e o conduziu ainda amarrado para próximo da encruzilhada onde se encontrava o mais galante fazendo o ritual. O "encosto do mal" pressentiu a sua presença, e para contrariar, reagiu de forma perturbadora e desagradável. Nisso, mesmo tendo o corpo do homem fortemente amarrado, demostrou irreverência, perfídia e força que aparentemente só os espíritos malignos possuem. E inquieto volitou para um lado e para outro, para frente e para trás se manifestando e fazendo com que os olhos do irmão de seu Germano ficassem arregalados semelhantes a dois grandes globos brancos. Onde o rosto de aparência que não era belo, mas também não era feio, se transfigurasse novamente no aspecto de um atormentado. E usando os lábios do homem, e do alto de sua arrogância, semelhante a promotor de justiça que cumpri o papel de acusar; o acusou de todos os atos e atitudes inconvenientes que o mais galante havia cometido no passado não tão distante, na tentativa de lhe expor ao ridículo perante aquelas pessoas que estavam presente naquele local. E tentando rebaixá-lo moralmente para cercear a sua história de benfeitor, falou: quem és tu que vem me afrontar deste jeito? Tu sabes que não podes comigo! Pois bem sei quem és, e bem sei de todo o teu passado imundo! Tu que és um mulherengo e que tem se aproveitado de tua beleza física para seduzir as donzelas, depois deflorá-las, e lhes roubar as suas purezas de meninas recém-criadas, maculando-as e transformando-as em mulheres com futuro incerto em relação a casamento! Tu que és também, um funesto arruaceiro que há tempos era malquisto pelo povo nos lugares aonde chegava, um malfeitor, que andava em bandos, para acabar com as festas religiosas e com a tranquilidade das pessoas de boa índole dessa região! Agora tu vens posar de herói? Pois, eu força operante e predominante invoco contra ti as forças do mal que estão ao meu serviço e te digo, que: em nome de tudo que é ruim e de todo o mal que anda e que assola tanto em baixo bem como sobre a face da terra, que tu serás detido e, serás amaldiçoado! Enquanto o espírito através da boca do homem falava e lançava contra o mais galante as suas imprecações, todos os empregados do senhor Germano, e o próprio, se entreolharam, demonstrando nas fisionomias que ficaram acabrunhadas, espanto do que acabara de ouvir. Não só por causa de tudo que fora revelado, mas principalmente, pela insolência e falta de indulgência do espírito. Por isso, o senhor Germano caminhou rapidamente para próximo do mais galante que demonstrou em seu semblante ficar abatido com a revelação, e após tocar em seu ombro, utilizou-se de palavras salutares, dizendo: João, não se deixe intimidar por essa falácia meu amigo! Salientou fazendo sinal negativo com o dedo: olha! Chamou-lhe a atenção: irei nesse instante até o meu irmão e por-lhe-ei uma mordaça! Ao falar aquilo tudo ele buscou externar apoio moral para levantar o ânimo do condolente que fora duramente atingido. Todavia, naquele instante, tomado pela contundência das palavras, que o mostrara o quanto havia sido durante toda a vida: um vil gélido e inconsequente sedutor. Porquanto, sentiu na alma que aquelas duras palavras dirigidas a sua pessoa havia atingindo diretamente o seu coração e que o dilacerou. Nesse instante, de súbito, lembrou-se de Glória, e das atitudes que tivera, que, após lhe enredar em seu jogo de sedução para conseguir o que queria, enganando-a de maneira sórdida prometendo-lhe que se casariam dentro de 2 meses, contudo, após a sua anuência, a deflorou. Mas não foi só a sua virgindade física, foi também, a sua alma de menina pueril em alguns aspectos a qual sonhava desde pequena em se casar na igreja, vestida de branco, de véu e grinalda, porém, vira o sublime sonho se transformar em um terrível pesadelo quando ele lhe descartou ao fugir do encontro estabelecido pelo pai dela, demostrando falta de compromisso e indo embora para sua terra natal, e, o pior, ainda não dando notícia como se não se importasse com que aconteceria com a moça depois. Nesse ínterim também, se lembrou de tantas outras donzelas, cujos nomes nem se quer lembrava mais, as quais, semelhantes à Glória lhes enganara e se aproveitara de suas ingenuidades. Além de fazer chantagens emocionais para aquelas mais reticentes quando tentavam com todas às forças resistir e não se entregar sexualmente; ele, de forma quase atroz dizia, que: assim como o vento que corre livre e sem destino; assim seria ele, caso elas não se compadecessem da sua paixão que, além lhe embriagar lhe mutilava como espinho que inexoravelmente penetra na carne. Porquanto, se sentiu naquele instante ser o mais ignóbil dos homens da terra e por isso, ficou em silêncio durante alguns segundos, onde os olhos avermelharam-se, e em seguida, as lágrimas rolaram pelas faces. Contudo, ponderou, limpou os olhos, rompeu o silêncio, e com a voz embargada, reagiu olhando o moço que estava possuído, e assim, falou: não posso esquecer e nem apagar o passado inconsequente do qual me envergonho, lastimo profundamente por isso. Porém, sei que é no presente, que uma nova história começa a ser escrita, e hoje, começarei a tentar me redimir dos meus pecados. Levantou-se resoluto, elevou os olhos novamente aos céus, e do fundo do compungido coração, falou: Senhor meu e Deus meu, perdoe-me pelos pecados que cometi contra ti e contra os meus semelhantes, e isto eu te peço em nome de teu filho Amado Jesus, amém! E tomado por sentimento altruísta, se ajoelhou na encruzilhada para acabar de vez com os desaforos daquele espírito. Todavia, no momento em que se posicionou para concluir o ritual que antecede a oração, o trem apitou ao longe: puuuuuuuh! Puuuuuuuuh! Puuuuuuuuh! Avisando da aproximação. Como estava exatamente, posicionado, ajoelhado em cima da linha férrea que ficava na encruzilhada que era o encontro entre a estrada de ferro e a estrada de rodagem, tornou aquele momento tenso. E para piorar a situação, enquanto os cavalos que estavam apeados relinchavam fragorosamente tentando se desenredar das amarras que os prendiam para que pudessem fugir daquele local, aconteceram algumas manifestações sobrenaturais. Certamente, invocadas por aquele espírito malévolo, numa tentativa de desespero para impedir que o mais galante fizesse a oração que quebraria a possessão. Primeiro, foram diversos morcegos negros gigantes, com mais de 1 metro de envergadura, os quais de forma inesperada sobrevieram rapidamente, batendo as enormes asas negras de mamíferos voadores que são e se lançaram com fúria sobre todas as pessoas presentes, causando espanto e medo em todos. Os atacando como se fossem abelhas que tentam defender a colmeia de supostos predadores, numa tentativa frenética de expulsá-los daquele lugar, onde muitos dos empregados da fazenda do senhor Germano foram mordidos, e outros arranhados por aqueles mamíferos endiabrados. Após os morcegos serem detidos tanto por tiros disparados pelos empregados bem como por cacetadas desferidas pelo mais galante que se dispusera de um galho de "mangueira", apareceram repentinamente, duas vacas enormes e pretas, ambas deformadas por diversas protuberâncias cancerígenas que se encontravam expostas, e, sobre as quais, davam para ver nitidamente, os micróbios se bulindo e circulando pelas orelhas, pelos focinhos, entrando e saindo dos olhos, como se elas houvessem saídos de tumbas. E segundo os empregados do senhor Germano, aqueles espectros eram "octopus" e tinham duas cabeças, quatro olhos e quatro orelhas. E elas se lançaram sobre todos que estavam presente no local, correndo para cima deles, com os seus corpos volumosos de mais de uma tonelada de peso, se locomovendo através de suas oito patas cada uma, as quais as ajudavam a se movimentarem depressa, obrigando a todos para não morrerem atingidos pelos chifres que eram enormes e pontudos: a atirarem para matar por diversas vezes em uma das vacas; e, quanto à outra coube ao mais galante, esperar o momento exato em que o animal octopus avançou sobre ele, abaixando as cabeças para arremeter os chifres, para se esquivar e tirar o corpo de lado, e, rapidamente, lhe dá um murro descomunal que lhe quebrou o pescoço. E quando o bicho se encontrava ao chão flagelado, dando berros de dor, ele se aproximou, e, como se segurasse volante de caminhão, segurou firmemente em seus chifres, girou-os rudemente lhe torcendo o pescoço e lhe arrancando uma das suas cabeças, separando-a do corpo na hora. Segundos depois, apareceram outros estranhos personagens para atormentar, foram espectros fantasmagóricos de pessoas más que cometeram muitas atrocidades no passado, e que, ainda, não haviam feito às viagens de ida sem volta para o além. Eram figuras humanas, mas pálidas sem os corpos físicos, eram almas que foram "condenadas" a viverem vagando sobre a terra, os quais sobrevoaram contra eles semelhantes à lençóis brancos que voam dos varais no momento em que o vento forte bate e os assopra para longe. E, enquanto se atiravam sobre eles, emitiam urros pavorosos que doíam os tímpanos de quem ouvia. Por isso, foi necessário que eles por instinto além de dizer: vão embora em nome de Jesus, imitassem os gestos defensivos do mais galante, tapassem os ouvidos com as mãos, se abaixassem, e colocassem a cabeça entre as pernas, para resistirem à intensidade dos ruídos que se assemelhavam ao som produzido por cigarras quando convocam os pares para o acasalamento misturado ao de gralhas enlouquecidas. E, assim eles ficaram agachados com expressões ululantes de dor como soldados vencidos nas batalhas, só esperando o tormento sonoro passar. Para suas surpresas, a volúpia do tormento sonoro durou apenas um pouco mais de 1 minuto, onde os espectros fantasmagóricos da mesma maneira que apareceram sumiram sem deixar vestígios. Por último, eles foram assolados por forte ventania acompanhada por neblina densa e envolvente que durou uns 10 minutos. Enquanto isso, o corpo do rapaz que estava possuído pelo espírito, era chacoalhado e açoitado para cima e para baixo, como se estivesse dando uma crise epiléptica, e os olhos que haviam branquiados se arregalaram e pareciam que iam de repente sair de dentro da caixa; a mordaça que o irmão mais velho havia colocado em sua boca à força após ter externado ofensas contra o mais galante, com os movimentos bruscos e seguidos do corpo que fora jogado para cima e para baixo, se desprendeu; com isso, permitiu que o espírito maléfico que o dominava, emitisse sons arrepiantes, e ainda, proferisse impropérios contra ele, o ameaçando num tom de voz trovejante, dizendo que não ia largar o seu corpo que a sua vida era inútil, e que, ia acabar com, além da sua vida, com toda a sua geração. Assim falava e o eco ao longe ressoava, de modo, que deu para perceber, o quanto aquele espírito era malévolo, bem arrojado e que não ia se entregar facilmente. Contudo, de forma resoluta, o mais galante enfrentou com bravura e esperou com resignação que as manifestações sobrenaturais passassem. Ajoelhou-se na encruzilhada novamente, olhou para o céu, fez o sinal da cruz sobre a testa, e começou a proferir a oração, a qual tinha a finalidade, de: desfazer encantamentos, possessões espíritas, magias negras, feitiçarias, maldições ou pragas rogadas. Ao terminar de proferi-las eis que no céu as nuvens começaram a se embaralhar, e essa noite ficou ainda mais escura. Onde raios e trovões assombraram a todos. Em seguida, começou a ventar forte, além de acontecer barulhos esquisitos deixando a todos que estavam presentes perplexos ao ouvirem os ruídos macabros daquele evento sobrenatural. Enquanto isso, o trem lotado de pessoas se aproximou e soltando fumaça da chaminé começou a cruzar o local, onde fora realizada a oração, e onde ainda acontecia às manifestações do espírito maléfico. E isto, deixou os passageiros do trem, arrepiados e aterrorizados com tudo o que viram. Em meio aos olhares de espanto, fora e no alto, uma nuvem embranquecida que havia se formado em forma de redemoinho, desceu rapidamente, em direção ao homem, o capturou e o envolveu por completo e o elevou aos ares por alguns minutos, enquanto o espírito que o possuía, dava gargalhadas estrondosas que arrepiaram os cabelos de quem viu aquelas cenas dantescas. A nuvem que o envolveu o ensarilhou por diversas vezes, como massa de pão é ensarilhada por um padeiro antes de ir ao forno; depois ela começou a se dissipar se esfumando ao vento e o soltou. Ele, como se fosse uma pena que se desprendera da asa de um pássaro; caiu mansamente ao chão. Nesse momento, o semblante do seu rosto que aparentava ser o aspecto de um maluco atormentado, com as faces arroxeadas e transfiguradas pelo poder do espírito que o assolava se transformou. A pele de todo o corpo que outrora se encontravam enrugadas se elasteceram e a cara de homem de meia idade rejuvenesceu resplandecendo como o sol que brilha em dia de verão, passando a ter a aparência de antes de uma pessoa normal e tranquila, de uma pessoa do bem. O senhor Germano e os empregados, ficaram atônitos com tudo o que viram e com tudo que aconteceu ali, mas também encantados com o feito do mais galante que não se deixou intimidar com as variadas formas de manifestações que o espírito empregara. Por isso, ele foi elogiado com veemência. Ao findar tudo, o senhor Germano abraçou o irmão como se abraçasse alguém que não via há muito tempo. E, olhando ao lado agradeceu aos empregados que demonstraram coragem e lealdade. Direcionou o seu olhar mais uma vez, mas para o lado oposto e, emitiu palavras também de agradecimento, além de convidar o mais galante para ir junto com ele até a sua casa, que ficava distante cerca de 20 minutos a cavalo. O qual logo aceitou o convite. Assim que chegaram à residência, em um casarão apalacetado, uma das maiores casas de toda a região, os outros membros da então flagelada família, aguardavam na porta a chegada deles. Eram irmãs, primos e primas; tios e tias, e, a sua bondosa mãe. Foi uma alegria quando perceberam que o homem retornava e que havia sido liberto. Todos correram para abraçá-lo e beijá-lo. Então, o mais galante pôde conhecer toda a família, e inclusive, a senhora Yolanda, a matriarca da casa, a qual aparentava ser de menos idade, e bastante saudável, vigorosa e lúcida para uma pessoa de quase 100 anos. Ás 03h40min, na frente da casa, em meio aos abraços e contentamentos, dona Yolanda, em tom solene, falou para o mais galante entre os homens: meu jovem quero expressar a minha sincera e eterna gratidão por você ter conseguido livrar o meu filho querido daquele sofrimento que parecia que não teria fim, e, através desse feito você me devolveu à razão para eu viver por mais alguns anos. Agora, peço a você encarecidamente, que passe o restante desta noite aqui conosco, em nossa casa, porque amanhã, você será o nosso convidado de honra da grande festa que daremos aqui na fazenda, para comemorarmos o renascimento de meu filho querido! No outro dia, após passar o restante da noite, onde lhe ofereceram um quarto espaçoso e uma cama aconchegante para se deitar, vira que, às 10h00, no céu, o sol se encontrava fraquinho, mas deveras sorridente. E, as flores que ficavam em volta da casa liberavam o seu perfume que se misturava com a brisa da manhã que suavemente veio e lhe acariciou o rosto, onde ele pôde ver com olhar extasiado ao circunvagar o extenso terreiro, que, preparativos de uma grande festa foram iniciados. Enquanto andava viu que a mando do senhor Germano, foram abatidos cerca de 10 porcos, dois garrotes e mais de 100 galinhas caipiras, além, de: bebidas e licores de todos os tipos e de todos os sabores que foram comprados e preparados respectivamente, para que pudessem ser servidos a todos os convidados de toda a região. À noite durante a festa, os anfitriões saudaram-no perante a multidão que se fizera presente, dizendo: hoje, é um dia de muita alegria para nossa família, por isso, nós estamos em festa para comemorarmos o renascimento de um dos nossos membros. E isso, nós agradecemos a Deus em primeiro lugar, e, em segundo lugar: agradecemos a bondade e a compreensão de um homem respeitado dessa região, o qual possui alma nobre, e é chamado de: João barbeiro, a quem devemos tamanha gratidão!

Aquela festa de comemoração daquelas pessoas, que para eles era o renascimento de um membro da família, durou 2 dias e 2 noites seguidas. E o mais galante entre os homens foi o grande homenageado, e todos procuravam falar com ele.

# Capítulo X
# "A oração da chuva"

Os pormenores referentes aos livramentos que realizara tanto no povoado do Jacaré bem como no da cidade de Conceição da Feira, ainda corriam por toda a região. E através desses feitos que, de forma eloquente eram narrados por pessoas distintas, cada dia que passava se tornava mais famoso. Contudo, tentando se manter alheio a fama que crescia vertiginosamente, e se sentindo entediado, sentimento de vazio que costumeiramente assola aqueles que passam por grandes emoções, dirigiu-se para a casa de seus pais para relaxar um pouco ao lado deles. Durante esses dias, enquanto se encontrava deitado numa rede de balanço que amarrara entre duas mangueiras no meio do terreiro, ouvia atentamente rádio amador, hobby que gostava de praticar. Subitamente, se lembrou da acusação judiciosa que o espírito maléfico falou sobre o seu comportamento desrespeitoso para com as moças. Porquanto veio na memória como sopro de vento que bate no rosto; o que sempre a sua querida mãe falava, que: não mais deveria "mexer" com a "honra das moças" "filhas de família" exceto quando fosse à escolhida para o enlace matrimonial, após a cerimônia do próprio matrimônio, porque, uma mulher "desvirtuada" em sua "integridade virginal" dificilmente arranjava casamento, ficando mal falada na região onde morava sendo comparada pelos homens sérios que buscavam relacionamento solido e estável: como abelhas improdutivas que não conseguem produzir mel ou uma flor que não consegue exalar o perfume, as quais perdem o encanto e o valor. E que a sociedade além de ser extremamente machista era também muito conservadora, que de certa forma exigia que as mulheres se policiassem para não se deixar envolver pelos arroubos da juventude e pelos "cantos" e "encantos" dos galanteadores que ficavam a espreita, que se mantivessem castas até o dia de dizer o sim no altar. Portanto, olhando para dentro de si, percebeu no intimo que era errado aquele tipo de comportamento, e que, não deveria mais enganá-las, e, não mais de nenhuma forma se aproveitar de suas ingenuidades. Contudo, apesar de cometer aqueles tipos de pecados como quase todo sedutor inconsequente comete, era temente a Deus, e havia guardado alguns princípios que os seus pais haviam o ensinado quando ainda era pequeno. E por ter aprendido desde a idade mais tenra a ser ascético com as coisas sacradas de Deus, se dirigiu de forma contrita para o centro da cidade até a igreja da matriz em Feira de Santana, e ajoelhado diante do altar sagrado, com a fronte curvada, pediu perdão ao "Altíssimo" por tudo que fizera de errado em sua vida.

Entrementes, além de pescar e caçar nas horas vagas, outra forma de se entreter, era o de ficar ouvindo rádio amador, atividade relaxante que aprendera quando serviu o "tiro de guerra" em Feira de Santana, durante 1 ano e 6 meses. Nesse ínterim, ficava horas ouvindo as informações relacionadas às nações estrangeiras, de falas confusas que parecia que latiam, pensava e sorria, ao escutá-las. Muito embora, no início não conseguisse entender as suas formas verbais, as flexões de gênero, de modo e de tempo; além das gírias e outras particularidades pertinentes a cada idioma daqueles distintos países, principalmente, os componentes do continente asiático os quais se encontram distante do Brasil e do outro lado do mundo, como: Japão, China, Coréia e entre outros. Não obstante, não se importava com as dificuldades em compreendê-las, e as ouvia assim mesmo. Gostava tanto de navegar nas ondas sonoras, que, às vezes, passava do horário de se alimentar, pois, aquilo tudo lhe fascinava sobremaneira que o alimento ficava em segundo plano. Como possuía excelente memória, além de ser metódico e obstinado em relação a tudo que se empenhava em fazer, não perdia tempo, e se dedicava horas amiúde ou dias ao longo daqueles anos, após servir o tiro de guerra em Feira de Santana, tanto que aprendeu a falar alguns idiomas de países, como: Alemanha, França, União Soviética, a Inglaterra e, os Estados Unidos que falam a mesma língua por um ter sido colônia do outro. Aprendeu também alguns dialetos judaicos, como o iídiche. Aprendeu assuntos relacionados à: geografia, história, filosofia, ciências, química, física, religião e política referente a alguns dos principais países, aqueles que ele mais admirava, pois conhecer as suas histórias e de se inteirar de seus contextos e, de seus passados: ricos, históricos e gloriosos, embora fosse tarefa laboriosa e difícil, era instigante e por isso ele apreciava com muito entusiasmo. A Alemanha em seu esplendor junto com a França, os Estados Unidos, a Inglaterra e a União Soviética, eram os países que mais despertava a sua atenção, e eram aqueles no contexto: geográfico, histórico, econômico e político os que mais lhe fascinava, dos quais sempre falava para os parentes e amigos: quem sabe, em um belo dia como esse irei visitá-los! Consoante ao que falava e ao que sentia, todas as vezes que ligava o rádio para ouvir as notícias, a sua alma ficava em ebulição, o mesmo tipo de sentimento que um leitor sente quando lê um livro de ficção e que, sem sair do lugar é transportado para outro mundo; e isso, se dava principalmente, quando se encontrava sozinho acampado no mato, onde se deitava de papo para o ar, fechava os olhos para enxergar com a mente o que os olhos não conseguiam ver, e de súbito, dava asa a imaginação. Dessa forma, se comprazia alimentando os sonhos, ao flutuar no fantástico mundo do abstrato. O rádio amador, e as coisas infindáveis que aprendia, enquanto atento escutava, além de lhe trazer conhecimento, mexia com o cotidiano, e lhe "obrigava" a tirar folgas do trabalho, tanto que muitas vezes, saia para acampar, armava a barraca no meio do mato, e ficava isolado longe de tudo e de todos, só para ouvir mais sossegado, assim, o dizia. Outras vezes viajava e ia visitar em Cabaceiras do Paraguaçu, o primo Sebastião, que de maneira semelhante gostava de ouvir rádio amador, e que também serviu o tiro de guerra em Feira de Santana, na época. Nesse tempo, desenvolveu respeitosa e afinada relação com o primo. Cabaceiras do Paraguaçu era distrito do município de Muritiba na época, distante de Feira de Santana, cerca de 90 quilômetros, e fica às margens do rio Paraguaçu, para onde ele se dirigia e se juntava a Sebastião, e juntos seguiam direto para a beira do rio, antes, porém, andavam cerca de 2 horas debaixo de um sol escaldante, passando pelos lugares secos de mata rala, onde às vezes encontravam-se alguns trechos com características de cerrado, mas sempre andavam a pé carregando nos ombros o rádio amador e outros apetrechos, até chegar à beira do rio. Próximo às margens eles armavam a barraca e ficavam 1 dia inteiro ou até 2 dias ouvindo e discutindo o que ouviam através daquele que para eles era simplesmente: um fantástico equipamento de comunicação.

O Rio Paraguaçu é o maior rio genuinamente baiano. Suas nascentes são diamantíferas, e suas margens são férteis. E, é muito piscoso em toda a sua extensão, sendo navegável das cidades à sua foz. Ele nasce no Morro do Ouro no município de Barra da Estiva, em pleno coração da Chapada Diamantina, Bahia, mais precisamente na Serra do Cocal que fica na região citada anteriormente. Percorre 520 quilômetros de distância no território baiano, corta três regiões distintas, primeiro: passa pela região da Chapada Diamantina, com suas chapadas, serras, morros e grandes vales; segundo: atravessa quase toda a Caatinga de terra fértil e de clima normalmente árido; terceiro: corta quase todo o Recôncavo baiano carregado da história baiana de vários séculos, para finalmente derramar suas águas no mar, na Baía de todos os Santos, isso após ter recebido água de vários afluentes, tanto na margem à direita bem como na margem à esquerda. Sobretudo, naquele tempo a chuva estava escassa, e como o rio Paraguaçu não havia recebido água em abundância dos afluentes ao longo do seu extenso percurso, aquela região vivia dias de muita aflição.

Em 26 de setembro de 1932, durante uma de suas visitas ao primo em Cabaceiras do Paraguaçu, para ouvir rádio amador, tomou uma atitude que ficou marcada para sempre em sua memória, como uma das mais infelizes de toda a vida. Naquele tempo, ao ver as hortas que foram plantadas pelos pobres agricultores da região, como: o milho, o aipim, o feijão, a batata-doce, a cebola, o quiabo, e tudo que foi plantado morrendo aos poucos. Árvores nativas, principalmente, as que nasceram as margens do rio Paraguaçu, como: a catuaba, a cassutinga, o angico, o Ipê roxo e o jatobá, todas agonizando no solo seco, implorando por gotas de água que molhassem um pouco as raízes. Vira também, com tristeza no olhar, pelas fazendas e roças que tinha que passar andando até chegar à beira do rio quando ia armar a barraca para ouvir rádio amador, os rebanhos de ovelhas e os rebanhos de gados magros passando sede, que, sem forças para se locomoverem logo sucumbiam ao solo escaldante antes mesmo de chegar à beira do rio. Viu ainda que as pessoas nativas do lugar tinham muita dificuldade para encontrar água que fosse boa para consumo, tudo por falta de chuva. Ao ponderar sobre todo aquele contexto em que a aridez era o que predominava por ali, e perceber que por falta de chuva quase tudo estava morrendo, resolveu fazer a "oração da chuva" naquele lugar que há tempos estava sendo castigado pela seca. Entretanto, havia alguns detalhes a serem observados. E, segundo relatos dos "antigos", nenhum dos membros da linhagem que antecedeu a respeitada "família Crisóstomo" os quais também tiveram o privilégio de aprendê-la, haviam se arriscado a proferi-la. Eles relataram que os "oradores" teriam que ter o máximo de cuidado para não cometerem nenhum erro no momento que estivesse rezando, pois correriam o risco, segundo elas, caso errassem mesmo que fosse apenas uma palavra, já seria o suficiente para provocar muitas tempestades, e como castigo, o mundo poderia sofrer fenômenos da natureza sem paralelo na história ou então, o local que fora proferida a oração, choveria vários dias sem parar, causando inundações, e consequentemente, provocando a morte de várias pessoas inocentes. De acordo com a tradição para fazer a oração acontecer, o orador voluntário primeiro deveria preparar o lugar que gostaria que de forma adequada chovesse, e isso, se dava através de um ritual que era descrito da seguinte maneira: a pessoa deveria desenhar no plano desejado, quatro desenhos nas formas quadradas, e de perímetros iguais; e no centro de cada desenho, fazer um símbolo gráfico, representado por um segmento de reta com um triângulo fixado em um dos seus finais; apontá-los deveria para o centro dos quatro quadrados, e, em seguida, produzir um grande círculo, e dentro dele, fazer um símbolo poderoso representado por dois triângulos entrelaçados entre eles, denominados de: símbolo do rei Salomão, personagem da bíblia que alude a fartura assim bem como a chuva também alude à fartura. A conjugação dos quatro quadrados era para demonstrar que estavam interligados num mesmo objetivo. Para finalizar, era só se ajoelhar dentro do círculo que ficava no centro do terreno demarcado, proferir as palavras com todo cuidado de maneira que não errasse uma só palavra, que a chuva em pouco tempo aconteceria.

Sobretudo, num dia de céu azul-claro com poucas nuvens embranquecidas que apenas manchavam o firmamento; onde o ar estava tão quente que provocava vertigens nas pessoas mais vaporosas. O mais galante movido pelo sentimento genuíno de compaixão começou a preparar o ritual no trecho que gostaria que chovesse, porém, antes de iniciar a marcação no lugar escolhido, utilizou-se de um conhecimento popular bem antigo, sobre uma técnica quase infalível que havia aprendido com "os antigos" para saber se choveria naqueles dias, a qual também é pertinente ao povo nordestino, principalmente, aqueles que moram na zona rural que de forma intuitiva desenvolveram-na ao longo dos tempos para que pudessem enfrentar os rigores da estiagem. Desse modo, olhou ligeiramente para o alto com os olhos negros, examinando o aspecto do céu, buscando sentir o cheiro de água no ar; ficou em pé e de costas para o norte do terreno, para de frente, sentir o vento sul que vem do mar; fez o sinal da cruz, e, em seguida, abriu os longos braços para os lados em reverência ao "santo" que faria o pedido; suspendeu a cabeça, posicionou o rosto de modo que a narina ficasse a favor do vento e inspirou fortemente por alguns segundos até se cansar daqueles movimentos; como o cheiro de água estava fraco, sem consistência, deduziu que não choveria tão cedo por ali; ao olhar mais uma vez para o céu, vira que, um arco-íris se fazia presente naquele instante e com a sua faixa colorida pintava o firmamento de um lado a outro do horizonte. Porquanto, logo pensou: isto é o presságio revelando o sinal divino que Deus nosso Pai, o criador dos céus e da terra deixou ao profeta Noé de que o mundo não seria destruído novamente com água. Então, como o arco-íris era a confirmação de que não haveria chuva, e caso houvesse, não seria o suficiente para amenizar a situação de calamidade pela qual aquele local passava. E como também, não havia sentido cheiro de chuva no ar, logo decidiu proferir a oração da chuva. Portanto, de maneira calculista, passo a passo foi preparando o terreno, de acordo com o ritual que os antigos haviam ensinado, e passado de pai para filho. E assim, de forma pressurosa correu os quatro cantos necessários para fazer os quadrados. Após 2h30min, medindo o terreno, fez as setas, depois entre os quadrados fez o grande círculo central, e desenhou em seu bojo o poderoso símbolo do rei Salomão. Ajoelhou-se e começou a proferir: o dia vai passando, e à noite vai vingar, mas a água que molha as minhas plantas, nenhum sinal no céu de que vai chegar. Hoje é dia de São José, todo dia há de ser, por isso, peço chuva ao meu santo, para as minhas árvores não morrer. Oh, São José manda essa chuva benfazeja para que a raça humana possa saciar a sede e continuar de pé, mas manda com pouca intensidade, e duração que eu quiser, pois delimitei essa área e dentro do grande círculo que tem o símbolo de Salomão está o meu pé. São José atenda rápido o meu pedido, não desanime esse teu servo, oh, meu santo querido! Chuvas que caem do céu saibam que choram por ti, manda São José essa chuva para molhar o meuuuuuuu... Ei, opaaa! Até que, de repente, antes mesmo de terminar a oração cabível que faria a chuva descer do céu, "alguém desavisado" veio descendo a ladeira de São Simão, que ficava próximo às margens do rio, bradando seguidamente, chamando pelo seu nome para lhe dar um recado, e isto, o induziu a se desconcentrar e a cometer um erro que o levou a proferir uma palavra errada: meu Deus o que foi que eu fiz? Assim como as "escrituras sagradas" no velho testamento fala a respeito da esposa de Ló que durante a fuga das cidades de Sodoma e Gomorra que estavam sendo destruídas por tempestade de fogo e enxofre, errou ao olhar para trás descumprindo uma ordem do anjo, e por isso, virou uma estátua de sal; assim e quase análogo a esse episódio bíblico, fizera o mais galante que, ao se desconcentrar errou uma palavra no instante em que o inocente rapaz o chamava. E a partir daquele momento, cerca de uns 5 minutos após, a chuva precipitou-se a cair tal qual um dilúvio. Ele pôs às mãos à cabeça, se levantou com o semblante já abatido, pois pressentiu que pronunciara uma palavra errada da sagrada oração, e como consequência daquele erro estúpido, aquela região pagaria alto preço. Olhou para o céu e viu as nuvens no alto emitindo sons estrepitosos avisando de que a tempestade chegaria a qualquer momento, as quais se enegreceram e se movimentaram alvoroçadamente, semelhantes aos movimentos das revoadas dos pássaros emigrantes que no céu se misturam de maneira sincronizada ao partirem para uma longa jornada; e como um bando de búfalos selvagens que se juntam para se defender de suposto ataque de predador sedento; as nuvens se amontoarem no céu, e aos poucos, o mais galante percebeu que algumas gotas de água começaram a cair sobre a sua cabeça e sobre o seu corpo e que logo se multiplicaram e molharam a sua roupa a encharcando. Olhou novamente para o moço que estava ao lado, e próximo, e, já todo molhado com as águas caindo sobre ele e molhando o rosto, o interpelou: rapaz, por acaso não te disseram que eu proferiria uma oração, e que, de jeito nenhum, poderia ser interrompido? Você já pensou no tamanho da besteira que me induziu cometer? E que isto trará consequências! O rapaz logo em seguida tentando-se livrar daquele fardo respondeu: não me disseram nada, e eu não imaginei e nem poderia adivinhar que você estivesse proferindo uma oração. Desculpe-me por isto! Eu só vim aqui para lhe dar um recado de Sebastião seu primo, que me mandou lhe falar que não viria hoje. Mil perdões! Falou o moço pedindo desculpas novamente. Não obstante durante todo aquele dia, choveu forte naquele lugar preparado e demarcado para chover, embora, bem no início, nos primeiros instantes, as pessoas da região comemoraram muito a chegada daquela chuva tão esperada, pois, elas, não sabiam o que estava acontecendo por ali, não imaginavam que aquela chuva tão almejada há tempos, havia sido provocada por força sobrenatural, através de uma fortíssima oração. Enquanto isso, a chuva continuou a cair pesadamente naquele lugar e de maneira ininterrupta como trombas de águas funestas. Choveu: 01 hora; 02 horas; 03 horas... Vinte e quatro horas sem parar. Mais de 14.000 milímetros de água. Foi tanta água, que o leito do rio Paraguaçu, na cidade de Cabaçeiras de mesmo nome, que outrora se podia atravessar o leito, de um lado a outro, onde as pessoas andavam tranquilamente com as águas abaixo dos joelhos, após aquele episódio lamentável, não dava mais para atravessá-lo. Porque as águas que caíram de maneira torrencial encheram tudo, elevando o nível do rio, a mais de 11 metros do seu nível original antes da seca acontecer. E o pior, a massa que desceu rapidamente, indo à direção as cidades ribeirinhas, que se localizam as suas margens, provocaram nesse trajeto uma devastação incalculável tanto material bem como financeiramente, além de ceifar vidas de pessoas inocentes. E, cidades que estavam no caminho, como: a histórica Cachoeira que fica a margem esquerda e que, em sua honrada história foi por 1 dia a capital do Brasil; e na outra margem, a "cidade-irmã" São Félix que próximas são unidas por uma ponte treliçada de ferro, podiam a qualquer momento serem arrasadas e varridas do mapa pela força das águas. Cachoeira: município baiano que respira história em quase todos os seus cantos: nas suas esquinas; em suas ruas; em seus becos; e, nas praças e ladeiras; sem dúvida alguma é uma das cidades mais importantes da história e da cultura do estado baiano. Com suas pousadas admiráveis, suas igrejas monumentais de estilo barroco e casarões imponentes da época do império, convidam para uma viagem ao passado. São Félix: outro município com muita história para contar, através de suas casas vistosas com mais de 3 séculos de história, onde pessoas importantes da época da realeza que por ali andaram deixaram visivelmente as suas marcas. Todavia, com aquela enchente, toda aquela riqueza histórica e cultural estava correndo risco de ser destruída e ficar submersa. E, o pior infelizmente aconteceu: as águas desceram rapidamente vindas de Cabaçeiras do Paraguaçu, e segundo relatos pormenorizados de algumas pessoas que viram horrorizadas elas passarem se assemelhando a tsunamis que de forma repentina são provocadas por fortes terremotos nas profundezas dos Oceanos; e, enquanto a massa líquida descia desordenadamente enormes cabeças d'águas se formavam na superfície e se lançavam com mais impetuosidade, numa velocidade estupenda de 150 quilômetros por hora, arrastando tudo pela frente: árvores, casas, barcos de pescas e tudo que encontrava em seu trajeto. A força foi tremenda que chegou a transbordar o leito do rio, alagando tanto Cachoeira na margem à esquerda, bem como São Félix que fica na margem à direita, deixando-as quase que completamente submersas. Infelizmente houve notícia de que várias pessoas morreram afogadas naquele desastre, e outras até conseguiram se salvar. Porém, perderam quase todos os bens móveis que possuíam, ficando tudo debaixo da água. Essa vicissitude deixou o mais galante muito abatido, embora tenha conseguido ajudar algumas pessoas, foi tarde demais para salvar outras.

Após 2 semanas, onde permaneceu ajudando aqueles que sofreram com a enchente, a retirarem debaixo d'água os seus pertences, e inclusive, animais. Contudo, ainda no ensejo desta tragédia, e imerso na dor provocado por aquele infortúnio, disse para um morador da região, através de palavras que demostravam consternação, que nunca mais poria os seus pés naquele local, porque para ele, aquele desastre era uma página negra em sua história, sobre a qual ele queria virá-la e esquecê-la o mais rápido possível.

# Capítulo XI
# O primeiro voo

A tragédia culminou na morte de várias pessoas inocentes. E consequentemente deixou o incurável galanteador bem lúgubre. O qual sofrendo dor tão profunda na alma que sem perceber se enclausurou no "mundo da baixa estima". Nesse ínterim, a tristeza ficou ululante em seu rosto, e a partir de então, segundo parentes e amigos, passou a andar se lamentando daquele infortúnio, daquele momento inaudito, se sentindo culpado diretamente por tudo. Todavia, a vida tinha que continuar, e porquanto, passou a se dedicar ainda mais a ajudar as pessoas que sofriam algum tipo de tormento ou que passavam por necessidades. E alguns dos labores que realizava para amainar a indissolúvel tristeza eram os de apagar fogos de grandes proporções que surgiam nas matas ou era salvar alguém de morrer afogado ou então desfazer encantamento de maldições, de pragas rogadas ou na maioria das vezes, matar cães raivosos, que na época houve incidência alarmante da doença nos cachorros daquelas regiões, pois parecia que, aquele flagelo que assolava os animais se espalhava pelo ar, porque, quando tudo se encontrava tranquilo, surgia a notícia de que um cachorro havia "arruinado" e que estava provocando medo entre as pessoas. De repente, e por todos os lados, relatos de que, um cão ou mais de um ao mesmo tempo, estava raivoso, e o pior, foi quando pessoas foram mordidas e outras apenas suspeitas de terem sido. Então, para atender aos chamados para aqueles lugares, montado em seu cavalo que por sinal era bom de cela, rapidamente ia para poder conduzi- las. E com o auxílio de seus familiares as levava para Cabuçu. Eram: homens, mu lheres, pessoas idosas, e, até crianças inocentes, que tinham que ser conduzidas para que pudessem passar pelo "processo da onda em alto-mar" ou às vezes, não dava mais para levá-las porque elas já se encontravam ensandecidas. Por essa razão e, com pesar no coração e uma tristeza fúnebre no olhar, mas pela necessidade de controlar a doença, ele era de certa maneira "obrigado" a sacrificá-las atirando mortalmente contra, após receber a ingrata autorização através de um termo de consentimento fornecido pelos próprios familiares que, mesmo que pesarosos permitiam que alguém atirasse em seus entes queridos, pois sabiam que, já não havia mais nada que pudesse ser feito. Era no Jomende, era no Cristóvão, era no Pau seco, era em Brotas, no bairro Tomba, e, até na Fazenda Boa Hora, tivera que se dirigir rapidamente montado a cavalo para matar os cães raivosos. E quase sempre usava a espingarda de dois canos, mas também os matava de cacetadas. Muito embora, todo o esforço que fazia, era porque achava que tinha uma dívida impagável com as pessoas, que, segundo ele: se não tivesse feito a "oração da chuva" lá em Cabaçeiras do Paraguaçu, não teria acontecido àquela tragédia. E por causa dessa contingência, provocada por ele sem querer, a inquietação no espírito perdurou por cerca de uns 3 anos. E isto, muitas vezes o fazia perguntar: meu Paizinho do céu, por que isto aconteceu comigo senhor? E, agora meu Pai, quanto tempo terei que carregar nos ombros esse remorso, que me deixou prisioneiro de mim mesmo? Assim dialogava com o Ser Supremo tentando dissipar os pensamentos ruins que o assolava. Contudo, os tempos pesarosos transcorriam, e quando não estava na barbearia trabalhando ou não estava ajudando as pessoas a se safarem de algum problema, certamente, se encontrava isolado em um local remoto, ouvindo rádio amador, o qual passou a ser o seu refúgio para afogar as tristezas dos últimos tempos. E, em um desses isolamentos espontâneos quase 4 anos após as agruras da tragédia de Cachoeira e de São Félix, aconteceu no mês de agosto do ano de 1936. Ele viajou sozinho sem a companhia dos amigos de pesca e caça direto para a indomada Chapada Diamantina, região distante, 360 quilômetros de Feira de Santana - BA.

A Chapada Diamantina é um dos pontos turísticos baianos mais atraentes, e um dos mais procurados do estado pelos turistas baianos e pelos turistas de outros estados brasileiros, e até, por oriundos de países de outros continentes. Essa vasta extensão de terra é compreendida por 27 municípios que a compõem, formando um dos mais belos recantos da natureza. As suas belas paisagens impressionam a todos que as visitam, através de encantadoras quedas de águas de agradáveis temperaturas; grandes chapadas; bonitas serras e morros tão belos e imponentes que juntos fazem do lugar um dos roteiros obrigatórios para os amantes da natureza; o relevo geográfico apresenta formações rochosas com características de chapadas, que compreende a Serra do Sincorá, com variações de altitudes entre 380 a 1.260 metros; essa variação de altitudes contribuiu para a sua numerosa biodiversidade, onde diversos cursos de água, entre rios e riachos atravessam esse cenário cinematográfico brasileiro, criando saltos e cachoeiras que despertam a atenção e a admiração daqueles que tem o privilegio de vê-los; a vegetação é uma das mais belas e exuberantes da flora do Brasil e do mundo, onde se encontra diversos tipos e tamanhos de árvores e plantas; na fauna, encontram-se os mais variados tipos de animais silvestres, entre eles: tamanduá bandeira, a cotia, o quati, dois tipos de onças: a onça-pintada e a suçuarana. Encontram-se também, a capivara, e outros tipos de roedores, como: coelhos e preás; vários tipos de répteis além de pássaros povoam esse belo habitat selvagem, e ainda, pouco explorado pelo homem. Localizada na região Nordeste do Brasil, o seu clima normalmente é o tropical, com temperaturas que variam entre 18° e 22° graus Celsius. Onde o período com menor umidade, ou seja, com menor número de chuvas vai de meados de agosto até o final do mês de outubro. E a partir desse mês as chuvas são mais abundantes concentrando- se de forma variável nos meses de novembro ao final de janeiro. Nesse período, devido às constantes chuvas, as cachoeiras, os rios e os riachos ficam mais cheios. Sobretudo, no ano de 1936, demorou muito para chover por causa de um fenômeno climático que ocasionou a formação de massas de ar quente que ficaram estacionadas na região como se fosse uma barreira armada pelo próprio vento para impedir a formação de nuvens carregadas de chuva que vinham de outras regiões, e isto, provocou uma estiagem que castigou o lugar durante vários meses. Neste ano, o mais galante tentando se desenredar dos "fantasmas" da tragédia que rondavam a sua cabeça, procurou se isolar para encontrar paz interior, pois ainda se sentia obsedado, devido o episódio triste da enchente. Certo dia, falando das angústias com parentes e amigos, de que gostaria de viajar para espairecer um pouco, soube que, um motorista conhecido, dentro de alguns dias, cortaria de caminhão a "famosa região" com destino à cidade de Barreiras. Porquanto, teve a ideia de lhe pedir carona até o seu bojo. E sem perder tempo aproveitou a oportunidade que surgira e se dirigiu as pressas até a residência do caminhoneiro que ficava distante da Praça, apenas 660 metros. Quando o homem abriu a porta da sua residência para ver quem batia a porta, e viu que quem estava por ali lhe pedindo carona de maneira encarecida era o famoso João barbeiro, ficou sem ação, mas de imediato atendeu ao pedido, porque para ele seria uma honra além de ser um privilégio ter a sua companhia durante algumas horas. Tudo considerado pertinente e necessário para a viaje foi providenciado. E então, 2 dias depois, às 19h00, o rapaz ligou o carro, e saiu de Feira de Santana. Pegou a BR 116 sul, e margeou o município de Santo Estevão; passou por Rafael Jambeiro; cortou o município de Itaberaba que é o portão de entrada da região da Chapada Diamantina para quem sai de Feira de Santana; de Itaberaba passou por Rui Barbosa até chegar a Palmeiras seu destino final, cidade que é uma das mais encantadoras e indomadas do estado baiano do ponto de vista turístico natural. Quando finalmente eles chegaram a um dos pontos mais aprazíveis do lugar o moço parou o automóvel, e lhe falou: chegamos onde você queria! E, digo-lhe uma coisa: esse mundão verde meu amigo que se olha e não se vê o final é apenas o início de uma das regiões mais encantadoras da nossa querida Bahia! O mais galante deu um sorriso assentindo as palavras, agradeceu a carona com veemência, abriu a porta do caminhão e sem delongas desceu da boleia do veículo. E partindo da beira da estrada de rodagem, adentrou a mata, fazendo boa parte do trajeto da região a pé, passando por matas fechadas, por serras e morros. Na mão, tinha um longo facão, que habilmente utilizou para abrir espaços entre os arbustos mais emaranhados e insistentes que cruzavam o caminho. Nas costas se encontrava pendurada duas grandes sacolas, a primeira: continha um lençol e um travesseiro, além de um prato, um copo de alumínio para tomar café, uma faca, uma colher, um cantil cheio de água, feijão, carne de sol, alho, sal, açúcar, farinha de mandioca, rapadura e, uma lona que era para fazer a barraca. Já à segunda sacola, continha: uma rede de balanço e um instrumento que era considerado um dos seus melhores amigos e companheiros de viajem: o fiel, e, quase inseparável rádio amador. Fez uma breve parada como quem quer contemplar algo; e percorreu com os olhos as paisagens e todo o horizonte do lugar. De repente, enquanto observava os recantos da belíssima região, emergiram diante de seus olhos negros, dois morros escarpados e de tamanhos proporcionais, com formas imponentes e apontando para o alto, como "cupins de bois" que são as partes de carne que ficam acima do lombo do animal, próximo à cabeça. O primeiro era dividido em duas partes: o paredão da frente que era semelhante a "cupim de boi" e o outro paredão de trás, mas tão imponente chamado de morro anticlinal; já o segundo morro, tinha a forma mais homogênea parecido com um suculento pudim. Após contemplá-los de baixo em meio às plantas rasteiras que juncavam o solo. Resolveu subir em um deles para que de lá de cima pudesse captar as ondas sonoras com mais facilidade, assim, pensou. E se movimentando como se conhecesse o caminho, deu a volta e foi pelo lado que era de melhor acesso. E, enquanto subia a formação rochosa, inclinação íngreme de cerca de 300 metros, movimentando o corpo: pé ante pé uma mão depois a outra, a escalando como um alpinista experiente. Lembrou-se de maneira repentina de sua inesquecível Zilda, filha única de Teodoro Espanta Leão, delegado da cidade de São Gonçalo dos Campos, da qual recordou com nostalgia e um brilho efervescente no olhar do amor que a ela declarou; da missão que fora submetido, e, do esforço em vão que fizera para derrotar o belicoso feiticeiro. Por fim, da grande decepção amorosa quando na volta a sua residência com o coração cheio de amor para dar e anelando pedir a sua mão em casamento ao seu pai, não teve a oportunidade de encontrá-la cara a cara para que pudesse pelo menos poder lhe explicar os motivos e dizer que estava arrependido de tudo, e que, dali em diante, tentaria ser outra pessoa. Então, pensou: ah, meu Deus eu tenho que arrancar esse amor do meu peito, esse amor que tem mutilado o meu coração. Porquanto, enquanto percorria os caminhos desbravando-os foi sentindo no rosto o vento lhe assoprar ininterruptamente, e, na calça até a altura dos joelhos vários velames que são espinhos selvagens se enroscarem. De súbito, parou de se movimentar, pôs tanto as sacolas bem como a espingarda ao chão. Ajoelhou-se ao latossolo vermelho amarelo do lugar, e de textura argilosa. Fincou as enormes mãos ao solo e cavoucou a terra seca. E, apertando-a entre os dedos, olhou para o alto e exprimiu nas faces do belo rosto a amargura e a dor de ter sido abandonado pela primeira vez na vida, e murmurou: amaldiçoo o amor que me prendeste no laço afetivo de uma mulher; amaldiçoo o "olhar caliente" e cheio de ternura que me enfeitiçou;

amaldiçoo a hora em que a conheceste; e amaldiçoo a mim mesmo por me deixar levar por essa paixão. Todavia, logo em seguida fora acometido por forte sensação de arrependimento, por isso, ainda ajoelhado ao chão, olhou mais uma vez para o alto com os olhos lacrimejantes, e pediu perdão aos céus: Deus meu Pai santo e eterno Senhor, em nome do teu filho amado Jesus, eu te clamo: perdoa-me, Pai, por tudo o que acabei de dizer; perdoa-me, por toda essa indigna murmuração que dos meus lábios impuros proferir; e por tudo isto Senhor meu te peço humildemente perdão. Amém! Levantou-se do solo, sacudiu o pó que havia se impregnado na roupa, pegou os pertences e os pusera de volta às costas. Contudo, antes de seguir viagem, ao olhar ao lado direito, percebeu que próximo de si, um curió, pássaro de pequeno porte e originário de região desconhecida na época, saltitava penosamente entre os arbustos secos, pois estava com ferimento na asa esquerda necessitando de cuidados especiais para sobreviver. Ele então, de forma compassiva se aproximou desse pequeno pássaro e o pegou. E como se a ave fosse entender a sua linguagem, falou: assim como eu ferido estás, mas eu prometo que cuidarei de você meu pequenino! E segurando a ave na mão esquerda com todo o cuidado seguiu o percurso. Já no cume do morro, pôs ao solo tanto os objetos que carregava bem como o pássaro, e levantando o tronco de imediato, colocou uma das mãos na testa um pouco acima dos olhos para poder inibir os raios do sol que o mirava, e como quem queria ver algo, olhou ao derredor, e vislumbrou a espetacular visão da serra do Sincorá, onde em sua base serpenteia a estrada de rodagem que vem do sentido de Feira de Santana para o estado de Goiás; ao sul de onde estava, observou a parte anticlinal do morro; ao norte avistou a outra formação rochosa milenar. Passado algum tempo, armou a barraca entre duas árvores, e a rede de dormir pendurada debaixo, porém, centralizada no meio do abrigo, julgando ser ali local tranquilo para ouvir rádio e esquecer os pensamentos tristes que o rondavam. Durante esse tempo, além de ouvir a respeito da invasão da China pelo Japão que já durava quase 5 anos de ousadia e tentativa de domínio nipônico, ficou sabendo também que, a Alemanha, país pelo qual no passado recente nutria apreço, infringia deliberadamente o "tratado de Versalhes" regime que lhe fora imposto pelas nações vencedoras da "Primeira Grande Guerra Mundial" provocada pela própria Alemanha, a qual esnobando os termos do tratado estava fabricando milhares de aviões de guerras, produzindo navios imensos e poderosos com a tonelagem e a potência superior além do quê lhe era permitido pelo tratado; e ainda, estava convocando recrutas em demasia para o exército. E isto, estava deixando o mundo em suspense, com receio de que uma nova guerra acontecesse, já que à Alemanha sob o domínio do obscuro regime nazista estava se rearmando rapidamente.

Enquanto os dias se passavam, percebeu que a "avezinha" que recebia os seus cuidados dava sinais de que estava se convalescendo, porém, passava também a impressão de que não queria deixar a sua companhia protetora e sair dali tão cedo. E assim, os dias de isolamento foram passando, onde os pensamentos ruins foram se dissipando, ao mesmo tempo em que o pássaro se recuperava. Durante 1 mês, ele ficou no cume daquele morro, longe de tudo e de todos, ouvindo somente o barulho da natureza, o canto dos pássaros cujas aves constantemente se aproximavam da barraca para lhe visitar, além de seu inseparável rádio amador. As informações que chegavam eram abundantes e constantes, e o deixava municiado e cada vez mais inteirado dos assuntos do Brasil e do mundo. Segundo ele: era só buscar com paciência a frequência que queria ouvir no momento, quer fosse de algum estado do Brasil ou de algum país espalhado pelo mundo afora. Certo dia, enquanto atento ouvia as notícias pensou com a alma intrépida: se em algum dia, o meu país se envolver em uma guerra, o servirei com muito honra! Sobretudo, o local em que estava instalado, e que, estava fazendo com que dissipasse as aflições do espírito, apesar de ser muito calmo e deserto, estava também muito seco, devido à escassez de chuva que não caia por aquelas bandas há cerca de 6 meses. Embora tenha pensado de relance em realizar a "oração da chuva" naquele lugar, logo descartou a possibilidade, ao se lembrar da tragédia das cidades de Cachoeira e de São Félix. A barraca que armou como abrigo para o retiro espiritual, ficou bem próximo de um despenhadeiro, o qual era bem escarpado, e somente através de equipamentos especiais de alpinismo, é que era humanamente possível escalá-lo. Tudo porque a sua altitude era mais de 1.000 metros, e isto, significava que, por ser alto e abrupto aquele morro, não permitiria a "alguém normal" que estivesse precisando descer com urgência sair dali tão rapidamente, exceto, pela única entrada que era mais acessível, que vinha por trás.

No dia 25 de setembro de 1936, penúltimo dia em que completava 1 mês, cujo período de tempo fora o que inicialmente planejara permanecer acampado por ali, aconteceu algo inesperado, e aquele dia quente de verão, se tornou um dos dias mais emocionantes de toda a vida. Nesse dia, se deitou na rede de papo para o ar como sempre fazia para ouvir rádio e prestar atenção nas notícias que vinham da Europa. Eram exatamente, 13h30min. Inopinadamente, enquanto ouvia adormeceu, e começou a sonhar que flutuava entre as nuvens e, no meio das "imensidões de fumaça" se encontrava com a sua grande paixão: a bela Zilda da cidade de São Gonçalo dos Campos; e, entre beijos adocicados como nunca haviam se beijado antes desciam juntos e abraçados para um lindo jardim povoado por rosas brancas, vermelhas e amarelas, sobre as quais dezenas de centenas de borboletas multicoloridas adejavam doidejantes, tentando entre elas quem teria a primazia de saborear o fecundante pólen. No momento em que se encontravam deitados em meio às flores, e se beijavam, de forma furtiva começou a desabotoar os botões da blusa da moça. Correu a mão mansamente por baixo da sua roupa para lhe acariciar os "bicos dos seios" sentindo espargir do seu corpo o seu agradável feromônio entrar de súbito nas suas narinas. Entretanto, uma contingência inesperada o fizera acordar assustado. Tudo porque, havia começado uma forte ventania, onde o vento frenético se agitou em forma de um grande funil e levou para o céu como fumaça que sobe para o alto tudo que encontrava na frente. Nisso, sobrevindo com força, bateu forte sobre a fogueira que ele havia ascendido para fazer as refeições, e isto, fora o suficiente para jogar para longe uma brasa que se desgarrou dos tições a qual fora cair a mais de 300 metros de distância. E, ao cair ao chão em meio ao mato e em meio às folhas secas que lastravam o solo, imediatamente, pegou fogo. Como o mato estava seco, logo se alastrou fechando a passagem que era de melhor acesso que existia no sentido contrário da barraca em que estava instalado. Quando acordou e se deu conta do que estava acontecendo, do imenso fogo que havia se levantado naquele ínterim, percebeu que não tinha recursos que pudesse interromper a sua propagação, pois as chamas frenéticas e voluptuosas que foram galopando entre as folhas e matos secos, repentinamente, se alastraram. Contudo, um sinal singelo o despertou. Ao olhar ao lado direito e perceber que o pequeno pássaro que já estava com a asa esquerda curada, bater as asas naturalmente e subir aos ares pela primeira vez, desde a época em que ele o salvara, porém, subitamente, como se estivesse querendo salvá-lo para retribuir o que ele anteriormente lhe fizera, volteou e adejou sobre ele na altura de sua testa, como se quisesse lhe agarrar e dizer: vamos! Subiu um pouco mais para o alto, denotando que não suportava nem mais um segundo a alta temperatura. Volteou o espaço aéreo mais umas duas vezes. Depois, com trinares de desalento, se despediu e incólume seguiu voando e se distanciando para longe, até desaparecer no infinito. Ele então, se lembrou de um artifício que possuía e que poderia utilizar naquele instante para poder sair o mais rápido possível: "a oração do voo". Segundo membros antigos da respeitada "família Crisóstomo" para que uma pessoa pudesse realizar essa oração, seria necessário primeiro, fazer um ritual de longo tempo, o qual era descrito da seguinte maneira: o pretendente teria que ir até as matas e subir nas mais altas árvores até a copa para poder encontrar o ninho do "lendário gavião dourado"; capturar um filhote dessa ave de rapina, mantê-lo preso, e alimentá-lo com sangue humano do dedo mindinho da mão esquerda, ou seja, alimentá-lo diariamente com o próprio sangue, durante 1 ano; e quando o gavião já estivesse com aproximadamente 12 meses de nascido, deveria comer cruas, em observância ao ritual, duas penas da ponta de cada asa da ave, e isto, teria que acontecer em noite de lua cheia, para que quando o pássaro viesse a morrer, a sua alma passaria para a pessoa. Então, somente desse jeito, e através da observância e da prática fiel desse ritual, que a pessoa transportaria para si, a habilidade de voar do pássaro, pois, se tornara parte dele na medida em que fora lhe alimentando com sangue durante as noites de luas cheias. Por fim, depois era só proferir a "oração de voar" no momento desejado, e pronto. Assim diziam os antigos membros daquela importante e distinta família. Por sua vez, o mais galante que sempre fora um aluno dedicado a todas as lições que o seu pai lhe ensinara, não se descuidando de nenhum detalhe, por mais pormenorizado que fosse, pois um dia poderia precisar, assim o pensava. Então, quando o fogo já se aproximava tanto que, assustado já sentia o calor insuportável, e que, de forma irremediável não tinha água disponível suficiente ou chuva salvadora que viesse a cair naquele instante para apagá-lo, proferiu as palavras da incrível oração: ó santo anjo Gabriel, sabemos que se tu quiseres, podes fazer o simples humano que não tem asas voar, e ir às mais altas das altitudes da terra chegar, seguindo firme e rumo ao infinito. Ó anjo Gabriel, voador tu és e contemplador dos ares, por isso, ergo até vós a minha humilde súplica, pois daqui debaixo te admiro imensamente e espero ansioso pelo momento em que tu possas me elevar. Oh, anjo, dar-me esta condição, e me guia nas asas dos pássaros, nas asas dos anjos e nas asas do vento, me faz voar neste momento, amém! Dentro de poucos segundos, imensa felicidade dele se apoderou; assim como fumaça que é uma das substâncias mais leves que existem na natureza, e que se eleva gradualmente para o alto na medida em que o fogo voraz vai consumindo as matérias, e o vento sibilante assopra para onde bem lhe aprouver; quase semelhante fora a sua elevação ao terminar de proferir as benditas palavras. Nessa ocasião, levitou e se sentiu tão leve que nem bolas de sabão assopradas ao vento; sentiu os pelos do corpo inteiro ficarem arrepiados deixando-o em sinal de alerta; o rosto a exprimir emoções diferentes e inusitadas tais quais ainda não havia sentido na vida; sentiu os pés que estavam calçados com botas de canos altos que de forma pressurosa logo as calçou, a saírem do chão, e sendo de súbitos impulsionados para cima, por uma força mágica, a qual não podia ver; e, quando se encontrou na altitude de uns 350 metros em relação ao morro em que estava acampado, com o corpo ereto e estendido como se estivesse em pé, se virou e ficou como se estivesse deitado de buço em uma cama; abriu os longos braços para os lados para se sentir estável; olhou para baixo, e, além de ver as chamas se alongando sobre as matérias e sobre os seres, ouviu com espanto os matos se estalando de dor, pois estavam todos ressecados pela contínua e diária miragem do sol, os quais recebiam de sopapo as linguajadas ardilosas das chamas de um fogo voraz e galopante, que, com apetite insaciável, seguia voluptuoso devorando tudo que encontrava pela frente; viu em seguida a alvoroçada correria dos bichos que com os pés ou patas boas para fuga desabalarem em retirada de cima do morro, fugindo acabrunhados da insuportável fornalha; e, enquanto observava os bichos nativos fugindo pressurosos do inferno quente, mais uma vez, sentiu o corpo sendo impulsionado, só que dessa vez, para frente; onde sentiu um frio intensíssimo na barriga, sensação esquisita que todo ser humano sente quando é submetido às elevadas altitudes, como se o coração e as vísceras fossem de repente sair pela boca. Contudo, subitamente, começou a voar seguindo em direção a uma estrada de rodagem que ficava a uns 180 quilômetros de distância; em pouco tempo, controlou o medo que sentia, e isso, fizera com que a pressão arterial e o bater frenético do coração se estabilizassem; e assim, passou a sentir prazer inenarrável, pois voava naquele exato momento, onde pássaros de todos os tipos, que batendo freneticamente as asas passavam por ele ou às vezes, era ele quem passava pelos pássaros. Enquanto voava entre miríades de pássaros de diferentes espécies, cores e tamanhos, que no céu se misturavam proporcionando espetáculo magnífico, a bela paisagem da Chapada Diamantina era descortinada e contemplada pelos olhos: árvores, morros, chapadas, despenhadeiros, rios, lagos e cachoeiras foram admirados. E, consoante ao que via naquele ambiente paradisíaco, voava baixo, depois impulsionando o corpo para cima subia rapidamente, que dava para ouvir o vento forte como sussurro apaixonado que, além de passar por dentro da roupa, solapando e batendo nas faces de seu belo rosto, assobiava como o apito de um trem. Durante este voo percebeu que, em torno de si a massa de ar era deslocada pela mudança brusca de direção do seu corpo, por isso, como se estivesse fazendo sessões de experiências, girava rápido para um lado e para o outro, ziguezagueava e passava velozmente por entre as árvores daqueles magníficos vales de estonteante beleza. Depois, subia velozmente, mas sempre observando tudo, às vezes diminuía um pouco, e desse jeito foi voando. Até que, em súbito momento tivera que subir na vertical e bem rápido uns 500 metros a mais, para não se chocar de frente com uma formação rochosa que estava em sua direção, que era bem grande. Passado o susto, o voo continuou, e ele, em estado de deslumbramento, ficou observando as coisas de lá de cima, com excelente visão que possuía a qual poderia ser comparada de perto a de uma ave de rapina. Muito embora, ainda estivesse com medo de cair, pois se tratava da primeira vez em que realizara a oração do voo. Em determinado momento daquela fantástica flutuação, olhou com os olhos negros para a imensidão do céu azul, contemplou para o além do mais alto de onde estava, e desejou ir mais acima. Posicionou os braços simultaneamente na mesma direção da cabeça como se espreguiçasse. Retraiu um pouco as pernas como se quisesse se auto catapultar, e com vigorosos impulsos com os pés, subiu para a altura de 12 mil metros, passando sem temor pelo meio das neblinas e ficando acima das plumagens do céu; e com os olhos brilhando quase análogos ao brilho do doce olhar de uma ingênua criança, percebera que as nuvens que se estendiam para todas as direções, eram como colchões de espumas compactadas entre si; e elas eram brancas e transparentes, exatamente, como as via do chão, como se fossem feitas de uma mistura composta por fumaça e algodão-doce. Eram tantas nuvens no céu, e eram tão alvas como neves, que sentiu em seu íntimo e admirado como ficara, que estava diante de beleza estupefata e indescritível. Quando se fartou em contemplar as maravilhas flutuantes, juntou os braços ao tronco, se posicionou de lado e ficou planando durante alguns segundos se preparando para mudar de direção; movimentou os braços novamente primeiro para frente, depois para baixo e mergulhou na imensidão das nuvens como um peixe mergulha nos rios; perfurou-as e desceu para a altura de 1.000 metros apenas; e de lá, continuou com os olhos bem abertos e viu abaixo às casas pequenininhas perdidas entre as árvores daquelas matas; observou-as que uma, era bem distante das outras; viu também, os bois nos pastos pastando e os bezerros recém-nascidos saltitando em volta das vacas; viu pessoas andando no solo como formiguinhas a procura de alimentos; viu animais selvagens, como: onças, veados-campeiros, e um tamanduá grandão, que tranquilamente vagava entre as matas; ao seu lado direito, notou que próximo, passou por ele um grande pássaro de asas possantes, que as batia no ar com imponência como se fossem cata-ventos; era imenso, e mui belo aquele bicho-de-pena; era de cor alaranjada; tinha as patas pretas e o bico esverdeado curvado para baixo que nem bico de papagaio; e ele, o pássaro, o olhou com espanto, que o mais galante sorriu por achar a cena engraçada. Contudo, e enfim, ele aumentou a velocidade o alcançou, o deixou para trás, e seguiu em frente, voando a uma velocidade de 90 quilômetros por hora. Após 2 horas ininterruptas em que contemplara belas paisagens, e diversos personagens residentes e não residentes daquele santuário ecológico, avistou de longe um sinal claro entre as matas, o qual parecia uma serpente que sinuosamente segue em sua trilha. Era a estrada de rodagem da qual ele se aproximava bem à frente. Quando se aproximou de sua margem à esquerda, deu ordem para parar de acordo como havia aprendido, e no mesmo instante, foi descendo lentamente como se freasse no ar, até que, desceu e fincou os pés que estavam calçados com botas de canos altos ao chão, chegando à terra firme e a salvo. Como quem não acreditara no que acontecera, ficou por ali parado por alguns minutos, olhando ora para o alto ora para o derredor, porém, bem emocionado por ter realizado aquele feito, e claro, por ter se livrado do fogo. E com os olhos cheios de lágrimas de emoção, pensou: meu Deus sei que na história humana a maioria das pessoas da terra, nunca gozarão desse privilegio, ficando apenas no imaginário, mas deixando de lado isso o mais importante é que eu tive essa oportunidade, e que foi crucial para salvação da minha vida. Ajoelhou-se ao solo à margem da estrada de rodagem, curvou a fronte, e, em oração agradeceu a Deus por ter se livrado do fogo. Levantou-se resoluto e seguindo na direção que o sol nasce foi embora, porém, deixou para trás vários pertences, sendo um deles um objeto de inestimável valor, como foi o caso do velho companheiro: o rádio amador, do qual tanto gostava, e que havia se tornado durante os anos de agruras um consolo de quase todos os dias.

## Capítulo XII

# A grande pescaria

Quando retornou da Chapada Diamantina, reencontrou amigos e familiares que quando souberam que ele se encontrava em casa de volta da viagem que fizera vieram lhe procurar. Nesse ínterim, com o coração mais leve e o semblante transmudado, devido o precioso tempo que permanecera descansando, falou para alguns sobre o que havia pensado: gente, esse tempo que permaneci isolado e descansando, no píncaro de um morro, lá na Chapada Diamantina, me fez muito bem, pois lá, me sentir livre para refletir sobre tudo, e cheguei à conclusão: que não deverei mais me punir ou lamentar a falta de sorte pelo que aconteceu em Cachoeira, até porque, não foi a minha intenção causar aqueles estragos e nem provocar a morte de ninguém, pelo contrário! Por isso, depois de analisar tudo, é que afirmo para vocês: nós não temos o poder de controlar as coisas, a vida e o tempo, e, ainda, o dom supremo de saber o momento exato em que elas acontecerão. Isto pertence somente ao Deus Todo Poderoso que é o criador dos céus e da terra! Olha! Continuou a explicar com ar aflorado no rosto semelhante ao de alguém que estar sufocado com um nó na garganta e que gostaria de desabafar, e de esclarecer algo para não deixar nenhum resquício de dúvidas: o que aconteceu nas cidades de Cachoeira e de São Félix foi muito triste, e, isto eu confesso com aperto agudo no coração. E, ressalto que por nenhuma hipótese passa pela minha cabeça cometer os mesmos erros para que este tipo de tragédia se repita comigo, que Deus me livre dessa hora! Porém, se eu continuar a me punir, não vai adiantar nada, porque não tenho como voltar atrás! Para concluir o pensamento, externou: o que devo fazer agora é procurar ajudar pessoas necessitadas!

As crises de consciência que tivera e o desabafo que fizera, serviu como descarrego, e isto aparentemente o deixou mais leve, como se daquele dia em diante zerasse tudo e hipoteticamente fosse começar a construir uma nova vida, uma nova história. Não obstante, as coisas voltaram ao seu estado normal. E, enquanto trabalhava na barbearia, como normalmente fazia, em um belo dia ensolarado, dia de segunda-feira pela manhã, um jovem rapaz conhecido como Rafael da Silva Ferreira, acompanhado de sua belíssima irmã que era apenas 2 anos mais nova do que ele, veio cortar cabelo com o mais galante, pois além de ser uma pessoa famosa, era um profissional reconhecido que sabia dar trato no cabelo e mudar as aparências das pessoas para o melhor. Os jovens moravam na Terra Dura, localidade um pouco distante do bairro Tomba, a qual pertencia ao município de São Gonçalo dos Campos – BA, localidade cujo nome "Terra Dura" era devido o local chover com bastante frequência, porém, o solo poroso permanecia quase sempre seco, como se não tivesse chovido momento algum. Algumas pessoas que se consideravam entendedoras de relevo geográfico diziam que, além do solo ser poroso, aquela região fora a milhares de anos banhado pelo Oceano Atlântico, cuja localidade com o recuo das águas possuía muitas cavernas subterrâneas, e elas através de lençóis freáticos, agiam como funil e sugavam a água da chuva com muita rapidez, e esses motivos assomados, na visão dos "supostos geógrafos" explicavam o porquê de o solo permanecer quase sempre seco, apesar de chover com constância por ali.

Enquanto isso, no instante em que vira a bela mulher adentrar o seu estabelecimento de trabalho, a imagem do seu rosto que era considerado pelas mulheres de aparência estonteante cuja beleza excedia a da maioria dos homens e se equiparava a dos deuses gregos, transfigurou-se com o brilho dos olhos negros que ficaram fitos na moça tal qual um ourives fica diante da beleza inestimável de uma joia rara. De repente, eles se entreolharam de uma forma como se estivessem visto algo de outro mundo, e ambos ficaram imóveis como as estátuas ficam em seus pedestais; onde nem se quer conseguiram emitir uma palavra. O irmão astuto em seu observar percebeu o que estava acontecendo entre os dois, entre aqueles olhares trocados, e logo falou: acorda mulher para a vida! Oxe! Parece que ficou lesada! O que é isso? Exclamou interpelando-a, e constrangendo o futuro casal, que de súbito, mudaram a postura. Contudo, e não obstante, ao olhar para a irmã daquele jovem, ele sentiu o coração descompassar e gelar ao mesmo tempo; sentiu as pernas tremerem e a voz sumir de tanta emoção, ao ver quanta formosura e quanta graça existia em uma pessoa. Aquele trejeito gracioso de falar; de andar e de sorrir; que dispensava charme e beleza sem igual. Então, através de gesto afetuoso, deu um sorriso, e sem que o irmão da moça percebesse, piscou o olho direito, para a qual correspondeu com olhar adocicado de menina manhosa, dando-lhe um leve, tímido, mas amável sorriso, demonstrando simpatia e encanto por aquele que era estupendo em suas formas físicas. O nome da jovem era Maria Rosa. Era muito bonita e inteligente. Era professora, e era muito cobiçada na região onde morava. Tinha 1.73 cm de altura; os cabelos eram longos e negros; tez morena clara; olhos verdes; rosto feminino delicado e com voz mansa que despertava encantamento em todos aqueles que tinham o privilegio de ouvi-la. Tinha os lábios vermelhos e carnudos tão atraentes que pareciam que eram singelos morangos que estavam cortados às bandas. Era filha de Fabiano Gonçalves Ferreira da Silva, um homem astuto, e conservador em demasia, o qual desconfiava de tudo e de todos. Segundo algumas pessoas que o conheciam, ninguém por mais que tivesse tentado até aquele ensejo, ainda não tinha conseguido enganá-lo. Já o nome da mãe era Margarida Antonieta Ferreira da Silva, mulher desvelosa, temente a Deus e aos santos. A qual morria de medo de que as suas filhas que ainda eram solteiras e donzelas se "perdessem" antes do casamento, o que para ela, o sexo antes do matrimônio, além de ser pecado proibido pela "bíblia sagrada" lhe traria um desgosto profundo, porque sonhava em ver as filhas ainda virgens se casando nas igrejas vestidas de branco, com véus e grinaldas nas cabeças, sendo acompanhadas por "pajens" e "guardas de honras". O casal Ferreira era muito conhecido na região. Eram moradores antigos e respeitados por todos do lugar, devido não só o dinheiro e os bens materiais que possuíam, mas também, por manterem a palavra em tudo que se envolviam.

Enquanto isso, em 2 semanas apenas, o mais galante com a anuência dos pais de Maria Rosa já estava lhe namorando. E no primeiro dia que compareceu a residência, às 19h00, do dia 12 de outubro de 1936, aproveitou para usar a sua inconfundível voz, para arrulhar no ouvido da moça o que sempre tinha na ponta da língua para engabelar as mulheres: Maria Rosa, tu tens o sobrenome de uma belíssima flor cujo aroma perfuma e encanta os jardins. Você menina é uma mulher completa em tudo: beleza, carinho, afeto e meiguice; é um favo de mel que adoça a boca; é um mavioso sonho que todo sonhador gostaria de conceber; é como água doce e fresca para um sedento perdido num deserto. Você é tudo! E, tudo não cabe em você minha princesa! Ao ouvir as maviosas palavras, a jovem que já tinha os olhos cativos, se rendeu completamente, e se sentiu ainda mais ligada, ainda mais presa a aquele homem que lhe fascinava; semelhante a um sentenciado da justiça, que, ao se encontrar preso e solitário em uma masmorra no alto de uma torre, e, ao olhar ao derredor, não vislumbra saída, só ver água para todos os lados de um negro rio que o cerca. Sobretudo, para desespero do mais galante, nesse tempo, existia um indesejado costume que era peculiar ao povo nordestino de que as suas filhas moças para namorarem, mesmo sendo compromisso sério para casamento, deveriam estar sob a vigilância tanto dos pais bem como a dos irmãos para não deixar brecha para o casal cair em tentação. Por isso, quando pedira a permissão para cortejá-la, os pais disseram: permitimos, mas tem uma condição: namorarão por aqui como pessoas de família de bem, com muito respeito, e sob a nossa vigilância! Sem nenhum tipo de protesto, e, como um passivo missionário diante de sua missão religiosa que lhe fora submetida; o mais galante aceitou os termos da mais nova relação. E, a partir do sim dos pais que permitira o namoro, ia às sextas-feiras, visitar a namorada. Às vezes passava à noite, onde dormia na varanda pendurado numa rede. No outro dia cedo, como era voluntarioso e gostava de se sentir útil, outra qualidade característica marcante do povo nordestino, ajudava nos afazeres domésticos da chácara, como: no tratamento dos animais; no cortar da lenha; na estocagem de mantimentos da roça; além de ordenhar as vacas leiteiras. Passava o sábado e o domingo, e só voltava para a residência no Tomba, na segunda. A fama de "encantador" que usava de "rezas brabas" para seduzir as mulheres ainda não havia chegado por aquelas bandas, pois se tratava de localidade isolada e quase remota. Tempo em que as pessoas que eram oriundas da região, eram chamadas de "Residentes" as quais demoravam a ir a outro lugar, e quando elas resolviam sair, às vezes, já não mais se ouviam falar em determinados assuntos. A explicação de não saírem com frequência, talvez, porque existia na região uma "feirinha" que era usada pelos próprios moradores para venderem e comprarem os produtos básicos de que necessitavam. Entretanto, a fama de herói das criancinhas; matador de "cachorros loucos"; de serpentes e de "bichos encantados" já havia chegado, o que lhe garantiu respeito e admiração por parte de muitos. Sobretudo, a sua presença também provocou mudanças no cotidiano. E consoante à sua fama a casa do "casal Ferreira" se tornara durante determinado tempo, uma espécie de lugarejo de visitação pública: ora eram homens, principalmente, os mais moços e solteiros que movidos pela curiosidade em querer saber quem era aquele homem famoso de perto de quem tanto as pessoas falavam de que: além de ser famoso, a sua beleza física era inigualável. Eles arranjavam pretextos para irem até a casa do "casal Ferreira" e de maneira dissimulada iam confirmar com os próprios olhos se tudo que diziam dele era verdade. Após a confirmação, saiam se corroendo de inveja, e ainda, preocupados com a sua presença entre eles; ora eram as mulheres que instigadas por outras que tiveram o privilégio de o ver, vinham mesmo que de longe espiar aquele homem tão afamado que apareceu por ali. Até mesmo as moças solteiras parentas de sua namorada, que pareciam que não tinham mais nada para fazer, compareciam e não davam espaço para o casal. Elas ficavam a espreita olhando e fazendo todos os tipos de comentários dizendo entre outras coisas, que: Maria Rosa apesar de ser muito bonita não servia para ele, porque ela era sem graça e muito apagada, e que, para um homem com todos aqueles predicados não servia uma "qualquer"! Aquelas visitações quase que diária causava constrangimento em todos da casa, principalmente, em Maria Rosa, que no ínterim, já não aguentava mais o assédio indisfarçável de suas primas que também eram muito bonitas. Por isso, de vez em quando, ela após ficar vermelha de raiva, fazia questão de dizer que: estava tão incomodada com a presença constante das primas por ali, que se sentia sufocada da mesma maneira quando uma pessoa se encontra diante do mau cheiro de um cadáver em decomposição!

Enquanto todo o alvoroço acontecia, o galanteador foi estreitando a relação com a família e, especialmente com os pais da namorada. Nesse ínterim o sentimento que brotou no peito quando a conheceu foi recrudescendo, o fazendo sentir um fogo que o corroía, e que, deixava o seu sangue de nordestino fervilhando como larva de vulcão quando entra em erupção. Contudo, tinha um problema, o namoro era diferente de outros que tivera anteriormente: como já fora dito era controlado de perto pelos pais e pelos irmãos da moça para que eles não avançassem "o sinal". Só era permitido apenas pegar nas mãos. O pai da namorada que fora muito namorador quando jovem, conhecia quase todas as malandragens dos homens, e talvez, por isso, se tornou em demasia zeloso da integridade virginal de sua filha solteira, não dando espaço para que eles ficassem a sós. Onde às noites, durante os encontros de namoro que tinham com antecedência a anuência para namorar em frente da casa, sentados em um banco feito de madeira que existia na varanda, seu Fabiano sempre ficava presente por perto os atrapalhando, não só na conversação que todo casal entabula para se conhecer melhor e estreitar a relação bem como na troca de carícias. Porém, a cada dia e a cada noite que passava sem ser apontado por um dos vigilantes um deslize do casal que os deixassem preocupados, todos os membros da família começaram a confiar mais nele. E até, admirá-lo, não só por tudo o que representava, mas também pela sua postura de sempre agir com muito respeito para com todos e, de obedecer às regras impostas. Por isso afrouxaram na marcação: os irmãos já não mais se esmeravam pelos cantos para vigiá-los, e, após a janta se dirigiam direto para os leitos para dormirem; o pai, embora ainda sentasse no banco entre os dois, não ficava em alerta como antes. Por sua vez o mais galante entre os homens, esperto como sempre fora, percebendo que a marcação familiar não estava mais como no princípio, apesar disso, para poder ficar sozinho com a moça sem a interferência de ninguém, "pensou pelos cotovelos" enquanto se dirigia para a residência da namorada: acho que tenho a solução: se eu chegar às 18h30min, pontualmente, bem na hora em que o café estiver sendo servido para os membros da família, deixando-os ocupados por alguns minutos, terei grande chance de ficar a sós com ela. Então, a partir desta conjectura, passou a chegar exatamente no horário da janta. Chegava todo garboso e perfumado. Cumprimentava os futuros sogros, dizendo: boa noite seu Fabiano! Boa noite dona Margarida! Chamava a namorada que já estava toda ataviada e perfumada só aguardando a sua chegada. Pedia licença aos pais, pegava na mão da moça e seguia de imediato para o banco para poder se sentar ao seu lado. Todavia, o velho que não era "besta" e que, não costumava vacilar nessas horas, fazia o seguinte para ter os olhos vigilantes de pai zeloso sobre as "mãos bobas" de seu futuro genro e evitar certas intimidades entre eles antes do casamento: parava de jantar no mesmo instante em que via o casal se movimentando, abria a porta da sala e seguia os passos. E logo dizia em alta voz para a esposa: eu vou me sentar um pouco ali perto dos "meninos" para poder conversar com eles. Mas por favor, mulher, não se esqueça de me chamar para comer a sobremesa! Ato seguinte se sentava no meio dos dois, puxava um assunto sem graça, trocava três ou até quatro palavras e depois de alguns minutos apenas fingia de maneira cínica que estava adormecendo pendendo a cabeça para um lado sobre os ombros, a qual tinha o formato redondo de "cabeça de alho" embora possuísse queixo cumprido; sobrancelhas grandes e arqueadas; se assemelhando as feições de uma coruja. Cobria os olhos com um chapéu de abas largas para simular que estava dormindo. E, após mais alguns minutos, em que ficara por ali sentado naquele banco estático como uma estátua, de súbito, dizia as seguintes frases para o casal com os olhos entreabertos querendo demonstrar que já estava com sono e que já era tarde: acabou o namoro por hoje, tá na hora de moça dormir! Ao ouvirem a ordem para encerrar a sessão de namoro por aquela noite, o casal se levantava do banco de maneira respeitosa, calados sem dar um pio, para não haver aborrecimento e não contradizer o que o velho Fabiano havia falado. Porém, frustrados em demasia por terem a sensação de que, de alguma forma, mais uma noite foi perdida. E assim, cada um seguia por um caminho diferente para irem para os leitos dormirem: Maria Rosa para o quarto que ficava próximo do leito de seus pais. Já o namorado, decepcionado com a situação, seguia direto para a varanda para se pendurar na rede em que dormia. Contudo, em uma bela noite, do dia 14 de novembro, durante o rotineiro encontro, aproveitou que o pai da namorada, embora estivesse sentado no banco entre os dois para vigiá-los como sempre fazia, titubeou na vigilância e dormiu. Sem perder tempo, de forma sorrateira, deu a volta por trás do futuro sogro que se encontrava inerte sentado no móvel. Passou para o lado onde a moça se encontrava sentada. Sentou-se na ponta do banco, mas bem junto a ela que, além de ouvir o bater do seu coração, sentia a sua ofegante respiração. Pegou em sua mão, e a esticando para ele conduziu-a até o seu colo. E como se a mão da moça fosse um sabonete deslizou-a por quase toda a extensão do seu ventre, para que ela sentisse o grau de inflamação e a extensão da sua intimidade para que através do tato percebesse todo o fervor que há dias ele sentia. E franzindo os lábios falou olhando fixamente para dentro dos seus olhos: Rosinha meu amor! Exclamou sussurrando. Eu não aguento mais essa marcação de seu pai! Eu quero te abraçar apertado minha querida! Beijar essa sua boca linda, quente e gostosa; e fazer você sentir o calor do meu corpo! Por isso, minha princesa! Mais tarde, continuou falando com ardor ululante nos olhos negros como a de um predador selvagem que, faminto pretende devorar a presa ainda viva: quando você perceber que o silêncio do sono tomou conta do ambiente da casa venha sem hesitar me encontrar na varanda onde durmo na rede, que estarei acordado lhe esperando ansioso! Nesse ínterim, Maria Rosa que quieta ouvia todo o desabafo, e amolecida semelhante à manteiga quando fica próximo ao fogo, falou: eu também o desejo muito meu amor, e, não vejo a hora de me tornar a sua mulher! Quando a moça terminou de falar através de sussurros a respeito do sentimento que também sentia, o mais galante soltou a sua mão que segurava no colo sem que o pai dela que dormia sentado próximo percebesse o que se passava ao redor. No mesmo instante, o velho Fabiano começou a despertar do sono. Rapidamente, o galanteador deu a volta e foi para o outro lado, e logo ouviu o velho dizer a velha frase que sempre falava: acabou o namoro por hoje! Eles ouviram em silêncio, se levantaram de soslaio de onde estavam sentados, como alguém que quer ocultar alguma coisa, e em impenetrável cumplicidade de namorados se despediram, dizendo apenas: boa noite! Sem ao menos dar um beijo ou um abraço. E mais uma vez em silêncio se dirigiram para os leitos. Porém, lá pelas 02h00, enquanto as corujas cantavam os langores e os grilos saltitantes convocavam os pares para o acasalamento, e conforme o combinado, Maria Rosa tomou coragem, e saiu de mansinho do quarto ao encontro do carente namorado. Atravessou toda a extensão da casa sem fazer nem um tipo de barulho. E quando saiu pela porta da cozinha e viu que já se encontrava na varanda, acendeu um lampião de luz bruxuleante para enxergar o caminho que teria que percorrer até onde ele se encontrava deitado. De repente, enquanto ele se remexia para um lado e para o outro na rede onde dormia, com os olhos fechados, mas a mente em alerta, pois estava deveras ansioso conjecturando sobre a possibilidade de a moça vir lhe encontrar: será que ela vai ter coragem de sair do quarto sem fazer barulho, andar nas pontas dos pés, passar de relance sem ser percebida pela porta do quarto onde os seus pais dormem, e vir me encontrar? Nesse ensejo, fora surpreendido por mão feminina que veio como serpente maliciosa por entre o tecido da rede, e tocou-lhe como sem querer em seu corpo nervoso: ah, que surpresa agradável meu amor! Fora o que expressou, após dar ligeiro pulo para fora da rede, com ar de luxúria estampado no rosto em meio à escuridão daquela noite, de clima quente. Então, não obstante a escuridão ou até a chegada repentina dos pais de sua namorada, ele, primeiro, rapidamente com um forte sopro apagou o lampião que ela carregava. Em seguida, lhe abraçou. E através do olfato aguçado que possuía, sentiu o eflúvio do seu corpo espargindo como se fosse uma flor que libera o seu inebriante perfume pelo ar; cheiro agradável e instigante de uma fêmea que supostamente, assim pensara: estava pronta para ele! E, ao perceber através do tato que ela estava vestida apenas por uma camisola de renda transparente a qual usava para dormir nas noites de calor, ficou enlouquecido de desejo semelhante a animal carnívoro quando sente cheiro de sangue; por isso, segurando em sua mão a conduziu caminhando pelo varandado, saindo do lugar onde eles se encontravam. Encostou a moça em um canto mais escuro. Jogou o seu corpo fervoroso e embrutecido sobre o dela lhe apertando contra a parede... Correu a mão por entre a vestimenta da moça até a sua "feminilidade" e começou a lhe harpejar como se dedilhasse as cordas de um violão, e falou: meu amor! Não podemos perder nem mais um segundo, pois talvez, essa seja a nossa única chance! Maria Rosa, além de sentir o peso do corpo do seu namorado sobre ela e no "baixo-ventre" a sua enorme mão que estava quente, tocar a sua alma, revirou os olhos, e falou sussurrando: ishhhhh! Ai!... Franziu a língua entre os lábios. Ato seguinte segurou a mão dele fortemente como se quisesse dizer: tira a mão dai, tira não... Em seguida, contorceu o corpo e se esticou toda ficando estática e tremendo na ponta dos pés. Aqui não meu amor! Espera um pouco, pois papai pode chegar e nos surpreender! Falou enquanto revirava os olhos se estremecendo na ponta dos pés como peixe fisgado por anzol. Ele se desgarrou dela por um instante ao ouvi-la falar da possibilidade de serem flagrados. Ponderou um pouco, e se expressou: então, vamos para um lugar seguro onde ninguém possa nos ver! Ela suspirou... Enquanto o cheiro do seu feromônio se espargia pelo ar. Em seguida concordando com o convite respodeu: o.k.! Vamos! Ele sorriu e a abraçou novamente com apenas um dos braços. E junto ao ouvido, perguntou, enquanto que o outro membro superior que se encontrava livre abriu à mão, e, ao lado a elevou ao alto. Fez um sinal gracioso tentando lhe explicar através do gesto que se ela quisesse, eles poderiam voar para longe dali: por acaso, você sabia que através de uma oração antiga que aprendi com o meu pai, eu posso voar como os pássaros? Você sabia? Perguntou pela segunda vez, esperando ouvir a corroboração: sim meu amor! E já faz algum tempo! Respondeu dando um "sorriso matreiro" exatamente, como faz uma pessoa que não estar surpresa com aquilo que lhe fora perguntado. E o abraçando e o atiçando através de afagos, com uma segurança notável, como se quisesse demonstrar que era uma mulher decidida do que queria, que o deixou surpreso. Ele então, já "cego de paixão" logo agiu por impulso e sem pensar direito em supostas consequências. Rapidamente, desarmou a rede na qual dormia pendurado. E, quebrando novamente promessas que fizera há tempos junto a sua desvelosa mãe que não mais "mexeria" com a "honra" das moças filhas de "famílias de bem" e junto ao seu pai que somente proferiria alguma oração benigna quando realmente houvesse necessidade, e que elas, seriam utilizadas apenas para o bem comum. Contudo, e não obstante, abriu exceção como se quisesse dizer: a promessa cumpro depois. Proferiu a surreal oração do voo, e trazendo a moça para junto de si, a abraçou como se pegasse nos braços uma criança pequena; se elevou ao alto na vertical subindo uns 500 metros do solo, e voou. Decorrido poucos segundos de voo, entre mordidas e beijos que de forma carinhosa ela lhe dava em seu pescoço, desceu entre os arvoredos da própria fazenda da família de sua namorada, próximo a emaranhado de cajueiros. E na ânsia em que chegara ao local escolhido para que ali pudessem ficar a sós e a vontade, sentiu o corpo estremecer que nem vara verde quando é lançada ao fogo; e isto, o deixou confuso sem saber o que faria primeiro. Todavia, próximo ao um dos cajueiros que tinha galhos caudalosos e de tronco largo, fora o lugar escolhido para o coito. Como forro de cama, utilizou a própria rede de dormir que havia pegado antes de sair da residência da moça. E agindo com obsequiosidade e deferência cabível, forrou o chão do lugar que estava lastrado com folhas secas da própria árvore, mas o fizera esbaforido semelhante a um andarilho que percorrera uma longa jornada. Enquanto isso, a moça com desvelo de donzela olhava atentamente para todas as direções, pois temia que alguém viesse de surpresa e os flagrassem por ali. Naquele ínterim, à noite estava fresca e os aromas úmidos das frutas dos cajueiros que se encontravam em abundância e espalhados pelo solo penetravam de súbito nas narinas. Contudo, assim que forrou o chão, e sem querer perder tempo e a oportunidade de poder se embrenhar nos braços macios daquela linda mulher, de pé, e de frente para ela, perguntou:

— Você está preparada meu amor?

— Estou corpo e mente meu querido!

— Então, agora você será a minha mulher! O meu refúgio... Sussurrou.

— Oh, meu amor, me estregarei a você com muito prazer, pois, isso é o que eu desejo há muito tempo, porém, só lhe peço uma coisa: que seja delicado comigo, pois você sabe da minha condição, ainda sou virgem!

Não obstante ao que ela lhe dissera, novamente ele a agarrou na altura de sua cintura, cruzou os braços lhe envolvendo entre eles e, apertou-a contra o seu corpo. Enquanto ela suspendendo os dela, os pendurou em seu pescoço com uma firmeza de quem sabia o que queria. Uniram-se as bocas, e se deixaram envolver por lascívia desenfreada; com os corpos colados como se estivessem dançando ao som de uma doce melodia; e fluindo na valsa da luxúria se encostaram ao tronco do cajueiro de forma que se alguém pouco atento visse de longe, pensaria que era só uma pessoa que estaria grudada em seu tronco. E, entre declarações de amor, de beijos sedentos e apertos ardilosos, desabaram ao chão. E, ele, envolvido por volúpia arrebatadora, semelhante à onça faminta, pois parecia que queria devorá-la de uma só vez, que, primeiro: enquanto ela desenredava o cinto de sua cintura e tentava lhe retirar a calça. Ele, por sua vez, rasgou a camisola de renda da moça, e afogou o rosto entre o seu busto feminil que já estava desnudado para o seu deleite. E para aumentar o grau de prazer, se embolou sobre ela pelo solo de maneira semelhante que nem os cães sarnentos fazem. E sem nem um pudor do que estava fazendo, lhe atacou mirando toda a "tensão" em seu ponto crucial de fruição, tentando suprimir o desejo que há muito fora estimulado. E, logo a donzela se vira envolvida por sentimentos sôfregos mais desejados; arfares nervosos de medo não controlado; dizeres de bem-querer; e, até, supostos pedidos para parar foram escutados; mas isto tudo assomado não fora o suficiente para impedir que acontecesse primeiro: estremecimento venéreo sinalizando positivamente o caminho a ser percorrido. Embora isto tenha sido seguido por afagia sequenciado por ruptura, se deu inversamente à concepção de bebê; em segundo ela soltou um grito abafado como se fosse um lutador de boxe quando recebe um poderoso golpe no estômago; além de sentir na região venérea dor aguda semelhante ao corte de navalha bem como ao o arrancar de um rígido dente queiro; viu estrelas refulgentes povoarem a sua mente; enquanto sentia fluir do ventre fios de lágrimas quentes de cor escarlate, celebrando uma nova etapa na vida, que a fizera pensar que o tempo havia passado em minutos, e que naquele instante, apesar de tudo, já era uma mulher de verdade e que sentia vontade de rir e de chorar ao mesmo tempo. Enquanto isso arpejos torpes continuavam a lhe apoquentar provocando gemer e sussurros onde um vento ousado e também sussurrante soprava intensamente sobre a plantação rasteira do local, sobre os galhos das árvores e sobre os corpos; ao mesmo tempo em que o solo testemunhava a eterna movimentação de vai e vem de uma labuta intima travada no campo de batalha da luxúria em que os corpos sedentos eram as armas de combate. Dai a pouco um brado se ouviu. E respirares masculinos medonhos e profundos simbolizou a finalização do ato. Onde os corpos desnudados que se encontravam deitados no solo sobre uma rede de balanço, ocultos e a sós para que ninguém os visse naquele cenário pitoresco, de súbito, pararam de se mexer; e mórbido silêncio e langor inesperado os tomaram de assalto; as temperaturas corporais que estiveram em estado de ebulição vulcânica, descambaram de forma considerável; passando para os estados de repouso de sono, com olhares além de absortos, esticados para o céu a espiar a lua e o movimento inquieto das estrelas. E assim, as horas se passaram e logo começaria a clarear. Era, portanto, hora de voltar correndo para a casa antes que os pais dela acordassem. Ela se enrolou na rede cobrindo a sua exuberante nudez feminina, e ele novamente com todo o cuidado como se ela fosse uma criança pequena a pegou nos braços, pois ela já se desfalecia de sono. Deixou para trás a camisola de renda que estava destruída e manchada de sangue, e de volta para a casa da moça voou rápido. E antes que os futuros sogros acordassem Maria Rosa já estava em seu quarto dormindo o "sono de mulher", ferida, mas feliz.

Com o passar dos dias, e com as idas e vindas à casa de sua namorada, foi se enturmando ainda mais com os outros membros da família, e, inclusive, com as primas da moça, com as quais também mantivera romances secretos e ardentes. E da mesma maneira que fizera e fazia com Maria Rosa, ele em segredo as pegava no colo como se fossem bonecas e voava para algum local longe dos olhares dos pais e parentes. E sem nenhum remorso, mas com anelo uma a uma, as deflorou e consumou o desejo do seu corpo sedento, porém, todo o segredo um dia ou uma hora é revelado. Enquanto isso, e, um pouco antes do escândalo moral abalar as estruturas da família que deixaria as imagens das moças ignominiosas perante a sociedade, com os futuros incertos em relação a casamento, ouvira com deferência detalhes de boatos que falavam a respeito de um gigantesco bicho que, além de provocar medo estava deixando as pessoas encafifadas tentando desvendar o mistério de como e, quando fora que surgira na lagoa, ali próximo a mais ou menos uns 2 quilômetros de distância da casa de Maria Rosa. Muitas pessoas, talvez, medrosas ou imaginativas em excesso que costumavam frequentar à casa que pertencia aos futuros sogros disseram ter escutados ruídos que vinham das águas, e outras afirmaram ter visto no seio da lagoa, a sombra de um pavoroso bicho que se mantinha submerso como se perfidamente esperasse que as suas presas vacilassem e que entrassem para que ele pudesse devorá-las, o qual vagava de um lado para o outro, dava sopros fortes e espirrava água para cima cerca de uns 10 metros de altura. Enquanto as histórias no dia a dia eram contadas, os rumores sobre suposto monstro aquático que atacava as pessoas em uma lagoa no município de São Gonçalo dos Campos, estado da Bahia, ganhou repercussão. E logo um jornalista baiano que gostava de histórias sensacionalistas, publicou-a no jornal de grande circulação nacional, a qual em pouco tempo percorreu o Brasil inteiro. Nisto, um carioca formado em biologia e especialista em ictiologia (Ciência que estuda os peixes) se interessou pelo caso. E, imediatamente, após fazer as malas, veio para a Terra Dura, para tentar desvendar o aparentemente insolúvel mistério da lagoa. Era um homem descendente da nobreza brasileira; de tez clara; cabelos lisos caindo sobre o rosto; e com ar aflorado de intelectual; usava "óculos de cientista" sobre o nariz; e era bastante vaidoso daquele tipo que gosta de obter para si os olhares e os aplausos. Era formado pela Universidade Federal do Rio de Janeiro e pós-graduado pela Universidade Federal de São Paulo, o qual trouxe como auxílio para fazer experiências e concluir as suas conjecturas biológicas, várias "bugigangas" e alguns artefatos, como: manômetro, que era para medir a pressão da água e a sua profundidade; termômetro que era para medir a temperatura; barômetro: aparelho importante sobre o qual tentou, mas não conseguia explicar de maneira simples e compreensível quando alguém lhe perguntava a respeito para qual era a finalidade; além de alguns vasinhos cumpridos de vidros com cerca de 20 centímetros de comprimento por 6 de diâmetro, nos formatos redondos, onde no interior continha fórmulas no estado líquido, e cada fórmula possuía uma cor diferente. Todo o aparato era para fazer as análises necessárias que pudesse esclarecer cientificamente se havia alguma matéria orgânica ou resíduos biológicos ou químicos na água que supostamente tenha causado o exacerbado aumento no tamanho do suposto bicho. Além disso, ainda trouxera equipamentos eletrônicos e materiais de acampamento e, montou uma cabana de lona de tamanho médio, distante 200 metros da margem da lagoa, que era a distância mínima de segurança julgada necessária para impedir que o monstro aquático saísse à noite e o devorasse quando ele estivesse dormindo. E assim, durante determinado tempo em que chegara, e que ficara por ali acampado, próximo às margens da lagoa, observando os movimentos das águas: calculando, medindo e tentando dia após dia diagnosticar o que era que realmente habitava as profundezas, onde o povo curioso que queria saber os detalhes de tudo que estava acontecendo, dia após dia, o seguia como bezerros que seguem as vacas para mamarem em suas suculentas tetas. Todavia, o tempo foi passando... Passando... E nada do homem considerado por muitos do lugar, ser um intelectual admirável, solucionar aquele problema e livrar o povo daquele bicho aquático amedrontador.

Enquanto isso, dois meses depois, dia de sexta-feira do dia 18 de dezembro do mesmo ano, o mais galante entre os homens foi "bater cartão" normalmente como sempre fazia após tê-la conhecido, e, naquele ínterim, com o consentimento do "casal Ferreira" já era a sua noiva, ou seja, fora mais uma vez para a casa de seus pais para cortejá-la. Chegando lá, ficou sabendo que naquele dia ainda cedo pela manhã, o comentado bicho da lagoa, havia feito mais uma vítima, atacou um cavalo, e deixou uma enorme marca em seu corpo, e essa marca era bem maior do que à mordida de um jacaré, e só não o devorou por inteiro, porque o dono estava em uma canoa por perto na hora que aconteceu o ataque, o qual percebendo o perigo que o animal corria, pegou a espingarda e atirou por diversas vezes no bicho o espantando para longe. Porquanto, por muita insistência das pessoas que frequentavam a casa da namorada, em falar naquele assunto, e por ter ouvido alguém dizer que o monstro que existia na lagoa, poderia sair de onde estava e pegar alguém, e que, um cientista renomado que veio do Rio de Janeiro, se encontrava no local tentando descobrir aquele mistério, fazendo experiências há dias tentando resolver aquele problema sem conseguir, o deixou encucado, o qual logo perguntou ao irmão de Maria Rosa, a respeito de tudo aquilo que estava acontecendo e onde era a casa do dono do cavalo que fora atacado naquele dia. O rapaz se mostrou solicito e para responder o seu questionamento lhe contou que, a casa do homem que tivera o animal abocanhado naquela manhã, ficava distante uns 900 metros dali, seguindo para quem vai à direção da lagoa que era emblemática, sobre a qual se falavam de lendas e mistérios não desvendados. E, entre tantas histórias, talvez, fantasiosas, duas versões ao longo dos tempos ganharam corpo, a primeira era o seguinte: segundo algumas pessoas que eram moradores antigos daquela região próxima a lagoa, o bicho que habitava as profundezas daquelas águas, e que atacou alguns animais, era um ser antigo que vivia por ali a milhares de anos, da época em que a região ainda era banhada pelo Oceano Atlântico, cujo ser dormiu profundamente durante muito tempo, e que agora acordou esfomeado, saiu da caverna para atacar mortalmente tudo que entrasse na água. Porém, outros moradores oportunamente desmentiam com veemência a primeira versão difundida, e diziam que: o bicho que atacava naquele lugar, era simplesmente uma antiga lenda da qual os seus antepassados falavam, que era uma baleia adulta e, macho, que fora amaldiçoada pelos pais, a viver em água doce como peixe, distante de toda a família por ela a baleia, ter traído a confiança da sua espécie, ao se aliar, aos eternos inimigos, os terríveis tubarões brancos. Continuando, disse, que: de acordo com mergulhadores experientes, que tinham o costume de mergulhar por aquelas águas antes de o bicho aparecer, ela deveria ter aproximadamente uns 250 metros de profundidade em seus pontos mais profundos, e cerca de 770 metros de extensão de norte ao sul, e, 690 metros de leste a oeste. A partir dessas informações, o mais galante demonstrou interesse em resolver de uma vez por todas, aquela emblemática questão, que há tempos perturbava os moradores da região. Nesse mesmo dia, por volta de 15h00, lá ia ele, com insondáveis pensamentos, seguindo a pé o caminho de estrada de chão, indo direto para a casa do homem que teve o cavalo vitimado. E nesse trajeto, encontrou algumas pessoas que também seguiam na mesma direção, e elas, foram comentando umas com as outras com espanto em seus semblantes sobre o fato estarrecedor que acontecera naquela manhã. Chegando à casa do homem que teve o cavalo mordido pelo bicho, todos os curiosos que se dirigiram para esse local, e inclusive, o mais galante, constataram que a marca que se encontrava visivelmente no corpo do animal, não era feita por um jacaré como muitos pensaram inicialmente. E ao olhar atentamente com o seu olhar perscrutável para o animal morto que estava em cima de uma carroça, e, após analisar todo o emblemático caso, subiu em um tronco de árvore que estava próximo para que do alto pudesse ser visto e ouvido, e falou alto e, em bom som: pessoal, chamo agora a atenção de todos vocês que aqui estão presentes, o que faremos? Porque a meu ver temos que tomar uma providência necessária e urgente, pois não podemos ficar refém, aceitando passivamente o que está acontecendo aqui! Por que se por acaso, em vez de ser um animal que seja atacado, seja um homem ou uma mulher, que desavisados venham tomar banho? E o pior, e se for uma criança? Nesse momento todos que estavam presentes reunidos naquele lugar uns em pé e outros sentados em bancos de madeira que foram dispostos pelos donos da casa para que as pessoas que se dirigiam para lá pudessem se acomodar, e inclusive, o tal biólogo, ficaram calados sem dar um pio, e sem esboçarem algum tipo de reação que indicassem que tomariam alguma atitude em relação ao que o famoso João barbeiro dissera, mas balançando as cabeças que nem as lagartixas fazem em cima dos muros, olharam uns aos outros com olhares de constrangimento, embora depois, concordaram que alguma coisa deveria ser feita. Ao perceber através das evidências que foram apresentadas e que se mostraram serem irrefutáveis de que realmente existia um monstro gigantesco por ali, e que os preparativos para pegá-lo deveriam ter a mesma proporção do seu tamanho. Porquanto, de forma proativa e antes que alguém tomasse iniciativa, e, utilizando conhecimentos de pescaria que adquirira ao longo da vida, como bom pescador que era. Criou um estratagema e, nele visualizou todos os apetrechos que deveria usar. E entabulando conversação novamente com as pessoas, os inquiriu primeiro quem era residente da região para que de forma educada solicitasse daqueles que se identificaram: 100 cavalos bons de cela, e, como era dia de sexta-feira, dia em que na localidade tinha "feira" ele mesmo foi ao açougue, e com o próprio dinheiro que dispunha nos bolsos comprou "um quarto de boi" a parte traseira inteira de um boi grande e gordo, para servir ao grande bicho como isca, além de comprar vários pedaços menores de carne e cerca de 20 litros de sangue. Pediu também, por obséquio, que alguém da região, de forma voluntária, providenciasse sem delongas duas cordas grossas cada uma com pelo menos 400 metros de comprimento, e, se não as achassem com esses comprimentos específicos, que comprassem sete ou oito cordas menores e emendassem-nas. Trouxessem também, uma barra de ferro mais grosso do que a largura de um braço de um homem, com 5 metros de comprimento, e que localizassem por perto um ferreiro experiente e habilidoso, para que o mesmo pudesse afiá- la e envergar a ponta com precisão, para que ficasse semelhante ao um anzol. Todos os ouvintes que se dispuseram a ajudá-lo se retiraram do local, e foram depressa para casa, para providenciar o que lhes foram requisitados. No outro dia, lá pelas 18h00, todo o apetrecho que o mais galante encomendara as pessoas, já estava disponível no local e pronto para ser utilizado naquela "grande pescaria". O lugar germinou de gente e se assemelhou a um formigueiro assanhado se preparando para a guerra. E toda a movimentação de pessoas, os preparativos e a profusão de objetos que se encontravam disponíveis para a imensa empreitada que seria realizada, despertavam espanto e, curiosidade. Porém, o que mais chamou a atenção foram exatamente os 96 cavalos que foram ajuntados, porque eram monumentais e se constituíam entre as criações de equinos da região nos mais possantes que existiam, pois eram de todas as raças e cores: cavalos pretos, ruços, pardos, vermelhos, malhados, brancos e ruço malhados e, ainda, alguns burros e alguns jumentos que eram acostumados com a labuta do trabalho pesado de tração animal. Todos foram trazidos espontaneamente pelos donos para que pudessem contribuir efetivamente naquele esforço colossal para livrar o povo daquele bicho. Entre aqueles animais, havia um cavalo bem grandão, parrudo, preto, e arisco com orelhas brancas, que era bem elogiado por todos daquele lugar, cuja estirpe era admirável, pois era descendente de animais, cujas façanhas eram de suportar três vezes mais o peso do que outros tipos de raças de cavalos. Ele então, assim que os equinos foram trazidos pelos próprios donos, chegaram, começou a preparação da batalha. E no vasto terreiro do homem que havia perdido no dia anterior o cavalo, implantou a estratégia para pegar o monstro. E com o auxílio de algumas pessoas que ele mesmo escolheu entre os muitos voluntários que ali se encontravam dispostos se oferecendo para ajudar, juntou os arrojados animais em 12 fileiras de oito, seis no lado direito e seis no lado esquerdo. Nas primeiras filas, colocou os mais espertos e os mais fortes, e os demais nas últimas fileiras. Com cordas menores entrelaçou os animais nas cordas maiores e os amarrou como se fossem puxar uma grande carroça. De um lado e do outro utilizou cerca de 100 metros de cada uma das cordas. As pontas as amarrou no cabo da barra de ferro, cujo ferreiro já havia afiado e envergado a ponta. Pegou a carne de boi que havia comprado, e como era muito forte, sem precisar da ajuda de ninguém, enfiou-a na ponta do improvisado anzol. O ajeitou em cima da garupa de um cavalo raçudo e troncudo, e sem delongas, seguiu à frente puxando a corda e conduzindo os animais, marchando em direção à lagoa, mas sendo seguido de perto por multidão de curiosos. E tal qual um desfile militar que chama atenção por onde passa; fora um verdadeiro alvoroço nas ruas por onde passava a comitiva de cavalos sendo puxado por aquele homem famoso. As pessoas, tanto homens bem como as mulheres, e, inclusive, crianças de quase todas as idades, saíam correndo como loucas do interior de suas residências carregando nas mãos velas e lampiões de quase todos os tipos e formatos que existiam, se prostravam próximas às cercas: uns, em cima dos galhos das árvores e outros com os filhos pendurados pelos pescoços, mas todos atentos e estáticos nas margens da rua em que a comitiva passaria, para que pudessem assistir de perto a passagem daquele comboio espetacular que segundo eles, livrá-los-ia daquele monstro. Porquanto, enquanto a comitiva passava, elas gritavam dando vozes de incentivos para o mais galante entre os homens: vai lá João, mata aquele bicho para nós! Outras diziam: acabe com ele meu amigo! E, outras: que Deus te abençoe te ajude e te guarde!

Enquanto isso, o tal biólogo que tinha perdido toda a atenção sobre si, e enciumado morrendo de raiva do galanteador, com a cara estressada semelhante a um maluco, dizia para as pessoas que encontrava pelos estreitos caminhos do lugar: que aquele homem além de ser ignorante era louco, e que as pessoas eram tolas em acreditar no que ele havia falado! Mas o povo apesar de estar alarmado com tudo que estava acontecendo, também estava esperançoso com o que poderia acontecer, por isso, não deu mais nem ouvido e nem atenção as suas palavras.

Por volta de 20h30min, à comitiva chegou à beira da lagoa. Onde o solo era arenoso, mole e úmido; as águas estavam serenas e uma brisa cobria sutilmente o espelho d'água; onde a lua murcha, escondida entre grossas nuvens, não se fez presente naquela noite com poucas estrelas no céu; no rosto de muitas pessoas notava-se que um vento frio que lufava de tempo em tempo, batia e arrepiavam-lhes os pelos; o qual também assoprava as folhas das plantas e das árvores de maneira sussurrante como se as beijasse. Por sua vez, o mais galante que tinha sobre si os olhares atentos das pessoas que os seguiram, e outros que já se encontravam no local, pegou fortemente o anzol, e o colocou com a isca já preparada dentro da canoa. Contudo, e nesse ínterim, muita gente curiosa, tanto homens bem como mulheres, começaram a chegar, vindo de vários lugares daquela imensa região, para verem o famoso João barbeiro, matar o grande bicho, onde parecia que aquela empreitada as margens daquela lagoa, era verdadeiramente, o destino final de uma romaria. Em determinado momento, quando a multidão já se encontrava compactada na margem da lagoa, na expectativa de que o mais galante pegasse o mais breve que fosse possível o tal monstro, um rasga-mortalha pássaro emblemático da região do Nordeste do Brasil, sobrevoou a margem da lagoa trinando o seu canto, deixando as pessoas temerosas: meu Deus misericórdia senhor! Já outras movidas pelo mesmo medo, fizeram o sinal da cruz sobre as frontes para se defenderem espiritualmente. Enquanto isso, o mais galante se sentou em uma grande pedra que ficava na beira da lagoa e se pôs a pensar contemplando as águas com olhar absorto, cujas profundezas quase inacessíveis, um ser prodigioso e ignoto de tamanho colossal se ocultava em seu meio, o qual era o responsável pelo arrepiar de cabelos da população que povoavam próximo as suas margens. Neste instante, um senhor de meia idade com expressão séria demonstrou estar preocupado, aproveitou que estava próximo a ele e lhe perguntou: oh João, como é que você vai saber à hora em que ele vai aparecer? Se é que vai aparecer hoje! No exato momento da pergunta, o galanteador da forma mais humilde possível, simplesmente, sem dar resposta diretamente ao perguntador, primeiro fez o sinal da cruz sobre o peito, depois com a mesma mão fez um gesto indicativo para o homem como se quisesse dizer: você verá! Levantou-se da pedra resoluto, caminhou em direção a onde se encontravam os cavalos alinhados, pegou alguns pedaços de carne e os 20 litros de sangue de boi, que ele mesmo havia comprado no açougue. Caminhou novamente, só que em direção a canoa. Entrou na embarcação com os pedaços de carne que havia pegado. E manuseando os remos com os braços fortes seguiu cerca de 200 metros lagoa a dentro. Enquanto que algumas pessoas falantes em sua borda ficaram olhando e comentando; outras apenas ponderavam e faziam conjecturações. Ao chegar ao ponto escolhido na lagoa, jogou na água para atrair o bicho, tanto o sangue bem como os pedaços de carne de boi. Tibum: foi o barulho dos pedaços de carne ao caírem na água, os quais, já exalavam cheiro forte de azougue, devido o tempo que haviam sidos separados e preparados para a pescaria. Retornou para a beira da lagoa, e ficou a esperar alguma reação do bicho que incógnito se mantinha oculto nas águas. Passado meia hora, em meio às conversações das pessoas que se encontravam presentes na beira da lagoa, outro rasga- mortalha cruzou o espaço aéreo trinando o seu canto perturbador, onde mais uma vez as pessoas ficaram temerosas, e mais uma vez disseram: misericórdia senhor! Nesse ínterim, surgiram na água, algumas bolhas, vindo de baixo para cima, como se algo ou alguma criatura poderosa estivesse vindo à tona, respirando com força e desprendendo oxigênio, formando bolotas de ar na superfície. De repente, a água barrenta começou a se mexer rapidamente, e único e ruidoso jato de água se elevou à altura de uns 15 metros, o que deixou a todos que viram a água subir semelhante à larva de vulcão quando entra em erupção, espantados. Os quais se perguntaram uns aos outros que tipo de bicho no mundo seria capaz de fazer aquilo? Rapidamente, o mais galante que já havia remado rápido para a beira da lagoa, pediu, por favor, que alguém segurasse a corda, e que ficasse à frente dos cavalos, e orientou a outro que segurasse em punho cerrado um chicote, caso viesse precisar bater nos animais para imprimir mais força. Foram dois homens respeitados da região, chamados de: Manoel Gouveia e Pedro de Florentino. Eram de meia idade, mas arrojados e, fortes o suficiente para atender com eficácia aquela missão, que logo que foram escolhidos ficaram dispostos e ariscos. O primeiro ficou a frente dos cavalos segurando a corda, e o outro, segurando o chicote de acordo como lhe fora recomendado. Após convocar os dois homens para aquela desafiadora missão, o mais galante remou pressurosamente à embarcação de volta para o ponto na lagoa onde se encontrava o bicho. Jogou o anzol com a carne presa para o fundo da água, e ficou esperando que o grande monstro fisgasse a sua isca. E não demorou em que o "monstro" abocanhasse o engodo que fora preparado com muito cuidado e nos mínimos detalhes. Ao perceber que o bicho fisgara a isca, o mais galante ainda dentro da canoa, ficou olhando fixamente para o redemoinho que fora produzido violentamente nas águas após a criatura aquática abocanhar com força o anzol e o arrastá-lo para baixo. Pegou o remo novamente, e retornou rapidamente para a beira da lagoa. E já fora da embarcação, e, em terra firme, observou o grande monstro continuar arrastando o anzol com força descomunal para o fundo do abismo. Ao perceber que faltavam para sumir totalmente dentro da água apenas 65 metros da parte da corda que não estava na água bem como a parte que fora utilizada para arregimentar os cavalos, o mais galante entre os homens de maneira astuta fez sinal com as mãos e deu ordem para que Manoel Gouveia que estava em terra firme e à frente dos equinos segurasse a corda com bastante força para puxar para frente os animais. O tal homem que estava determinado a ajudar a acabar com aquele monstro, começou a puxar a corda, forçando os monumentais quadrúpedes a andarem para frente, e a puxar para cima com bastante força aquele ser pavoroso. Todavia, a corda continuou a sumir dentro da água, sendo arrastada para o fundo. E, quando faltavam mais ou menos uns 40 metros, o mais galante gritou para Pedro de Florentino que estava segurando o chicote, para que o mesmo batesse nos cavalos para forçá-los a fazerem mais força, para que pudessem içar o bicho para fora da água. Contudo, mesmo com o desprendimento total da força daqueles cavalos de raça, a corda continuava a sumir dentro da água, embora com mais lentidão, estava sumindo aos poucos, indo para o fundo da lagoa, onde o grande bicho se encontrava. Por sua vez, o mais galante ao ver aquilo, começou a se desesperar, e por isso, começou a coçar a cabeça seguidamente, num tique nervoso súbito e incontrolável. E quando faltavam apenas: 30 metros de corda, ele correu em direção as pessoas que estavam amontoadas e inquietas, mas olhando tudo da beira da lagoa: uns, se encontravam em pé e outros agachados só observando o que se passava naquele cenário. Rapidamente, ao se locomover em direção a elas, ele gritou de forma estrepitosa implorando e gesticulando através de seguidos gestos com as mãos, para que elas por obséquio pudessem vir depressa segurarem a corda ou então, até mesmo os cavalos parariam no fundo da lagoa. Cerca de 80 homens dos mais corajosos e robustos que existia na região e cerca de 20 mulheres com espírito masculino atenderam ao pedido e correram rapidamente. E se somando ao mais galante entre os homens seguraram a corda com força e determinação. Naquele momento, uma aparente união se estabeleceu, e com a força dos 96 possantes animais, assomado à força das 101 pessoas, nessa contagem incluía o galanteador que na época, detinha força em seus músculos que era equiparável a mais de oito homens fortes. A velocidade com que a corda descia para o fundo da lagoa parou e se estabilizou. E perdurou por cerca de uns 4 ou 5 minutos. Após isso, eles perceberam que, em vez de afundar descendo lagoa abaixo, naquele instante, havia invertido o curso. E como um balde cheio de água que através da corda e da tração humana é erguido do fundo de um poço; de forma semelhante o bicho estava sendo erguido direto para a superfície, e isso, talvez, tenha passado na cabeça de muitos que era um sinal positivo de que naquele momento eles haviam conseguido dominar a terrível criatura. Força! Força! Força! Gritava o mais galante para as pessoas que de maneira voluntária o ajudavam a puxar a corda, e o povo obediente, e aparentemente disposto a lutar até o fim, obedecia, puxando com a força que dispunham nos braços, tendo no meio das canelas a lama vermelha do solo que no entorno da margem da lagoa era úmido. Enquanto que algumas pessoas que eram mais idosas ou mulheres "dondocas" que preferiram apenas ficar olhando com os lampiões nas mãos para iluminar aquela noite escura, em que a lua não se fizera presente, a multidão voluntária se esforçava à exaustão puxando a corda a qual através do anzol, se encontrava presa na boca do monstro, num compasso determinado pelo mais galante para derrotar aquele imenso animal aquático, que surgira de forma incógnita. Bata o chicote nos cavalos: dizia para aquele que estava com o chicote em punho cerrado. Outra vez ele gritava: puxe os cavalos, dizia para aquele que estava a frente dos animais.

Enquanto a multidão que se encontrava com as mãos grudadas e os pés sujos do barro mole do local se esforçava ao máximo de suas forças puxando a corda, Manoel Gouveia e Pedro de Florentino, também faziam o que lhe couberam que fizessem, o primeiro: puxava a corda a frente dos animais; e o segundo, com o chicote em punho cerrado batia em seus lombos e nas pernas para forçá-los a andarem para frente, como se o chicote, fosse a batuta de um maestro que obedecia ao subir e ao descer dos tons musicais de harmoniosa melodia. Porém, naquele ínterim, de calmaria e relativa estabilidade da corda, quando muitos pensavam que o grande bicho já estava dominado, que era só questão de tempo para içá-lo para fora, que irremediavelmente venceriam aquela terrível refrega, foram de súbito, surpreendidos por grande repelão. E esse fortíssimo solavanco que o monstro empregou, estremeceu os braços de quem puxava e ainda ocasionou à queda de alguns no lamaçal do lugar. A inesperada reação do monstro provocou espanto e fizera com que a corda de forma ininterrupta começasse a afundar na lagoa novamente, embora a multidão continuasse empregando força tentando puxá-la para cima. Sobretudo, para desespero de algumas mulheres que gritavam estrepitosamente com todas as forças das gargantas, porque não se conformavam em verem aquilo acontecer, a corda, continuamente e de forma assombrosa foi descendo ainda mais para os recônditos mais profundos da lagoa. Nisso, afundou 140 metros de corda que havia sido puxada para a superfície, depois mais 30, enquanto as pessoas ainda tentavam segurá-la, mas o bicho com força desproporcional e reavivado puxava-a para o fundo. Enquanto tudo isso acontecia o temível pássaro chamado de: rasga-mortalha pela terceira vez naquela noite cruzou o espaço aéreo cantando o seu canto de terror, fazendo com que um rapaz de nome desconhecido que ajudava a segurar a corda, com o rosto afogueado da pressão que estava sendo submetido, e pensando negativamente no sinal que a ave agourenta repetidas vezes havia anunciado, titubeou e gritou: eu não vou segurar mais não, pois as minhas mãos estão pegando fogo e eu não aguento mais! Isso, foi à deixa para que todas as outras pessoas que estavam colaborando puxando, também abandonassem "o navio afundar", ou seja, de medo e influenciado pelo primeiro que deixou de puxar, também largassem a corda ser arrastada para o fundo. Então, quando restavam apenas 48 metros da corda que ainda se encontrava no seco entre aspas, acima da superfície da lagoa, a maioria das pessoas começou a largar a corda, um a um, foi largando com medo exacerbado de ser arrastado para o fundo da lagoa, e com isso, se tornassem presas fáceis e fossem devorados de maneira voluptuosa pelo bicho. Muito embora, o mais galante entre os homens ainda gritasse como louco para que as pessoas não desistissem e não largassem à corda, deixando com aquela atitude, o monstro livre para levar consigo para o abismo os cavalos. Mas não teve jeito, as pessoas contaminadas pelo medo soltaram à corda, e a força que o grande bicho fazia para baixo na tentativa de sobreviver, era inegavelmente imensurável, que até os cavalos, começaram a fraquejar e a relinchar de forma alvoroçada, que deu dó de ver aquilo, pois os mesmos, de maneira forçada pelo grande monstro aquático começaram a dar marcha ré sem freio seguindo em direção à lagoa, onde alguns tropeçaram e caíram em seguida se enlameando no solo úmido do local. O pânico se instalou e logo tomou conta de quem estava presente, ao ver aquela cena estarrecedora, daqueles pobres animais: uns ainda em pé e outros caídos no lamaçal sendo arrastados à força e de forma irremediável para as águas. Todavia, quando alguns dos pobres equinos já se encontravam na margem úmida da lagoa, e outros já em contato com a própria água molhando as patas e prestes a afundarem na massa líquida, pois estavam todos amarrados e não podiam se soltar o mais galante entre os homens que estava observando aquilo acontecer, e que, há alguns segundos também já havia soltado a corda, se ajoelhou sobre o solo úmido do lugar, fez o sinal da cruz sobre o peito, abriu os longos braços e os ergueu aos céus. E sem se importar com as pessoas que se encontravam por perto no momento, proferiu palavras mágicas que seriam a salvação dos inocentes cavalos: ó poderoso santo São Jorge todo o mundo sabe da força e do poder que tu tens, pois poderoso e diligente tu és nas batalhas! Porquanto, envie para mim a força dos poderosos e dos bravos guerreiros que enfrentaram os mais difíceis desafios de suas vidas. Meu santo São Jorge, envie para mim a força de Sanção; a força do gigante Golias;

do bravo Hércules e do pequeno mais poderoso Perseu. Ó meu santo São Jorge, a necessidade chegou e a batalha é agora, estou clamando por ti, vem me socorrer nesta hora! Meu poderoso santo São Jorge conceda-me neste instante, grande força que seja arrasadora e necessária, para que eu possa vencer esta terrível batalha. Amém! Enquanto a vozearia inquieta na beira da lagoa se fazia ouvir com mais fragor, ele continuou o bater de lábios proferindo--a. Ao findar, teve a sensação de que grande energia de forma furtiva invadiu o seu musculoso corpo. Era energia intensa, mágica e poderosa que veio de baixo para cima, e o tornou mais forte naquele instante. Então, energizado por incrível poder, rapidamente, e sozinho, sem a ajuda de ninguém. Com rapidez segurou a corda novamente. E nessa feita, com mais força e firmeza, começou a puxar a corda para cima. Após puxar em pé e de frente, ficou de costas para a lagoa, pôs a corda em seu ombro musculoso que parecia que era feito de aço. Fincou os pés no chão arenoso, mole e úmido do local, e forçou com toda força que tinha adquirido através da oração que proferira. E assim, começou a se mover na direção contrária do monstro e passo a passo, foi puxando a corda para cima, centímetro por centímetro, metro por metro, e apesar dos fortes solavancos que o bicho dava de vez em quando, ele segurou a corda firmemente, não dando espaço para que o grande animal se livrasse. E para o espanto e admiração das pessoas que ainda se encontravam presentes observando tudo, prosseguiu firme e inabalável. Nessa impressionante luta para içar o grande bicho para fora da água as suas mãos quase sangraram de tanto esforço que fizera para derrotar o imenso animal aquático. Esta disputa de "cabo de guerra" entre o incrível João barbeiro e o grande bicho da lagoa: foi feroz, indescritível e inimaginável para um ser humano. E durou a noite inteira, e parecia que daria empate. Todavia, com inquebrantável obstinação, o mais galante continuou na luta sobre-humana de maneira firme. Com isso, amanheceu. E, nos primeiros clarões da aurora, por volta de 06h00, de domingo, o monstro fraquejou. E finalmente, o mais galante entre os homens conseguiu içá-lo para fora, em meio aos olhares de admiração das pessoas que ainda se encontravam presentes na beira da lagoa, as quais, aos gritos, exclamaram: eu não estou acreditando! Outras diziam: isto é incrível, que força é essa, meu Deus! Enquanto outras admiradas ao testemunharem aquela fantástica pescaria, falaram: nunca vimos algo assim, é extraordinário! É fantástico!

Enquanto isso, primeiro: saiu de dentro da lagoa sendo arrastado à força pelos indomados braços do galanteador à imensa cabeça da criatura, que tinha preso em sua boca o enorme anzol que fora improvisado, o qual varou de um lado a outro da mandíbula inferior, trespassando entre os dentes, e entre a língua da sua colossal boca, que mais parecia ser à entrada de uma caverna. Segundos depois, saiu o restante do volumoso corpo, que de forma encarniçada se debatia para um lado e para o outro batendo fortemente a monstruosa cauda contra a massa líquida, espirrando água para todos os lados como se quisesse dizer alguma coisa. Quando saiu totalmente da água, os curiosos que ainda se encontravam na beira da lagoa aguardando o desfecho daquela questão, e até aqueles que ajudaram a puxar a corda em determinado tempo, ficaram espantados ao verem o tamanho. Enquanto distante da margem, uns 30 metros mais ou menos, o mais galante entre os homens, sozinho, ainda puxava a corda arrastando a massa de carne para fora, metro a metro, centímetro por centímetro, utilizando a força física que possuía nos indomados membros, que era quase perene e que nunca fora vista por aquelas bandas. E das faces do seu belo rosto que ora ou outra se contraia se podia ver que suor lacrimejante vertia e escorria torrencialmente para os membros inferiores. Ao ser içado completamente para fora, o corpo do grande animal aquático saiu destruindo quase toda a plantação que nascera próxima à lagoa. E todos os presentes puderam ver quão grandioso era o seu tamanho. Era tão grande e tão largo que ocupou espaço enorme na beira da lagoa, onde outrora ficavam diversos tipos da vegetação local. Naquele instante, homens e mulheres que estavam presentes na beira da lagoa, os quais estavam armados com foices, facões, machados, paus e enxadas, e, outros, com espingardas, correram rapidamente para cima do grande monstro, e com a ajuda do galanteador, começaram a lhe alvejar de todas as formas e por todos os lados, enquanto que o bicho aquático com a força que ainda lhe restava nos músculos, sacudia a enorme cauda para um lado e para o outro, o que ocasionou a morte de três pessoas desatentas, as quais morreram esmagadas. Sobretudo, depois de muito pelejarem, finalmente, conseguiram matá-lo. Onde cheiro forte de sangue batido misturado a odor de peixe foi sentido no ar no entorno da margem da lagoa.

Segundo relatos dos açougueiros que foram chamados para dispostar à carne e distribuir com a comunidade local e adjacências, o monstro que fora pescado, pesava mais ou menos uns 48 mil quilos, ou seja, 48 toneladas de carne, ossos e gordura; mediu 21 metros de comprimento; nas arcadas dentárias possuíam 28 pares de dentes, e cada dente mediam 17 centímetros de comprimento, com cerca de 700 gramas cada; notaram que parecia ser um peixe, pois possuía brônquios, órgãos que lhes permitem respirarem enquanto submersos; a estrutura da sua espinha dorsal era semelhante à de peixe, mas não era peixe, porque o mesmo não possuía escamas; o sabor de sua carne era igual à de vários outros animais só que juntos em um só corpo, o qual tinha na cabeça um buraco enorme parecendo o formato de uma foice, que era por onde saía à água que espirrava. Assim disseram os açougueiros.

## Capítulo XIII

# A mais bela das criaturas

A incrível história da pescaria realizada pelo mais galante na lagoa da Terra Dura correu rapidamente por "aquelas bandas" e até nas outras cidades próximas à Feira de Santana, se ouviu falar a respeito dessa impressionante façanha. Por isso, quando ele era encontrado nas ruas, algumas pessoas além de reverenciá-lo como súditos diante do rei; davam glória a Deus por ele ter livrado o povo daquele bicho amedrontador; enquanto outras diziam enquanto ele passava: que homem é este? Que força é esta que possui? De onde vem todo este poder? Outras respondiam: este eu conheço! É João barbeiro o filho primogênito de Francisco, filho de Manoel! E, a força que possui, vem das orações que herdou de família!

Passaram-se 6 meses após matar o grande "monstro" da lagoa e apenas 2 de ter rompido o noivado com a bela Maria Rosa, por motivo de infidelidade de sua parte ao manter em segredo durante todo o tempo de namoro sério, encontros amorosos com as primas gêmeas da moça que eram quase tão belas quanto, as quais eram chamadas de: Judite, Olga e Luana. Contudo, apesar de se encontrar ainda um pouco abatido com o término do romance que para ele era muito valoroso sobre vários aspectos, reuniu forças e se preparou para mais uma viagem ao rio, e mais uma vez seria acompanhado pelos companheiros de pescaria e caça. E o destino foi Xiquexique, município que fica localizado na margem direita do rio São Francisco, próximo às divisas de outras importantes cidades do estado da Bahia, como: Ipupiara, Itaguaçu da Bahia, Pilão Arcado, Ibotirama e Barra. Xiquexique fica distante de Feira de Santana, cerca de 480 quilômetros, e foi criado em 06 de julho de 1932.

Durante os preparativos para esta viagem, ardil no agir como sempre fora se dirigiu ao centro da cidade em Feira de Santana, e como havia pré-selecionado o que necessitaria para levar para a pescaria, comprou pólvora e estopim para que pudesse fabricar bombas caseiras que usaria para pescar. Assim que comprou no centro da cidade todo o material funesto, mas necessário para a fabricação dos explosivos, voltou apressadamente para casa. E através de conhecimentos adquiridos no "tiro de guerra" começou a produzir as armas. Manuseando folhas de papel, primeiro fazia os moldes das bombas, utilizando como base ou um copo de alumínio ou um de vidro, onde os "tais" ficavam semelhantes a suportes de guardar baterias de rádio, só que, um pouco maior; enchia-os com pólvora, e os fechava na base; colocava no interior uma das pontas do estopim com cerca de 8 centímetros de comprimento, e a outra ponta com o dobro do tamanho deixava para fora; com cordão grosso, dava voltas e mais voltas em toda a extensão, o enrolando num ângulo de 360° graus por diversas vezes, de modo, que ficassem bem firmes. A velha tática que utilizava bombas para pescar era mortal, desnecessária e, até criminosa. Primeiro, jogavam-se os alimentos do tipo pedaços de "carne verde" é assim que é chamada por boa parte da população do Brasil, a carne do boi que fora abatido no dia ou às vezes, utilizava o próprio sangue do animal, para que os peixes se aglomerassem em curto espaço na água e em torno da alimentação que fora jogada como isca; por fim, ascendiam os estopins, jogavam as bombas na água, as quais, ao caírem em local onde o engodo fora devidamente preparado: detonavam e matavam muitos peixes, tanto grandes bem como pequenos, que ficavam mortos boiando na superfície. Então, era só alguém que soubesse nadar, entrar no rio, com o auxílio de binóculo, caso precisasse mergulhar para pegar os peixes que estivessem no fundo; uma boia inflada, para possibilitar maior permanência flutuando sobre a água; e um saco de nylon para ir pegando os peixes que estivessem mortos. Contudo, eles não tinham a consciência de que a tática nessa época fosse criminosa, a qual matava tanto grandes bem como pequenos. No entanto, tudo estava pronto: as redes de pescar, as espingardas para caçar, e, inclusive as bombas caseiras que o mais galante com muito cuidado as preparou. Nessa viagem, passaram primeiro por uma cidade chamada de Serrinha, para pegar algumas redes de pescaria que estavam com Aceno da gaiola, que, sem comunicar ao dono havia emprestado ao primo Jerônimo que morava naquele pequeno município. A cidade fica após Santa Bárbara, para quem pega a BR-116 norte, saindo de Feira de Santana, e fica antes das cidades de Teofilândia e Araci; de lá, seguiram até Conceição do Coité; de Coité pegaram sentido inverso do extenso território baiano como se estivessem descendo no mapa de cabeça abaixo; se deslocaram até Riachão do Jacuípe; e foram até Serra Preta; partiram de Serra Preta e cortaram ao meio o território da cidade de Ipirá; passaram também por Baixa Grande; desceram para o centro-sul indo até Macajuba; foram para Mundo Novo de onde seguiram o destino passando por Piritiba; logo após, atravessaram o município de Morro do Chapéu sentindo na pele um dos climas mais baixo do estado; daí em diante, o carro seguiu rodando e cruzando mais algumas cidades, como:

América Dourada, João Dourado, Irecê, Presidente Dutra, Itaguaçu da Bahia até chegar a Xiquexique. Onde nesse trajeto levaram quase uma semana viajando para o rio São Francisco nas proximidades do município citado. Já na beira do rio como de costume armaram a barraca de dormir com as aberturas laterais bem amplas para que ficassem a favor do vento para espantar as incomodas muriçocas que à noite infernizam a vida dos pescadores. Como repelente de insetos eles colocaram para queimar próxima a barraca, esterco ressecado de gado, que tem cheiro forte e que por isso serve como incenso para ajudar no combate aos pernilongos. Enquanto isso, as horas rapidamente se passaram, e logo o astro-rei se escondeu entre as nuvens grossas e compactas, onde o manto negro que cobre a terra com a pretidão de súbito chegou, deixando-os sem a boa visão do dia. Como a comida já estava "pronta para ser servida" jantaram. Contudo, e como de costume durante a noite que se estendia sobre as cabeças, e, enquanto ainda se encontravam acordados entorno da fogueira, eles aproveitavam para colocar alguns assuntos em dia. Nessa feita, Guará foi quem primeiro puxou um desses assuntos:

— Gente, certo dia: ih! Ih! Ih! Deu uma risadinha tipo a das hienas seguido por sorriso de "canto de boca" como se preparasse para contar uma de suas histórias mais engraçadas que faria a turma rir: houve no mato uma reunião entre a bicharada, o juiz, foi quem primeiro chegou, seguido do delegado, e assim por diante: do enfermeiro e do professor. Eles queriam decidir através de votação de quem era a responsabilidade de catar o lixo que era jogado aleatoriamente nas florestas pelos caçadores. Mas quando

Guará começava a entrar no clímax da fábula, Bacheiro, primo do mais galante, o interrompeu, e sem nem um tipo de constrangimento em cortar a conversa do amigo, falou:

— Dizem por ai que a filha de Olga de Juventino, virou "mula de padre"! Vocês ficaram sabendo sobre isso? Exclamou em tom de perplexidade, mas "deixando uma deixa", para quem quisesse fazer algum tipo de comentário. Foi quando seu Timóteo se expressou questionando a incredulidade das pessoas em relação às graves consequências que acontece quando se anda "fora da linha":

— As mulheres precisam entender que, com "essas coisas" não se brincam, pois se envolver amorosamente com padres e desvirtuar um homem "santo de Deus" do caminho de santidade e adoração é profanar o que é sagrado! Temos que ter muito mais reverência e respeito meu povo! Concluiu admoestando a todos a agirem com sabedoria e prudência.

— E, com isso, deixando o mundo virado de ponta a cabeça, disse Zé Briguento, na sua "paciência de Jô".

— Lá vem "Deus-que-me-livre" falando coisas sem pé nem cabeça. Ressaltou Aceno fazendo caretas, refutando os dizeres do amigo que se dera em meio a ilustrações.

— O pior seu Timóteo, falou Bacheiro sem se importar com o que Aceno dissera. Existem alguns detalhes que o senhor não observou: são os pais das moças que não tem culpa alguma de suas filhas se envolverem com os padres. O senhor já pensou no drama pelo qual eles passam? Certamente deram boa criação, simples, mas uma boa e honrada criação. No entanto, o resultado não é o esperado, pois não tem como prevê e evitar que essas coisas aconteçam. Dá até dó de ver: tem pais, por exemplo, que entram em depressão, e, outros morrem de desgosto. Porque além de saberem que as suas queridas filhas, criadas com todo desvelo, cometeram este tipo de pecado, ainda por cima se transformaram em aberrações. E, os padres? Continuou. Coitados! Depois de serem desvirtuados, porém, por suas próprias vontades, isto tem que ser registrado! Porque eles não são pegos à força pelas mulheres. Perdem a comunhão com Deus, e passam a viver uma vida errante, pecaminosa: entre bordéis e bebidas, o que acaba influenciando e desvirtuando muitos fiéis da paróquia, que, desiludidos, se afastam das igrejas e passam a murmurar e a desconfiar dos sacerdotes. Deus tenha piedade dessas almas! Alguém exclamou de maneira irônica em alta voz ao ouvir aquilo tudo. Em seguida, deu gargalhada sonora fazendo pouco-caso. Nisso, outro personagem sem querer participar daquela ironia, se movimentou e se sentou perto dele. E com ar sisudo, resolveu falar sobre outro assunto que muitas pessoas, talvez, pouco experientes ou de maneira teimosa ainda insistam em não acreditar que acontece: Totonhe, filho de Haroldo do feijão. Iniciou a conversa. Está todo entrevado em cima da cama, tudo por causa do "vento mal" que sacolejou em seu corpo na hora em que ele acordou, abriu a porta e saiu da casa com o corpo ainda quente. Em consequência: o lado esquerdo do corpo: pé e mão estão empenados e duros, semelhantes às garras de uma ave. Além disso, um lado do rosto: a boca, um dos olhos e o queixo estão tortos, com parte da boca, e os dentes à mostra parecendo um cachorro louco quando range e mostra as presas para alguém. Continuando, falou: duas rezadeiras já foram às pressas para a sua casa para tentar resolver o problema. Tomara que dê jeito! Falou Vela branca após se aproximar do homem e se sentar ao seu lado com uma xícara na mão cheia de café.

Entre essas e outras conversas em que eles discorreram sobre vários assuntos, alguém que bocejava e que já estava sonolento argumentou que eles deveriam ir dormir naquele instante para que pudessem acordar no dia seguinte com mais energia e disposição. E o argumento que pareceu ser sensato foi assentido por quase todos. No outro dia, acordaram cedo, comeram os desjejuns que foram previamente preparados, os quais foram feitos à base de aipim com "carne de sol" assada, acompanhados por café preto, cheiroso, fresco e feito da hora. Após o café pegaram as redes de pescaria, se dirigiram para a beira do rio, e começaram a armá-las em pontos estratégicos, na distância de um para o outro de apenas 10 metros, que era o suficiente para cercar os peixes que por acaso escapassem das bombas. Quando as redes já estavam devidamente instaladas, saíram da água, ascenderam os estopins e jogaram as bombas, onde ao caírem em local em que se encontrava grande quantidade de peixes em torno da alimentação, detonaram, matando dezenas tanto grandes bem como pequenos. Porém, ao invés dos peixes ficarem boiando mortos na superfície, isso era o normal que sempre acontecia afundaram como por mistério. Então, disseram uns aos outros: vai ser necessário alguém mergulhar para pegar os peixes que afundaram nesse local que é muito profundo! Durante segundos houve silêncio entre eles, sem nenhum demostrar reação de que se disponibilizaria naquele momento para mergulhar, embora era sabido que todos tinham experiência em mergulhar, e, ainda estivessem com roupa de banho, preferiram apenas ficar quietos. Contudo, o mais galante entre eles, acompanhado de Dedê se apresentaram para a missão, já que eram os melhores mergulhadores do grupo. Todavia, quando Dedê foi se aproximando da beira do rio, caminhando alegremente através de seus pés achatados em forma de peixe, se dirigindo pela pedregosa margem, tropeçou em uma pedra que havia no caminho, a qual, por descuido não viu, e logo caiu ao chão gritando: ai minha perna! Na queda, além de se esparramar atabalhoadamente indo direto com as "fuças" ao solo, além de quebrar o binóculo que usaria para enxergar em baixo da água, machucou a perna funestamente um pouco abaixo do joelho esquerdo, ficando impossibilitado temporariamente para mergulhar. Com o imprevisto, restou apenas o mais galante entre eles, embora, o mesmo jamais houvesse hesitado nessas circunstâncias. E após analisar o que havia acontecido com Dedê, pegou o binóculo de mergulho, o punhal, pegou também um saco para ir colocando os peixes que encontrasse dentro da água, em seguida, se dirigiu caminhando para o rio. Ato seguinte mergulhou. E já em baixo da água começou a pegar os peixes que encontrava mortos. Contudo, durante a faina da catação dos peixes, e na medida em que, os encontrava e os colocava dentro do saco, algo inesperado lhe chamou atenção. Ao ver próximo de um tronco de árvore que apodrecido jazia submerso há algum tempo por ali, um enorme surubim, peixe grande, que tem a cabeça comprida e achatada em forma de boca de aspirador de pó, com dois bigodes semelhantes a fios elétricos que ficam de um lado e do outro da boca, que tem a coloração escura em seu dorso, ranhuras embranquecidas nas laterais, pintas normalmente negras em quase toda a extensão do corpo e que possui ventre claro. E que, chega a medir na fase adulta, cerca de 1.50 centímetros de comprimento, e pesar cerca de 50 quilos, cuja espécie é encontrada em quase todos os rios do Brasil. Como estava com o punhal que o auxiliava nas pescarias para matar aqueles tipos de peixes dentro da água ou cortar redes ou cortar cordas dentro do rio. No mesmo instante, amarrou o saco em uma pedra e resolveu persegui-lo, desenvolvendo através dos braços e, das pernas que eram boas para a natação, velocidade estupenda, de 16 quilômetros por hora. Assim como o gato que quando vê o rato começa a persegui-lo de imediato; assim, fora a implacável perseguição a aquele grande peixe de água doce; e estava alucinante. Quando de repente, o surubim entrou no meio de "locas" que são esconderijos aquáticos, parecidos a cavernas, as quais são formadas através da erosão da água que dia após dia bate nas mesmas, formando as tais locas que são usadas pelos peixes menores, como rota de fuga para escapar de seus predadores naturais; rapidamente, o surubim com o corpo liso e habilidoso como um verdadeiro habitante das águas, passou por elas, e o mais galante por sua vez de forma sagaz seguiu atrás nadando. E mesmo sem conhecer o local e saber se dava para passar ou não, conseguiu locomover o seu corpo entre as fendas bem no meio dos labirintos submersos. Mas, ao realizar os movimentos em zigue- zagues entre os labirintos feitos de pedras entrou em uma das fendas mais estreitas que existia que parecia que cada vez mais se fechava sobre ele. Ele ponderou rapidamente e para sair pelo espaço que estava a sua frente, colocou os pés contra as paredes de pedra, retraiu um pouco o corpo para trás, com os braços colados ao corpo, e quando simultaneamente impulsionou os pés forçando-os para ser catapultado, o pé esquerdo deslizou para o lado e ficou preso em uma das fendas de enorme rocha que existia. Ele o puxou por diversas vezes tentando se desgarrar, mas não conseguiu. A pedra era muito grande e ele necessitaria de tempo para fazer algo. Então, para que não morresse afogado, deveria impreterivelmente se concentrar, e realizar um truque que havia aprendido ao longo dos anos em que fora aos rios pescar, o qual era descrito da seguinte maneira: ao mergulhar às vezes em grandes profundidades quer fosse ao mar, quer fosse aos rios mais profundos, se concentrava totalmente, semelhante a praticante de yôga; desse modo, inspirava forte, e prendia a respiração fazendo com que o pulmão inflasse semelhante a pequeno balão para reter boa quantidade de oxigênio, cerca de 5 litros de ar, quantidade suficiente para oxigenar o cérebro, e que o permitisse manter os órgãos e o corpo funcionando no período em que estivesse submerso; e, aos poucos, liberava oxigênio, mas era lento tanto que, mesmo para um médico por mais experiente que fosse e que o examinasse não perceberia os sinais vitais. E por isso, corroboraria que estaria morto. Essa técnica lhe permitia ficar em baixo d'água por muito mais tempo do que qualquer outro homem normal poderia resistir. Porém, às vezes durante a utilização ou até mesmo ao iniciar os procedimentos de inspiração e respiração ele "apagava". Enquanto isso, após permanecer submerso por 48 minutos, com o punhal que usava para cortar cordas raspou as laterais da rocha onde o pé se encontrava preso e, finalmente conseguiu removê-lo e sair incólume do lugar. Quando foi à tona, e saiu do rio com o saco cheio de peixes. Viu que, os seus amigos, sem exceção, já estavam bastante angustiados na borda do rio, mas sem arredarem os pés dali o esperavam. Os semblantes demonstravam preocupação com a demora dele debaixo da água. Mas, ao vê-lo emergir e sair com o saco cheio de peixes pendurado no ombro e caminhando incólume em suas direções, perguntaram de maneira comedida:

— O que foi que aconteceu João? Por que você demorou tanto tempo? Já estávamos preocupados.

O mais galante pôs o saco de nylon cheio de peixes ao chão e olhando para as suas fisionomias que ainda demonstravam preocupação, fez sinal com a cabeça, e respondeu:

— O meu pé esquerdo de forma curiosa ficou preso numa fenda de uma enorme pedra, após eu ter começado a perseguir um grande surubim, coisa que sempre faço quando mergulho. Por isso é que eu demorei. Porém, não precisavam se preocupar comigo, pois já havia conversado com vocês sobre isso.

— João! Falou o senhor Seu Tino seriamente. Vou lhe dizer uma coisa meu amigo: embora saibamos através de você que o seu corpo ao ser submetido às orações que aprendeu ao longo dos anos, passou por transformação e o capacitou a desenvolver maior velocidade para nadar e enorme resistência, permitindo que possa ficar mais tempo debaixo d'água do que qualquer outro homem. Embora saibamos disso há algum tempo, ainda, não nos acostumamos com essa situação. Por isso, foi que nós nos preocupamos, quando você depois de mergulhar demorou. Até porque João! Exclamou: você permaneceu 48 minutos desaparecido debaixo d'água meu amigo! Concluiu o senhor Seu Tino.

Ele olhou para o rosto de Tino e percebeu que o homem estava falando com sinceridade, por isso, respondeu:

— Tá bom! Exclamou agradecendo os sinceros sentimentos. Muito obrigado por vocês se preocuparem comigo, isto é uma prova de que realmente são meus amigos! Agora, deu dois passos para junto do saco que estava abarrotado de peixes, o pegou e o jogou de volta ao ombro, e falou: vamos para o "rancho" que estar quase na hora do almoço! Na hora da sagrada refeição, todos estavam sentados em volta da fogueira e em torno da barraca, onde eles sem delongas comeram muitos peixes, muitos pitus, e caças de variadas espécies que foram abatidas por Dedê, mesmo ele se encontrando com a perna machucada. Tomaram goles de cachaça e fumaram cigarros feitos de fumo-de-corda, e expeliram das bocas e narinas fumaças embranquecidas e vivas que logo se dissipavam no ar. Quando finalizaram a refeição Bacheiro chamou a atenção de todos, e perguntou:

— Gente! Exclamou pedindo atenção para si naquele instante. Nós ainda vamos pescar com bombas agora à tarde?

Seu Tino foi quem primeiro respondeu:

— Vamos Bacheiro! E, perguntou: por quê?

— Por nada! Só queria saber! Respondeu irresoluto. Na verdade, se vocês não fossem pescar agora a tarde, eu tiraria uma sestazinha. Era isso! Concluiu fazendo cara de garoto abobalhado.

Naquele instante todos se entreolharam, porém, nada disseram, apenas ficaram calados fumando cigarros, sem se importarem com a futilidade que foi dita naquela hora por Bacheiro. Porque cada um de forma individual ficou mergulhado em seus pensamentos: Tico o mais comilão da turma, ficou conjeturando a quantidade de lenha que teria que recolher para alimentar a fogueira durante a noite, e imaginando também o que seria feito de especial para comerem na janta; Dedê que era exímio mergulhador ficou lamentando consigo o infortúnio que causou o ferimento em sua perna, e a impossibilidade temporária que lhe tirara o prazer que sempre tivera de mergulhar; Seu Tino ficou pensando em sua família que ficara em casa aguardando o seu regresso; já João barbeiro o mais romântico entre eles, ficou pensando com ardor ululante nos olhos negros, nas belas mulheres que conheceu, e nos seus belos corpos de curvas perfeitas e irresistíveis que as tais possuíam; os outros componentes do grupo ficaram discutindo a respeito da gama de peixes que existia naquelas águas e sobre a quantidade que gostariam de pegá-los.

Lá pelas 15h00, quando o sol começava a se preparar para se baixar no firmamento, todos foram para o rio pescar, uns com anzol, outros com tarrafas, e os demais, incluindo o galanteador, foram pescar com bombas. Ao chegar à beira do rio perceberam que o mesmo estava muito mais cheio do que pela manhã, e que certamente, assim falaram uns aos outros, que o rio naquelas últimas horas tinha recebido muita água dos seus afluentes. Então, Dedê que também já estava na margem, se aproximou um pouco mais se agachou na borda e ficou emudecido por alguns minutos observando os movimentos frenéticos das águas que deslizavam o seu leito passando-as em procissão como se estivessem em convulsão. Levantou-se. Olhou para os demais. E falou:

— É como pensei meus amigos, parece que agora vai ficar mais difícil pescar! Porque quando o rio fica cheio desse jeito, com as águas ruidosas e barrentas: os peixes ou são arrastados para outro lugar distante ou se escondem nas locas, não subindo, dificultando a pescaria, tornando-a inviável a sua prática.

Naquele instante começou uma rusga entre eles:

— Lá vem "Filhote de cruz-credo" falando besteira! Disse Aceno da gaiola torcendo a boca para um lado de modo irônico. Vamos deixar de lado essas lendas, essas besteiras de gente tola, e vamos fazer o que tem que ser feito. Salientou contrariando o ponto de vista de Dedê.

Todavia, Dedê logo respondeu as críticas que recebera:

— O.K., Aceno! Já vem você me aviltando novamente, e expondo as suas opiniões sem graça. Não quero entrar em confusão com você agora, por favor! Respondeu contrariado. E, convidando os outros a entrarem na conversa para darem uma opinião, perguntou: e ai pessoal, o que é que vocês acham?

— Aceno, poupe o seu amigo pelo amor de Deus! Você não perde uma oportunidade, não é? E, Dedê, chamou a atenção do amigo. Desculpe-me, mas eu concordo em parte com o que Aceno acabou de falar, vamos pescar, sem ficar pensando se vai dar certo ou não.

— Tudo bem! Mas sempre é assim: não posso dar uma opinião, que logo Aceno me critica, e ainda por cima, vocês sempre dão a razão para ele! Exclamou de sobrecenho fechado.

Seu Timóteo entrou em ação fazendo a parte da "turma do deixa disso" e para apaziguá-los, falou:

— Vamos parar com essa discussão boba por aqui minha gente, oxe! O que é isso?

Vituperou-os com autoridade de ser o mais velho do grupo.

Por alguns segundos houve silêncio entre eles. Porém, alguém interrompeu, e falou: questão.

— Olha, vamos pescar e deixar de lado o disse me disse, e pronto! Finalizou a Então, cessaram-se as rusgas, e o grupo reunido em uma só compactação foram para a beira do rio. Embora, Dedê embeiçado, pois ainda estava contrariado, procurou se manter distante de Aceno que foi aquele quem lhe criticou. Nesse ínterim, alguns deles jogaram pedaços de carne e ração para os peixes se aglomerarem novamente, e ficaram esperando o momento certo de jogarem as bombas. Passado 30 min, foi que os peixes começaram a aparecer de novo para comer as rações. Nesse instante, disseram uns aos outros vamos esperar mais algum tempo para que eles se aglomerem mais. E assim aconteceu. Depois de algum tempo esperando os peixes se aglomerarem três entre eles ascenderam os estopins e jogaram as bombas na água. Cabruns: foram os barulhos dos estampidos das bombas ao caírem na massa líquida, e de forma funesta, matou dezenas de peixes. Contudo, um entre eles falou: gente, já é tarde, daqui a pouco vai escurecer, vamos deixar para mergulhar amanhã! Onde todos assentiram a sugestão. No outro dia pela manhã logo cedo, por sua vez, o mais galante entre eles se apresentou para mergulhar e ir ao fundo tentar encontrar os peixes que afundaram. Ele entrou na canoa com o saco que utilizava para guardar peixes e outros apetrechos que costumava carregar, e, remou em direção ao local exato em que alguns deles tinham na tarde anterior jogado as bombas. Ao chegar ao local, colocou as pernas para fora da canoa e para dentro da água, e em pé, começou a submergir, até que sumiu debaixo da água. E o tempo foi passando: 10, 20, 30, 40, 50, 60 minutos, e nada de ir à tona novamente, nada de aparecer. Então, os amigos que esperavam pelo seu regresso a superfície, começaram a se desesperar, e falar uns para os outros de sua demora:

— Gente, será que aconteceu alguma coisa com João? Será que o "negro d'água" o pegou? Perguntou Antônio Sarça, um dos que mais demonstrava preocupação.

— Rapaz! Não quero nem pensar! Exclamou Seu Timóteo temeroso ao ponderar sobre a hipótese levantada pelo amigo de que, talvez, pudesse ser o negro d'água o responsável pelo sumiço do colega famoso.

— O negro d´água gente, como vocês sabem, e segundo os livros que li e segundo as lendas que os mais antigos contam é o maior responsável pelo desaparecimento de muitas pessoas nos rios. Aduziu Antônio Sarça, reforçando sobre a sua própria conjectura que a pouco havia suscitado, com a qual questionou os colegas.

— Mas João antes de mergulhar ofertou para os guias das águas: fumo-de-corda, cachaça e alho. E vocês o viram fazendo a oferenda! Por isso, não acho que seja o negro d´água o responsável pelo seu sumiço! Aduziu Tino.

— Bacheiro que estava do lado direito de Antônio Sarça, disse: mas dessa vez tá demais, pois ele nunca demorou tanto tempo debaixo da água assim.

— Vamos procurar ele gente, falou Vela branca, sendo endossado por Bacheiro, Senhor Tino e Sarça.

No mesmo ínterim, Aceno da gaiola que, além de ser galhofeiro era resmungão, mais uma vez na tentativa de impor o seu ponto de vista, também aduziu, dizendo:

— Gente! Desculpem-me a franqueza, mas vocês parecem umas "bestas". Parece que não conhecem João, que age sempre assim! É fato que todas as vezes que vamos aos rios pescar, João, depois de mergulhar demora debaixo d'água, e mesmo assim, vocês começam a lamentação. Eu não aguento mais ouvir isso. Parecem mocinhas donzelas murmurando, quando os pais antes mesmo de vingar o horário do cortejo interrompem os namoros e mandam os namorados irem embora para casa! Concluiu balançando a cabeça em total desaprovação.

— Mas Aceno! Vela branca que estava do seu lado esquerdo, o chamou a atenção. Hoje ele está demorando muito! E, se ele estiver em apuros novamente? Preso em uma pedra? O interpelou mais uma vez questionando o pensamento avesso do colega em relação à preocupação deles. O qual simplesmente, sem ter mais argumentos que fossem suficientemente convincentes para se contraporem a aquelas palavras se calou. Então, sem ter mais opinião contrária e nem resistência de que deveriam fazer algo, de súbito, começaram a agir. Dividiram-se em grupos e se dirigiram para a beira do rio. Entraram nas duas e, únicas canoas disponíveis que tinham e foram para o local exato em que o mais galante entre eles havia mergulhado logo após a detonação das bombas. Quando já estavam bastante cansados, começaram a perder as esperanças, e o tempo por sua vez, foi passando: 1h20min, 1h30min, 1h40min, 2 horas, e nada.

Enquanto os amigos na superfície ficavam mais desesperados com a demora, em baixo, no fundo das águas ruidosas e barrentas, como Dedê havia descrito, devido às precipitações de água que chegaram de longe dos afluentes, ele era surpreendido por um dos seres mais encantadores que existem no universo aquático, um ser tão encantador, que os mortais que tiveram o privilégio de vê-lo em seu ambiente natural, ficaram apaixonados por sua beleza radiante. E isto, foi o que aconteceu com o mais galante que no momento em que se encontrava submerso e ensimesmado, capturando e colocando dentro do saco os peixes que estavam mortos que haviam sidos atingidos pela detonação das bombas, foi surpreendido por inesperada aparição, que a princípio, pensara ser um ignoto peixe. Entretanto, não esperava que se tratasse de outro personagem aquático, de quem as lendas, e os mais antigos haviam falado e atestado categoricamente sobre a veracidade de sua existência. Naquele instante, ajudado por refulgentes raios solares que reverberaram ainda mais o ambiente, as águas do rio São Francisco, ficaram misteriosamente límpidas e claras, tão diáfanas que o local parecia que tinha se transformado em um enorme aquário, com grau de matização, que dava para ver sem a necessidade de usar aparelhos especiais as cores nitidamente de todos os habitantes naturais, exatamente, como eles eram em suas formas e tamanhos. Nesse cenário enquanto esteve submerso, pôde ver profusão de espécies conhecidas de peixes, como: lambaris, pintados, surubins, apanharis, piaus, traíras e entre outros que estavam em números de dezenas de centenas de todos os tamanhos que, compactados formavam entre si blocos maciços que mais pareciam ser imensas cortinas teatrais estendidas desde o teto até o chão, as quais tapam a visão daqueles que estão atentamente assistindo o espetáculo, e que, ao menor sinal, se abrem e revelam aos espectadores que estão mais perto da encenação, o outro lado do cenário. Foi impressionante de se ver o espetáculo de seres aquáticos que, em alacridade passavam nadando ligeiramente indo de um lado para o outro diante dos seus olhos como revoadas de ligeiros pássaros, os quais pareciam que estavam fazendo reverência para a passagem da ignota criatura, que suavemente deslizava sobre a corrente do rio, a sua majestosa beleza. O ser encantado que se apresentou podia se ver em parte da sua cauda, escamas delgadas, salientes e prateadas, com pintas nos tons azuis-marinhos; já na extremidade, tinha nove tipos de cores: a primeira cor era verde, da cor do verde das algas marinhas; a segunda cor, era o azul do mar com o azul-turquesa; a terceira cor, era o dourado cintilante do ouro; a quarta cor, era o vermelho do sol poente; a quinta cor, era o laranja; a sexta cor, era o amarelo do milho; a sétima cor, era o azul-marinho; a oitava cor, era rosa bebê; e a nona cor era a violeta. Essa criatura possuía cerca de 3 metros de comprimento da extremidade da cauda até a cabeça; mas a partir da cintura para cima, que era a menor parte do corpo, percebeu que ela tinha forma de mulher, e por sinal, uma lindíssima mulher, a mais bela que tinha visto até então; a pele era lisa e sedosa como à pele de um bebê já viçoso e bem alimentado de uns 3 ou 4 meses de nascido; a cintura em forma de violão transmitia sensualidade; e mãos que se mexiam em sincronia como se estivessem regendo uma orquestra; os seios não eram grandes, mas também não eram pequenos, eram ondulados como cocos e estavam explicitamente à mostra; os cabelos negros, lisos e compridos caiam sobre as costas nuas e chegavam a bater abaixo da cintura, os quais voavam na medida em que as águas do rio se balançavam; os olhos de longos cílios eram verdes azulados, da cor do verde do mar com o azul do céu; além do mais, as faces do rosto brilhavam, denotando beleza e perfeição, que atraia e deixava hipnotizado qualquer mortal desse planeta. Percebeu também, que ela estava sendo acompanhada de perto por diversas espécies de peixes pequenos do tamanho de caixas de fósforos, e eram tão numerosos quantos os pássaros no céu, mas muito mais coloridos e saltitantes. E eles, estavam como se estivessem lhes cortejando, pois fizeram para ela passar um longo corredor diametral no formato de um grande tubo. Eram peixes de todos os tipos e cores que nunca foram vistos por aquelas águas: peixes multicoloridos que se assemelhavam as bolas de pelúcias; outros que pareciam girassóis; a arraias tanto coloridas bem como nas cores vermelhas e azuis; também tinham aqueles que se parecia a estrelas aquáticas de cores azuis e da cor do sol; outros multicoloridos semelhantes a buchas de lavar prato no formato quadrado. Sobretudo, e, desfeita a encenação do cortejo. E atraído pela estupenda beleza do ser, ele a seguiu nadando, e observando atentamente o balançar da sua cauda, a qual se mexia para baixo e para cima. E, atônito, mas atento aos movimentos cênicos que mais tarde se confirmariam que eram de rituais de acasalamento admirava-a de uma forma, que, certamente, aos seus olhos humanos não deveria existir no mundo beleza igual. Quando de repente, enquanto a seguia de perto, como num passe de mágica, a criatura se escamoteou da sua visão. As águas se embaralharam e ficaram turvas e ele não pôde enxergar algo a um palmo de distância. Todavia, em pouco tempo, as águas destoldaram-se e ela reapareceu sentada em uma grande pedra que tinha o formato de trono, de onde desciam serpenteando até o solo como mortalhas de mesa que está preparada para um banquete, fitas de algas entrelaçadas que se assemelhavam as cordas de caranguejos; e, ela, a criatura, sorria alegremente, enquanto de forma sutil penteavam os imensos cabelos negros com uma concha do mar em forma de pente; e para surpresa começou a fazer sinal com o dedo em riste o chamando para que ele se aproximasse. Ele então, hipnotizado e envolvido, atendeu o chamado, e nadou mais uma vez, deslizando o seu corpo humano pelas águas do rio, e logo se aproximou o mais perto que pôde até onde ela se encontrava sentada, de onde vira virada para o lado direito, a belíssima cauda multicolorida. Ao se aproximar na mesma altura e direção do olhar do ser surreal, movimentando pernas e braços, se esmerando para manter o corpo resignado como se estivesse em pé, olhou fixamente para dentro dos seus olhos verdes azulados, e mais uma vez para sua surpresa, ela lhe surpreendeu e começou a manusear as mãos que eram lindas, composta por dedos cumpridos parecidos a tentáculos de polvo que se buliam freneticamente como se tivessem vida própria, os quais tocavam em seu corpo na altura do umbigo, depois subiam até a altura da "caixa de peitos", mas sempre em movimentos leves e em formas de círculos. Conduziu a mão até o seu rosto como se o analisasse, movimentou o tórax para frente aproximando os mamilos arredondados em sua direção, jogou os braços que tinham formas humanas sobre o seu pescoço e os pendurou. E, o atraindo para si semelhante a um ímã que atrai o aço, o abraçou colando pele contra pele, tórax contra tórax. E no momento em que se encontravam entrelaçados, como um casal apaixonado que no aproximar dos corpos parece fluir energia cósmica que os atrai; ela abriu a boca e a direcionou para os lábios do mais galante como se fosse lhe fazer respiração boca a boca e o beijou de uma maneira que nunca havia sido beijado por nenhuma mulher terrena. Esta atitude inesperada corroborava ser uma tentativa de fecundação, troca de energia entre diferentes seres, quase semelhante à relação assexuada que a maioria dos peixes mantêm, mas com contato físico através do aproximar dos corpos e do beijo. E apesar da água salobra do rio, o gosto do contato que o mais galante sentira era como o sabor do mais puro mel. E isto, o deixou assenhoreado. Com os olhos temporariamente entreabertos e os braços jogados para os lados; quase inerte e imerso numa espécie de fruição espiritual; em seguida, a criatura que já havia demostrado afeto e disposição semelhante ao de fêmea de espécie qualquer da natureza que se encontra no cio, que havia selecionado e, aprovado o par para fins de acasalamento, o soltou; e através de convulsão e espasmo inesperado expeliu pela boca liberando na água uma gosma orgânica, densa, palpável, mas transparente a qual parecia que tinha vida própria. E, enquanto o mais galante que ainda se encontrava por perto flutuava sobre o balançar das águas, como se estivesse em pé, com os braços abertos para um lado e para o outro, a cabeça baixa sobre a fronte, porém, com os olhos ainda entreabertos; a gosma transparente começou a se ensarilhar na água numa velocidade incrível onde ora ou outra surgia um peixe distinto tanto no tamanho bem como na cor além de ser desconhecido daquelas águas; os quais se aproximavam dessa gosma em início de estágio de transmutação e magicamente como se lhe desse um beijo deixavam parte de si e isso foi fazendo com que de maneira surreal a gosma crescesse, mudasse de tamanho, e em segundos, ganhasse formas e, cores, e se transformasse em um ser vivo belíssimo, híbrido e multicolorido tal qual a mãe; enquanto ao lado a ignota criatura parecia que já esperava o que aconteceria, sorria. Em seguida, ela se aproximou novamente do mais galante, pôs uma das mãos sobre o seu ombro, e começou a entoar através de língua ignota, um canto sublime e mavioso. E o seu som ecoou pelas águas como ondas sonoras de rádio e, subitamente entraram nos tímpanos do mais galante, mas de forma suave. O som que fora produzido se assemelhava ao som das ondas no mar, misturado ao som de berrante e a canto gregoriano; o tipo de voz que emitira era análogo ao que as cantoras sopranos emitem e alcançava dois tons acima na nota mais alta de todas que já foram registradas nas partituras. Mas era tão belo e harmonioso, e tão doce aquele canto que ele pensara que estivesse sonhando e que, já se encontrasse incólume no "paraíso", e isso fizera com que sentisse furtivamente sensação de calmaria que lentamente foi paralisando os seus membros, deixando as pálpebras pesadas e que logo adormecesse profundamente nos braços da ignota criatura como se fosse uma criança pequena que adormece mansamente nos braços protetores de sua desvelosa mãe. Decorrido algum tempo, e sonhando que era um andarilho solitário que se encontrava perdido no meio de árido deserto, o qual andava sem direção e olhava ao ermo; além de ouvir, viu alguém desconhecido do alto de alta colina chamar o seu nome repetidas vezes. E sentindo também em paralelo ao som da voz que o chamava, frio incomodo lhe gelar a alma, como fossem afiados punhais que lhes traspassavam o corpo, que logo o fizera despertar do sono. Acordou e percebeu que dormiu profundamente no solo bem no fundo do rio entre as pedras e próximo à que se assemelhava a um trono. Levantou-se e olhou ao derredor procurando a criatura que o fizera dormir, mas não a viu mais, e nem tão pouco os peixes que a seguia, e nem indício que pudesse identificar o seu paradeiro. A magia e a combinação das cores que tornaram aquele ambiente deslumbrante já não se faziam mais presente. Tudo voltara a ser como era antes: as águas voltaram a possuir as tonalidades escuras e barrentas, e tudo se tornara em trevas. Então, começou a sentir melancolia e sensação de desapontamento por não vê-la mais. Portanto, mesmo com sentimento no peito como se estivesse perdido algo naquelas águas, resolveu emergir, porque certamente, os seus amigos deveriam estar preocupados com a sua demora, assim, o pensou. Sobretudo, quando emergiu do fundo do rio, na distância de uns 100 metros de onde os colegas de pescaria estavam aflitos o procurando há bastante tempo, gritos foram ouvidos na superfície no instante em que o vulto do seu corpo apareceu ao longe na água. A turma que ainda se encontrava dentro das canoas, mas com olhares absortos, olhando ao ermo, ao ver a imagem nítida e perfeita assim como Deus o criou, emergindo do fundo do rio semelhante à planta que brota da terra, sorriram aliviados. E a alacridade reinara entre eles. Naquele momento, Bacheiro gritou fazendo sinal com o dedo: olha ele lá gente! Graças a Deus, ele está vivo! Disse o senhor Seu Tino com o rosto transbordando de alegria ao vê-lo emergir, "vivinho da silva". Saíram do rio, e quando já se encontravam em terra firme, o mais galante entre eles, se sentou em uma pedra que ficava próximo ao rancho, e lhes falou que não sabia explicar exatamente o que aconteceu: só sei que perdi os sentidos e apaguei profundamente, concluiu dizendo à turma. Quando foi surpreendido por Bacheiro seu primo, o qual dissera que, enquanto eles estavam nas canoas aflitos esperando que um milagre acontecesse, ele tivera três visões uma seguida da outra. Segundo ele: um bando de rasga-mortalhas além de sobrevoar a praça do Tomba, cantando os seus cantos da morte, pousaram sobre a jaqueira que se encontra no centro da praça, mas como se o bando tivesse recebido choque elétrico, despencaram duros e já mortos da árvore como frutas podres. A segunda visão que tivera foi a respeito de pessoas mortas vivas com as caras pálidas que pareciam que foram pintadas na cor branca, as quais não tinham nem boca e nem nariz, apenas os olhos, dos quais vertiam fitas de sangue que elas enxugavam sutilmente com lenços brancos. Além disso, essa multidão seguia andando freneticamente para o sul do bairro. Eram crianças, homens, mulheres e idosos, todos se encontravam bem-vestidos e olhavam para o alto para um caixão feito de madeira, o qual no seu interior não havia nenhum corpo dentro, pois se encontrava destampado com a boca para baixo. A terceira visão: foi com o próprio João, supus, pois vi um homem parecido com ele andando numa rua estranha e deserta, com os olhos vendados, e, acompanhado por outro homem que era desconhecido. Era um sujeito branco, alto que tinha estampado na camisa na altura do peito um dizer: guia dos bestas; além de possuir na testa um crucifixo pregado; esse tal homem como se mantivesse controle sobre a sua mente, o chamava e ria desdenhosamente ao mesmo tempo em que o conduzia para algum lugar desconhecido. Finalizou a narração das visões que tivera, o que logo motivou Aceno da gaiola a dizer: já vem você com suas visões novamente, esse homem gente, parece que é maluco!

## Capítulo XIV

# “Um dia nas sombras”

Sobretudo, ao longo da viagem de volta para casa, o mais galante sem ter o poder de impedir que vicissitudes lhes acontecessem, apresentou sem querer para os amigos, incompreendidos sintomas, e esses eventos imprevistos deixou a todos com demasiada preocupação. Nessa época, após o inesperado encontro com o ignoto ser, começou a dar de vez em quando, síncopes, desmaios, que, surpreendentemente aconteciam ou em casa depois do almoço ou às vezes quando estava na barbearia trabalhando. E quando as pessoas o chamavam, ele inconsciente e alheio ao que estava acontecendo ao redor, não respondia, ficava estendido ao chão, totalmente exânime. Só depois de alguns minutos de muita insistência das pessoas lhe chamando e tocando em seu corpo é que ele acordava e mais alguns minutos depois, era que se recobrava.

Certo dia, Tino se mostrando preocupado com aquela situação intrigante e ao mesmo tempo delicada que poderia levá-lo direto para as garras da morte, falou:

— João! Exclamou em tom de preocupação. Essas crises que estão acontecendo com você com frequência há algum tempo, pode ser um problema muito simples, mas também, pode ser muito grave, por isso, acho que você deve procurar um médico para ver o que está acontecendo! Concluiu na porta da barbearia enquanto ele se mostrando atento, cortava o cabelo de alguém que balançou a cabeça em concordância ao o que Tino dissera.

No exato instante em que ouviu a constatação de perigo de morte pelo qual passava, e a sugestão para procurar um médico, parou de súbito de cortar o cabelo do moço, e respondeu:

— Um médico? Um homem que se veste de branco? Balançou a cabeça negativamente. Não! Definitivamente, não! Olha, não posso negar as benesses que a medicina através dos médicos tem alcançado para a humanidade, e apesar de ter me dedicado aos livros, e ser um dos leitores mais vorazes que conheço, sou tradicional, e tenho os pés firmados na cultura popular, principalmente, quando se trata de um problema que talvez seja espiritual. Por isso, por enquanto, dispenso a sugestão em procurar a ajuda desses homens que se vestem de branco, pois já sei o que vou fazer: irei até o povoado do Jacaré e falarei com "mãe Adelaide" porque ela sim, a de saber fazer alguma coisa por mim. Finalizou aquele assunto e o corte de cabelo em seguida.

Mãe Adelaide era uma famosa rezadeira lá das bandas do Jacaré, muito conhecida na região por suas rezas e banhos de folhas medicinais que curavam muitas pessoas daquele lugar, de qualquer mal ou doença. Era uma mulher de meia idade que, logo aonde chegava era identificada pelo jeito gnóstico de ser: o modo como se adornava com muitas gargantilhas e colares espalhafatosos; o cabelo já grisalho sempre amarrado no alto da cabeça como um turbante; os cílios longos e pintados; um xale superposto sobre os vestidos que invariavelmente vestia nas cores ou vermelha ou azul; e a maneira de se maquiar com cores nos tons fortes e de pintar as enormes unhas na cor negra que lhe conferia perante as pessoas: poder e misticismo. Ele a procurou em um dia de sexta-feira no clarear do dia, e lhe falou de todo o drama que vivia. Ela, como se compreendesse o caso de primeira, foi ao terreiro da casa, no qual mantinha plantações de ervas medicinais, e logo se dispôs de ramos de: alecrim, a planta comigo-ninguém-pode e, a espada de São Jorge, que, segundo ela, era para quebrar o "mal olhado" que estava sobre ele que era muito vistoso, e talvez, porque tenha se excedido ao longo da vida aos "desejos da carne" e isto supostamente tenha enfraquecido a sua "defesa espiritual" que lhe acompanha desde criança. E, utilizando o maço de plantas que arregimentara como uma espada, o rezou durante 7 dias seguidos, sempre pela manhã às 07h00, em ponto, e debaixo de uma pequena cachoeira. Deu de presente para ele um "olho de boi" e uma pimenta verde e comprida, semelhante a dedo humano, era para que, durante um "ano fechado" ele os usassem pendurados no pescoço para que novamente pudesse fechar o corpo espiritualmente falando. E de acordo com a recomendação de mãe Adelaide, durante um ano fechado ele usou os amuletos, e se manteve ótimo, não apresentou nem uma crise, o que para ele era o sinal positivo de que estava curado daqueles desmaios inesperados que sem motivo aparente, mas de modo frequente, estava acontecendo. Sem apresentar os "velhos problemas" e achando que já se encontrava convalescido, o mais galante como de costume, resolveu organizar mais uma viagem para pescar, e isso, aconteceu em setembro do ano de 1938, onde mais uma vez, o grupo atendeu ao seu pedido, e se reuniu na barbearia para organizar a bendita pescaria, lá para as bandas de Juazeiro, cidade que fica no submédio do rio São Francisco. Esse município fica localizado na margem direita do rio, no extremo norte de importante Bacia hidrográfica, principalmente, para os: "ribeirinhos" nomes dados às pessoas que habitam as margens. A cidade se destaca na região pela agricultura irrigada que se firmou graças ao advento das águas do Rio São Francisco, e também por ser a quarta maior cidade da Bahia. É conhecida como a terra das carrancas, figuras antropomorfas, que são desenhos esculpidos e talhados artesanalmente nas madeiras por artistas habilidosos nativos da região, as quais, depois de prontas, são colocadas estrategicamente nas pontas dos lemes dos barcos pelos navegantes que sobem e que descem os leitos do rio. "Segundo uma crença de pescadores antigos, servem para espantar os maus espíritos que se encontram nas profundezas das águas e que, às vezes emergem para atazanar os navegantes". O nome da cidade se origina dos pés de juazeiro uma árvore típica que é encontrada em abundância nessa região. No trajeto para Juazeiro, eles pegaram o sentido para quem vai para Tucano, passando sem descanso com o caminhão por Santa Bárbara e Serrinha; fizeram uma pequena parada para amainar os corpos em Tucano; de Tucano, passaram pelo território de Quijingue; na sequência cruzaram por Euclides da Cunha; seguiram de relance pela terra do famoso religioso: Antônio Conselheiro que fundou a cidade de Canudos em 1893, onde pararam diante de algumas ruínas da cidade "imortal" e conversaram com anônimos sobre os supostos motivos que originou a guerra insensata e de cunho político. E sem delongas cruzaram Uauá, e, pequena parte do território de Curaçá, para finalmente, chegar ao destino esperado. Como era de costume armaram a barraca numa pradaria debaixo de uma árvore grande, frondosa de boa sombra, em local, onde o mato era menos denso e rasteiro, o que era propício a instalação da barraca de lona que eles usavam para dormir durante a noite. Armaram-na a favor do vento para que "o mesmo" pudesse espantar as terríveis muriçocas. Como previram que choveria à noite baseando-se na quantidade de nuvens enegrecidas no céu, e por sentir o cheiro forte de água no ar, resolveram fazer uma barraca maior, para poder abrigar a todos, inclusive, aqueles que tinham o costume de dormir pendurados em redes. Por isso, de forma organizada e cooperativa, cavaram quatro buracos de proporções semelhantes e na distância de um para o outro de apenas 4 metros. Enfiaram nos buracos estroncas de galhos de árvores de igual tamanho com mais ou menos 1.70 centímetros de altura; nas bases, colocaram terra, pedras e água, e, apilaram; para o teto, utilizaram cordas pelo alto, e fizeram um quadrado em torno desses paus; cobriram com duas lonas, deixando duas partes da barraca aberta de um lado e do outro, que era por onde o vento deveria entrar e sair, o qual serviria para ajudar a espantar os pernilongos; na parte de dentro, colocaram outra grande lona, e forraram o solo para servir de cama; como travesseiros, dispuseram de sacos de nylon e os encheram de folhas largas e verdes deixando-os fofinhos e agradáveis para o gostoso descanso das cabeças; próximo à barraca, ascenderam uma fogueira, que, além de servir para afugentar os pernilongos, servia também para cozinhar tudo aquilo que os alimentariam durante aqueles dias em que permaneceriam por ali. Contudo, uma coisa a de se ressaltar, as crises que sofria na época, não voltaram a acontecer na beira do rio, e sim, na volta para casa, porque na beira do rio, tudo transcorreu normalmente: ele pescou, mergulhou e caçou. No entanto, durante esses dias, certa noite, enquanto ainda se encontravam acordados em volta da fogueira, sentados em um grande tronco de árvore, tomando café e confabulando de maneira entretida. Guará por sua vez, retomou a história da reunião dos bichos que fora interrompida por Bacheiro tempos atrás, e falou:

— Pessoal, quero falar para vocês sobre a reunião dos bichos, lembram-se?

— Eh!Eh!Eh! Claro que lembramos! Respondeu Vela branca sorrindo. Então, o que está esperando? Conte ai meu amigo!

— Naquele ensejo, retomou a história, mas olhando para os rostos dos companheiros como se estivesse desconfiado de que alguém pudesse interrompê-lo novamente: reuniram-se o jumento, o cavalo, o cachorro e o urubu. O juiz que era o jumento iniciou a votação e indicou o seu voto para o cavalo, segundo ele, era o mais indicado a ser o responsável pela coleta do lixo que era jogado aleatoriamente nas florestas pelos caçadores, pois, por ser ele o professor, todos o imitariam; o cavalo reagiu e indicou o seu voto para o cachorro, pois ele, o cachorro era o delegado, e era quem deveria ser o responsável. E, caso alguém continuasse a infringir as leis e continuasse a jogar lixo aleatoriamente, ele o prenderia; já o cachorro, respondeu: no meu ponto de vista, em se tratando de autoridade, eu indico o meu voto para o juiz, é ele que deve ser o responsável, pois é a maior autoridade que existe na floresta; o juiz se sentiu tão lisonjeado com o comentário feito pelo cachorro que até se esticou todo, como se estivesse se espreguiçando. Ajeitou o chapéu de juiz, o pondo derreado de lado com um simples balançar de cabeça, e, retomando a fala, disse: então, eu determino: o urubu é quem será o responsável! Exclamou do alto de sua autoridade, sem argumentar o porquê da escolha. Por sua vez, o urubu que estava quase dormindo, com a cabeça entre as asas, acordou assustado, e falou: então, eu agora mesmo irei recolher o lixo! Seu juiz chamou-lhe a atenção: a sua mãe, a jumenta, aquela carcaça velha, acabou de morrer de fome agora a pouco! Em seguida a sua falação, o urubu, bateu asas e alçou voo de modo alvoroçado. Foi mesmo? É isso o que eu entendi? O jumento se lascou então! Alguém perguntou e respondeu ao mesmo tempo. Ah!Ah!Ah!Ah! Foi o que alguns fizeram quando entenderam o final da história. Enquanto outros apenas balançaram as cabeças com as expressões confusas, pois não entenderam. Nesse ínterim, um dos amigos do galanteador que ele mais tinha afinidade, o senhor Seu Tino, o qual também era conhecedor de sua fama de mulherengo, olhava atentamente para ele, enquanto o mesmo circunvagava o rancho com ar estampado no rosto como se estivesse pensando em algo que estava distante dali. E com uma xícara na mão, tomava café preto. Então, ele logo lhe perguntou:

— Oh, João, faça-me um favor! Venha até aqui por um minuto meu amigo!

Ele olhou para Tino, fez a volta e contornou a fogueira se aproximando um pouco ficando ainda de pé, e à sua direita.

— Você sabia? Iniciou a pergunta, que Tereza a filha de Mariá, segundo Justiniano de Adolfo, além de colocar a imagem do "santo casamenteiro" de cabeça para baixo dentro do armário da cozinha e bem amarrado para que "ele" através daquela atitude de Tereza pudesse lhe arranjar um marido de acordo com a crença antiga; ela ainda, para confirmar que, em pouco tempo se casaria de fato, fez a simpatia da revelação das águas: enchendo uma bacia com água corrente até as bordas e cobrindo-a com um pano branco no "dia santo" do santo "São João" para que fosse revelado o nome ou até a fisionomia do seu suposto futuro marido?

— Fiquei sabendo! Exclamou fazendo assentimento com a cabeça a respeito do assunto e dando um sorriso sem graça enquanto trocava alguns passos andando em torno do rancho.

— E por acaso você sabia que o nome que apareceu foi o seu? Perguntou o senhor Seu Tino novamente.

— O quê? Tirou a caneca da boca, e exclamou dizendo um não veemente e surpreso com a revelação dita por Tino.

— Segundo Justiniano, continuou Tino a relatar: várias pessoas que foram chamadas para serem testemunhas do resultado da simpatia, disseram que a imagem que foi revelada nitidamente na água, sem dúvida, era a sua, meu amigo!

— Tino, direi uma coisa! Exclamou tentando esclarecer um pouco aquilo tudo: eu tenho dúvidas quanto à eficácia dessas simpatias que essas mulheres fazem por ai, porque elas fazem de maneira intencional, já escolhendo em seus pensamentos com quem gostariam de se casar, e isto, não deve ser feito desse jeito. Sabe por que estou falando isso? Porque Dinorá, Julieta, Vanda e Josete, todas elas, segundo algumas pessoas próximas as suas famílias, fizeram a simpatia de forma intencional, e em seguida, afirmaram categoricamente, que seria eu o esposo delas. No entanto, estou aqui: solteiro e desimpedido!

Tino balançou a cabeça tentando demonstrar com o gesto que concordava com o ponto de vista do amigo, e depois de se levantar e circunvagar o rancho para esticar um pouco as pernas, se sentou novamente próximo aos outros que prestavam atenção em tudo o que eles falavam, onde Bacheiro, balançando a cabeça para baixo e para cima semelhante à lagartixa, com ar de sabichão, logo emitiu opinião em relação às insistentes tentativas da mulherada em querer se casar com o galanteador: esse é o preço que se paga por ser famoso e tão vistoso que nem um príncipe! Enquanto isso, a fogueira acesa crepitava e assava alguns peixes que eles haviam colocados enfiados em espetos de pau cujo nome era: "Espeto de assa-peixe". Decorrido mais alguns minutos, Senhor Tino novamente, falou:

— Diga-me outra coisa: sei também que é um mulherengo incurável e que tem se relacionado com muitas mulheres em diversos lugares por ai, e por isso, estou curioso para saber qual foi a mulher que você se envolveu amorosamente, que mais lhe tocou, e, qual foi a que você mais amou nesta vida? Se é que você amou alguma, em algum dia?

Ele se virou mais uma vez para o lado onde o amigo estava, e falou com brilho no olhar:

— A mulher que mais amei até hoje, sem dúvida alguma, foi: Zilda! Exclamou revelando sentimento reprimido no peito. Faltam-me palavras para descrever o que sentia, pois era um sentimento: nobre, puro, e diferente do que havia sentindo anteriormente por outras mulheres. Um sentimento indelével. Porém, continuou a falar dos dissabores e dos amores que a vida lhe dera. Zilda talvez seja uma história que foi mal escrita em minha vida que ainda até hoje não consegui apagar. Contudo, pressinto que jamais a esquecerei. Passe o tempo que passar, por onde quer que eu esteja ou por onde quer que eu vá, para sempre ela estará em minhas lembranças! Porém, houve outra pessoa tão especial que me envolveu e que, durante algum tempo pensei que pudesse me casar e viver ao seu lado para o resto da minha vida. Chamada pelo nome de: Maria Rosa! Um anjo em pessoa: meiga, linda, inteligente, e determinada. Mas por um erro estúpido que cometi igual a tantos outros, esse sonho se desfez como castelo de areia se desfaz na beira da praia. Enquanto isso, Seu Timóteo que era o mais velho do grupo ouvindo opiniões da turma que, em paralelo conversavam entre si e diziam que, insana era a mulher, e, infeliz aquela que por ventura se casasse com ele, pois João era semelhante a galo no galinheiro … E, que, além disso, ainda era um enigma para eles, pois não entendiam o porquê de ser tão namorador e de ter se envolvido amorosamente com mais de 2.500 mulheres, números relatados segundo o próprio João, porém, no entanto, ainda não existia um herdeiro ou, pelo menos, ainda não o conheciam. Por isso, após ouvir essas conversas paralelas, como um intrujão de plantão, e semelhante à linha que invade o buraco da agulha sem pedir licença; resolveu se intrometer na conversa, sem imaginar que poderia provocar constrangimento no amigo. Então, depois de dar uma tragada no cigarro e de soltar fumaça pelas narinas, se levantou, e perante os outros ouvintes que se encontravam por perto e atentos, perguntou:

— João! Chamou-o atenção. Diga-me: que tipo de remédio caseiro ou qual é a garrafada poderosa que você sempre tomou? Ou, se existe um segredo que sempre lhe permitiu evitar que as mulheres ficassem grávidas? Já que é o maior namorador que eu conheço, e que, já se ouviu falar nesta região. E, se por acaso, de forma acidental, você já teve algum filho por ai, que soubera tempos depois?

Novamente ele deu um sorriso sem graça diante de mais uma pergunta constrangedora, mas demonstrando ser bastante educado para com o colega respondeu:

— O segredo é muito simples Seu Timóteo! Aprendi com o meu avô que era um homem bastante sábio, que: se oferecesse para as mulheres que me envolvo amorosamente, antes do ato sexual, chá de trançagem, e também tomasse todos os dias pela manhã em jejum, teria grande possibilidade de evitar que elas pegassem barriga. Além é claro, de evitar atirar no alvo na "hora h" se é que o senhor me entende. E, quanto à possibilidade de existir algum filho por ai, continuou. Receio que sim, em várias cidades por onde andei muitas das quais, nunca mais retornei. Principalmente, lá em Florianópolis, capital do estado de Santa Catarina, quando fui trabalhar por lá na época. Descuidei-me com várias mulheres, principalmente, com uma moça chamada Glória, talvez, por isso, a possibilidade de existir algumas dezenas de filhos por ai é grande. Então, é isso, o.k.! São apenas suposições.

Seu Timóteo balançou a cabeça querendo demonstrar que havia entendido o que ele lhe falara, e cruzando os braços, se calou.

— Oh, João! Exclamou Tino mais uma vez pedindo a sua atenção novamente: falando em namoro, e, em casamento meu amigo, responda-me outra coisa: você pretende se casar, e quem sabe ter filhos, porém, que possa dispor de tempo e atenção para criá-los?

Ainda em pé, e contemplando a natureza em torno de si, e olhando o céu que estava salpicado de estrelas, onde ainda tomava o restante do café preto. De súbito, e do alto da sua sapiência, se virou de novo para o lado onde Tino se encontrava sentado junto aos outros colegas. E, com ar de filósofo aflorado no rosto, com os cabelos pretos e molhados do banho que acabara de tomar nas águas do rio, e tendo sido inspirado pela natureza que contemplara, respondeu à pergunta de maneira surpreendente, revelando para os amigos possuir habilidade com as palavras, a qual nunca havia sido demonstrada. Nesse ensejo, respondera a indagação com um conjunto de frases, que, para aqueles homens, embora todos fossem dotados de inteligência acima da média da região, e, também autodidatas como ele, não tinham se dedicado aos livros como o mais galante, e nem possuíam o mesmo nível no traquejo com as palavras:

Meus amigos! O futuro é uma incógnita. E, por isso, se constitui em meros sonhos que cada individuo seja de qual classe social; credo; sexo; raça ou religião; almeja que, em algum dia seja realizado, e eles, além de volúveis e frágeis são como os barcos feitos de madeira que navegam pelos rios, mares e oceanos, onde no percurso as águas podem ficar raivosas, profundas e turvas e poderão surgir momentos difíceis em que o navegante por mais arrojado e por mais preparado que seja para enfrentar as turbulências das águas, demonstrará sinais de fraqueza e pensará até em desistir da navegação. Contudo, no momento que estiver envolto por pensamentos temerosos e insondáveis, é que os ventos fortes e tenebrosos, virão como provação final e soprarão com mais força e farão com que a correnteza leve o barco para águas longínquas. Daí então, o navegante apreensivo perguntará a si mesmo: para onde esse barco nessas águas vai me levar? Sobretudo, essa resposta só poderá ser respondida quando o barco ao seu porto final chegar e a depender, não só do desejo de quem navega, mas, principalmente, de atitudes proativas, talvez, mais cedo ou mais tarde à realização dos seus sonhos ele alcance, enfim, o futuro Tino: ao nosso bom e eterno Deus pertence!

Nesse instante, sem querer deixou a todos que o escutara declamar aquelas frases com as expressões faciais abobalhadas, como a de alguém que não entendera minimamente o sentido lógico de todas aquelas palavras pronunciadas que, para eles, eram "soltas ao vento". Contudo, como se tratava de um herói consagrado pelo povo e de um homem reconhecidamente inteligente, permaneceram calados, olhando uns aos outros.

Decorrido alguns dias, tudo o que foi vivenciado na beira do rio, e aquela resposta filosófica, já era coisa do passado, e já havia sido esquecida. Sobretudo, já na volta para casa, assim que, Antônio Sarça estacionou o carro mansamente na praça do Tomba, no bairro em que o galanteador morava, mais uma vez, ele apresentou os sintomas da tal crise, a qual prejulgara que já estivesse curado. O carro em que eles estavam chegou ao bairro por volta de 02h00, quando os amigos ainda com os olhos marejados da via gem o chamaram insistentemente, mas ele, inconsciente, e sem apresentar sinais vitais perceptíveis, não respondeu aos chamados. Então, movimentando-se rapidamente, eles se juntaram como bons colegas que eram, uns pegaram nas pernas e os outros pegaram nos braços, e com todo o cuidado, o carregaram até a sua casa, que ficava ali próximo, bem perto da praça. A ansiedade entre eles crescia cada vez mais, e mesmo transposta 2 horas de espera na expectativa de que o amigo acordasse do sono profundo, o qual não dava sinal de vida e parecia que estava morto, permaneceram confiantes, pois "o mesmo" já havia despertado daquele suposto sono outras vezes. Todavia, o tempo passou e o desespero que já havia se instalado, tomou conta. Por isso, mandaram um rapaz esperto chamar um médico no centro da cidade, para sanar as dúvidas e explicar o porquê da demora em acordar e o quê realmente estava acontecendo. Na expectativa da iminente chegada do doutor, todos se corroíam de aflição, porém, isso não contribuiu e nem impediu que o médico sem delongas chegasse da viaje que tivera que fazer a cavalo. Onde o tal desmontou da sua montaria e adentrou a casa rapidamente sem fazer nenhum tipo de "cerimônia" Abriu a maleta de cor preta sobre uma mesa. Retirou os equipamentos de trabalho, como: estetoscópio e um aparelho que afere a pressão sanguínea. E, pondo os aparelhos para trabalharem, o examinou com bastante cuidado para não cometer erros. Guardou os aparelhos na maleta com toda a "paciência do mundo". Olhou para as feições daqueles homens aflitos que estavam ao lado com os semblantes abatidos, e falou:

— Pessoal! Exclamou balançando a cabeça. Sinto muito em dizer isso para vocês, mas de acordo com os exames, onde busquei minuciosamente ouvir os pulsos e o coração do paciente, sem conseguir ouvir sinal vital, concluo dizendo, que: para mim, e para a medicina, ele está clinicamente morto!

— O senhor tem certeza doutor? Todos perguntaram incrédulos passando as mãos calejadas de muitos anos de pescaria pelas cabeças e fazendo sinal uns aos outros como se não acreditassem no que estavam ouvindo naquele momento.

— Absoluta! Respondeu o médico com muita convicção balançando a cabeça para baixo e para cima, afirmando com o gesto, o que acabara de comunicar.

Então, o chororô somado a lamentação tomaram conta dos seus espíritos. E isto, os deixou atordoados sem saber o que fazer. Nesse ensejo, disseram uns aos outros ao se abraçarem: não é possível, depois de tantas coisas que passamos juntos e de tantas histórias que vivenciamos nos rios, ele foi morrer justamente dessa forma!

O horário exato em que o famoso João barbeiro foi dado como morto pelo médico foi exatamente, às 07h20min, do dia 23 de setembro de 1938, de acordo com o prontuário que fora devidamente preenchido e assinado. Nesse ambiente fúnebre, alguns dos amigos se abraçaram e esconderam os rostos nos pescoços dos outros tentando conter a emoção, mas outros chorosos sem nenhum pudor vertiam lágrimas quase que, ininterruptamente; mais, um ali entre eles, embora fosse introspectivo, mesmo tomado pela comoção da perda do velho amigo e companheiro de pescaria, solicitou que alguém fosse avisar a família para que ela soubesse do ocorrido, e para que logo providenciasse o funeral. O mensageiro escolhido para dar à triste notícia, foi rapidamente montado a cavalo para a fazenda Boa Hora. Chegando lá, chamou: seu Francisco! Seu Francisco! Ato seguinte, bem lúgubre e ainda em cima do lombo do cavalo, conseguiu dar o recado aos pais do "defunto" que, ao ouvirem os gritos do chamado, saíram afogueados da casa para recebê-lo. E, embora tenham quase falecidos no exato instante em que receberam a lôbrega noticia, reuniram forças do fundo das almas e pediram encarecidamente ao mensageiro que dissessem aos outros, que, por favor, dessem um jeito, e que, levassem o corpo para a casa deles, para que lá, pudessem fazer um velório digno e honrado a altura do grande homem que ele foi, onde eles mesmos que pesarosos, prestariam homenagens e as últimas despedidas. E, no outro dia levaria o corpo para o cemitério em Brotas, que fica na cidade de São Gonçalo dos Campos, onde seria o enterro.

Enquanto isso, um morador antigo do bairro, astuto e muito curioso, desconfiou de movimentos estranhos na casa: saídas e vindas de pessoas com semblantes entristecidos e outros com os olhos vermelhos lacrimejantes. Aproximou-se de mansinho para entender o que estava acontecendo. Adentrou a casa. E, ao ver o corpo do suposto morto, estendido sobre uma mesa, imediatamente, saiu alarmando em alta voz pelas ruas: João barbeiro morrêuuuu! João barbeiro morrêuuuu! Como se fosse ele a trombeta do apocalipse, anunciando o começo do fim do mundo. No bairro a notícia desse falecimento deixou as pessoas desconsoladas e atônitas, onde muitas saíram gritando pela rua, dizendo: oh, meu Deus! Oh, meu Deus! Morreu o nosso herói! E, outras se questionavam: e agora, quem defenderá os mais fracos e necessitados? Essa lúgubre notícia pegou muita gente despreparada emocionalmente, e provocou uma onda inexplicável de falecimentos, o choque foi tão forte que entre o bairro Tomba e a Fazenda Boa Hora, 11 pessoas ao saberem não suportaram a dor e morreram com ataque cardíaco fulminante. Entrementes, por volta de 13h30min, do mesmo dia, o corpo do magnânimo João barbeiro, já estava na fazenda Boa Hora, para ser velado pela família e por demais. No momento em que o corpo chegou à casa de seus pais, irmãos e outros familiares, mesmos que pesarosos, trataram de dar um banho com ervas e sais cheirosos, e, além de vestirem o suposto defunto com roupa íntima bem ajustada para ocultar a genitália; vestiram por cima duas mortalhas, ambas de cores diferentes: uma na cor marrom, e, a outra sobreposta na cor branca, mas ambas eram compridas que lhes cobriam até os calcanhares. O puseram no meio da sala principal, deitado resignado em cima de uma tarimba que era uma espécie de mesa daquela época, com um véu branco transparente sobre o rosto; puseram também, próximo a cabeceira e sobre um pedestal de madeira um grande crucifixo de prata com cerca de 1.80 centímetros de altura; dos lados da tarimba, de um lado e do outro puseram dois castiçais, e neles, velas brancas; colocaram no nariz e no ouvido algodão, e sobre o corpo e dos lados, muitas flores de todos os tipos e cores. E, pacientemente, ficaram aguardando o padre e as rezadeiras mais afamadas da região chegarem para começar o velório. Todavia, por todos os cantos, a inesperada notícia da morte se espalhava rapidamente, e o movimento de pessoas começou a crescer indo em direção à casa de seus pais. Grupos eram vistos aqui e acolá caminhando pelas ruas com os semblantes entristecidos, e cantando músicas sacras com velas e flores nas mãos. E, por volta de 16h20min, daquele fatídico dia, já havia uma multidão que de forma inquieta afluíra em frente da casa de seus pais com os olhos vermelhos e os rostos ainda espantados diante daquela inconcebível morte. Era gente que não acabava mais, pessoas que chegavam de vários cantos, e de várias localidades de toda a imensa região e, inclusive, até de outras cidades, como: São Gonçalo dos Campos e Conceição da Feira, cidades que ficam bem próximas de Feira de Santana. Naquela tarde de verão de sol extremamente quente, se via pessoas que chegavam agoniadas a pé, de cavalo, de carroça, de carro de passeio, de caminhão, vindo de vários lugares, como: Jacaré, Brotas, Jomende, Cristóvão, Terra Dura, Pau seco, Tomba, Fazenda Olhos d'água, do centro da cidade e, da própria Fazenda Boa Hora. Fizeram-se presentes naquele local todos os amigos de pescaria do falecido, entre eles: Antônio Sarça, Aceno da gaiola, Guará, Zé Briguento, senhor Seu Tino, Vela branca o mais plangente entre eles; Bacheiro, Tico, Dedê, Seu Timóteo e Pedro. Estavam também algumas das suas ex-namoradas: Rita, Firmina, Joselita, Olga, Carmosina, Conceição, Bernadete, Judite, Dinorá, Josete, Sara, Célia, Maria das Dores, Amanda, Bruna, Elisabete, Joana, Genésia, Margarida, Vanda, Fabiana, Marlene, Cleonice, Olga, Zilda, a filha do delegado da cidade de São Gonçalo dos Campos, que já estava casada; a bela mais ainda solteira: Maria Rosa lá da Terra Dura. E, também, as pessoas que foram salvas por ele. Sem falar em seus pais, irmãos e primos. — Certamente, no pensamento de muita gente, aquele dia era "um dia negro" da história em que elas não queriam testemunhar de jeito nenhum o enterro de uma pessoa tão querida e amada, como era aquele caso.

Aqueles que iam chegando às vezes ou de carro ou a pé ou de carroça, logo procuravam o pai ou a mãe do defunto, passavam andando com as fisionomias entristecidas pelo meio da multidão que estava disposta na frente da casa, e depois de pegarem em suas mãos, apertavam-nas, e diziam: "meus pêsames" como se aquilo que eles diziam com olhares fúnebres, fosse amenizar a terrível dor da perda daquele que era tão especial. Embora os seus pais de forma educada, assentiam aquelas insossas palavras, deixavam verter algumas lágrimas dos olhos, movidos pelo sentimento que realmente tinham pelo filho, e respondiam em tom solene: obrigado pela presença de vocês! Onde ainda, e de forma frêmita, não parava de chegar gente para participar do velório. Eram pessoas  distintas e até estranhas à família do morto, e de diferentes classes sociais: ricos, não tão ricos; pessoas de classes médias e pobres. E, também, pessoas que eram vassaladas pelos fazendeiros da região, mas todos ali querendo ver pela última vez o rosto daquele homem tão importante e tão falado. Havia também, a presença marcante de mulheres de  fazendeiros ricos que chegavam todas ataviadas usando chapéus elegantes, com vestidos chiques de mangas balão, de saias rodadas e, longos, os quais arrastavam as barras no chão chamando atenção por onde passavam como se estivessem vestidas para um baile no estilo de moda que as mulheres francesas do final do século XVIII, se vestiam. As quais desfilavam as elegâncias querendo mostrar o poder aquisitivo e a beleza estupefata das roupas importadas da França. Entrementes, enquanto o padre e as rezadeiras ainda não haviam chegado, o corpo que estava inerte, estendido sobre a mesa, era visto por todos que se aproximavam, os quais, copiosamente, deixavam verter as lágrimas de suas pálpebras avermelhadas. E, em meio a soluços e lamentos incontidos de pessoas acabrunhadas que de forma atônita olhavam para o morto que dormia inconsciente, parecendo à bela adormecida de um famoso conto de fadas, diziam: descanse em paz meu amigo, e que Deus te abençoe! Sem falar nas lamentações da mulherada apaixonada que não se conformavam em ver aquele homem ainda jovem, tão belo, ali morto em cima daquela mesa fúnebre. Elas não se continham e passavam a mão de maneira carinhosa em seu rosto, nos braços e nas pernas, como se quisessem dizer através daqueles gestos, que era uma injustiça da mãe natureza levá-lo do meio delas. Sobretudo, assim que o padre e as rezadeiras mais afamadas da região chegaram, e se posicionaram próximos à mesa na condição de protagonistas, as pessoas mais afoitas e que, queriam assistir tudo de perto, começaram a se acomodar em torno da sala principal da casa, onde o corpo estava presente. Antes de iniciar o velório, e, em meio a um zunzum das pessoas que, ao olharem para o rosto e para o corpo do defunto, comentavam entre si, sobre a intrigante jovialidade da sua anatomia que mesmo possuindo mais de 30 anos, aparentava possuir apenas uns 16 ou 17 anos, o padre que tinha estatura média; rosto redondo com olhos meigos e passivos; cujas orelhas pequenas coladas à cabeça transmitiam ar de pessoa boa, pediu a todos que estava presente que, por favor, fizessem silêncio, para em seguida, iniciar a oração do "Pai Nosso" com os olhos fechados e as mãos erguidas para o céu em reverência ao Deus Supremo. Depois iniciou a reza da "Ave-Maria" com tanto fervor que parecia que o mundo se acabaria naqueles instantes. Finalizou a cantoria, e, fazendo alusão ao amor de Deus, proferiu alguns trechos da bíblia: "João capítulo 3 versículo 16; e, Coríntio capítulo 1 versículo 13", para lembrar a todos da importância de viver em amor fraternal e genuíno com o próximo, sem esquecer-se de dizer que: João barbeiro foi um herói do povo! Assim exclamou, tentando conter as lágrimas que caiam dos olhos quase que sem parar. Continuando, o religioso disse: Deus Nosso Pai deu a todos que puderam conhecer João, a oportunidade de fazer na terra, o mesmo que ele realizou, não me refiro ao seu heroísmo e feitos, mas sim, por ele ter sido um homem dedicado a ajudar as pessoas; foi companheiro; um amigo leal; que sempre ajudou o próximo! E, concluiu dizendo: foi um anjo da guarda que Deus Nosso Pai Celeste enviou para terra para proteger os mais fracos! Naqueles instantes, após ouvirem em silêncio a consternada pregação, muitas pessoas ficaram com os rostos desfigurados pela comoção e por isso suspiraram de emoção da perda do amigo. E, outras choravam e ao mesmo tempo diziam: amém! E, outras replicavam, além de dizer: vai com Deus meu amigo! Pois certamente haviam entendido o que o padre quis dizer a respeito daquele que não mais residia entre eles. Escureceu e à noite transcorria, porém, as pessoas sem arredar o pé do lugar se mantiveram firmes. Amanheceu, e começava a se aproximar da hora do enterro. Contudo, no momento em que o bondoso padre que apenas lavara o rosto para se recompor da noite sem descanso, e fazia as últimas reflexões, proferindo as últimas palavras de despedidas, o galanteador despertou do sono profundo, porém, se manteve quieto, com os olhos fechados, com as mãos ainda coladas ao corpo e sem respirar, para não chamar a atenção de quem estava presente no interior da sala. E, bem quieto, ficou escutando tudo o que as pessoas estavam falando: ora era um, ora era outro, e assim, se sucedeu por alguns minutos. Após algum tempo ouvindo tudo o que as pessoas falavam ao seu respeito, ele entendeu o que estava acontecendo naquele exato momento, era que se tratava de seu próprio velório. Então, pensou e teve uma ideia tresloucada: vou dar um susto nesse povo, e ai eles entenderão, quem é que estar morto aqui! Às 09h57min, quando as rezadeiras começaram a cantar uma reza lúgubre que dizia assim: "Às 10 horas, ele vai, sem medo e sem pavor, numa mão leva uma cruz, e a outra a imagem do senhor". E, a última estrofe do refrão dizia: "Vai com Deus!" "Vai com Deus!" "Mas sem olhar para trás". O galanteador aproveitou a distração da cantoria, e rapidamente se desenredou do véu que estava sobre o seu rosto, e como um gato deu um pulo no meio da sala, onde as pessoas estavam concentradas assistindo o velório. No desabalado pulo, as flores que estavam em cima do corpo musculoso e definido, voaram para todos os lados. E com os olhos negros estatelados fitos no povo de semblantes deprimidos que estava no interior da casa perguntou: oh, cambada, quem é que vai às 10 horas? O padre, as rezadeiras e as outras senhoras que estavam presentes, incluindo a sua mãe, desmaiaram de susto e ficaram largados ao chão. Outros que estavam em volta da sala ficaram com os olhos estatelados, que nem conseguiram sair do lugar de onde estavam posicionados. Já outros saíram em disparadas correndo e gritando: oh, meu Deus! Oh, meu Deus! Misericórdia! Nesse momento, homens e mulheres se atropelavam um caindo por cima do outro, enquanto outros que possuíam as pernas boas para fuga correram e voaram pela janela, e saíram fugazmente, mas se debatendo nos objetos que encontravam pela frente. No mesmo ensejo, o que ressuscitou com a cara semelhante à de bicho mau, com os braços alongados e musculosos que possuía. Pegou uma foice que estava encostada no canto da sala, e com um só golpe cortou as velas que estavam em cima dos castiçais que estavam em volta da tarimba, onde ele há poucos instantes, estivera deitado e dado como morto. Ai que foi correria alvoroçada por parte de todos, pois o outrora morto João barbeiro estava vivo, e o pior, naquele momento, estava armado e furioso. Nesse instante, não ficou ninguém na sala para contar história, exceto os que estavam desmaiados. Até mesmo, aqueles que ficaram com os olhos estatelados, petrificados em seus lugares, correram para fora da casa gritando de medo. Enquanto o povo corria pelas ruas estreitas do lugar, o mais galante com os olhos brilhando como se estivesse com raiva, e com a arma afiada na mão, gritava: vou pegar vocês, suas misérias! E, assim, saiu correndo atrás delas com a foice na mão. E logo na primeira e única esquina, um pouco adiante, foram ouvidos sons de vozes que se aproximavam da casa de seus pais onde há pouco estava sendo realizado o velório. Eram cerca de seis ou sete pessoas que carregavam um grande caixão de madeira que tinha sido encomendado. Os rapazes quando viram o até então morto, adornado por uma mortalha branca se assemelhando a um fantasma, vindo em suas direções com o semblante amalucado, e com uma poderosa foice na mão. Jogaram o caixão para cima, e gritaram: corre todo mundo, que o morto ressuscitou! Naquele instante, o mais galante entre os homens de maneira sarcástica abriu uma gargalhada. E de tanto rir, do que estava acontecendo naquele momento, que até se jogou ao chão descontrolado com crise de riso. Em poucos segundos, algumas pessoas pararam de correr, viraram os rostos e olharam severamente para trás. Vieram andando, e em poucos instantes, se aproximaram dele. E uma delas, foi o seu velho amigo e companheiro de rio: o senhor Seu Tino, que o olhando seriamente, perguntou:

— João, por que você fez isto conosco? Nós pensamos que você realmente estivesse morto, e você nos apronta uma dessas!

Nesse instante, ele veio a si, ficou sério, e respondeu:

— Desculpem-me! Eu pensei que estivesse tendo um pesadelo, por isso é que saí correndo atrás das pessoas. Quando dei por mim, só as vi correndo como loucas. Peço desculpas a todos por isto, e quero dizer o seguinte: não fiz por mal, é porque achei que estivesse tendo um pesadelo!

Não obstante 1 dia apenas após o desfecho do tumultuado velório, que, com certeza traria amargas consequências no futuro, Bacheiro ponderando sobre tudo que havia acontecido, falou para o senhor Seu Tino e para Aceno da gaiola:

— Gente, vocês se lembram das visões que tive na beira do rio tempo atrás?

— Sim! Tem o quê? Aceno exclamou e o interrogou ao mesmo tempo.

— Eu agora entendi o que elas queriam me dizer: a primeira visão foi sobre o sobrevoo dos rasga-mortalhas que passaram pela praça fazendo estardalhaços cantando os seus cantos da morte, os quais pousaram na jaqueira, mas depois despencaram de cima já duros e mortos; foram as 11 pessoas que morreram por ataque cardíaco, quando receberam a notícia da suposta morte de João; a segunda visão que tive foi a respeito das pessoas que aparentavam estarem mortas vivas todas bem-vestidas, as quais não tinham nem boca e nem nariz, apenas os olhos dos quais vertiam sangue que elas enxugavam com lenços brancos, onde essas pessoas seguiam um caixão feito de madeira que flutuava no céu, mas que não tinha nada dentro; foram as multidões chorosas que foram ao velório de um morto que não morreu. É isso, eu tenho certeza do que estou falando! Concluiu.

— E, a terceira visão? Perguntou Aceno se mostrando incomodado com tudo que estava sendo dito.

— Ainda não aconteceu Aceno! Mas acho que João será feito de "besta" e isto será uma resposta do destino, com a qual ele deverá aprender algo valoroso para a sua vida. Finalizou.

# Capítulo XV
# O ponto fraco

Sobretudo, embora tenha pedido por diversas vezes desculpas aos amigos, e a quase todos aqueles que se fizeram presentes no velório, mas principalmente, aos seus pais, por ter agido de forma inconsequente e pelo susto que lhes causara, tivera também que se esforçar para explicar que, ao desmaiar, ficava completamente inconsciente, sem noção do que acontecia ao redor. De modo que quando alguém o chamava, ele não o atendia prontamente. Contudo, mesmo explicando que se tratava de um "apagão" que acontecia e que o deixava desacordado por um período, muitas pessoas ficaram estarrecidas, e outras confusas, tentando entender de que forma aquilo poderia acontecer: como é que pode alguém que foi dado como morto por um médico ressuscitar de uma hora para outra? Isto somado a outras falações eram o que, constantemente, as pessoas falavam umas para as outras, ainda assombradas de terem testemunhado aquele evento inusitado: deve ser que as orações que o seu pai lhe ensinou, é que estão provocando isso! E, outras, discordando, diziam: acho que não é isso, para mim, são as assombrações que tivera que enfrentar por esse mundo afora ou as maldições que tivera que desfazer pelos lugares por onde andou é que são os seus verdadeiros problemas! Outras diziam: acho que ele não é batizado, deve ser "pagão" ainda, e por isso, tem essas manifestações! Já outras aproveitaram a oportunidade para dizer que concordavam com todas as opiniões que haviam sido expostas e, ainda acrescentavam: acho que ele tem pacto com "o coisa ruim" porque não envelhece como todo mundo. Vocês prestaram atenção nisso? No entanto, os amigos, a sua respeitada família, e até, outras pessoas que o conheceram ao longo da vida, e que, conheciam toda a história, o defendiam dizendo: as orações que a sua família o ensinou são consideradas orações brancas benignas, e sempre foram realizadas para o bem comum, pois, percebemos esses anos todos, ele sempre ajudando as pessoas necessitadas. Portanto, não foram elas que provocaram a morte que não foi morrida! Não obstante, após a conturbada "ressurreição" durante vários dias amiúde, aquelas conversações não saiam nem do meio, e nem tão pouco das cabeças daquelas pessoas incultas e oriundas da zona rural. Tanto que, o levou a se lamentar daquelas falações, dizendo para alguns: sempre que fui solicitado ajudei as pessoas a se livrarem de problemas físicos e espirituais; nunca cobrei um tostão de réis por isso; proclamaram-me herói das crianças e dos adolescentes; mas sem me deixar levar pela fama e pelo orgulho, continuei a ajudar a quem mais necessitava. Contudo, por um desatino, me crucificaram. E o pior, agora essas mesmas pessoas tentam destruir toda a história de benfeitoria que realizei. Deu uma pausa na fala, e concluiu: é meus amigos, essa é a dura realidade da vida! E, esse, é o galardão que recebo!

Certo dia, uma senhora respeitada onde vivia, e mulher de um fazendeiro muito rico da região, a qual aparentava fisicamente possuir mais de 75 anos, chamada de: Rosália da Conceição, mulher devota a muitos anos do Santo Bom Jesus da Lapa, compreendendo a delicada situação, pois já ouvira falar a respeito de outra parecida como aquela, que era uma técnica que havia sido descoberta, que estava descontrolada, aparentando ser para muitos que a desconhecia, como uma terrível doença que deixa a pessoa lesa ou maldição de "encosto" de morto que ainda se encontra preso a esse mundo, e que, de forma possessiva pegou a pessoa. Nesse ínterim, ao visitá-lo em sua residência no bairro Tomba, falou para ele fazer um pedido ao "Santo", para que ele fosse curado. Porém, seria necessário, no futuro próximo, ir à cidade dos milagres para pagar a promessa assim que alcançasse a graça. Aquele conselho, veio em boa hora, ponderou sobre o assunto, com o coração palpitante, pois de maneira coincidente, já estivera pensado naquela "santa possibilidade". Então, após o "iluminado conselho" da senhora Rosália, o mais galante com o coração contrito não só nas palavras da mulher, mas principalmente no Santo, pediu de joelhos e com a fronte curvada que, "o Salvador do mundo" o livrasse daquelas crises que há algum tempo estava sofrendo, e com isso, permitindo que pessoas ignorantes e outras de "boca grande" falassem o que não deviam ao seu respeito, e a respeito das orações que o seu pai lhe ensinou. É que, aquelas falações desonrosas estavam lhe deixando muito triste. O tempo passou, e 1 ano após ter feito o pedido, o mais galante ficou muito contente, pois alcançara a graça que ansiosamente esperara, e consoante a isso, nesse ensejo, já conseguia controlar a respiração, e utilizar com assertividade a técnica que lhe permitia permanecer submerso durante bom tempo. Além disso, se olhava no espelho e via refletida a sua imagem jovial cada vez mais bela que teimava em envelhecer; força prodigiosa nos músculos que aumentava cada dia; e, pele resistente que, talvez, as lâminas mais poderosas existentes não conseguissem penetrá-la. E, isto tudo era motivo para agradecer "aos céus" todos os santos dias de sua existência. O tempo correu mais uma vez, com isso, chegou à época em que deveria ir pagar a promessa feita e o tempo certo era aquele de viajar para a famosa cidade do Centro-Oeste da Bahia, para pagar junto aos pés do "Redentor" a graça alcançada. A data exata da grande viagem foi em 06 de setembro de 1939, no findar do inverno daquele ano.

O famoso município baiano fica localizado no Centro-Oeste do estado da Bahia, e fica às margens do rio São Francisco, distante de Feira de Santana, cerca de 720 quilômetros. Realiza todos os anos, nos meses de agosto a festa do padroeiro da cidade Bom Jesus da Lapa, que é considerada a segunda maior festa religiosa católica do Brasil. A fama de "cidade milagrosa" se deu assim: A região da Bacia do rio São Francisco, fazia parte da sesmaria do Conde da Ponte, uma espécie de programa espiritual de evangelização da igreja católica, que buscava compreender toda a imensa região. Porquanto, no ano de 1691, um pregador católico fervoroso, perambulou pelas matas, mas sempre beirando às margens do rio São Francisco, carregando sobre a cabeça um andor que é uma espécie de "altar" com as imagens dos santos em cima, por acaso, descobriu uma gruta em um morro, que veio se tornar tempo depois em santuário. A partir de então, como esse pregador era devoto do Bom Jesus e de Maria Soledade, começou a tradição de peregrinação de devotos à aquelas benditas grutas. Graças à religiosidade do povo brasileiro, mas especificamente, do povo nordestino, a gruta de Bom Jesus da Lapa é considerada milagrosa, e se tornou um dos maiores símbolos religiosos do interior do Brasil. As histórias são muitas: paraplégicos voltam a andar e cegos a enxergar, e inimigos se reconciliam. Onde o povo de forma frêmita, se reúne aos milhares na frente da igreja na esperança de conseguir favores ou agradecer alguma bênção alcançada.

Enquanto isso, o mais galante entre os homens viajou para a cidade "santa" chamada de: Bom Jesus da Lapa, acompanhado pelos amigos mais íntimos: Antônio Sarça, Timóteo e o senhor Seu Tino. Nesse trajeto que é considerado por muitos católicos fervorosos, como: o caminho onde se encontra a fé perdida ou aumenta a que é pequena; pegaram a BR-116 sul, saindo de Feira de Santana às 06h00, passando as margens do centro da cidade de Santo Estevão; cruzaram todo o território de Rafael Jambeiro até chegar a Itaberaba; de lá passaram pelo meio de duas cidades medianas, mas muito importante do estado baiano: Rui Barbosa e Boa Vista do Tupim; margearam a cidade de Lajedinho seguindo a BR-242; cruzaram algumas cidades, como: Lençóis, Palmeiras, Seabra, e, pelo povoado do território da cidade de Barra do Mendes; cortaram novamente, pequena parte do território do município de Seabra, e dispostos mesmo com o caminhão sacolejando nas estradas de chão seguiram com destino a Ibitiara; de lá, passaram por Oliveira dos Brejinhos até chegar em Ibotirama; na sequência passaram por Paratinga até chegar em Bom Jesus da Lapa, 5 dias depois, às 19h00. No outro dia ainda cedo, o galanteador tratou logo de pagar a promessa que havia feito há 1 ano, andando de joelhos por toda a esplanada que é onde se encontra a entrada principal da igreja, até o sagrado santuário no interior da gruta. Onde curvou a cabeça sobre a fronte e orou por alguns minutos pedindo humildemente perdão a Deus por tudo, e relembrando de forma amarga das recaídas e dos desatinos que novamente havia cometido como foi o caso de na sua incontrolável lubricidade ter quebrado a promessa feita junto a sua desvelosa mãe que não mais iria "mexer" com a "honra" das moças antes de se casar, e o resultado era que Maria Rosa e as suas primas gêmeas, mulheres inteligentes, honestas e formidáveis em quase todos os sentidos, as quais foram envolvidas na sua teia de sedução, e que, segundo informações estavam com dificuldades em contrair matrimônio devido ao mau passo que deram se entregando para ele. Por tudo isso, esses recorrentes pensamentos tanto judiciosos bem como opressores o fizeram naquele exato momento elaborar alguns questionamentos tentando no mais profundo do íntimo do seu ser entender por que sempre agia da mesma maneira em relação às moças: por que nunca consigo me controlar? Sou vítima da minha fraqueza ou realmente sou um vilão? [...] Contudo, nem para todas as questões existenciais existem respostas plausíveis. Sobretudo, porque ao buscar respostas de onde vinha a indubitável fraqueza que sempre lhe aprisionava, ele não as encontrava em si mesmo como se fossem obras puramente do seu caráter, como fora julgado na época por muitos, e sim, porque são resultados de códigos genéticos que recebera dos antepassados que, ao longo dos tempos formalizaram na mente dos homens de que "eles" são os principais responsáveis pela procriação e isso fizera com que desenvolvessem percepções distorcidas de sempre vê as mulheres como enleio pessoal de valoroso prêmio a ser conquistado; um instrumento de prazer análogo às cordas de um violão afinado que se encontra a disposição que deveras devem ser arpejados ou como fruta madura e doce daquele tipo que dar vontade de dar uma mordida e tirar um pedaço. Não obstante, em silêncio, assim orou com os olhos fechados: meu Deus sei que tenho errado e muito em minha vida e o quanto sou indigno em vir diante de Tua face pedir perdão, mas sei também, Senhor, que, a Tua benignidade e a Tua misericórdia é extensiva ao mais vil pecador da terra. Porquanto, meu Deus! Ajude-me a não mais ver as mulheres como alimento composto de nutrientes necessários ao meu corpo que impreterivelmente devem ser ingeridos. Por isso, a Te peço clemência em nome do teu filho amado Jesus! E fazendo o sinal da cruz sobre o peito com a mão direita finalizou: em nome do Pai, do Filho e do Espírito Santo, amém! Terminando as preces, se levantou do lugar de onde estava, limpou a calça na altura dos joelhos que havia se sujado de areia, e voltou em seguida para a pensão, onde ele e os amigos estavam hospedados. No outro dia, bem cedo, chamou os colegas para irem juntos a beira do rio São Francisco, de lá, foram ao centro de abastecimento da cidade, conhecer o local que era famoso, e por isso, era muito visitado por quem chegava de fora. Todos os dias, enquanto permaneceu na cidade "santa" acordava cedo, às 05h00, para assistir as missas. Subiu algumas vezes no cume de um monte escarpado cujo lugar era chamado de: alto do cruzeiro, e de lá do alto desse monte, pôde contemplar o rio São Francisco no flanco esquerdo do morro deslizar de forma sinuosa as suas margens plácidas semelhantes à serpente em movimento. Ainda no píncaro, alguém que conhecia a tradição do lugar o chamou para "bater na pedra" um costume antigo, que, segundo a crença que surgira na própria cidade: qualquer que fosse a pessoa, que, ao proferir um nome escolhido quer fosse de um familiar ou de um amigo ou o seu próprio nome, batesse uma pedra sobre outra e elas trincassem fortemente, tipo de estampido estridente, significava que a pessoa que tivera o nome proferido retornaria a cidade com vida. Porém, se o estampido fosse fraco, significava que a pessoa, além de não retornar mais ao município, teria apenas mais 1 ano de vida. Ele escutou com deferência o que lhe fora dito, e agindo com fé, e pensando positivamente, bateu a pedra sobre a outra, e conforme a premissa daquela crença houve estampido forte, era, portanto, o sinal de que viveria por mais algum tempo e que retornaria a cidade em outra oportunidade, e isto, o deixou aliviado. Durante esse tempo participou de vigílias noturnas, correntes de orações, e de procissões, onde ajudou a carregar o andor do "Santo" pelas ruas estreitas do município. Achou tudo maravilhoso naquela cidade, apesar do clima, com o sol inclemente, que incomodava muita gente, porém, não se ouviu ele reclamar de nada. Contudo, como era época de festa, a cidade recebia muitas pessoas, de várias regiões do Brasil; pessoas atrás de bênçãos ou para agradecer alguma graça alcançada; gente com interesses e índoles diferentes. Alguns para trabalhar, como: vender roupas; sapatos; baldes; panelas feitas de barro vermelho; frutas e verduras, e, até o próprio corpo. Outros para ajudar os pobres e doentes, e outros para matar, roubar e lesar a consciência dos "pobres coitados" ao se aproveitar de suas ingenuidades e de suas boas vontades cuja busca pela graça, agradecimento ou sede de fé, os fazem se aglomerar nas estreitas ruas do município.

No dia 15 de setembro do corrente ano, às 09h00, o astro-rei ainda reverberava a sua luz como sempre nesta época do ano. E, enquanto o mais galante entre os homens ainda permanecia naquela cidade santa, falou para os amigos: pessoal, darei uma volta para esticar as pernas um pouco, mas já volto o.k.? Comunicou aos colegas, que, deitados em esteiras feitas de cipó não fizeram questão de se levantar para acompanhá-lo naquele momento. Ao sair da pensão, andou poucos minutos, mas o suficiente para se afastar do local do qual se encontrava instalado. Enquanto isso deu de cara com transeuntes anônimos: uns que subiam e outros que desciam as ruas. Nesse ínterim, passou próximo de meretrizes que, em pontos estratégicos esperavam por homens que estivessem dispostos a pagar por momentos de prazer, as quais, ao perceberem o seu porte físico e a sua indubitável beleza logo falaram no instante em que ele passava: ei gatão! Exclamou uma mulher alta, com aproximadamente, 1.78 cm; de tez clara, cabelos loiros, seios grandes, e boca de lábios finos, mas de corpo bem-feito; a qual fazia gestos, franzindo os lábios um sobre o outro, e com a língua pontuda e avermelhada a mostra. Venha até aqui, que eu lhe levarei ao céu sem que necessariamente você saia da terra! E, eu lindão! Disse outra mulher, de tez clara, estatura média, com aproximadamente, 1.72 cm, e de bustos também um pouco avantajado, a qual sacudia os cabelos longos e negros para um lado e para o outro, e alisando o corpo na altura da cintura de forma sensual para chamar a sua atenção, disse: mostrar-te-ei o quarto das 1.001 noites de prazer! Enquanto outra que era alta, com aproximadamente, 1.78

cm; de tez morena clara, de lábios vermelhos, e olhos cor de mel; se expressando em alta voz, talvez, para acabar com a concorrência das outras, assim, dissera: aqui meu amor, você não paga nada! Ele sorriu com as insinuações que acabara de ouvir e presenciar, mas de forma educada agradeceu as propostas que recebera, e fazendo gestos com uma das mãos ao alto como se desejasse um até logo para alguém conhecido, subiu a rua e foi embora. Porque ali, naquela cidade considerada santa por muitas pessoas, ele não queria diversão, a única coisa que desejava, era diminuir os pecados, e não aumentá-los. De repente, enquanto se distanciava da "rua da perdição" fora de súbito, surpreendido pelo chamado do seu nome:

— João, você por aqui? Perguntou um rapaz desconhecido.

Aquele homem era de tez morena clara, olhos pretos, cabelos lisos e, pretos; com aproximadamente, 1.80 centímetros de altura; pesava 85 quilos; usava óculos de grau e uma aliança de ouro na mão esquerda o que o ajudava a transmitir aspecto de pessoa confiável. Vestia-se todo de branco, com chapéu de tecido branco adornado por várias fitas do senhor Bom Jesus da Lapa; no braço direito tinha um terço enrolado; e no pescoço pendurado até o umbigo um crucifixo de madeira de mais ou menos uns 25 centímetros de comprimento.

—Sim, estou! Respondeu irresoluto como quem não reconhecera a pessoa que o indagou naquele instante.

Mais uma vez, o rapaz olhou de modo fixo para dentro dos seus olhos, como se lançasse um "feitiço" sobre eles através do olhar de aspecto gnóstico que possuía, e perguntou:

— O quê você está fazendo aqui meu amigo? Antes de receber a resposta, o falaz novamente, perguntou:

— Você está doente?

— Não sei. Talvez. Respondeu sem pensar direito.

— Oh, rapaz, você está com cara de quem estar doente, mas se quiser ficar bom, eu te indicarei uma pessoa maravilhosa, que pode lhe ajudar. Você quer ajuda meu amigo?

O galanteador por sua vez, mesmo sem saber o que responder e o que fazer, e com dúvidas como se no íntimo se perguntasse quem era aquela pessoa que surgira de maneira inesperada. Mesmo assim, balançou a cabeça afirmando que sim, e respondeu:

— Quero!

Então, o suposto "amigo" que encontrara na rua, levantou a mão direita, e a jogando para o outro lado, falou:

— Vamos agora que eu o levarei ao mestre que é curandeiro, é um homem bom, e logo, você ficará curado! Disse o caridoso rapaz.

A partir daquele momento, andaram debaixo de um sol escaldante como se andassem em círculos. O homem o conduziu de maneira pérfida pelas ruas da cidade, dando voltas e mais voltas, para que depois ele não pudesse identificar o local em que havia sido levado. Andaram pelas ruas estreitas durante uns 40 minutos, onde o galanteador aéreo, parecendo uma máquina em movimento sob os comandos de controle remoto, e sem perceber o que estava acontecendo, e que, aquilo era um engodo, seguia o homem cegamente pelas ruas e becos.

— Chegamos! Disse lhe "o guia".

— Tá bom! Respondeu ao dito cujo, mesmo sem saber onde estavam.

Enquanto isso, o estranho homem bateu a porta de uma residência: poooom! Poooom! Poooom! Que não tinha número. E, em seguida, falou para outro que certamente o esperava:

— Sou eu, e trago comigo um paciente muito especial! O nome dele é João! Exclamou chamando-lhe a atenção para fatos que julgavam ser importantes. Deixo-o aqui aos seus cuidados!

Do outro lado da porta, alguém que aguardava a visita, respondeu:

— O.K.! Pode deixar comigo, que cuidarei dele com muito carinho e atenção!

Então, a pessoa que estava do outro lado, abriu a porta e disse:

— Pode entrar seu João! Tire os sapatos e os deixe ai na porta, e venha devagarinho com todo cuidado para não tropeçar nas velas que estão acesas.

A casa era um local aparentemente de meditação e paz, e quase todos os móveis que se encontravam em seu interior eram brancos; as suas paredes eram pintadas na cor branca; com muitas velas brancas acesas nos pires que se encontravam espalhados no solo por toda à casa; havia também, toalhas brancas sobrepostas em uma mesa de madeira de quatro cadeiras; jarros com rosas brancas e quadros nas paredes com a imagem do Cristo, o Salvador do mundo, também de anjos e, criaturas celestiais, para lembrar aos visitantes que aquele local era um lugar "sagrado". Ao transpor a porta, percebeu que aquele que o recebia no momento, era um homem de meia idade, com aproximadamente, 1.90 cm; era de tez branca, com compleições físicas análogas ao do povo alemão: olhos azuis; cabelos castanhos claros e lisos; e possuía o mesmo estilo exótico de se vestir do primeiro, porém, um pouco mais exagerado, pois havia em seus membros superiores um terço enrolado em cada punho; cinco crucifixos de tamanhos médios pendurados em seu pescoço; e, ainda, usava chapéu branco, calça na cor branca, e camisa branca com a imagem do "Santo", estampada na frente. Tinha também vários colares e fitas amarradas em seus braços que se emaranhavam como redes. Enquanto o homem que abriu a porta o atendia, o outro, que o conduziu até aquele emblemático lugar, se despediu e foi embora. Ao adentrar a casa em que o tal curandeiro se encontrava, ouviu a seguinte pergunta: qual o seu problema? Mas antes que esboçasse reação e respondesse o que lhe fora perguntado, o homem usou a mesma artimanha do comparsa e continuou a falar:

— O senhor sabe que está doente, não é seu João? Por isso, é que veio aqui me procurar, porque eu posso lhe ajudar, não é isso? Perguntou novamente.

— Não sei ao certo, respondeu timidamente. Sentindo no corpo musculoso e definido moleza que nunca havia sentido. O semblante estava sorumbático, com os olhos alquebrados como se estivessem com pesos sobre as pálpebras, e uma moleza inexplicável que sentia e que o assolava, o induzindo para que imediatamente procurasse por uma cama para dormir.

Enquanto isso, o suposto homem bom falou:

— O senhor está com a aparência horrível, muito apático, cara de quem realmente está doente, e de quem precisa de ajuda. Deve ser "mal olhado!" Olhar mal de pessoa ruim que possui o espírito da inveja, talvez, porque seja muito vistoso! Olha! Chamou-lhe à atenção novamente. Quero que se dirija com calma e com total atenção até o canto da sala. Ponha a palma da mão sobre a testa, abra as pernas, folgue um pouco o cinto e respire profundamente por duas vezes, buscando trazer do interior das suas entranhas tudo o que for de ruim, e que tem lhe deixado doente esses dias, para que assim, possa arrancar o mal pela raiz. Depois, cuspa com força para dentro daquele saco preto, que está em cima daquela mesa, ali no canto. Então, vitimado por estupor psíquico temporário o mais galante se dirigiu caminhando meio que sonâmbulo até a mesa que estava no canto da sala, e de acordo como o suposto homem bom lhe orientara, cuspiu para dentro do saco. Ao fazer aquilo, ilusões de óticas o induziram a crer naquilo que os golpistas queriam que acreditasse, e a partir daquele instante, só viu sangue vermelho-escuro sair de dentro da boca: foram jatos e mais jatos de sangue, foi tanto, que ficou com receio e bastante apavorado com que via que logo perguntou ao homem que estava ao lado, o observando:

— O que é que eu tenho mestre? Pois nunca tive problemas dessa estirpe em minha vida.

O curandeiro deu um "sorriso amarelo". Depois deu uma pausa na expressão cínica, e falou:

— Tenha calma! Eu estou aqui é para isso, para lhe ajudar! Lembre-se: sou seu irmão de fé. Finalizou dando umas palmadas em suas costas como um amigo leal que no momento de dor do outro, tenta lhe consolar. O golpista circunvagou a sala como se estivesse fazendo um ritual; se aproximou do paciente novamente, ficando em pé e de frente para ele; fez o sinal da cruz em sua testa com a mão direita e pronunciou algumas palavras estranhas, as quais, ele não conseguira identificar: se era idioma de um país desconhecido, um dialeto ou se era uma reza ou um tipo de exorcismo espiritual. O homem o olhou fixamente em seus olhos mais uma vez que ainda estavam quebrantados, mostrou uma garrafa que estava em cima da mesa, e disse:

— Olha, você levará para casa, aquela garrafa, que contém um líquido incolor, inodoro e incipiente, que parece que é água, mas não é! É um líquido santo e poderoso que fora abençoado por um milagreiro daqui da região no interior da gruta do Senhor Bom Jesus da lapa. Você o beberá durante 3 dias em jejum, e após ter bebido todo o líquido você ficará bom, e sem resquícios dessa doença, que talvez seja olhado de gente agourenta que deseja vê-lo pelas costas. Agora é o seguinte seu João: não costumo cobrar nada de ninguém por essa consulta, apenas aceito doação para repassar aos pobres necessitados que andam as centenas por aqui pedindo esmolas. Então, somente por isso, eu quero que o senhor coloque a mão dentro dos bolsos, e em seguida, retire toda a porcaria que estiver dentro: papel, dinheiro, moeda e coloque tudo dentro do saco que cuspiu.

Assim como um benfeitor que diante de um pobre necessitado doa aquilo que o coração deseja e que acha necessário para satisfazer as necessidades de momento do pedinte; assim fora o ludibriado galanteador que sem questionar aquela falação, pôs as mãos nos bolsos da calça de linho, pegou cerca de 120 mil réis, dinheiro corrente e oficial do Brasil na época, e colocou tudo dentro do saco preto, de acordo como havia lhe ordenado o falso curandeiro. Continuando a falar, o enganador disse:

— Agora meu irmão, pode ir embora para descansar!

— Muito obrigado! Respondeu o galanteador agradecendo com a garrafa cheia de água na mão.

— De nada! É minha obrigação ajudar as pessoas necessitadas!

— Boa tarde! Desejou com expressão facial de satisfação como se despedisse de um santo.

— Boa tarde! Respondeu novamente fazendo assentimento com a cabeça. Mas não se esqueça de uma coisa: de tomar o remédio no outro dia de acordo como lhe falei, porém, em jejum. Lembrou o capadócio para o homem ainda em transe.

Quando o mais galante entre os homens chegou à pensão em que estava instalado, todo satisfeito, com a garrafa cheia de água na mão, e falando com empolgação para os amigos da consulta milagrosa que fizera com um homem bom, um senhor de idade, dono da pensão, que, sem querer ouviu todo o teor da conversa. Balançou a cabeça de forma negativa para um lado e para outro e caminhando para próximo deles, falou:

— Oh, meu jovem! Permita-me dizer uma coisa: você caiu em um dos golpes mais antigos que existe por aqui, passou a contar com detalhes, como os golpistas escolhem as vítimas, baseando-se em suposta quantidade de dinheiro que as pessoas possuem nos bolsos ou quando não conseguem perceber a quantidade monetária que os mesmos possuem. Eles, os escolhem pela fé que demonstram no interior do santuário, ao ficarem ajoelhados, com os olhos fechados e meditando por um longo período. Ao escolherem as vítimas, eles a seguem para ver onde elas estão hospedadas, e ficam esperando uma chance para dar o golpe. Quando surgi à oportunidade, eles as chamam pelos nomes mais comuns que existem em nossa terra, tais como: João, Pedro, Paulo, Manuel e etc. Se a pessoa escolhida que eles chamaram pelo nome que fora proferido aleatoriamente, dissesse: não, o meu nome não é esse. Através de encenação ludibriadora eles dizem que se esqueceram. Pedem perdão pelo equívoco que cometeram, depois retomam a conversa e perguntam como é o nome correto. Pronunciam os nomes que lhes fora revelado umas duas ou três vezes como se quisessem dizer que não esquecerão novamente. A partir desse primeiro contato, se passam por conhecidos e amigos das vítimas. Nesse ínterim, eles as enfeitiçam, através de olhares diabólicos seguidos de "rezas possessivas". Dizemnas que estão doentes, assim elas começam a achar que realmente estão, e sentem efetivamente alguns sintomas, como: corisa, tontura, cospem sangue da boca e etc. No segundo passo, as vítimas, são convidadas a irem a um determinado lugar, desorientadas e já sob o efeito do feitiço que lhe fora lançado, aceitam o convite para visitar o falso curandeiro, e ai é consumado o golpe.

Ao ouvir o histórico daquele golpe, os truques e os argumentos usados pelos falsários para fisgar a isca, eram infelizmente para sua lástima além de irrefutáveis, suficientes para aceitar de que fora enredado por uma farsa. Por tudo isso, vem a si, e, se enfureceu. Nesse instante, o sangue subiu ao rosto lhe deixando tolhido de vergonha. Porquanto, pegou a garrafa que continha água dentro, e a jogou ao chão esbravejando. Conversando e meditando no que havia acontecido, chegou à conclusão que: o seu ponto fraco e de muitas pessoas que caíram, ou que cairão naquele golpe, foi a fé, este foi o ponto fraco: a fé.

Na volta para Feira de Santana, apenas alguns quilômetros, distante da cidade santa, pararam o carro para liberarem algo que se encontrava preso nas bexigas, e aproveitaram o tempo para descansar debaixo de uma árvore de boa sombra. Mas ao olharem para o horizonte, não muito longe, descobriram próximo debaixo de outra árvore e na distância de uns 300 metros, que, um homem alto, de tez branca, de aparência e de sotaque estrangeiro, operava de forma entretida um instrumento de comunicação conhecido, como: rádio amador. Esse homem era inglês, da cidade de Londres, morava no Brasil, a mais de 20 anos. Era casado com uma brasileira, tinha três filhos brasileiros, era bem-sucedido profissionalmente, e trabalhava no ramo da engenharia eletrônica na cidade de Salvador. Mas às vezes quando retornava para Bom Jesus da Lapa, cidade onde morava a família brasileira se sentia um estranho no ninho e logo a falta dos parentes que ficara no seu país de origem, começava a lhe esmagar o coração e a lhe obsedar a mente, por isso, que havia comprado um rádio amador para que pudesse estar sempre informado com tudo o que acontecia com o seu país natal. E, ao ficar na escuta de forma rotineira para saber o que se passava, ouviu a terrível notícia de que a Inglaterra e a França haviam anunciado em 03 de setembro do corrente ano, que estavam em estado de guerra contra a Alemanha, por ela, ter invadido a Polônia, país que tinham em conjunto um pacto de cooperação.

No momento em que se aproximavam do cidadão de aparência e sotaque estrangeiro, notaram comportamento incomum no mesmo, o qual gesticulava de forma agoniada. Por isso, Sarça falou: ôxe! O homem está a ponto de dar um ataque cardíaco! Vamos rápido, porque senão, pode ser tarde! O distinto homem ao perceber a aproximação, se assustou, porém, procurou se manter calmo e sentado sobre um lençol branco que estendera ao solo, com a mesma postura que os lordes ingleses se sentam à mesa: as pernas cruzadas e o tronco ereto. Ao se aproximarem mais, e terem contato visual, saudaram-no lhe desejando um bom dia e de maneira cordial se apresentaram dizendo os nomes de um e de outro respectivamente. Contudo, o mais galante entre eles agindo como alguém que não quer perder tempo com outro tipo de assunto, tudo porque, os seus olhos negros brilhavam semelhante ao brilho de um diamante lapidado, ao ver de perto o instrumento de comunicação que tanto havia utilizado e do qual tanto sentia saudades, que de súbito, perguntou em português:

— Por obséquio, por que um cidadão distinto como o senhor procurou um lugar remoto como este para poder escutar rádio? E, por que gesticulava e fazia tantas caretas como se fosse dar infarto?

Foi quando em seguida, o homem relatou sobre o que estava acontecendo na Europa naquele momento, dizendo com a voz embargada e um aperto no coração, que o seu país estava em estado de guerra contra a Alemanha, e que, boa parte de sua família ainda mora na Inglaterra. Era por isso, que ele fazia aquelas caretas, era reação de pura preocupação. Pois o meu pai, continuou, que Deus o tenha! Foi um combatente da Primeira Grande Guerra Mundial e me contou sobre os amigos valorosos que perdeu no campo de batalha lutando contra os malditos alemães. Eu me lembro do seu olhar sereno, triste, quando nos contava sobre os horrores na frente de guerra que eram praticados pelos soldados alemães.

— Então, a Alemanha invadiu a Polônia? Eu já esperava que isso fosse acontecer! Tenho acompanhado o nascer e o desenrolar destes fatos desde 1934! Exclamou aquele que era o mais galante entre eles o qual ficara de sobrecenho fechado como se tivesse ficado amargurado com tudo que acabara de ouvir.

— Sim, meu amigo, ela invadiu! E por isso, o meu país está em guerra contra essa monstruosa tirania.

Ao escutar a narração de detalhes funestos sobre a guerra e as supostas consequências que poderia acontecer, o mais galante ficou estarrecido diante daqueles tristes relatos. Contudo, como aqueles acontecimentos que pouco tempo depois sacudiriam o mundo, eram muito distantes geograficamente falando, e que talvez, por isso, não tivesse nada a ver com ele diretamente, apenas lamentou o que estava acontecendo, e em seguida, agradeceu pela espontaneidade do homem em responder as suas curiosidades, desejou boa sorte para a Inglaterra, se despediu e foi embora, mas com sentimento pesado no peito. Porém, antes mesmo de irem para o carro, adentraram uma fazenda, embora sem anuência do dono. Cataram frutas, como: mangas, umbus e jacas. Conversaram com algumas pessoas que eles encontraram, e depois, voltaram para o veículo e pegaram a estrada novamente. Nesse ensejo, enquanto os pneus do carro rodavam ruidosamente nas estradas de chão, Seu Tino olhando de soslaio para o galanteador que estava sentado ao seu lado e próximo ao motorista na boleia do caminhão, se lembrou do golpe que o amigo tomara do falso curandeiro, e dando leve sorriso com ar de ironia estampado no rosto, disse:

— Ah! Ah!Ah!Ah!Ah! Eu nunca imaginaria que você João, que é muito astuto, e muito esperto cairia num golpe daqueles! Bem que Bacheiro me falou sobre uma visão que tivera na beira do rio, de que você num futuro próximo seria feito de "besta". Refletiu se lembrando do que o outro colega falara anteriormente. E dando um sorriso amarelo, como se ele, o sorriso, fosse o troco merecido em resposta à decepção do tumultuado velório.

Por sua vez, o mais galante entre eles olhou para ele, e respondeu ainda amargurado com a situação:

— É verdade! Ele se aproveitou que eu estava envolvido com o clima da cidade, com a igreja, e com a fé inabalável em meu Senhor Bom Jesus da Lapa, para aplicar o golpe. Agora, direi algumas coisas para vocês: dificilmente uma "pessoa qualquer" escaparia naquela circunstância, daquele golpe, porque, quando ele apareceu para mim, e me chamou pelo nome, embora, não o reconheci na hora, me pareceu ser uma pessoa amiga, sincera, que realmente veio para me ajudar. Então, eu abri a guarda, e o restante da história vocês conhecem. Continuando a falar, concluiu: sobretudo, apesar do dinheiro que surrupiou, diga-se de passagem, que não foi pouco, para ser mais exato, foram

120 mil réis. Cinquenta por cento de um montante que passei quase 6 meses juntando, o golpe que tomei, serviu como uma lição de inestimável valor, porque antes, acreditava muito nas pessoas, e a gente não deve ser assim. E, fazendo alusão a um versículo da bíblia pela segunda vez em sua vida, falou em seguida: porque está escrito nas sagradas escrituras: "Maldito o homem que confia no outro".

“O encantador de mulheres”

O poder das “orações”

Em: “O livro proibido”

# Parte 2

## Capítulo XVI

# Começa a Segunda Guerra Mundial

De volta ao convívio pacífico com a família e amigos era tão prazeroso que o fazia com que momentaneamente se esquecesse de um final de ano que fora um dos mais atribulados que tivera nos últimos tempos. Nesse ínterim, nada lhe obsedava o espírito: nem as falações a respeito da ressurreição tumultuada na qual fizera as pessoas passarem por tolas; nem as falações a respeito dos achaques morais que lhe imputavam por preconceito; nem mesmo as críticas a respeito do tratamento lúbrico que dispensava as moças de família; nada disso lhe tirava do sério. A única coisa que ainda lhe deixava aperreado, era o germe intransigente que o corroía chamado de: desejo da carne, isto sim, que ora ou outra lhe tomava de assalto e o deixava desnorteado. O que novamente lhe levava a enredar em sua sorrelfa alguma jovem donzela, para consumar o desejo como se fosse um animal selvagem que age por instinto. Contudo, em relação às donzelas e ao tratamento lúbrico que lhes dava, o sentimento que sempre tivera, foi de que: fazia o bem a elas, pois, lhes dava prazer e as fazia felizes. Nunca, jamais, as forçava. Sempre era com os seus consentimentos, pois não era usurpador e nem tão pouco um meliante. Era por isso, que nunca se sentia sem escrúpulo. Contudo, e agindo por hábito, pois possuía um consciente questionador se perguntava, e consigo mesmo respondia: apesar de ter duas irmãs em idade de se casar e de não gostar da hipótese de que algum rapaz possa lhes envolver no jogo da sedução e, depois as descartem e as façam sofrer, por que não sinto remorso? Talvez, porque sou homem, e involuntariamente carregar no corpo os genes dos meus antepassados e com isso a missão de que a raça humana deve se perpetuar. Assim concluía os pensamentos, e talvez, isto lhe conformava. Porém, para não mais ir à contramão em relação aos princípios morais que desde pequeno foram incutidos na mente através dos seus genitores, e não quebrar promessas que fizera recentemente passou a prover os prazeres da carne somente com mulheres que já tivessem experiência sexual, ou com viúvas ou com meretrizes que não lhes davam sossego. Além disso, indesejável sentimento de vazio o assolava e o deixava avassalado, prisioneiro de culpas bem como de fracassos. Sobretudo, amainar a mente era desejoso e coerente com o contexto momentâneo. Então, como capitoso e apetecido vinho que é tomado de um só gole; emborcou nos pensamentos, e se lembrou de um velho amigo que outrora lhe ajudava a esquecer dos dias difíceis da vida; e sem querer hesitar mais um dia, para que pudesse voltar a praticar o velho hábito, se dirigiu até a cidade de Salvador, capital da Bahia, com a pretensão de comprar "um novo rádio amador".

Salvador é a cidade baiana mais importante do estado da Bahia. Foi durante o período Brasil colônia, a primeira capital da nação. O seu povo além de ser muito festeiro é também receptivo; tem extenso litoral de belas praias; possui comércio pujante, e pontos turísticos de grande relevância para o estado, que despertam paixão, pois, possui uma das belezas naturais mais admiráveis da América Latina, e um dos mais ricos acervos arquitetônicos do Brasil. Em destaque o charmoso pelourinho, de tanta história da cultura e dos costumes baianos. "Segundo a história oficial da formação da cidade de Salvador", o município é formado pela cidade Alta e pela cidade Baixa, as quais são separadas pela chamada falha geológica de Salvador um afundamento de uma faixa de terra de 100 quilômetros na direção norte-sul, que aconteceu há milhares de anos. Esta característica topográfica somada à posição geográfica da baía de todos os Santos foi decisiva para ser escolhido, o lugar, de fundação da capital do Brasil em meados do século XVI. Sobre a escarpa de 70 metros, protegida contra-ataques pelo mar, se encontrava à cidade fortificada cercada de muros, embaixo ficava o principal porto do comércio marítimo da costa brasileira. Em meados do século XVI, a mando do primeiro governador-geral do Brasil, Tomé de Souza, começa a construção da cidade Baixa, inicialmente, como porto marítimo. Esta área guarda boa parte da história de Salvador, servindo até os dias atuais como potencial porto.

Entrementes, quando chegou à belíssima cidade baiana, buscou no bojo de seu pujante comércio onde poderia comprar um rádio, e isso, foi muito difícil de acontecer. Porém, embora a procura tenha sido extenuante, lhe obrigando a percorrer diversas lojas do diversificado comércio, perguntando a um e a outro onde poderia encontrá-lo. Contudo, localizou em uma loja de equipamentos eletrônicos, o que tanto procurara. Travou angustiante negociação com o dono que estava reticente em não vendê-lo, mas enfim conseguiu convencê-lo e comprou o tão almejado equipamento na mão de um emigrante francês e ex-combatente da "Primeira Grande Guerra Mundial" que residia em Salvador havia 15 anos.

Já com o equipamento nas mãos, voltou imediatamente para casa. E a partir do instante em que chegara com aquele que, para ele era muito "precioso", não fazia outra coisa, exceto, trabalhar o suficiente para garantir por uns dias as necessidades básicas, porque a maior parte do tempo se dedicava a ficar navegando. Então, mais uma vez e como de costume, ele, pegava o aparelho e se dirigia para algum lugar tranquilo no mato, local quase remoto e que ficasse de preferência longe de barulho e longe dos olhares preconceituosos de alguns ou do assédio de outros que não lhes dava sossego. Eram pessoas impertinentes, que tiravam o dia inteiro caso ele permitisse, e ficavam o interrogando a respeito das aventuras e feitos. Contudo, e não obstante aos assédios, ouvir rádio era uma das coisas que mais gostava de fazer na vida; era-lhe quase que em demasia deveras prazeroso; era como fazer saborosas e apetecidas refeições. Em seu modo de vê e compreender, operar aquele instrumento de comunicação era simples e fácil, não era laborioso e nem tão pouco lhe enfadava, era só girar a manivela 360° graus várias vezes se fosse necessário até sintonizar na frequência que queria, o resto ele se preocupava depois. Em 1939, a Alemanha com fins imperialistas se preparou militarmente. E de forma pérfida invadiu a Polônia, um pequeno país localizado na Europa. Com isso, explodiu a "Segunda Guerra Mundial". Nesse ínterim, o mais galante quase todos os dias ouvia as notícias que eram relacionadas a guerra às quais chegavam através das ondas sonoras, porém, as informações quase sempre o deixavam com o "coração na mão". Um ano após a Segunda Guerra Mundial ser deflagrada, isso em maio de 1940, quando a Alemanha também invadiu a França, o mundo inteiro mais uma vez reagiu, e a condenou por mais uma pérfida invasão, porém, apenas com protestos escritos ou falados e, nada mais. Por sua vez, ao ouvir as opiniões de repúdio contra as atitudes alemãs, e alguns relatos assustadores de que pessoas inocentes estavam morrendo na mira das armas germanas, ficou indignado e com sentimento no espírito de que ainda tinha perante as pessoas, e perante a si próprio, um dever ainda maior a cumprir. E tudo isto, estava relacionado mesmo que indiretamente com a tragédia das cidades de Cachoeira e de São Félix, que ainda o deixava acabrunhado ao se lembrar de como tudo aconteceu. E, assim, cada dia que passava, os sentimentos se fundiram e começaram a lhe obsedar a mente o induzindo a logo tomar a decisão de partir o mais breve possível, principalmente, porque às informações que chegavam do front na França, davam conta de que, a situação estava ficando desesperadora, tanto para os franceses bem como para os ingleses que foram socorrer o seu aliado das garras dos exércitos alemães. A Alemanha nessa época se encontrava no auge de sua força militar e parecia que o seu exército era imbatível, pois as campanhas militares até então eram avassaladoras e os seus exércitos eram muito poderosos e assombravam o mundo com a força e a supremacia de ataques rápidos e fulminantes, chamados de: Blitzkriegs.

O mais galante no momento que ponderava sobre o contexto da guerra, teve uma inspiração e fez uma mensagem sobre a mesma como se no íntimo buscasse justificar a sua jornada:

A ganância e o desejo de poder de algumas nações têm gerado inquietação e perturbação, e, consequentemente, causando guerra: a qual é semelhante a famigerados entorpecentes que gradativamente corroem a mente humana e aprisiona a sua alma, além de infringir um mandamento bíblico de que não deve matar; por fim, destrói não só o corpo, mas o separa de Deus, e de tudo que há de bom neste mundo. Provoca sofrimento insofismável e inconcebível. No entanto, é preciso sempre lutar quando houver a necessidade de defendermos tudo aquilo que julgamos ser importante para o bem comum e coletivo. Principalmente, quando a tocha da opressão e da escravidão estiver acesa querendo cercear a luz da liberdade. Por isso, devemos sempre estar em alerta para defendermos os nossos valores e princípios. Mas acima de tudo, a vida que é o bem mais precioso que o nosso Pai celestial nos concedeu!

No momento que concebeu na íntegra a inspiração que tivera passou para o papel como se quisesse imortalizar aquelas palavras. E sem querer esperar mais tempo, ao ponto de saber através do rádio que as nações agredidas ruíram nas garras da Alemanha, decidiu partir para a Segunda Guerra Mundial, no intuito de ajudar a França, a Inglaterra e o mundo a enfrentar o temível exército alemão. Porém, antes de cumprir a voluntariosa missão, procurou comunicar aos pais de modo que não os deixassem preocupados quanto ao país, para o qual, realmente almejava viajar, e, com expressão facial semelhante ao de alguém que tinha algo importante para dizer, e usando um tom ameno de despedida, falou:

— Mamãe e papai! Chamou-os atenção. Levantou-se do banco de madeira no qual estava sentado durante alguns minutos, circunvagou um pouco o terreiro, voltou a ter contato visual e de pé para eles, falou: farei uma longa viagem, e talvez, demore um pouco para retornar.

Nesse instante, a revelação da viagem e o tom melancólico que usara para falar pegaram os seus pais de surpresa e os mesmos logo perguntaram:

— Para onde Joãozinho? A mãe foi a primeira que perguntou o olhando surpresa.

— Para os Estados Unidos minha mãe! Respondeu aquele que já era considerado há algum tempo herói do povo.

— Estados Unidos! Exclamou também surpreso o pai. Já ouvir falar desse lugar! Não me recordo onde seja. Ou, em qual continente fica localizado: por acaso meu filho é aqui na América do sul, na América do Norte ou é na Europa? E por que você vai fazer essa longa viagem? Concluiu fazendo uma série de perguntas, já pressentindo à falta que o primogênito faria.

— Não é nada tão importante. Respondeu em meio a um sorriso afetuoso. Só passearei um pouco. Continuando a explicação, ele, os lembrou de que, há tempos falava:

— Lembram-se? Dirigiu a palavra aos dois de forma simultânea: que às vezes falava que um dia gostaria de visitar um país estrangeiro?

— Sim, nós lembramos! Respondeu a mãe com a voz embargada e os olhos rasos d' água.

Ele olhou atentamente para as feições de seus pais que já estavam entristecidas, e falou: não se preocupem comigo, irei, mas retornarei. Garanto isso a vocês! Exclamou tentando os deixar com os corações mais leves em relação à falta que faria entre eles.

— Quando o mais galante entre os homens resolveu ir à guerra, no início da década de quarenta, estava com 33 anos. Entretanto, embora já tivesse as feições visivelmente formadas de adulto, e de possuir barba, não aparentava ter aquela idade. Isso porque, havia um mistério que o cercava e talvez nenhum cientista no mundo por mais sagaz que fosse pudesse decifrar a complexidade da manutenção de sua genética. Pois era uma equação complicada de se resolver: as células do corpo se mantinham em processo constante se reproduzindo e se regenerando, pois, recebiam comandos do cérebro, estímulos que eram emanados através do poder das orações que proferira ao longo dos tempos e isto tornara o processo de envelhecimento lento, fazendo com que a pele das faces, e de todo o corpo de modo geral, possuísse vigor e elasticidade invejada, tanto que, para muitas pessoas que o conheciam diziam que o tempo era generoso com ele, enquanto que, para a maioria absoluta do povo a contagem progressiva do tempo com suas as horas, seus minutos e seus dias era implacável... Deixando marcas visíveis no rosto através da flacidez da pele e das famigeradas rugas; mas, para ele, era como se o tempo engatinhasse... O qual se assemelhava em termos de jovialidade: a um jovem de 18 ou 19 anos; nesse ínterim, ainda se encontrava no processo gradual de desenvolvimento de sua força física; as habilidades e os sentidos estavam ficando cada vez mais aguçados, e mais apurados; a inteligência era fora do comum, e era de se espantar, pois jamais existira nas regiões por onde andara, e não tinha se falado até então, a respeito de outra pessoa mais prodigiosa, mais esperta ou mais astuta. Além disso, ainda podia contar com os poderes das orações que a sua família lhe ensinara, e é claro, com a sorte do destino que todo herói possui.

Enquanto isso, dias depois da necessária, mas embaraçosa conversa que tivera com os genitores, era imprescindível saber a respeito do clima e de outros detalhes importantes daquele país para o qual viajaria. Porquanto, recorreu a diversas fontes para se inteirar. E, em 12 de dezembro de 1940, foi à data em que saiu de Feira de Santana-BA, uma pacata cidade do interior do Brasil, desconhecida das populações mais civilizadas do mundo, para lutar ao lado dos franceses e dos ingleses na "Segunda Guerra Mundial". Dirigiu-se ao porto de Salvador cidade que é banhada pelo Oceano Atlântico, com vasta área coberta pelo mar, e que tem um dos mais importantes e movimentados portos do país, o qual possibilita a atracação de navios de grande porte, oriundos de diversos países que compram e que vendem para o Brasil variados tipos de produtos que abastecem a cidade de Salvador, e o interior do estado.

Entrementes, ele viajou de ônibus para Salvador e ela durou quase 24 horas, porém, o transporte chegou ao destino sem problemas. Ele desceu no Pelourinho, que fica no centro histórico da capital. E, a pé circulou por alguns pontos turísticos para conhecê-los um pouco mais. Pediu informações a transeuntes que se identificaram dizendo que eram residentes, como faria para chegar ao porto. Pegou um carro de aluguel e se dirigiu até o cais. E, ao chegar ao porto, antes mesmo de descer, pagou o preço devido da corrida que fora cobrado pelo motorista. Depois desceu do carro, e andando com uma bolsa de couro nas costas com roupas e outros utensílios dentro, vislumbrou sobre as águas da famosa enseada da "Baía de Todos os Santos" como é chamado o lugar, dezenas de embarcações ancoradas como se fossem feitas de brinquedos. Eram de vários tamanhos e de várias formas: jangadas, canoas, barcos de pescas, veleiros, navios movidos a vapor que tanto transportavam passageiros bem como aqueles que transportavam cargas valiosas. Mas, ao circunvagar o entorno do cais, percebeu que não seria fácil obter permissão para embarcar em um daqueles navios com destino a outro país, haja vista, que, para que pudesse viajar em uma daquelas gigantes embarcações, necessitaria de passaporte, e o visto autenticado e carimbado das autoridades do consulado, autorizando a entrada no país do destino escolhido. Entretanto, ao confabular com um pequeno grupo de marinheiros receptivos e educados que se encontravam de folga e que circulavam próximos as embarcações os quais estavam acompanhados por "mulheres da vida" os ouvira atentamente corroborarem a respeito da velocidade dos navios, da potência, e sobre as nacionalidades que viriam e que atracariam no caís naquele dia. E sem querer ou esperar obteve a informação que não gostaria de ouvir de que, infelizmente, nenhum navio francês haveria de atracar durante aquela semana no porto de Salvador. Porém, para o seu alívio um navio de origem inglesa, chegaria ao findar da tarde para carregar com produtos de variados tipos. Então, como era muito esperto, e sabendo inicialmente que não teria permissão para embarcar no navio inglês, pois não tinha "visto". Resolveu ficar em surdina, próximo as redondezas do porto, para que, quando o navio inglês chegasse, ele entraria sem ser percebido, iria até a Inglaterra, de lá daria um jeito de ir até a França, assim, o pensara. Portanto, assim que o navio mercante inglês chegou, e ancorou no porto de Salvador, às 16h50min, de uma tarde quente e incógnita, do dia 16 de dezembro. Ele vestiu calça e camisa nas cores pretas para se camuflar. E à noite de forma sorrateira se dirigiu para o navio. Todavia, quando andava sorrateiramente pelo cais e, aos poucos se aproximava da embarcação inglesa, aquela que seria o meio de transporte até a Inglaterra, dois vigias altos e fortes que faziam a vigilância noturna do porto, o vira se aproximando, por isso, de forma estrepitosa os chamara a atenção assoprando fortemente os apitos que possuíam para que não se atrevesse e que retornasse imediatamente, pois não tinha permissão para embarcar. Ele olhou para trás para onde os guardas se encontravam, mas sem hesitar e sem se importar para os seus gestos e para o que eles de modo agoniado falavam correu rápido. E, como um rato que se esconde na penumbra da noite; se escondeu atrás de alguns contêineres que se encontravam ali no porto. E sem delongas, realizou a oração da invisibilidade, ficando completamente invisível à visão humana. Atrás dele correndo até os contêineres chegaram os guardas com os rostos afogueados, armados com cassetetes de ferro e armas de fogo, e prontos para agir se necessário fosse, mas não o encontraram. Concluíram depois em meio a diversas conjecturações que ele havia pulado no mar e certamente morrera afogado.

Dezoito dias depois após chegar ao porto de Salvador a grande hélice do navio começou a girar e a bater ruidosamente nas águas do Atlântico. E, às 10h00, de mais um dia quente de verão, zarpou carregado de produtos. E deslizando nas águas sempre incógnitas e frias, rumou mansamente com destino à Inglaterra, enquanto que o mais galante entre os homens permanecia escondido em seu interior. Durante a longa viagem, sentiu a necessidade de se manter oculto, e por isso, por diversas vezes e de forma perspicaz se utilizou dos artifícios que possuía, e assim, usufruiu dos inestimáveis privilégios da "oração da invisibilidade" o que lhe permitiu que circulasse livremente pelo navio inteiro sem que ninguém o visse. Dessa maneira, ia ao convés e via as águas do oceano passarem de forma frenética por baixo do casco do navio; ia à cozinha, se alimentava; ia ao banheiro tomava banho; ia à cabina e parava próximo ou às vezes junto ao timoneiro, onde atentamente ouvia as ordens que o comandante inoculava aos seus subordinados; vira por algumas vezes, as mudanças de percurso, que o grande e respeitado líder daquele navio era obrigado a fazer para fugir da rota perigosa dos funestos submarinos alemães, pois nessa época, os oceanos e mares estavam infestados de submarinos nazistas. E eles, os submarinos, tinham a missão de encontrar os navios ingleses, para torpedeá-los e afundá-los. Em 1939, quando a Alemanha invadiu a Polônia, a Inglaterra através de um acordo militar que fizera com o país polonês que, se acontecesse à invasão da Polônia pela Alemanha, prontamente, ela, declararia guerra à nação alemã. E a promessa foi cumprida junto aos poloneses. Além do reino Unido, a França quase que, simultaneamente, também declarou guerra à Alemanha, que meses depois invadiria a França e, tempos depois a Rússia numa invasão que ficara conhecida como uma das mais pérfidas invasões que acontecera na história da humanidade porque até então a Rússia era aliada da Alemanha nazista. O Japão que havia invadido a China em 1934 entre outras coisas sabia que os Estados Unidos por ser uma potência militar poderia ser um obstáculo para conquista definitiva desse país, pois os americanos certamente enviariam apoio militar, como: armas e aviões para ajudar os chineses a se defenderem dos ataques japoneses, e que, segundo informações não oficiais os americanos iriam sim se contrapor na tentativa nipônica de conquistar o Pacifico, por isso, declarou guerra aos Estados Unidos, e atacou de surpresa a base naval americana de Pearl Harbor que fica no Oceano Pacífico; a Itália que tinha seus interesses imperialistas alinhadas tanto com o Japão bem como a Alemanha nazista também declarou guerra aos Estados Unidos, que era aliado da França e da Inglaterra. Então, de acordo com a política de alianças militares existentes na época, formaram-se dois grupos de países beligerantes: de um lado os aliados (liderados pela Inglaterra, França, Estados Unidos da América e por último pela União das Repúblicas Socialistas Soviéticas) do outro lado o Eixo composto por (Alemanha, Itália e Japão) E isto, explicava o porquê dos constantes ataques pelos quais as embarcações inglesas sofriam na época pelos submarinos alemães. O primeiro-ministro britânico Winston Churchill grande escritor de livros sobre guerras e, ardil sobre estratégias militares, denominou os insurgentes e, constantes ataques dos submarinos alemães os chamando de: a "Batalha do Atlântico" para que as forças militares e civis do Reino

Unido concentrassem todas as atenções para o perigo que surgia do fundo do mar, ou seja, ao denominá-los assim o honorável primeiro-ministro usou uma estratégia política para convocar o país a empregar eficazmente todos os recursos possíveis para que os ingleses pudessem se livrar daquela terrível ameaça que tinha o objetivo de paralisar o Reino unido, pois o intuito da Alemanha naquele episódio era o de bloquear as rotas marítimas comerciais da Inglaterra, visando diminuir gradualmente as suas importações de produtos básicos e de todos os tipos, desde matérias-primas para fabricação de armamentos, bem como o de alimentos tão necessários ao povo britânico, que, por ser um país insular sempre fora uma nação que necessitou importar produtos para alimentar a sua numerosa e crescente população. Além disso, impedir a intervenção norte-americana no conflito, e com isso, forçar a rendição do Reino unido, um dos mais ferrenhos inimigos na época, utilizando, principalmente, os submarinos para fazer esse bloqueio. Fora um terror o bloqueio marítimo que à Alemanha tentou impor à Inglaterra. Por quase todos os mares e oceanos do planeta, os submarinos de guerra alemães se encontravam singrando e vasculhando as águas, para bombardear e afundar os navios mercantes ingleses, que se aventuravam em cortá-las, atravessando-as. As principais armas usadas pelos submarinos eram os torpedos. E um torpedo poderia ser descrito como um microssubmarino, a partir do instante em que era lançado. Em seu bico, continha carga de explosivos que era acionada no contato com o casco do navio inimigo provocando explosões no momento do choque. Sobretudo, o mais galante entre os homens estava alheio a alguns fatos, apesar de ter sido um assíduo ouvinte de rádio amador, nem todas as informações relacionadas à Segunda Guerra Mundial foram possíveis saber.

Quando o navio inglês se aproximava da costa inglesa, localidade conhecida como: "as entradas do Mercy e Clyde" a tripulação fora surpreendida por um ataque arrasador e mortal, desferido por submarinos alemães, os quais se aproximaram simultaneamente, e abriram fogo contra o navio inglês, que não pôde fazer absolutamente nada. Eram 07h00, de mais um dia que começava para a tripulação; sobre a superfície do mar forte neblina; mas o navio alheio ao que estava para lhe acontecer navegava tranquilamente nas águas frias do Oceano Atlântico já próximo do território britânico. A sua tripulação que era composta por homens determinados e arrojados exerciam as suas funções individuais e, específicas e se encontravam a postos liderados por seu comandante que era um marinheiro experiente, e que já havia realizado aquela rota por diversas vezes e conhecia bem aquelas águas por onde navegava desde a época em que era apenas um marinheiro inexperiente. De repente: uma contingência sombria chamou atenção, e logo o pânico se instalou, pois o perigo surgiu vindo do fundo do mar, o qual fora detectado pelos sistemas sonares do navio. Naquele momento, a tripulação ficou pavorosa, o comandante aos berros pediu aos seus marinheiros que girassem o leme a bombordo 90° graus, e que acelerassem os motores a todo vapor para fugir dos submarinos, e que também, enviasse rapidamente pedido de socorro. Mas, para o azar da tripulação não havia nenhum submarino inglês por perto que pudesse atender o chamado de socorro;

não havia nenhum contratorpedeiro ou uma fragata da poderosa marinha inglesa, num raio de 5 milhas náuticas que pudessem vir rapidamente, e fazer a defesa do navio mercante que se encontrava só e indefeso contra aqueles submarinos alemães que surgiram inesperadamente, de onde os ingleses não esperavam tamanha ousadia. Dois torpedos levaram o navio a pique, o qual em poucos instantes explodiu causando a morte quase que instantaneamente de mais da metade da tripulação. O choque foi tão forte que arremessou várias pessoas para fora do navio, direto para dentro do mar de águas frias. E muitas delas ainda foram atingidas por estilhaços. Com isso, ao serem machucadas, e ao caírem na água, o sangue jorrara de seus frágeis corpos, atraindo para si, predadores marinhos, como por exemplo: tubarões tigres, que, rapidamente chegaram para o banquete. Um dos que também fora jogado ao mar, foi o mais galante que no momento da explosão se encontrava circulando pelo convés fazendo rotineira caminhada matinal desde o dia em que o navio saíra de Salvador. E, como ancora lançada ao mar, teve o corpo fortemente arremessado para o abismo náutico, cerca de uns 25 metros de profundidade, em águas frias de 2° graus. Todavia, a frieza da água e a sensação térmica que, supostamente tenha sentido no momento, não foram suficientes para fazer com que a temperatura de seu corpo despencasse bruscamente e que congelasse, pois o seu cérebro e a pele eram bastante resistentes às intempéries da natureza. E isso, o ajudou a permanecer lúcido, com boa capacidade motora, e ainda, não ficasse com a visão embaçada. Imediatamente, se lembrando de recursos que dispunha, realizou a técnica de ficar sem respirar, para poder resistir por mais tempo enquanto estivesse submerso. No instante em que afundara ainda estava sobre o efeito da "oração da invisibilidade". E isto, foi possível tornar o corpo imperceptível aos olhos de inexoráveis criaturas aquáticas, que eram predadoras naturais daquele ambiente, as quais, ele as vira passar as dezenas próximo onde se encontrava, e seguirem vociferantes em direção às outras pessoas que caíram ao mar. Eram bichos insaciáveis por carne, de corpos imensos, alongados e robustos, com barbatanas parecidas com asas de avião, os quais estavam prontos para detonar as carcaças humanas. Contudo, em menos de uma hora a "oração" que o envolvia e que o deixava invisível, perdeu o  efeito. E a partir desse instante, assim como os outros tripulantes que estavam expostos aos ataques, também virara alvo de caça. Ao perceber que se encontrava em extremo perigo no fundo do mar, tratou logo de nadar o mais rápido possível para que pudesse se livrar de ser devorado por aqueles tubarões que estavam ávidos por carne. Os quais eram enormes, e imprimiam velocidade média em torno de 40 quilômetros por hora. E isso, fizera com que imprimisse velocidade ainda maior, para poder escapar e sair ileso dos tubarões, que começaram de forma simultânea a persegui-lo. E, em poucos instantes, mais de 20 tubarões tigres médios e grandes se fizeram presente no local. E o primeiro o atacou, porém, de maneira rápida, e se assemelhando tanto na velocidade bem como nas habilidades dos peixes mergulhou para direita ziguezagueando e se saindo dos furtivos ataques. Outros tubarões que também foram atraídos pelo cheiro de sangue os quais vieram conduzidos por correntes marítimas que vinham do sul do Atlântico, também o atacaram. Todavia, mais uma vez se esquivou habilmente de ambos. Ás vezes nadava para a direita, às vezes para a esquerda, subia e descia, mas sempre nadando o mais rápido que podia para poder se livrar de seus perseguidores. Nadou tão rápido, com toda a força que possuía nos braços e nas pernas, que os tubarões em meio à vastidão líquida do atlântico desapareceram da sua visão, que, apesar de estar um pouco limitada por estar nesse ambiente, conseguira enxergar. E rápido como um peixe se saiu de seus atacantes e desceu aproximadamente 45 metros a mais. E sorrateiro se ocultou entre as florestas aquáticas ficando entre os corais para não ser devorado voluptuosamente. E ali pôde observar um cenário diferente de todos que já vira anteriormente, onde a pluralidade e a multiplicidade de seres vivos que compunham aquele lugar se constituíam em magnífica obra da mãe natureza. Eram: bancos de corais compostos por organizações de cogumelos gigantes que se estendiam por vários quilômetros e para todas as direções em que se olhava, os quais miravam a superfície como se fossem soldados guardiões em sentinela; algas de todos os tipos, cores e formatos, como: as que pareciam que eram constituídas por espumas de colchão e outros que se pareciam a retalhos de panos; outras grandes, médias e pequenas que se assemelhavam a massa de fazer lasanha que apontavam as extremidades para a superfície, e tremulavam como se quisessem se desprender de suas raízes; havia também outros tipos que pareciam a arranjos de flores; ouriços que eram análogos a bolas de espinhos e outros seres indescritíveis que ele ficou confuso tentando identificá-los de qual "classe" e "família aquática" pertenciam; viu variadas formas e tamanhos de peixes que se mexiam num vai e vem frenético que pareciam que eram movidos por controle remoto. Contudo, passado o deslumbre da visão privilegiada que tivera, e quase semelhante a um sentenciado da justiça que cumpre pena e postado fica atrás das grades olhando para fora do cárcere com olhar desolado; assim fora ele, que, oculto entre os corais, e entre as algas, olhava em derredor para ver se via os terríveis esqualos por perto que os impedisse de sair do esconderijo no momento. Como não os vira mais, e se sentindo seguro, abriu passagem entre as algas as afastando umas para um lado e, outras que se mostraram mais reticentes para o outro como se abrisse um portão; em seguida, saiu nadando do meio da floresta aquática para subir para a superfície, enquanto que, miríades de seres vivos desconhecidos ficaram em alvoroço com a sua presença e com tudo o que estava acontecendo naquele ambiente. Enquanto nadava, dois cavalos-marinhos que se cortejavam promovendo um para o outro o melhor do ritual de acasalamento que podiam oferecer, apareceram nadando lado a lado, com as suas formas graciosas, com seus imensos olhos laterais sempre vigilantes, se assustaram com a sua presença, e supostamente como se quisesse se livrar de um suposto predador para não virarem almoço se afastaram; no sentido oposto, um polvo taciturno soltava excremento, e com os seus tentáculos poderosos e bons para fuga bateu-os de forma frenética em sentido contrário da cabeça e logo desapareceu em meio ao disfarce que costuma usar para escapar dos perseguidores; do outro lado, de onde se encontrava o polvo, cardumes compostos por dezenas de centenas de peixes multicoloridos entre eles peixes palhaços, garoupas e linguados passaram nadando velozmente como se estivessem em romarias, e como fumaça que se dissipa no ar, desapareceu em meio à vastidão liquida do mar; entre os corais uma grande estrela-do-mar azulada se acomodava se esparramando sobre uma pedra tentando não chamar para si a atenção de possíveis predadores; enquanto que nas locas entre as formações dos corais e entre as pedras que são brechas semelhantes às cavernas, uma grande serpente do mar botou a cabeça para fora, e com os seus olhos enormes e assustadores, olhou fixamente para o que estava acontecendo fora de sua loca, deu meia volta, e novamente se escondeu em sua residência aquática. Enquanto via o movimento inquieto dos diferentes seres que habitam o fundo do mar foi subindo nadando de maneira sincronizada movimentando pernas e braços, seguindo direto para a superfície para poder respirar ar puro. De repente, o suspense o paralisou, o sangue gelara, e no sentido oposto ao seu, as águas escureceram um pouco mais, e uma sombra gigantesca de terrível criatura surgiu e estava vindo rapidamente em sua direção avançando metros por segundos balançando a volumosa cauda para um lado e para o outro com a boca escancarada e com os olhos fixos e aterrador. Era outro terrível perseguidor, aquele que tem a fama de ser o mais implacável do fundo do mar, um bicho tão ameaçador quanto os primeiros que apareceram. Era um tubarão-branco que subitamente surgiu vindo em sua direção. Media aproximadamente uns 5.50 centímetros de comprimento; pesava cerca de uma tonelada e meia; onde no mar, segundo "os estudiosos" a sua velocidade gira em torno de 40 quilômetros por hora quando está perseguindo alguma presa, e no momento que localiza o alvo, avança sobre ela não dando chance de escapatória. Além do mais, os seus dentes pareciam serrotes gigantes, prontos para dilacerar as carcaças dos corpos apetitosos para o cardápio do dia, eram tão grandes e poderosos que impressionavam, e estes dentes ameaçadores, que se encontravam à mostra, deixou o mais galante entre os homens, apavorado. De acordo com a ciência, esse bicho tem sete sentidos, dois a mais do que o homem. O primeiro é as famosas: "Ampolas de Lorenzini", pequenos orifícios que se abrem e que se fecham freneticamente como se filtrassem à água, os quais ficam enfileirados nas laterais do corpo, próximos a grande boca; o outro sentido que o capacita a localizar os alvos mesmo que de longe fica debaixo do focinho, são miniestruturas parecidas a microcâmeras, que permitem receber sinais ou estímulos eletromagnéticos produzidos dentro da água. Sobretudo, subitamente, e desenvolvendo velocidade incrível, seguindo o seu instinto de predador, o tubarão-branco através dos aguçados sentidos, captou os estímulos eletromagnéticos produzidos pelo corpo do mais galante na água, que nadava fugazmente para sair o mais rápido que fosse possível para não ser dilacerado pelos tubarões tigres que o perseguiram. Porquanto, logo partiu para cima dele que, submerso e parado nas águas como se estivesse em pé, olhava petrificado, observando os seguidos movimentos do esqualo que se movia rápido em sua direção. E para se livrar do ataque se esquivou rapidamente para a direita. Porém, o grande tubarão-branco com a sua enorme boca dotada de mandíbulas poderosas nas quais havia fileiras de dentes sólidos e enormes, fechou os olhos e realizou outro rápido movimento de cabeça, se virando sobre a barriga para a direita para tentar abocanhá-lo. Contudo, ele se esquivou novamente para a esquerda e como um habilidoso toureiro que se esquiva dos chifres de um touro em uma tourada, simplesmente, tirando o corpo de lado, e depois de se esquivar, lhe dar mortal espadada; do mesmo modo, fora ele, que, assim que se esquivou incólume dos dentes do grande esqualo, lhe deu um murro poderoso, tão veloz, comparado a um milésimo de segundo, que a pressão da água não foi capaz de deter nem a velocidade nem a potência do golpe que fora certeiro e tão forte que o braço semelhante a punhal afiado perfurou de imediato a carne maciça do grande peixe, e logo o varou e o deixou preso em seu membro superior, o qual se balançando de forma frenética semelhante a peixe quando é fisgado pela ponta do anzol desfaleceu os terríveis olhos, vindo em seguida, a manchar as águas de sangue, no instante em que o galanteador puxou o indomado braço de dentro de seu imenso corpanzil. Em seguida, o corpo alongado e pesado do grande predador dos mares, desabou e foi repousar nos recônditos mais profundos do oceano. Inopinadamente, para o seu espanto outro grande tubarão-branco apareceu nesse jogo de pega-pega. E era maior do que o primeiro era macho e media cerca de 7.50 centímetros de comprimento, pesava duas toneladas e meia, o que o forçou a nadar ainda mais rápido, numa velocidade impressionante, de aproximadamente 45 quilômetros por hora, para que pudesse escapar do bicho, que nadava parecendo ser um torpedo que havia sido disparado por um submarino de guerra; contudo, após se livrar dos alongados tubarões tigres, e do outro enorme tubarão-branco que o perseguira, já estava bastante cansado. Com isso, as suas forças começaram a se esgotar, permitindo que o mais cruel dos mares se aproximasse. E quando o grande caçador do Atlântico estava se preparando para abocanhá-lo, com os enormes dentes que mediam em torno de 10 centímetros cada. Surgiu de maneira inesperada para salvá-lo das garras da morte, outro grande predador: a orca, a baleia-assassina, a qual também era enorme, era macho e media 9 metros de comprimento, com cerca de 7 toneladas e meia de peso. Ela se lançou sobre o tubarão-branco numa fúria emocionante como se quisesse defendê-lo daquele terrível gigante dos mares, que, segundo os estudiosos de paleontologia, desde a era pré-histórica, do tempo em que o nosso planeta era dominado pelos gigantes dinossauros, os tubarões já viviam nessas águas.

A luta que se sucedeu no fundo do oceano entre os dois enormes animais aquáticos foi encarniçada, impressionante e mortal. E, enquanto os predadores dos mares se dilaceravam em um duelo de vida ou morte para ver quem ficava com o domínio daquele território, ele aproveitou a inesperada ajuda daquele gigante marinho que tinha no dorso um esporão gigante de cor preta e a barriga de cor branca, para subir o mais rápido possível para a superfície do mar de água fria, e em poucos minutos, foi à tona para respirar.

# Capítulo XVII
# No campo de extermínio

No exato instante em que emergiu, expeliu um pouco da água salgada que havia engolido durante o sufoco da perseguição. Limpou os olhos com as mãos. E, enquanto respirava e se sentia aliviado, se lembrou de que tinha escapado por um triz de um terrível tubarão-branco, do qual de maneira surpreendente obteve ajuda de outra criatura marinha. Contudo, e não obstante, olhou ao derredor para a imensidão do mar que estava diante dos olhos, e percebeu que na distância de uns 250 metros, algo flutuava à deriva sobre a massa líquida, e aquilo, se parecia com destroços da embarcação que fora bombardeado pelos submarinos alemães. Sem delongas, nadou até o destroço, agarrou-se a ele, e subiu no seu ponto mais alto. E por alguns minutos permanecera descansando deitado em cima, sentindo a brisa úmida e fria bater em seu rosto que ainda se encontrava afogueado, pois havia feito há poucos instantes um grande esforço físico nadando como um louco para não ser devorado. Enquanto descansava surgiu inesperadamente diante dos olhos, emergindo de forma ruidosa do fundo do mar, uma ameaça tão terrível quanto os tubarões-brancos. Era um submarino de guerra alemão. Onde imediatamente, depois de se posicionar bem próximo onde ele se encontrava soldados alemães que compunham a vil tripulação, saíram do interior para o convés, e apontaram para sua direção as funestas armas, o qual não pôde fazer absolutamente nada, exceto, se entregar colocando as mãos ao alto. Inopinadamente, soldados alemães através de gestos o forçaram a subir na plataforma da embarcação, e inquietos ao escutarem as ordens emanadas dos seus oficiais que se faziam presentes no submarino in loco começaram a gritar em alemão e de maneira grosseira o baldearam para o interior de um navio que se aproximara e que fora  encarregado para transportar os presos. Naquele instante, além de encontrá-lo, localizaram à deriva outros sobreviventes do barco inglês, e também os baldearam para o interior da embarcação nazista. Já no interior dessa outra embarcação, oficiais nazistas que se encontravam de plantão começaram a examinar os presos como se fossem médicos benfeitores que, através do tato examinam com cuidado o físico de seus pacientes; e, logo que ele fora examinado o confundiram com um judeu, achando que ele era um descendente, por causa das compleiçoes semelhantes ao do povo judaico, por isso, o enviaram para o campo de concentração.

— Pausa! Gesticulou Dimitry batendo seguidamente as pontas dos dedos de uma das mãos sobre a planta da outra. Espera um pouco ai meu amor! Estou confuso e gostaria que você por obséquio me explicasse, por que ele deixou ser levado preso? Por que simplesmente, já que sabia a oração de ficar invisível ou a de voar, não fizera uma dessas orações para poder fugir?

— Boa pergunta! Exclamou a esposa de sobrecenho também confuso. Embora apenas suponha qual seja o motivo, não poderei afirmar! Mas uma coisa eu te garanto: caso realizasse uma das orações no momento em que fora a tona, não seria preso, mas também, não sentiria na pele o sofrimento dos judeus, e nem tão pouco conheceria vovó Katarzyna. Isso é obra do destino meu amor!

O marido assentiu as palavras fazendo gesto com a cabeça.

— Continuando a história para não me perder verbalizou Katrina: durante a fase mais negra da Segunda Guerra Mundial, as nações do mundo livre, ficaram perplexas quando souberam a respeito do tratamento nazista dispensado ao povo de origem judaica, de que, eles, os alemães, estavam enviando o povo judeu forçadamente para os campos de concentração, inclusive, até os que eram descendentes de alemães ou cidadãos de outros países invadidos e ocupados pela Alemanha. Países, como: França, Holanda, Bulgária, Bélgica, Iugoslávia, Dinamarca e Noruega. De todos esses lugares, a população judaica estava sendo transportada à força para os campos de concentração localizados na Polônia. Naquela época, os relatos corroboravam que os alemães arbitrariamente, e sem apreço pela vida humana, estavam forçando os judeus a trabalharem como escravos, e de que, os mais velhos, e as crianças eram assassinados brutalmente, tanto em câmaras de gás bem como fuziladas. E posteriormente eram jogadas em valas humanas que eram feitas na maioria das vezes pelos próprios judeus. Pelo mundo afora, os descendentes de judeus fizeram muitos protestos tentando sensibilizar e fazer com que os grandes países ocidentais tomassem alguma providência, ou seja, que as grandes nações do mundo livre tomassem alguma atitude enérgica, urgente e necessária que pudesse impedir a continuação daqueles terríveis massacres. Porém, nada foi feito, nenhuma atitude contra a Alemanha nazista de Hitler foi tomada, e o massacre continuou de forma sistemática e crescente. Os campos de concentração que os nazistas usaram para confinar os judeus eram localizados basicamente na Polônia, onde havia a maior concentração de judeus na Europa, era para lá exatamente, para esse pequeno país que estava sob o jugo nazista, que seguiam os comboios ferroviários superlotados com prisioneiros de vários países e de várias raças de regiões ocupadas. Há documentos secretos confiscados após a guerra, de que os campos de concentrações de Chelmo, Belzec, Treblinka e Sobibor funcionaram entre 1941 e entre 1944. E, Majdanek e Auchwitz-Birkenau eram os maiores que existiam, e foram construídos especialmente ao redor de complexos industriais, os quais foram mantidos em operação até o início de 1945. Com o crescente aumento de presos judeus, os alemães pensaram em uma maneira mais eficaz e que melhor facilitasse a eliminação. Para isso, construíram os funestos campos de extermínio nas proximidades das linhas férreas utilizando a mão de obra dos próprios trabalhadores escravos. Onde constantemente, os trens da morte, assim que ficaram conhecidos posteriormente, chegavam abarrotados de judeus e de outros povos, carregando em seus vagões com janelas minúsculas e fechadas com arames farpados, onde não havia comida, água e nem agasalhos. E isto, provocava a morte de maneira lenta de muitos ou por frio, fome ou sede durante o trajeto. Separados de suas famílias, os que resistiam a fatigante viajem e chegavam vivos eram imediatamente selecionados de acordo com o estado de saúde. Os que se encontravam em melhor condição física, eram primeiro, forçados a trabalharem para produzir tudo o que os nazistas necessitavam, mas aqueles que se encontravam vaporosos, sem forças, eram enviados diretamente para as câmaras de gás. Nesse triste episódio da história da humanidade, as roupas dos prisioneiros eram marcadas por triângulos de diferentes cores com a finalidade de identificar a procedência de cada um: o triângulo rosa, era dos homossexuais; o dos prisioneiros políticos era vermelho; o dos assassinos era verde; a dos ciganos e marginais pretos; padres e testemunhas de Jeová era roxo; já os judeus usavam as estrelas de Davi, o que representava que eles eram da descendência do rei Davi personagem da "bíblia sagrada".

Enquanto isso, depois de passar dias e noites preso no porão da embarcação nazista, onde parecia que voluntariamente se deixava levar, para ver aonde chegaria o navio, percebeu que, o barco havia parado e ancorado em alguma costa de algum país, e que, todos os presos seriam transferidos para caminhões, isso fora o que ouvira os próprios soldados nazistas falarem uns para os outros, e depois, seriam transferidos novamente, só que dessa vez, para trens cargueiros que seguiriam para um destino desconhecido. Certo dia, quando o trem em que o mais galante se encontrava confinado chegou à estação na Polônia, as suas portas foram abertas horizontalmente por fora por soldados alemães, onde os pobres judeus as centenas, semelhantes às formigas quando saem do formigueiro; começaram a descer dos vagões através de rampas que foram posicionadas, embora alguns já se encontrassem bastante lânguidos, quase sem força, e esta limitação física temporária os impedissem que descessem com agilidade com as próprias pernas. Nesse lugar havia infinidade de soldados nazistas fortemente armados. Onde alguns desses vis soldados, além de estarem armados, ainda conduziam cães vociferantes para intimidar os que ali chegavam. Nesse ensejo em que chegara ao campo de concentração como se fosse para os nazistas apenas mais um ignóbil judeu. Vira que no trem abarrotado de pessoas, soldados alemães subiam nos vagões e através de gritos e empurrões forçavam aqueles que se encontravam debilitados a descerem e a seguirem em direção aos locais onde se encontravam os oficiais que eram encarregados de selecionar os prisioneiros. Sobretudo, na hora em que se preparava para descer do trem, o mais galante sem reagir, pois, havia arquitetado que deveria ser cauteloso e esperar o momento oportuno para libertar os prisioneiros, por isso, fingia que, se encontrava vaporoso, andando com lentidão onde nessa tentativa de ludibriar os alemães ele segurava o braço de uma criança para que ela não caísse. Contudo, sem imaginar o que lhe aconteceria foi de forma estúpida, empurrado por um soldado alemão arrogante e demasiadamente vil. Nisso, ao tentar segurar a menina se desequilibrou e, ao cair ao chão, bateu a cabeça em um ferro que se encontrava próximo dos trilhos. Como a pancada em sua cabeça fora muito forte, ele ficou temporariamente com amnésia sem saber o nome, a origem e qual o motivo que estava fazendo naquele campo. E isso, duraria um período até que voltasse a si. No exato instante em que caíra, mesmo com a gritaria de alguns soldados nazistas que, em alemão externavam imprecações contra ele que no solo tentava se levantar, uma bondosa judia se locomoveu rapidamente de onde estava, e o pegou sob o ombro, e o ajudou a se levantar no instante em que um soldado alemão iria chutá-lo. Ele se levantou confuso apoiado pelas mãos da bondosa desconhecida, e, enquanto andava para não ser agredido pelo soldado, com as suas próprias mãos, limpou a poeira do rosto que havia se impregnado durante a longa viagem. E, ao olhar ao derredor, sem saber onde estava, e como a sua memória havia sido momentaneamente afetada, perguntou em iídiche que foi a última língua que escutara enquanto se encontrara preso dentro do vagão do trem nazista que os transportara até ali: onde estou? A benevolente judia, de olhares meigos e sinceros, compreendeu a pergunta que fora feita e também em iídiche, respondeu: tenha calma, não se preocupe com isto agora, eu cuidarei de você! Aquelas salutares palavras entraram subitamente em seus tímpanos e lhe deram ânimo e serenidade. Contudo, enquanto ela ainda o apoiava e o segurava firmemente, foram ouvidos gritos estrepitosos e inquietos, e através de palavras ríspidas na língua oficial alemã desferida por soldados nazistas, de imediato, foram conduzidos para as longas filas que haviam sido formadas: a mulher gentil fora levada para a fila feminina, e ele, conduzido às pressas para a fila dos homens. E, enquanto caminhava foi obrigado a se despir, e, no findar da fila que já havia sido dissolvida, onde cada judeu já tinha sido encaminhado para o seu "devido lugar" ele já despido, se deparou com oficiais nazistas que, ao o analisarem fizeram anotações e corroboraram uns com os outros sobre a sua boa condição física. Mediante isso, o selecionaram para ir primeiro para os campos de trabalhos forçados, porém, antes, deram ordens para que raspassem a sua cabeça e que o deixassem completamente careca, pois os alemães consideravam que os judeus eram além de sub-humanos eram anti-higiênicos, e tinham piolhos, por isso, que deveriam manter as cabeças sempre raspadas. Forçaram-no a vestir uniforme que todo prisioneiro judeu era obrigado a usar o qual era na cor branca com listras pretas horizontais, além de ostentar no braço próximo ao ombro uma estrela azul, ou seja, um pedaço de pano marcado com o símbolo do rei Davi. O levaram para o alojamento masculino, onde dormiria as noites em que permaneceria encarcerado. Um lugar ermo, sombrio, onde se podia sentir o cheiro insuportável de pessoas mal asseadas, maltratadas e feridas. Onde filhos, jovens e adultos choravam em demasia e as cuidadosas mães não podiam consolá-los. Nesse lugar quase hermético, os terríveis nazistas o mantiveram preso por cerca de 6 meses. E isto permitira que se tornasse involuntariamente testemunha ocular, e que visse de perto que os seus semelhantes: homens, mulheres e crianças, talvez, as criaturas mais perfeitas produzidas pelas mãos do próprio "Criador" foram de maneira vil e sistematicamente submetida aos rigores dos trabalhos forçados, e que, ao longo dos dias e ao longo dos tempos se degradavam e se transformavam em cadáveres ambulantes, com as faces dos rostos ossudas e os olhos além de fundos, sorumbáticos; com os ossos tanto das costelas bem como os de todo o corpo à mostra que dava medo de olhá-las. De maneira curiosa, mas sem real noção do que via, pôde observar aqueles pobres avassalados, de cabeças raspadas, vaporosos e, quase estáticos em seus lugares, que, além de estarem subjugados, permaneciam quietos e estirados nas camas, que nem as cobras ficam no solo, porque o espaço que lhes eram disponíveis era muito pequeno, e por isso, não dava para sentarem naqueles beliches coletivos de colchões finos. Outras vezes ele os via descerem dos leitos e ficarem em pé ao solo, com os semblantes lúgubres e falando uns para os outros dos sofrimentos pelos quais passavam devido o cerceamento das liberdades, privados do convívio com os seus familiares, numa terrível demonstração de desolação humana.

No período em que chegara ao campo de concentração, mesmo sem a consciência do que representava o lugar ou os riscos que corria podendo ser morto sumariamente a qualquer momento ou ser enviado para as câmaras de gás, não obstante, fizera amizade com um judeu benevolente chamado de: Ysaac Chamir que aparentava possuir uns 42 anos; homem indulgente de boa índole; líder religioso no lugar em que nascera e que, talvez, por ser um líder religioso se preocupava com a situação lastimável dos outros presos do alojamento, os quais, ele os chamava de: irmãos. Às vezes os ajudava dando água ou alguma alimentação que conseguia, para que, pelo menos, conseguissem se levantar dos leitos. Embora procurasse primeiro ajudar aqueles que se encontravam mais vaporosos cujas debilidades físicas temporárias não lhes permitiam realizar os trabalhos mais simples dos quais eram submetidos. Dessa maneira, impedir mesmo que fosse por apenas breve período que os tais fossem enviados para as câmaras de gás ou que fossem sumariamente assassinados pelos tão famigerados soldados nazistas. Contudo, na maioria das vezes em que tentava ajudar alguns que se encontravam languidos, infelizmente, apesar do esforço e do desvelo, não conseguia livrá-los da morte, porque os alemães de maneira fria os matavam instantaneamente atirando mortalmente a queima-roupa. Durante o período em que ficara detido por ali, embora estivesse correndo o risco de ser pego pelos nazistas ajudando os coirmãos, ele tentava ajudá-los assim mesmo. Porquanto, era muito querido e muito admirado pelos judeus do alojamento no qual se encontrava confinado há cerca de 6 meses. A amizade entre o mais galante e aquele jovem e bondoso senhor se deu assim: ao perceber com olhar atento de quem notara algo diferente, o inusitado, vira que, mesmo sendo submetido aos trabalhos forçados ao longo daqueles dias em que havia chegado ao campo de concentração, aquele estrangeiro de modos reclusos, calado e com olhar evasivo, não dava sinal de desnutrição, se mantendo vigoroso. Onde se percebia que a sua musculatura permanecera da mesma forma de quando chegou ao campo de concentração, com os braços musculosos, alongados e bem definidos. Então, aquele homem bondoso, mas astuto, passou a depositar as esperanças naquele que um dia de maneira milagrosa, assim o pensara, poderia, talvez, ajudá-lo a fugir daquele cativeiro. E assim, no meio das trevas onde outrora não se vislumbrava perspectiva de melhora, uma luz de esperança se ascendeu, mas ela, e nem mesmo força sobrenatural desconhecida, não impediu que os dias e as noites passassem em que os judeus inocentemente continuassem presos. Contudo, em um belo dia, durante o dia ainda claro, um fato marcante veio corroborar as conjecturas do líder religioso em relação ao estrangeiro. O mais galante inconsciente, pois ainda se encontrava sob o efeito da amnésia, aproveitou que um dos guardas por descuido deixou a porta aberta, após realizar a inspeção matinal que eles costumavam fazer, para sair do alojamento e procurar local que pudesse fazer as necessidades fisiológicas, e, próximo à parede do tanque de água que abastecia o campo se prostrou de pé para liberar o que se encontrava preso na bexiga. Foi quando um soldado alto e mal encarado, o viu de longe prostrado próximo à parede fazendo algo que o incomodou e que, certamente, achava asqueroso. Normalmente em relação a esses tipos de infrações cometidas pelos judeus, os soldados nazistas não hesitavam e atiravam de imediato. Mas aquele soldado tinha na essência um grau mais elevado de crueldade, e naquele momento tinha internalizado na sua mente sádica, outras intenções. Por isso, não atirou. Porém, de súbito, gritou ironicamente em alemão: seu verme! Seu animal! Está querendo derrubar a pilastra? Você verá o que farei agora! Exclamou de forma ameaçadora deixando subentendido que ele pagaria caro por aquele desrespeito. Nisso, chamou outro soldado tão vil quanto, para que o mesmo pudesse ajudá-lo na aplicação de uma severa punição que gostaria de impor. Eles vieram andando rápidos na direção do mais galante, e gritando estupidamente deram ordens para que o “infrator” se abaixasse e ficasse agachado semelhante a um cão, já que ele era um animal sujo, deveria se prostrar como tal. Ele assim o fizera, assentiu as palavras com o balançar da cabeça e se abaixou. E sem pestanejar semelhante a uma criança inocente que obedece às ordens de seu desveloso pai; ficou agachado sem mugir nem tugir. De repente, um dos soldados, dando prosseguimento ao aviltamento, montou em suas costas, como se montasse em um jumento, e o açoitou fortemente com um chicote feito de couro. E o obrigou naquele instante, a se movimentar com ele montado. O outro soldado por sua vez, ao ver a cena, achou divertido, e também resolveu pegar uma carona. Por isso, veio rápido e também se escarranchou nas costas do mais galante. E agindo da mesma maneira grosseira do primeiro, o açoitava com o chicote e ria ruidosamente. Enquanto alguns judeus que se encontravam presos nos alojamentos, observavam através dos buracos e frestas que existiam nas paredes tudo o que se passava fora. Contudo, sem gemer ou se estorcer de dor o mais galante resistia àquelas humilhações e ao peso físico daqueles aviltadores nazistas. E para as suas surpresas, mesmo sendo açoitado seguidamente, o homem conseguia se mover de maneira impressionante, carregando os dois escarnecedores. Subitamente, um terceiro soldado, talvez mais pesado do que os outros, também resolvera entrar em cena para testar o grau de resistência daquele "ignóbil judeu" que não demonstrava fraqueza: agora eu quero ver esse touro bravo resistir! Exclamou o desafiando a provar até que ponto aguentava. E logo também tentou montar as costas daquele que o mundo um dia reverenciaria, para que igualmente aos outros que se encontravam montados, o açoitasse e risse desdenhosamente. Como não conseguira fazer a montaria. Contentou-se em apenas ficar em pé ao lado observando o judeu se mover com os dois soldados escarranchados nas costas, enquanto isso, fora dizendo aos outros que nunca havia visto alguém tão forte a ponto de resistir toda aquela provação. E, enquanto o açoitavam e riam ao mesmo tempo o homem semelhante a um touro bravo, aguentava tudo com obstinação. Por sua vez, o mais pesado dos três circunvagando o lugar se dispôs de uma barra de ferro poderosa que estava no chão e logo em seguida, enquanto os outros dois ainda o açoitavam com chicotes. Ele começou a lhe alvejar seguidamente com a barra de ferro. E no momento em que lhe bateria na cabeça, de repente, aconteceu uma explosão intimidadora e fragorosa em uma das caldeiras de uma das fábricas, e, isso, os assombrou. Rapidamente, os que ainda se encontravam em cima de suas costas desceram de cima, deixando-o livre por uns instantes, e em companhia dos outros escarnecedores saíram correndo para o outro lado donde o som havia surgido para ver o que acontecera. Nesse ínterim, o judeu benevolente saiu rápido do alojamento pegou em sua mão e fazendo gestos o ajudou a se levantar e o conduziu depressa para o cárcere. Já no interior do alojamento, o judeu que o salvara começou a desabotoar os botões do seu pijama listrado com muita pressa como se quisesse confirmar com os olhos algo que há tempos pensava, e, em seguida, falou para os outros presos: vejam isso, não há marcas! É como eu pensava: ele tem forma humana, mas não é humano como nós somos! Acho que é um mutante dos exércitos aliados que se infiltrou nesse campo para nos ajudar, pois ele ironicamente parece sofrer de indolência ... Ou seja, não sente dor! O seu corpo é tão resistente que não se degrada diante de choques mesmo sendo com barras de ferro. Vocês o viram ser alvejado seguidamente, não viram? Claro que viram! Eu tinha razão quando falava, lembram-se? Por isso, meus irmãos, temos que preservar a sua integridade física! Pois ele certamente será o nosso caminho, "a porta do céu" para a nossa liberdade! Que Alá nos abençoe! Exclamou com brilhos nos olhos.

Enquanto isso, do outro lado do alojamento, houve mais uma forte explosão na caldeira, e essa, acabou por coincidência, vitimando fatalmente, os três escarnecedores que há pouco o haviam maltratado. Sobretudo, mais uma vez os dias foram passando, e em meio ao perigo constante, aquele senhor começou a ajudá-lo dia após dia, e, através de outros judeus, a protegê-lo para que outros soldados alemães não viessem a perceber algo diferente, e viesse a matá-lo prematuramente, e com isso, abortar o plano de fuga. Portanto, todas as vezes que eram enviados para desempenharem algum trabalho forçado, seja lá que tipo de trabalho fosse, eles o poupava e o escondia entre os recônditos das fendas dos beliches. Todavia, certa vez, não foi possível escondê-lo porque os soldados chegaram de súbito e de surpresa, não deixando tempo e espaço para alguma ação defensiva, com isso, soldados alemães o enviaram juntamente com o senhor Ysaac Chamir e mais algumas dezenas de judeus para trabalharem forçadamente em uma fábrica de tanques de guerra, e de lá, eles seriam enviados para ajudar na construção de valas comuns, ali mesmo, próximo do campo de Treblinka. Ao chegar à fábrica que tinha galpões imensos com chapas de aço e placas de ferro espalhada por todos os cantos em que se olhavam, onde "os pobres judeus" trabalhavam durante amiudadas horas sem interrupção o mais galante inconsciente do que estava fazendo e através de grande força que possuía nos indomados músculos, suspendeu pesada barra de ferro, a qual somente a força conjunta de 30 ou 40 homens bem fortes seria capaz de erguê-la do lugar. Nesse instante, todos os judeus que sabiam a respeito de sua grande força, agiram automaticamente pelo instinto de defesa, pararam o trabalho que faziam e ficaram atônitos em seus lugares, pois não queriam que os alemães desconfiassem de alguma coisa, em relação ao estrangeiro e de sua grande força. Por isso, aquele instante se tornou de muito suspense. Contudo, para alivio daqueles pobres avassalados, os soldados que faziam a guarda da fabrica haviam saído e estavam conversando distraídos do lado de fora, e isto, evitou que eles vissem aquele fato inverossímil acontecer debaixo de seus inexoráveis olhos. Onde em seguida, sem que os nazistas percebessem algo, o senhor Ysaac Chamir e outros judeus caminharam lentamente, procurando não chamar a atenção, até se aproximarem dele, para através de gestos suaves suplicar que não fizesse tal coisa, que não suspendesse novamente aquela ou outra barra de ferro qualquer, pois senão, os soldados alemães poderiam ficar com receio, de que ele, através daquela surpreendente força, pudesse iniciar um "levante". Porquanto, os soldados nazistas poderiam eliminá-lo sumariamente. Embora não tenha entendido o real significado do que aqueles judeus com semblantes acabrunhados tentaram lhe falar, lhe pedindo encarecidamente que, permanecesse quieto, sem se expor aos soldados nazistas. Contudo, ele fizera como aqueles pobres homens haviam de maneira desesperada, lhe suplicado. E durante todo o tempo em que permanecera confinado no campo, ficou na dele sem expor aos soldados novamente a sua grande força. Após esse episódio, houve duas tentativas de fuga arquitetadas pelo senhor Ysaac Chamir, mas ambas foram frustradas porque o grupo que estava disposto a tentar a fuga, não conseguiram suprimentos suficientes que os permitissem resistirem à fome, a sede, e ao cansaço físico durante o trajeto até a cidade mais próxima, e também por falta de coragem de alguns componentes que, ao verem os soldados alemães se aproximarem do lado sul do portão voltando de uma inspeção que foram fazer há quilômetros dali, voltaram correndo para o interior do alojamento. Durante esse período, todos que se encontravam confinados sofreram escárnio das mais variadas formas, mas isso não impediu que uma contingência simples, daquelas que acontecem normalmente no dia a dia, fizesse com que o mais galante recobrasse a memória. No dia 13 de agosto do mesmo ano, áss 05h00, quando, ao tentar descer do terceiro andar do beliche em que dormia, tropeçou no lençol, caiu e bateu a cabeça no solo. Contudo, ao invés de sofrer uma concussão como normalmente acontece com quem sofre uma queda dessa magnitude, abriu os olhos, como se acordasse de um longo sono do qual sonhara que era uma criança ingênua e de repente se tornou adulto, passando a ter noção e responsabilidade dos atos. Esse acidente providencial do destino fora o motivo que o levou a restituir a consciência. Então, a partir desse inesperado e impensável episódio, ele pode ver e compreender o que havia acontecido com ele, e com aquele povo sofredor, tão religioso e pacifico, o qual, sem lutar, aceitava passivamente todo tipo de tortura. Como havia aprendido a falar línguas estrangeiras, na época em que ficava ouvindo rádio amador em sua terra natal, onde aprendera a falar fluentemente o idioma alemão. Porquanto, ao ouvir e ver o que os soldados alemães falavam e faziam contra os judeus; o antissemitismo; a repugnância que eles sentiam contra aquele povo; ficou decepcionado em relação ao comportamento que além de avesso era desumano. Afinal, a Alemanha era para ele uma das nações mais fascinantes, e um dos países que mais admirava, e que, aos poucos enquanto ouvia rádio, aprendeu a gostar de ouvir sobre a sua história de vida e luta, sobre a sua cultura, a sua política, e sobre os grandes personagens alemães que se destacaram no cenário internacional ao longo dos tempos. Foi difícil entender e aceitar o fato de que o povo alemão, uma das raças mais cultas, mais notórias e mais inteligentes da Europa e do mundo, fosse capaz de realizar tamanhas barbaridades contra um povo pacato, que tinha nesse ensejo no seu histórico mais recente: o esforço em preservar a paz. O que fazer para modificar aquela impressão dolorosa que sentira, porém, verdadeira e terrivelmente inconcebível. No limiar desses acontecimentos, já havia passado cerca de 6 meses em que, além de estar desmemoriado, trabalhava em regime de escravidão, e análogo aos outros prisioneiros, também fora submetido pelos soldados a realizar trabalhos pesados. Contudo, embora tenha passado por todo tipo de provação, permaneceu vigoroso, não demonstrando sinal de fraqueza ou desnutrição assim como os outros prisioneiros do campo. O seu inconsciente para protegê-lo assim como acontece no processo de hibernação de alguns animais; assumiu o controle das funções do corpo, e maximizou o poder das orações que ele havia suplicado ao longo da vida, e o tornou geneticamente mais resistente tanto às intempéries da natureza bem como deixara toda a estrutura óssea e, a pele mais fortes. Portanto, como ainda mantinha força nos músculos e os sentidos já estavam bem mais aguçados, foi possível após recobrar a memória, deduzir no exato instante em que soldados alemães se dirigiam fortemente armados seguindo direto para o alojamento, com intenções ululantes nos semblantes como se, as suas expressões faciais quisessem dizer: viemos eliminar os fracos. Apesar de representar ameaça eminente devido o porte físico, não fora um dos escolhidos pelos nazistas para morrer naquela hora, mas mesmo assim, resolveu utilizar a técnica de ficar sem respirar, fingindo estar morto, para ganhar tempo, para depois fugir. Quando os soldados adentraram o alojamento, o encontraram decúpito ao chão, como se estivesse morto, embora no local também já se encontrasse esparramados no solo e já mortos ou pelo frio ou por fraqueza cerca de uma dúzia de judeus com as aparências vaporosas. Então, um soldado antigo na farda passou o seu olhar experiente de vários anos de serviço militar sobre os cadáveres, e estranhou o que provocara a morte daquele homem musculoso que se encontrava por ali estirado, o qual tinha o porte físico diferente dos outros, por isso, comentou com outro soldado que estava perto e disse: como pode um tipo desses morrer de fraqueza? Será que a causa foi o frio ou fora o tifo que o assolou? Todavia, gritou fortemente para outro que era mais novo no serviço militar para que o mesmo fosse chamar alguém para limpar a "área". Sem delongas, o soldado novo no serviço, obrigou a alguns judeus a pegarem em carros de mão, colocar os corpos tanto do galanteador bem como os de outros, e levá-los para as valas, e em seguida, jogá-los juntos a outros corpos de judeus que apodreciam no lugar. Assim fora feito, foram despejados nas valas como se despejassem um monte de lixo. Contudo, no instante em que fora despejado na vala, mesmo sentindo mau cheiro insuportável de cadáveres humanos, conseguiu ficar sem se mexer e sem levantar suspeita de que pudesse estar vivo. Quando percebeu, que não havia ninguém olhando para o interior do buraco, ou seja, nem um soldado alemão que estivesse armado e por perto que o impedisse de se movimentar, proferiu a oração da invisibilidade, e ficou completamente invisível, e no mesmo instante, procurou se sair do lugar que cheirava mal. De repente, um susto, quase no mesmo instante em que com muita dificuldade conseguira se mover entre os corpos e, finalmente sair de dentro da vala, soldados alemães conduzindo tratores despejaram dezenas de toneladas de areia, e a fecharam.

# Capítulo XVIII
# A crueldade dos soldados nazistas

Entrementes, retornou invisível para o alojamento sem que nenhum dos confinados pudesse vê-lo e nem imaginar que um "ser vivo" de carne e osso assim como eles estivesse fisicamente em seu meio. Enquanto isso, o mais galante começou a sentir no espírito melancolia fúnebre, ao compreender exatamente até onde a barbárie dos nazistas podia chegar. Nesse ínterim, andava e olhava ao redor procurando por alguém que deveras deveria se encontrar por ali entre eles que, acordados conversavam na língua de origem, onde alguns se encontravam em pé e outros deitados em beliches de quatro andares, pois felizmente para eles, devido aos razoáveis estados físicos, ainda não haviam sido escolhidos para serem exterminados. Foi quando foi surpreendido ao ouvir um senhor de aparência frágil chamado de: Benjamim Boris Chanan, relatar uma história muito triste e inconcebível do ponto de vista humano. Segundo aquele senhor: em uma escola infantil, no sul da Polônia, tropas alemãs formadas por soldados bem rudes adentraram o recinto com as armas nas mãos em punhos cerrados, e através de xingamentos, empurrões, socos e pontapés, forçaram as pessoas a se retirarem do interior, argumentando que aquela escola havia sido interditada pelo governo alemão, e que todos os alunos seriam imediatamente transferidos para outra unidade escolar, em outra região do país. Continuando a falar e com voz triste, concluiu: que uma gentil senhora chamada de: Batheva Adino, uma das desvelosas professoras judias que cuidavam das crianças naquela escola infantil, ao perceber o que estava acontecendo e, ao ver que as crianças abraçavam umas as outras apavoradas, e que choravam em demasia e tremiam de medo daqueles estúpidos soldados nazistas, falou para elas, que: ficassem calmas e apesar de que naquele instante elas seriam levadas por aqueles homens ignotos e hostis para dentro de caminhões para fazer uma grande viagem, porém, no final da jornada, elas retornariam aos seus lares e reencontrariam os seus pais e os seus irmãos, e tudo voltaria a ser como era antes. Prosseguindo aquele relato, o senhor Judah Maomed Ellab, outra testemunha ocular daquele triste episódio, balançando a cabeça em concordância ao que havia sido dito, endossou as palavras, e ainda acrescentou, dizendo: que o drama vivenciado por aquelas pobres crianças, naquela escola infantil, ali no sul da Polônia, as quais nunca se viram longe da presença de seus pais, foi muito triste de se ver, pois percebia em seus rostos angelicais, o medo estampado do terror que os desumanos, mal encarados e corpulentos soldados nazistas provocavam. Continuando, concluiu: após serem conduzidas durante umas 2 horas por caminhões militares pelas estradas esburacadas, todas as crianças foram colocadas em vagões hostis e quase herméticos de trens que os esperavam em determinado lugar, e que, certamente, os levariam para a morte, em algum campo de concentração de extermínio localizado na Polônia! Enquanto isso, outro frágil judeu chamado Efraim Elijah Caleb falando com dificuldade e de olhar triste, disse: que antes de ser preso passou por uma situação desesperadora, pois nas ruas do gueto, já se falavam que a qualquer momento as tropas nazistas invadiriam. Mas, nós na nossa passividade, e, na nossa esperança de que o fim de todo aquele sofrimento aterrador estava para chegar, não imaginávamos que teríamos 1 dia tão difícil como aquele. Foi quando os soldados alemães fortemente armados entraram no gueto de Vililiht, em um pequeno bairro de uma pequena cidade do norte da Polônia, e subitamente, começaram a atirar em quem corria e a revistar abruptamente todos que encontravam. Várias pessoas começaram a correr de maneira alvoroçada, entre eles, ele, e uma "prima carnal". Correram e acharam uma casa abandonada. Entraram na cozinha, e juntos se esconderam numa fresta que tinha no solo, bem embaixo de um armário de madeira, a qual era semelhante a uma vala. Um homem de cabelos lisos e negros, rosto comprido, jovem ainda, mas muito influente naquela cidade, antes de acontecer à invasão pelos alemães a Polônia. Correu e, acompanhado pelo pai também entrou na casa. O jovem homem se escondeu debaixo de alguns sacos de batata que haviam sidos estocados por ali. O seu pai idoso e bem mais lento do que ele, sem perceber onde o filho se escondera, escondeu-se atrás de um armário de madeira que ficava no canto da sala. No mesmo instante, quatro terríveis e desumanos soldados alemães chegaram rapidamente atrás dos fugitivos, e na casa também entraram. Procuraram na sala atrás do armário e descobriram o pai do homem, que tremia de medo ao ser descoberto pelos perversos nazistas. "In loco" dois solbrados alemães o agarraram. Um segurara em um dos braços e o segundo soldado, agarrara o outro. E o arrastaram para fora com muita brutalidade. O seu filho, apesar de ouvir as súplicas e, os barulhos da comovente cena, preferiu ficar quieto em extremo silêncio. Enquanto o pobre pai foi levado pelos alemães para fora da casa como um desprezível animal. No mesmo instante, se ouviu um tiro, e no meio da estrada se podia ver o senhor morto estirado ao chão e o sangue avermelhado escorrendo como um rio que corre sem fim. Já outro que acabara de ouvir os tristes relatos de seus companheiros de beliche, chamado de Joseph Judah, pediu a palavra, e fazendo gestos com as mãos, talvez, tentando demonstrar com mais clareza a barbárie dos nazistas, falou: eu estava indo para Maloha sul da Polônia, com minha querida irmã que era jovenzinha ainda que eu tanto amava, e que, espero em Deus que Ele a tenha ao seu lado! Quando um terrível soldado bem alto, de olhos grandes e azuis, mas também, de aparência assustadora, nos interceptou e me perguntou na rua enquanto andávamos apressados: por que a moça mancava daquele jeito? Naquele momento, parei de andar, e de frente para ele, tentei explicar: é que ela tem um pequeno defeito na perna senhor, devido à paralisia infantil que sofrera quando criança! Ah! Disse o nazista ironicamente. Em seguida, sacou a arma da cintura e disparou um tiro na outra perna da minha querida irmã. E, em tom sarcástico, enquanto ela gritava de dor, disse: agora! Exclamou o bárbaro sorrindo. Ela ficará com as "duas iguais"! Mas de repente, atirou novamente. E dessa vez, foi um tiro fatal na cabeça que a matou instantaneamente. Por fim, outro judeu tomou a fala e olhando para os rostos dos demais que se encontravam presentes e que prestavam atenção com deferência em tudo que estava sendo dito naqueles instantes, falou com a voz embargada e com os olhos rasos d'água, onde o seu rosto de homem de meia idade, vincava em tristes e desconsoláveis caretas: coisas mais terríveis e sombrias, ele vira ali mesmo no campo em Treblinka, atrás do alojamento onde eles dormem atualmente, distante apenas uns 700 metros. Segundo ele: existe um enorme galpão aparentemente abandonado, que raramente os soldados nazistas vão ali. Nesse galpão velho, continuou a falar. Nos fundos, os alemães erigiram um alçapão gigante, talvez, para ocultar algum bicho perigoso; dentro dele, tem uma sala espaçosa de mais ou menos uns 20 metros de comprimento por 20 de largura; nela tem seteiras de vidros, mas todas ficam cobertas com panos pretos como se, os administradores do local quisessem segregar a luz solar do interior do ambiente. Em seu teto, contém fincado suporte de ferro que segue de um lado ao outro da sala, onde nele vários ganchos se encontram pendurados semelhantes a foices, do tipo de ganchos que são usados nos frigoríficos para pendurar as partes dos bois ou das vacas, enquanto os açougueiros dispostam-os. Naquele triste dia da minha vida, prosseguiu. Fui enviado acompanhado de outros dois irmãos, para fazer a limpeza do sangue que se encontrava impregnado no piso do lugar. Ao chegarmos, logo na porta de entrada, percebemos o fedor de sangue podre que era insuportável, e isso, talvez, explicasse porque os alemães não iam muito ali. Entretanto, quando adentramos aquele lugar fúnebre, de odor semelhante às tumbas, percebemos uma coisa terrível e inimaginável. Para nossa surpresa e espanto, não eram bois ou vacas que estavam pendurados naqueles ganchos, e sim, humanos que nem agente. Eram nossos irmãos que inocentemente, sem que tivessem passado por algum tipo de julgamento, estavam sendo sacrificados para serem servidos de bandeja, certamente, para alguma criatura, da qual a nossa mente não conseguia imaginar.

Eles foram pendurados ali: homens, mulheres e adolescentes, todos de cabeça para baixo como se estivessem dormindo, como as galinhas ficam nos frigoríficos depois do abate. Estavam todos despidos. E dos seus corpos nus, se podiam ver perfurações funestas e enormes feitas por facas ou outros tipos de armas altamente cortantes, vertendo sangue igualmente a cachoeiras para dentro de baldes que estavam posicionados debaixo de suas cabeças. Aquelas cenas gelaram a nossa alma, e de súbito, fomos tomados por inenarrável terror. Nós não sabíamos o que dizer um ao outro, ficamos desnorteados de medo, e ao mesmo tempo, com sentimento de compaixão dos nossos semelhantes. Então, olhei mais uma vez para meus irmãos, que estavam ao meu lado petrificados e pude ver o horror estampado em seus olhos. Por isso, falei: meus irmãos, não se preocupem! Embora a dor física não tenha sido evitada, não devemos nos abater, devemos sim, é nos regozijar no amanhã, pois temos a certeza de que as suas almas se encontram agora com o Criador!

As revelações sombrias se amontoaram sobre o mais galante entre os homens e penetraram profundamente em seu ser. Nesse instante, ao ouvir aquilo tudo, suscitou no íntimo tormentos de dor, e uma imensa comoção a respeito daqueles fatos dele logo se apossou. Abaixou a cabeça e chorou. Tipo de choro que sai da alma e que nos afunda no "mar da dor". Então, de súbito, pensou: como pode meu Deus do céu pessoas serem tão desumanas ao ponto de cometerem atrocidades tão terríveis como essas? E com os olhos se derramando em lágrimas, saiu às pressas do alojamento em que se encontravam os judeus que acabaram de descrever os tristes episódios. Contudo, as coisas ruins não pararam de acontecer. Como estava imperceptível à visão humana, pôde se locomover facilmente por todo o campo de extermínio, e inclusive, fora dele. Com isso, ao sair das cercanias do campo viu cenas aterradoras perto de um hospital abandonado, que ficava nas redondezas, bem próximo ao campo de extermínio. Um grupo de judeus com as vestes molambentas e rasgadas, e com os espíritos e as expressões abatidas, andavam forçosamente em fila indiana, conduzidos por rudes soldados alemães, que, além de os oprimir, os empurravam e gritavam grosseiramente dizendo que, se não andassem mais rápido seriam fuzilados sem consternação. Após andarem mais algum tempo, chegaram atrás de um galpão velho de uma fábrica também velha e abandonada, e logo em seguida, se alinharam e ficaram dispostos em pé, um do lado do outro e próximo. Certamente, para ouvir o que os nazistas tinham para falar. Então, para surpresa os soldados alemães que eram no total de seis, se aproximaram com as armas em punhos cerrados e começaram a atirar mortalmente à queima-roupa diretamente nas cabeças. Eles escolhiam em quem atirar primeiro: pela estatura, naqueles que se encontravam menos nutridos e, assim, sucessivamente, pela aparência, pelo nome que julgavam ser esquisito, mas, sobretudo, pelo medo que demonstravam nos olhares ao verem a morte se aproximar de si. E isto, os fazia rir. O mais galante deixou o local com o espírito ainda mais impactado e retornou pressuroso para o campo de extermínio no momento exato em que chegavam mais judeus de outras partes do território polonês. E sem querer testemunhou mais outra cena funesta tão marcante que, envolveu uma menininha de tez clara e de cabelos lisos e pretos; de olhos castanhos claros, que aparentava possuir apenas uns 10 anos; a qual saiu correndo da fila inocentemente, na qual se encontrava forçadamente junto aos seus pais. Todavia, de súbito, soldados que conduziam cães de guarda da raça pastor alemão, soltaram os animais e os atiçaram contra a garota, a qual fora perseguida implacavelmente pelos bichos que vociferavam enquanto a perseguiam. Quando a pobre menina ofegante e cansada de tanto que tivera que correr se aproximava do portão de saída do campo do lado sul do lugar, foi abruptamente interceptada pelos cães, que, pareciam que estavam famintos há dias, os quais a agarraram como se capturassem uma pequena lebre. E, através de poderosas mandíbulas estraçalharam-na, e voluptuosamente a devoraram. Enquanto que, alguns judeus que sem querer testemunhar a cena viravam o rosto ao lado e clamavam a Alá, misericórdia. No sentido oposto do outro lado da cerca de arames farpados, próximo apenas uns 10 metros, soldados nazistas que presenciaram a cena, riram admirados ao verem a voracidade dos bichos que eram e foram acostumados por eles a devorar os judeus que tentavam fugir do campo.

A cena de horror e as atitudes inverossímeis de crueldade dos soldados nazistas tomou conta do âmago do mais galante, e o deixou ainda mais consternado. Por isso, saiu às pressas do lugar. Muito embora, os soldados alemães não podiam vê-lo, pois ele ainda estava sob o efeito de poderosa oração. Sobretudo, falou consigo mesmo que teria que encontrar urgentemente, duas pessoas em especial, e de um jeito ou de outro, teria que livrá-las e sair daquele funesto lugar o mais rápido que fosse possível. A primeira pessoa era aquela a quem devia a vida ao longo daqueles tempos: o senhor Ysaac Chamir. Todavia, já era tarde demais, porque quando se lembrou daquele homem honrado e bondoso, que havia lhe salvado várias vezes, depositando nele a esperança de salvação dele e, de seu povo, já era o fim, pois os oficiais alemães já haviam dado a ordem para que os soldados pudessem levá-lo para as câmaras de gás, com outros prisioneiros que estavam debilitados para o trabalho. Ao se lembrar daquele homem, saiu a toda carreira na tentava de impedir a sua morte, porém, chegou tarde demais ao alojamento onde se encontrava detido, pois o seu corpo de aparência vaporosa, já estava sendo transportado dentro de um carro de mão e junto a outros corpos foi jogado dentro de uma "vala humana" após ter sido asfixiado por gás mortífero dentro de um dos banheiros que os nazistas diziam que era para fazer a "desinfecção" dos "novos judeus" que, aos milhares chegavam ao campo de concentração. Mais uma vez, que tristeza sentiu ao ver e reconhecer aquele que tanto lutou pela vida alheia, porém, não conseguiu se quer poupar a sua. Por isso, bem lúgubre ficou, e com a mente povoada por pensamentos tenebrosos apregoou: agora, só me resta fugir com a minha amiga, depois, eu prometo a você meu amigo que voltarei com ajuda para livrar o seu povo desse sofrimento aterrador pelo qual está passando!

# Capítulo XIX
# A paixão russa

As barbaridades que ouviu e testemunhou, reforçou ainda mais o desejo e a necessidade de sair o mais rápido possível daquele lugar que fora "amaldiçoado" pelos alemães. Mas para que isto acontecesse, teria que encontrar Katarzyna Adler, uma russa descendente de judeus, que passeava na cidade de Lódz, Polônia, no exato e tenebroso momento em que os alemães invadiram o país no ano de 1939, e, igualmente a milhares de judeus, foi presa sem justificativa e nem tão pouco passou por um julgamento prévio. Nascida em uma pequena cidade chamada de Jakutsk, no norte da Rússia gelada, na região da Sibéria, para onde retornara após se formar em medicina na capital Moscou, formação que lhe possibilitara deliberar os "primeiros socorros" ao mais galante no momento em que ele fora derrubado do trem por um soldado nazista, onde ao cair sobre os trilhos que eram de ferros, bateu à cabeça ficando temporariamente com amnésia. Katarzyna Adler Kostchienko era moça solteira por volta de seus 31 anos; e, além de ser jovem era muito bonita; de cabelos lisos e negros; de tez morena clara; olhar doce e sincero; e de estatura média com aproximadamente 1.75 centímetros. Falava fluentemente cinco idiomas, entre eles: o alemão, o inglês, o francês, o italiano e o idioma russo que era o de sua origem. E alguns dialetos judaicos, como o iídiche. Aos 18 anos, entrou para as forças armadas da União soviética, formando-se em medicina na capital russa e, como médica serviu o seu país durante 11 anos. Em 1939, antes de a Segunda Guerra Mundial começar, ela tirou férias do trabalho militar, do qual, por algum tempo, não às tirava, e foi visitar alguns parentes que eram judeus, em uma cidade chamada de Lódz, Polônia. Parentes, que, ainda não conhecia e que estava ansiosa para conhecê-los. Quando se preparava para voltar para sua residência na pequena Jakutsk, no norte da Rússia, aconteceu à invasão da Polônia, pelos alemães. Nesse ensejo, todos os judeus, inclusive, Katarzyna Adler, que aparentava ser judia, perderam todos os direitos como cidadãos, e tudo que lhes pertenciam foram confiscados: documentos, dinheiro, joias, ouro, e uma das coisas mais importante que tinham na vida: a liberdade, e foram encarcerados num gueto, no pior e mais miserável bairro da cidade na época, onde foram aglomerados 165 mil judeus. E só no primeiro ano, durante o inverno rigoroso que desabou naqueles dias, com poucas rações e sem lenha, morreram mais de 22 mil pessoas enclausuradas entre as muralhas que foram erguidas pelos nazistas para fins de isolamento. Posteriormente, Katarzyna Adler, foi mandada para outros campos de concentração, até chegar ao campo de Treblinka. A partir do momento em que o mais galante chegou ao campo de concentração, parecia que o destino estava conspirando a favor de ambos, pois Katarzyna sentira uma forte atração por aquele estrangeiro desconhecido, e ele, como sempre quando se tratava de mulher bonita, embora estivesse com amnésia, se sentiu também muito atraído. Naquele tempo, assim que os trens carregados de prisioneiros chegavam aos campos, às mulheres eram separadas dos homens, e eram confinadas em alojamentos diferentes. Esses alojamentos eram segregados por cercas de arames farpados, e ficavam sob a vigilância de guardas nazistas. Contudo, isso não fora obstáculo para que a paixão entre eles florescesse e sempre que surgia oportunidade, se comunicavam através das cercas apenas com os olhares. Na época em que decidira sair o mais rápido possível do lugar, ainda se encontrava com o corpo imperceptível à visão humana. Por isso, foi fácil se locomover e procurar dentro do alojamento feminino, entre os beliches, por Katarzyna Adler. E sem que ela se assustasse, falou, após tocar de leve em seu frágil corpo que, deitada e, envolta por lençol branco descansava em um dos beliches. E, se expressando no dialeto iídiche, pois pensara que ela fosse judia, e, pausando a voz, assim iniciou o contato:

— Ei! Chamou à sua atenção.

Ela que se encontrava deitada, arregalou os seus olhos como se estivesse assustada, descobriu a cabeça e olhou para um lado e para outro, porém, sem nada ver e sem nada entender. Mas, em seguida, ouviu a voz novamente dizer:

— Estou aqui do seu lado direito na mesma direção da porta de entrada, não se assuste! Continuou a voz. Sou real! E vim lhe libertar!

Ela ficou pasma, olhando assustada para um lado e para o outro, querendo entender o que estava acontecendo. De quem era aquela voz? Onde exatamente se encontrava o dono dela? Por que não via? Será que morreu e já se encontra em outro plano e agora está tentando se comunicar?

Para não deixá-la confusa desnecessariamente. Ele então, logo lhe falou para que pudesse satisfazer as suas interrogações que certamente ficariam clamando em seu íntimo. Assim pensou.

— Eu sou aquele estrangeiro que você ajudou no momento exato em que pisamos nesse campo de concentração há exato 6 meses, o qual no decorrer dos tempos, sempre que surgia oportunidade quando éramos liberados para tomar banho de sol, nos comunicávamos através de gestos. Escute bem! Chamou a sua atenção mais uma vez. Isto é um truque! Você não pode me ver, porém, estou aqui fisicamente de carne e osso assim como você o é. Volto a frisar: não se assuste, pois já sei como lhe tirar daqui! Deu uma pausa na fala e voltou a explicar: nesta madrugada, quando todas as mulheres do alojamento estiverem dormindo e quando tudo estiver em total silêncio, pegue um lençol, suprimentos, e algo que possa colocar no ouvido, porque o barulho do vento enquanto estivermos voando à noite poderá lhe incomodar. Continuando, concluiu. Preste bem atenção! Exclamou mais uma vez sussurrando junto ao ouvido para que ela pudesse entender qual era o plano: esteja preparada com os suprimentos que lhe falei, pois virei lhe buscar. Só preciso tomar algumas providências para que possamos sair daqui com segurança, e sem levantar suspeitas. O.K.? Pode confiar em mim! Falou transmitindo esperança para aquela que há tempos não conhecia o real sentido da palavra: alegria, a qual só esperava com as outras mulheres do alojamento, à hora ingrata do encontro com a morte.

— O.K.! Eu confio.

Ao cair da madrugada, conforme o combinado, invisível e de maneira sorrateira, o mais galante entre os homens novamente chegou ao alojamento feminino em que ela se encontrava, porém, ela não podia vê-lo, pois ele ainda se encontrava sob o efeito da oração. Bem de mansinho, para não assustar as outras mulheres que também se encontravam confinadas no lugar, novamente ele lhe falou:

— Já dei um jeito de limpar a área. Referiu-se aos guardas nazistas que faziam a vigilância do alojamento feminino, os quais, de surpresa, ele os pusera para "dormir".

Embora estivesse atordoada, sem conseguir concatenar as informações que se avolumavam em sua mente, perguntou:

— E agora, como é que sairemos daqui?

— Vamos pelo alto, voando!

— Como? Ela perguntou novamente se mostrando ficar surpresa e procurando entender o que acabara de ouvir.

— Voando! Tornou a responder com segurança. Continuando a explicação, falou: siga-me em direção à porta de saída, pois nesse instante irei à frente para deter algum guarda nazista que apareça de repente.

Ela se levantou de súbito, pegou um lençol fino com o qual se cobria todas as noites, enrolou um pedaço de pão no pano e seguiu o trajeto de acordo como ele lhe sugerira. E, com olhar atento na escuridão do alojamento seguiu bem devagarinho: um pé depois o outro, tateando as bordas dos beliches que tivera que passar, procurando não esbarrar em algo que viesse a produzir barulho involuntário que pudesse acordar as outras mulheres. E assim, se dirigiu com passadas vagarosas seguindo em direção à porta de saída do alojamento, com o coração disparado como se o mesmo fosse sair pela boca, pois receava que de súbito fosse interceptada por algum vil soldado alemão, que chegasse de repente. Ao passar pela porta que por hora se encontrava encostada, saiu do interior do alojamento, e, novamente escutou sussurros lhes dizer, que, seguisse sempre pelo flanco esquerdo, onde não havia nem um guarda nazista de sentinela. Ela por sua vez assim o fizera, e em pouco tempo, passou por uma brecha entre as cercas de arames farpados que o mais galante há poucos instantes fizera. E logo que se vira fora e livre do alojamento, perguntou:

— Ei, você ainda está por perto?

— Sim, estou bem ao seu lado direito!

— Não estou vendo o avião por aqui? O inquiriu sussurrando.

— Não iremos de avião. Exclamou também de maneira sussurrante.

— Mas como sairemos daqui voando? Pois não vislumbro nenhum avião por perto.

— Você verá agora!

Naquele instante mágico e inusitado para Katarzyna, o mais galante entre os homens se concentrou. Em seguida, realizou a oração do voo, proferindo palavras mágicas que os ajudariam a fugir do cativeiro. E quando terminou de proferi-las, falou para espanto e surpresa:

— Dê-me a sua mão!

Nesse exato momento, ela podia ouvi-lo, mas não podia vê-lo. De repente, uma sensação estranha de súbito, se apoderou do seu ser, pois sentiu uma mão pegando na sua. Aquilo lhe deixou apavorada. E o seu rosto de formas delicadas logo exprimiu surpresa, mas também, encanto. Porém, o desejo de liberdade clamou mais alto, por isso, ela se entregou a voz, e, aos braços daquele homem que a chamava.

Como um elevador que conduz pessoas e as transporta para níveis elevados; semelhante fora ele que se elevou aos ares, e levou consigo para o céu, aquela bela mulher. Em seguida voou, a uma velocidade média em torno de 200 quilômetros por hora, com destino a capital da Rússia, para que juntos pudessem se juntar aos exércitos russos, e com as almas intrépidas e os corpos já libertos do funesto cativeiro nazista pudessem ajudar os soviéticos a defenderem a capital dos alemães, que já estavam às portas de Moscou. No instante em que dera a sua mão, e ele gentilmente a conduziu para junto de si, ela emudeceu, pois fora envolvida pela emoção da mesma maneira como uma ingênua donzela se senti quando é beijada pela primeira vez pelo "príncipe encantado". E assim permanecera durante alguns segundos. Contudo, ao colar a cabeça junto ao peito, e, sentir o cheiro masculino e, ainda ouvir o bater acelerado do seu coração, as lágrimas rolaram dos seus olhos. E através de suas mãos delicadas e finas que subiam e que desciam, percebeu os braços rígidos e musculosos daquele que lhe segurava. E apesar de estar no alto, se sentiu segura. Enquanto voava, Katarzyna Adler espantada, porém, muito contente por ter sido libertada do cativeiro, externou algumas palavras:

— Meu Deus! É inacreditável o que está acontecendo comigo. Isto não pode ser real. Deve ser um sonho! Exclamou de forma ofegante com os olhos brilhando de emoção enquanto se agarrava ao pescoço do mais galante, externando sensações: um tanto pela surpresa de voar sem estar devidamente acomodada dentro de um avião, e outro tanto pelo medo de cair de lá de cima.

— Não! Não é um sonho. Retorquiu em seguida. É real e eu lhe explicarei isso depois, mas primeiro, temos que sair daqui o mais rápido possível!

Consoante ao que falara que deveriam sair o mais rápido possível dali, ele continuou voando, mantendo o ritmo e o rumo que deveria tomar, cortando sem delongas, o espaço aéreo polonês que estava a sua frente. Após uns 5 ou 6 minutos de voo, como era de noite, de forma prudente e pensando naquela frágil mulher que necessitava descansar, resolveu fazer uma parada para que ela amainasse o corpo, porém, percebeu que atrás de si algo ou alguma criatura que não era alada o seguia voando velozmente, e que, aquilo que o seguia, imprimia a mesma velocidade que ele desenvolvia. Porquanto, ele disse para Katarzyna: segure-se firme, e vertiginosamente aumentou a velocidade para algo em torno de 400 quilômetros por hora para fugir do alcance de suposto perseguidor. Mas esta mudança brusca na velocidade deixou Katarzyna vaporosa, quase sem fôlego, onde quase desmaiou. Quando ele percebeu que havia se distanciado a uma distância razoável da incógnita criatura que o seguia, reduziu a velocidade e mansamente desceu em uma floresta densa, ainda em território polonês. Procurou a entrada de uma côncava caverna que encontrara que ficava na encosta de um pequeno morro, e olhando desconfiado para o alto, disse:

— Vamos passar à noite aqui no interior desta caverna, mas amanhã, nas primeiras horas do dia, após a consulta da bússola que peguei com os guardas nazistas, seguiremos viagem. Ok?

— O.K.! Respondeu Katarzyna exausta, devido o repuxo da velocidade do voo que lhe fora imposto, embora tenha se dado de maneira vertiginosa.

Antes de adentrarem o interior da caverna, o mais galante olhou mais uma vez para o alto e viu um vulto semelhante ao de corpo humano que passou voando velozmente sobre eles, mais ou menos na altura de uns 1.000 metros. Após o vulto passar e sumir completamente do seu campo de visão. Entraram na caverna de maneira cautelosa, com todos os sentidos ligados, observando se algo ou criaturas selvagens residiam em seus recônditos. Procuraram um lugar plano e seco no solo para que pudessem se acomodar, forraram o chão com o cobertor que Katarzyna pegara antes de fugir e se sentaram um próximo do outro, junto a uma fogueira que acendera que, com esmero ele juntara galhos secos que encontrara em abundância próximo a entrada da caverna. Passado algum tempo, como o efeito da oração da invisibilidade já havia passado foi possível a Katarzyna, através da claridade da fulgurosa fogueira, rever o rosto do mais galante, reconhecê-lo e novamente se sentir atraída. E, enquanto o fogo clareava o interior da caverna e resplandecia o lugar num raio de aproximadamente 20 metros quadrados, e, embora estivesse acanhada, rompeu o silêncio. E olhando admirada ora para o seu belo rosto ora para o seu volumoso corpo que por hora se abrigava dentro de um uniforme militar, resolveu lhe falar:

— Agora, necessito lhe dizer!

— É o quê minha querida? Diga-me! Perguntou se levantou e se sentou mais perto para ouvi-la melhor.

— A vida é dura! Mas às vezes nos surpreende com o inusitado e com o agradável como os que aconteceram esta noite comigo! Veja bem! Chamou-o atenção novamente. E olhando para dentro dos seus olhos que ela enxergava bem, os quais brilhavam reverberados pela fogueira que crepitava vivamente, falou:

— Eu não sei o que dizer direito, pois nesse momento não possuo palavras salutares que expressem e que sejam suficientes para agradecer o que fizera por mim, que, além de me salvar, foi muito gentil! Por tudo isso, agora eu lhe devo a minha vida! Muito obrigada por me libertar daquele funesto cativeiro nazista!

Ele deu um sorriso como se aquelas palavras de agradecimento tivessem alisado o seu ego, e em seguida, falou:

— Não agradeça por isso, apenas retribuir o que fizera por mim quando cheguei ao campo, lembra-se? Fui estupidamente empurrado por um soldado nazista, e ao cair, bati a cabeça no ferro dos trilhos! Naquela hora, você me ajudou, mesmo sem saber o meu nome ou a minha origem! Contudo, você só fez isso, porque há em seu coração bondade, por isso, você se importou comigo. Agora estamos quites, o.k.?

— De qualquer maneira muito obrigada! Falou novamente com expressão de gratidão em seu belo rosto feminino. Deixando no ar clima de cumplicidade.

Ele aproveitou que o ensejo ficara agradável entre eles, entabulou conversação novamente e lhe fez algumas perguntas para saber qual seria o seu destino já que naquele momento ela se encontrava livre.

— Então, para onde a vida lhe levará doravante?

— Para a Rússia.

— Para a Rússia? Por que a Rússia? E não outro país longe desta maldita guerra, onde possa recomeçar a vida novamente? E por que não ir primeiro atrás de sobreviventes de sua família?

Foi quando ela novamente lhe respondeu:

— A Rússia: porque sou russa de origem, lá da Sibéria. E, os sobreviventes! Espero em Deus encontrá-los na minha terra, para onde deverei retornar, mas primeiro me juntarei aos exércitos russos.

— Ah, então, você é russa?

— Sim, com muita honra! E, você qual a sua origem?

— Do continente sul-americano. Do Brasil!

— Do Brasil?! Pensei que você fosse judeu!

— Engraçado! Eu também pensei que você fosse judia, por isso, que tenho falado nesse dialeto judaico que aprendi há alguns anos.

— Então, de agora em diante pode falar comigo em inglês. O.K.?

— O.K.! Respondeu o mais galante assentindo a sugestão em meio a um sorriso afetuoso.

— E você, qual será o seu destino? Katarzyna questionou já pronunciando em inglês.

— A Rússia! Esse é o meu destino! Exclamou com brilho no olhar como um filósofo que pondera diante de um fato que julga ser inevitável impedir que aconteça.

Mais uma vez ficou no ar clima de cumplicidade. Enquanto isso chegara à hora de dormirem. A fogueira que em pouco tempo fora acesa crepitava ainda mais aquecendo os corpos. E nas paredes da caverna, as sombras dos movimentos voluntários que se alternavam ora era um, ora era outro que se mexia indo de um lado a outro, ficaram visivelmente estampadas. Passado mais alguns minutos, de maneira espontânea e natural, respiração visceral e profunda fizera Katarzyna bocejar. E em seu corpo moleza mórbida começava a paralisar os membros, era, portanto, o sinal de que o cansaço e o sono haviam chegado. Então, ela se aproximou um pouco mais da fogueira ficando de cócoras durante alguns segundos, esfregou as mãos as friccionando uma contra a outra para que pudesse se aquecer um pouco, se levantou e se dirigiu para perto da parede e logo se deitou se acomodando de um lado daquela côncava caverna. Cobriu-se com o lençol fino que havia arranjado anteriormente, e bem quieta ficou. Enquanto a fogueira do seu lado direito clareava e aquecia um pouco o seu corpo moído dos trabalhos forçados que no campo de extermínio tivera que fazer. Do outro lado, no sentido oposto ao seu, estava o mais galante entre os homens, que, após olhar de maneira atenta para os lados e se certificar que o perigo não os rondava naqueles instantes, imitou os gestos de sua companheira de fuga, e se sentando sobre outro lençol que estendera ao solo, encostou as costas na parede fria. E, talvez, sucumbindo ao cansaço físico, deitou o corpo ansioso por uma noite de sono. Porém, ao se lembrar de que eles estavam a sós naquele lugar incógnito, escuro e quase hermético, a sua engenhosa mente, começou a girar e a lubricidade o tomou de assalto. Por isso os seus olhos negros de galanteador, de instintos carnais semelhantes à de um predador, e que há tempos, não provava do doce sabor do amor, teimavam-se em se fecharem, os quais demonstravam ardor. Consoante, não os tirava de cima do corpo de Katarzyna, que desenhado e envolto por um lençol branco estava deitada descansando, bem pertinho dele, logo ali do seu lado. Ela por sua vez, embora estivesse cansada, com os olhos marejados de sono, levantou um pouco a cabeça como uma lagartixa faz; como se estivesse recebido um sinal atrativo daqueles que alguns tipos de animais machos emitem para a fêmea na hora do acasalamento; e olhando para a direção onde ele se encontrava, percebeu que, aquele homem belo e atraente que se encontrava ali ao seu lado, mantinha sobre ela, olhar caliente e desassossegado, lhe esquadrinhando e suspirando de maneira agoniada por momentos de afagos. Por isso, ela pensara por um instante: que era a única alma vivente da terra naquele momento, e que teria imenso prazer em resolver aquele problema, daquele que há pouco, havia lhe salvado de um funesto cativeiro. Então, assim como centelha que subitamente se desprende de uma brasa e que ao encontrar combustível avança sobre ele, para logo se transformar em um imenso fogaréu; assim semelhante, fora o ascender da paixão que se propagou furtivamente entre eles. Naquele instante, uma centelha ascendeu à chama do desejo, a qual estivera controlada em meio à situação de cárcere em que eles haviam ficado, enquanto confinados no campo de concentração. Mas naquela hora, eles estavam a sós e livres, e por isso, nada os empatava nada os impedia de naquele momento, liberarem todo sentimento de carinho, ternura e desejo, que por algum tempo, estivera contido. Subitamente, ela se levantou do solo, e caminhando com passadas lentas, ainda com o corpo enrolado pelo lençol, foi em direção até onde ele se encontrava deitado. E com olhar caliente, e louca para retribuir o favor devido, projetou o seu corpo necessitado de carícias sobre o dele, que logo abrira os braços para abraçá-la para que pudesse receber "aquilo" que mais desejava no momento. E ela, lhe alisando os cabelos negros e lisos que começavam a crescer, e encostando os lábios nos dele, o beijou ardilosamente. E isto, foi o estopim que deixou os seus corpos já colados um ao outro em estados de efervescência de luxúria, os quais começaram a se esfregar freneticamente, onde Katarzyna se desgarrou um pouco dele para se desfazer das roupas que vestia por baixo do uniforme masculino nazista que o mais galante entre os homens arranjara para ela vestir e se proteger do frio no momento em que fugiram do campo, o qual estava superposto por cima do pijama listrado que todos os judeus eram obrigados a usar. E em poucos instantes, ficou a pelos nus, exatamente, como Adão e Eva vieram ao mundo. E do seu corpo, de epiderme clara e macia, quase igual à de bebê; exalava um cheiro embriagante do seu feromônio, produzido por instigante desejo carnal, que a deixou em brasas. Igualmente, e sem querer perder a oportunidade o mais galante foi tirando o uniforme militar que havia pegado dos guardas nazistas, e em seguida, também ficou sem as roupas. E abrasado como um animal macho e, alfa fica no cio, se preparou para o "embate". Ela por sua vez, que após repousar o corpo sedento sobre o dele ao se escarranchar e se sentar em seu colo, começou a gemer semelhante a uma gata doméstica, a qual ao se enrodilhar nas pernas dos seus donos além de esfregar o rabo, grunhe baixinho; e, enquanto a sua língua áspera beijava ardilosamente o musculoso peito do mais galante, fazendo-o gemer, as suas mãos finas e frenéticas de maneira eficaz, tateava-o subindo e descendo por todo o corpo robusto. De súbito, a baixo do ventre e entre as pernas viris e grossas, tocou-lhe profundamente na raiz do seu sistema nervoso.

— Uaaaaau! Meu amor! Espere-me um pouco, deixe-me respirar primeiro!

Exclamou Dimitry suspirando profundamente.

— O que foi querido? Algum problema? Katrina arregalou os olhos em direção ao esposo e expressou um sorriso malicioso.

— Não! Não há nenhum problema por enquanto! Exclamou Dimitry sorrindo. É porque simplesmente, senti um calafrio no meu estômago como se o toque tivesse sido em mim... Agora, eu já sei a quem você puxou! Sorriu Dimitry mais uma vez, depois de ouvi- la narrar em seus pormenores.

— Está em meu DNA, querido! Sou viva e apenas gosto de usufruir do que é bom e do que é prazeroso! Em seguida, ao se lembrar da ponderação feita pelo esposo, se sentiu instigada, tocada na nudez, bem na sua "intimidade" de maneira que se sentira semelhante a uma onça feroz que se encontra presa em um cativeiro e que, quando provocada tenta fincar as garras no primeiro que aparecer; por isso, lambeu os lábios saboreando a própria imaginação a respeito dos fatos narrados.

— Mas... Deixemos de lado essa conversa paralela! Exclamou Katrina suspirando fortemente como se quisesse se livrar de suposta possessão. Pois pretendo prosseguir com a narrativa. Isso, se você me deixar? Perguntou jogando os cabelos lisos e longos para o lado, e alisando com a palma da mão o pescoço que se encontrava suado, se mostrando para o esposo que também ficara excitada ao passo em que narra às histórias de família.

— Ok! Não sei se vou conseguir ouvir você narrar tudo, pois estou ficando muito extrovertido! Sorriu de forma matreira, deixando subentendido que, talvez, lhe interrompesse novamente para assuntos mais urgentes e íntimos.

— Continuando Dimitry, falou Katrina sorrindo. Naquele exato momento, ele sentiu um frio intensíssimo nas entranhas, e todo o seu corpo estremeceu inesperadamente, o que o levou a dar urros sufocados que nem lobo ferido faz diante da lua cheia. E sem hesitarem como se participassem de uma corrida contra o tempo como dois famintos que não viam comida há dias irromperam na lascívia. E isto fizera com que as sombras dos corpos desnudados produzidas pela claridade da fogueira acesa, fossem projetadas nas paredes da caverna com formas agigantadas que mais pareciam brigas mortais de colossos. E nesse embate ardiloso se via: pernas para um lado, pernas para o outro; batucar dos ossos na pele, e, súbitos projetares do corpo para cima e para baixo fazendo com que os cabelos de Katarzyna voassem para o céu e parecessem que a qualquer momento bateriam no teto da caverna; e, entre abraços e beijos longos parecendo que um, necessitava da energia do outro para sobreviver, chegaram várias vezes a linha final da corrida e deram brados retumbantes dos vencedores. Fora uma noite em que não se ouviram muitas bombas, nem o troar dos canhões. Não se ouviram nem choros e nem gemer de pavor. Nessa noite, só se ouviram sussurros de prazer entre duas pessoas que se amaram pela primeira vez. Nas altas horas da madrugada, eles deram pausa para o descanso. E nesse ínterim, enquanto se ameigavam e os corpos se enroscavam abraçados para se aquecerem do frio que aumentava cada vez mais, Katarzyna se mostrou ficar curiosa a respeito de um assunto específico, e por isso, resolveu obter algumas respostas daquele homem já intimo, já seu, mas ainda misterioso:

— Agora que estamos íntimos! Exclamou sorrindo e o olhando com aquele tipo de olhar de mulher astuta no instante em que quer retirar algo confidencial de seu homem. Você responderia se possível, algumas curiosidades minha?

— É claro! Exclamou de maneira solicita. Enquanto lhe apertava entre os seus braços musculosos. Onde em seguida, lhe deu um beijo na testa. Pode perguntar meu amor que responderei com muito prazer!

— Quando e, como surgiram esses poderes que possui? E, se eles são passados a outra pessoa? E qual o segredo?

Ele assentiu as palavras com balançar da cabeça como se quisesse dizer que não hesitaria em contar um pouco da história da sua vida; levantou um pouco o tórax mesmo ainda abraçado com ela; recostou as carnudas costas na parede fria do lugar; e, alisando os cabelos dela, que havia crescido, ou ora beijava-a em suas faces, falou:

— É o seguinte: passou a contar como foi que tudo começou. Há séculos que a minha família tem passado de geração a geração, antigos segredos sobre as "orações brancas benignas". É assim que a chamamos, as quais foram transmitidas de pai para filho, para que pudessem servir ao bem comum. Porém, somente o primogênito de cada geração de acordo com a nossa tradição, tem o direito de receber "o legado" que foi deixado há muitos anos. Aprendi com o meu pai, que aprendera com o meu avô, e assim, por diante. Durante os ensinamentos, aprendi a oração de voar; a oração de fazer chover; a de ficar invisível, e, as orações tanto de fazer bem como a de desfazer encantamentos.

Continuando, disse, além dessas orações, para minha grata surpresa, recebi de presente, de um homem desconhecido, mas muito sábio da região, uma oração que não fazia parte do legado deixado por herança. Uma oração muito forte, chamada de: "oração da força". Sobretudo, o segredo disto tudo que mencionei e que faz parte da tradição de minha família, é acreditar com toda a força da alma e com todo furor que há em nossos corações, naquilo que nos foram religiosamente ensinados. E acreditar piamente sem duvidar é o segredo de tudo. Dessa forma devemos sempre seguir com bastante fé, porque a fé remove montanhas! Esse é o segredo para as coisas acontecerem, enfim, para as orações darem certo. Concluiu sem rodeios respondendo as perguntas. Olha! Continuou a falar. Tenho passado por muitas fases em minha vida, e só lamento por uma contingência inesperada que aconteceu comigo há alguns anos. Foi por eu ter provocado sem querer, a morte de várias pessoas inocentes na região onde morava lá no Brasil. Embora não tenha culpa diretamente, mas às vezes recordo vagamente daquilo tudo que aconteceu: a chuva forte; pessoas e animais mortos. Katarzyna há responsabilidades que nos são outorgadas e que assumimos que são grandes demais, e que, por isso, não podemos cometer erros ou então, nós ou algum inocente, poderá pagar um alto preço. Então, isso é um dos motivos pelo qual estou aqui, é para tentar amenizar um pouco o meu erro, que tem me causado muito sofrimento.

— Oh, exclamou Katarzyna. Pondo a mão direita a boca, devido à revelação daquele fato trágico que lhe pegara de surpresa: desculpe-me meu querido, por fazê-lo se lembrar de coisas terríveis! Perdoe-me, sinceramente, não queria! Exclamou. Se desculpando mais uma vez pelo suposto constrangimento que causara.

— Não se preocupe! Já passou. Agora, vamos dormir que já está tarde. O.K.?

Finalizou o assunto dando-lhe um beijo suave na boca.

— O.K.! Boa noite! Desejou Katarzyna oferecendo-lhe um sorriso amável, após corresponder o beijo. Enquanto isso, a fogueira crepitava com mais furor e aquecia os corpos que estavam abraçados e envoltos pelo lençol.

No outro dia às 09h00, ao acordar, o mais galante com ar facial semelhante ao de alguém que estar satisfeito com algo de bom que havia lhe acontecido, solicitou a Katarzyna Adler que ainda se encontrava deitada e toscanejando os olhos, que, por obséquio, consultasse a bússola, que naquele instante, sem delongas, eles deveriam seguir viagem, pois não poderiam perder mais tempo naquele local. Ela se levantou, pegou a bolsa que carregava, abriu-a e, de dentro retirou uma bússola. E após consultar o aparelho que serve para indicar os pontos cardeais do planeta, lhe falou indicando o caminho em que ele deveria tomar com destino a Rússia, dando as informações necessárias de acordo com a indicação do ponteiro do aparelho que apontava para o leste. Daí então, ele simplesmente, realizou a oração do voo e de novo a pegou em seus braços fortes, e voou. Enquanto isso as paisagens deste país que estava sob o jugo nazista eram descortinadas pelos seus olhos, e por quase todo o território da Polônia por onde passaram voando puderam observar horrorizados os alemães que, aos milhares andavam entre as árvores; passando pelos campos abertos; próximos às residências polonesas e conduzindo nas mãos armamentos pesados ou às vezes conduzindo prisioneiros para os campos de concentração. De súbito, saíram da Polônia, e entraram em território russo, que na época, fora invadido pelos exércitos alemães. Com isso, naquele instante, ele deveria ser mais cauteloso, pois a aviação alemã estava soberana no espaço aéreo soviético. E, com ela infelizmente a oração não fazia efeito, só funcionava com objetos que fossem conduzidos por ele.

# Capítulo XX
# Moscou

Ao chegar aos arredores de Moscou, saiu do meio das plumagens do céu, perdeu altura, e suavemente foi descendo até pousar em solo russo, trazendo nos braços a paixão estrangeira. Todavia, apenas poucos quilômetros do local em que aterrissara, dava- se para ouvir os estampidos dos bombardeios da aviação alemã, que atacavam os defensores da cidade, enquanto que as baterias antiaéreas russas disparavam de forma ensandecida contra os aviões nazistas. Embora muita coisa estivessem acontecendo ao mesmo tempo, e os números de vítimas dos trágicos eventos aumentavam. Eles sem querer perder tempo, andaram de forma frêmita por um vilarejo abandonado. Entravam de casa em casa, vão a vão, para que pudesse encontrar um rádio ou outro tipo de instrumento de comunicação que lhes permitissem fazer contato com o comando russo. Nesse ínterim, enquanto entravam e saiam de uma ou de outra casa, avistaram na distância de cerca de uns 300 metros, no lado norte do vilarejo, camuflada e, próximo a uma pequena colina uma suposta base militar russa, onde Katarzyna, logo falou: olhe lá, talvez, estejamos com sorte, vamos lá! Eles seguiram andando em sua direção a qual se encontrava abandonada e parecia que, há pouco, havia servido de base de comunicação das tropas russas. Adentraram-na e no interior, viram que nas paredes havia rachaduras e que muitos destroços se amontoavam sobre os armários e sobre as mesas, mas por obra do destino, debaixo de uma cadeira velha de madeira, no canto da sala próximo a uma lareira desativada acharam um rádio que ainda se encontrava em relativo estado de funcionamento. De imediato, Katarzyna pegou o instrumento de comunicação em meio à poeira, o colocou sobre uma mesa de madeira, limpou o pó que se encontrava impregnado, conectou os fios que estavam soltos e girando a manivela várias vezes e a sua chave de um extremo a outro insistindo na frequência com os russos. Em pouco tempo, achou a frequência que queria e conseguiu falar com o comando soviético do 182° exército. Identificou-se dizendo que, fazia parte do Exército Vermelho antes de ter sido presa na Polônia, pelos alemães, na época da invasão em 1939. E que naquele momento, acabara de fugir com outro ex- prisioneiro do campo, o qual era o responsável pela sua fuga. E que, queria permissão para se aproximar e se juntar as tropas soviéticas que se encontravam concentradas em Moscou.

Moscou capital de um país extenso com dimensões continentais. País com mais de 300 milhões de habitantes. Era, e, é ainda o maior país do mundo territorialmente falando. Sendo uma das nações do nosso planeta, com uma das maiores diversidades culturais, e uma das maiores miscigenações de raças de todo o planeta. Têm registrado em seus anais de guerra, uma das histórias mais fascinantes e mais incríveis de resistências as invasões que um país sozinho jamais pôde enfrentar. E uma dessas invasões que a nação soviética sofrera e que tivera que lidar foi liderado pelo grande imperador francês Napoleão Bonaparte, em 1812, que depois de apavorar toda a Europa, com seu temido exército de conquistadores, invadiu a Rússia, que mais tarde, após a grande revolução russa, e antes da Segunda Guerra Mundial começar se chamaria de: União das Repúblicas Socialistas Soviéticas. Ao chegar a capital Moscou, o poderoso exército francês, se deparou com a cidade praticamente abandonada, e em chamas, provocada por sua própria população que não hesitou em queimá-la para não deixar algo útil para o invasor. Isto fizera parte de uma estratégia que os soviéticos colocaram em ação de que deveriam ceder terreno para o invasor, e lhe dar a falsa impressão de que não tinham como resistir a um oponente mais poderoso. Não obstante, o grande general Francês ao ponderar sobre todo o sacrifício e todo o desgaste que submeteu o seu exército, percebeu que apesar de tudo que foi conquistado era inútil permanecer naquele país arrasado. Quando resolveu ir embora da cidade e largar os despojos para trás, foi surpreendido. Os russos por sua vez sabendo que o exército invasor teria que percorrer um extenso caminho de volta para a casa se organizaram e se aproveitaram do clima gelado de um rigoroso inverno que descambou sobre o país, para fustigar as tropas napoleônicas através de ataques aguerridos e sucessivos que há muito haviam sidos planejados pelos grandes generais soviéticos. E no fim lhe infligiu uma derrota acachapante que ficou marcada para sempre na história militar.

Outra grande invasão que merece maior destaque foi comandada pelo megalomaníaco chamado de: Hitler, que, com a intenção de obter para si, o imenso país de extensão continental, e recursos minerais abundantes o invadiu em março de 1941. Com cerca de 3.5 milhões de soldados, e cerca de 2.500 aviões de guerra, acompanhados pelo solo por mais de 4.000 veículos de combates, entre tanques de guerras e carros de menores portes e de todos os tipos. Na época da invasão nazista, Moscou foi evacuada e decretada pelo Comando Soviético como campo de batalha.

Foram construídas armas antitanques, enquanto a cidade era bombardeada pela Luftwaffe, força aérea alemã.

Assim como ondas espumantes que impulsionadas por fortes ventanias vem do alto-mar e se precipitam de forma fragorosa na praia levando tudo que encontram pela frente; assim, foram os arrojos dos exércitos de Hitler, contra os menos preparados e menos equipados exércitos russos. A Alemanha e os seus aliados do EIXO invadiram a União soviética, num ataque surpresa, destruindo a maioria da sua força aérea ainda em terra, onde as tropas alemãs puderam rapidamente avançar no vasto território russo utilizando táticas do "Blitzkrieg". E, apoiadas por unidades blindadas que se destacavam na época, as quais se moveram rapidamente, destruíram o exército soviético quase que totalmente. Enquanto o grupo do exército norte alemão se movia com ímpeto para cercar a cidade de Leningrado e destruí-la, o grupo do exército sul se movia para capturar toda a região da Ucrânia. Por sua vez, o grupo do centro avançava inexoravelmente em direção a Moscou. Contudo, por mais retumbantes que fossem as primeiras vitórias da Wehrmacht, e por mais que o resto do mundo se apavorasse com a velocidade do seu avanço em solo russo, o objetivo nazista estava longe de ser alcançado, pois os alemães sofriam baixas consideráveis na medida em que se aproximavam da capital Moscou, e os russos, tomados pela surpresa da invasão, perceberam a verdadeira natureza da guerra: porque muitos soldados alemães, imbuídos da filosofia nazista, não tinham piedade com o povo russo e lhe infligira terríveis atrocidades, afinal, Hitler os considerava "subumanos". "Esta preconceituosa ideologia fora explicitamente descrita no livro de autoria do próprio Furher".

A força soviética que estava postada na frente leste, na frente reserva na frente Briansk e frente Kalinin, defendendo a área de Moscou, sofreram pesadas baixas. Mas continuaram bravamente a lutar. Durante o inverno houve uma diminuição dos ataques, porém, na primavera de 1942, os alemães retomaram a ofensiva nas regiões do sul da Rússia. Toda a área do Mar Negro foi conquistada, incluindo, o Cáucaso. Foi o "verão negro" da história dos exércitos soviéticos. No entanto, era visível que os russos se preparavam cada vez melhor para enfrentar os cercos das massas de blindados alemães. Tropas aguerridas passaram a ser abastecidos com equipamentos mais fortes e de melhor qualidade, se destacando o poderoso tanque t-34 e os morteiros foguetes katyushas. Entretanto, antes mesmo das tropas serem abastecidas com equipamentos mais fortes e de melhor qualidade, até os finais de 1941, caíram sobre o controle alemão 40% da população soviética, 41% de suas estradas de ferro, 38% do gado, 58% das siderurgias de aço, 60% do alumínio, 84% do açúcar, 38% dos campos cerealísticos, 63% do carbono e 60% do ferro. Apesar dessas conquistas nunca as baixas alemãs tinham sido posto fora de combate em um campo de batalha tanto como foi na Rússia; 202.251 mortos; 725.642 feridos, e mais 46.511 desaparecidos, perfazendo até fevereiro de 1942, 31% do total das forças invasoras.

Antes da guerra Rússia-Alemanha começar, isso por volta de meados da década de trinta, conforme a negra nuvem da guerra se alastrava e assombrava a Europa, os soviéticos de maneira prudente e visionária com o que lhes poderiam acontecer passaram a construir as fábricas de forma a serem facilmente desmontáveis para que pudessem ser conduzidas às outras regiões e fora do alcance da aviação invasora. Quando os alemães atravessaram a fronteira da URSS em junho de 1941, se deu início a remoção. Nos Urais foram instaladas 455 indústrias, na região da Sibéria 210, na Ásia Central 250 fábricas, e outras 345 em outras regiões num total de 1360 indústrias de vários tipos, mas tão necessária para o esforço de guerra dos soviéticos. Isso, no entanto não evitou que mais de 1.700 cidades fossem destruídas, como também 70.000 aldeias, desabrigando mais de 25 milhões de habitantes. Trinta e um mil e oitocentos e cinquenta fábricas foram destruídas, 65.000 quilômetros de estradas de ferro totalmente inutilizadas, perecendo ainda 71 milhões de cabeças de gado de variadas raças. Segundo dados divulgados após a guerra, a mobilização voluntária da população soviética propiciou às forças armadas russas cerca de 11.550 milhões de soldados, dos quais 6.352 milhões de soldados entraram em combate. As perdas civis e militares foram catastróficas e irreparáveis. Apesar dos dados serem aproximativos os especialistas do pós-guerra, os calcula ao redor de 25 milhões (provocados pelo combate direto contra o inimigo, assim como pela fome, pelo frio e por epidemias). Das despesas totais para o esforço de guerra soviético, calcula-se que a partir de 1942 60% da receita estatal foram destinadas aos produtos bélicos. A partir de 1943 a produção de aviões russos atingiu a 3.000 unidades por mês, e a produção de blindados 2.000 unidades por mês. Todavia, ainda que no desenrolar da guerra, os números das baixas alemãs tenham aumentado na medida em que as suas tropas batiam de frente com os indomados russos, derrotar à Alemanha nazista de Hitler foi um árduo trabalho e de muito sacrifício, durante todo o tempo em que, ela, a Alemanha, se manteve firme na guerra. E isto, exigiu um esforço quase que sobre-humano, porque além de possuir exércitos altamente qualificados, bem treinados, com espírito guerreiro quase inabalável e bem equipados com armas cada vez mais sofisticadas, produzidas pelas brilhantes, mas também insana mente nazista, a Alemanha ainda podia contar para seu imenso esforço de guerra, com as riquezas e com a mão de obra escrava, dos países que invadiu e os subjugou. E no auge do seu domínio, auferiu para si, mais de 3 milhões de escravos, que trabalharam arduamente dia após dia, produzindo tudo o que era necessário para alimentar a terrível máquina de guerra nazista.

Sobretudo, a União das Repúblicas Socialistas Soviéticas triunfou, e mais uma vez, o grande exército invasor foi detido, frustrando o desejo de conquista de seus lideres.

# Capítulo XXI
# O mito russo

Enquanto isso, a resposta do pedido que os autorizassem a se aproximar das tropas para que juntos combatessem as forças alemãs que já estavam às portas de Moscou, foi positiva. Nesse ínterim, por quase todas as frentes de guerra que a Rússia estava imbuída contra a Alemanha, se mostravam frenéticas. Não obstante, eles receberam o consentimento e se juntaram aos indomados exércitos, onde soldados ainda estavam sendo recrutados para reforçar as defesas; armamentos que há pouco foram fabricados eram direcionados para diversas frentes; e comandos em diversos escalões eram constantemente trocados. Nesse contexto, um General enérgico chamado de Zhukov que, segundo informações iniciou a carreira militar como soldado czarista, e na revolução russa aderiu à causa bolchevique de Lenin, fora o escolhido para fazer a defesa de Moscou. Porém, antes, no ano de 1939 havia sido encarregado de expulsar as forças japonesas que tinham invadido a Mongólia. Entretanto, com a necessidade imperiosa da guerra contra a Alemanha de Hitler, Stálin o convocou para que ele se apresentasse em Moscou e o encarregou de fazer a defesa do comando leste do país. Ele, ardil e destemido características peculiares de sua personalidade forte herdada de sua mãe, acelerou o recrutamento das forças reservas que estavam espalhadas por várias partes do imenso país, para que elas rapidamente pudessem defender a capital.

Entrementes, em meio à guerra e aos recrutamentos que se encontravam em ebulição, em 06 de novembro de 1941, Katarzyna e o mais galante chegaram à conturbada Moscou. E diante de um pátio gigantesco lotado de soldados e armamentos se apresentaram no quartel-general que ficava na região leste da cidade. Katarzyna como era um oficial do exército russo, por intermédio de outros oficiais, solicitou por obséquio que o Comando soviético escutasse a narração da sua fuga que, segundo ela, se dera por obra de milagre, mas só aconteceu através de inesperada ajuda daquele estrangeiro que o acompanhava, enfatizou. E, assim, juntos conseguiram fugir de um dos funestos campos de concentração na Polônia. O Comando atendeu ao pedido e a ouviu com deferência quase todos os detalhes que Katarzyna contara, exceto, que a fuga se dera através do sobrenatural da mágica do voo. Ao findar a narrativa, os comandantes o elogiaram com veemência e condecoraram "o mais galante entre os homens" com uma das mais honradas condecorações do país, a de: "honra ao mérito" por ele ter salvado um oficial das garras dos exércitos nazistas. Então, em pé e alinhado, e de maneira solene semelhante a recruta que está sendo formado diante de seu comando, fez continência para os respectivos comandantes, exprimindo na bela fisionomia, que naquele instante se assemelhava a criança deslumbrada quando recebe presente; ávido desejo de combater os nazistas. Ainda diante do comando soviético e de dezenas de colunas de soldados russos que se encontravam alinhados e que também estavam sendo formados para o combate, fez juramento de lealdade aos exércitos russos, enquanto aquela não concebida guerra contra a Alemanha nazista durasse, dizendo: doravante combaterei os nazistas com todos os recursos possíveis e com todas as minhas forças, e os perseguirei por onde eles com o seu rastro de ódio e preconceito andarem!

Finalizou resoluto. O comandante russo após ouvi-lo ficou encantado com sua atitude e logo ordenou aos seus subordinados que lhe entregasse um rifle chamado de: "moisin-nagant" e uma pistola com razoável quantidade de munição, além do: honrado uniforme militar do exército russo, que lhe caiu como a segunda pele, como se vestisse o próprio uniforme militar de seu país de origem. No outro dia em companhia de Katarzyna, e, para obedecerem ao chamamento do Estado-Maior de que o líder supremo da URSS faria pronunciamento para o povo, seguiram para a Praça Vermelha e lá junto a milhares de soldados do exército, da marinha, de guerrilheiros e, civis ouviram com atenção o discurso inflamado de Stálin convocando o povo soviético a reagir à agressão nazista, o qual do alto do palanque bradou eloquentemente decretando morte aos nazistas por se ousarem a invadir a nação soviética. Nesse mesmo período, além de dezenas de milhares de colunas de soldados serem formados para as batalhas contra os nazistas, se formou também, uma ultrassecreta organização chamada de: "rede de comunicação". Composta por duas dúzias e meia de centenas de soldados com formações técnicas e acadêmicas diferentes, com características e aptidões especiais para que pudessem assessorar as tropas soviéticas no campo de batalha. Dela passou a fazer parte devido aos conhecimentos sobre diversos instrumentos de comunicação e conhecimento a respeito do posicionamento do inimigo: Katarzyna, além dela, um sargento russo alto e forte chamado: Vatutin Desrokovic Mielovic. E eles foram eleitos cabeças dos 25 grupamentos dessa organização. Essa "rede" tinha imprescindíveis finalidades, entre elas: o de manter de forma ininterrupta e a qualquer tempo a comunicação entre os componentes; segundo, estabelecer quando houvesse a necessidade imperiosa a conexão entre os agentes da rede e o comando russo; terceiro, monitorar os passos do inimigo por toda a União Soviética de norte a sul, de leste a oeste, de noite ou de dia, debaixo de chuva, sol ou neve, o inimigo não podia andar ou respirar sem estar sob a vigilância. Eles, os agentes teriam ao seu dispor todos os tipos de instrumentos de comunicação possíveis inventados e que existissem no mundo, como: rádio amador, telegramas e outros tipos de instrumentos ou equipamentos de última geração. A rede como anteriormente fora explicado se dividiu em regimentos e os componentes foram direcionados para as diversas frentes de guerra que a União Soviética estava envolvida contra a Alemanha de Hitler. O regimento que seria liderado por Katarzyna se dirigiu para Stalingrado; o que seria liderado pelo sargento Vatutin permaneceu em Moscou com o qual ficou fazendo parte o mais galante; um terceiro regimento se dirigiu para Leningrado, e, os outros 22 no total se espalharam por toda a União Soviética.

Dias depois, já uniformizado, e de posse das armas que lhes foram disponibilizadas, o mais galante entre os homens, acompanhado de dezenas de atiradores russos seguiu para o bojo de uma floresta russa que ficava próxima a Moscou para interceptar os nazistas que ali já se faziam presentes. Entrementes, na região de Stalingrado, estava para se iniciar uma árdua batalha, e as condições que os russos enfrentavam eram extremamente difíceis. Porquanto, efetivos soviéticos eram remanejados e chegavam há todos os instantes de todo o canto do imenso país para reforçar as defesas da pátria soviética. Onde meses depois, em meados do mês de setembro surgiriam relatos de que um jovem rapaz siberiano oriundo da região dos Montes Urais que no dia a dia em sua região era um simples pastor de ovelhas chamado de: Vassili Zaitsev chegaria de outra região do país a uma cidade chamada de Stalingrado para reforçar as levas. E, que com o passar dos dias, começaria a se destacar e a fazer fama entre as tropas russas, pois mataria vários soldados e, inclusive oficiais nazistas de alta patente. Os seus feitos seriam reconhecidos militarmente falando, e seriam usados de maneira sensacionalista por um sagaz jornalista russo, com o intuito de motivar as tropas que, em demasia continuaria a sofrer com as investidas alemãs. O jornalista relataria as suas proezas enfatizando a habilidade e a sua coragem, mesmo ainda sendo jovem, e isto, animaria o grosso das tropas soviéticas que começariam a chegar mais animadas de quase todo o canto do país, para servir a nação russa contra os bárbaros invasores.

Enquanto nas proximidades de Stalingrado, Vassili Zaitsev considerado herói nacional no futuro próximo aumentaria o número de vítimas. E com isso, teria os seus feitos propagados por toda a União Soviética. Aproximadamente dois meses antes, o mais galante entre os homens de forma semelhante, mas como precursor de um tipo de combate que infligiria muitas perdas a Alemanha, que naquele tempo, parecia que o seu exército era imbatível. Onde os soldados alemães que se encontravam espalhados por quase toda a Rússia, não tiveram sossego nem contra os atiradores de elite do Exército Vermelho nem contra os guerrilheiros que, apesar de não serem oficiais do exército, eram "filhos da terra" e por esse motivo se sentiam ligados a sua pátria. No entanto, o suplício alemão se deu efetivamente, quando o mais galante com toda a sua coragem e astúcia começou a agir. Não obstante, os alemães desenvolveram astutas estratégias tanto de defesas bem como de ataques para combater "os pérfidos atiradores russos". Eles usaram táticas de bombardeio, no momento em que os atiradores agiam para forçá-los a saírem do lugar no qual se encontravam camuflados, revelando-se com isso os esconderijos, onde muitos atiradores russos foram pegos e sumariamente mortos pelos soldados alemães. Outra tática dos soldados nazistas durante a Segunda Guerra Mundial, na guerra contra os atiradores russos, foi a de fazer com que os oficiais de várias patentes, não usassem as insígnias nos uniformes, para que não fossem facilmente identificados e não se tornassem alvos fáceis dos atiradores soviéticos, que buscavam preferencialmente atingi-los para deixar as tropas nazistas confusas e sem comando. Contudo, nenhumas dessas táticas mencionadas funcionaram contra o esperto, imprevisível e sagaz galanteador, que, não obstante, e, ao ficar imperceptível à visão dos soldados alemães, se locomovia de forma espantosa no meio das árvores e se aproximava das tropas ao ponto de perceber quem era quem dava as ordens por ali, por isso, sempre que investia contra um oficial nazista, era fatal. Durante quase 1 ano de caçada, ele levou o pânico as tropas alemãs, que não sabiam mais o que fazer contra aquelas investidas. E no dia 14 de julho, de 1942, às 11h00, na taiga de Ruusdentlov, em solo russo, floresta próxima uns 250 quilômetros de Moscou, o mais galante que já havia matado muitos soldados alemães, acelerou as ações. E agindo do alto de alta árvore de onde estava na qual usara por algum tempo como ponto estratégico para observar os movimentos dos soldados nazistas, bispou de longe na distância de uns 900 metros, pontos enegrecidos que no solo se movimentavam de forma frêmita e que, ao andarem se mexiam semelhantes às formigas quando enfileiradas seguem em seus trilhos, uma seguindo as outras em busca de alimentos; eles começaram a ganhar forma e foram ficando cada vez mais nítidos a cada instante que passava. De repente, deu para distinguir perfeitamente que era parte remanescente de um pelotão nazista composto no momento por mais ou menos de uns 120 soldados. Esse pelotão, alheio ao que lhe aconteceria andava em fila indiana, e em pouco tempo transporia um caminho estreito por entre as árvores, próximo onde ele se encontrava escondido. Então, o mais galante tivera uma ideia. E, enquanto os soldados fortemente armados foram passando, caminhando um atrás do outro, ele foi descendo da árvore. De súbito, desceu. Olhou para a cauda da tropa que passara pressurosa seguindo para alguma frente de batalha. Agachou-se, dobrou a perna esquerda projetando o joelho para frente, e firmou o pé ao chão, ao passo que a outra perna dobrara para trás, firmando o outro joelho ao solo. E com o fuzil nas mãos em punho cerrado, sustentado de baixo do braço direito, mirou milimetricamente no pescoço do último soldado alemão. Proferiu algumas palavras, fez o sinal da cruz sobre o peito, e cabrum: detonou ligeiramente a funesta arma contra o último soldado que passou andando seguindo os outros. A bala do fuzil percorreu o espaço rapidamente e foi direto no pescoço do soldado nazista lhe varando funestamente de um lado a outro a raiz do seu céfalo, e saindo pela frente. Nesse ínterim, em que passara violentamente pelo primeiro, seguiu varando as frágeis raízes cefálicas do pelotão nazista que andava apressado até parar de súbito. Com o barulho do tiro, o pelotão olhou para trás e viu parte da tropa que fora atingida perfidamente, dar suspiros de desalentos e desabarem ao chão já sem vida, num total de 12. A tropa se dispersou rapidamente correndo e se escondendo atrás das árvores, cada um procurando fugir das balas e da suposta emboscada preparada por algum ardil atirador de elite do Exército Vermelho. E, ao olharem para o horizonte e para o alto bisparam um vulto entre as espessas folhagens das árvores o qual tentava se esconder. De repente, ar de apreensão, tomou conta do mais galante entre os homens ao perceber que, a oração da invisibilidade havia perdido o efeito, haja vista, que não demorava muito. E isso, o deixou apreensivo, pois, sem esse recurso estava momentaneamente exposto aos ataques dos soldados alemães, correndo perigo eminente. Os soldados ao localizá-lo rapidamente fecharam o cerco contra ele que, posicionado entre as árvores da floresta, ainda disparou mortalmente contra outros soldados. Sobretudo, as habilidades e a sua astúcia sempre foram de se admirar, e sempre que se encontrava em perigo, apelava para elas. E, ao perceber que os soldados se aproximaram em formações de ataque e dispararem em seguida, se saiu das balas de fuzil, dando saltos mortais tão rápidos, que nem uma conseguiu acertá-lo. E intentando se escamotear da visão para que não fosse alcançado pela mira dos soldados, de maneira fugaz por cima das árvores pulava de uma para outra, e da outra para acolá e entre as copagens tentava se ocultar, enquanto que os soldados no afã de pegá-lo chamaram mais reforços, para que com um número maior de soldados pudessem eliminar aquele vil atirador russo que por ora se encontrava encurralado naquele trecho. A floresta russa conhecida como: "Floresta de Ruusdentlov" era muita densa, de grandes vales e com grandes árvores que possibilitavam que pessoas se assim quisessem poderiam se esconder no momento de sufoco e que, talvez, se saíssem incólume de uma emboscada. Contudo, e não obstante, os alemães não desistiram, e o perseguiram bem armados e em grande número. Até que, de repente, mais uma vez ele desapareceu do alcance da visão. Todavia, o seu desaparecimento repentino, não se deu através de uma oração, e sim, porque, rapidamente, cavoucou a terra ligeiramente produzindo com as próprias mãos, uma vala de um côvado de largura por meio côvado de altura, e depois, se cobriu com a própria areia que havia retirado do solo. E, ao entrar na vala, utilizou o recurso de ficar sem respirar, o qual mais uma vez, fora fundamental para a sobrevivência. Quando os soldados se aproximaram do local que julgavam que o atirador de elite do exército soviético se encontrava por ali, ficaram espantados ao perderem a pista. E confusos olharam para um lado e para o outro, e sem delongas disseram uns aos outros que só poderia ser bruxaria, porque humanamente era impossível alguém escapar de um pelotão experiente daquele jeito. Após algum tempo procurando em vão, tanto por baixo no solo bem como por cima das árvores, resolveram provocar um incêndio, para forçar o fugitivo a aparecer. Então, foi isso o que fizeram, chamaram os soldados que utilizavam lança- chamas, e tocaram fogo em parte da floresta para forçar aquele que traiçoeiramente estava oculto, a aparecer. Mas nada do atirador dar sinal de vida. Depois de algumas horas em que parte da floresta em que puseram fogo, ficar quase toda destruída, desconsolados e fadigados daquela busca incessante desistiram de perseguir o soldado russo, achando que o mesmo, naquele ínterim, já poderia estar morto: ou queimado ou asfixiado. No alvorecer do mesmo dia, no momento em que os soldados alemães começaram a deixar o local, caminhando para outra região da guerra, o mais galante aproveitou que eles estavam se afastando, e como planta que brota do solo, saiu de dentro do buraco, no qual se mantivera oculto por algum tempo. Limpou-se e olhando para o céu, fez o sinal da cruz em sinal de agradecimento. Realizou a oração do voo, e, foi embora daquela fornalha de fogo e de fumaça sufocante, enquanto que olhos de criatura desconhecida que se encontrava camuflada entre as folhas das árvores, oculta na sombra e na penumbra, exatamente, como um animal de hábitos noturnos se esconde pela noite que havia se precipitado, brilhavam e espiavam curiosamente todo o movimento ao redor.

## Capítulo XXII

# O reforço de Stalingrado

Enquanto voava começou a cantar uma canção brasileira, a qual fora feita por ele, em homenagem aos bravos guerreiros nordestinos, que no solo quase infértil do árido sertão do Nordeste do Brasil, lutam dia após dia pela sobrevivência: oh, guerreiro! Oh, guerreiro! No sertão nordestino tua luta incansável se faz notar, pois desde moço aprendeste através dos mais velhos que nos caminhos laboriosos da vida tuas pernas resolutas trilharás. Mas obstinado guerreiro que se preza, mesmo enfrentando as agruras da natureza e da vida, mesmo que sejam difíceis, nunca desistirás. Pois olhando para o alto, com o coração aberto, no sagrado forças tu buscarás, para que possas vencer os desafios da terra seca que a falta de chuva implicará. Nos áridos caminhos do sertão: vou seguir! Vou seguir! Cantando e arando. Vou seguir! Vou seguir! Cantando e semeando. Vou seguir! Vou seguir! Pedindo aos céus que vá molhando, pois se Deus quiser tudo brotará! Pois se Deus quiser, tudo brotará! E tudo vai melhorar, enfim, amém! Enquanto cantava e se lembrava de seu povo lutador, seguiu voando, porém, no sentido contrário ao que pretendia que era o caminho de volta para a capital do país Moscou. E sem perceber que havia pegado percurso errado notou que, já se encontrava nas proximidades de outra importante cidade da União Soviética, uma cidade chamada: Stalingrado! De repente, ficou surpreso e preocupado com o que vira a cerca de 100 quilômetros daquela importante cidade para os russos, onde sem esperar vislumbrara um cenário sombrio que perfidamente estava sendo arquitetado pelos nazistas. Porquanto, ao elucubrar, concebeu uma ideia mirabolante e na sequência para mitigar este enlace sombrio dos alemães intencionou usar a "velha" rede de comunicação russa da qual fazia parte desde a época em que se transformara em atirador de elite, para o mais rápido que fosse possível se encontrar com o comando soviético para alertá-lo sobre o que havia visto ali nas redondezas próximo ao rio Volga, onde do alto, viu dezenas e centenas de regimentos de tanques de guerra alemães e vários tanques de fabricação russa que foram tomados das mãos dos soviéticos, além de veículos de vários os tipos e de vários tamanhos, todos camuflados, entre árvores e, sob folhas e galhos secos para que pudessem se camuflar e ficar oculto da visão dos aviões russos. Essa força que estava sendo arregimentada, certamente, se concentrava e aguardava ordens posteriores para que pudesse desferir ataques maciços contra os defensores da cidade. Sobretudo, dois dias depois após essa visão e antes mesmo do mais galante alertar o comando russo, no dia 17 de julho de 1942, a cidade sofreu os seus primeiros bombardeios da artilharia aérea nazista e assim se iniciou uma árdua batalha por Stalingrado, próximo às margens do rio Volga, o qual testemunharia batalhas terríveis e sangrentas. Onde mais de 1.000 toneladas de bombas foram despejadas sobre os defensores, e na própria cidade, provocando a destruição de milhares de casas, prédios e ocasionando a morte de milhares de soldados e civis. E toda essa sanha e ódio injustificado transformou Stalingrado em um monte de ruínas com cadáveres expostos ao tempo. Por outro lado contra esses bombardeios às defesas soviéticas se prostraram nas trincheiras e barricadas e bravamente se mantiveram posicionadas com as suas baterias antiaéreas e cuspiam fogo como loucos. E de certa forma, até rechaçavam os ataques, mas não estavam em qualidade de armamentos e nem em números expressivos para deter por muito tempo as forças antagônicas que estavam mais equipadas, e, que planejavam avançar sobre o rio Volga, atravessá-lo de imediato, e tomar de uma vez por todas, a cidade que era o símbolo de poder e resistência do seu governante Joséf Stálin.

Enquanto isso, o mais galante após perscrutar com os seus olhos negros aquele terrível cenário, desceu em meio aos alaridos das bombas que caiam constantemente sobre a cidade. E no instante em que chegara aos arredores de Stalingrado, começou a procurar por Katarzyna que havia se dirigido para aquele lugar há cerca de 2 meses. E se comunicando com um e com outro, até que a "rede de comunicação" que também estava disponibilizada ao seu serviço, de modo eficiente funcionasse. E logo a encontrou a apenas a 1 quilômetro de distância de onde começara a procurar. Nesse ínterim, lhe abraçou demonstrando todo o carinho e afeto que sempre tivera por ela, mas procurando deixar os sentimentos um pouco de lado, buscou através de seu intermédio fazer contato com o Alto comando das tropas russas daquela região, para lhe comunicar a respeito das funestas intenções nazistas. Katarzyna que tinha a mente aberta e, como ninguém sabia das potencialidades e dos recursos surreais do seu amado, para atender o seu pedido utilizou os meios possíveis que havia disponíveis no momento e sem delongas conseguiu fazer a conexão. Todavia, como quase todo o país e quase todo o poderio militar soviético estava em tempos de guerra, tiveram que esperar pacientemente por mais de 3 horas seguidas, para que pudessem ser recebidos pelo tenente comandante general Chuikov homem sagaz que havia recebido o comando do 64° exército Soviético, e que, segundo informações havia estudado na Academia militar de Frunze, na Rússia. Quando surgiu à oportunidade de expor sobre as reais intenções nazistas de tomar a cidade, forçando a rendição dos defensores através de pesados bombardeios aéreos e depois através de incursão da infantaria que estava sendo arregimentada, surpreendeu os comandantes ao impetrar outros assuntos que eles não esperavam, e que, nem através de sonhos conjecturaram que pudessem acontecer. E, enquanto pasmados os comandantes se encontravam, aproveitou para demonstrar sem rodeios e de forma minuciosa habilidades que possuía que poderia usá-las contra os exércitos alemães que já estavam nas portas de Stalingrado. Primeiro fez o sinal da cruz na testa e realizou a oração da invisibilidade, ficando oculto das visões dos militares durante minutos, depois, enquanto os comandantes olhavam para um lado e para o outro o procurando, ele, como se materializasse se apresentou no meio deles novamente de forma visível. Em seguida, assim como um grande pássaro que freme de maneira alvoroçada as imensas asas, e alça majestoso voo; quase semelhante fora à exibição que fizera para os comandantes soviéticos. Onde diante deles ao findar a oração, estendeu os longos braços na altura do pescoço, impulsionou as pernas para se elevar ao alto e flutuar magicamente durante alguns segundos. Ao ver aquilo, a maioria dos comandantes russos conservou-se quietos, olhando estupefatos para aquela cena que, para eles, certamente, era, além de inusitada, surreal, por outro lado um tanto quanto marcante e surpreendente.

Contudo, em seus rostos davam para ver que, diferentes reações eram exprimidas: surpresa, estupefação, e medo do desconhecido. Não obstante, o fato era que aquele homem estrangeiro vestido com o uniforme militar russo, embora se mostrasse para eles emblemático, estava ali oferecendo o seu desprendimento voluntário, cuja ajuda eles não poderiam esnobar, e nem tão pouco rejeitá-la, assim, pensaram. Mas como era possível para um homem? Seria ele um bruxo? E, como lhe era factível executar naturalmente aquelas coisas? Perguntavam-se uns aos outros, espantados, porém, encantados com a visão. Sobretudo, o general Chuikov falou:

— Estou impressionado com essas habilidades que você nos demostrou meu rapaz! E, sinceramente, nem sei se acredito nos meus olhos! Porém, e, sobretudo, você foi quem nos dissera: que os alemães estão se preparando para atacar com dezenas de regimentos de poderosos tanques de guerra, e contra todo este nefasto poder que está sendo arregimentado, só temos como reforço apenas um aliado: você, que se constitui militarmente falando em uma gota de água num oceano; apesar dessas suas espantosas habilidades que, talvez, futuramente, poderá nos ajudar, contudo, lamento em dizer que não temos o que fazer por enquanto para rechaçar essa eminente ameaça nazista, pois "o grosso" das nossas tropas as quais são as melhores, mais treinadas e equipadas que possuímos, se encontra distante daqui, na fronteira com a Mongólia para impedir suposta invasão Japonesa, e com isso, talvez não chegue a tempo para salvar Stalingrado.

O mais galante que já se encontrava ao chão, e diante de olhares de incredulidade que certamente devem ter se perguntado amiudadas vezes, como aquilo era possível acontecer, olhou de maneira serena para os rostos dos comandantes russos que se entreolhavam, e falou:

— Sim, como os senhores podem ver, sou apenas uma gota num Oceano! Porém, uma gota somada à outra gota, a mais outra... Pode virar um mar! O que quero dizer senhores, é: se unirmos as forças e, usarmos os recursos que possuímos sejam quais forem a sua origem: natural ou sobrenatural seremos imbatíveis! Por isso, se me permitem dizer a minha intenção inicial é a de realizar um artifício chamada de: "oração da chuva" do outro lado do rio, para retardarmos esses arquitetados ataques nazistas!

— Oração da chuva? E, qual o real objetivo desta empreitada? Perguntou o comandante.

— Como o próprio nome evoca: é para que possamos deter por determinado período os comboios nazistas e assim dar espaço necessário para que as tropas russas que estão necessitadas, ganhem reforços e suprimentos de que tanto precisam e almejam.

— Mas, o que significa literalmente essa tal de: "oração da chuva"? Interrogou novamente o grande comandante Chuikov o qual se aproximou para mais perto para ouvi-lo melhor. E como é que você fará isso? Perguntou novamente e ainda confuso, sem conseguir concatenar a ideia.

— É um poder sobrenatural que se manifesta e que faz acontecer à chuva de forma torrencial, e isto realizarei através de um truque de família senhor! Exclamou respondendo a indagação. Mas eu lhe asseguro que dará certo, por isso, não se preocupe! Disse ao comandante que espantado o espiava e o ouvia atentamente, o qual ainda tentava entender a visão surreal que há poucos instantes tivera.

Então Chuikov comandante russo balançando a cabeça em assentimento a ajuda oferecida, mas querendo fazer jogo duro, querendo demonstrar que não era necessário. Falou enquanto trocava alguns passos. Deu meia volta passando em frente aos outros comandantes, e, enquanto olhava para as suas feições, falou:

— Olha soldado! Parou de andar de repente, e olhou para trás: entendo a sua intenção e que esteja disposto a ajudar, mas esta guerra, não é sua. Ela pertence ao nosso povo, ao povo soviético! Falou o comandante russo encarregado da defesa de Stalingrado.

— Senhor! Exclamou exprimindo no rosto reação de refutação a aquelas conservadoras palavras, porém, buscando ser comedido, falou: permita-me senhor discordar do seu ponto de vista. E gesticulando de forma amigável e olhando para a fisionomia de todos que estavam presente, continuou a falar: esta guerra senhor! Exclamou apontando o dedo para todas as direções e estendendo o dever a todos os outros comandantes e, até aos soldados comuns quem de fato lutam no campo de batalha. Esta guerra! Aumentou um pouco mais o tom de voz para que eles pudessem ouvi-lo melhor: são de todos aqueles que passaram pelo terror da pérfida invasão nazista e que ainda passam! Homens, mulheres e, crianças comuns que foram feridos não só no corpo, mas também na alma, com marcas tão profundas que os acompanharão para o resto de suas vidas, os quais perderam os seus recursos, seus lares, e suas famílias. São de todos aqueles que mesmo sabendo do desafio gigantesco que tem pela frente, não hesitará em mover os seus punhos contra o inimigo mortal. Esta guerra é também de todo aquele cuja liberdade se encontra nas mãos dos nazistas, os quais, de maneira sanguinária ceifaram a vida de seus pais, dos seus irmãos, e, os enclausurou nas prisões sabe Deus onde estão neste momento. Por isso, eu luto e lutarei para defender o povo russo. E levantando uma das mãos ao alto fechou o punho e bateu contra a outra mão que estava aberta, querendo demonstrar com aquele gesto simbólico, mas destemido, que estava resoluto em seguir adiante no combate contra aos alemães. Luto também! Continuou. Para ajudar o povo soviético a se vingar e se livrar de uma vez por todas das garras desses assassinos, desses tiranos, que são chamados de: nazistas. Concluiu o seu pensamento com grande desejo de liberdade no olhar que contagiou a todos que estava presente.

— Bravo! Exclamou batendo palmas de forma frenética, o grande comandante, o qual balançava a cabeça em assentimento ao que fora dito naquele instante. E com um sorrisão estampado e os olhos brilhando como se naquele instante o vírus da esperança houvesse lhe contaminado; e então, falou: parabéns meu jovem, pela sua bravura e disposição! Você demonstrou nesse instante através da colocação de imponentes palavras, ser um soldado muito bravo e muito determinado. Agora! Exclamou corroborando com veemência, o que dele se esperava ouvir: eu tenho a certeza de que nós venceremos esta batalha! Stalingrado não cairá! Pois temos do nosso lado, um bravíssimo e poderoso aliado. Concluiu emocionado, mas com altivez.

Por sua vez, e de maneira simultânea, todos os outros comandantes russos que haviam presenciado tudo, se abraçaram eufóricos, e comemoraram o ingresso naquele instante de um aliado poderoso que veio em socorro do povo soviético.

Esse encontro no quartel-general com o grande comandante soviético que era o encarregado da defesa de Stalingrado foi o primeiro aval lhe dado no campo de batalha por um comandante das forças russas e foi o seu segundo passo dado em rota de colisão contra os nazistas. Ele tomou posse da outorga desse "poder" que lhe fora conferido se mobilizou e passou voando de relance pelas águas do rio Volga. Fincou os pés ao chão, e realizou a oração da invisibilidade para tentar impedir que os exércitos alemães atravessassem o rio, e que dominassem as forças russas. Aproveitou que se encontrava nesse inquietante e, sangrento campo de batalha e matou vários soldados alemães. Depois, percorreu o trajeto que fora estrategicamente por ele traçado que era de 2 quilômetros após a margem do rio, onde a maioria das forças alemãs se encontrava travando ferrenhas batalhas contra as forças russas. Como a sua presença não era e não podia percebida foi medindo pragmaticamente o terreno e o preparando para o ritual que antecederia a oração da chuva. Passo a passo, ou seja, fizera voando o perímetro por ele estipulado, exatamente, como havia aprendido com o seu genitor há alguns anos, e assim, foi desenhando sem demora os quadrados, fazendo os devidos sinais em torno do perímetro desejado que englobara uma área de aproximadamente 80 quilômetros de largura por 80 quilômetros de comprimento, e no último desenho que era o círculo, aquele que ficava no centro dos perímetros demarcados, desenhou o símbolo do rei Salomão. Logo em seguida, se ajoelhou dentro dele. Olhou para o céu, com o olhar de quem estava cheio de fé no que faria, e com a mão direita fez o sinal da cruz sobre a testa. E, olhando para o alto fixamente, falou: oh, meu santo sei que tenho lhe incomodado muito nesses tempos, mas agora é pra valer, e eu, não posso falhar com essa gente que tem sofrido o pão que o diabo amassou nas mãos desses nazistas assassinos, frios e calculistas. Por isso, eu te peço: não me abandone, por favor! Ato seguinte, enquanto eram escutados os ribombares dos canhões e os estampidos das bombas que caiam em demasia sobre os russos, rezou a poderosa oração da chuva, a qual em poucos instantes faria cair água do céu. Ao findar a "oração" se levantou do solo do lugar, limpou os joelhos com as mãos e, ainda olhando para o alto percebeu que as nuvens de maneira frenética começaram a se amontoar na abobada da terra, em seguida, se enegreceram rapidamente. Onde trovões começaram a fazer barulhos e a ensurdecer as pessoas; e a chuva em forma de trombas d'águas desabou a cair naquele lugar; e continuou a cair durante vários dias seguidos e sem dar trégua, fazendo com que os rios afluentes do Volga e lagos transbordassem ocasionando a queda de várias pontes, muitas delas que eram feitas de madeiras; estradas em todos os sentidos ficaram interditadas para o trafego, devido o solo que ficou encharcado, e com isso, detendo momentaneamente os comboios alemães, fazendo com que até os tanques de guerras nazistas andassem com lentidão. A chuva por hora barrou o avanço do exército alemão, bem no momento em que o exército russo demonstrava fraquejar. E por mais possantes que fosse os tanques nazistas, atravancavam e, quase paravam na lama que fora produzida pela chuva que caíra tal qual um dilúvio; os jipes que carregavam os soldados nazistas atolaram os quatro pneus, obrigando aos soldados fadigados da luta e quase impacientes a descerem para amarrar cordas uns aos outros para desatolarem, mas não conseguiam; a infantaria que vinha logo em seguida a pé, ficou com a lama muito acima dos joelhos, e levaram quase 2 dias inteiros para andarem apenas 2 quilômetros no território russo.

A surpreendente chuva que descambou de uma hora para outra foi tão forte e intensa que o comando alemão suspendeu os ataques por indeterminado tempo, até que houvesse novamente meio de que eles pudessem se locomover, já que os tanques panzers que serviriam para quebrar de uma vez por todas com a resistência russa estavam encontrando muita dificuldade para se moverem na terra encharcada e por isso se tornariam alvos móveis de relativa facilidade para a artilharia da aviação russa. Por outro lado, os russos comemoram o freio alemão que por impossibilidade temporária de locomoção dos tanques perderam a chance de avançar decisivamente sobre as tropas russas que faziam a defesa de Stalingrado. O general Chuikov quando soube que uma chuva inesperada, mas benfazeja caiu pesadamente durante aqueles dias e que praticamente paralisou o ímpeto dos exércitos nazistas, comemorou muito o alívio recebido dos céus. Todavia, no mesmo instante, foi lembrado por um dos seus subordinados que, um soldado estrangeiro misterioso, acompanhado de um oficial soviético, havia há pouco tempo, expressado em sua presença, o plano que concebera para deter o avanço dos tanques alemães, o qual utilizaria magia para que chovesse fortemente. Por esse motivo, o grande general soviético, ordenou que "pelotões de choque" que se encontravam nas redondezas encontrassem imediatamente o tal soldado estrangeiro que realizou aquele milagre, aquele feito, o qual fora o responsável por aquela chuva que caíra pesadamente durante aqueles dias, e que impediu de forma provisória, mas milagrosamente, que os alemães avançassem rapidamente sobre as suas tropas. Em algumas horas ele foi encontrado e convidado a se apresentar. Quando o mais galante entre os homens foi ao encontro do comandante Chuikov no mesmo quartel-general que havia demonstrado as suas fantásticas habilidades e falado detalhadamente das intenções nazistas de avançar sobre os russos, o grande general lhe deu de presente uma "espada de honra vermelha" uma espécie de condecoração militar dos antigos guerreiros soviéticos. Onde o mais galante se sentindo assoberbado, e em posição de sentido, fizera continência para o grande general. E como um fiel soldado mais uma vez reiterara a disposição em prosseguir na luta contra a tirania da Alemanha de Hitler. E, assim, falou: não descansarei em paz, enquanto o último soldado nazista permaneça armado em solo russo, ameaçando a paz da "pátria mãe" sucumba enfim, desfalecido! Concluiu de maneira retumbante.

# Capítulo XXIII
# Imprevisíveis ataques aéreos

Sobretudo, a guerra contra a Alemanha de Hitler continuava. E em meados do mês de setembro de 1942, os lideres nazistas decidiram quebrar de uma vez por todas com a resistência soviética, através de pesados bombardeios aéreos. Muito embora, eles não pudessem realizar ataques maciços por terra, porque o solo em torno de Stalingrado, continuava encharcado, devido às colossais chuvas que ocorreram nos últimos dias. E como se, eles os nazistas estivessem num tabuleiro de xadrez fizeram mais alguns lances movendo as peças que detinham o poder de atacar pelo alto, ou seja, moveu os cavalos num ataque direto para abrir passagem. Consoante a isso, a sua força aérea chamada de Luftwaffe – naquela época em Stalingrado era comandada por um homem bastante respeitado do comando alemão, o qual, segundo informações da inteligência secreta russa, havia nascido na cidade de Munique. Era um homem arrojado, determinado e que estava disposto a dobrar a resistência russa. Era chamado de Wolfram Von Richtoffen. E logo determinou que as suas tropas intensificassem os ataques de modo a forçar o esgotamento das defesas soviéticas até a rendição final. Nesse ínterim, a Alemanha, concentrou grande poder de ataque frente a Stalingrado, com cerca de 90 esquadrilhas, composta por mais de 1.600 aeronaves de todos os tipos, como: 400 bombardeiros Heinkel-III; 528 aviões caças de mergulhos chamados de Stukas; 400 caças ligeiros Me-109 e Me-110; e cerca de 350 caças com armamentos pesados. Os ataques alemães foram subsequentes e provocaram muita destruição tanto na cidade bem como no meio das tropas russas, destruindo regimentos inteiros, matando milhares de civis e soldados, aniquilando rapidamente diversos tanques russos que chegavam para fazer a defesa. Durante os incessantes ataques, a aviação soviética que tinha sofrido muitas baixas no início da invasão, praticamente deixou de existir no espaço aéreo de Stalingrado, restando apenas algumas dezenas de unidades para enfrentar a poderosa e temida força aérea alemã. E com isso, a cidade ficou praticamente desguarnecida e o seu exército em terra, em apuros, sem o devido apoio aéreo que lhe permitisse receber suprimentos que eram vitais ao esforço de guerra. Então, a Luftwaffe através de pesados bombardeios que empregavam de dia à noite, foi aniquilando e espremendo as cambaleadas defesas soviéticas. E logo as encurralou, em pequenos bolsões, deixando presa pequena parte do exército soviético, que, espremidos numa faixa de terra de pouco mais de 900 metros na margem oeste do rio Volga, sofreram mais de 1.200 ataques de bombardeiros de mergulho Stukas, numa tentativa alemã de finalmente eliminá-las. Apesar dos fortes bombardeios que sofriam de forma contínua e impiedosa, cerca de 50.000 soldados russos e 19 tanques de guerra seguiram resistindo a todas as tentativas alemãs de tomar a margem oeste do rio. Embora essa resistência tenha se dado de forma heroica, a Luftwaffe de maneira frenética, continuou dominando os céus em novembro. Como a força aérea russa nesse período sombrio não estava conseguindo rechaçar os assédios funestos da Luftwaffe, o mais galante entre os homens como possuía boa visão estratégica, e nesse ínterim, já se encontrava imerso de corpo e alma na guerra ao lado dos russos, ponderava sobre aquela contingência que, para ele era bastante delicada. E, sentindo a necessidade de ajudar de uma forma mais efetiva, haja vista, que, embora as fortes chuvas tenham detido por determinado período os ataques do poderoso exército alemão, não fora suficiente para deter a sua força aérea. Porquanto, conjecturou que deveria criar de imediato, uma estratégia de guerra que pudesse livrar os russos daqueles bombardeios infernais, impostos pela força aérea alemã, que há tempos, não parava de despejar dezenas de toneladas de bombas sobre a cidade. Então, ao abater do chão uma aeronave inimiga com uma metralhadora russa de calibre de 50 milímetros bombardeando- a seguidamente tanto nas asas bem como, inclusive, no motor até que ela fosse atingida e caísse do alto avariada de forma irreparável, tivera uma ideia: vou seguir os aviões nazistas! E assim, como as nuvens que seguem o caminho que o vento sibilante lhe ordena; seguiu os aviões que havia despejados as suas bombas nos alvos em Stalingrado, e que regressavam para as bases para abastecer. Ao segui-los de perto de onde dava para ver o girar frenético das hélices impulsionadas por possantes motores, percebeu que, análogas ao comportamento das abelhas que seguem o caminho percorrido de volta para a colmeia; às aeronaves retornavam para as bases aéreas. Muito embora, que estranhamente algumas delas tomassem rumos diferentes: os bombardeiros que eram aviões maiores e mais lentos se dirigiam para os aeroportos soviéticos que haviam sido tomados das mãos dos russos, no início da invasão alemã; os outros aviões de menor porte, e, os aviões caças que eram menores e mais velozes se dirigiam para as diversas bases e aeródromos que foram improvisadas e equipadas para servir de base. No momento em que chegara às bases nazistas, desceu e procurou se manter oculto ficando às margens, mas atento observou tudo que estava acontecendo: toda a movimentação de aeronaves: aviões que chegavam e que pousavam mansamente nas pistas; outros que decolavam abruptamente e saiam alvoroçados; outros parados esperando reparos. Então, teve a ideia de atacar a Luftwaffe, onde ela se organizava para desferir os golpes contra os russos. E em consequência, daria um alívio para as forças soviéticas que cada vez mais eram pressionadas pelos alemães, que as bombardeavam quase que sem parar. Em meio às elucubrações pertinentes à problemática russa que, em curto prazo estava quase sem poder de reação e se emaranhava cada vez mais nas teias nazistas, elaborou um plano de ataque, e anotou toda a estratégia em uma folha de papel que normalmente é usado por engenheiros para desenvolver projetos arquitetônicos, o qual continha de maneira minuciosa detalhes que julgara ser importante para a eficácia de toda a operação: como se daria a parceria com a aviação russa; que tipo de arma usaria; os suprimentos necessários a serem empregados; e a data do início dos ataques. Porém, detectou um empecilho: como entregaria o documento ao comando soviético, já que, constantemente, os russos mudavam a base de lugar?

Enquanto no céu os aviões nazistas como abelhas zuniam e soltavam as suas funestas bombas contra os alvos em Stalingrado, no solo, o mais galante entre os homens com olhar absorto como o de alguém que estar profundamente mergulhado em seus pensamentos, procurava mais uma vez por Katarzyna. Contudo, novamente através da eficiente "rede de comunicação" soubera que ela se encontrava em um local que se assemelhava a campo minado por pólvora, o qual ficava próximo uns 800 metros de uma estação velha de trem russa que a infantaria das tropas nazistas já estava próxima. Quando se dirigiu para lá, e a encontrou, mesmo passado pouco tempo que a vira o seu coração disparou como se supostamente a visse pela primeira vez. Entretanto, havia outro objetivo internalizado na mente que o levou a se encontrar ali naquele momento, que não era amoroso, e sim, bélico. Então, ele falou: Katarzyna, eu tive uma ideia enquanto perseguir os aviões alemães para descobrir onde ficavam as bases. E, ela, talvez, possa livrar Stalingrado desse suplício aterrador, desses bombardeios infernais, que há dias vem sofrendo. Continuando, falou: primeiro: preciso entregar a minha estratégia ao comando russo, segundo, encontrar um astuto engenheiro que entenda o meu pensamento e que construa para mim uma arma poderosa que me permita realizar alguns intentos que na minha cabeça julgo que será eficaz e necessário! Quando terminou de explanar de forma superficial o engenhoso plano, um barulho quase que ensurdecedor fizera com que os seus corações disparassem no momento, foi por causa de devastadora bomba, que fora despejada por um dos aviões nazistas, a qual caiu próximo onde eles se encontravam, provocando fragorosa explosão que abalou as estruturas de antigo barracão no qual se encontravam. Não obstante aos protestos das bombas que caiam em demasia no lugar, a guerreira mulher se levantou do chão com expressão no rosto como o de uma pessoa que ficara abalada afogueada pelo susto, mas olhando para a fisionomia dele que aparentava estar resoluta apesar de tudo, então, falou: ah, não se preocupe! Enviarei urgentemente o documento para o comando soviético. E sobre um engenheiro, conheço um sargento que está aqui por perto, que tem bom relacionamento com o comando militar, e, talvez, nos leve a alguém do seu conhecimento que seja capacitado e que possa desenvolver aquilo que você pretende. Vamos até o barracão vizinho, para que possamos falar urgentemente com ele! Antes de saírem, verificaram de maneira perscrutável tentando perceber se nos arredores havia algum franco-atirador nazista por perto. Após isso, saíram correndo um atrás do outro pulando os obstáculos que encontravam na frente, e ziguezagueando dos estilhaços das bombas que continuavam a cair despejados pelos bombardeiros alemães. Pouco tempo depois, após percorrerem a distância exata de uma quadra e meia, chegaram até o barracão onde se encontrava o tal sargento, que também, tentava se proteger das bombas agoniadas que os alemães em demasia despejavam contra eles. Esse lugar mais parecia ser um hospital, porque lá, havia médicos, enfermeiros, paramédicos e socorristas, e, vários soldados russos feridos: uns deitados sobre as macas com os braços pendurados nas tipoias; outros com esparadrapos nas cabeças, nos tórax e nas pernas; e outros empalidecidos e gemendo, vendo a sombra da morte se aproximar de si cada vez mais. Além disso, havia amontoados de corpos daqueles que não resistiram à dor dos graves ferimentos em que sofreram. Sobretudo, quando Katarzyna encontrou quem procurava, falou:

— Sargento, eis me aqui novamente, para lhe pedir que contacte alguém do seu conhecimento do exército russo que seja capacitado o suficiente para desenvolver um equipamento engenhoso para este moço aqui, mas antes, primeiro, quero lhe lembrar de que, após a minha fuga de Treblinka, que o senhor foi a primeira, e, única pessoa para quem falei da forma surreal como fugir, por isso, espero, sinceramente, que entenda o nosso pleito, pois temos um propósito definido de estarmos aqui! O homem assentiu as palavras através do balançar da cabeça e falou:

— Katarzyna, não me sinto na posição de lhe questionar em nenhuma situação, pois você é uma das pessoas mais íntegra e honrada que conheço, e uma das poucas no mundo que sacrificaria a minha vida por um simples pedido seu. E, se esse distinto rapaz que por hora me apresenta e para quem você encarecidamente me pede que desenvolva uma arma poderosa que no futuro nos permitirá apostar todas as nossas fichas na guerra contra as hordas de Hitler sem medo de errar, e, se ela for a solução para os nossos problemas, não serei o elo fraco e nem o estorvo que impedirá de realizar aquilo que deve ser feito. Vamos esperar escurecer, e, nas primeiras horas da madrugada os levarei a alguém capacitado do exército soviético!

Enquanto se esperava as horas passarem e com isso os bombardeios diminuírem, o casal que não se via há algum tempo, para atender desejos lúbricos que assenhoreavam os seus corpos se escamoteou da visão de todos aqueles que se encontravam no barracão. E, entre profusões de carcaças de máquinas de guerras e equipamentos bélicos que se encontravam empilhados e depositados por ali, deitaram-se ao solo um corpo próximo ao outro bem juntinho. Onde declarações de amor, e chuvas de beijos sedentos começaram a sufocar a boca de ambos. Nesse ínterim, ele correu a mão por dentro do uniforme dela, foi até onde a sua sensibilidade a devorava de paixão, e durante minutos com ardilosidade aqueceu lhe "a alma". Enquanto isso voltou o olhar para o dela e a olhou fixamente em seus olhos com o olhar penetrante e peculiar de sedutor que sempre tivera. E como se supostamente lhe suplicasse que ela lhe retribuísse as meiguices íntimas que lhe fora deliberada, retirou a mão de dentro do uniforme dela e esticou um pouco as suas próprias pernas como se preparasse para "sonhar". Ela, por sua vez, entendeu a intenção e a profundidade daquele olhar, e, como se fosse lhe beijar os pés, direcionou os seus membros superiores para a região do ventre do mais galante; abriu-lhe o zíper do seu uniforme militar de uma única vez; levou a mão até o seu membro viril; que nervoso e emaranhando em sua própria rede sanguínea pulsava como as batidas de um coração; o agarrou com firmeza; deu-lhe liberdade provisória; e parecendo querer mitigar seu sofrimento lhe acariciou; mas essa atitude de carinho lhe enervou ainda mais. Rapidamente ela reagiu e contra-atacou e, com a língua inquieta, os lábios umedecidos, e demasia deferência, começou a lhe promover como se não houvesse o amanha. Dai a pouco ele se sentiu "mais poderoso"; e através do contato físico estabelecido naquele momento sentiu sensação de que furtivamente energia entrava e lhe era retirada ao mesmo tempo; em seguida, começou a arfar como um alpinista escalando uma íngreme montanha; esticou os braços e as pernas ao mesmo tempo como se espreguiçasse; revirou os olhos; e, como se fosse dar uma síncope, se permitiu que uma "onda vulcânica" emergisse e inundasse o seu ser. Contudo, Katarzyna não se dando por satisfeita. Levantou-se. Despiu-se completamente. E o olhou com aquele olhar de mulher insinuante como se quisesse lhe dizer: venha meu amor! E, para dar cabo à sanha que inicialmente tivera se prostrou ficando numa posição passiva semelhante aos gatos na hora de beberem o leite que lhe fora servido nos pires. Ele por sua vez se levantou rapidamente do solo, mas ainda sedento e, embrutecido; segurou-a pelos flancos na altura da cintura e a trouxe para perto de si; e como tomada macho que se acopla a tomada fêmea num processo elétrico; arremeteu com força comedida; transpôs a linha da intimidade, indo no mais longínquo dos recônditos venéreos, e encaixando-se como uma luva; para logo se iniciar uma batalha lúbrica e particular, não obstante, a guerra universal que não cessava. E, assim ou através de variações que são executadas pelos praticantes do "kamasutra" se passou mais de 1 hora. Quando ele percebeu que ela já estava extasiada, "hasteou a bandeira da fecundidade" e pausou. Eles se levantaram se vestiram e foram ao encontro do sargento que agoniado os esperava próximo à passagem principal do barracão.

Enquanto isso, a guerra de aniquilação do Terceiro Reich continuava o seu curso, e a Alemanha cada vez mais apertava o pescoço soviético, atacando pelo alto, em terra e movimentando as suas hordas por três direções, deixando o comando russo apavorado. Por esses motivos, eles não tinham mais tempo a perder, não podiam hesitar um segundo se quer a mais, em descobri um jeito de rechaçar aqueles ataques nazistas. Conforme o cenário que se ensombrava ainda mais, e, para não perderem mais tempo, durante a madrugada, trataram logo de procurar o renomado engenheiro soviético especialista em armas sofisticadas que se encontrava em um quartel-general secreto que se encontrava a apenas 200 quilômetros de distância, o qual fazia parte do (vigésimo segundo departamento do exército russo) Eles pegaram um avião de pequeno porte de fabricação russa, que era capaz de voar rápido como um corisco para que não fosse interceptado pelos aviões nazistas que constantemente circunvagavam o espaço aéreo. E sem delongas, decolaram de uma pista improvisada que ficava no subsolo do barracão. Cortaram a linha de frente das aeronaves nazistas passando ilesos. Mas, após certo tempo de voo, passaram sufoco inesperado, pois quase foram abatidos por "fogo amigo". Aviões russos os detectaram e sem saber que era aeronave amiga os perseguiram ferozmente. Contudo, eles conseguiram entrar em contato se identificar e finalmente chegar ao quartel-general soviético. Foram conduzidos por dois soldados russos e um cabo, até ficarem diante de um capitão-tenente que era um dos mais graduados engenheiros físicos espaciais do exército russo, o qual tinha expressão enérgica, mas simpática, chamado de: Vassili Mitovic Drubovic. O apresentaram dizendo: este moço capitão que aqui se encontra em sua presença, é estrangeiro de um país amigo lá do continente sul-americano, lá do Brasil. O nome dele é João! É um homem dotado de habilidades incríveis e sobrenaturais tão surpreendentes que a nossa mente não consegue concatenar como é que lhes foram concebidos e como lhe é possível realizar alguns intentos. O homem que era solicito olhou para ele como se tentasse o esquadrinhar, e disse:

— Muito prazer em conhecê-lo meu jovem! E seja bem-vindo ao quartel-general russo! Falou com cordialidade, mas olhando fixamente para dentro dos seus olhos negros. E lhe dirigindo a palavra novamente, o inquiriu: em que posso ajudá-lo? Perguntou em tom solene, mas de forma educada.

Antes que o mais galante entre os homens abrisse a boca e falasse algo, Katarzyna e o sargento inopinadamente intervieram e pediram de maneira encarecida ao capitão que era, além de engenheiro, um homem muito respeitado do exército russo, que ele não ironizasse o que ouviria naquele instante, que prestasse devida atenção em tudo o que aquele homem distinto falaria. Porque aquele que estava diante dele, além de ser especial, estava lutando há tempos, e de forma voluntária, em prol das forças russas. Nesse ínterim, o mais galante que ouvira todo o teor da conversa, pediu a oportunidade para falar, e tentando persuadir o capitão, começou a aduzir em defesa da construção de uma arma poderosa e assertiva que, talvez, pudesse ser a única maneira de deter o colapso das forças soviéticas diante dos exércitos nazistas em Stalingrado:

— Senhor! Sou ex-prisioneiro dos campos nazistas localizados na Polônia. E, infelizmente, testemunha ocular de um holocausto. Com os meus olhos vi a forma vil de como aquele povo pacífico está sendo submetido aos trabalhos forçados, e depois, exterminado nas mãos daqueles bárbaros: homens, mulheres, crianças e idosos. Por isso, saliento uma coisa ao senhor: aquilo que presenciei nos campos poloneses, para mim é o prenúncio do que pode acontecer ao resto do mundo, e inclusive, a própria nação soviética, caso ela sucumba perante essa força opressora: toda a sua riqueza, os seus minerais, o seu petróleo, e a sua mão de obra. Tudo será usado em prol da máquina de guerra alemã, que, além de subjugá-la consumirá a força do espírito do seu povo até o seu esgotamento! Depois de vencer a União soviética, ela ficará ainda mais forte e reunirá forças esmagadoras nunca antes vistas. E através da sanha das suas hordas, se voltará contra a armada naval da Inglaterra que é considerada a força naval mais poderosa do planeta. Depois, partirá para vencer os Estados Unidos, aquele que, talvez, se constitua no futuro na última barreira para escravizar o mundo por completo. Continuando, falou: não podemos ficar impassível observando a fragmentação do nosso mundo, do nosso lar harmonioso e afetivo, acontecer impunemente sem que os culpados paguem com a última gota de seu sangue. Por isso, eu lhe peço senhor! Construa para nós algo poderoso e eficiente para que possamos extirpar "esse mal" da face da terra. Essa erva daninha, chamada de: nazistas!

O tenente suspirou profundamente, um tipo de suspiro que denotou que havia mesmo que minimamente entendido a explanação de um contexto que prevê um futuro sombrio que, para eles, os russos, em suma, não seria agradável perder a guerra. Depois, balançou a cabeça em assentimento a aquelas palavras, andou novamente pela sala, e perguntou:

— Então, conte-me sem rodeios, qual é a ideia meu rapaz que você concebeu que poderá nos ajudar?

— O.k., senhor, contar-lhe-ei agora mesmo! Eis o plano que expus em um documento, e pedir que urgentemente fosse entregue ao Comando soviético. Continuando falou: através do manejo dessa arma que desde o início pedimos para que o senhor construa, buscarei com toda a força dos meus músculos e com todo furor do meu espírito, atacar todas as bases aéreas alemãs que se concentram dispostos na parte Ocidental da cidade, são cerca de 50 bases improvisadas e alguns aeródromos que a Luftwaffe usa para atacar Stalingrado. Atacarei, inclusive, os dois aeroportos que foram tomados das mãos dos russos no início da invasão alemã, além de outros alvos. A síntese do meu plano: é a de combinar três orações que aprendi ao longo da minha vida com o meu pai: a oração da força, a da invisibilidade e a oração do voo; primeiro: realizarei a oração da força para poder erguer as metralhadoras que são grandes e pesadas, com as quais, atirarei sem pudor contra as tropas nazistas; metralhadoras estas, que equipam os aviões que são usados para fazer os bombardeios; segundo: realizarei a oração da invisibilidade para não ser visto e nem ser captado pelos radares, com isso, surpreender as tropas alemãs. Terceiro e, última oração, é à oração do voo, para poder voar como um pássaro e atacar do alto todos os alvos nazistas existentes, como: os aviões; as torres de comando; as bombas de combustíveis; e tudo que se mover e que representar perigo iminente para as tropas russas.

No momento em que o capitão-tenente acabara de ouvir a última palavra da ardil, mas mirabolante estratégia, demonstrou através de sinal de cabeça entender a profundidade de um pensamento que sinaliza positivamente o desenrolar de um cenário sombrio anteriormente previsto, contudo, falou:

— Oh, meu amigo, tudo isso que você me falou são a meu ver conjecturas pueris, ou seja, projetos baseados no campo do abstrato que, não há a mínima chance de que isto se concretize e que dê certo, por isso, não devemos nos ater no campo do abstracionismo, devemos sim, planejar o presente em fundamentos que sejam sólidos e reais, só assim alcançaremos no futuro os resultados esperados!

— Senhor! Katarzyna Interrompeu a linha de raciocínio adversa do seu superior. Lembre-se de que, no início quando chegamos aqui, lhe falamos de que se tratava de uma pessoa diferente, com estranhos e incompreendidos poderes, sobre os quais, não há explicação na ciência moderna que conheçamos. E que apesar de inicialmente tudo o que ele lhe falara se apresentar como quimera resultante de imaginação fértil que tende a não se realizar, ressalto, afirmando que tudo que foi exposto desde o início é verdade, pois sou testemunha ocular do imponderável, do inacreditável!

O capitão olhou nos olhos de Katarzyna, como se quisesse dizer que estava tendo dificuldade em compreender os argumentos daquele plano que era ao seu modo de ver um tanto quanto surreal, porém, que tentaria concebê-lo se baseando, sobretudo, nas palavras e na credibilidade de Katarzyna que era um militar soviético, e aduziu:

— De acordo com que você me falara, acho que comecei a entender esse ambicioso projeto. Porém, o capitão-tenente novamente deixou confusos os espectadores que se encontravam presentes na sala aguardando a sua decisão a respeito do projeto pretendido. E, de novo retorquiu o mais galante quanto à realização daquela empreitada: diga-me uma coisa? Deu uma pausa na fala, se levantou de onde estava sentado, e, circunspecto com as mãos para as costas, circunvagou o espaço da sala em que eles se encontravam, onde dava para ver que, no rosto, caretas motivadas por interrogações pertinentes eram ululantes. E, andando ainda de forma reclusa, se mostrou ficar ainda mais confuso. Ponderou um pouco mais, se virou, veio andando para perto, e voltou a perguntar novamente: ainda não compreendi muito bem meu jovem de que forma você será capaz de voar sem ter asas, além de manejar as armas, as quais, vocês me pedem para que eu faça? Pois sei que, humanamente é impossível que estas coisas aconteçam.

Todavia, mais uma vez, a gentil russa intercedeu por ele, e de novo, falou:

— Humanamente senhor, eu sei que é difícil explicar por que fenômenos sobrenaturais acontecem e nos provoquem certas interrogações, mas nós meros seres mortais não temos subsídios e nem provas concretas que possam provar que não existam e isto infelizmente também se aplica ao senhor que mesmo sendo renomado, e, especialista em armas sofisticadas, não poderá de nenhuma forma negar e nem tão pouco explicar cientificamente, por mais que tente. O que quero dizer é o seguinte senhor, continuou a explicação: não se preocupe com o que vai acontecer depois, porque tudo será surreal! Só sei lhe dizer que: para ele é factível! E, de posse da suposta arma que o senhor irá nos preparar, eu acredito, aliás, tenho a certeza, que, o que ele fará, será mágico, e talvez, decisivo para o fim desta guerra a qual nos encontramos a um passo de perdê-la. Contudo, ao vê-lo agir com a sua invenção, o senhor entenderá que milagres acontecem!

O tenente mais uma vez olhou fixamente para dentro dos olhos de sua compatriota e lhe fez outro sinal de assentimento, porém, com expressão facial de alguém que ainda não havia compreendido o que ela lhe falara, mas que, não mais indagaria sobre aquele assunto, e que dali em diante, segregaria as desconfianças e somaria as forças e o conhecimento a respeito de inventos militares que dispõe até que finalmente possa construir uma arma assertiva e capaz de mudar os rumos daquela guerra a favor de sua nação. Porquanto, mesmo sem compreender o real significado do que ela quisera lhe dizer a respeito daquele estrangeiro, o capitão-tenente sem fazer mais questionamentos resolveu fazer aquilo que era necessário, e que, ele, como "homo sapiens" das forças armadas russas, e, capacitado que era, sabia fazer. Sobretudo, a primeira atitude do engenheiro que era um homem proativo, foi desenhar o concebido e engenhoso projeto, em uma enorme folha de papel, para que claramente pudesse ser visualizada de que forma ficaria a arma adaptada, levando em consideração, a largura dos ombros e a envergadura dos braços. Quando terminou de expor com minúcias de como seria feita a adaptação, o projeto logo foi aprovado, e ficou de acordo com a ideia que havia sido concebida pelo mais galante: seria adaptado no entorno da cintura, um tipo de cinturão de aço, que se abriria de um lado e na altura da cintura, de onde também subiriam duplamente soldados de um lado e do outro do corpo e no "formato de um v" barras de ferro que serviriam como base de equilíbrio e sustentáculo das metralhadoras; pegaria mais três barras de mesmo tamanho e de mesma largura, uni-las-ia soldando-as em forma de ferradura, obedecendo ao tamanho dos braços daquele que as armas seriam adaptadas; daria uma inclinada em uma das barras na altura do pescoço, para que não viesse incomodá-lo; colocaria quatro braçadeiras, de um lado e do outro, mas que fossem flexíveis e de fácil manejo, de modo, que pudesse ser colocada e retirada quando quisesse; essas braçadeiras seriam colocadas exatamente na parte inferior das barras, por onde seriam encaixados os braços, para que pudesse com mais facilidade sustentar as pesadas armas. Já nas extremidades das barras, onde ficariam as mãos, colocaria próximo aos dedos, um painel vertical, que, soldado, desceria através das extremidades de um lado e do outro com três acionadores e dois detonadores, que seriam acionados por dois botões em cada uma das mãos, e com diferentes cores e formatos; os primeiros que eram os acionadores teriam as cores vermelhas e seriam quadrados, que eram para acionar o travar e o destravar tanto das braçadeiras bem como o do cinturão de aço, facilitando assim o manuseio. Os segundos botões que eram os detonadores seriam nas cores pretas, e os seus formatos redondos, de onde sairiam fios elétricos que atravessaria toda a extensão dos braços em direção das mãos até chegar aos gatilhos das poderosas metralhadoras russas; soldaria fixando a parte inferior das metralhadoras na parte superior das barras, de modo, que ficassem firmes e estabilizadas durante os voos; improvisaria um capacete, todo blindado, que cobriria toda a parte cefálica até o pescoço, exatamente, debaixo da parte que era inclinada deixando descoberto apenas os olhos, o nariz e a boca; da frente do capacete na direção das orelhas teriam argolas de ferro por onde desceriam duas cintas resistentes em forma de cruz, que passariam por baixo dos braços e se encontrariam nas costas com as outras duas cintas que também desceriam em forma de cruz da outra parte do capacete que ficariam presas nas outras argolas na parte traseira do capacete, as quais com simples toque em um botão localizado no capacete do lado direito e próximo à orelha, permitiria destravar as cintas e tirá-lo da cabeça. O trabalho para desenvolver este engenhoso suporte que mais tarde provocaria espanto no mundo inteiro, foi árduo e exaustivo, mas o mesmo tinha uma importante finalidade, da qual eles não poderiam desviar a atenção um só minuto. Por isso, durante 3 dias, só se via e ouvia os equipamentos, uns sofisticados e outros nem tanto. Profusão de ferramentas foi utilizada, entre-eles: martelo, furadeira e maçarico: que gemiam que martelavam que soltavam fumaças, e, que, cuspiam fogo para finalizar aquele intento. Após aqueles dias de intenso trabalho, o engenheiro russo concluiu com êxito a tarefa que lhe fora solicitada e fez uma adaptação incrível, usando duas metralhadoras de fabricação russa de calibre grosso e poderoso, uma em cada braço, e as esteiras de munição enroladas em volta do corpo, além, de bombas de vários calibres e de grande poder de fogo. Sobretudo, no momento em que permitira que lhe fizesse a tal adaptação em seus braços, o mais galante buscou manter tudo oculto, para que a sua ideia que fora transformada em uma arma engenhosa não fosse descoberta pelos alemães, e que, consequentemente, tomassem providências para se defenderem. Porém, por descuido conjunto, não foi possível impedir que alguns soldados russos, o vissem adaptar aquelas enormes armas em seus braços, com a ajuda de um oficial do exército soviético, de um sargento e da russa Katarzyna. Porquanto, o artificioso engenho, provocou espanto. E um fato considerado hilário aconteceu no meio das tropas russas. Segundo o sargento que o ajudou a improvisar as tais armas, soldados russos da companhia do tenente que tinham autorização para acompanhar o processo que desenvolveria a arma, ao verem de perto aquele estrangeiro, vestido com o uniforme soviético, suspender aquele pesado suporte, e levantar voo sem ao menos possuir motor possante que o impulsionasse para cima, carregando presos em seus membros superiores aquelas duas pesadas metralhadoras russas, as quais equipavam aviões, além de ficarem boquiabertos, eles, os soldados com olhares de incredulidade, pediram um para o outro, que beliscassem os seus corpos, para terem a certeza de que não estavam sonhando. Sobretudo, a de se ressaltar outro fato ainda mais importante, era que naquele ensejo, a história humana registraria que estava prestes a acontecer os ataques aéreos mais impressionantes de todas as guerras, perdendo em grau de violência apenas para os bombardeios atômicos das cidades de Hiroshima e Nagasaki no Japão; seria o segundo mais horripilante ataque aéreo de todos os tempos; mais arrasador e mais sangrento do que os ataques que foram sofridos por Stalingrado, do ponto de vista psicológico; mais do que fora em Pearl Harbor, do ponto de vista da surpresa; mais horrorizante do que os ataques sofridos pela pequena, histórica e indefesa Guérnica na guerra civil espanhola; mais audacioso do que os ataques sofridos por Londres; e mais vibrantes e mais imponentes do que os ataques maciços dos aliados em resposta à Alemanha, quando bombardearam intensamente Berlim. Porque eles, não foram produzidos por nenhum avião tripulado ou por nenhuma máquina voadora produzida por mãos humanas, e sim, por um "homo sapiens" voador e invisível.

No anoitecer do dia 13 de novembro de 1942, conforme combinado e exposto o engenhoso e mirabolante plano ao comando soviético, que também participaria dos ataques, com as suas poderosas aeronaves de combates, fora o dia em que começaram os surpreendentes ataques aéreos, numa noite fria e escura, em que a maioria dos aviões da Luftwaffe, saíra para desferir ataques contra as forças russas, que estavam posicionadas do outro lado do rio Volga. Nesta noite, às 18h10min pontualmente. Ele, já sobre o efeito da "oração da força" tratou logo de travar o engenhoso suporte em seus indomados e alongados braços. Proferiu a oração do voo, e por último proferiu a oração da invisibilidade. E, assim, preparado e equipado voou em direção até onde se encontravam os nazistas. E sem que os alemães esperassem tamanha ousadia e perícia, partiu resoluto para acabar com audácia daqueles que bombardeavam Stalingrado impiedosamente. Em pouco tempo de voo, viu abaixo de si, ao circunvagar o espaço aéreo, pontos de claridade no solo, dentro de alguns aviões. Enfim, nos acampamentos onde os soldados nazistas dormiam. Eram luzes que indicavam grande concentração de aeronaves estacionadas. Eram os terríveis aviões alemães de menor porte, que ficaram estacionados nas bases e nos aeródromos, esperando a vez para que também pudessem desferir os seus golpes as defesas russas ou aguardando nos postos para serem abastecidos. Nesse ínterim, ao identificar os alvos, naquele lugar aonde chegara sem fazer nenhum tipo de barulho, daqueles tipos que os motores dos aviões produzem, e de onde, de forma totalmente invisível aos olhos humanos e aos radares, desceu rápido, depois de subir quase nas nuvens, para atirar impiedosamente naqueles aviões que foram os primeiros a serem surpreendidos pelos ataques de surpresa que aconteceram em alta velocidade, os quais, não deram oportunidade para que eles se preparassem para se defenderem. Os ataques foram rápidos, fatais e arrasadores, onde usara o mesmo princípio da surpresa da terrível Blitzkrieg, que os próprios alemães empregaram contra os seus adversários por diversas vezes, onde os soldados sem saber o que estava acontecendo, saiam correndo do interior dos lugares de onde estavam dormindo, correndo aos bandos como loucos para tentar livrar os aviões indefesos que estavam parados nas pistas de decolagem para que não se tornassem alvos das balas agoniadas que vinham do alto de um objeto que não podia ser identificado e nem visto, o qual nem os radares que já existiam conseguiam localizá-lo. Em segundo lugar: foram os bombardeiros de mergulho Stukas, e os outros caças que eram equipados com armamentos mais pesados que ficaram estacionados nos aeroportos russos, dominados pelos alemães, que também foram adaptados para serem usados como bases de lançamentos de ataques contra os soviéticos. Desse modo, durante pouco mais de 1 mês, os ataques aéreos de surpresa continuaram eliminando os alvos nazistas que haviam com antecedência sido inspecionados, e isso, aconteceu de maneira enfática durante

17 noites seguidas, e durante 16 noites intercaladas, onde ele parava apenas para dormir e se alimentar, depois recarregava as armas com mais munição e rumava em direção aos alvos nazistas. Quando reiniciava os bombardeios, a única alternativa que restava aos soldados alemães era fugir daqueles ataques infernais que durante aqueles dias, não davam sossego um só instante. Nesse ínterim, apesar dos bombardeios estarem cada vez mais arrasadores e fatais, as tropas alemãs de maneira inteligente, implementaram algumas táticas na tentativa de superar aquelas aflições, e com isso, diminuir o número de perdas de aeronaves que eles estavam tendo. Primeiro: aumentaram os ataques aéreos às tropas russas, na tentativa inútil de darem uma resposta imediata, tentando mostrar aos russos, que, apesar daqueles ataques de surpresa, ainda estavam vigorosos e que não se entregariam, pelo contrário, que venceriam, porque a Alemanha sempre vence no final; segundo: outra tática que eles usaram para impedir que as suas aeronaves continuassem sendo destruídas de forma irreparável foi o de espalhá-las por diversas bases e aeródromos deixando o mínimo de aviões ao chão. Contudo, essas táticas não tiveram efeito substancial, pois os seus aviões eram perseguidos por vastas áreas daquele espaço aéreo em alta velocidade, e eram abatidos no ar, sem que os pilotos percebessem de onde vinham os ataques, pois os mesmos não eram localizados nos radares, e nem vistos a olho nu. O mais galante entre os homens até que atacou durante o dia, chegando a destruir muitos aviões. Porém, era durante a noite que ele era mais implacável. Subia cerca de 3.000 metros de altitude, depois descia em alta velocidade, semelhante

a uma águia ligeira de asas possantes que se precipita do alto de alta montanha sobrevindo velozmente para agarrar a sua presa; assim fora ele, que, numa velocidade de cerca de 600 quilômetros por hora, disparava incessantemente as balas das enormes armas que ele as sustentava adaptadas em seus braços. Quando não atirava com as enormes metralhadoras de calibres poderosos, jogava as bombas: fiuuuuuuu... Poooom! Poooom! Poooom! Poooom! Fiuuuuu... Poooom! Poooom! Poooom! Poooom! As quais explodiam na hora, e ardiam em chamas voluptuosas nos alvos, que, quase sempre eram acertados.

Enquanto os alemães ficavam desesperados sem saberem o que fazer para impedir ou para se livrar daquela ameaça constante, que talvez, pensassem serem sobrenaturais, pois naquela época, eles acreditavam que seres extraterrestres visitavam constantemente o nosso planeta, os ataques continuavam arrasando tanto com as defesas alemãs bem como a moral das tropas, infligindo aos nazistas pesadas e irreparáveis perdas. Esses não detectados ataques foram considerados pelas tropas nazistas na época, como pandemônios infernais, porque assim, como do céu, em dias de chuvas de verão que vem acompanhado de trovões tenebrosos, e do mesmo, descem raios precipitados que serpenteia a terra por todos os lados; assim era ele, que de forma implacável, bombardeava os alemães. Ora com as metralhadoras: taratátátá! Taratátátá! Taratátátá! Ora jogando as bombas: fiuuuuuuu ... Poooom! Poooom! Poooom! E, em meios aos terríveis clarões e alaridos funestos das bombas, as sirenes alemãs que avisavam sobre os ataques aéreos disparavam o tempo todo: vuuuuuuuuuuuu! Vuuuuuuuuuuu!

Vuuuuuuuuuuu! Deixando ainda mais tenso os soldados alemães, que, quando percebiam que os ataques haviam começado novamente, ficavam desesperados. E por isso, muitos soldados, se suicidaram pelo horror e pelo pânico causado por aqueles ataques. Quando não eram os aviões os alvos do bombardeio ou as pistas de decolagem ou as bombas de combustíveis ou as torres de comando, eram os próprios soldados que em meio à desbaratinada fuga, tinha os corpos varados pelas balas disparadas pelas metralhadoras que ele as sustentava nos braços. E assim, como as trevas da noite que caem de assalto sobre a claridade do dia, e ninguém na terra possui o poder de impedir a negra escuridão do alvorecer de cobrir a terra com o seu manto negro; assim foram os violentos e mortais ataques aéreos desferidos.

Enquanto isso, do outro lado do país, enquanto os misteriosos ataques aéreos continuavam a infligir perdas imensuráveis as tropas nazistas, nas fábricas russas, que foram desmontadas, e levadas para o outro lado do país, no início da invasão alemã em 1941, para que pudessem produzir armamentos longe dos bombardeios aéreos nazistas, dava-se cabo a acelerada construção de milhares de aparelhos de novos projetos, que, somados a contribuição do mais galante, culminou com a gradativa diminuição do poderio aéreo nazista no espaço aéreo russo. Naquele ensejo, surgiu no espaço aéreo de Stalingrado, para ajudar a fazer a defesa do seu território, diversos tipos de aviões russos, entre eles: os aviões caças Yak e o Mig, além do caça bombardeio II-2 Sturmovik. Depois, surgiram outros que eram mais sofisticados e que aumentaram o poder de fogo e a qualidade dos aviões soviéticos, entre eles: os poderosos e bem equipados caças: Yak-9 e La-5, que praticamente ajudaram a escorraçar os aviões alemães de Stalingrado. Não obstante, as tropas terrestres alemãs já haviam feito à travessia do rio Volga, tomaram posse da estação velha de trem, no centro de Stalingrado. Mas tudo isso, a base de violentos combates e muito sacrifício humano.

Sobretudo, na Rússia, os boatos a respeito do soldado russo desconhecido que voava, e que armado com duas metralhadoras soviéticas de calibres poderosos, com as quais, bombardeava os nazistas, ecoou rapidamente, sendo difundida aos quatro cantos do país, e isto, provocou enorme regozijo no meio das tropas soviéticas.

# Capítulo XXIV
# O gigante nazista

As tropas alemãs em Stalingrado além de ficarem perplexas, ficaram sem saber o que fazer para se livrar das investidas soviéticas, que gradualmente, e na proporção que o poderio bélico russo foi crescendo foi dizimando as suas forças. Essas investidas imprevistas deixaram cerca de 40 bases e os dois aeroportos russos totalmente inutilizados para pouso e decolagem, assomando-se a isso os alemães viram as suas forças serem reduzidas no campo de batalha em cerca de 880 aviões, muitos dos quais, ainda se encontravam no solo, e outros tentando decolar, quando foram abatidos pelo mais galante, que passou o comando do espaço aéreo para a aviação soviética abrindo-lhe espaço para que as suas fábricas produzissem de forma acelerada uma grande quantidade de aviões, e que as tropas terrestres que há muito sofriam com os bombardeios aéreos nazistas ganhassem fôlego em terra, para enfim, receberem suprimentos e mais reforços que eram vitais para o esforço de guerra. Por outro lado, o lado germânico, o comando das forças que faziam frente em Stalingrado, na tentativa de descobrir os segredos russos, mandou urgentemente vários espiões alemães aos arredores da cidade, exatamente, onde as forças soviéticas se concentravam, para que descobrissem que tipo de arma era aquela que os russos empregaram naqueles ataques sucessivos que se deram de surpresa e em alta velocidade e arrasaram as aeronaves da aviação alemã. E o pior, semeou o estado de pânico no moral das tropas, pois houve relatos de que os ataques aéreos que se sucederam, não foram captados pelos radares e nem visto por olhos humanos. Nesse ínterim os agentes alemães que foram enviados para o front, fizeram de tudo na tentativa de descobrirem os segredos militares russos: espancaram, torturam e mataram. Até que, depois de alguns dias agindo e coagindo em oculto, pagaram por inesperadas informações a alguns pérfidos russos, os quais, não suportavam o regime socialista soviético e nem suportavam o seu grande líder Stálin. Por isso, os espiões tiveram relativo êxito, e de volta ao comando alemão, disseram através de relatório que se tratava de um soldado russo desconhecido que era muito forte que ficava invisível e que voava, porém, e, infelizmente, não descobriram como acontecia: se era através de motor elétrico sofisticado que ficava oculto ou se era através de bruxaria. E que, além de ser muito forte, o tal soldado russo desconhecido que voava sempre se encontrava armado com um aparelho militar ignoto e, simples, porém, se constituía em engenho de desempenho surpreendente e, até surreal, pois é muito assertivo e eficaz no campo de batalha. Esse aparelho continuou o relatório descrevendo quase que em suas minúcias, fora produzido por um renomado engenheiro soviético que o desenvolveu especialmente sob a encomenda do soldado para que pudesse ser adaptado em seus braços, o qual era aparelhado com duas poderosas metralhadoras de fabricação soviética, onde em sua cintura, continha preso junto ao aparelho, bombas de calibres poderosos, com as quais, lhe permitia bombardear as bases e as tropas alemãs. Então, mesmo sem querer acreditar, os espiões nazistas que durante dias coletaram as informações, concluíram os trabalhos e enviaram o relatório em regime de urgência para a capital da Alemanha. Quando o grande Furher, ficou ciente do conteúdo do relatório, deu ataque de histeria em um dos seus famosos dias de fúria, e falou: isto é ultrajante! Uma afronta! E, é aviltante para a nossa raça ariana! Além de ser inconcebível do ponto de vista humano e, militar, saber que, um soldado russo apenas, tenha infligido tamanhos estragos na nossa força aérea. Essa mesma força tão poderosa que tem vencido batalhas e mais batalhas, guerreando contra nações e assombrando o mundo com a grandeza da sua força, não pode ser agora desafiada desse jeito, sem que os nossos inimigos sejam esmagados! Exclamou batendo fortemente o punho fechado sobre a mesa. O que causou constrangimento em todos os generais do Alto Comando que se encontravam presentes no momento, que, sem argumentos, não sabiam o que dizer para amenizar aquelas duras, mas verdadeiras palavras. Contudo, o espírito invencível do povo alemão, falou mais alto, e por isso, o general Keitel que estava a sua direita na tentativa de acalmá-lo, disse-lhe: meu Furher não se preocupe! Pois o nosso comando como sempre encontrará uma maneira para acabar com esse russo aviltador!

Enquanto isso, ao analisar minuciosamente o relatório que se tornou inquietante, o Comando-Geral em Berlim, em outra reunião, mas sem a presença de seu grande líder, buscando um meio para acabar com aquela ameaça, determinou que o supremo marechal do ar da Alemanha, Hermann Goering, tomasse providências urgentes. O qual contrariado com o surgimento mirabolante daquele soldado russo que, armado com poderosas armas russas, desafiava abertamente o poder do império alemão. Levantou-se da cadeira na qual estivera sentado quase 1 hora, fez continência para os seus superiores, aproximou-se da janela, puxou parte da persiana para a direita e com olhar absorto olhou através da mesma para um ponto fixo no horizonte. Soltou à persiana e se virou para ter contato visual, e coçando o queixo, falou: há exatamente 10 anos que os nossos mais brilhantes e renomados cientistas vem desenvolvendo um prodigioso projeto, visando tornar os nossos soldados mais fortes com extremos e incomensuráveis poderes, e esses, são a meu ver, os únicos alemães capazes de derrotar esse tal russo sobre o qual o relatório diz que é de força incrível. Porquanto, logo cientistas nazistas foram chamados no QG para uma conversa emergencial com o seu marechal. E no dia 18 de dezembro de 1942, às 11h00, onde a neve caía e aumentava em centímetros a espessura da camada que se instalara no solo de Berlim, eles se reuniram com o comandante do ar. Conversa vai, conversa vem, Hermann Goering, mesmo sendo advertido pelos cientistas que ainda faltavam alguns ajustes para a finalização daqueles trabalhos, determinou enfaticamente, que os tais soldados fossem enviados imediatamente para a Rússia, para enfrentar o arrogante russo, que do nada, surgiu para desafiar a Alemanha.

Entrementes, desde meados de 1936, que um projeto ultrassecreto do governo alemão, buscou transformar vários jovens em supersoldados com poderes e habilidades inimagináveis, onde os cientistas nazistas submeteram os jovens recrutas, as diversas experiências por meio da genética humana, buscando alcançar um nível físico extremamente elevado de seres capazes de suportar as intempéries dos variados tipos de climas da natureza. No princípio pretendia-se que aquela tropa fosse de caráter claramente diferente do exército comum, o qual há algum tempo, já treinava. Há relatos de cientistas nazistas presos após a guerra, que no início, os jovens recrutas foram submetidos a inusitados testes de sangue frio, como aquele em que o iniciado era obrigado a equilibrar uma granada da qual arrancara o pino, no alto do capacete, e aguardava a explosão em posição de sentido, e que os seus superiores não aceitavam que, ao menos se mexessem do lugar. Posteriormente, depois daqueles testes foram utilizados diversos tipos de produtos químicos, biológicos, e, até DNA de animais resistente ao frio extremo e as altas temperaturas; assomando-se a medicamentos proibidos para o consumo humano, os quais eram usados para o crescimento acelerado em animais. É sabido através de documentos confiscados que os soldados ao passarem por esse processo sofreram mutações tanto horripilantes bem como fantásticas e se tornaram criaturas além de, inverossímeis, monstruosas, mas muitas delas foram aniquiladas pelos seus próprios criadores, por eles julgarem em meio a diversas conjecturações que não disporiam no futuro de meios possíveis que fossem seguros e eficientes para controlá-las, devido às metamorfoses terem se dado de maneira complexa. Contudo, essas experiências, também, conseguiram produzir seres quase perfeitos, do ponto de vista do ser humano: jovens que eram lideres e severos, mas também, poderosos e dedicados à causa nazista. Porém, só um pequeno grupo conseguiu se adaptar aos processos que culminaram na calcificação dos ossos os tornando mais forte do que o ferro; a pele resistente tanto ao frio extremo bem como as altas temperaturas; e a profunda mutação genética sem se tornarem aberrações do ponto de vista da anatomia humana. E, embora, os cientistas nazistas estivessem entusiasmados com os resultados alcançados, foram surpreendidos pelo seu marechal do ar. Com a explosão da guerra com a Rússia e a necessidade imperiosa daquela força, eles tiveram que apressar as experiências para obedecer a ordens superiores. E isto, os levara a cometer erros que foram fatais, o que provocou tanto a paralisia em alguns bem como levou a morte a maioria daqueles que conseguiram se adaptar aos processos genéticos. Contudo, um jovem vingou surpreendentemente. E este, foi enviado para frente de batalha em Stalingrado, em sua primeira missão especial. Dando início, naquela época, a lenda da invulnerabilidade germânica e da crença nazista de que os seus soldados eram os melhores que existiam no mundo. O nome daquele jovem era Hélder Heike Aldegundes, nasceu em 1914, na cidade de Colônia, Alemanha. Jovem, estudioso e inteligente, que tinha um brilhante futuro pela frente, assim como outros vários jovens alemães da época, caso não tivesse aparecido um louco arrogante chamado Hitler que conduziu o país a entrar novamente em guerra, o que provocou a morte de milhões. Ele foi recrutado voluntariamente em 1934, na época em que Alemanha começou a se rearmar, e a se preparar para mais uma guerra mundial. No início dos trabalhos científicos em que fora submetido, media 1.95 centímetros, e pesava cerca de 130 quilos. Após as constantes experiências, passou por uma transformação genética estupenda, e passou a medir 2.80 cm de altura; e a pesar 358 quilos. Tinha a tez clara; cabelos loiros como labaredas de fogo; olhos azuis; e uma expressão sisuda e encaretada de malvado. E apesar do imenso corpanzil e do exagerado tamanho que passara a possuir era rápido, habilidoso, e ainda, era adepto do social nacionalismo, regime político ditatorial da Alemanha na época.

Enquanto isso, na frente de batalha nos arredores de Stalingrado, o mais galante entre os homens utilizava o recurso da invisibilidade para surpreender, e sem que ninguém pudesse enxergar o seu agir no campo de batalha destruía os armamentos nazistas muitas vezes com as suas próprias mãos. Além disso, naquele ensejo toda a sua estrutura anatômica estava mais resistente: tanto os ossos bem como os membros superiores e inferiores; bem como a pele, o cabelo e a cabeça atingiam grau mais resistente do que o ferro.

De volta ao assunto alemão, o Comando-Geral, pensando em uma forma de anular as vantagens dos ataques surpresas que estavam acontecendo e que eram desferidos pelos russos, através do seu: "Soldado russo voador" alcunha dada ao mais galante pelos nazistas, determinou a criação de um aparelho que pudesse ser usado pelo "supersoldado" para que ele pudesse localizar e neutralizar o algoz das tropas alemãs. A inteligência da raça alemã sempre fora notória, se constituindo ao longo dos tempos, em um dos povos mais inteligentes da Europa e do mundo. Por isso, em pouco tempo, os cientistas alemães conseguiram criar um aparelho, que segundo eles, era capaz de diminuir a vantagem que por ora, estava nas mãos dos russos. Segundo os criadores, foram encomendados pelo Alto Comando nazista, aparelhos de visualização à base do infravermelho, que eram acoplados a conversores de imagens que facilitasse enxergar tanto na escuridão da noite bem como através de nevoeiros ou até nas águas turvas do Mar Negro por exemplo. A propaganda de guerra alemã através de seu ministro da propaganda: Dr. Goebbels tratou logo de divulgar o envio daquele supersoldado a frente de batalha como reforço que destronaria o soldado russo voador, o qual estava lhes infligindo grandes perdas tanto de material humano bem como de armamento. Em solo russo, as tropas alemãs ao ouvirem os seus superiores falarem com ênfase sobre o reforço que chegaria o qual tinha a opulência de um gigante, ficaram animadas, esperando o resultado da vinda daquele "super-homem" que iria segundo o Comando-Geral em Berlim: esmagar o ignóbil soldado russo e dar um "novo gás" as tropas alemãs que estavam na frente de guerra contra a Rússia. Um pouco antes de se encontrar com o mais galante, o poderoso soldado fez para as tropas nazistas ainda em solo berlinense, em um dos quartéis-generais, algumas demonstrações de sua imensa força e de seu incrível poder. Nesse ensejo, ele destruiu, amassando com as próprias mãos alguns tanques russos os temidos "t-34" que eram muito conhecidos pelos nazistas por serem poderosos na frente de batalha.

Entrementes, no campo de batalha, a temperatura caía sensivelmente. Por sua vez, o mais galante entre os homens combatia todos os tipos de armas alemãs, e sem esperar o que estava para acontecer, esmigalhava com as próprias mãos todos os tipos de armas que encontrava, como: metralhadoras, revólveres de pequeno calibre, espingardas e lança-chamas, além de outros tipos de armas mais pesadas, assim, logo que as tomava das mãos dos soldados que, com os corações palpitantes e os rostos tomados pelo medo, batiam-se em retirada alucinante ao verem ou perceberem de súbito, a sua chegada sobrenatural que ora chegava voando ora chegava invisível, e de surpresa tomava de assalto às armas das mãos dos soldados.

De volta a Berlim, o avião nazista decolou rapidamente saindo da Alemanha, cortando ininterruptamente o espaço aéreo alemão, conduzindo dentro dele direto para os arredores de Stalingrado, o gigante soldado para que pudesse encontrar o algoz nazista. Assim que o avião alemão pousou em solo russo em uma das pistas improvisadas que eles ainda dominavam, o gigante nazista sem delongas se locomoveu descendo da aeronave e indo a busca daquele que veio procurar. Onde informações inoculadas pelo rádio, indicaram e afirmaram dando conta de que, o bravo soldado soviético se encontrava por perto agindo. Porquanto, comboios nazistas através de caminhões de sua poderosa infantaria transportaram o poderoso gigante, onde em pouco tempo, localizaram o russo na distância de apenas 30 quilômetros, o qual se encontrava imbuído em uma sangrenta e frenética batalha. E no dia 09 de janeiro de 1943, às 10h00, num dia extremamente frio. Dando prosseguimento ao jogo de xadrez a Alemanha moveu a sua poderosa torre na horizontal para atacar a rainha adversaria de surpresa. E de súbito, cercado por uma cadeia de pequenas elevações rochosas, conhecida, como: "vale da morte" próxima apenas 1 quilômetro da famosa colina de Mamayeve, o mais galante entre os homens sem esperar sentiu um pérfido golpe lhe atingir fortemente por trás, bem no meio de suas costas, um murro tão forte que o derrubou bem longe, cerca de 10 metros de distância. Ao se levantar, e tentar enxergar o que havia lhe atingido, vira que, um soldado nazista, com um aparelho no rosto que lhe permitia enxergá-lo, ostentava o uniforme do exército alemão e tinha estampado na frente do seu uniforme a suástica, considerado pelo mundo pós-guerra, como: o "emblema do mal". E, que, aquele que estava a sua frente detinha corpulência monumental, se constituindo em um gigante amedrontador; cujo pescoço grosso era avolumado como a de um búfalo selvagem; os punhos eram largos e se assemelhavam a duas barras de ferro, com veias grossas e alteradas que pareciam raízes de árvores; as mãos imensas de dedos grossos e compridos pareciam duas pás; o peitoral era estufado como peito de um pombo gordo, e era todo definido devido aos seguidos dias de levantamento de peso; as pernas eram arredondadas e musculosas na forma de duas colunas; o qual apoiado por esses monumentais membros inferiores, se prostrou em pé, e de frente para ele, segurando ao alto acima da cabeça um tanque de guerra que pesava cerca de 30 toneladas. E o encarando fixamente, falou em alto tom na língua alemã, como se fosse um tenor impondo a voz numa ópera:

— Soldado! Esse campo de batalha será o seu último, pois agora, chegou o seu fim! Pois, eu, "o vingador da raça ariana" "o juiz do apocalipse" o esmagarei como se esmaga uma ignóbil barata.

— Quem lhe falou que chegou o meu fim? Respondeu ironicamente também em alemão refutando o que em arrogância lhe fora dito. E no momento em que o tanque fora jogado em sua direção, ele se levantou rapidamente e deu um ligeiro salto-mortal. Rodopiou no céu num giro de 360° graus, caiu rolando, mas incólume nas espumas de neve, uns 6 metros de distância apenas, mas o suficiente para que o tanque não o atingisse e não o esmagasse. Levantou-se novamente, limpou o uniforme militar, passou a mão pelo rosto, para retirar os cabelos lisos que lhe caiam sobre os olhos negros. Pegou o quepe que estava sobre o solo gelado o limpou passando a mão e o pôs de volta a cabeça. E diante do gigante alemão, parado em pé e resignado o afrontou. Por sua vez, o gigante da mesma forma, também ficou em pé parado e resignado o olhando. Após se entreolharem mirando um ao outro com ardor de morte nos olhos, começou o embate que se constituiria tempos depois, em um "divisor de águas". Com grande rapidez, o soldado alemão veio em sua direção e desferiu seguidamente alguns murros, tanto de direita bem como de esquerda, os quais os atingiram no rosto, na barriga, no peito e nas costas, e alguns pontapés certeiros que lhe estremeceram devido ao grau de potência. Assim como um grande búfalo selvagem que dotado de grande força que possui no grosso pescoço e que estende essa força até a cabeça, se lança com fúria e bate a prodigiosa testa nos alvos, e os abala devido o forte impacto; assim foram os golpes desferidos pelos poderosos punhos do gigante alemão. Todavia, o mais galante era resistente, e por isso, aguentou firme, aqueles pesados golpes daqueles punhos monumentais. E naquele lugar no solo, permaneceu em pé, resignado e respirando ardor.

— Ah, você resistiu aos meus golpes! Exclamou surpreso o soldado alemão ao perceber o seu grau de resistência. Continuando, disse: mas você e o restante do mundo sempre serão de raça inferior a nós arianos. Pois nós somos os herdeiros legítimos da terra, a raça superior, pura e perfeita que vai dominar este planeta: doente, débil, que é povoada de gente ignóbil e fracassada. Por isso, eu vou torcer o seu pescoço, assim, como torço o pescoço de uma galinha! Concluiu confiante em sua vitória. E cerrando tanto os punhos bem como os dentes, novamente o encarou.

O mais galante ficou calado, mas também o olhou com ódio nos olhos. Entretanto, enquanto o olhava fixamente, planejava o que faria contra aquele gigante que em pé e a sua frente se encontrava fremindo a sua montanha de músculos como se preparasse para atacá-lo novamente. Contudo, quando o soldado avançou mais uma vez para golpeá-lo movimentando as pernas que eram semelhantes a troncos de árvores e os braços largos e grossos que pareciam duas barras de ferro. Ele projetou o corpo para o ar, e jogou as pernas para frente, e habilidosamente deu uma voadora espetacular, com os dois pés juntos, que foram certeiros e diretos na estufada "caixa de peitos" do gigante soldado. O qual caiu para trás e ficou decúpito com as costas ao chão franzindo os lábios, o sobrecenho e sentindo raiva do golpe que recebera. Sobretudo, embora o golpe malabarístico tenha sido certeiro e o suficiente para derrubá-lo, o mais galante assim que desferiu o golpe, também caiu próximo do soldado que logo projetou o tronco para frente e o agarrou com apenas uma de suas mãos enormes, pegando firmemente em sua perna esquerda, um pouco acima do pé e o arrastou pelo colchão de gelo cerca de uns 3 metros. E se levantando do chão primeiro, enquanto o mais galante tentava se desenredar das suas enormes mãos, tentava se agarrar ao solo que estava lastrado de neve. Nesse momento, o gigante vociferando como um cachorro louco aproveitou a posição privilegiada, e o ergueu do solo e o lançou para longe como se lançasse uma placa de madeira, o qual sem querer, flutuou desenfreado aproximadamente 25 metros de distância até se chocar fragorosamente contra a carcaça de um tanque de guerra. Ao cair ao chão, ficou desnorteado, em posição de quatro, como se fosse um quadrúpede que fora embebedado por sonífero; balançou a cabeça para um lado e para o outro, onde próximo, podia-se ver alguns corpos afundados na neve, os quais já se encontravam petrificados pelo frio que, em demasia atingia a região. Nesse ínterim, enquanto o mais galante se encontrava "sorumbático" o soldado alemão veio rápido novamente, correndo com ímpeto para cima, movimentando de forma frenética, o seu pesado corpanzil que afundava na neve toda vez que trocava passos. E no encontrão que deu contra ele, que no momento tentava se levantar, o agarrou pelo tórax com tamanha força, que foi necessário muito esforço, e uma verdadeira quebra de braços entre ele e o gigante alemão, numa mistura de judô, luta greco-romano e jiu-jitsu, para que conseguisse se desunhar dos braços daquele homem, que tinha sede de morte em seus olhos. Novamente, o alemão avançou rápido partindo para cima, tentando lhe acertar mais alguns murros e pontapés, dos quais, o mais galante se defendera com habilidade. Porém, o homem que tinha corpulência monumental e expressão de malvado, estava obstinado a acabar com o seu oponente, e mais uma vez, insistiu nas investidas desferindo alguns golpes. E num descuido do galanteador, o agarrou, onde parecia que dessa vez ele fraquejaria, porque o alemão, o pegou pela cintura com as mãos lhe dando a volta no corpo, como se estivesse pegando um saco cheio de batatas pelo meio; e semelhante a uma braçadeira, tentou o esmagar lhe apertando fortemente.

Entrementes, a cerca de algumas centenas de metros de distância daquela incrível luta, tropas alemãs estavam posicionadas e esperavam um desfecho favorável daquele embate colossal. Eram milhares de soldados da infantaria, e centenas e dezenas de tanques de guerra. Contudo, o pior estava para acontecer para as tropas nazistas, pois em meio aquela batalha colossal, a temperatura despencou consideravelmente, e um frio intensíssimo foi sentido por todos. Todavia, o grosso das tropas russas que estavam a cerca de 60 quilômetros de distância, de maneira preventiva estavam bem agasalhadas com roupas especiais que lhes foram disponibilizadas pelos regimentos soviéticos para que pudessem enfrentar o rigoroso inverno russo. Já as tropas alemãs, no alto de sua insensatez, foram pegas de surpresa pelo violento frio e sofreram demasiadamente; pois a neve caia de forma intensa e a planície já havia se tornado um imenso mar gelado; o rio, o lago e as árvores petrificaram; a água que corria nos dutos e nas torneiras congelou; e um vento frio do leste soprou com bastante intensidade, tornando a sensação térmica de 50° graus abaixo de zero, insuportável; os motores dos carros também não funcionaram e as tropas nazistas ficaram paralisadas sem poder se movimentar; muitas armas emperraram e muita munição se perdeu; e andar no meio daquelas espumas de neve, era tarefa quase impossível de se realizar. Entretanto, a refrega seguia o seu curso. E como já fora explanado, a força do gigante soldado alemão, era fruto de resultado científico que fora produzido em laboratório nazista, a qual não poderia ser alterada; já a força do mais galante entre os homens vinha das orações que o seu pai lhe ensinara, a qual poderia ser solicitada quando em oração, suplicasse, e isto, era uma vantagem, que, naquele instante de extrema necessidade não poderia ser descartada. Por isso, mesmo estando fortemente agarrado pela cintura pelo soldado alemão onde em vão tentava se livrar dos seus braços fortes, conseguiu realizar novamente a oração da força, suplicando ao "santo protetor" poder adicional que o ajudasse a derrotar aquele ser implacável. Quando terminou de proferir as palavras mágicas, o seu corpo parecia que estava inchando, aonde energia adicional veio de cima para baixo, mas suficiente e bastante para capacitá-lo a puxar as enormes mãos do gigante e a se desenredar delas que semelhantes a garras de águia estavam em volta de sua cintura. E, ao retirá-las, lhe deu um golpe com o cotovelo bem no meio da barriga e, alguns socos no rosto que quase lhe arrancaram a cabeça, deixando-o abalado. Contudo, com disposição notória digna de galo de raça o soldado alemão, se lançou novamente na disputa mortal e a luta de titãs continuou estupendamente. Troca de murros e pontapés, numa sequência incrível de golpes desferidos por aqueles dois fabulosos gladiadores. Além disso, às vezes um jogava tanque de guerra no outro, que rapidamente, com habilidade e destreza se livravam dos tanques se esquivando ou para um lado ou para o outro. Porém, de súbito, se atracaram, e depois de engalfinharem as mãos umas nas outras, mediram força, um, tentando derrubar o outro ao chão. Assim como dois cervos de longos chifres disputam entre si quem vai ter a primazia de acasalar com a fêmea e por isso se atracam em fragorosa disputa através de seus cornos; assim semelhante os dois encarniçados lutadores tentavam vencer a magnífica refrega. E na sequência dessa luta, igualmente a um halterofilista que suspende um pesado halter e o ergue bem ao alto, acima da sua cabeça com apenas a força de seus membros superiores; assim fora o mais galante que dotado de força incomensurável em seus membros indomados, suspendeu aquele gigante alemão bem ao alto. Depois o jogou ao solo como se jogasse uma jaca podre ao chão. E quando o soldado tentava se levantar, firmando um dos joelhos ao chão para soerguer o pesado corpanzil, o mais galante partiu de súbito para cima daquele colosso com os punhos cerrados e levantados ao alto, e lhe deu de imediato, diretamente no rosto vários socos tanto de direita bem como de esquerda, que o fizeram se movimentar em marcha ré sem freio numa linha reta de 15 metros, sem que o mesmo conseguisse se defender de nenhum murro que lhe fora desferido. E após mais alguns golpes poderosos com as mãos, e outros com os pés, onde o nazista tentou se defender em vão, com o mesmo tanque que o gigante alemão havia jogado inicialmente numa tentativa para lhe esmagá-lo, se deu-a sua morte. O mais galante pegou o monte de ferro e aço que estava por perto, fincado na neve, o pegou por baixo, como se pegasse uma caixa de madeira, pôs uma das mãos entre a grossa esteira, e a outra encaixou firmemente entre as fendas laterais, e o ergueu acima de sua cabeça. Depois, bateu com toda força que havia adquirido através da oração, contra o opulento corpo do soldado que tentava se levantar, após ter recebido o último e poderoso murro. Suspendeu mais uma vez o tanque ao alto e novamente, desferiu dois golpes concomitantes: buuum! Buuum! Esses foram os fortes barulhos dos golpes que os atingira e achatou o soldado alemão contra o solo gelado. O peso do tanque e a força com que fora arremetido por três vezes quase que ininterruptamente sobre o corpo do soldado alemão foi demais. E o mesmo não resistiu aos poderosos golpes. E através de suspiros de desalento, morreu semelhante a um grande urso quando é abatido por caçador. Pronto, estava morto quem as tropas alemãs estavam botando toda a fé que os ajudaria a derrotar o soldado russo voador, e que, consequentemente derrotaria na sequência, a poderosa União Soviética.

As tropas russas que já haviam reunido mais de 1 milhão de soldados e centenas de tanques de guerra para achatar tudo que estivessem em seu caminho, avançaram com ímpeto desmedido sobre as tropas alemãs e começaram a lhes infligir pesadas perdas. Sobretudo, enquanto a batalha por Stalingrado continuava, alguns dias depois, por todo o território da cidade de aço, assim que ficou sendo chamada, devido à encardida resistência russa, o combate que ali fora travado entre o soldado russo e o gigante alemão foi narrado de maneira minuciosa e ganhou contornos poéticos ao ser declamado com paixão por aqueles que presenciaram a titânica disputa. E para cada soldado russo que por ali se encontrava entrincheirado, defendendo cada centímetro do seu precioso território, e até, para aqueles que estavam postados no subúrbio ou nas proximidades do rio Volga, todos ouviram com atenção a narração do combate. E, ao ouvirem, ficaram extasiados e confiantes, pois aquela luta vencida por um soldado russo, mesmo sendo ele desconhecido, representava simbolicamente, vitória russa frente a Alemanha nazista.

Enquanto isso, em Berlim, Hitler novamente ficou irado quando soube da derrota do seu supersoldado, perante o soldado russo voador. Porquanto, ordenou que os seus generais tomassem outras providências urgentes para detê-lo ou que de forma impreterível descobrisse qual era o seu ponto fraco para que pudessem atingi-lo assertivamente. Porque segundo Hitler: todo ser humano tem um. Já em Stalingrado as tropas alemãs se viram em grande perigo, primeiro: viram as forças da Luftwaffe de forma gradual sendo reduzidas; segundo, viram o seu gigante soldado ser esmagado, e isso somado, tornou possível aos soviéticos se abastecerem com suprimentos que eram vitais que começaram a chegar com mais facilidade pelas águas do rio Volga. Então, eles, os russos, aproveitaram à oportunidade que lhes foram dadas, e no momento oportuno começaram a enviar de forma ininterrupta mais reforços que foram recrutados de quase todo o imenso país. E, após mais alguns dias de ferrenhas batalhas, onde progressivamente o poder russo foi crescendo tanto no ar bem como por terra, chegara o final da grande "batalha de Stalingrado". No final de janeiro de 1943, o Exército Vermelho comandado pelo grande general Chuikov, aproveitou o alívio dado na frente de batalha e atacou com todo o poder que dispunha e que tinha reunido. E logo as forças opositoras tanto as nazistas bem como as suas aliadas se viram cercadas por forças superiores, e segundo informações interceptadas, relatos foram enviados para Berlim, dando conta de que o exército russo estava chegando aos milhares, conduzindo tanques de guerra e achatando tudo pela frente. Por isso, telegramas foram enviados às pressas pedindo reforços e suprimentos urgentemente, sinalizando ainda o perigo e indicando que a situação no front estava extremamente delicada. Hitler, na tentativa de que o seu comandante não fraquejasse, e que, possivelmente, se rendesse, usou um artifício para lhe motivar e o promoveu a marechal de campo. Entretanto, e não obstante outro grande aliado dos soviéticos, o rigoroso inverno, também contribuiu com os seus compatriotas, o que provocou ainda mais o desgaste e a morte de milhares de soldados alemães, que, cercados pelo exército russo, não puderam receber os suprimentos e os reforços de que tanto precisavam. E, ainda sem agasalhos especiais que lhes permitissem resistir ao frio extremo alguns soldados morreram congelados, com os corpos completamente petrificados que se quebravam facilmente como gesso ressecado, e outros desesperados e ávidos por alimentos morriam de inanição. Então, os soviéticos fizeram os últimos ataques, semelhante às ondas frêmitas que vem do alto-mar e que empurram para a praia tudo que encontram em seus caminhos, os quais foram mortais culminando na rendição do exército alemão que há algum tempo se encontrava postado como dominador no solo de Stalingrado. Resumindo assim, na rendição de mais de 90 mil soldados nazistas, além, do seu marechal de campo, que havia sido promovido há pouco tempo por Hitler. Portanto, chegou o fim da sangrenta e histórica batalha de Stalingrado, marcando na frente oriental da guerra, o começo do fim do domínio dos exércitos alemães.

Dias depois, em alguns países, os jornais estampavam imagens de algumas batalhas aéreas e diziam: incrível soldado soviético que voa, ajudou o exército russo a vencer a terrível batalha de Stalingrado! Já outros jornais em outras partes do mundo estamparam na capa suposta foto do soldado russo, esmurrando o gigante soldado alemão, e a seguinte manchete: soldado russo que voa, além de arrasar a força aérea alemã em Stalingrado, acabou com o último mito alemão de que os seus soldados são invencíveis!

# Capítulo XXV
# Encomenda para a Inglaterra

Na Rússia não se falava em outra coisa, a não ser, na brilhante vitória que, eles, os russos, obtiveram em Stalingrado de forma esmagadora contra o regime nazista. Contudo, a Alemanha, ainda se mantinha forte, e os seus exércitos em outras regiões do próprio território soviético, combatiam inexoravelmente os russos. Todavia, entre as tropas alemãs corriam notícias alarmantes sobre o russo voador as quais caiam sobre eles como se fossem chuva ácida de tempestade inesperada. Segundo as notícias, era assombrosa a sua aparição e a grande velocidade com que se deslocava de um campo de batalha para outro. Em curto espaço de tempo, relatos indicavam que o tal soldado agira energicamente nos arredores da cidade de Leningrado e praticamente destruiu todo o cerco imposto pelos alemães que a mantivera sitiada desde 1941 no início da invasão nazista; com 2 horas depois, assomou-se as tropas russas e agiu nos arredores de Moscou; passado mais 2 horas apenas já estava operando nos arredores de Kiev. Por fim, chegava informação de que já estava de volta à Stalingrado onde ora era visto, em outro tempo não. E isso, estava deixando as tropas pavorosas. Sobretudo, e não obstante aos temores das tropas nazistas, um mês após a ajuda aos exércitos soviéticos que culminaram com a derrota do 6º exército alemão em solo russo, mostrando ao mundo que era possível derrotar a Alemanha de Hitler, o mais galante entre os homens continuou focado na sua saga, ajudando os indomados soviéticos a dizimar tanto a infantaria bem como a aviação alemã, que ora ou outra teimava em invadir o espaço aéreo nas cercanias de Stalingrado. Contudo, aquela ousadia da força aérea nazista e de seus pilotos, pagava um alto preço, pois ele perseguia os aviões e os abatia ainda no ar, não lhes dando chance de escapar. E, em uma dessas exaustivas perseguições aos aviões inimigos do mundo livre ainda nas cercanias de Stalingrado, abateu duas aeronaves nazistas com as próprias mãos, e viu nesse mesmo ínterim, ambas desabarem do céu e explodirem fragorosamente antes mesmo de tocarem o solo. Seguiu voando, reduziu a velocidade e pousou no cume de um morro. E de lá, ficou atentamente contemplando ora para um lado ora para o outro se nas redondezas outros intrusos nazistas também haviam invadido o espaço aéreo. Assim que fincou os pés ao chão, direcionou os dedos da mão direita para o painel, apertou os acionadores, e destravou tanto o cinturão que era preso em sua cintura bem como às braçadeiras que prendia em seus indomados braços o pesado suporte que era acoplado às metralhadoras russas. E enquanto estava ali parado em pé, descansando em cima daquele pequeno morro, percebeu através da forte audição que era muito aguçada, um zunido fino de motor de avião que passava sobre as nuvens. Era um apenas, e era sinistro, com a aerodinâmica diferente da maioria dos outros aviões alemães. Era parecido em sua forma aerodinâmica a uma "libélula negra". Esse estranho avião, media em torno de 7 metros de envergadura, da ponta de uma asa à outra; era bi turbinado possuindo dois motores de propulsão a jato; a sua cor era negra, da cor de piche; tinha estampado nas laterais abaixo das asas símbolos da suástica; e nele, havia apenas uma portinhola e duas janelas minúsculas frontais e mais duas nas laterais; nas pontas das asas nos seus extremos, possuía pontas de ferros, semelhantes às garras das águias; voava variavelmente em uma velocidade média entre 900 e 1.300 quilômetros por hora, na altitude de mais de 12 mil metros, como se quisesse esconder alguma coisa ou garantir em segredo, algo muito importante para os alemães. Ao perceber que naquele instante passou por ele rapidamente aquela estranha aeronave, naquela velocidade e na naquela altitude, resolveu segui-lo de perto para saber aonde chegaria àquela sinistra máquina que voava com tamanha pressa. Por isso, com a alma intrépida, se aproximou do suporte novamente, o colocou no corpo, e se lançou ao alto, voando pressuroso atrás daquele incógnito avião. Não obstante, a sinistra aeronave na medida em que o tempo fora passando, foi aumentando à velocidade, saindo de 900 quilômetros por hora para algo em torno de 1.200 quilômetros. Com isso, saiu do espaço aéreo de Stalingrado, semelhante a pássaro fujão que foge da gaiola quando esta, por descuido do dono, a deixa aberta; e assim, se dirigiu velozmente em direção à Lituânia, em sentido tracejado em linha reta, passando por todo território lituano; passou também pelo espaço aéreo grego, e, enfim, se dirigiu sem escala para a Iugoslávia. Todavia, o mais galante também aumentou a velocidade e de perto pôde ver o avião alemão, o qual depois de muitas horas de voo pousar em uma suposta base aérea alemã. E de dentro, após a abertura de sua portinhola, descer um soldado alemão elegante e bem alto, com uniforme militar belíssimo, com várias insígnias no peito, e na mão carregava uma maleta preta. Onde esse tal soldado, pegou um carro que estava estacionado naquela base, que, certamente, as pessoas daquele lugar, o haviam deixado por ali, pois já o esperavam. Já dentro do veículo, ele girou a chave na ignição e ligou o motor. O carro imediatamente começou a rodar os seus pneus na estrada de chão se dirigindo para próximo à encosta de uma serra. Parou diante de uma cancela que tinha em seus perímetros que cercavam a base da serra arames farpados, e com um dos braços para fora do carro fez sinal com a mão como se pedisse autorização para entrar. Através de sinais oficiais nazistas deram autorização para que os soldados que guardavam a cancela e que, estavam fortemente armados e vestidos com uniformes militares totalmente pretos e capuzes sobre as faces abrissem-na. Ele ligou o carro novamente e seguiu com o veículo até a suposta base. Parou o automóvel, desligou o motor, abriu a porta e desceu com a maleta na mão. Cumprimentou alguns soldados fazendo a saudação com o braço estendido para frente ao alto e, a mão ereta, da forma que todo nazista fazia questão de fazer: heil, Hitler! Andou por cerca de 250 metros, até chegar a uma porta blindada no formato retangular que era imensa, e que era encravada no sopé daquela serra, a qual fora aberta por dentro por outros soldados alemães que também estavam estranhamente vestidos com uniformes pretos. E logo que o misterioso homem de rosto cumprido e olhos azuis, entrou, fecharam-na em seguida. Então, o mais galante parou no ar como um beija-flor. Espiou tudo atentamente. Voou e desceu atrás da serra. Tirou o suporte, e retornou voando para onde o soldado acabara de entrar. E, em cima de uma árvore, na distância de 80 metros, e em pé, entre os galhos e entre as folhas ficou a pensar: o que será que esse misterioso soldado estava fazendo em território russo? E por que ele usou um estranho avião para se locomover? E o que será que contem dentro daquela maleta? Quando se preparava para invadir o misterioso lugar, onde proferiria primeiro, a poderosa oração da força e em seguida a oração da invisibilidade, percebeu que, a imensa porta blindada estava sendo aberta novamente, e que o tal misterioso soldado de várias insígnias no peito, estava saindo de seu interior, tendo ainda seguro em sua mão, a tal maleta preta. Nesse instante, novamente em pensamento, mais uma vez se perguntou: que mistério será esse? Para onde irá esse soldado com essa maleta? Então, voou rápido, foi até onde se encontrava o suporte, o pegou, e retornou para o local onde o alemão estava saindo, o qual mais uma vez andou a pé e sozinho toda a extensão. Cumprimentou os soldados novamente fazendo a reverência: heil, Hitler! Entrou no veículo. Passou pela cancela de cerca de arames farpados. E se dirigiu às pressas para onde se encontrava o estranho avião de propulsão a jato, e de tecnologia, e, combustível diferente, o qual já havia sido reabastecido por outros soldados nazistas que também se vestiam estranhamente de preto. Enquanto no alto e invisível o mais galante seguia todos os seus passos, observando tudo atentamente.

Indiferente à presença de um poderoso e sagaz algoz que oculto lhe seguia, o soldado alemão tentando cumprir com a missão que lhe fora submetida, ligou os motores do avião, e decolou rapidamente, seguindo em direção contrária à Stalingrado, levando consigo a maleta preta e os segredos ultra-secretos alemães dentro dela. Atrás como um míssil teleguiado, programado por controle remoto, estava aquele de quem a história humana ouviria falar e muito. Todavia, mais uma vez, o estranho avião na medida em que o tempo fora passando, foi ganhando velocidade. Ainda invisível e voando rápido, sem que o misterioso soldado percebesse tanto a presença bem como a intenção, resolveu abater o avião, para enfim, acabar com aqueles segredos que cercavam aquele mistério, e descobrir posteriormente o que continha dentro da maleta. As metralhadoras russas, as quais estavam adaptadas em seus longos braços, entraram em ação disparando dezenas de balas que acertaram o alvo de maneira brilhante. Então, o avião parecido com uma libélula negra, sentiu o golpe, e depois de rodopiar no céu e soltar fumaça após ser atingido em sua asa esquerda, desceu ainda em solo Iugoslavo, levando para baixo os segredos militares alemães. Muito embora, no exato momento, em que fora atingido, o piloto tenha ativado um sistema no painel para acionar um paraquedas que era acoplado no fundo do avião, o qual amorteceu a descida e impediu que de súbito, explodisse. Contudo, não foi possível ao soldado nazista, evitar que pegasse fogo em sua estranha aeronave, que de surpresa fora duramente atingida. Já no chão, próximo ao um barranco de areia e entre matos rasteiros que juncavam o solo, e, antes que queimasse todas as provas que estavam dentro da maleta, o mais galante desceu próximo da estranha aeronave, se livrou do suporte, o colocando ao lado e em segurança. E rapidamente, se dirigiu até onde se encontrava o avião avariado e sem delongas pegou a maleta. Enquanto que, ao lado direito e no seu campo de visão, o misterioso soldado alemão tentando se desenredar das garras da morte, gritava de dor, e logo morria carbonizado pelas chamas do fogo que de maneira voraz ardia e que rapidamente cobriram o seu corpo que estava preso ao cinto de segurança, do qual ele não conseguira se soltar. Para um lugar seguro longe das chamas, e de uma possível explosão, o mais galante levou a maleta. Mas, ao abri-la, e ao olhar para dentro, vira que, continha em seu interior, diversas folhas de papel com anotações escritas, e que, todas elas, supostamente corroboravam ser uma prova documental sobre algum pérfido segredo alemão, porém, estavam em códigos, e sobre os quais, ele, não os conhecia e nem se quer sabia como decodificá-los. Era necessário, naquele instante, retornar às pressas para a Rússia, e ver a possibilidade do serviço secreto da inteligência russa, descobrir os segredos e corroborarem ou não a respeito daquele mistério. Mais uma vez, ele pôs o suporte em seus longos braços e retornou voando rapidamente para a Rússia. E no seio do quartel- general em Stalingrado, buscou descobrir os funestos segredos alemães. Por sua vez, o serviço secreto da inteligência russa, imediatamente, começou a analisá-los, e em pouco tempo, decodificou os códigos, revelando o que estava por trás do mistério. O segredo era: mesmo antes da derrota acachapante em Stalingrado para os russos, e com os aliados aumentando os bombardeios aéreos no território alemão, Hitler e os seus coordenadores, se sentiram obrigados a disporem de maior poder de fogo que pudessem intimidar os aliados nas suas investidas de continuarem bombardeando Berlim. Porquanto, como já havia encomendado de um famoso físico alemão Werner Von Braun, uma arma poderosa que fosse capaz de lançar seiscentas toneladas de explosivos por dia, onde apenas em uma noite, Londres teria 70% de sua cidade destruída, exigiu que a arma fosse concluída o mais breve possível. E em pouco tempo, no setor de mísseis balísticos, a Alemanha mais uma vez saiu na frente dos seus arqui-inimigos, e se destacou, produzindo o primeiro lançador de mísseis do mundo, chamado de: Hochdruchkannone V3 ou projeto V3. Arma de efeitos catastróficos e quase apocalípticos, que a humanidade ainda não tinha ouvido falar. Esse misterioso projeto provocou espanto no meio militar russo, o que o motivou a se perguntar: e se os nazistas resolverem detonar esta arma contra o nosso território? Isto poderá ser uma catástrofe para a nossa nação, porque não sabemos os reais estragos que ela pode provocar e o meio de determos essa suposta ameaça! Porquanto, inquietos ficaram se perguntando uns aos outros, quais, seriam as melhores soluções plausíveis que poderiam ser desprendidas no intuito de se evitar uma hecatombe.

Enquanto isso, Stálin ao saber dos pérfidos planos nazistas, deduziu que a arma secreta alemã seria detonada contra a Inglaterra, e para ter o poder de barganhar com os ingleses, na tentativa de os convencerem a abrirem em parceria com os americanos uma "segunda frente" de guerra contra os alemães, resolveu ligar para o primeiro-ministro britânico Winston Churchill para informar a respeito da ameaça nazista, para que o grande líder britânico tomasse as devidas providências: se tentaria descobrir onde se encontrava e tentar detê-la ou se faria monumental evacuação da cidade. Em Londres, o conselho de guerra foi convocado urgentemente para discutir a respeito dessa iminente ameaça nazista, e logo, se decidiu pela evacuação da cidade: dos idosos, das mulheres, das crianças e de quase todo civil, ficando apenas os militares e o pessoal de apoio como o "corpo de bombeiros". Sobretudo, e enquanto era planejado de que maneira seria feita a evacuação de Londres, o mais galante tinha uma possível pista, pois ele conhecia a base aérea na Iugoslávia, onde o misterioso soldado alemão havia passado com o sinistro avião, antes de ter sido alvejado. Ele acalmou os comandantes russos, dizendo-lhes entre outras coisas que, de alguma maneira ele deteria aquela arma, que o pérfido plano nazista seria abortado, pois ele não permitiria que os alemães através dela bombardeassem Londres e, nem qualquer outra cidade no mundo, por isso, pedia que não ficassem alarmados que confiassem. Em seguida, se despediu dos comandantes e saiu as pressas de Moscou, voando esperançoso em direção à Iugoslávia, para tentar encontrar alguma pista, que o levasse até o local exato onde seria o lançamento daquela arma, que, talvez, pensando: se ainda estivesse em fase de fabricação ou se já estivesse pronta, estava dependendo daquela documentação que estava sendo transportada naquele estranho avião para ser concluída. Quando em fim chegou à base aérea alemã na Iugoslávia, no sopé da serra, os alemães já haviam abandonado-a, e premeditadamente, haviam queimados todos os documentos possíveis que pudessem identificar de algum jeito o local de lançamento ou o local de construção da tal arma. Era um local imenso com sistema elétrico eficiente que iluminava toda a extensão daquela base, porém, estava totalmente vazia, sem nem um objeto, móveis ou utensílios que indicasse que ali fora uma base nazista. Nela só havia cinzas de amontoados de papéis queimados. Contudo, embora eles, os nazistas, tenham queimados todas as provas documentais que pudessem identificar o local de lançamento, talvez, sem querer, deixaram algumas pistas que intuitivamente levariam o mais galante a um determinado lugar, quase inóspito, que parecia uma falésia um Kenion. Ao sair do interior da base secreta, e olhar ao derredor, percebeu que marcas de pneus de carro marcavam discretamente um caminho, e essas marcas, se ele as seguisse o levariam até um despenhadeiro, onde certamente, os alemães haviam empurrado e jogado o veículo nas profundezas, para que fosse ocultado pelas águas do rio que passava entre aquelas muralhas de pedras que se formaram verticalmente ao longo de milhares de anos. Porém, o carro não caiu dentro do rio, como eles esperavam, caiu bem fora e no seco. E isso, foi um dos erros que os sanguinários nazistas cometeram. Ele seguiu atentamente observando as marcas de pneus. E quando chegou até o local onde se encontrava o carro, encontrou no seu interior, debaixo do banco do motorista, um pedaço de papel todo amassado com várias anotações escritas em alemão. Primeira parte: longitude (37°16"51"N) e, latitude (55°59"20"N); segunda parte: latitude (44°48N) e longitude (020°28E) De forma impreterível pegue a encomenda discretamente e a leve rapidamente no esquisito. Terceira parte: somar com a parte da primeira latitude e longitude, conferir e carimbar; quarta e, última parte do que estava escrito: a junção dos dois documentos se faz necessário de modo que um mais o outro se complementam e é igual a um na esfera do outro. Em seguida, leve-os para a latitude (40°27"49.20"N) e, longitude (3°44"57.19"W). Ao término da leitura e interpretação das anotações, compreendera que se tratavam das últimas peças que faltavam para armar o quebra-cabeça que há 2 dias mexia com o seu cérebro. A primeira parte daquele enigma: latitude (55°59"20"N) e longitude (37°16"51"N), era a respeito do local que ficava exatamente no território russo, onde o soldado alemão fora visto pela primeira vez, e que, certamente, assim, conjecturou, era onde ele deveria pegar uma parte do projeto da arma, voar rápido no "esquisito", o que não era nada de mais, era apenas o nome dado àquele sinistro avião de estranha estrutura e de diferente aerodinâmica, o qual voava em alta velocidade e nas altas altitudes, para que não fosse facilmente localizado pelos radares; segunda parte: somar com a latitude (44°48N) e longitude (020°28E) era simplesmente, fazer escala na Iugoslávia, e pegar a outra parte do projeto naquela base secreta alemã; terceira parte: confirmar se era a segunda parte do projeto, carimbar e voar novamente em sigilo durante a noite; quarta e, última parte do enigma: depois de juntar as partes do "projeto" seguir em direção à Espanha, e entregar as devidas encomendas em alguma base militar alemã, onde lá seria finalizada a arma. Após a sua finalização, ela seria detonada contra o inimigo alemão. Mas... Em meio as interpretações fez alguns questionamentos para si mesmo. Por que esse projeto foi fragmentado desse jeito? Tendo que ser recrutado as partes em lugares diferentes? Por que não fora feito em território alemão? Será que tiveram receio que caísse nas mãos inimigas? Ou os mentores que o arquitetaram se encontravam em lugares diferentes, sem a possibilidade de se locomoverem, por isso, que mandaram alguém para recolher? Como o enigma em sua cabeça praticamente já estava concatenado a respeito do local de lançamento, e para não se deter em conjecturações que, talvez, não obtivessem nenhuma resposta no momento que fosse plausível, ele voou o mais rápido possível com destino à Espanha, para tentar destruir aquele projeto do mal e impedir que a arma de alguma maneira fosse detonada, pois segundo aqueles documentos que foram minuciosamente decifrados pelo serviço secreto da inteligência russa: a arma era capaz de destruir a capital da Inglaterra e ceifar milhares de vidas em apenas uma noite de ataque. Contudo, antes de viajar para tentar impedir que a arma fosse detonada, traçou primeiro num mapa uma linha reta até a Espanha, depois na mente uma linha aérea imaginária que o possibilitasse de maneira mais assertiva sair da Iugoslávia e ir até o destino traçado. Assim ele fizera. E voou esperançoso com um propósito definido em sua mente: destruir os objetivos funestos dos alemães. Após mais de 3 horas de voo, e ainda no alto, retirou dos bolsos algo e novamente olhou tanto no mapa bem como na bússola e, atentamente conferiu para ver se já havia chegado ao possível local que lhes fora indicado que, supostamente, seria o local do disparo da terrível arma de efeitos catastróficos. Era um lugar de grandes colinas desertas e morros pedregosos que eram usados por companhias para explorações de minérios. Ele desceu para o sopé de uma dessas colinas que aparentava estar abandonada, destravou o suporte e o colocou ao lado, oculto e em segurança. Procurou a entrada principal, mas antes de entrar na gruta, perscrutou se tinham algum soldado nazista por perto. Ao se certificar que não havia nenhum por ali, entrou de forma prudente e com atenção, e de imediato transpôs uma passagem ampla e larga que dava para passar até caminhões de médio porte. Desceu atento, seguindo os trilhos cerca de 700 metros de profundidade, e enquanto descia, ouviu barulho de explosão como se a passagem por onde entrara estivesse desabando. Contudo, não se intimidou pelos barulhos do suposto desabamento, e não obstante, continuou seguindo os trilhos até chegar ao outro local ignoto. Novamente ouviu uma nova, mas não menos fragorosa explosão. E essa foi exatamente, segundos depois que passou pela porta de entrada do suposto abrigo. Esse local tinha luz elétrica e era ventilado por sistema de ventilação bem engenhoso, através de dutos especiais, onde parecia que o lugar era ou fora usado como depósito de suprimentos ou refúgio de mineiros quando se encontrassem em perigo de desabamento. Foi então, que percebeu que os alemães empregaram uma estratégia de dissimulação, assim como alguns enxadristas empregam nas suas partidas. Sacrificaram peões, ou seja, muitos soldados, muita vida humana, que fora envolvida, com o objetivo de encurralar o seu algoz, ou seja, a rainha inimiga. Era para o seu espanto, o desfecho final de uma investigação, que a princípio, aparentou ser bem-sucedida, onde todas as pistas que havia seguido até então, foram forjadas no intuito de pegá-lo. Tanto o avião bem como a maleta preta, cujos documentos estavam escritos em códigos; como as marcas dos pneus do carro que o levaram a achar o pedaço de papel amassado com o enigma escrito em alemão, o qual continha as tais latitudes e longitudes; tudo fazia parte de uma rede, que os alemães de maneira pérfida armaram as "teias". E, o pior, estava escrito em russo em um documento que fora deixado para ele pelos próprios soldados alemães dentro da mina de diamantes, explicando-lhe com detalhes de como ele fora induzido a seguir as falsas pistas, pois os alemães, através de seus sagazes espiões que se encontram espalhados por toda a Rússia, sabiam que: o "Soldador russo voador" estaria exatamente por ali, no espaço aéreo de Stalingrado, combatendo os aviões nazistas. E, quando percebesse que furtivamente passaria por ele um estranho avião, de aerodinâmica diferente, e em alta altitude, o seguiria. Porque a curiosidade que motiva os homens a seguir em frente em busca de respostas que satisfaçam as suas perguntas a respeito de algo, se constitui em um dos pontos mais fracos da humanidade. Ao terminar de ler, viu que o documento escrito em russo, também lhe dizia que a tal arma era verdadeira e que realmente existia, a qual já estava pronta para ser detonada dentro de 1 dia aproximadamente, saindo do território francês com destino a Inglaterra, e que, infelizmente, para os ingleses, ele não poderia fazer absolutamente nada para impedir, pois estaria morto. Nesse instante, o mais galante sentiu um frio na espinha, e talvez, não querendo acreditar no que estava acontecendo, pensou: fui atraído para uma emboscada! E o que será que esses malditos planejam? Conjecturou com a sensação no peito de que algo terrível estava para acontecer. Ao olhar atentamente para um lado e para o outro, viu dezenas de barris de pólvora e centenas de bananas de explosivos e outros vários tipos de bombas, espalhadas por todos os cantos, conectados entre si e prontos para serem detonados para que pudessem exterminar de uma vez por todas com a vida e a saga daquele que há tempos se opunha ao regime nazista. Fora do abismo, soldados alemães que o viram entrar na mina, portavam detonadores remotos, e estavam ávidos e preparados para apertar o botão. Enquanto preso no interior do abismo e quase totalmente hermético, se encontrava aquele de quem as civilizações do mundo livre atual devem tanto. Tanto a primeira entrada bem como a segunda por onde entrara eram amplas e bem espaçosas, porém, alguns minutos após a sua entrada, soldados nazistas, detonaram explosivos e as fecharam, barrando com milhares de toneladas de pedras e o deixando encurralado, quase sem alternativa de saída, restando para ele apenas alguns segundos para escapar. Contudo, uma brecha no teto da caverna por onde entrava o ar que era necessário aos mineiros, ele vislumbrou, e ela era, talvez, a única chance que tinha para sobreviver. Essa brecha era uma chaminé de ventilação, de apenas 1.30 centímetros de diâmetro, que seguia até o topo daquela grande colina, mas em forma de espiral, a qual era suficiente para a passagem do corpo de um homem adulto. Porém, nunca, jamais fora usada como válvula de escape por alguém que necessitasse usá-la com tamanha velocidade como a que ele tinha que impreterivelmente desenvolver naquele instante para não "voar aos pedaços" pelos ares. Então, como abelha que entra nos buracos de uma colmeia; assim fora ele, que, penetrou rapidamente na brecha que existia no teto da mina. E como larva expelida do interior de um vulcão, o qual entrara em erupção; e utilizando velocidade, e sentido de direção, parecido com os sentidos que são usados pelos morcegos para se locomoverem na escuridão das cavernas entre os obstáculos; a fenda que existia na mina por onde entrava o ar, foi à passagem para a salvação, pela qual mergulhou voando e saiu rapidamente. Já fora além de ouvir a fragorosa explosão, viu a colina ser chacoalhada como se estivesse sob protestos de inesperados e raivosos terremotos. Ao sair de dentro do "cavalo de Troia", tal qual lhe fora preparado para acabar com a sua vida; do alto, viu soldados alemães em baixo no solo em retirada, dentro de um jipe que estivera estacionado o tempo todo por perto para que pudesse conduzi-los a algum lugar. Então, astutamente ele os seguiu e os observou distraídos dentro do veículo, conversando em sua "língua natal" até chegarem a uma casamata, onde pararam o carro, pegaram alguns pertences, e em seguida, se retiraram novamente. Enquanto o carro imparcialmente rodava os pneus pela estrada de chão pedregosa e deserta, e os soldados inconscientes do que lhes aconteceria. O mais galante sem ser percebido se aproximou voando. Como estava sem as metralhadoras, de imediato, pegou uma pistola que estava na cintura de um nazista, e atirou-nos outros, matando instantaneamente dois soldados e o sargento que dirigia o carro, poupando somente o tenente que era aquele que lhe daria a informação necessária a respeito de onde seria o local da base de lançamento da poderosa arma de destruição. Esperou o homem sair debaixo do carro que capotara, e perguntou em alemão e em tom imperativo onde ficava a base de lançamento da arma, apontando na sua direção à pistola com a qual havia matado os outros nazistas. Mas o oficial era teimoso, e insistiu em ficar em silêncio, mesmo tendo a arma apontada para a sua cabeça, pois não queria delatar o local de lançamento da arma, para não ser considerado por seu país, um traidor da pátria, e traidor do Terceiro Reich. E como bom nazista que julgava ser, ficou calado. Ao perceber que o tenente não cederia facilmente, e que de jeito nenhum queria revelar o local de lançamento da arma, pensou por alguns segundos. Olhou fixamente para dentro dos olhos azuis do mesmo, e o pegou pelo braço, enquanto que as pernas compridas do homem ficaram penduradas como pernas de gazelas. E como um foguete que decola para o espaço; subiu voando pressuroso na tentativa de que, por medo e pressão da subida rápida, o homem lhe dissesse onde ficava o local. Ao subir voando rápido para o céu, o soldado foi ficando sem ar, pois na medida em que fora atingindo elevada altitude, o oxigênio em seus pulmões foi diminuindo provocando-lhe tonturas e náuseas. E então, por medo de altura, quase sem folego e, para não piorar a agonia e os efeitos que sentia, gritou em alemão: por favor, ponha-me de volta ao chão, falarei onde fica o local: latitude (48°52N) e longitude (2°19"59" E). O mais galante após ouvi-lo, parou no ar, retornou para baixo e o largou no cume de uma colina amarrado pelos braços com o seu próprio cinto e, virados para as costas. Decolou e, voando novamente seguiu em direção até onde se encontrava o jipe para ver se encontrava mais alguma pista que confirmasse as informações. Desvirou o carro com apenas um dos braços e procurou os supostos indícios com muito cuidado: debaixo dos bancos; nos pneus e, no porta-luvas, porém, nada encontrou, exceto, um mapa do continente europeu com um ponto borrado sobre um local específico na fronteira da França e, Alemanha. Quando resolveu voltar ao local onde deixara o tenente nazista preso, já era tarde da noite. E, ao chegar para sua surpresa e espanto, o homem estava morto e o seu corpo estava espremido como bagaço de laranja, como se algo houvesse sugado as suas energias. Os olhos estavam fundos semelhantes à cara de defunto quando a carne lhe é comida pelos germes, e todo o sangue parecia que havia fluido do corpo, o qual estava estraçalhado com marcas supostamente produzidas por criatura, que usara mandíbulas poderosas ou algo poderoso semelhante à navalha afiada. "Aquilo" o deixou encucado: que criatura no mundo seria capaz de fazer isto? Perguntou-se naquele instante, porém, ele não podia perder tempo naquele lugar conjecturando sobre outros temas, talvez, irrelevantes se comparado com as circunstâncias do momento. Pois agora, sabia onde ficava a base de lançamento daquela poderosa arma dos alemães. O que ele tinha que fazer mesmo, era descobrir com exatidão o local e o mais rápido que fosse possível, para que pudesse impedir a detonação da arma. E isso, foi o que fizera. Primeiro, consultou a bússola para seguir na direção exata em direção a França, na fronteira com a Alemanha, um lugar chamado de: Longuyon-Lauterborg; segundo, buscou localizar no mapa que ele pegara no jipe nazista, as latitudes e longitudes corretamente que o soldado alemão sob tortura as revelou. Voltou ao local onde deixou o suporte, o pegou novamente, e voou o mais rápido que pôde rumo ao território francês. Às 06h00 em ponto chegou ao suposto local, onde seria a base de lançamento daquela poderosa arma, e percebeu que o lugar era um forte, embora não soubesse e nem passasse pela cabeça que, [...] Aquele lugar fora arquitetado pelos franceses bem antes da invasão alemã acontecer em 1940. E que, após o armistício francês e consequentemente, a ocupação alemã do território, caiu nas mãos nazistas, assim como boa parte da armada francesa também caíra nas mãos de Hitler. Aquele forte era uma das unidades fortificadas da chamada: "Linha Maginot", que tanto fora propagada pelos franceses que eram inexpugnáveis, e que por ali os alemães não se arriscariam a invadir a França, sob pena, de que teriam eles, os nazistas, as tropas dizimadas. Logo após a ocupação alemã do território francês, o comando nazista astutamente, escolheu o local como futura base de lançamento de mísseis contra a Inglaterra, projeto que eles haviam concebido desde 1939.

Enquanto isso, ao perceber que não seria fácil realizar aquela empreitada sem estar invisível, proferiu a oração da invisibilidade, e sem o seu suporte, adentrou o forte, e seguiu os soldados alemães que se dirigiam para o interior, onde se manteve oculto, até que, de repente: olhou a sua volta, e pôde ver plenamente em espaço amplo com dimensão equivalente a dois campos de futebol, no meio do lugar, a colossal arma de fabricação alemã de destruição catastrófica. Era realmente, segundo o seu projeto, uma arma estupenda, e estava ali oculta do mundo, mas estava em sua frente e explicita com toda a sua engrenagem e poder de ceifar vidas. E estava apontada certamente na direção do território inglês, através de abertura que era imensa feita posteriormente pelos alemães após a invasão do território francês, a qual era acionada através de controle remoto para dar passagem aos mísseis quando esses fossem lançados contra á Inglaterra. Era o Hochdruchkannone, o primeiro lançador de mísseis balísticos do mundo. Enquanto observava toda a estrutura mecânica da arma, e conjecturava como poderia destruí-la, escutou um barulho ensurdecedor e viu "in loco" uma passagem no teto se abrir acionada por controle remoto e o clarão do dia que logo incidiu luz para dentro da caverna resplandecer todo o interior do lugar. Em seguida, a enorme arma como se estivesse ganhando vida própria, foi sendo gradualmente elevada através de ampla e quadrada plataforma que era manuseada automaticamente. Enquanto que, centenas de soldados nazistas a olhavam estupefatos admirando "o seu monstro" se movimentar. Enquanto isso, a plataforma foi subindo, subindo e levando consigo a arma que indelevelmente seria esquecida pela Inglaterra caso viesse ser detonada. Pouco tempo depois, já estava pronta e preparada para cuspir do seu "ventre ácido" centenas de filhotes incendiários contra Londres. Dai então, se ouviu a contagem regressiva para a detonação daquela arma sensacional. Imediatamente, sem perder tempo, e fazendo uso de outros armamentos pesados de fabricação alemã que se encontravam por ali para fazer a defesa do local de possíveis ataques aéreos dos aliados, o mais galante correu em direção a uma dessas armas nazistas, mirou o poderoso cano em direção ao Hochdruchkannone, e sem que os alemães o vissem e sem que, esperassem tamanha ousadia, bombardeou intensamente o local, destruindo de súbito, o poderoso lançador de mísseis alemão, deixando os soldados nazistas e os comandantes sem saberem o que realmente estavam acontecendo, e qual o motivo daquelas explosões que sacudiram aquele forte, destruindo por completo tanto com os mísseis bem como com a plataforma de lançamento, vitimando centenas de soldados nazistas que estavam naquele local.

Um dia depois quando Stálin soube que a missão "aborto" assim que foi denominada, fora cumprida com sucesso, tratou logo de enviar a notícia para a Inglaterra. Então, um dia e meio após esse evento sensacional acontecer, o primeiro-ministro britânico Winston Churchill, que ainda se encontrava assombrado com a informação que recebera do próprio Stálin, a respeito da ameaça nazista e dos seus planos pérfidos que ocultamente e em local ignoto se preparava para detonar uma arma catastrófica contra a Inglaterra, falou aliviado para o seu povo, que atento o escutou pronunciar através da BBC de Londres com a sua voz melosa e meio rouca: vem do nosso aliado russo, a informação acalentadora de que a arma apocalíptica que o nosso inimigo havia armado e apontado para o coração da capital da nossa amada nação e que a arrasaria 70% por cento em apenas uma noite de bombardeio foi às 07h30min, de ontem, finalmente, destruída no interior de um forte francês, na fronteira França-Alemanha, por aquele que, há tempos, e de forma voluntária, luta contra o regime nazista de Hitler, o qual, nem nos nossos mais sublimes sonhos, havíamos imaginado que pudesse existir, e que pudesse coabitar entre nós. Aquele, a quem hoje chamamos de: "O cavaleiro da luz!" Continuando, expressou o que os ingleses costumam dizer e de ouvir: "God Save the England!" "God Save the King!" Concluiu ofegante.

O povo britânico que estava nos abrigos antiaéreos; nas fronteiras britânicas fazendo a guarda; nos exércitos;

na marinha; na força aérea; no interior de suas residências; nos campos; nas fábricas de munição e, espalhados pelo mundo afora, comemoram veementemente, dando urras como se fosse o fim da própria guerra.

## Capítulo XXVI

# A portentosa batalha de Kursk

Em solo russo a guerra Rússia-Alemanha chegava ao seu auge. Os seus exércitos já exaustos tentavam contabilizar as suas perdas humanas e materiais que eram quase incalculáveis. E, apesar de que parecia que havia um empate, incomoda sensação começava a brotar no espírito resoluto dos alemães de que a possibilidade de derrotar a União Soviética estava ficando cada vez mais difícil na realidade já era um sonho quase impossível de acontecer, porque o indomado "soldado russo desconhecido" agia de forma brilhante ao lado dos soviéticos, e nesse ínterim, o seu poder se tornara imensurável. E por quase todo o extenso território ele se deslocava pressuroso e com determinação para deter as forças opressoras que tentavam dobrar "o gigante vermelho". Entretanto, para que pudesse cobrir com eficiência quase todas as regiões da "nação inflamada" sentiu a necessidade de utilizar de informações seguras da "rede de comunicação" que lhe eram viáveis e que mais uma vez se mostraram eficazes. Contudo, antes de receber devidas informações a respeito dos preparativos nazistas na região de Kursk, isso por volta de meados de março de 1943, o grande general alemão Erich Von Manstein havia completado a sua ofensiva militar com sucesso durante a segunda batalha na região de Kharkov. Porquanto, sugeriu aos coordenadores gerais da Alemanha, que atentassem para fazer um engodo para ludibriar os russos em um ataque mais ao sul, de onde o grosso das tropas alemãs do 9° exército, sairia daquela região, cortaria as defesas soviéticas que estivessem postadas, e seguiria firme em direção ao encontro do 6° exército, o qual estava por se refazer, após sofrer derrota acachapante em Stalingrado. E assim, aconteceu, o 9º exército alemão atacou furiosamente na cidade de Orel, partindo em direção ao sul e arrasando as forças que se colocavam em seu trajeto, alcançando vitórias de forma esplêndida e rápidas. Com os sucessos garantidos das últimas batalhas, principalmente, na região de Kharkov, Hitler, que, ainda se convalescia da derrota em Stalingrado se retirou do comando, e deu mais autonomia a Coordenação Geral. Todavia, os comandantes nazistas não contavam com a astúcia dos russos, os quais rechaçaram os ataques, em quase todas as suas tentativas, infligindo lhes várias derrotas. Pois, os soviéticos, através de seus sagazes espiões, colheram informações a respeito dos planos e dos preparativos nazistas, e em resposta fincaram no solo da pátria mãe russa, por onde os comboios nazistas passariam dezenas de milhares de minas e reuniram força esmagadora de homens e máquinas de guerra. E isso, fora o suficiente para provocar muitas perdas nas tropas alemãs. Hitler logo se decepcionou com o fracasso e os desdobramentos desses embates, e como consequência, se convenceu de que os seus generais eram incompetentes, porque quando lhes foram dados à chance de provarem serem eficientes, e de que mereciam serem mais valorizados pelo seu grande líder, erraram ao articularem em sua opinião um plano pobre, o que permitiu aos russos, montarem fortes defesas e poderosos contra-ataques. Embora alguns especialistas do pós- guerra insistirem em afirmar que Hitler se constituiu no maior e no melhor general soviético durante a Segunda Guerra Mundial, devido à sua resignada teimosia, e, aos seus erros crassos sobre estratégia militar, o que favoreceu em muito a União Soviética. Contudo, dessa vez, e nesse episódio especificamente, após tomar o controle das mãos da Coordenação Geral, ele acertou em micro gerenciar as operações militares, desenvolvendo o peso das batalhas de forma simultânea contra os russos, na tentativa de reverter à situação que estava ficando adversa. E isto, se deu em três frentes de ataques contra os soviéticos: o primeiro foi na cidade de Orel onde aconteceram as mais ferrenhas batalhas e o maior dos ataques, já que aquela cidade era para os nazistas, de suma importância, pois se tratava de ponto de passagem para outras partes do país; o segundo foi na cidade de Belgorod que havia sido retomada pelos russos depois de grandes combates ali travados; o terceiro foi nas cercanias de Prokhorovka onde foram desenvolvidas ferrenhas batalhas, as quais provocaram duras perdas aos exércitos russos, que logo se viram obrigados a cederem terreno e recuarem cerca de 20 quilômetros do território que eles já haviam retomado.

Enquanto isso, em 23 de julho de 1943, o mais galante após receber informações seguras sobre os preparativos nazistas, percebeu que o exército russo seria espremido de forma simultânea em três frentes de batalha, principalmente, na entrada norte da cidade de Orel, a qual é uma das passagens estratégicas e por onde obrigatoriamente, os alemães deveriam passar se quisessem conquistar a região. Então, ponderando sobre as probabilidades russas de sucumbir naquelas batalhas, se deslocou saindo da região de Stalingrado até a região de Kharkov. Ao chegar à região, como gozava de muito prestígio junto a quase toda a nação soviética, bem como aos exércitos russos, solicitou através da “rede de comunicação” um encontro com o Comando

Soviético, para discutir manobras militares que impreterivelmente deveriam ser tomadas. E no momento que se encontrava diante deles, falou sem rodeios: senhores, informações seguras vindas dos nossos agentes, revelam que os nazistas se movem com forças blindadas consideráveis e se aproximam da cidade de Orel, bem aqui! Apontou o dedo em direção a um ponto no mapa do território russo que estava aberto sobre uma mesa. Portanto, penso que, se detivermos consideráveis forças em torno de Orel, e, mais duas pinças de ataque: uma que se desloque no sentido leste; e outra que avance no sentido oeste e converjam; além de, recebermos o devido apoio aéreo da nossa força aérea, derrotaremos sem consternação, as forças opressoras que estarão em pouco tempo chegando por ali, após cortarem com ímpeto toda a região sul de Kharkov. Porquanto, peço apoio das tropas e permissão dos comandantes para atacar pelos flancos, as forças nefastas que ali querem arremeter-se! O comando soviético que já havia dado permissão para serem implantadas no solo, sólidas fortificações, concordou de imediato com a estratégia e o seu grau de astúcia. Por isso, sem delongas autorizou o intento. Assim que recebeu a autorização do comando soviético, saiu voando das cercanias da cidade de Prokhorovka, se deslocando pressurosamente até chegar a uma saliência, espaço de terra geograficamente falando que ficaria entre os comboios dos tanques nazistas que a cruzariam. E como um guarda em sentinela estrategicamente se posicionou. Sobretudo, 2 dias antes da grande batalha que travaria, andava introspectivo, pensando em toda a catástrofe humana e financeira que a guerra até ali havia provocado. Enquanto isso passava pelas ruas esburacadas devido aos bombardeios aéreos nazistas. Nesse ínterim, procurava uma casa que pudesse com a autorização dos donos, adentrar e tomar refrescante banho. Enquanto andava, pôde observar todo um cenário sombrio que havia sido impiedosamente bombardeado pelos alemães, onde algumas casas se encontravam em ruínas e outras parcialmente destruídas. Enquanto isso não viu nenhum cidadão civil andando pelas ruas: nem uma mulher, nem um homem, e, nem uma criança, porque eles haviam precipitadamente, batidos em retirada, devido à eminência das tropas nazistas chegarem novamente. Em suas casas, ficaram apenas seus compatriotas como se estivessem tomando conta de seus bens, eram soldados russos de grupos não oficiais do exército, mas eram pessoas destemidas da resistência russa que lutavam contra o império nazista, os quais sem terem um comando oficial que controlassem a conduta, se apossaram de tudo, usufruindo dos alimentos, dos animais domésticos e dos poucos recursos e suprimentos que os moradores deixaram temporariamente para trás. E logo que esses soldados o viam passar por eles: aquele homem distinto, alto, e, embora, estivesse à tez clara, pois se percebia em sua compleição alguns traços diferentes daquelas que são consideradas as principais características do povo russo. Contudo, como sabiam a respeito de seus feitos no campo de batalha, e através de fotos que foram publicadas por quase todo o país, o cumprimentavam de uma forma que ele se sentia assoberbado, e onde eles sem serem discretos como se quisessem que, ele os ouvisse falar, diziam uns aos outros: este que ai vai passando, acho que é o suposto russo que tem dizimado as forças alemãs! Outros em outra esquina diziam: verdadeiramente tem valido por um exército inteiro, pois é surreal o seu agir no campo de batalha! Enquanto outros descansando de baixo de árvores falavam: com a sua ajuda, certamente, daremos uma lição na Alemanha de Hitler! De repente, enquanto ouvia tudo o que falavam sobre ele, viu uma placa pregada na fachada de um recinto com letras garrafais indicando em russo que aquele lugar era um bar. Ele parou em frente, interpretou os dizeres, e, como se sentisse necessidade de estabelecer contato com alguém, adentrou o recinto, característico e típico de cidade pequena da região. Porém, ao adentrá-lo, percebeu que, por ali, havia apenas alguns camponeses, e cerca de meia dúzia de soldados não oficiais do exército russo que bebiam entretidos como se estivessem tentando esquecer algo. Entre eles, se encontravam também duas mulheres bebendo de forma entretida, elas estavam sentadas em uma pequena mesa de madeira de três pernas, que ficava no canto direito do balcão. Eram lindas, e estavam vestidas com uniformes do exército oficial soviético, porém, maquiadas como se quisessem preservar o jeito feminino de ser. Carregavam nas mãos rifles e fuzis. A primeira era alta, loira, rosto delicado e bem-feito; possuía olhos azuis, e tinha aproximadamente 1.80 cm de altura; pesava 74 quilos bem distribuídos; já a segunda mulher era morena e de olhos negros; era pequenina se comparada com a primeira, mas com um rosto quase simétrico e, tão belo quanto à loira; o seu corpo era esguio e a silhueta era alta, o que a tornava ainda mais atraente. No instante em que o mais galante adentrou o lugar, elas ainda indiferentes e sem perceberem quem era se levantaram resolutas de onde estavam distraídas e seguiram andando uma atrás da outra. Porém, quando iam se aproximando da porta de saída do recinto, uma das duas tropeçou no pé de um dos homens que bebiam entretidos por ali e, logo cairia. Contudo, o mais galante entre os homens rapidamente se moveu e segurou no seu braço esquerdo, impedindo que caísse e que se estabanasse ao solo. Isso, hipoteticamente fora o suficiente para fazer com que corrente de energia atrativa passasse pelo corpo inteiro, do tipo de energia que desperta o olhar daquele que envolvido por pensamentos absortos, não percebe o que está acontecendo ao redor. Naquele momento, tanto uma como a outra prestaram atenção naquele ignoto soldado que acabara de adentrar o recinto. Então, com gesto de agradecimento, a que fora socorrida sorriu, e fazendo sinal para a outra, ambas saíram do interior do bar, porém, ficaram em pé e distantes apenas 15 metros, olhando para o interior de onde haviam acabado de sair. Ele, no mesmo ensejo, como não tinha nos bolsos moeda oficial do país, ficou sem tugir nem mugir. E depois de olhar para um lado e para o outro, se sentiu constrangido com os olhares questionadores de quem se encontrava presente. Por isso, após alguns minutos, também saiu do interior do estabelecimento seguindo em direção a uma esquina que ficava defronte a uma pequena igreja que milagrosamente tinha a estrutura ainda preservada. Quando de repente, as duas mulheres apareceram novamente, se aproximaram, e lançaram "olhares venenosos" fazendo com que o mais galante pensasse de súbito, em uma hipótese: acho que há intenção ardilosa por trás desses olhares e que é só questão de tempo e de lugar adequado para que possam consumar desejos reprimidos que corroem os seus corpos surrados pelos rigores da guerra! Porém, se fez de rogado tentando manter a compostura de soldado que estava ali em missão de guerra, e não de homem a procura de prazer. Mas, o seu corpo parecia que queria o trair, pois sentia uma sensação espinhosa como se dezenas de agulhas o furassem a pele. Tudo porque, não admitia tanto tempo sem provar "os prazeres da carne" coisa que tinha provado e muito na vida. E como se estivesse enfeitiçado, envolvido por magia, ficou em pé no meio da estrada, mas desejoso que o contato feminino tão apetecido por ele se desse de imediato. Enquanto isso, as duas mulheres o circunvagaram, e, ao se aproximarem o alisaram de forma provocativa e usaram tom de voz daquele tipo e jeito que só as mulheres possuem e sabem fazer quando querem seduzir o homem que desejam. E assim, falaram:

— Oi lindão! Iniciaram a conversa em russo. Nós acabamos de saber que você mesmo sendo estrangeiro tem defendido a nossa causa com muita valentia, e isto, tem deixado o nosso povo e o nosso país maravilhado com a sua bravura, principalmente, as mulheres que não se cansam de falar de você e de sua estupenda beleza que nós agora podemos comprovar que é verdade. Tiraram o quepe de sua cabeça, e o olhando de cima abaixo, mais uma vez falaram:

— Você sabe manejar esse corpão? Digamos: másculo e viril de soldado guerreiro, da mesma maneira que manejamos essas armas? O inquiriram mostrando os fuzis que estavam em suas mãos delicadas. De maneira instantânea, ele sentiu no corpo o impacto daquelas palavras. Por isso, ficou com o coração aos pulos, ao ouvir aquilo que até certo ponto o desafiava a provar do que era capaz. E durante alguns segundos, enquanto elas ainda a sua volta o espiavam atentamente como se fossem duas aves de rapinas que estavam prontas para cravarem os bicos num monte de carne. Enquanto isso, ele ficou emudecido imaginando qual a resposta mais adequada que deveria dar. Rompeu o silêncio e respondeu: só necessito de tempo e de lugar adequado para lhes mostrar do que sou capaz! Exclamou falando em russo, esboçando leve sorriso e expressando o olhar peculiar de sedutor que sempre tivera. Elas também sorriram, e logo a mais alta que era loira falou depois de se aproximar dele novamente e passar a mão direita sobre o seu peito. E prosseguindo com o plano ardil na tentativa de finalizar o que desejava, fez um sinal apontando o dedo para algum lugar e disse:

— Encontre-nos à noite às 19h00, em ponto, na rua de trás em uma casa que tem um caminho de pedras arredondadas e polidas na cor vermelha, a qual é cercada de madeiras na frente e possui um belo jardim suspenso de flores ornamentais cujos galhos chegam à altura do teto da casa, e lá, você terá uma surpresa agradável. Concluiu com ar de luxúria no rosto. Dai a pouco, fez sinal novamente para a outra moça, apontando o dedo para outra direção, e caminhando juntas com passadas rápidas em sentido contrário ao que haviam pegado antes, curvaram uma esquina e logo sumiram. Certamente, por causa da aproximação de um enérgico tenente russo que vinham em suas direções, pensou ele. Enquanto isso ele ficou por ali imaginando o que poderia acontecer naquele encontro. Contudo, durante horas não pensava em nada mais além daquelas mulheres, e em seus corpos que aparentavam possuir curvas sensuais e perfeitas, mesmo vestidas com uniformes militares.

Durante o dia e antes de escurecer, adentrou uma residência que fora abandonada há poucos dias. Dirigiu-se até o banheiro para tomar um refrescante banho. Já no quarto abriu um guarda-roupas e achou roupas masculinas: calça e camisa que eram adequadas ao seu tamanho que parecia que o antigo morador era exatamente do seu porte físico. Vestiu-as além de calçar um sapato preto. Sobre uma penteadeira que se encontrava próxima ao guarda-roupa encontrou alguns objetos que lhes foram de muita serventia: um barbeador com o qual utilizara para se barbear; uma escova nova que ainda se encontrava embalada dentro de um porta-escovas; um frasco de perfume do tamanho de uma caixa de fósforos, mas de aroma agradável o qual aproveitou para passar pelo corpo já refrescado pelo banho; e, por último um espelho de tamanho médio para o qual se olhou diversas vezes para se certificar que se encontrava com a aparência exuberante de sempre. E, ao escurecer, se dirigiu para a rua de trás onde as mulheres haviam marcado o encontro. Em pouco tempo chegou à frente da casa que possuía cercado de madeira e um jardim suspenso. Bateu a porta: pum! Pum! Pum! Onde uma das duas olhou através da persiana da janela para ver quem era. Dirigiu-se até a porta, e sem delongas, mas solicita abriu-a com um sorriso maroto no rosto, como se quisesse demostrar que ficara contente por ele ter comparecido. Deu-lhe passagem através de gesto com a mão direita. Onde ele por sua vez pedindo licença e agradecendo a hospitalidade adentrou a sala. Por onde, e, adiante ao estender a visão, para sua agradabilíssima surpresa à loira se encontrava sentada em um sofá de formato arredondado de três lugares que ficava no canto da sala do lado direito da casa. E ela, se encontrava vestida apenas por roupa de dormir. Enquanto a outra, a morena, a qual abrira a porta para ele entrar, estava composta por um vestido azul e longo que lhe cobria até os calcanhares. Subitamente, ele sentiu uma sensação como se o coração tivesse parado por um instante. E por alguns segundos pensou: meu Deus depois de várias noites e vários dias combatendo os nazistas no campo de batalha, de norte a sul desse imenso país, e só vendo corpos espalhados pelo chão, esse momento é como se estivesse chegando ao paraíso! Enquanto ele pensava, elas agradeceram a sua ilustre presença entre elas, distribuíram gratuitamente agradáveis sorrisos, e logo a loira descruzou as pernas e se levantou descalça do sofá deixando transparecer parte da roupa íntima que vestia por baixo de um hobby, por onde ele pôde observar, além de sua intimidade tão apetecida, os seus belíssimos pés femininos trocarem passos e andar em sua frente semelhante a uma linda boneca que, viva, se move com graciosidade seguindo em direção à morena. A roupa de dormir feita de renda com babados de cetim de cor vermelha ficava um pouco acima dos joelhos, deixando à mostra as pernas sensuais; os braços alongados e desnudados com penugem aloirada eram atrações à parte; os cabelos longos e loiros partidos ao meio pareciam labaredas de fogo. Então, os olhos negros de galanteador ficaram intumescidos com aquela visão estupenda, que há tempos, não contemplava. A loira chamou a morena para perto de si, e junto ao ouvido e em segredo, para que ele não as escutasse o que elas planejavam fazer, falou sussurrando. Depois, com voz sensual e sugestiva, lhe falou que ele se sentisse a vontade e que se sentasse um pouco se assim desejasse. Contudo, que as esperassem ali na sala, pois elas iriam até o quarto na parte dos fundos da casa, buscar algo para ambos beberem. Ele fez assentimento com a cabeça, querendo demostrar que sim, que esperaria o tempo que fosse necessário. E conforme o pedido ficou sentado e quieto no meio da sala contemplando os moveis rústicos e os quadros que tinham desenhos de rostos de animais. Além de outros objetos inanimados que enfeitavam o lugar. E assim esperou o momento exato em que elas retornassem, embora sentisse no corpo uma sensação de angustia como se de repente, fosse dar um infarto. Passados alguns minutos apenas, uma das duas se posicionou na porta de um dos quartos ampliou o tom da voz para que pudesse lhe alcançar na sala, e chamou: ei venha até aqui! Mais uma vez ele sentiu a sensação esquisita como se o coração fosse parar. Buscou se situar no espaço expandindo a audição para perceber de qual direção vinha àquela doce voz que lhe chamara. Caminhou em direção ao último quarto, passando por um longo corredor, e sem conseguir controlar os impulsos nervosos, e, motivados por pensamentos ardilosos se embruteceu. E isto, lhe obrigou a respirar mais pausadamente para não dar uma síncope. De repente, ao abrir e traspassar a porta do quarto deu de cara com uma visão que, para ele, sem dúvidas era maravilhosa: uma cama de casal grande, com lençóis aconchegantes, e nela, as duas mulheres esparramadas, como cerejas num suculento pudim. Elas estavam vestidas com roupas íntimas que lhes cobriam apenas os seios e os "objetos de desejo do sexo masculino" mexendo pernas e braços de maneira sensual e esbanjando feminilidade. Uma das duas segurava uma garrafa de vodca, e, vez ou outra tomava um gole, enquanto a outra lhe lambia o líquido que escorria pelo queixo e descia para o pescoço. Ele ficou pasmo, quase sem ação, sem acreditar no que estava vendo naquele instante, aquelas belas mulheres que há poucas horas haviam lhe seduzido, e lhe atraído até aquele estranho lugar estavam em sua frente e em trajes íntimos se beijando de forma graciosa e instigante, aquilo era uma das cenas mais linda que vivenciara em toda a sua vida. Como se duvidasse do que estava acontecendo, beliscou a pele do braço esquerdo para ter a certeza de que não era um sonho que estava tendo naquele instante. Enquanto isso, a morena que estava com a garrafa de vodca na mão, sorria toda maquiada, com os cabelos esvoaçantes, respirando ofegantemente que dava para ver o arfar da sua silhueta que explicitava o umbigo descoberto, que parecia que aquele sinal central e sensual e um pouco côncavo, o chamava; e com o olhar parecido ao de um necessitado pedinte, estendeu o braço ao lado e colocou a garrafa em cima de um banco de madeira. Voltou o seu olhar novamente para ele e perguntou: gatão vai ficar ai parado ou nos fará companhia? Ele, que já sentia o sangue ferver nas veias, como se estivesse queimando a pele e os órgãos internos, repentinamente, sem dar uma palavra, se moveu para próximo com "sangue nos olhos" como um guerreiro estimulado e destemido que se lança numa batalha mortal; retirou os sapatos jogando um pé depois o outro para os lados; se desvencilhou do cinto e da calça quase que ao mesmo tempo, e seminu entrou em cena se embrenhando na cama entre as duas para não deixá-las frustradas. Assim que se aproximou, a morena toda perfumada, e bem solicita, se moveu em sua direção, piscando os olhos de maneira sensual, e logo se aproximou dele pela frente, e de súbito, começou a beijá-lo com beijos anelosos semelhante a uma abelha quando se encontra repousada sobre uma linda flor para sugar o seu néctar; a onde a loira por sua vez com os braços alongados e cheiro irrepreensível de fêmea que invadia as narinas, veio por trás, e o abraçou semelhante a um filho quando na porta de sua casa corre e abraça o querido pai com muito carinho e saudade do longo tempo em que o mesmo ficara distante ao sair para trabalhar. Enquanto a morena lhe despojava a camisa, e lhe mordia o peito musculoso; a outra por sua vez alisava o seu corpo robusto pelas costas, descendo e subindo as mãos freneticamente. Deu uma pausa nos movimentos relaxantes para em seguida segurar firmemente no cós da roupa íntima que o mais galante ainda estava vestido, e, como se estivesse brincando de médico e paciente, lhe abaixou esta peça para que ele atuasse mais livre no campo de batalha da luxúria. Quando elas o viram embrutecido, com as veias do corpo todas alteradas e sem nada que lhe cobrisse uma nesga ou um fio de cabelo ou músculo de sua exuberante nudez masculina, franziram as línguas entre os lábios, e, além de o contemplarem como se contemplasse um "deus", comentaram uma com a outra: é um prato cheio para matar a nossa fome! Isso, porém, não as impedira que mesmo "embebedadas pela visão" continuassem ativas em suas sanhas. Elas aproveitaram também o ensejo e se despiram de suas vestes íntimas. E, uma delas "sarrando" nas costas do mais galante o seu corpo nu e feminil como uma gata doméstica; se enrodilhou no entorno dele e passou a frente; pendurou os braços em seu pescoço; e como um socorrista em uma praia que utiliza a respiração boca a boca para salvar um banhista que se afogara; deu-lhe um beijo longo e ardiloso; desvencilhou os seus braços soltando a raiz do seu céfalo, e, escorregando o corpo do seu peitoral se deitou em sua frente de papo para o ar, com o umbigo apontando para a sua direção; empinou um pouco o colo lhe oferecendo o apetecido prêmio da sedução, mas com o dedão de um dos pés lhe beijava a virilha em movimentos instigantes; na boca a língua áspera, vermelha e inquieta serpenteava entre os lábios; e com o olhar malicioso que piscava como faróis que indicam caminho e o dedo indicador em riste e em movimento; o chamou para próximo de si. Quando ele se aproximou, ela o abraçou colando tórax contra tórax; onde as suas pernas compridas por suas vezes, escamadas por penugens aloiradas, como uma tesoura, trançaram em suas costas. E o segurando firmemente pelo colo para aumentar o fogo da paixão, o detivera ativo e ardiloso bem no centro dos seus pulmões, como se quisesse prendê-lo para sempre ali. E nessa posição sugestiva de produzir proles, deu-se inicio a lascívia: primeiro em movimentos lentos e sofridos, mas aos poucos se tornaram desejosos e progressivos que logo fizeram a cama se escangalhar sob os impactos. E, assim, dessa maneira continuou: ora era uma ora era outra que sem hesitar se engalfinhava depois gargalhadas, choros, ranger de dentes, urros, e, até exaltação das vozes como se estivessem narrando um jogo de futebol, eram escutados no quarto, onde o trio libidinoso, de maneira ardente se saciava, tentando amenizar a seca dos últimos tempos que a guerra os fizera passar. Quando subitamente, às 04h00, em ponto, onde ainda se deliciavam, fora ouvido o ribombar de um canhão, era o sinal de que a guerra prosseguia e de que os alemães estavam se aproximando mais uma vez da cidade. Ambos se levantaram com urgência da cama e procuraram se vestir o mais rápido que podiam, porque o dever os chamava, e porque uma guerra não se vence com delicadeza, e sim, através de sacrifício e de muito sangue derramado. Todavia, antes que todos conseguissem se vestir, uma contingência fatal vitimou as duas mulheres que há pouco se deleitavam em seus braços: a culpa foi de alguns aviões nazistas que sobrevoaram o espaço aéreo e novamente bombardearam o vilarejo no instante em que eles tentavam se vestir. De repente, uma bomba caiu sobre eles bem no quarto onde se encontravam. De um lado já fúnebres, caíram às mulheres; do outro, ele que nada sofrera. Quando se levantou do chão, após o chacoalhar funesto do projétil que fora despejado pelo bombardeiro alemão, viu com olhar de sofredor e sem querer acreditar nas imagens que via, que tanto a loira bem como a morena estavam mortas e jogadas ao chão. A primeira estava do lado esquerdo do quarto com a cabeça imersa em uma poça de sangue; já a morena que se encontrava do lado contrário, estava soterrada debaixo dos destroços do telhado que se fragmentara sob o impacto da bomba; nesse ínterim, já vestido, ele correu rápido passando pelo longo corredor para fora da casa. E, enquanto corria, proferiu a oração do voo, e logo em seguida, voou atrás do bombardeiro alemão que há pouco havia despejado a bomba sobre eles. Antes mesmo de se aproximar da aeronave, proferiu a oração da força por três vezes consecutivas, conclamando naquele instante, poder urgente e necessário, pois a sua frente estava voando de forma pressurosa e de volta para a sua base, um dos aviões mais temidos da força aérea alemã: era um Heinkel-III. Quando se aproximou da aeronave nazista, mergulhou por baixo do bombardeiro que sem perceber e indiferente a sua presença que voava velozmente por ali seguindo o seu vácuo. Subitamente, como um torpedo que é lançado de um submarino de guerra e que vem das profundezas para penetrar nos cascos dos navios; assim fora ele, que, semelhante, golpeou com poderoso murro e trespassou a fuselagem, perfurando de imediato por baixo e saindo por cima, deixando buraco enorme semelhante ao que é produzido por broca gigante. O qual em poucos segundos, entrou em pane, rodopiou no ar e explodiu antes mesmo de tocar no solo. Enquanto ele parado no ar o observava despencar do céu e explodir em seguida. Após isso, retornou sorumbático para o local onde se encontravam os corpos das mulheres, onde mais uma vez ficou em estado de consternação, deixando transparecer no rosto uma dor profunda. Contudo, não havia nada mais que pudesse fazer, não tinha como remediar aquele infortúnio. Ele se moveu em direção as duas passando andando entre os destroços resultantes da forte explosão que acontecera e as pegou como se fossem duas bonecas que estavam largadas ao chão. Cada uma em um dos braços, e vertendo lágrimas da profunda tristeza que sentia, saiu do interior da casa, procurando lugar adequado e tranquilo que pudesse ser o abrigo fúnebre, daquelas que nem o nome se quer sabia. Escolheu um local que ficava debaixo de uma árvore de boa sombra cavou duas covas, uma próxima da outra, colocou os corpos dentro e os cobriu com areia e por cima colocou pedras. E fazendo sinal da cruz sobre a testa orou com a fronte curvada. Despediu-se delas com palavras de gratidão como se elas pudessem lhe ouvir. Em seguida, retornou para a casa que na noite anterior havia tomado banho. E novamente, vestiu o uniforme do exército russo para que pudesse cumprir com a missão, a qual lhe fora designado fazer, antes daquele infortúnio. Nesse ensejo, o seu corpo sofria de indolência como fora descrito anteriormente, onde balas de pequeno, médio ou grosso calibre não conseguia penetrá-lo; o calor ou o frio lhe era indiferente; somente o prazer carnal lhe era perceptível; os indomados músculos sempre revigorados pelo poder das orações haviam atingido nível de força imensurável; e a resistência de toda a sua anatomia havia adquirido grau maior do que o aço. Porquanto, sem delongas, com ar no peito de vingança, e desejoso de acabar com a audácia dos alemães não perdeu tempo. Enquanto os tanques alemães se locomoviam com ímpeto e seguiam em direção à cidade de Orel para atacar as forças defensoras daquela cidade, ele voava rápido como um foguete e surgia como relâmpago na frente dos blindados. E como visagem no deserto que vai e que vem, provocou espanto e terror. E através de poderosos murros, amassava ou entortava os seus canos, e os inutilizavam para o combate. Soldados alemães mais experientes que conduziam outros tanques de guerra, ao ouvirem através dos rádios que, combate mortal estava acontecendo perto, perceberam logo o que estava acontecendo com parte do pelotão. Porquanto, vieram rapidamente socorrer as tropas que estavam sendo dizimadas de forma espantosa. Desse modo, mais ao sul daquela cidade, no tabuleiro de xadrez da vida real, foi possível ser visto o avanço dos peões, ou seja, várias colunas blindadas inimigas se deslocaram rapidamente pelo estreito daquela região fazendo barulhos terríveis ao deslizarem as suas esteiras pelo chão seguindo ao norte de um pequeno morro que havia se formado há milhares de anos, cujo volume se postava em paralelo à existência de dezenas de centenas de árvores de pequeno porte. Durante o trajeto e no solo encontraram sólidas fortificações que foram implantadas pelos russos, mas transpuseram-nas. Cada coluna era composta de cinco dezenas de tanques de todos os tipos, os quais logo se alinharam no vasto campo de batalha. Toda a tropa estava disposta em 22 linhas. Nas primeiras fileiras, imponentes tanques russos que haviam sido tomados das forças soviéticas; no centro, tanques italianos e tanques alemães de menor qualidade; atrás, os temidos tanques panzers e outros tanques alemães chamados de: tigres que eram maiores e de maior poder de destruição que haviam acabados de serem fabricados e lançados no campo de batalha, os quais foram encomendados para fazer frente aos famosos tanques russos t-34.

Numa planura composta por pequenas elevações e barrancos de areia, podia se ver o céu com tom azul-escuro e com nuvens enegrecidas; abaixo no solo, muitos destroços e ferros retorcidos e outros já derretidos pelo fogo; muitos dos quais, estavam espalhados por todo o lugar e ainda se encontravam ardendo em chamas, revelando que ali era um campo de batalha funesto; adiante poeira e forte cerração. De repente, fazendo barulhos estrepitosos surgem no seu encalço, cinco tanques alemães, com os poderosos canhões apontados e prontos para dispararem mortalmente. E o primeiro sem hesitar, depois de mirar o cano detonou. Rapidamente como canguru que foge de maneira saltitante dos inexoráveis caçadores australianos que impiedosamente matam aqueles pobres bichinhos, ele pulou alto impulsionado por suas musculosas pernas para que o tiro disparado não o acertasse diretamente; o segundo tanque e o terceiro também atiraram subsequentes: bum! Bum! Contudo, mais uma vez, pulando ou ora se esquivando de maneira hábil se safou dos tiros. Porém, ele caiu em um engodo, porque, enquanto os três primeiros atiravam, os outros dois, sem que ele percebesse a pérfida intenção, fechou o cerco. E, em questão de minutos, ele estava cercado entre os dois oponentes de ferro. Todavia, os bons e o bem quase sempre nas histórias fictícias nos são revelados assim: vencem no final. Muito embora não fosse o desenrolar de uma história fictícia que estava acontecendo naquele momento e de que tudo no final daria certo. Ainda não pudera contar com o recurso da oração da invisibilidade, pois não havia tempo suficiente para proferi-la, porém, tinha outra opção: ser rápido o suficiente para se livrar das balas dos tanques, que poderiam, talvez, matá-lo. Nesse ínterim, no meio de dois poderosos tanques de guerra nazistas, tinha que tomar uma decisão assertiva, não podia errar. E isso foi o que fizera. Quando os tanques se posicionaram de um lado e do outro e detonaram, nesse exato momento ele pulou a uma altura de mais de 5 metros de altitude, o suficiente para se livrar dos tiros. E o melhor foi que, ao se sair dos funestos projeteis, como estava entre os dois membros do corpo blindado alemão, um tanque atingiu mortalmente ao outro, vindo ambos a explodirem. Os outros três tanques se moveram em sua direção, e também se apresentaram para o combate, e o atacaram simultaneamente e de forma furiosa. E, um deles quase o acertou, pois o projetil passou tão perto que ele sentiu os pelos e os cabelos da cabeça se arrepiarem. Os tiros disparados pelos tanques nazistas eram tão fortes e barulhentos que de longe se podiam ouvir o ressoar. Primeiro forte assobio: suuuuuuuuuu! Em seguida: buuum! Buuuum! Buuuum! Numa rápida sucessão de alaridos que caiam ao solo sendo um seguido do outro provocando tremores e levantando poeira para o alto, deixando o cenário daquela batalha empoeirado. Na sequência, depois de se sair do fortíssimo tiro do primeiro tanque que o atacou, ele avançou rápido voando pelo flanco esquerdo e na aproximação o esmurrou com vários golpes e o amassou e o deixou ensarilhado como massa de pão achatada pronta para ir ao forno quente; onde os soldados que o conduzia, abandonaram as pressas o seu veículo e, desabaladamente bateram em retiradas demonstrando em suas fisionomias acabrunhadas, espanto e medo de tamanho poder e potência que haviam lhes atingido; o segundo, ele se jogou debaixo de sua esteira, e como árvore que brota do chão; se levantou e suspendeu através de seus membros superiores a caixa de aço acima de sua cabeça, e num movimento articulado o jogou contra um barranco de areia que ficava próximo, cerca de uns 50 metros de distância; o terceiro tanque, ele o agarrou firmemente pelo cano, rodou-o várias vezes no ângulo de 360° graus, depois, o jogou contra o primeiro que ele havia amassado, e no choque de um tanque contra o outro, ambos explodiram, fazendo com que os soldados que estavam no seu interior, saíssem às pressas, gritando estrepitosamente, pois os seus corpos haviam pegado fogo. Porém, mais de quatro dezenas de tanques surgiram nesse jogo de pega-pega. E o primeiro da primeira dezena que se aproximou, levou vários golpes do mais galante que, depois, o pegou pelo cano como se estivesse com um taco de beisebol em punho cerrado, e com a força que havia adquirido foi tacando os outros tanques, como se varresse a área com uma vassoura. Além disso, aproveitou para se defender dos projeteis que eram detonados contra ele, os rebatendo de maneira eximia, ao mesmo tempo em que batia a massa de ferro contra outros tanques que se aproximavam. Nesses primeiros embates derrotou cerca de 50 tanques que se apresentaram para fuzilá-lo. Porém, de maneira aguerrida continuou na sanha, e nas horas subsequentes aumentou o número de carcaças de tanques alemães por todos os lados. Subitamente, o suspense de assalto tomou conta do seu ser: foi por causa de barulho ensurdecedor que se fizera ouvir por trás de uma grande colina. Quando surgiu o responsável por aquele barulho, ele pôde ver através de luneta de alcance que pegou com um dos soldados russos, que, aquilo que fazia barulho seguia em sua direção. Era o deslocamento na diagonal de um dos bispos e ele estava precedido e apoiado por outros peões. Era uma máquina formidável, a qual fora projetada pela brilhante, mas também, insana mente nazista. Naquele campo aberto, havia muitas valas antitanques com corpos de soldados mortos dentro, e cercas de arames farpados e outros tipos de objetos pontiagudos feitos de aço que eram usados como barreiras, os quais foram colocados ali de maneira intencional pelos russos, para impedir a passagem de tanques nazistas, mas aquilo que surgira de repente deslizava como sabonete em banheira de criança, passando por cima de tudo, como se nada pudesse impedi-lo de se locomover. Era tão assombrosa a sua força, que os obstáculos mais difíceis de serem suplantados e que foram forjados naquele local, um a um foram vencidos, e até mesmo as carcaças de carros e até de outros tanques de guerras que haviam sido abatidos, ele ia passando por cima em direção ao algoz da nação nazista, o qual em pé e estático ficara apoplético, ao ver quão estupendo e quanto barulho aquela máquina mortífera produzia ao se locomover. Era verdadeiramente um colosso, jamais visto e impensado por muitos especialistas de guerra, que, talvez, não pensassem que pudessem existir extraordinários projetos de tamanha magnitude naqueles tempos; o impacto da sua esteira rolando ao chão era atemorizante, e estremecia a terra por onde passava, provocando vibrações arrepiantes e pânico exacerbado; o designe e a estrutura gigantesca era semelhante a uma caverna monstruosa, que, ao se desprender de um morro ou de uma montanha, ganhou vida própria, e começou a se mover com fúria, rugindo e partindo para cima dos seus oponentes. Era, sem sombras de dúvidas, o maior tanque de guerra já feito pelas mãos do homem; o seu peso era assombroso, em torno de 180 toneladas, e era cerca de cinco vezes maior do que qualquer outro tanque já produzido até então; a espessura de sua carcaça era bem grossa e, resistente a até mesmo a artilharia dos mais poderosos aviões de guerra; e somente os pesados canhões de calibre de 150 milímetros eram capazes de destruí-lo. Esse pesado tanque de guerra de fabricação nazista chamado de: Panzerkampwagen-VIII fora requisitado para acabar com a vida do soldado russo voador.

Entre o mais galante e o gigantesco tanque que surgira havia 700 metros de distância, e no meio entre os dois havia cinco intrépidos tanques russos t-34, que, sem pestanejar, mas sem medir a força do oponente, irromperam contra o colossal, os quais agindo coordenadamente abriram fogo estridente e sucessivo, tentando barrar o avanço do inexorável. Todavia, as balas dos seus canhões não eram capazes e nem fortes o suficiente para barrar o avanço daquele colosso que parecia ser imune, onde os projéteis apenas ricocheteavam na sua grossa carcaça. O qual impávido e sem se importar com os disparos dos tanques soviéticos que vieram lhe fustigar, contra golpeou disparando fortemente para demonstrar o seu poder. E logo acertou o primeiro que estava no flanco esquerdo que estava mais próximo, o acertando com um tiro certeiro, atingindo de primeira e pela frente, e o jogando para trás em chamas com apenas um disparo. Movimentou novamente o grande canhão e mirou para outro alvo e disparou mais duas vezes, atingindo fortemente mais dois tanques soviéticos que estavam no flanco direito, que logo viraram um monte de ferro retorcido, devido o forte golpe que sofreram. Os outros tanques russos ao perceberem que o oponente era desproporcionalmente superior, bateram em retiradas, deixando o mais galante sozinho para enfrentá-lo. Como a fúria de uma gigantesca onda em movimento; o colosso alemão avançou destemidamente em linha reta, cerca de 600 metros. Depois, de súbito parou de rodar as suas terríveis esteiras e ficou estático diante do mais galante na distância de apenas 15 metros. E logo movimentou para baixo o grosso cano apontando na direção e na altura do tórax do algoz nazista. Tendo em seu interior, soldados que receberam a difícil missão de exterminá-lo, os quais, vendo aquele soldado soviético que se encontrava em pé e imóvel em sua frente, certamente, devem ter pensado, se perguntando: será esse o soldado russo sobre o qual tanto se falam que tem infligido tamanhas perdas as nossas tropas? Se for ele de quem tanto falam, não perde por esperar, pois agora, chegou o seu fim! Esses hipotéticos pensamentos se de fato aconteceram condiziam com a desproporcional diferença de tamanho entre aqueles que se opunham no campo de batalha: olhando para o mais galante, e o comparando com o tamanho do gigantesco tanque alemão era semelhante, sem a mínima chance de erro nesta comparação: a uma lebre diante de um mamute adulto. Contudo, nesse decisivo instante, ao se deparar diante daquele "peso-pesado da artilharia alemã", mesmo energizado pelo poder da oração, ficou com receio. Porém, de forma irremediável aquilo era a sua missão, enfrentar aquele tanque de guerra alemão era o seu destino, de mais uma vez, tentar eliminar do campo de batalha todo o perigo nazista existente. Porquanto, sem demora, ele avançou rápido partindo resoluto para cima daquele peso-pesado, mas antes tivera que se esquivar rapidamente, tirando o corpo de lado o suficiente para que não fosse atingido pelo forte tiro disparado pelo grosso cano daquela enorme máquina de guerra. Novamente, forte estrondo se fez ouvir seguido de silvo espantoso. Depois do forte silvo, aconteceu a estrondosa explosão do projétil no chão elevando aos ares terra para todos os lados. Enquanto isso, soldados russos adiante e que assistiam aquele impressionante combate, e não podendo enxergá-lo em meio aquela poeira toda, ficaram receosos de que algo de ruim tivesse lhe acontecido. Contudo, e mais uma vez ele se livrou do tiro. E, após ter passado incólume novamente, aproveitou que a poeira se dissipara completamente e, partiu para cima, primeiro: foi para cima do grosso cano, e com a força dos poderosos punhos, o entortou para o lado, girando-o como se fosse um cano de mangueira; segundo, foi para cima, da enorme esteira que rolava ao chão, a qual achatava à terra e tudo que estivesse no caminho, onde bruscamente, depois de agarrá-la com firmeza, foi arrancando-a aos pedaços com as próprias mãos numa fúria indomável, e, como um exímio lutador de boxe desferiu dezenas, quase uma centena de murros, lhe atingindo assertivamente com sucessivos e poderosos golpes que destroçaram em menos de 5 minutos aquele gigante de ferro da engenharia alemã. Enquanto isso, há cerca de 7 quilômetros dali, colunas blindadas nazistas que vieram de longe se aproximaram e deram de frente com denodadas colunas blindadas russas e logo irrompeu uma grande batalha entre as tropas russas e alemãs no solo da vasta região de Kursk. Eram cerca de 9 mil tanques de guerra em rota de colisão. Do lado soviético aproximadamente 6 mil tanques, do lado nazista mais de 3 mil que de súbito, se engalfinharam eloquentemente em meio a enorme poeira. E acima desses embates, dessas peças móveis e mortíferas que se moviam estrategicamente como num jogo de xadrez em que um enxadrista tenta destruir a defesa do outro, a aviação alemã através de seus aviões "caças" juntamente a outros tipos de aviões alemães agindo freneticamente como abelhas, sobrevoavam de forma rasteira e fustigavam as tropas russas com pesados bombardeios tentando pelo menos empatar a disputa. Porém, foi tarde demais para os nazistas, porque os ataques coordenados da artilharia blindada russa, apoiado pelo mais galante, foram fatais, os quais, juntos, repeliram o ataque alemão para longe, fazendo com que as tropas alemãs recuassem, deixando para trás centenas de tanques alemães que foram destruídos, e outros inutilizados, resumindo naqueles embates subsequentes que duraram mais de 2 meses, na perda de cerca de 760 tanques de guerras alemães. Onde somente o mais galante entre os homens foi o responsável pela destruição de 183 tanques panzers, além do temível e gigantesco tanque de guerra chamado de: Panzerkampwagen-VIII. Esse formidável desempenho ajudou os russos a vencerem aquela incrível e sangrenta batalha de Kursk, a qual entrara para história humana como uma das mais sangrentas batalhas de tanques de todos os tempos.

Entrementes, no front alemão, entre os soldados nazistas, e, até na capital da Alemanha, em Berlim, a desagradável notícia do revés que sofreram naquelas batalhas que arrasara as suas colunas blindadas, as quais foram lideradas pelo soldado russo desconhecido, causou espanto e temeridade exacerbada; naqueles dias, não se falava mais em outro assunto, a não ser, naquele imponente soldado soviético, que surgira há algum tempo nos campos de batalhas, o qual além de ser dotado de força prodigiosa nos indomados músculos possuía incríveis poderes mágicos. Já na Rússia, por todos os cantos do vasto território russo, tanto nos Montes Urais, como nas regiões dos Lapões ou na gelada região da Sibéria, fora ouvido relatos minuciosos do estupendo desempenho do soldado russo desconhecido e, filmagens dos combates foram mostradas para a toda a nação, e tudo isto, ecoou e se difundiu ligeiramente aos quatro cantos do país, o que deixou as tropas soviéticas mais motivadas e confiantes na vitória final contra a Alemanha de Hitler; onde também mensagens foram escritas e divulgadas por todo o extenso território, com os seguintes dizeres: a proeza inverossímil realizada no campo de batalha pelo bravo soldado russo desconhecido, o qual lutou magnificamente frente as poderosas massas de blindados nazistas para defender a pátria russa, é digna de ser comparada a capacidade sobre-humana e divina dos deuses do Olimpo, da tão falada mitologia grega. E isso, nos enche de orgulho e de certeza na vitória final desta guerra contra a Alemanha de Hitler.

Avante União Soviética!

## Capítulo XXVII

# As armas secretas de Hitler

Em Berlim, após a contundente derrota que a Alemanha sofrera na região de Kursk, fora convocada reunião de cúpula para que a coordenação geral pudesse analisar os erros cometidos nesta batalha e dirimir sobre algumas providências que impreterivelmente teriam que ser tomadas. Lá estava todos os generais do Alto Comando, inclusive, o Furher. Nesse ensejo, antes de ser tomada alguma decisão, foi lido em "viva voz" na sala de conferências um inconcebível relatório que os impactou e os deixou com sentimento no peito e na alma de impotência: desde que o tal soldado russo desconhecido surgiu no campo de batalha, se opondo contra a nossa nação, parece que a sorte nos abandonou, e por isso, de infortúnio a infortúnio; de Stalingrado à Leningrado; de Sebastopol a Kursk; as nossas forças têm sido gradualmente reduzidas favorecendo aos nossos inimigos. Na frente oriental, os russos como uma "praga vermelha" que se alastra sem controle, têm aumentado o contingente de forma considerável tanto de homens bem como o de armamentos: milhares de aviões, milhares de tanques de guerra e milhares de canhões, e como maré nervosa depois de uma grande cheia tem empurrado os nossos exércitos para fora de regiões que havíamos conquistado. Na frente ocidental, os aliados estão aumentando a pressão sobre nós a cada dia nos bombardeando de forma ininterrupta. Na África, tivemos derrotas contundentes diante do exército inglês, e estamos cedendo terrenos. Na Itália, os americanos desembarcaram e estão se aproximando da capital Roma; e, segundo relatos dos nossos agentes secretos, a indícios de que em breve eles possam em parceria com os ingleses e outros aliados, abrir uma "segunda frente" e tudo indica que seja em território francês. Após o término da leitura, dizem que, o grande Furher deu um ataque de fúria como sempre fazia quando se encontrava diante de situação adversa. E, além de retorquir aos seus comandados lhes perguntando por que estavam cedendo terreno, cobrou ação mais eficaz contra o soldado russo voador, e que, de maneira nenhuma, aceitaria um desembarque dos aliados na costa francesa.

Enquanto isso, após o fim da grande batalha na frente oriental, na região de Kursk, em meados de julho de 1943, os meses que se seguiram aconteceram batalhas ferrenhas e memoráveis, onde o mais galante se destacara mais uma vez. Porém, nem uma delas teve a repercussão mundial como foi o caso do "dia D". E isto aconteceu, um ano após o fim da batalha de Kursk. "O dia D" em 06 de junho de 1944 fora a data em que aconteceu o desembarque dos aliados na costa francesa dominada pela Alemanha nazista, e marcou o início do fim do domínio do império do Terceiro Reich, na frente ocidental. Esse grandioso desembarque na costa francesa na Normandia foi composto por cerca de 3 de milhões de soldados, 11 mil aviões de combates, e cerca de 5 mil navios de guerra de vários os tipos, modelos e tamanhos. O objetivo da invasão era o de abrir uma "segunda frente" para minar as forças dos exércitos de Hitler, e desviar parte de sua força que lutava na frente oriental, com isso, aliviar à frente russa, que ha alguns anos sofria o peso e a sanha dos exércitos nazistas. Após o aguardado "dia D" as esperanças de um mundo livre das garras e da tirania das hordas de Hitler foram aumentando, e o eficiente desembarque das tropas aliadas, liderada pelos Estados Unidos e pela Inglaterra, continuou fluindo e se consolidando, e aumentando exponencialmente a presença física em terras francesas, apesar de sofrerem alguns insucessos ora ou outra. Nesse tempo, em terras francesas, o comandante-geral da Alemanha, ainda era o general Von Runsted, comandante-chefe do oeste, que, dias depois após a invasão da Normandia, expressou a sua opinião de que: o grosso das tropas deveria evacuar da França, e seguir direto para a fronteira alemã para que pudesse se preparar adequadamente para enfrentar suposta invasão aliada que minuciosamente de acordo com relatórios pontuais de espiões nazistas estava sendo planejada pelos grandes generais dos países aliados, tendo como comandante supremo desta megaoperação, um respeitado general americano chamado de: Dwight David Eisenhower. Diante do ponto de vista estratégico, um tanto prudente, mas coerente, Hitler ficou furioso achando que aquela opinião era além de reflexo de covardia era um expresso complexo de inferioridade do seu comandante, por isso, o humilhou e passou o comando de todas as tropas na França, para outro marechal de campo, chamado de: Erwin Rommel.

Entrementes, e não obstante, dia após dia, os aliados foram marchando com determinação e empurrando as tropas nazistas para trás das linhas defensivas, o que forçou a um inusitado desabafo do seu grande líder: Hitler expressou aos seus generais, o amargo desprazer do desembarque dos aliados na costa francesa.

Já em solo russo, o mais galante armado com poderosas metralhadoras russas e capacitado de grande poder de raciocínio sobre estratégias de guerra, o que lhe permitia nas suas conjecturas militares prever com antecedência com quase 100% por cento de acerto por onde as forças nazistas iriam arremeter-se, e por isso, sempre surpreendia os alemães. Contudo, em uma noite em que dormia para se refazer tanto físico bem como mentalmente para que pudesse enfrentar outros combates que ainda travaria, tivera um sonho emblemático com uma ignota mulher cujo rosto não conseguira ver. Ela se apresentou sem as roupas, nua como veio ao mundo; os cabelos eram longos e negros e voavam ao sabor do vento; era de tez tao clara e lisa que se assemelhava a carne de caju branco; e do alto do topo de alta colina em pé prostrada se encontrava como se estivesse pedindo ajuda; fazendo gestos com as mãos de maneira repetitiva para que ele seguisse em sua direção e que se aproximasse; o qual agindo pelo instinto de ajudador, se levantou de um vale verdejante no qual se encontrava deitado durante sesta matinal. Quando se aproximou do precipício, e olhou para cima da colina, de súbito, percebeu que semelhante a frágil imagem de fumaça que sobe pelo bico de uma chaleira e se dissipa no céu; a ignota mulher se esfumara no ar. Subitamente, ele se assustou com som estridente de ecos de vozes como se alguém que urgentemente necessitasse de ajuda bradasse eloquentemente lhe chamando, por isso, acordou confuso pensando no episódio.

De volta à França, no intuito de conter o avanço aliado em solo francês, em 14 de junho de 1944, após uma semana do desembarque dos aliados, Von Runsted, que era há bem pouco tempo, o principal comandante das forças da Alemanha na França, comunicou a Hitler que guardava em segredo armas secretas que eram extremamente poderosas e que sem consternação destronaria a Inglaterra e os Estados Unidos da América. O grande déspota ao ouvir esta inesperada revelação de um dos seus grandes generais ficou animado, e por isso, confiante numa virada da guerra em favor da Alemanha, começou a propagar aos quatro cantos do mundo a respeito das "supostas armas", dizendo que colocaria de joelhos os seus inimigos.

— Ei, espera um pouco ai meu amor! Interrompeu Dimitry mais uma vez. Quero saber com mais detalhes, por que Hitler bradou muito a respeito de armas que colocariam de joelhos os aliados, que avançavam em território francês. Será que ele tinha razão para tanto alarde?

— Sim meu querido, ele tinha! E eu, lhe explicarei isso. Preste atenção! Respondeu em seguida às interrogações de Dimitry que demonstrava entusiasmo com as histórias: em meados do século XX, a tecnologia bélica alemã através de seus brilhantes cientistas, buscou ultrapassar todas as barreiras tecnológicas possíveis, programando as mais perfeitas máquinas de guerra que o mundo não tinha visto até então, numa tentativa de superar os seus inimigos declarados da primeira Grande Guerra Mundial, principalmente: a França e a Inglaterra. Foram diversos tipos de armas letais e tecnologias sofisticadas para a época, criadas por cientistas alemães, nas fábricas e nas indústrias de guerra nazistas, foram: bombas voadoras; diversos tipos de foguetes; poderosos canhões; metralhadoras de calibres poderosos; tanques gigantescos; aparelhos com visão noturna a base do infravermelho, que possibilitavam enxergar até mesmo em dias com forte neblina; armas que eram capazes de disparar milhares de bombas, e arrasar uma cidade inteira em apenas uma noite; aviões com designes e aerodinâmicas sofisticadas; e caças a jatos chamados de Messermits-262, que em combates tiveram desempenho arrasador, que, segundo relatos de pilotos ingleses que enfrentaram os tais caças, cinco aviões apenas, destruíram em apenas 3 noites de batalhas durante a Segunda Guerra Mundial, mais de 100 aviões da força aérea inglesa. Muitas armas foram criadas pelos alemães, de acordo com os documentos apreendidos pelos aliados após a Segunda Guerra Mundial, e todas elas com o objetivo de sobrepujar o mundo livre. Porém, uma das armas mais poderosas que os alemães sem querer inventaram e que poderia ter destruído o esforço de guerra dos exércitos aliados, caso não houvesse a intervenção do meu querido avô, e que, talvez, pudesse ter decidido a favor deles, não fora propagada por Hitler, pois o próprio Furher, naquele ínterim, ainda desconhecia.

— Hummmm! Acho que sobre este fato fiquei sabendo depois meu amor! Relatou Dimitry, que ora ou outra interrompia a sua esposa, que, por sua vez estava ansiosa para terminar a história.

— Dimitry, retornarei um pouco no tempo para contextualizar esse assunto, porém, peço-te meu amor que me deixe narrar sem mais insistentes interrupções, salientou, chamando-lhe atenção com seguidos gestos com as mãos para que ele de modo algum lhe interrompesse novamente. Continuando, falou: vimos que um projeto ultra-secreto do governo alemão buscou transformar vários jovens em supersoldados, com poderes e habilidades inimagináveis, utilizando diversos tipos de produtos químicos, biológicos e remédios proibidos para o consumo humano, para elevar a força e o grau de resistência do físico daqueles jovens, ao nível nunca antes visto e nem alcançado por nenhum ser humano na terra. Fora dito também, que criaturas bizarras se sucederam àquelas experiências, as quais sofreram mutações horripilantes e fantásticas, embora muitas delas tenham sido exterminadas ainda na fase embrionária pelos seus próprios criadores, por eles conjeturarem que, não vislumbravam num futuro próximo a descoberta de meios eficientes que pudesse controlá-las. No entanto, nem todas as criaturas mutantes foram mortas, porque o comandante-geral das forças na Franca, na época, general Von Runsted, sabendo que tais "seres mutantes" haviam sido criados em laboratórios alemães, através de experiências científicas, pediu ao chefe do referido projeto, que mantivesse viva e presa uma daquelas brilhantes e formidáveis criaturas, até que ele decidisse o que fazer com ela depois. Mais tarde, a tal criatura foi enviada para o interior da Alemanha, sendo mantida presa e alimentada para ser solta em momento oportuno. Ela passou a ser domesticada pelos cientistas nazistas, através de um aparelho eletrônico que fora introduzido em seu cérebro. E foi preparada para se tornar uma máquina de guerra invencível. Eles a alimentaram com diferentes propriedades, como: ferro, aço, zinco, energia elétrica e até pelo fogo. E, em 1942, o seu tamanho já ultrapassava a marca de 6.30 centímetros de altura, por 18 metros de comprimento, segundo relatos documentados pelos próprios soldados que foram incumbidos de cuidarem da tal criatura, documentos que foram confiscados pelos aliados, no final da Segunda Guerra Mundial.

Em 23 de junho de 1944, mais de duas semanas após o desembarque dos aliados na costa francesa, Von Runsted, procurando ficar bem com o seu Furher e animá-lo após o mesmo ter manifestado o amargo desprazer do desembarque aliado na costa francesa, e, principalmente, após o humilhá-lo e ter passado de forma ostensiva o comando-geral de todas as tropas ao marechal de campo Rommel, disse a Hitler, enquanto eles se encontravam a sós em uma das salas de conferência na "toca do lobo":

— Meu Furher! Exclamou chamando a sua atenção, mas olhando fixamente para dentro dos seus olhos para ver a sua reação. Nós venceremos este jogo de xadrez, não se preocupe! E eles não avançarão por muito tempo. Serão fatalmente detidos. Pois não existe nação mais poderosa e mais inteligente do que a nossa, e, arma mais poderosa do que eles nós possuímos. E, equiparada ao seu poder de destruição não existe no mundo!

— O que você está falando? Perguntou Hitler com semblante transmudado semelhante ao de alguém que estar surpreso, olhando fixamente para o seu general, que andava circunvagando a sala com os braços cruzados para as costas com olhar fito num ponto exclusivo no mapa. O qual assim respondeu depois de se virar para falar ao seu Furher:

— Desculpe-me a irreverência meu Furher, é que se trata de uma criatura inimaginável que foi criada sem querer em laboratório alemão, através da fusão da genética humana e animal. É um monstro mutante, mas tão poderoso, que nada neste mundo que conheço, poderá detê-lo! E, esta arma é nossa! Exclamou com veemência. É uma arma alemã, que, há tempos guardei em segredo.

Hitler, embora tenha ficado surpreso naqueles instantes, porém, não se conteve e exclamou:

— Oh, que maravilha! Exclamou levantando os punhos ao alto. Agora, eles serão derrotados, um a um sentirão o peso da nossa nação! Exclamou esperançoso, como se a revelação daquela arma que até então era secreta, fosse o início da virada de uma partida de xadrez que praticamente estava perdida para a Alemanha nazista.

— E quando começará este ataque? E onde será? Perguntou ansioso a Von Runsted, se postando junto a um grande mapa do continente europeu que estava aberto sobre uma mesa.

— Eu já dei autorização meu Furher para este ataque. E acontecerá aqui! Próximo às margens do rio Sena, oeste da França, apontou o dedo sinalizando o local no grande mapa. E quem sentirá primeiro o furor da fera, serão os norte-americanos que estão se aproximando do local.

Dois dias depois, durante a noite, a outra torre do jogo apoiada pelo bispo que restava e por peões foram movidos em mais uma tentativa de se dar o xeque-mate. E, cortando as belíssimas paisagens do território francês, oriundo do interior da Alemanha, uma locomotiva se movia pressurosa carregando em cima dos seus vagões uma grande caixa feita de madeira, semelhante a uma grande arca, a qual fora reforçada por dentro por densas camadas de resina de plástico super-resistente, para que pudesse conter preso dentro dela, o seu metafórico monstro, que comia aço e ferro. Aonde ela o transportou por linhas férreas, feitas especialmente e às pressas pelos nazistas, até onde as tropas norte-americanas passariam. Assim que chegou ao local pretendido, onde não mais existiam trilhos parou quase que bruscamente: tuffffffffff! Tuffffffffff! Foram os barulhos da máquina quando parou. A chaminé logo soltou fumaça, e, em seguida, fora ouvido o seu ensurdecedor apito: puuuuuuuuuu! Puuuuuuuuuu! Puuuuuuuuuu! Inopinadamente saíram do interior da máquina de maneira coordenada, como formigas saem do interior de um formigueiro; oito soldados alemães, com os rostos afogueados, mas fortes e arrojados os suficientes, sendo que, quatro eram dos mais experientes na labuta com o monstro. Locomoveram-se semelhantes às aranhas. Subiram nos vagões e foram por cima da grande caixa para onde também mais quatro soldados seguiram por baixo. E, fazendo sinais entre si, destravaram as alavancas que fechavam a grande caixa, e soltaram a temível criatura; a qual saiu de dentro do cárcere de maneira desconfiada, emitiu fortes alaridos, soltou fogo pela boca, e de repente, se moveu e se afastou cerca de uns 200 metros da locomotiva. Parou e permaneceu estática por alguns minutos como se contemplasse o lugar. E, talvez, induzida pelo cheiro de ferro e fogo, se voltou pressurosa contra a locomotiva que a conduzira até o local e começou a lascá-la aos pedaços devorando-a quase que ininterruptamente de forma voluptuosa. Enquanto que os soldados nazistas que pareciam que já esperavam que aquilo fosse acontecer, se retiraram. Porém, já distante do bicho, acionaram o aparelho eletrônico que se encontrava preso em seu cérebro.

Enquanto isso, em uma pequena cidade a oeste da Franca, os intrépidos soldados norte-americanos estavam às duras penas enfrentando os soldados alemães, porém, logravam êxito, e avançavam quilômetros por dia em território francês. E sem esperar o que estava por vir, tiveram que enfrentar a mutante criatura, que, talvez, nem mesmo a bomba atômica, que ainda não havia sido criada por eles, pudesse detê-la. Enquanto avançavam com ímpeto, através dos comboios militares, seguindo o trajeto libertador para varrer do solo francês as tropas nazistas que se encontravam postadas como dominadoras, se depararam com o terrível ser. E, segundo alguns soldados norte-americanos que sobreviveram a esse ataque e a "Segunda Guerra Mundial", o monstro de Hitler, tinha aparência horrível e apavorante. Eles relataram que aquele ser se parecia com uma centopeia, pois possuía dezenas de pernas, porém, semelhantes a roldanas de aço, as quais a ajudava a se locomover depressa; o seu tamanho era agigantado, e a carapaça parecia com o casco de um crocodilo do Nilo, o qual era impenetrável; onde as balas dos canhões, e as bombas dos aviões, nem se quer arranhavam a sua grossa carcaça; o desmensurado corpo era compacto e robusto parecido com um dragão de Komodo; em seu dorso, existiam em paralelos, duas fileiras de espinhos gigantes, mas de diferentes tamanhos que saia da cabeça, até a ponta da cauda, os quais eram semelhantes a esporões, e isto o tornava ainda mais horripilante; a cabeça era arredondada na forma de um capacete, e a imensa boca se abria de maneira horizontal semelhante aos movimentos que fazem as formigas; do interior do ventre que era ácido, saía secreção altamente corrosiva; o qual ainda possuía duas brocas parecidas com abridores de latas, super-resistentes e altamente perfurantes e cortantes, com as quais, lascavam e devoravam o aço dos tanques de guerra;

os olhos eram demasiadamente arregalados e estufados para fora da estrutura monstruosa da cabeça, e eram parecidos com dois gigantes globos; e o pior, a criatura se locomovia na velocidade média de 5 quilômetros por hora, e todo o ferro, e o aço que encontrava pela frente devorava, e por isso, tinha o tamanho aumentado toda à vez que comia, pois era com essas propriedades que a metafórica criatura nazista se alimentava, fazendo com que o metabolismo se desenvolvesse ainda mais.

As tropas ao bater de frente com o monstro de Hitler e o observarem terminando de devorar a locomotiva, e inclusive, os vagões e as linhas férreas, logo se dispersaram se espalhando para um lado e para o outro para fugir do seu inexorável percurso o qual vinha de onde não se sabiam: se arrastando, comendo e crescendo semelhante à bola de neve que cresce ao rolar montanha a baixo. Enquanto fugiam do percurso do monstro, através de rádio, pediram reforços, mas ressaltaram que viessem imediatamente com armas poderosas para deter uma estranha e poderosa criatura que surgira de maneira incógnita. Comboios blindados foram mandados as pressas para reforçar e resolver aquele inimaginável problema. E, em apenas 2 horas, os tanques norte-americanos chegaram às dezenas fazendo barulhos estrepitosos, e logo cercaram os passos do monstro de maneira coordenada: atrás, na frente, e dos lados. Em seguida, foram ouvidos fortes canhoneios e ensurdecedores estrondos. A massa blindada que chegou pressurosa por trás disparou: bum! Bum! Bum! Bum! A que chegou à frente também disparou: bum! Bum! Bum! Bum! E as dos lados também: bum! Bum! Bum! Bum! Todavia, nada acontecia ao bicho que continuava a se mover como um rolo compressor, partindo furiosamente em direção aos seus oponentes, os quais, quando eram capturados eram devorados. A aviação norte-americana que, igualmente aos tanques de guerras também fora enviada, logo entrou em cena, e de modo frenético como abelhas zunindo despejava sobre a fera nazistas algumas toneladas de bombas no intuito de pará-la: fiuuuuuuu! Fiuuuuuuu! Fiuuuuuuu! Fiuuuuuuu! Poom! Poom! Poom! Poom! Mais uma vez as aeronaves volteavam a criatura como aves de rapinas que farejaram do ar uma carcaça em decomposição. E, logo despejavam as bombas: fiuuuuuuu... Seguido de explosões fortíssimas: poom! Poom! Poom! Poom! Contudo, nada o fazia parar. Nesse ínterim, após devorar muitos tanques de guerras, cresceu de forma exagerada e atingiu o tamanho de mais de 56 metros de comprimento, por 28 metros de altura. E conforme a mudança em seu metabolismo ia acontecendo, de modo misterioso começou a produzir e a cuspir bolas de fogo contra as tropas norte-americanas, que, quase sempre eram acertadas. Tanto as tropas terrestres bem como as tropas aéreas, eram também, inclusive, abatidas no ar. Era só juntar na imensa boca secreção ácida que subia do ventre como água que brota de uma mangueira, desenvolvia bolas de fogo e, como um lagarto africano predador dotado de poderoso dispositivo na garganta as cuspia assertivamente contra as tropas. E assim, foi seguindo o seu trajeto de morte em sentido tracejado em linha reta, cortando ao meio uma pequena cidade francesa, seguindo direto ao encontro do grosso das tropas norte-americanas, que, em fileiras infinitas, adentravam território francês.

O pânico se instalou no meio das tropas, as quais, não sabiam mais o que fazer para deter aquele ser, que nem o fogo, nem as bombas dos aviões, nem se quer os tiros dos canhões eram suficientes para atingi-la mortalmente. Contudo, o comando das tropas que se encontravam em solo francês pediu ao Alto Comando norte-americano que se reunisse em Washington, para tentar achar uma possível solução que pudesse deter aquela grande ameaça, que há 2 dias, continuava a crescer e a devorar o que encontrava pela frente.

Em Washington capital dos Estados Unidos da América, o Comando do Estado- Maior discorreu de forma minuciosa tentando encontrar uma maneira para detê-lo. De repente, chegaram a um consenso, que, talvez, pudesse ser a salvação. E o supremo comandante das forças aliadas general Eisenhower foi o porta-voz da decisão. O qual usou fax para se comunicar e sugerir ao marechal de campo norte-americano, General Patton, que encontrasse meios para atrair o monstro para o rio Sena, que ficava próximo uns 16 quilômetros de onde eles estavam. A intenção era: já que a criatura, sendo fruto de um projeto científico alemão, que, ao se alimentar com fogo crescia, e que, através do conhecimento já adquirido sobre química, que reza que, para se combater as altas temperaturas deve-se usar o oposto, ou seja, a água gelada do rio poderia provocar forte resfriamento no corpo da criatura ao entrar em contato com o calor que existia em seu interior. Com isso, provocar choque térmico e levá-la a morte. Assim o Comando do Estado-Maior conjecturou ao ponderar diligentemente sobre a matéria. Descreveu Eisenhower, para o seu marechal de campo. Então, o grande marechal, seguiu a instrução deliberada pelo seu comandante. E de forma perspicaz atraiu o monstro para o famoso rio. E isso aconteceu através de um plano ardil que tivera, onde ele utilizou forte bombardeio combinado e disparado pelos tanques, com ligeiras retiradas para as margens do rio, o qual fora apoiado pela sagaz artilharia aérea no intuito de forçá-lo a perseguir os blindados, que o fustigava, o incomodando e atirando quase que sem parar. Embora a astuta estratégia de forçar "aquele ser" a seguir para as águas geladas do rio tenha dado certo, as tropas não esperavam que, ao ser fustigado e conduzido sem querer a ir ter contato com a água gelada, a sua carcaça ficasse ainda mais resistente, passando por outra metamorfose, e se tornasse do ponto de vista humano: indestrutível. Desse modo, à aniquilação das tropas em solo francês continuou, porque o monstro através de inesperada metamorfose ficou ainda mais voraz e poderoso. Conseguinte, ainda próximo às margens do rio, a criatura em sua desenfreada opulência e fazendo estrondosos alaridos semelhantes aos que fazem as cigarras quando estão na fase do acasalamento, se lançou de maneira funesta contra um vilarejo que era habitado por simples camponeses franceses, o qual ficava próximo do rio. Aonde em pouco tempo, o arrasou, passando por cima de dezenas de casas, esmagando tudo que encontrava, e matando diversas pessoas, além de devorar os objetos que eram feitos de ferro que encontrava em seu trajeto.

Pelo rádio, os russos captaram as mensagens das tropas norte-americanas que foram enviadas com urgência para o quartel-general nos Estados Unidos. As quais relatavam aos superiores, os meios militares disponíveis que foram usados contra o monstro, que não surtiram efeito, e nem se quer arranharam a sua grossa carcaça, e que, misteriosamente, crescia cada vez mais, e que naquele momento, possuía 69 metros de altura, por 208 metros de comprimento. Sobretudo, ainda existia outra preocupação, a criatura também se alimentava de energia elétrica, e caso, conseguisse chegar a alguma central de energia ou em uma usina hidrelétrica, e sugasse a energia das suas fontes, poderia provocar uma explosão sísmica em solo francês o que desencadearia subitamente a separação de várias placas tectônicas existentes no continente europeu e em consequência gerariam tanto terremotos de última escala bem como tsunamis no mundo inteiro, assim relataram aos superiores. Quando essas preocupantes informações chegaram até Stálin ele balançou a cabeça para um lado e para o outro, e em seguida, coçou a testa ao saber dos riscos que a humanidade estava correndo. Porquanto, sem hesitar mandou parte de um pelotão especial que era encarregado de fazer a sua guarda pessoal, chamar no campo de batalha, o poderoso soldado russo, que até aquele momento, estava contribuindo de maneira decisiva para o esforço de guerra soviético. O qual usando poderes inimagináveis estava ajudando as tropas russas a aniquilar o tão temido exército alemão, que até então, era a mais temida ameaça da humanidade.

No início do mês de agosto de 1944, o mais galante ao ser localizado no campo de batalha pelos soldados russos que tiveram a missão de lhe encontrar, foi convidado a se apresentar voluntariamente ao grande líder russo no seu quartel-general, e de súbito, assim que aceitou o convite, foi conduzido sem delongas pelos militares para que pudesse se apresentar a Stálin, o qual, ao recebê-lo em Moscou, falou em russo, primeiro, em tom de elogio:

— Meu filho! Sei sobre os feitos incríveis que tem realizado no campo de batalha, onde enfrentara o exército inimigo com bravura e muita determinação, usando de forma misteriosa recursos e habilidades que são inexplicáveis e incompreensíveis para nós russos. Mas, o fato é que você tem se destacado honradamente , e por isso, merece toda a nossa gratidão e respeito pelos seus préstimos. Continuando a falar ele expôs a temeridade mundial do momento:

— Na frente ocidental: há relatos de que uma ameaça ainda mais terrível do que os próprios soldados alemães, está inexoravelmente crescendo, e cada vez mais se consumando, por isso, eu vos chamei aqui, porque as suas extraordinárias habilidades lhe capacitam a enfrentar aquela terrível criatura, que tem dizimado muitos soldados americanos.

Sobretudo, o mais galante não sabia que por trás daquele líder nato, daquele homem poderoso, por trás daquele bigode grande, preto e arqueado, se escondia uma pessoa de personalidade duvidosa, ambígua, que defendia os mais escabrosos interesses pessoais. E isto, ficou comprovado no episódio lamentável quando a nossa amada União Soviética sob a sua ditadura nefasta ajudou a Alemanha a derrotar a Polônia, em menos de um mês de guerra, e em seguida, invadiu a pequena Finlândia. E que, talvez, por isso, o mundo livre tivesse que lutar contra a Rússia, caso, o outro líder chamado Hitler, de quem muito se falaria depois, não tivesse rasgado o próprio pacto que fizera em 24 de agosto de 1939, que ficou conhecido na época, como: "Pacto-Molotov-Ribbentrop." E invadisse a União Soviética, a sua ex-aliada, tornando-a vítima e não algoz.

Enquanto o líder russo falava a respeito do monstro que crescia e que comia o aço dos tanques, ele o escutava com deferência, mas com o coração palpitante e os olhos fitos em todos os gestos do homem demonstrando admiração.

— Olha meu filho! Continuou Stálin a falar. A salvação do mundo está agora em suas mãos, pois nada do que já foi tentado, conseguiu deter aquele ser. Por isso, você foi o escolhido para livrar o mundo daquela grande ameaça, e nós acreditamos que você seja capaz de fazê-lo.

Mais uma vez, ele sentiu o "peso da responsabilidade" em suas costas, porém, não hesitou, e agradecendo a confiança depositada, prometeu não decepcionar, dizendo:

— Senhor! Muito obrigado por ter depositado a confiança em mim. Contudo, eu farei o possível para livrar a humanidade dessa terrível ameaça, afinal, foi para isto que sair do Brasil, e vim como voluntário participar desta insana e descabida guerra.

Stálin balançou a cabeça em concordância as palavras pronunciadas, e falou:

— Sinceramente, não sei e nem consigo imaginar o que você fará, e de que maneira poderá deter aquela criatura maligna, já que os norte-americanos usaram quase todo tipo de armamento pesado, e não conseguiram fazê-lo. Mas, eu reafirmo o que lhe falei anteriormente: confio plenamente em suas habilidades! Deu uma pausa na fala, mas logo em seguida, concluiu: agora, se prepare soldado, porque o avião da força aérea russa, já está abastecido e pronto para levá-lo até a França, onde se encontra o monstro!

Enquanto o mais galante voava no avião russo, com destino a França, para que pudesse enfrentar a terrível criatura, os norte-americanos de maneira penosa e há dias se esforçavam tentando achar uma maneira que pudesse detê-la. Nesse ínterim, já haviam trazido um canhão de fabricação alemã, um canhão tão poderoso chamado de: "the strongest" que, em inglês quer dizer o mais forte. Esse foi o nome em inglês que foi escolhido e dado ao pesado canhão, que, segundo os alemães, era o mais poderoso do mundo. Em 1933, após assumir o comando-geral na Alemanha, Hitler encomendou de um famoso cientista nazista, um canhão mais poderoso, do que aqueles que já existiam, ele queria suplantar os famosos canhões pesados de fabricação russa: o "Yeltsin" e o "Bulov" de 500 milímetros que eram considerados os mais poderosos da época. A construção desse megacanhão também tinha outro objetivo o de bombardear e destruir, o quase impenetrável forte "Máximo Gorki" que era um dos símbolos de poder e de resistência russa, e era localizado, próximo a Sebastopol, território russo. Essa arma de formas e calibre exacerbados pesava espantosas 1.650 toneladas; media 48 metros de comprimento, 8,8 metros de largura e, 12,8 metros de altura. O seu grosso e imponente cano media 34,9 metros, e podia arremessar dois tipos de projetil: uma granada de alto poder explosivo de 14,4 toneladas que viajava a 835m/s com um alcance de 53 quilômetros; e uma granada anticoncreto de 15 toneladas que podia atingir um alvo a 43 quilômetros de distância em menos de um minuto. O tamanho e o peso significariam que, para se movimentar seria necessário um suporte reforçado, montado em um chassi especial, apoiado por dois poderosos vagões plataforma em dois pares de trilhos idênticos, seria tracionado por duas locomotivas equipadas com quatro motores a diesel de submarino u-boat, dois em cada locomotiva; a sua estrutura elevada era posicionada no local do disparo através de um comboio especial, constituído por 28 vagões que se estendia por 1,4 quilômetro; o seu funcionamento além de ser hidráulico era também elétrico, e dentre toda a operação da arma, houve a necessidade da criação de rodas para movê-lo sobre trilhos.

O forte Máximo Gorki que era o principal alvo desejado pelo próprio Hitler, tinha em suas grandes muralhas, sólido revestimento com espessa camada de concreto, por isso, o canhão deveria ser capaz de perfurar até 9 metros de concreto reforçado, e uma placa blindada de 1.45 centímetros de blindagem. Sobretudo, em 29 de março de 1941, para cumprir a finalidade para a qual fora feito, os nazistas puseram o canhão em ação. E, ele poderoso como o arrotar de um vulcão que entrara em erupção, cuspiu fogo e bombardeou seguidamente o forte Máximo Gorki, que, após as ondas de quase 225 toneladas de explosivos ficou em completa ruína. "the strongest" disparou 15 projéteis e deveria ser evacuado rapidamente para não correr o risco de cair em mãos soviéticas. No caminho de volta a Alemanha, saindo do território russo e passando pela Polônia, os alemães deram de cara com os ingleses que secretamente concentravam boa parte de suas tropas por ali, depois de mais de um ano se refazendo, quando se retiraram em fuga pelo porto de Dunquerque na França, em 1940, quando a

Alemanha invadiu o país francês. Violentos combates se sucederam entre os ingleses e alemães, mas finalmente as tropas inglesas conseguiram tomar das mãos dos nazistas o poderoso canhão. Seguiram a trilha percorrida pelos nazistas, e também capturaram os projéteis que estavam guardados em caminhões. Foi com este poderoso canhão, que os norte-americanos solicitaram aos ingleses, para que pudessem enfrentar a tal criatura que era devoradora de tanques e cuspidora de bolas de fogo.

Em Berlim, quando chegou à informação de que os norte-americanos enfrentariam o monstro, usando o canhão "the strongest" Hitler ficou preocupado, o qual logo perguntou a Runsted:

— E agora? Será que o poderoso monstro será destruído?

Runsted com ar de confiança e fazendo sinal negativo com o dedo indicador em riste, falou:

— Não se preocupe meu Furher! Nada neste mundo que conheço poderá destruir aquele monstro. Nem mesmo o nosso poderoso e admirável canhão! Respondeu confiante do alto de sua empáfia. Contudo, Hitler não se conformou e mandou tropas aéreas alemãs interceptarem e destruir o canhão, para não dar a oportunidade dos americanos deterem o monstro. Mais de 50 aviões da força aérea alemã, com os mais arrojados e experientes pilotos que haviam participado de forma vitoriosa de vários combates aéreos, foram enviados de imediato para destruir o canhão. Todavia, os ataques aéreos nazistas foram captados pelos sistemas de radares dos aliados, e assim, que as tropas nazistas chegaram ao espaço aéreo onde no solo se encontrava a arma, travou-se espetacular disputa. Contudo, os bravos pilotos norte-americanos além de rechaçarem os ataques, garantiram que o poderoso "the strongest" ficasse intacto. Um dia depois após os combates aéreos, os norte-americanos se prepararam, e com o auxílio de engenheiros ingleses que eram (especialistas em canhões pesados) que estudaram de maneira minuciosa como manuseá-lo, o qual era muito complexo, usaram-no até que habilmente contra a poderosa criatura de Hitler. Eram exatamente 10h00. Era dia claro, de céu azul, com poucas nuvens no céu, onde as tropas norte-americanas já estavam posicionadas no campo de batalha, porém, o comandante norte-americano que era introspectivo, mas inteligente e sagaz comunicou às tropas que durante as suas elucubrações diurnas calculou que, para que o impacto fosse maior e mais eficaz, deveria mesmo correndo risco de ser devorado pela estranha criatura, aproximar a arma na distância mínima possível de 500 metros. Então, acompanhado de alguns oficiais ingleses, os soldados norte-americanos improvisaram dois pares especiais de trilhos, e o transportou através de linhas férreas em locomotivas adaptadas com 25 vagões até o seu destino final. E, enquanto se aproximavam e tentavam posicionar o canhão o mais próximo possível da criatura nazista, a artilharia dos tanques de guerra e as esquadrilhas aéreas tiveram a incumbência de bombardeá-lo quase que sem parar, para distraí-lo. Ao chegarem ao local exato, onde se defrontariam com o monstro, com locomotivas que também eram de fabricação alemã, trazendo consigo o poderoso canhão, armaram-no logo em seguida. Atrás das locomotivas também chegaram os caminhões que transportavam os pesados projéteis. E, em cima de um dos seus vagões, trouxeram uma máquina possante que fora produzida pelos norte-americanos, em cima da base de um tanque de guerra, a qual tinha o formato arredondado de um tronco semelhante a tórax humano com 3,5 de altura por 3,75 de largura; possuía quatro braços enormes e mecânicos, com dedos e mãos mecânicas semelhantes à de humanos, com funções tecnológicas mais avançadas e mais sofisticadas do que uma empilhadeira de última geração. Sobre a qual falara alguns dos soldados norte- americanos, que os seus inventores se inspiraram no famoso animal da mitologia grega: o centauro que era formado por metade homem e por metade cavalo. Em pouco tempo, os soldados fizeram o centauro robótico descer de cima do vagão, através de uma rampa de aço reforçada que fora posicionada. Ele se locomoveu em direção aos caminhões, e com extrema habilidade utilizou os seus braços mecânicos para pegar um dos funestos projeteis. Depois, se moveu novamente através de sua esteira que rolava ao chão e seguiu para junto do gigante canhão, para carregar o "abala mundo", alcunha dada pelos norte-americanos ao gigante canhão nazista. Ato seguinte, o comandante norte-americano se posicionou ficando em pé em cima de um jipe, e com uma luneta na mão, olhou para a direção exata onde se encontrava o monstro. Ponderou um pouco e com um sinal indicativo da mão direita que estava estendida ao alto, deu a ordem para que os seus subordinados disparassem a arma contra a criatura. Eles obedeceram ao comando e miraram quase que milimetricamente o cano, que mais parecia à boca de um túnel. Miraram em direção da estranha criatura, que não parava de comer os tanques que capturava. Quando as esquadrilhas aéreas e as dezenas de tanques de guerras que continuavam a bombardear o monstro se dissiparam saindo de perto da esfomeada criatura, toda a tropa norte-americana e os engenheiros ingleses que ajudavam a manusear o canhão se afastaram da arma. Taparam os ouvidos com espumas e artefatos que julgaram serem adequados para abafar o barulho, e dispararam: cabruuuuum! Um forte estrondo se fez ouvir por quase toda a região, como o estrondo de um ruidoso trovão. Porém, a funesta bala destrutiva passou pelo alvo e não o atingiu. Onde o monstro impávido que nem uma rocha continuou a desenvolver a sua sanha, como se nada houvesse acontecido. Novamente, após alguns minutos, através de comandos remotos, os denodados soldados fizeram mais uma vez o centauro de ferro utilizar os braços mecânicos para pegar mais um projétil dentro da carroceria de outro caminhão, e novamente carregar a arma. E de acordo ao primeiro disparo, o comandante deu a ordem para que também fosse disparado contra o gigantesco monstro. Toda a tropa tapou os ouvidos. E em seguida, pela segunda vez detonaram contra o desmesurado corpo da criatura. O projétil seguiu o curso ordenado e foi bater em cheio no monstro, provocando descarga elétrica de mais de 200 mil volts, a qual se dispersou ligeiramente pelo solo, e deu choques em quem estava próximo numa distância de 700 metros, o que provocou de maneira instantânea, a morte de mais de 300 soldados que estavam perto do canhão, os quais caíram estatelados já mortos ao chão. De onde também, pôde se vê sobre a criatura, imensa coluna de fogo subir aos ares, semelhante à chama de fogo que é expelida pela boca de imenso dragão. A chama se apagou, mas espessa cortina de fumaça se elevou aos ares, e o grande bicho comedor de aço e ferro ficou parado por alguns minutos emitindo ensurdecedores alaridos, como se estivesse sentindo o golpe. Contudo, quando a fumaça se dissipou, os soldados remanescentes perceberam que nada havia lhe acontecido: nem contra a cabeça e nem contra a carapaça, o qual rapidamente com as pernas ágeis semelhantes a roldanas de aço se dirigiu para onde se encontrava o poderoso canhão e começou a devorá-lo, onde os soldados, muitos dos quais estavam com queimaduras pelo corpo, e-se estorciam de dor devido à voltagem elétrica que se dispersara pelo solo e que os atingira, saíram correndo de perto com medo de tamanha voracidade. No mesmo dia, Hitler ficou ciente de que o disparo do seu megacanhão não impediu o seu colossal monstro de continuar a sua sanha, e mesmo sabendo que se tratava de arma de fabricação alemã, a qual fora ineficaz contra a fera, apesar disso, pulou de alegria. E olhando para o general Von Runsted, que estava ao seu lado no momento em que recebera a notícia do malogro que os norte-americanos obtiveram ao manusear a arma, e, como se estivesse esperando uma resposta agradável e que lhe fosse conveniente, perguntou:

— E o soldado russo voador? Será que ele é poderoso e capaz o suficiente ao ponto de destruir o monstro?

Soberbo e dando um leve sorriso, Runsted respondeu:

— Se o nosso admirável canhão não foi capaz. Nada neste mundo que conheço será! Não se preocupe meu Furher!

Enquanto isso, na frente de batalha, ainda em solo francês, na noite que antecedeu a chegada do mais galante, gigantescas nuvens de poeiras eram levantadas pelos movimentos bruscos das patas monstruosas da criatura metafórica, as quais atingiam de súbitos os tanques de guerra e os escondiam no horizonte, dificultando os ataques frontais. Contudo, e a todo o momento, mesmo com o perigo que representava e com a poeira estendida sobre eles, os tanques de guerras que estavam sendo pilotados por denodados soldados norte-americanos se aproximavam e atiravam, enquanto as esquadrilhas aéreas no céu roncavam ruidosamente e o bombardeava. E assim, durante aquela noite o confronto mortal contra o monstro de Hitler ficou mais intenso. Por isso, constantemente manchas vermelhas e outras amareladas, semelhantes a brilhos de fogos de artifícios que são explodidos em solo brasileiro em "noites de São João" brilhavam intensamente sob a abobada negra do céu francês. Nesse ensejo, Stálin enviou um fax para o comando das tropas norte-americanas que operavam em solo francês, e anunciou como reforço russo, a ida de um de seus soldados, o qual possuía poderes mágicos e habilidades fantásticas, que, certamente, encontraria um meio assertivo que os ajudaria a combater o monstro. Sobretudo, minutos antes de receber o fax de Stálin e saber através do grande líder russo que enviaria com urgência um de seus soldados que detinha poderes sobrenaturais, o general Patton, de forma coincidentemente estivera lendo um jornal inglês que falava de um prodigioso russo que, de forma surreal voava e que no campo de batalha em solo soviético estava contribuindo e muito para o esforço de guerra russo, e que, entre outras batalhas que o Exército Vermelho estivera empenhado contra os nazistas, os havia ajudado a vencerem as batalhas que se deram tanto em Stalingrado bem como em Kusrk.

Dezesseis horas depois, o avião russo que já estava sendo aguardado, chegou ao espaço aéreo francês, trazendo em seu interior, aquele que, talvez, pudesse salvar o mundo daquela grande ameaça. Quando o avião russo pousou na pista que fora improvisada às pressas pelos soldados norte-americanos, para que pudessem receber a aeronave soviética que estava para chegar e que pousaria naquela planície aberta próxima às margens do rio Sena, no oeste da França, apenas 3 quilômetros de distância de onde se encontrava a tal criatura, tropas dos Estados Unidos da América, aguardavam ansiosas pelo enviado russo, onde um capitão que liderava o pelotão, cujo nome de guerra era chamado de: Morrison esperou que o enviado soviético descesse da aeronave que acabara de pousar naquela pista improvisada, e, depois de cumprimentá-lo de maneira formal, como se cumprimentasse o seu superior, batendo continência, falou:

— Senhor, sou o capitão Morrison do 33° exército da infantaria blindada dos Estados Unidos da América. E, estou aqui, porque o general Patton, ordenou-me que viesse ao seu encontro para recebê-lo, pois temos a informação através do seu comandante supremo que o senhor viria para nos ajudar a enfrentar uma terrível criatura que nos assola.

O mais galante olhou para as fisionomias do pelotão que o aguardara ali naquela pista improvisada. Olhou novamente de maneira fixa para o militar que se encontrava em pé e em posição de sentido e a sua frente. Fechou as pernas colando uma junta à outra, bateu continência, exatamente, como um disciplinado soldado faz diante de outro militar, e em seguida, cumprimentou o capitão Morrison pegando em sua mão, e perguntou:

— Soldado, pode-me explicar como é esse monstro? De onde vem? Se ele tem um ponto fraco? E, o que poderemos fazer para destruí-lo?

— Sim, senhor! Posso explicar.

— Então, por favor, diga-me soldado!

— Esse metafórico monstro que há dias estamos enfrentando em uma luta mortal sem êxito, já atravessou boa parte do solo francês, assolando as comunidades e se movendo sempre as margens do rio Sena. E nesse trajeto, tem devorado inexoravelmente o aço dos nossos tanques e derrubado do ar os nossos aviões. E nós infelizmente ainda não sabemos de onde ele veio e o que fazer para detê-lo. Foi então, que recebemos um fax de seu governante, dizendo que enviaria um de seus soldados que possuía poderes incompreensíveis, o qual nos ajudaria a combatê-lo. Embora, já soubéssemos a respeito de um soldado russo que voa que ajudou o Exército Vermelho a derrotar o exército nazista tanto em Stalingrado bem como em Kursk.

Ele balançou a cabeça em assentimento ao que o capitão dissera, depois perguntou:

— Onde exatamente se encontra esse monstro que Stálin me falou. O capitão respondeu:

— Ao norte, cerca de 3 milhas daqui senhor!

— Tá bom! Muito obrigado por tudo capitão! Agradeceu de maneira educada tanto pela recepção bem como pelas informações. Exclamou com ar aflorado no rosto demonstrando gratidão e afeto.

O mais galante mesmo se encontrando na presença das tropas fez um silêncio momentâneo, como o de alguém que pondera diante de um fato em questão. Realizou a oração do voo, se despediu do capitão e das tropas e foi sondar do alto se existia um ponto vulnerável na criatura que pudesse usar de forma assertiva contra ela. E, ao realizar a oração do voo, e se lançar às alturas, diante de olhares de incredulidade dos soldados norte- americanos, que se mostraram ficarem estupefatos, e a se perguntarem uns aos outros como seria possível um ser humano levantar voo e voar sem ter asas. Por isso, muitos exclamaram: meu Deus será isso um sonho? Ou será ele um mutante produzido pelos cientistas russos? E assim, muitos murmuravam olhando para o alto enquanto o mais galante entre os homens voava. Contudo, outros disseram: talvez seja um sonho, mas o mais importante é que este homem estar aqui, e que, segundo o seu governante soviético, nos ajudará a combater a terrível criatura! Já outro falou: este é aquele que segundo os jornais em todo o mundo ajudou o Exército Vermelho a derrotar o exército alemão em Stalingrado, vocês não leram sobre isso? Os interrogou. Ah, sim! Ouvir dizer! Isto é sensacional meu amigo! Outro soldado que também se encontrava por perto, falou: eu sempre imaginei que isto fosse factível aos humanos, que tudo não ficasse só no campo do abstrato e da ficção, mas confesso que não estava preparado para ver! Exclamou enquanto ainda olhava para o céu e via o mais galante desaparecer do seu campo de visão entre as nuvens. Sobretudo, de forma pragmática, o mais galante sobrevoava e circunvagava o monstro, o observando destruir tudo o que encontrava em sua frente, enquanto um pouco abaixo, os aviões norte-americanos tentavam cumprir com a sua parte bombardeando com quase todos os seus recursos, e com todos os tipos de armamentos que dispunham, embora nada o afetava. Além do monstro, as tropas norte-americanas estavam enfrentando corpo a corpo, grandes quantidades de soldados alemães que haviam sido enviados pelo marechal de campo Irwin Rommel, de outra "frente de guerra" do próprio território francês, da região de Passos de Calais, os quais foram enviados às pressas para reforçar a base nazista e empurrar de volta para o mar às tropas aliadas que desembarcaram na França.

Enquanto sobrevoava a criatura gigantesca, o mais galante pensava: que tipo de arma existia no mundo que fosse poderosa o suficiente que pudesse detê-la, mas não chegava a nenhum tipo de arma conhecida e nem a uma solução factível, pois uma terrível tempestade de ideias afogava os seus pensamentos, talvez, porque pensasse que quando tudo terminasse ele devesse retornar ao seu lar, no Brasil, ou talvez, porque pensasse em Zilda a sua inesquecível paixão da cidade de São Gonçalo dos Campos. Entretanto, enquanto voava e enquanto era afligido por elucubrações ininterruptas, uma brisa arisca e gelada bateu em seu rosto, e isto, lhe chamara a atenção. De repente: como luz que aparece de súbito no fim do túnel e que brilha e que guia os perdidos na escuridão das trevas; assim, fora a ideia que brilhou furtivamente em sua mente, ao se lembrar do rigoroso inverno de Stalingrado, que contribuiu e muito para a destruição dos exércitos de Hitler, onde muitos soldados nazistas morreram de frio, completamente congelados, e os seus corpos, depois de ficarem petrificados, se quebravam com o passar dos dias como frágeis bonecos de gessos. Esse pensamento fora a salvação e a luz que irradiou naquele instante. Então, tivera a ideia de congelar o monstro, para que assim, pudesse detê-lo de uma vez por todas. Mas como faria aquilo? Perguntou-se naquele instante. Já sei! Respondeu para si mesmo. A ideia fora a seguinte: ele deveria entrar em consenso com os norte-americanos, para que pudessem atrair o monstro para determinado lugar; enquanto isso demarcaria o terreno com os devidos sinais, que simbolicamente marcam o local, onde a chuva deveria cair; realizaria a poderosa oração da chuva e no momento exato em que a chuva estivesse caindo sobre o solo, sopraria um vento frio com toda a força dos pulmões, através do grande poder da "oração da força" para que assim, pudesse esfriá-lo rapidamente, resultando finalmente em seu congelamento; e, quando finalmente estivesse na forma sólida, bombardeá-lo deveria assertivamente com toda a força militar disponível que os norte-americanos possuíssem. Então, após criar em sua mente a estratégia que poderia derrotar a criatura, retornou pressuroso para onde havia se encontrado com o capitão Morrison. E junto aos militares, aduziu de forma minuciosa, a inacreditável ideia que, talvez, pudesse destruir o monstro. Para finalizar e reforçar a sua conjectura, falou: senhores, não há arma neste mundo que possa derrotá-lo, só através de força sobrenatural! Concluiu o seu ponto de vista sobre a problemática. Contudo, continuou explicando por "a" mais "b" que era imprescindível que todos que participariam da empreitada se empenhasse ao máximo, e que, posteriormente, durante o curso da estratégia seria concatenada por todos.

Rapidamente, o capitão ao ouvir o esboço do plano e mesmo sem concatená-lo direito, inoculou para os seus superiores o que ouvira, e logo recebeu a resposta que corroborava que as forças norte-americanas que se encontravam naquele trecho, estavam disponíveis e imbuídas em um só propósito: que era o de ajudá-lo naquilo que fosse preciso para derrotar a criatura. Porquanto, assim que as tropas norte-americanas seguiram para realizar a parte do plano que lhe couberam, ele permaneceu no local e começou a preparar o terreno que desenvolveria o ritual. Primeiro desenhou os quadrados num raio de 1 mil metros de largura por 1 mil metros de comprimento; fez as setas com as extremidades devidamente apontadas para o centro do lugar; fez o círculo central, e desenhou no seu bojo, o símbolo do rei Salomão; ajoelhou-se e ergueu os longos braços ao alto; olhou para o céu como se o conclamasse, o invocando para aquela empreitada mortal; e, além de fazer o ritual que era necessário fazer, proferiu as palavras da oração. E numa manobra coordenada com as forças norte-americanas e alguns soldados franceses que se faziam presentes, os quais agiram através de bombardeios dos tanques de guerras de ambos os países, com rápidas retiradas do local, deixando para trás apenas alguns tanques como isca, para que a criatura fosse induzida a ir atrás para capturá- los, e que, seguisse direto para o local preparado, onde a chuva deveria cair. Nesse ínterim em que a criatura de modo forçado se aproximou do local que já estava preparado, trazendo diante de si gigantesca nuvem de poeira, o mais galante terminou de concluir a oração. E, após mais alguns minutos, as nuvens no céu se embaralharam rapidamente, e, em seguida enegreceram. Emitiram sons estrepitosos, e como se alguém abrisse várias torneiras simultaneamente, logo começaram a pingar água e os pingos a se multiplicarem em milhões, bilhões, trilhões... E, em pouco tempo, virou chuva torrencial desabando fortemente no local quase que sem parar, onde a criatura com a sua enorme boca de dentes lacerantes já se encontrava devorando vorazmente os tanques de guerras, os quais foram deixados como isca. No mesmo ensejo, enquanto a criatura rasgava o aço dos tanques que haviam sido capturados, ele realizou a oração da força, por seis vezes consecutivas, e invocou força fenomenal para que pudesse soprar ar frio e congelar de repente, a chuva que caia demasiadamente sobre a imensa criatura. Quando terminou de proferir a "oração da força" no mesmo instante, parado em pé e de frente para a enorme criatura que distraída comia o aço dos tanques, e, enquanto a chuva caia e encharcava todo o uniforme, simplesmente abriu a boca e soprou emitindo para fora dos pulmões, ar congelante com toda a força e com todo o poder que havia adquirido através da petição feita ao santo. E durou cerca de uns 10 minutos em que soprara com muita intensidade. Este poder focado e concentrado foi transformando a água do estado líquido para o estado sólido como se fossem grãos de areia. Virara neve e parecia que era mega tempestade que havia desabado naquele instante. Fora sem sombras de dúvidas, uma das maiores nevascas de todos os tempos que tinha sido vista naquela região. A qual em densas camadas fora paralisando os movimentos da criatura e o congelou. Onde sensação térmica que fora sentida no seu entorno despencou e bateu na casa dos 75°graus abaixo de zero. Contudo, para alegria do mais galante, e de todos os soldados que o ajudaram no pleito, a ideia deu certo, pois o monstro estava paralisado naquele instante, preso e estático num enorme bloco de gelo. A chuva invocada pela oração que virara neve e que teve como consequência a solidificação do monstro cessou completamente. Enquanto isso, soldados norte-americanos e franceses que participaram do embate, ainda sentindo na pele resquícios da baixa temperatura que descambara de repente sobre a região, se aproximaram e, vendo a imagem gigantesca petrificada diante de si, e não obstante ao frio que sentiam, começaram a vibrar uns com os outros, comemorando suposta vitória sobre a criatura. Entrementes, o mais galante se sentira afogueado, e como se de repente, fosse dar uma síncope, procurou uma pedra, e sentou-se nela. E durante minutos, ficou acomodado em cima do ser inanimado procurando descansar um pouco, pois o esforço sobre-humano que fizera soprando, o deixou exausto. Enquanto descansava, ouviu um soldado francês que estava em pé e próximo a ele dizer com espanto no olhar a seguinte frase: meu Deus que criatura é esta, que de tão grande que ficou, que agora que está congelada nesse imenso bloco de gelo se parece com um morro! Todavia, a euforia contagiante das tropas que se aproximaram e que alegremente se abraçavam contentes pela vitória final, assim, pensaram, durou muito pouco. Porque a criatura metafórica que comia aço e ferro, além de ser o resultado de um projeto científico, tinha sido também alimentada por fogo, por isso, detinha grande concentração de energia e calor em seu interior. E isto, fizera com que o gelo, que lhe cobria todo o corpo, e que, aparentemente, parecia ser um imenso iceberg solto do Polo Norte, com espessa camada de gelo, não fosse o suficiente para detê-lo por muito tempo. O qual começou a rachar de baixo para cima, onde muito soldados norte-americanos e franceses que estavam próximos, e que, viram as rachaduras crescendo se espalhando e se enramando rapidamente como raízes de árvores, gritaram para os outros fazendo sinal com as mãos enquanto corriam: corram, porque vai explodir! E, em seguida, explodiu. Pedaços enormes de gelo voaram para todos os lados, onde muitos caíram sobre as pessoas e os atingiram gravemente tanto americanos bem como alguns franceses que estavam por perto, causando também a morte de vários deles.

Debalde, os recursos que foram utilizados na tentativa de deter o monstro de Hitler demonstraram ineficácia para eliminar a ameaça nazista. Sobretudo, ainda restava naquele momento de desilusão, uma alternativa a humanidade, que poderia ser utilizada para enfrentar aquele terrível ser. O mais galante por sua vez ao ver que, o artifício do congelamento não detivera definitivamente o monstro, se lembrou de um comentário feito por um soldado francês há poucos instantes, onde o mesmo dissera, após ver a criatura congelada, que de tão grande que ficara que se assemelhava a um morro. Por isso, se lembrou de outra poderosa oração. Segundo os povos antigos que vivem na região do nordeste do Brasil, a "oração do encantamento" consisti em fazer "vultar", ou seja, transformar por força das palavras mágicas qualquer ser: seja ele humano ou não. Basta tão somente pronunciar as devidas palavras que os seres logo são transmudados e se transformam num monte, num morro ou em uma montanha.

Enquanto isso a gigantesca criatura seguia seu trajeto de morte se locomovendo em direção a uma central de energia elétrica que ficava distante apenas 6 quilômetros. Do lado oposto ao monstro, e tomadas por medo exacerbado, se encontrava às tropas norte- americanas que desabaladamente se retiravam, tanto os tanques de guerra bem como outros tipos de veículos, se afastavam às pressas para não virarem almoço da esfomeada criatura. No instante em que se dirigia para a central de energia, o metafórico ser produzido pelos cientistas nazistas, o qual não conseguia parar de comer, já possuía o tamanho exorbitante de 182 metros de altura por 606 de comprimento; medindo 90 metros de envergadura; a qual avançava a passos rápidos, indo direto para a central elétrica. Por sua vez o mais galante que já havia se levantado da pedra de onde estivera sentado, e paralelo a isso ponderado profundamente sobre o que faria, voou em direção à criatura que havia mudado de direção e aproximando-se da mesma, parou novamente em sua frente, e em pé, e como um colosso resoluto, se deteve no caminho para acabar com a sua sanha. E, enquanto se encontrava parado e resignado o viu se aproximar semelhante a um rolo compressor que achata o solo por onde passa. Quando o gigantesco monstro se encontrava apenas 50 metros de distância, e quando parecia que irremediavelmente chegaria o seu fim, e que, se não saísse da frente logo seria esmagado pela opulência desenfreada da gigantesca criatura que tinha a aparência semelhante a um dragão de Komodo, a qual estava ficando cada vez mais horripilante, onde os esporões que eram de tamanhos de torres de 20 ou 30 metros, o tornavam ainda mais apavorante, ele se ajoelhou ao solo com a fronte erguida e olhou para o monstro. Nesse momento podia-se ver refletido em seus olhos negros: a imagem aterrorizante do bicho que com ímpeto desmedido e de forma voraz se aproximava. Enquanto isso pensou: meu Deus se eu falhar com essa empreitada certamente serei esmagado! Porquanto, depois de mais uma vez olhar para o céu, conclamando-o para que, mais uma vez pudesse lhe capacitar a derrotar aquele ser, pronunciou as palavras mágicas de mais uma surpreendente e incrivelmente poderosa oração: oh, força das águas! Oh, força dos ventos! Suplico neste momento os poderes infinitos de vós, para que torne as minhas palavras como cachaça que embriaga; que a minha voz seja o fascinante canto da encantadora "rainha das águas" cujo poder domina o fundo-do-mar; que os poderes assomados, multiplicados, imensuráveis e infinitos de vós possam transformar esta criatura em um ser inanimado e sem locomoção; que vós o transformeis-no agora, para que o seu fôlego de vida seja extinto para todo o sempre, e, eternamente, amém! Dessa forma, foram proferidas as palavras mágicas no momento em que o gigantesco monstro avançava velozmente com as patas que eram semelhantes às roldanas de aço, indo à direção a central de energia elétrica, a qual poderia caso conseguisse chegar, e sugar a energia da sua fonte, deixá-lo com mais poderes. Quando o mais galante ajoelhado sobre o solo do lugar e a fronte curvada sobre o peito terminou de proferir as palavras mágicas, eis que surgiu no céu estranha composição inorgânica de vento e luz incandescente.

Era composição impalpável, que veio das águas do próprio rio Sena, e ela, pairou exatamente, sobre o monstro, como um grande lençol estendido sobre uma cama. Por sua vez, e no céu as nuvens embaralharam-se ligeiramente, mudaram de cor e ficaram nubladas e começaram a emitir sons ruidosos; raios começaram a serpentear e a cair por todo o canto do lugar; trovões ensurdecedores se fizeram ouvir de longe; e tremores de terra, sacudiram o local durante uns 10 minutos, tornando aquele evento, num dos maiores cataclismos que o mundo tinha visto até então. Enquanto isso, nas margens das manifestações naturais, se encontrava as tropas norte-americanas dispostas, mas dispersas. E quando ouviram de súbito, os trovões ensurdecedores se estalando no firmamento como "caixas de ferro" entulhadas de ferramentas que se batem estrondosamente umas contra as outras; e que no céu, raios nervosos serpenteavam por todo o lugar; e que tremores sísmicos, abalavam a terra e a chacoalhava, deixando-os zonzos; logo foram tomadas de assalto pelo medo que ficou visivelmente estampado em seus rostos. Então, falaram: meu Deus o que foi que ele fez? Perguntavam-se uns aos outros afogueados por causa de tamanha manifestação da natureza; ele desencadeou a besta sobre nós! Alguém exclamou querendo correr, mas sem saber para onde ia; é o fim do mundo! Outros gritavam enquanto corriam desabaladamente; depressa se protejam! Falavam os superiores, para as tropas, preocupados em demasia com o bem- estar físico de seus comandados. Sobretudo, enquanto o gigantesco monstro se movia a estranha luz inorgânica que fora gerada através da imposição da poderosa oração do encantamento, como golpe certeiro de punhal que fora desferido por lutador habilidoso; desceu e o atingiu no dorso, junto à junção da cabeça com o corpo, e o deixou estático naquele instante, como se estivesse recebido um raio paralisante. Os pés que eram semelhantes a roldanas de aço que os ajudava a se locomover depressa, de súbito, pararam de se mexer como se estivessem sidos fincados no solo; a cauda de dragão enrolou dando voltas e mais voltas por sobre o corpo como o ferrão de um escorpião; e como uma estátua que após receber grossa camada de cimento, repentinamente, fora secando de baixo para cima e se transformando em um ser inanimado, uma rocha íngreme, escarpada e escura, cujo volume, media mais de 700 metros de altura, com circunferência de cerca de 800 a 900 metros; para finalmente se incorporar de forma definitiva ao relevo geográfico do solo francês. Ao se concretizar o mágico efeito da oração, a estranha luz inorgânica se dissipou completamente; então, os trovões se silenciaram, calando o seu descontentamento com a terra; os raios e os coriscos também se acalmaram no firmamento e deixaram de correr. Quando os soldados perceberam que a intolerante manifestação da natureza havia cessado e que a criatura, finalmente, havia sido detida por aquele estranho fenômeno e se transformou naquele morro, gritaram com veemência de dentro dos tanques; de dentro dos aviões que cruzavam o céu; e espalhados pelo solo como grãos de areia. E uma corrente de alegria correu e contagiou a todos. Foi um momento único e indescritível que gerou grande emoção e alívio para todos aqueles que há dias tentavam parar de alguma maneira aquela criatura nazista, que, em solo francês, dizimou quase 20% por cento das forças que ali combatiam os alemães. Onde gritos e urras que foram desferidos aos brados pelos soldados, parecia que era a comemoração de uma partida final de um campeonato nacional de futebol norte-americano.

Enquanto isso, tempos depois, nas margens do famoso rio Sena, e diante da rocha escura e escarpada que outrora era uma terrível criatura nazista, o mais galante fora ovacionado pelas tropas norte-americanas, após ele derrotar aquele ser maligno. Onde ainda em solo francês, de forma solene, recebeu do general Patton: "a menção de herói de guerra". Naquele ensejo, ele agradeceu ao general e a todos os soldados presentes pela cooperação e pelo grande esforço que fizeram para derrotar o monstro. Mas com uma simplicidade invejada de homem sério, nascido no interior do nordeste brasileiro, como se não tivesse feito nada naquele instante, disse: senhores! Tenho ainda outra missão a cumprir, por isso, me despeço de vós, pois tenho que retornar para a Rússia, para me unir as tropas russas, para que possamos libertar definitivamente os judeus daqueles terríveis sofrimentos, pelos quais ainda passam!

Nos bastidores de Paris, que ainda se encontrava sob o jugo das tropas nazistas, segundo relatos de alguns soldados franceses: militantes das forças pró-libertação de Paris, utilizaram de forma oculta de um dos maiores jornais de circulação da cidade para gozar com a cara de Hitler e com a cara de seus comparsas, eles publicaram uma manchete bastante sarcástica, fazendo trocadilho com uma famosa frase da bíblia. A manchete se referia à "oração" que fora proferida para deter o monstro, onde o trocadilho dizia o seguinte: acreditem se quiser: a fé te transforma em montanha!

Já na Alemanha, no quartel General, na toca do lobo, ainda no ensejo da aniquilação do seu monstro, Hitler demonstrou através de sua cara que ficara tétrica, estar furioso ao saber da derrota de sua criatura, pelo soldado russo voador, por isso, sentindo pertinaz rancor, furiosamente questionou o seu grande general Von Runsted, perguntando:

— Não foi você que falou que o monstro era indestrutível, e que, não havia meio e nem arma neste mundo que fosse poderosa ou suficientemente capaz de detê-lo?

Von Runsted olhando para o seu Furher que estava em demasia abatido, simplesmente respondeu:

— Mas meu Furher! O que derrotou o monstro, não foi algo natural deste mundo, e nem tão pouco foi arma produzida por mãos humana, e sim, por força sobrenatural, através de magia!

## Capítulo XXVIII

# A libertação dos judeus

Entrementes, o mais galante seguiu para a base improvisada, onde o avião russo que o havia conduzido até o território francês estava estacionado. Em pouco tempo, o piloto ligou o avião e a aeronave decolou, para que novamente pudesse se juntar ao "Exército Vermelho". Mas ao sobrevoar o espaço aéreo polonês, soldados soviéticos que simultaneamente operavam dois rádios, e buscavam com paciência a frequência em seu país de origem, interceptaram transmissões de Londres, que noticiavam que tropas britânicas se encontravam próximos de um campo de extermínio, exatamente, naquele trecho pelo qual eles passavam, e que logo combateriam os alemães. Ao escutar a palavra campo de extermínio, de forma automática como se ligasse um botão no cérebro à audição aguçada acessou a sua memória e o fizera lembrar de que fora em um deles que ficara detido por um período, então, pediu ao tenente chamado: Mickail Rostock Varichilov, que estava no comando da aeronave russa que, por favor, atendesse o seu pedido e que abrisse a porta do avião naquele instante, que ele desejava descer, exatamente, naquele trecho. O homem ficou apoplético, com a cara de quem não havia compreendido aquele inesperado pedido, pois não havia nenhum paraquedas no interior do avião, e desconhecia a localização de uma pista de pouso que se encontrasse por perto que pudesse pousar a aeronave. Porém, se lembrou de que se tratava de uma pessoa que possuía estranhos e incompreendidos poderes. Contudo, antes de dar a ordem para que os soldados pudessem abrir a porta do avião, caminhou para próximo dele, e se posicionando a sua frente estendeu a mão esperando que ele estendesse a sua para apertá-la.

E, olhando para dentro dos seus olhos de maneira fixa o cumprimentou como se cumprimentasse um velho amigo. Balançou a cabeça como se quisesse dizer: muito obrigado, e perguntou em russo:

— Será que em algum dia, nos veremos novamente?

Por sua vez, o mais galante com sorriso afetuoso no rosto, balançou a cabeça de forma positiva como se quisesse dizer que sim, e respondeu:

— Espero que seja comemorando a nossa vitória frente a Alemanha. Agora, até breve meu amigo! Nesse instante, elevou a mão direita à testa, bateu continência, e após proferir a oração do voo, pulou do avião como se fosse um paraquedista que, equipado com o instrumento de salto, se lança para baixo. E assim saiu livre no ar e planou, exatamente, como faz uma águia quando a mesma vasculha o solo para ver se descobre alguma caça.

Enquanto isso, em Berlim, o comando nazista se reunia para tomar algumas decisões a respeito de algumas contingências que estavam acontecendo em diversas frentes de batalhas, porém, o assunto mais discutido entre eles, era o "soldado russo voador".

De volta à Polônia, em 04 de agosto de 1944, o mais galante se juntou ao 2° exército britânico, que já estava próximo de um campo de concentração e extermínio de judeus, chamado de: Majdanek. A sua aparição no meio das tropas britânicas foi da seguinte maneira: da forma como desceu do avião russo, voando como pássaro, apareceu para um soldado inglês, que se encontrava um pouco afastado das tropas, executando as necessidades fisiológicas de momento. O qual de cócoras ficou espantado com o surgimento assombroso daquele homem, e do seu semblante, que aparentou estar espantado se podia conjecturar que perguntas ficaram em seu íntimo: como pode um ser humano voar sem ter asas? Enquanto que através da expressão do seu rosto supostas perguntas eram feitas, de forma automática fora suspendendo as calças que estavam arriadas abaixo dos joelhos. Enquanto isso, o mais galante já próximo ao soldado, e, ao perceber o seu espanto suspendeu os braços para o alto como se quisesse dizer que estava desarmado e vindo em missão de paz, além de lhe falar:

— Soldado! Peço que não se assuste, pois sou aliado de vocês, e vim com propósito de apenas ajudar! Tenho uma astuta ideia para libertar os judeus, por isso, desejo falar com o seu comandante, para que juntos possamos tomar o campo. Você me ajudaria nessa empreitada?

Ao ouvi-lo verbalizar em inglês, o homem mesmo demostrando nas faces do rosto surpresa, balançou a cabeça em assentimento, e concordou "in loco" com o pedido que acabara de ser feito. E mesmo espantado com a sua aparição, sem demora o conduziu ao acampamento militar onde se encontrava o seu comandante. O soldado comunicou ao sargento e solicitou que intermediasse junto ao tenente; o qual por sua vez pediu autorização ao capitão, e assim, por diante até chegar à presença do comandante, onde o soldado Róbinson falou:

— Comandante, posso me aproximar um pouco mais do senhor, para lhe apresentar esse moço aqui?

— Pode! Respondeu o comandante das tropas britânicas que logo teve o apoio militar dos outros soldados, que fortemente armados circunvagaram o estrangeiro e o cercaram.

Diante do maioral das tropas e cercado por soldados ingleses, o mais galante agiu em sua defesa e falou em inglês:

— Meu nome é João. Sou brasileiro! E, há algum tempo venho lutando ao lado dos russos contra esses malditos nazistas. Embora antes de fazer parte do exército soviético, estive preso em um campo de concentração como este em que as suas tropas estão se aproximando. Por isso, eu sei como funcionam os mesmos. Contudo, o mais importante comandante! Chamou a sua atenção para um fato que julgara ser importante. Não é simplesmente saber como funcionam os campos, e sim, por possuir algumas habilidades que poderão ser úteis, e que, sem hesitação, poderei usá-las para ajudar as suas tropas a libertarem os judeus.

Nesse ínterim, o comandante olhou para o seu rosto e riu ruidosamente, sendo seguido em sua zombaria pelos outros oficias e por alguns soldados que estavam presentes, que também o ouviram falar.

— Como é que é? O interrogou enquanto manteve um dos braços ao alto, fazendo gesto com a mão para que os soldados se calassem. Continuando, o inquiriu: você possui habilidades que poderão ser úteis? Perguntou o olhando fixamente, como se estivesse olhando naquele momento para um louco arrogante que se encontrava perturbado de suas faculdades mentais.

— Sim comandante. Eu as possuo.

— Que habilidades são essas? Faça-nos uma breve demonstração então, que corrobore o que falas! O inquiriu com um sorriso irônico.

No mesmo ensejo, o soldado que tinha o conduzido até ali, intercedeu por ele, embora ainda estivesse com a expressão do rosto transmudado pelo espanto, porém, com convicção em seu coração do que falaria para o seu superior:

— Comandante, tenho permissão para mais uma vez me aproximar e falar? Perguntou o soldado que passou caminhando de forma decidida no meio dos outros soldados.

— Tem soldado Róbson! O comandante fez sinal de assentimento com uma das mãos para que ele se aproximasse um pouco mais:

— Venha e diga-me o que você quer?

— Comandante! Exclamou com voz firme e em posição de sentido, mas sem olhar diretamente para dentro dos olhos do seu chefe: fui eu quem o trouxe até o senhor, e lhe digo uma coisa: quando se apresentou a mim, foi voando como um pássaro!

— Como um pássaro? Interrogou o comandante ao soldado. Exprimindo na fisionomia ar de surpresa, mas em meio a um sorriso irônico.

— Exatamente senhor! Voando semelhante a um pássaro!

Com a confirmação da resposta, gargalhadas sonoras se fizeram ouvir novamente por parte dos outros soldados, pois os mesmos julgaram ser uma piada.

— Quer ir para forca soldado? Perguntou o comandante notadamente influenciado pelas gargalhadas que não cessavam.

— Não senhor!

— Então, por que inventa uma coisa dessas, soldado?

— Não inventei senhor. Se me permite dizer, ele pode provar essa história.

— Bom! Se ele provar o que você estar dizendo, vocês serão livres, mas, se por acaso, for uma brincadeira sua e desse estrangeiro, serão severamente punidos, o.k.?

— O.K. Senhor! Eu concordo. Exclamou o soldado com o rosto afogueado da pressão psicológica que o seu superior fizera.

— Agora meu jovem, é com você! O comandante virou o rosto, e dirigiu a palavra novamente ao mais galante que, em pé ao lado, aguardava as devidas deliberações. Se for verdade tudo o que o soldado Róbson dissera sobre você: sobre essa história fantasiosa de que veio voando igualmente a um pássaro, você estará livre! Agora! Exclamou e o inquiriu ao mesmo tempo em tom de indagação judiciosa. Respondame primeiro uma coisa: como é que você fará para libertar os judeus meu rapaz? A ponto de evitar que centenas deles morram inocentemente, pois os alemães estão entrincheirados e fortemente armados, e não há sinal de que possam se entregar facilmente, enfim, não há meios de que possamos tomar o campo, sem luta e derramamento de sangue.

Ele tomou fôlego, e falou:

— Olha senhor! Não posso lhe prometer que não haverá derramamento de sangue, porém, tenho quase que absoluta convicção de que não será dos judeus. Respondeu otimista, mas com olhar singelo.

Continuando a explicação, disse:

— Senhor! Exclamou chamando a sua atenção novamente. Recentemente, fui enviado por Joséf Stálin, governante supremo da Rússia, para deter uma monstruosa criatura que estava assolando o oeste da França, a qual era uma grande ameaça para a humanidade.

Quando começou a explicar com detalhes a respeito da luta que travara contra a criatura de Hitler, ao pé do ouvido do seu comandante, aproximando a cabeça de sua orelha, para que as tropas não ouvissem o que ele tinha para dizer: um homem sério com expressão facial enérgica e capitão da tropa comentou a respeito do feito que um soldado russo desconhecido realizara na fronteira França-Alemanha, em 1943, o qual impedira que uma arma apocalíptica alemã que estava apontada para o coração de Londres, que arrasaria 70% da cidade em apenas uma noite de bombardeio; e que, além desse ato indelével, deteve o monstro nazista que estava dizimando as forças norte-americanas em solo francês, o transformando em um morro, através de poderes mágicos, fantásticos e inexplicáveis, e que esse protagonismo realizado em solo francês corria o mundo inteiro. Finalizou o capitão. O comandante britânico por sua vez, ficou emudecido como se estivesse sob efeito de encanto. Olhou seriamente para o capitão, que através do repetitivo balançar da cabeça afirmava o que havia dito. Por isso, dirigiu a palavra novamente, e falou:

— Então, você é o soldado russo que transformou o monstro nazista que estava causando destruição no oeste da França, em um morro? É também o mesmo soldado que impediu uma arma apocalíptica alemã, em 1943, de arrasar 70% da cidade de Londres em apenas uma noite de bombardeio? Existe a possibilidade de aquele soldado ser você?

— Sim senhor, sou eu! Respondeu com firmeza. E, nesse instante... O mais galante fez o sinal da cruz sobre a testa, e concluiu a fala: farei uma breve demonstração, para que os senhores aqui presente, possam acreditar no que estou lhes falando. Naquele momento, para espanto e surpresa de todos, ele realizou a oração do voo, e subiu magicamente aos ares tal qual um pássaro que se lança aos céus. Após alguns segundos em que circunvagara o espaço aéreo, desceu e fincou os pés ao chão. Realizou a oração da força, e diante dos olhares de incredulidade das tropas que ainda se entreolhavam sem acreditar no que haviam visto primeiro, caminhou passando pelo meio dos soldados, mergulhou de baixo de uma máquina de aço e suspendeu diante dos olhares da tropa um pesado tanque de guerra inglês, ao alto, acima da cabeça.

— Oh, meu Deus como isto pode acontecer? Exclamou o comandante inglês se perguntando boquiaberto e com olhar de espanto.

— Decorrido alguns segundos, o comandante falou:

— É difícil de acreditar! Caso não tivesse visto com os meus próprios olhos, nunca acreditaria! Exclamou ainda boquiaberto, ao ver o mais galante levantar voo, e, em seguida, suspender um pesado tanque de guerra inglês.

Passado o momento de admiração. O comandante mais uma vez, falou:

— Desculpe-me a minha ignorância e a minha estupidez! Pois estamos tratando é com um herói de guerra, o qual deve ser respeitado aonde quer que vá com toda a deferência e prestígio que merece. Agora, me diga soldado? Dirigiu lhe a palavra novamente: qual é a ideia que você concebeu que poderá libertar os judeus sem causar derramamento de sangue?

— É o seguinte senhor: a intenção é ir à frente, e tentar limpar a área o máximo que for possível, após isso, produzirei um sinal fulguroso através de sinalizador, para chamar-lhes a atenção. E, em seguida, vocês virão de surpresa como extratores como se fossem garimpeiros; e completarão o serviço. O.K.? Perguntou se o mesmo concordava a respeito do seu plano.

— Ok, soldado! É só você dá o sinal combinado que avançaremos rápido para ajudá-lo a libertar os judeus daquele horror, no qual estão vivendo há muito tempo.

Mais uma vez, o mais galante causou grande alvoroço tanto entre os soldados bem como entre os oficiais, pois o mesmo realizou a oração da invisibilidade e ficou completamente fora do alcance das suas visões, provocando murmuração e polêmica entre as tropas, que, em alvoroço se perguntavam: como isto é possível? Será bruxaria? Magia negra ou ilusão de ótica? Enquanto isso, ele voou em direção ao campo de concentração e quando se aproximou numa distância de uns 100 metros pousou. Completou o percurso a pé. E, ao chegar ao portão principal de entrada, percebeu que havia dezenas de soldados alemães, circulando pela área, aonde alguns conduziam cães de guarda que vociferavam, os quais, apesar de não vê-lo, sentiram o seu cheiro. E isto, deixou os animais agitados, latindo incessantemente, chamando à atenção dos soldados alemães, que, imediatamente, e por intuição começaram a procurar algum suspeito nas cercanias do campo. Então, para sair do faro dos cães, ele fez a volta, saindo da direção do portão principal, e adejou através de pulo sobre as cercas para o lado de dentro do campo de concentração. Adentrou uma das cabanas, e debaixo de uma das camas se deitou para se manter longe da visão dos soldados, porque o efeito da oração da invisibilidade estava para passar, e ali quieto e oculto, pensou ele, esperaria a noite chegar para agir. Porém, de súbito, adormeceu e mais uma vez fora enredado num mistério e novamente tivera o sonho emblemático com a estranha mulher com a qual sonhara há algum tempo atrás. No entanto, dessa vez, ela não aparecera para ele em cima de uma colina a beira de um precipício, e sim, no meio de um denso jardim em forma de labirinto, cujas plantas tinham mais de 2 metros de altura. Ela se apresentou novamente sem as roupas, nua como veio ao mundo, fazendo gestos seguidos com as mãos para que ele se aproximasse, porém, o seu rosto ele ainda não conseguira ver. E toda vez, que ele se aproximava, ela em meio ao o labirinto corria e se afastava urgentemente, como se quisesse manter em segredo a sua identidade. Contudo, ele impôs velocidade maior, correndo com todas as forças que possuía nas pernas para poder chegar mais perto ao ponto de ver o rosto. Mas de repente, quando se aproximou, cerca de uns 10 metros, mais uma vez, e diante de sua visão a estranha mulher como fumaça que se dissipa no céu, desapareceu no ar sem deixar vestígios. Ele, então, mais uma vez acordou atordoado com mais aquele sonho emblemático que tivera. Olhou ao derredor e percebeu que ainda se encontrava debaixo da cama e que já era noite, por isso, tinha que botar o plano em ação. Naquele momento, muitos soldados já haviam se recolhido e os que ficaram perambulando fazendo a vigilância noturna se tornaram alvos de relativa facilidade, porque todos os que aparentemente se encontravam desprevenidos e que, encontrava pela frente, ele, ou os matava ou os fazia dormir, e logo ocultava os corpos para não chamar a atenção.

Três horas após agindo e pondo os soldados nazistas fora de combate, mas sem chamar a atenção dos oficiais, pois, receava que, se eles desconfiassem de alguma coisa, como consequência, os judeus que ainda se encontravam vivos poderiam pagar com a vida. Finalmente, às 21h30min, chegou o momento de dar o sinal de acordo como havia sido combinado anteriormente com o comandante inglês, que, ansioso, aguardava na distância de apenas 15 quilômetros. Contudo, antes de dar o sinal, ele ainda tinha outra missão, teria que impreterivelmente, pegar de jeito os comandantes daquele campo de extermínio. E isto, foi o que fizera. Ao circular pelo campo percebeu movimentação incomum de soldados seguindo direto para dentro de um alojamento que era bem espaçoso, por isso, deduziu que seria ali, onde os comandantes ficavam. Aproximou-se do alojamento, entrou para o interior, e ficou a observá-los conversando, e nesse ínterim, aproveitou para ver as insígnias e os nomes de cada um que se encontrava presente. Decorou os nomes, realizou a oração do sono, para que todos aqueles que tivessem os seus nomes proferidos durante a oração que seria realizada viessem a dormir, caindo de súbito, em sono profundo. Essa atitude proativa deu certo. Em seguida, procurou um sinalizador entre as ferramentas, o achou, saiu do alojamento com o artefato na mão, e o disparou na direção onde se encontravam as tropas britânicas, que, em menos de 3 horas, chegaram ao campo de concentração. E após violentos combates contra os soldados defensores, as tropas britânicas, dominaram a situação, e fizeram dezenas de prisioneiros. Cessado as hostilidades, as tropas inglesas e o mais galante foram juntos libertar os prisioneiros judeus que se encontravam confinados nos alojamentos. Onde muitos deles, devido ao enclausuramento e a tudo o que sofreram durante muito tempo por ali, mesmo deduzindo que os seus sofrimentos iam se acabar e mesmo vendo os seus libertadores chegarem como a luz solar que resplandece pela manhã; não aguentaram nem mesmo se quer dar um sorriso. Nesse ensejo, tanto as tropas britânicas, como alguns repórteres dos exércitos dos aliados que faziam a cobertura da guerra, viram, e ficaram perplexos diante dos resultados funestos das máquinas produtivas de morte que sistematicamente foram usadas para exterminar as massas humanas como se fossem animais. Quando a nuvem negra do genocídio totalmente foi dissipada, todos foram tomados pela comiseração. E, em meio ao sofrimento alheio dos que ali se encontravam em completa situação de desnutrição, vaporosos e famintos. Um gentil judeu que era um dos repórteres que acompanhava as tropas; que possuía olhar compassivo e gestos calmos e amigáveis; aparentando possuir uns 40 anos; que era alto; de tez branca, e barba cheia por fazer, mas acima de tudo religioso. Pediu licença a todos que se encontravam presente, caminhou por entre eles e se posicionou em pé bem no meio das tropas que ainda se encontravam afogueadas. Retirou o chapéu militar da cabeça em respeito aos mortos, abriu um livro sagrado para os judeus, curvou a fronte e, ascético como todo rabino é, começou a realizar uma espécie de culto judeu chamado de: shabat. Proferindo palavras de bênçãos para aqueles que sobreviveram e clamando ao Altíssimo perdão para aqueles que se foram. E todos que se encontravam presente naquele momento de dor, sofrimento e tristeza, respeitosamente o ouviram em silêncio realizar o primeiro culto de sábado de manhã, naquele campo de concentração de judeus, que já estava livre da opressão nazista. Por sua vez, o mais galante após ouvir a pregação do religioso, se despediu dos ingleses, realizou a oração do voo, e seguiu em direção ao encontro dos russos que estavam a cerca de 650 quilômetros dali. E, em meio a terríveis pensamentos a respeito do que vira, voou a uma velocidade média de 400 quilômetros por hora. E logo que chegou ao encontro dos indomados russos, não perdeu tempo, e em menos de 1 hora já estava combatendo corpo a corpo as tropas alemãs, as quais seguiam em recuo sem volta direto para a Alemanha, sendo empurrada pelas tropas russas.

No início de janeiro de 1945, o mais galante e o rolo compressor russo, chegaram às portas de outro campo de concentração, e após violentos combates contra os alemães, deram em um campo de extermínio chamado de: Treblinka. Assim como fizera em Majdanek, fez em Treblinka. Foi pressuroso na dianteira das tropas russas, realizou primeiro a oração do sono, e em seguida, colocou a maioria dos oficiais alemães para dormir, deixando as tropas sem comando, o que permitiu que os soviéticos que estavam fortemente armados avançassem rapidamente, e tomassem de assalto o campo de extermínio em Treblinka, onde ele havia passado 5 meses preso. No momento em que as tropas haviam paralisado o tiroteio e dado o último tiro, o mais galante reconheceu o local onde havia passado um período cerceado da liberdade. Por isso, de imediato, se lembrou do amigo que havia lhe ajudado a permanecer vivo enquanto esteve desmemoriado, e para quem ele "in memória" havia prometido que voltaria e que, um dia, libertaria o seu povo, do sofrimento aterrador e desumano pelo qual passavam. Ao se lembrar da promessa que fizera para aquele homem, curvou a fronte, e, em seguida, lágrimas começaram a escorrer dos olhos molhando as faces do belo rosto, as quais emergiram do fundo do coração e eram os sinais visíveis que lamentavam profundamente uma perda incalculável, daquele que jamais iria revê-lo novamente. E com o coração em frangalhos, declamou uma mensagem que ele mesmo fizera sobre a importância de um amigo, mas o fez em voz alta para que todos que ali se encontravam presentes e, ao seu redor pudessem ouvi-lo: senhores! Um amigo de verdade vale muito em todos os momentos; mas só na hora da perda e da dor que infelizmente, percebemos o significado e o real valor que um amigo possui; pois a amizade verdadeira entre duas pessoas de bom senso e de bom coração é um dos sentimentos mais nobres que existe; onde as palavras sinceras que são trocadas reciprocamente são tão salutares que nos dão ânimo e nos renovam às forças, propiciando a quem recebe o afeto de um valoroso amigo a se reinventar e a apreender a ter um novo olhar para o mundo. Continuando, finalizou sussurrando consigo mesmo: neste momento meu amigo te peço perdão por ter deixado passar tanto tempo e só agora retornar para cumprir a promessa que lhe fiz, consequentemente as palavras amigas e sinceras que eu gostaria de poder lhe dizer, ficaram perdidas no caminho. Contudo, desejo do fundo do meu coração que Deus te abençoe, e que você durma em paz, amém! Finalizou fazendo o sinal da cruz sobre a testa.

Em 27 de janeiro do mesmo ano, novamente as tropas soviéticas apoiadas pelo mais galante chegaram a outro campo. Dessa vez, em Auschwitz. Naquele momento, a penumbra daquela tragédia os envolveu por completo e foi sendo aos poucos escancarada para o mundo. Era um cenário nefasto de crimes, talvez, impensados, mas certamente, incompreensível para a mente humana, pois fora uma das maiores atrocidades do nosso planeta, uma verdadeira fábrica de morte e de extermínio, uma página negra escrita a sangue de pessoas inocentes que jamais será apagada e nem tão pouco esquecida pelas gerações futuras daqueles que morreram por ali. O maior e o mais cruel extermínio de pessoas da história humana. Pessoas que morreram por serem consideradas pelos nazistas, escória da sociedade e raças inferiores que deveriam ter os seus vestígios apagados da face da terra. — Esse genocídio em massa que aconteceu nos campos de extermínios em solo Polonês, praticados pelos perversos nazistas, ficou marcado na história, como uma das maiores carnificinas que o mundo viu.

# Capítulo XXIX
# A última esperança do Terceiro Reich

Enquanto as forças libertadoras dos aliados seguiam desativando um a um os campos de extermínios que ainda eram operados pelos nazistas os quais se encontravam espalhados por quase todo o território polonês, o Alto Comando alemão dirimia sobre como deter o soldado russo voador. Pois na época em que o mais galante transformara o monstro de Hitler em um morro, "corrente de pensamento" ligada ao comando alemão, foi compartilhada por boa parte da "alta cúpula": que, só magia poderia combater magia. Essa corrente de pensamento se referira ao soldado russo voador que usou força sobrenatural para deter a arma secreta do exército alemão. No ínterim dessas discussões em que conjecturavam como poderiam deter o soldado russo, informações ultrassecretas soviéticas que foram fornecidas à "rede de comunicação" relatavam que, coisas mais terríveis ainda estavam por vir porque havia indícios de que os alemães buscavam no estrangeiro um homem místico como reforço na luta contra a União Soviética, mas principalmente, contra o soviético, "o russo voador". Segundo informações, em meados do mês de março de 1934, tanto Hitler bem como os seus seguidores, renderam cultos sagrados a magos oriundos do Tibet, os quais se tornaram bastantes conhecidos pelos nazistas, por suas capacidades sobrenaturais, e que, um, entre todos que visitaram a Alemanha na época, impressionou por demais, e ficou conhecido no meio militar nazista, como: "O grande mestre". E de acordo com os relatos dos espiões russos que se encontravam infiltrados na Alemanha na época, o tal mago teve o poder de impressionar todo o império alemão, e todos àqueles que o seguiam, pois com um simples olhar ou com um simples gesto de mão ou através da imposição de uma vara, em provocar arrepios e medo por onde andava. Ele pertencia, a uma das mais poderosas escolas de magias negras do Tibet, e talvez, fosse entre as escolas, a mais poderosa de toda a Ásia. Na sua passagem triunfante pela Alemanha, o tal mago semeou o mal que já estava implantado nos corações soberbos dos seguidores do regime nazista, o qual era desde muito tempo movido por inveja, complexo de superioridade, preconceito e desejo de poder. Segundo as mesmas fontes, como os nazistas já eram iniciados em escolas de ocultismo e conhecedores de "mistérios tântricos", apelaram para os magos para que pudessem se dirigir imediatamente para a Alemanha, para tentar de alguma maneira deter o misterioso russo, que há tempos, infligia perdas imensuráveis ao exército alemão. Então, para os alemães chegara o momento em que a rainha deveria se mover no tabuleiro da vida real. E sem delongas, a pedido dos nazistas veio do Tibet, um, que pela sua arrogância e poder começava a se destacar entre os demais. O seu nome era Quin Dong Manchu Quilong, porém, recebera a alcunha de: "O véu negro". Era adepto da poderosa escola de magia negra, e, além de ser muito poderoso, era um verdadeiro assassino, cruel e sanguinário. Pois fora acusado em seu país, de matar dezenas de outros seguidores tanto das escolas brancas como os das escolas negras, e inclusive "O grande mestre". E através de suas mortes, tomar posse indevida de suas varas mágicas, as quais, segundo relatos de alguns tibetanos, ele usou magia negra para fundi-las em um só instrumento. E assim se tornar tão poderoso, que o seu poder, para muitos, se tornara imensurável. Este artifício o elevou a mais alta categoria na classificação de bruxos e magos, tornando-se "bruxo mago" o que era a fusão entre essas duas categorias, sendo capaz de realizar tanto magias bem como bruxarias. A sua estatura era média, com aproximadamente 1.73 centímetros; usava batas e um enorme chapéu negro que são acessórios característicos dos monges tibetanos; tinha bigodes e barbas imensas que se juntaram e que batiam na altura do umbigo; os seus olhos eram negros; o corpo era esguio, e pesava cerca de 75 quilos, sendo demasiadamente arrogante. Assim que o "Véu negro" chegou à Alemanha, procurou obter dos nazistas, o máximo de informações que fosse possível a respeito daquele que estava causando muitos estragos nas tropas alemãs. E, na medida em que o tempo passava, e através dos indícios e dos relatos descritos, ele percebeu que a origem da magia daquele russo, não pertencia a nenhuma das escolas de magias do Tibet, e de nenhuma das regiões da Ásia conhecidas por ele. Ao elucubrar formulou algumas hipóteses baseando-se no que ouvira, e disse ao comando alemão: que poderia ser magia branca bem antiga oriunda dos seus ancestrais que era desconhecida por ele ou magia branca dos velhos e primitivos índios que habitaram o continente africano, há cerca de 2 mil anos! Após avaliar o poder do seu oponente, e escolher quais os tipos de magias que teria que desenvolver para combatê-lo, o temível bruxo pediu aos alemães que o levassem ao encontro daquele de quem tanto se falava, porém, antes de decolar para o campo de batalha, agiu quase semelhante a hábil semeador que, bem-intencionado semeia semente boa em terra fértil; se dirigiu para o centro de Berlim, e ao chegar ao bojo do lugar, olhou para um lado e para o outro, e escolheu um ponto que julgara estratégico para desenvolver o poder; se posicionou entre o arco do famoso portão de Bradenburg, no centro da velha capital europeia, ficando em pé com os braços abertos por alguns segundos como se fosse um guarda de trânsito cuja intenção é o de orientar o tráfego em hora de pico; ergueu-os para o alto, e com ar aflorado em sua fisionomia oriental semelhante a quem é "destruidor de mundos" proferiu algumas palavras. E assim, lançou aos ares um terrível "encanto" de proporções colossais para proteger o espaço aéreo alemão das poderosas investidas da aviação aliada, que naquele ínterim, estava provocando a dizimação de grandes indústrias de aviões e um grande número de fábricas de munições nazistas, e que, há tempos, infligia pesadas perdas as forças militares alemãs, enviando cerca de 1.000 aviões norte-americanos durante o dia para bombardear o território alemão, e à noite um número similar de aviões ingleses, era quem fazia as honras bombardeando à Alemanha intensamente. Porquanto, através de magia que fora deliberada, fumaça negra e compacta, se elevou ao ar e tomou conta do espaço aéreo em torno de Berlim, como se fosse um lençol que adequadamente fora estendido sobre uma cama; imediatamente, chuva áspera se precipitou a cair sobre as aves que se encontravam agasalhadas sobre os galhos das árvores, e em poucos segundos, transformaram-nas em monstros, as quais foram manipuladas e lançadas contra os aviões aliados que chegavam para bombardear a capital da nação alemã.

Foram dezenas de centenas de corvos gigantes do tamanho de aviões, e segundo relatos de pilotos ingleses e norte-americanos que abateram em combates alguns daqueles enormes pássaros, aquelas criaturas de cantos bizarros e de penas negras possuíam 5 metros de envergadura de uma ponta da asa à outra; além disso, através de poderoso encantamento ficaram com a plumagem e toda a carcaça revestida por ferro, detendo ainda, sinistra capacidade de cuspir bolas de fogo. Nesse ínterim, houve relatos de que os pássaros assim como pipocas que eclodem dos milhos; se transformavam de forma ininterrupta e simultaneamente, eram umas centenas aqui e outras centenas acolá e por todos os cantos em que se olhavam, e, após a transmutação balançavam as asas como se certificassem que estivessem vivos, trinavam fortemente os cantos do terror e se lançavam ao ar. Enquanto isso acontecia o bruxo com a própria boca tropejou um barulho alto e agudo, semelhante ao som produzido por um amplificador de som que progressivamente aumenta a potência do aparelho; e se comunicando com as aves usando linguajar que é próprio dos pássaros as enviou as dezenas de centenas de milhares para atacar capitais de países famosos, entre elas: Londres capital da Inglaterra; Paris capital da França que já havia sido libertada pelos aliados; Washington capital dos Estados unidos; e por fim, Moscou, capital da União das Repúblicas Socialistas Soviéticas. Logo em seguida, enquanto as miríades de pássaros que formaram nuvens negras gigantescas no céu e se dispersavam como abelhas a procura das colmeias; ele entrou em um carro de fabricação alemã que o aguardava e se dirigiu para o aeroporto da capital. Onde sem demora, o avião alemão de forma pressurosa decolou e o levou para frente de batalha em terras francesas. Chegando a solo francês, o avião nazista pousou de imediato, e de dentro de suas entranhas desceu aquele ser sombrio. Nisto, veículo militar motorizado que o aguardava estacionado por ali, o conduziu para o cume de uma colina de fácil acesso que ficava distante da pista apenas 3 quilômetros. Mais uma vez, ele desceu do carro e se posicionou em pé em cima da colina que era juncada por verdes plantações, onde acima da sua cabeça se encontrava impávido o céu azul-escuro e abaixo no solo, os verdejantes pastos franceses; de onde ele olhou fixamente para o céu, suspendeu a mão direita para frente, erguendo a vara mágica bem ao alto, e através de força psíquica, direcionou o seu nefasto poder para o centro das nuvens. E utilizando o instrumento que anteriormente fora forjado promoveu manifestações telúricas contra os aliados que marchavam imponentes em solo francês. E isto, aconteceu no início de fevereiro de 1945, onde por sua vez, o 3° exército norte-americano que marchava seguindo para o sul da França, através de uma pequena cidade, sem esperar, tivera que enfrentar a sua magia, que, ao ser lançada veio em forma de raios, trovões, terremotos e poderosas trombas da água. Segundo relatos dos soldados norte-americanos, o céu daquela belíssima região parecia que havia entre aspas, enlouquecido, tudo porque o mesmo se abria semelhante às fendas negras, como bocas de túneis sem iluminação, dava rugidos apavorantes como se estivesse descontente com algo, e em seguida, desciam de lá em forma de redemoinhos, dezenas de trombas de águas, as quais davam chicotadas nos soldados. E quando acertavam em cheio o bojo das tropas, faziam grandes estragos, tanto nos tanques bem como nos caminhões. No mesmo instante, em que as raivosas trombas d'águas agiam e arrasavam os militares norte- americanos, o céu depois de ficar listrados de raios e coriscos, mandava poderosíssimos raios, que, em milésimos de segundos cortavam o horizonte e pulverizavam os aviões americanos que se encontravam no ar. Muitos soldados ao perceberem o que estava acontecendo e sem saberem como se defender daqueles fenômenos da natureza corriam aos bandos para poder se livrar da morte, e ao correrem desesperados sem direção e sem rumo, caiam dentro de enormes fendas no solo que eram provocadas por furiosos terremotos, os quais sacudiram aquele lugar por um bom tempo. Enquanto isso, em outro ponto do território francês, os ingleses e canadenses, eram detidos pelo fogo e pelo vento, nas cercanias de outra pequena cidade, no norte da França. Segundo relatos dos soldados ingleses para o Comando-Geral: bolas de fogo de tamanhos de rodas de tratores surgiam do nada, e outras pequenas semelhantes a bola de futebol, se formavam em pequenos orifícios existentes no solo, tornando pequena parte do território francês onde eles se encontravam num cenário escaldante como se, o sol, tivesse declarado guerra a terra, e liberado a sua energia cósmica em forma de bolas para dizimar os terráqueos. E, eram terríveis, pois nenhum ser humano sem a proteção de equipamentos especiais era capaz de suportar aquelas temperaturas, que, semelhantes a meteoros se dirigiam em alta velocidade, e não davam chance para as tropas se livrarem. Além das bolas de fogo, que quase sempre acertavam as tropas, tanto ingleses bem como canadenses, eles tiveram também que enfrentar poderosos furacões, que se formavam nas nuvens as dezenas, em curto espaço de tempo, e arrastavam para longe os carros, os caminhões e os soldados. Naquele instante sombrio, as tropas aliadas que se encontravam em solo francês, estavam em apuros, e o bruxo mago, em uma grande demonstração de poder, havia despejado toda a sua sanha contra eles que, indefesos, não possuíam meios eficazes para se defender daqueles eventos. Enquanto isso animadoras notícias chegaram a Berlim relatando para o Alto Comando alemão que o mago do Tibet, estava cumprindo magistralmente com a sua missão, e que na França, os aliados estavam paralisados enfrentando forças da natureza, e que, não havia meios deles superarem àquelas aflições. O Comando alemão comemorou muito a chegada dessas informações, principalmente, o Furher, que já demostrava fragilidade na psiquê, e que na época, havia rumores de que se encontrava frágil quase débil, vivendo em delírios.

O bruxo se dando por satisfeito, não produziu mais ataques naquela região, apenas mantivera em ação os que estavam acontecendo. Em seguida, semelhante a uma rainha num jogo de xadrez, se deslocou novamente, dessa vez, ele seguiu para a Prússia Oriental para enfrentar o soldado russo voador que segundo relatos de espiões nazistas se encontrava naquele país. Chegando à Prússia Oriental, o insondável bruxo desceu do avião e foi de carro até o ponto em que as tropas nazistas estavam enfrentando os russos. Então, se posicionou mais uma vez, e em pé, e com ar de maioral aflorado no rosto, certamente, se comparando a um deus, proferiu as seguintes palavras: ostrossum, fineschiontron, osbantrum, liperitium, charquataps, destruintsan, zolar! De súbito, o céu ficou vermelho semelhante à cor de uma brasa; e a terra em poucos segundos ficou parecendo que estava sem gravidade; onde o vento sibilante parou de agir, como se estivesse impedido de correr; e onde também fenômenos misteriosos impediram que todos os disparos feitos pela artilharia russa naquele instante, tanto dos canhões bem como das metralhadoras, e, até dos morteiros foguetes katyushas que estavam fazendo grande sucesso na frente de batalha na época, de forma espantosa, fizessem meia volta no ar e se voltassem pressurosos contra as tropas russas, matando instantaneamente, dezenas de soldados. O bruxo mago mais uma vez impôs o seu instrumento mágico ao alto, proferiu outras palavras, com o objetivo de lançar mais um feitiço. E assim, sob o efeito daquele nefasto poder, quase todos os aviões das esquadrilhas russas, aquelas que se encontravam mais próximas daquele espaço aéreo e que atacavam as tropas alemãs, bombardeando-as seguidamente, foram ao chão, pois os mesmos viraram pedras, e ao caírem, se espatifaram e viraram pó. Contudo, não se dando por satisfeito, ele, o bruxo, desferiu mais três tipos de ataques às tropas russas que surgiam por todos os cantos e por quase todos os lados. Primeiro: foram rajadas poderosas de ventos, para tirar a visão dos intrépidos russos; segundo, foram raios pulverizantes que desciam em alta velocidade acertando quase sempre os alvos em terra; terceiro, foram ataques feitos vindos do solo, eram pedras tanto grandes bem como pequenas, que voavam ligeiramente contra as tropas, e outras pontiagudas que subiam do chão, como estalactites que eclodem dos mais profundos recônditos do solo terrestre, e que de súbito, acertavam e perfuravam os corpos dos soldados soviéticos. A batalha contra os russos foi aumentando, aumentando e o tempo foi passando... Passando... Mas nada do russo voador aparecer. Então, o bruxo depois de algum tempo, perguntou a oficiais alemães: onde será que se meteu esse tal soldado? E por que não apareceu ainda? Será que é um covarde? Ou jaz morto?

Entrementes, aquele que estava sendo procurado se encontrava envolvido em outros combates contras as tropas alemãs: onde ora atacava pelo alto ora atacava em solo. De repente, enquanto se encontrava parado em pé, e atentamente observava se eram soldados nazistas que se locomoviam em sua direção, sentiu vibrações na terra que lhe subiram pelo corpo como formigamento que dá na pele depois de uma câimbra, e como se estivesse tendo uma clarividência, pressentiu fenômenos sobrenaturais acontecendo na região. Como não estava muito distante, e agindo através do sexto sentido como ponteiro de bússola que através da meta física é direcionado; voou em direção ao local que o instinto o conduziu. Ao chegar ao suposto local, desceu mansamente e fincou os pés ao chão. Deu alguns passos a mais para frente e parou próximo a uma casamata russa, e ali, procurou ouvir junto aos soldados russos informações que chegavam através do rádio a respeito daqueles mirabolantes ataques que os soviéticos estavam sofrendo. Após ouvi-los para concatenar o que estava acontecendo, perguntou: quem ou o quê é o responsável por esses estragos? Perguntou aos acabrunhados soldados que estavam entrincheirados com os corpos imersos como os tatus ficam dentro dos buracos, enquanto exasperadamente fragorosas bombas e pesadas pedras caiam sobre o lugar. Onde às vezes ora caiam as bombas: boooom! Boooom! Boooom! Boooom! Estilhaço para todos os lugares. Ou ora caiam as pedras: puf! Puf! Puf! Puf! Vitimando dezenas de soldados concomitantemente. Um dos soldados russos que estava quase que totalmente imerso dentro da casamata, falou para ele com espanto no olhar, que, o suposto responsável por aquelas contingências, segundo informações não oficiais, era um bruxo alemão. Então, nesse instante, o mais galante adentrou a casamata, solicitou a outro soldado a luneta de alcance que ele usava e que se encontrava em sua mão, que, deitado e apavorado tentava se esconder dos inexoráveis ataques que estavam sofrendo. Focou por alguns segundos em um ponto no horizonte e bispou a imagem quase nítida de um homem que estava à frente das tropas alemãs. E esse, trajava uniforme diferente daqueles que vestiam os soldados nazistas, pois era uma bata esquisita de cor amarela, sandálias de couro cru e chapéu negro de uma ponta cumprida semelhante a chifre de bode, além de segurar uma vara que ora ou outra a estendia ao alto, e que, segundo o soldado russo que lhe dera as informações, era o responsável por aquelas catástrofes. Abaixou a luneta que usara para olhar e conjecturou por alguns segundos: o que é que eu posso fazer? Como irei enfrentá-lo? Quais as possibilidades que terei que dispor doravante? De repente, agindo de maneira rápida e perspicaz, realizou a oração da força, saiu de dentro da casamata, e olhando novamente para o horizonte na direção que ficava um morro escarpado, teve uma ideia. Voou até o monte escarpado e pedregoso, e quando se encontrava com os pés fixados na formação rochosa, procurou entre os seres inanimados por uma bem grande. Localizou-a em sua base, e sem delongas, se abaixou e pegou uma das maiores que existia e que estava ao chão, com cerca de 1.100 toneladas. E movimentando os músculos superiores e inferiores, suspendeu-a e a jogou para testar o grau de poder de seu oponente. Por sua vez, o bruxo mago mesmo de longe viu que, uma enorme pedra fora arremessada em sua direção, e que flutuava rapidamente e que se aproximava sobrevindo contra ele. Nesse instante, pensou: então, resolveu aparecer para me enfrentar! Agora, é a prova final! No mesmo instante, deu um sorriso de forma irônica e olhou para alguns oficiais nazistas que estavam próximo de si, que, assustados com o tamanho da pedra que sobrevinha em suas direções se preparavam para correr; o bruxo fez um sinal com uma das mãos magras para os soldados nazistas, como se quisesse lhes dizer: fiquem quietos seus tolos, não perceberam que ele e, nem ninguém neste mundo pode comigo! E, erguendo o braço novamente ao alto apontou a poderosa vara mágica para a enorme pedra, a qual mudou de direção, ainda no ar, e a mesma por força de sua magia, semelhante a bumerangue quando é arremessado que vai e que volta para o ponto de partida; retornou com mais velocidade ainda para quem o havia lançado; e o pior, retornou como bola de fogo, que, ao se aproximar de seu lançador, explodiu no ar e se transformou em centenas de pedras de fogo, as quais, semelhantes à chuva de meteoritos, caíram sobre o local, exatamente, em cima do morro em que ele se encontrava. Todavia, o mais galante rápido como um corisco, desviando-se rapidamente passou incólume, e nada sofreu com a inesperada chuva de pedras de fogo. Contudo, mais uma vez, como se estivesse duvidando ou talvez testando o poder do bruxo, pegou outra enorme pedra, de peso quase equivalente à primeira, mas antes de lançá-la, sentiu a cabeça girar como se fosse dar uma síncope, e a mente ficar confusa, em seguida, passou a ter alucinações perturbadoras, era: vultos de miríades de pessoas de variadas idades e de todas as raças, as quais choravam em demasia porque segundo elas tiveram as suas almas arrancadas de súbito dos seus corpos por uma força mística e orgânica que surgira dos recônditos do solo terrestre; além de ver em formato de fumaça aspectos de animais pré-históricos que, de acordo com os arqueólogos um dia dominara o nosso planeta. E, ao olhar para as tropas russas que foram remanejadas pelo comando russo, as quais acabaram de chegar para combater os alemães, pensou que eram as tropas alemãs. Naquele instante, ele foi acometido por um sortilégio que fora lançado pelo poderoso bruxo mago do Tibet, o qual detinha o poder também de dominar a mente humana, tornando-a confusa, fazendo com que a pessoa que fosse acometida ficasse assenhoreada, além de confundir as pessoas e os objetos. Denotando ar de grandeza no semblante o bruxo mago proferiu as seguintes palavras no momento em que o mais galante pegava a outra enorme pedra: beh, keh, soh, guz, grangrou, hasterum, solitrium, afinasitrum, hipnoticuns, zolar! E, elas logo surtiram o efeito desejado, e o hipnotizaram. Impondo ao cérebro, uma voz de comando, e, elas fizeram com que as ações do mais galante se voltassem contra as tropas russas. Porquanto, ao erguer a outra enorme pedra, o feitiço fizera com que a intenção inicial ficasse diferente. E, segundo relatos de alguns soldados russos que sobreviveram ao ataque e a Segunda Guerra Mundial: seu rosto havia transmudado e irradiava fúria e sede de morte. Então, em vez de jogar a enorme pedra contra as tropas alemãs, ele a jogou contra os russos, aonde ela flutuou e depois caiu sobre os soldados soviéticos e os achatou na hora. Realizou a oração da invisibilidade e no mesmo instante, foi ao alto. E dispondo de uma poderosa metralhadora alemã começou a fustigar as tropas soviéticas, disparando contra centenas de balas.

O pânico se instalou no meio dos russos, pois eles não possuíam conhecimento a respeito de seus poderes e nem meios eficazes de detê-lo. Por isso, só o que se via naquele lugar, eram as tropas russas que desabaladamente se retiravam. Contudo, o comando russo através do rádio mandou chamar Katarzyna, para que ela pudesse vir rapidamente em socorro das tropas russas, e deter de algum jeito, aquele de quem a União Soviética devia tanto. Mas, infelizmente naquele momento pelejava contra os russos lutando do lado oposto. O comando pensou que, talvez, ela, que era a sua amiga há tempos, soubesse de algum segredo ou alguma maneira eficaz que pudesse deter aquele estrangeiro poderoso que agindo no campo de batalha daquele jeito contra os russos dizimaria as tropas. Portanto, às pressas foram formados grupos especiais de busca para que pudessem urgentemente encontrá-la e trazê-la o mais breve que fosse possível. A comunicação russa mais uma vez agiu rápido e Katarzyna logo fora encontrada a 6 quilômetros de distância. E em pouco tempo, assim que lhe explicaram do que se tratava, ela de forma voluntária se designou para tentar detê-lo. Por isso, rapidamente se dirigiu para onde ele se encontrava. Todavia, e a princípio, ficara sem saber o que fazer em relação ao amigo que havia lhe ajudado na fuga do campo de extermínio em Treblinka. Contudo, um sargento russo de sua confiança, que, os acompanhara e que havia os ajudados a convencer um tenente russo a produzir um engenhoso equipamento militar que improvisara em seu corpo no episódio do ataque aéreo as forças alemãs em 1942, cujo nome era Dimitry Vladimir Pavel, percebendo que a compatriota estava confusa sem saber o que fazer, falou lhe que, em sua opinião, o mais galante estava agindo de forma equivocada, porque certamente estava sob o jugo de uma hipnose. A súbita informação fornecida voluntariamente por aquele soldado que há tempos contribuía para a glória de seu país contra a tirania de Hitler, fora de suma importância e logo despertou os neurônios de Katarzyna para o que de fato poderia e deveria fazer. Então, ela falou para alguns oficiais russos que estavam próximos de si, que: só a magia de quebrar encanto pode ajudar meu amigo a se livrar deste pesadelo pelo qual está passando! E assim, como um dia que amanhece depois de uma noite escura; a clareza de ideias povoou a sua mente, e o fizera se lembrar da "oração" que o amado havia lhe ensinado na época em que juntos fugiram do campo de concentração. Por isso, ao se lembrar de forma repentina das palavras mágicas, pediu aos oficiais soviéticos que a conduzisse até uma encruzilhada para realizar um ritual de magia. Imediatamente os oficiais indicaram que havia uma próxima as linhas do trem que ficava próximo a um despenhadeiro, a qual havia sido erguida a pouco tempo e, às pressas para que os comboios russos pudessem passar em direção à

Alemanha. Chegando à encruzilhada, ela desceu do carro que o havia lhe conduzido e se posicionou para proferir a oração, onde mais uma vez, pensou: tenho que fazer o meu melhor! E como brisa na beira de uma praia que suavemente vem e bate em nosso rosto, a lembrança das palavras proferidas por seu amado vieram em sua mente: tem que ter fé. Este é o segredo de tudo: ter fé! Porquanto, se ajoelhou, fechou os olhos e cerrou os punhos, enquanto que as bombas ainda caiam e faziam os estragos no meio das tropas russas. Não obstante, erguendo a mão direita ao alto e com o dedo polegar em riste fez o sinal da cruz sobre a testa, e proferiu a poderosa oração com muita ansiedade, esmerando-se para que desse certo: todos os anjos, apóstolos e santos fiquem de prontidão, para livrar as pessoas da terrível destruição; anjos protetores que no céu são celestiais cubram os humildes da terra, com seus escudos imortais; apóstolos ativos que de Jesus receberam a missão, de levar as nações para a luz, livrando-as da escuridão; santos benditos eu te peço uma solução, desfaçam todo tipo de bruxaria, possessões espíritas, pragas rogadas, feitiço ou magia, livrando as pessoas inocentes seja à noite ou de dia, que tudo que fizeram contra elas, caiam por terra neste dia, amém! Sobretudo, o amor que nutria por ele era inextinguível, e isso se assomou e fizera com que aquela "oração" que ele havia lhe ensinado, surtisse o efeito, e cumprisse o papel perfeitamente, do qual era esperado. Enquanto que as bombas das armas nazistas e os estragos funestos impostos pela força do poder do bruxo recrudesciam cada vez mais, ela ajoelhada e concentrada, continuou o bater de lábios proferindo a incrível oração. Ao terminar de proferi-las com o objetivo de libertar o mais galante e seu amado, vira de maneira surpresa que no alto sobre eles algo fenomenal acontecia, uma estranha manifestação telúrica. De súbito, apareceu no céu que ainda se encontrava vermelhado: uma imensa bola de luz incandescente do tamanho equivalente ao um morro, que até as populações de outros países, do outro lado já no continente asiático foi possível ser vista a olho nu. A qual passou ligeiramente rasgando o céu de ponta a ponta naquele exato instante, como um cometa que cruza as galáxias e que deixa um rastro de luz em seu longo trajeto. Essa bola de luz seguiu como um astro cósmico e sumiu no infinito. Após isso, o espaço aéreo daquele lugar, transmudou-se, e voltou ao seu estado normal, onde o mais galante que estava invisível e no alto, e já armado com outra metralhadora de calibre poderoso, pronto para atacar mais uma vez as tropas russas, onde também estava Katarzyna Adler, voltou a si. E o seu corpo pôde enfim, de forma surpreendente, ser visto por todos. Nesse instante, ao estabelecer o controle psíquico e a lucidez, o seu belo rosto transmudou-se novamente e voltou a ter a aparência normal e agradável de antes. Desceu ao chão e fincou os pés ao solo, embora ainda estivesse confuso. Quando estendeu a visão para além do horizonte, viu a amada em pé, e um pouco adiante, vestida com o uniforme militar russo, balançando os frágeis braços de forma frenética, fazendo sinais graciosos, e o chamando para próximo de si. Como um pai carinhoso que olha para o filho querido, e nele ver graça em todas as pueris peripécias que o mesmo realizara; semelhante fora ele, que, lhe comparou em seu aspecto delicado e feminino, a um "anjo bom" que havia descido do céu para lhe salvar. Porquanto, lhe um ofereceu um gracioso sorriso, e já próximo agradeceu: obrigado meu amor! Ela por sua vez, transbordando de felicidade e amor, aproximou-se de súbito dele, semelhante a um cão amigo que fica animado ao vê o dono chegar; e como uma gata doméstica saltou-lhe ao pescoço e o abraçou fortemente, e o beijou por alguns instantes de tanta felicidade que sentira ao ver o amado liberto do poder do mal. Contudo, as bombas disparadas pelos nazistas não paravam de cair e as pedras que estavam sendo manipuladas pelo bruxo mago também não paravam de fazer os estragos vitimando dezenas e centenas de soldados russos. Enquanto isso, ele se pôs a pensar de que forma dali em diante poderia deter aquele bruxo, haja vista, que o tal demonstrou ser muito poderoso, possuindo malévolo poder que domina os elementos que se encontram na natureza, como: a água, o vento; o fogo e à terra, além de possuir habilidades que dominam a mente humana. Porquanto, seria necessário um esforço sobre-humano: o que fazer? Como que conseguiremos detê-lo? Ficou a se perguntar. Enquanto pensava, o bruxo mago, através de um ritual que realiza para invocação de espíritos do mal, proferiu palavras profanas, em uma língua bem antiga, e semelhante à habilidade de um "encantador de serpente" que, utilizando instrumento de sopro a faz levantar; ressuscitou miríades de soldados alemães, que imediatamente, se levantaram de onde se encontravam, pegaram em armas novamente, e começaram a combater as tropas russas. Nesse instante, ficou parecendo que o próprio inferno se abriu e os diabos moradores deste sinistro lugar e toda a legião do mal, despertaram para atormentar os mortais. Foram cenas terríveis de se ver, milhares e milhares de soldados nazistas que haviam sido postos fora de combate pelas tropas russas, estavam naquele instante, de volta ao funesto campo de batalha, e logo se juntaram aos outros soldados nazistas, e em seguida, atacaram com ímpeto. Indubitavelmente, foi um horror ver aqueles mortos-vivos, impulsionados pela força da magia do bruxo mago, se levantar de onde se encontravam fúnebres e marcharem com ímpeto desmedido em direção as tropas russas. Onde muitos daqueles soldados tinham os corpos completamente mutilados provocados pelas explosões das bombas que foram detonadas pelos russos. Centenas de dezenas daqueles soldados faltavam algum tipo de membro; outros faltavam uma das pernas e um dos braços; e outros faltavam todos os membros tanto superiores bem como os inferiores. Mas ainda, existiam aqueles que tinham perdido apenas as pernas, provocadas por explosões de minas, os quais arrastavam o tórax pelo solo, e puxavam as vísceras e fragmentos de outros órgãos que estavam expostos, devido a triste mutilação que haviam sofrido. Eram criaturas desfiguradas, ensanguentadas que salivavam como se estivessem raivosas e que se arrastavam de modo horripilante seguindo em direção das tropas russas. Havia também aqueles que ressuscitaram que não haviam perdido nenhum tipo de membro, e foram contra esses que os soldados russos, tiveram mais trabalho. Eles pegavam em armas, e se lançavam contra as tropas russas de maneira alucinada e aguerrida, como índios guerreiros que atacam os oponentes sem uma prévia estratégia de guerra, mas de forma avassaladora e inquieta se lançam na batalha como se fossem ondas de mar revolto que produzem devastação quando chegam às praias; os quais fremiam os dentes, batiam os pés ao chão, agitavam as armas para o alto, e partiam com ímpeto para cima das tropas russas. Outros mortos-vivos por suas vezes agiam de modo mais racional, entravam nos veículos motorizados, e os conduzindo, se lançavam contra os soviéticos, que logo ficaram acabrunhados ao verem as massas de zumbis se levantarem do solo de onde jaziam mortos há algum tempo, e seguirem em suas direções. Por isso, começaram a recuar ante a força conjunta e o ímpeto frenético daquelas criaturas que se atiravam contra eles como loucos suicidas. E quando eles, os zumbis, pegavam os soldados russos, os lascavam em pedaços através dos seus inexoráveis dentes. Sobretudo, o mais galante se dirigiu voando ao encontro do comando das tropas russas, desceu ao solo e ficou a frente de uma delas a qual se encontrava sob a égide de um general destemido chamado de: Vissiliev Norbich Kostchienko. E para não deixá-los que fraquejassem em suas missões de varrer o mal personificado naquelas criaturas, os exortou com palavras eloquentes para que eles pudessem enfrentar o que vinha pela frente sem retroceder um palmo do funesto campo de batalha. E abrindo a boca usou palavras que foram transmitidas assim: guerreiros, a menos de 1 quilômetro daqui, à morte negra nos espera, mas vós guerreiros indomados não recuarão, pois sóis a justiça vingadora e a liberdade resplandecente das gerações futuras, e toda a União Soviética contam com vocês! Marchem soldados! Quando as palavras de estímulos e esperança foram inoculadas por toda aquela região, naquele tom, e por aquele destemido soldado, que há tempos lutava magnificamente para derrotar as forças nazistas, as tropas russas se mobilizaram: tanto as tropas aéreas bem como as terrestres, como as que conduziam os tanques de guerras ou os carros de batalhas de vários os tipos, e, ainda, a sua infantaria, ficaram animadas e novamente se agitaram. E assim, como as águas de dois oceanos que se encontram e que provocam fragorosas explosões, devido o choque de suas ondas; semelhante fora o embate das massas delirantes que se lançaram uma contra a outra. Todavia, outra contingência sombria surpreendeu as tropas russas, tudo por causa de outro feitiço que o bruxo mago lançou, foi à astúcia de aumentar o tamanho de animais peçonhentos, como: escorpiões, aranhas e cobras. Os primeiros detinham as cores vermelhas como sangue e mediam cada um, a exorbitância de 18 metros de comprimento, por 4 de largura, e 4 de altura; já as cobras, eram cinzentas e mediam 24 metros de comprimento, por 1.30 cm de diâmetro. Enquanto as criaturas peçonhentas agiam e atacavam sem dar trégua às tropas soviéticas, surgiram nesse mesmo campo de batalha outros seres não menos asquerosos: vermes rastejantes que habitam o seio terrestre, os quais se tornaram gigantes com aproximadamente 30 metros de comprimento, por 3 de diâmetro, os quais produziam enormes buracos no chão, semelhantes a túneis. Eles se locomoviam rapidamente pelo subterrâneo como metrôs, subiam e agarravam as vítimas com as suas presas colossais, depois, os levavam para baixo da terra e os devoravam. E, quando os soviéticos atiravam contra aquelas nojentas criaturas, as balas das metralhadoras, apenas afundavam em seus monstruosos corpos que eram volumosos e melequentos. E como bola de tênis rebatida por outro habilidoso tenista, retornava contra aqueles que as lançaram. Somente as balas dos canhões, eram capazes de matá-los, quando atirados assertivamente nas cabeças. Nesse ínterim, o mais galante acompanhado de oficiais russos fez um recuo providencial e de forma sucinta realizaram uma rápida conferência para dirimir sobre aquelas contingências inimagináveis. Onde em pouco tempo, eles decidiram em comum acordo que deveriam atacar e matar o bruxo para não dar mais espaço para que ele pudesse invocar e ressuscitar mais mortos-vivos ou aumentar o tamanho de outras espécies de animais. Mas antes, tiveram que enfrentar os soldados alemães que foram a pouco ressuscitados. Porém, em meio aos combates, perceberam que mesmo sendo atingidas mortalmente as criaturas se levantavam novamente, e atacavam de novo, e isto, era fruto da poderosa magia do bruxo mago que as mantinham em ação. Por isso, para onde se olhava se via o caos espalhado. E no vasto campo de batalha da Prússia oriental, de norte a sul, de leste a oeste da região em que estava se desenvolvendo essas batalhas, só o que se ouvia e via era o terror e tragédia: de um lado, corpos de soldados russos mutilados pelos zumbis, enquanto outros soldados ainda vivos, mas sem conseguir suportar a dor além de se estorcerem no solo gritavam estrepitosamente porque estavam tendo os corpos de forma inexorável rasgados pelos dentes das criaturas; do outro lado da mutilação, caminhões, carros de todos os tipos e tanques russos ardiam em chamas voluptuosas; adiante combates frenéticos e terríveis entre a infantaria russa e os mortos-vivos; um pouco mais à frente, bombas que caiam e exterminavam instantaneamente parte do pelotão; de repente, aqui e acolá na direita e na esquerda; soldados soviéticos passavam correndo de forma alucinada tendo em suas fisionomias acabrunhadas o medo estampado, tudo porque, segundo eles: surgiram aranhas vermelhas que lançavam teias poderosas para diversas direções semelhantes a arames farpados as quais prendiam 10 ou 15 soldados de uma só vez, depois, sugavam o sangue dos corpos; os escorpiões por suas vezes também nas cores vermelhas desferiam ataques maciços contra as tropas, e com os ferrões enormes, davam golpes fatais e paralisavam as vítimas que logo morriam envenenadas; as cobras de cor cinzentas ágeis e fatais serpenteavam ligeiramente sobre o solo e davam laços mortais, fazendo com que os corpos explodissem pela tamanha pressão; os vermes gigantes de maneira horripilante eclodiam do solo como plantas que brotam do chão, e utilizando funestamente as presas que se abriam em sentido horizontal, agarravam os corpos dos soldados russos e os levavam para baixo da terra. Contudo, quando nem se imaginava que pior poderia ficar, surgiu no céu uma sombra gigantesca e aterrorizante, como o alvorecer de um dia; e de súbito, se via no espaço aéreo centenas de corvos gigantes, os quais chegaram ao local fazendo barulhos estarrecedores. Em seguida, revoluteavam e convergiam por todos os lados em que se olhava. E, em poucos instantes, começaram a fustigar a aviação russa e a todos que lutavam contra as forças satânicas de Hitler. Não obstante, e, em meio aqueles terríveis combates, assim, pensara o mais galante: a única maneira de acabar com as criaturas, e todo o tipo de sortilégio seria necessário primeiro, acabar com o bruxo! Então, naquele momento, em que as dificuldades aumentavam e ficavam mais difíceis de serem solucionadas. Ele chegou a uma provável solução para acabar com aquela terrível situação que parecia que não teria fim. Nesse ensejo, de certezas e incertezas, apelou mais uma vez para a poderosa "oração do encantamento" para tentar destruir de uma vez por todas com aquele terrível bruxo. Todavia, o homem era muito astuto, e, ao perceber que naquele instante, palavras mágicas estavam sendo proferidas, e que de algum modo poderiam lhes atingir, criou em torno de si, e em torno de milhares de soldados nazistas, exceto, os mortos-vivos, um campo de força que era muito poderoso e que radiava energia intensa, o qual não permitira que, a "oração do encantamento" lhe atingisse. O mais galante por sua vez ao terminar de proferir as palavras mágicas daquela poderosa oração, percebeu que nada havia acontecido ao bruxo, que, incólume, estava protegido dentro de um campo de força. E isto, lhe deixou mais preocupado.

Entrementes, em Washington, Paris, Londres, e em Moscou, os barulhentos corvos gigantes que semelhantes às nuvens carregadas de chuvas que de repente se amontoam na abobada terrestre e em pouco tempo despejam as águas; chegavam e bombardeavam intensamente as cidades, sendo impelidos pelo poder assombroso do bruxo, embora as defesas antiaéreas soassem os alarmes no momento dos ataques e os aviões pilotados por bravos soldados defendiam os territórios e os abatiam as dezenas, ao passo, que chegavam mais, semelhantes às ondas frêmitas que chegam à praia e que no inesgotável oceano de águas salgadas, não tem fim.

De volta a Prússia Oriental, e, em meio às contingências sombrias, o mais galante mergulhara em seus pensamentos, e uma ideia mortal sobreveio a sua mente que, além de ser dotada de notável inteligência era revestida de boa memória, o que lhe permitiu se lembrar da época em que ficava em sua terra natal, ouvindo atentamente rádio amador, e onde aprendera sobre vários temas e vários assuntos, e inclusive, noções básicas sobre "física". Portanto, no momento em que os recursos que estavam sendo utilizados mostraram serem improfícuos para acabar com o bruxo mago, ele pensou: somente uma grande força, concentrada apenas em um ponto e que venha de cima para baixo será capaz de destruir o campo de força, e que, consequentemente, derrotará o bruxo. Katarzyna Adler talvez na defesa da preservação da espécie e despertada no instinto de fêmea, olhou para ele que estava ao seu lado parado e em pé, com olhar sério e absorto. Perguntou aos gritos devidos aos barulhos que os rondavam: o que é que você está pensando em fazer meu amor? Meu Deus! Não...! Não...! Por favor! Eu morro 1.000 vezes só de pensar o que de ruim pode acontecer a você! Exclamou com a voz embargada e os olhos vertendo lágrimas, pois estava em demasia preocupada com o que de fato ele poderia fazer. Aquele semblante sério, aquele olhar distante e evasivo revelava algo terrível que estava para acontecer, certamente, era alguma atitude heroica que colocaria a sua vida em perigo. E, no momento em que eles se encontravam com os corpos perfilados e defronte um para o outro, se abraçaram, semelhantes a maioria dos casais apaixonados quando se encontram ou quando se despedem. E, olhando fixamente nos olhos dela e alisando os seus cabelos negros, falou: tenha calma meu anjo, não se preocupe, pois sei o que estou fazendo, confie em mim! Sobretudo, assim pensara Katarzyna, enquanto a sua cabeça repousava sobre o peito do mais galante: a vida é feita de escolhas, e talvez, para ele se for necessário ter que escolher entre a sua vida e a possibilidade de acabar com o bruxo, ele não hesitará em dá-la como imolação para que o mundo fique livre desta grande ameaça nazista! Porquanto, naquele instante sublime, ela pressentiu no tom de voz dele que nada que ela pensasse em fazer o impediria. Sentiu também na convicção de suas palavras, e no seu olhar sereno, que podia confiar. Então, se acalmou e ficou em silêncio abraçada com o amado e sentindo o bater do seu coração. Enquanto isso, a batalha maldita continuava. De repente, ele quebrou o silêncio se desgarrou dela por um instante e olhando para o alto, pronunciou: Katarzyna! Voltou o seu olhar para ela novamente e serenamente disse: vá até o comando soviético e fale a respeito da minha astuta ideia, peça ao comando que não hesitem um só instante e que continuem a atacar com todo poder que dispuser, e sem cessar, e isto terá que acontecer: pelo ar, por terra, e com toda a artilharia dos fuzileiros e tudo que puder atirar que os usem para bombardear o campo de força, e com isso, desviar a atenção do bruxo. Contudo, continuou. Após 1 hora de bombardeio, será necessário que as tropas russas se afastem para longe o mais rápido que for possível, para que não haja perdas no meio delas, porque o que sucederá poderá ser terrível para as tropas! Katarzyna, então, se dirigiu as pressas para onde se encontrava o comando russo e do jeito que ele a orientou, assim, ela o fizera e relatou de imediato a sua ideia e o que sem delongas as tropas russas deveriam fazer. A aviação russa foi a primeira a começar o bombardeio, logo após as artilharias dos morteiros foguetes katyushas se posicionaram e também fizeram a sua parte na estratégia, e assim bombardeavam, sendo acompanhados pelos outros tipos de canhões e por quase todos os tanques de guerras russos. E tudo isso, em meio aos confrontos contra as criaturas, como: os corvos gigantes, as aranhas, os escorpiões, as cobras e os vermes que habitam o solo. Além dos mortos-vivos que não davam sossego um só instante. Após os bombardeios, as tropas russas se retiraram para longe, cerca de 10 quilômetros, afastaram-se semelhantes às ondas que recuam para o alto-mar, após chegar com ímpeto à praia; deixando confusos tanto as tropas alemãs bem como o bruxo mago, porém, sendo seguidos de perto pelas terríveis criaturas. Enquanto isso, após calcular na mente que o tempo previsto para os bombardeios havia passado, iniciou a oração do voo. Contudo, uma visão possessa invadiu a sua mente, e em poucos segundos, um sono profundo o acometeu e o levou ao solo como se estivesse sido nocauteado por um poderoso golpe no queixo. E de súbito, novamente, em meio aquela batalha, o sonho emblemático que anteriormente tivera com uma estranha mulher que não conseguia ver o rosto, mais uma vez aconteceu. Ela se apresentou, exatamente, como das outras vezes, sem as roupas, nua semelhante a um bebê quando vem ao mundo, porém, com grinalda na cabeça e um longo véu cauda de peixe de cerca de 5 metros de comprimento, o qual ela o arrastava pelo solo. Dessa vez, foi próximo a uma capela que se encontrava ornamentada e preparada para um casamento. Ele pusera as mãos em seu próprio corpo analisando a vestimenta que lhe produzia a qual era diferente de todas que vestira anteriormente e percebera que estava adornado para um suposto casamento, como se ele fosse o noivo. E, a estranha mulher que se encontrava nua, cujo rosto não conseguia ver, era de alguma forma a noiva. Contudo, como corrente de energia que é cortada de súbito por alguém ao desligar a força; o sonho fora interrompido e ele acordou rapidamente. Levantou-se e quando olhava para o céu e se preparava para finalizar o que havia começado, uma das serpentes gigantes com um dos olhos em chamas, devido bombardeio que sofrera, apareceu de repente saiu de trás de um barranco, e ziguezagueando rápido, deu o bote com a boca escancarada e o engoliu inteiro de uma só vez, mas, o indomável detinha grande força em seus músculos, e como pinto que quebra a casca do ovo ao nascer, e ganha liberdade; assim fora ele, que, através de grande murro, rompeu o ventre da grande serpente e saiu ileso de suas entranhas. Limpou-se fazendo expressão de asco, pois acabara de sair de dentro do ventre de uma serpente. Com a mão direita fez o sinal da cruz sobre a testa, e concluiu a oração do voo para subir ao mais alto do infinito, porém, nesse ínterim, novamente fora surpreendido, desta vez, por 5 corvos gigantes que no instante em que ele voava e subia verticalmente em direção ao espaço, vieram lhe interceptar. E um deles, utilizando o bico monstruoso, pegou em seu pé esquerdo, e tentou devorá-lo voluptuosamente, puxando-o para baixo, o arrastando e tirando de súbito do pé a bota de cano alto que usava. Todavia, com grande força nos indomados braços e agindo semelhante a pássaro predador que luta no alto para defender o alimento de outras aves predadoras; semelhante fora ele, que voou com fúria indomável em direção aos corvos gigantes e como um exímio boxeador, os esmurrou dando-lhe vários golpes seguidos naqueles monstros negros e os abatera sem delongas ainda no ar. Depois disso, enquanto os bichos de penas negras despencavam do céu, abatidos já sem vida, ele continuou subindo para o infinito; e assim passou voando pelas plumagens das nuvens, as quais, aos olhos negros eram tão brancas e pareciam feitas de algodão-doce; passou pelas camadas de ar de proteção da nossa atmosfera, e foi sentindo de leve em sua pele os diferentes gases que a compõe; nisso, passou incólume pela troposfera, mais alguns quilômetros depois, passou também pela estratosfera, e pela mesosfera, até que chegou à termosfera numa altura de mais de 122 mil metros de altitude. Subiu tão alto, mas tão alto, onde jamais um "homem normal" sem a proteção de equipamentos especiais de segurança, conseguiria chegar vivo. De onde deu para ver solto e impávido no ar, o nosso esplêndido, redondo e belo planeta azul. Posicionou-se como se estivesse em pé no solo, e durante alguns segundos permanecera parado na imensidão do espaço sideral como se fosse um beija-flor, parado exatamente, na direção onde se encontrava o bruxo mago e milhares de soldados alemães, que se protegiam dentro do campo de força. Enquanto subiu voando, realizou a oração da força por 10 vezes consecutivas, suplicando poderes adicionais, que até então, o seu corpo não havia experimentado tamanho poder. E, na medida em que fora subindo uma força mágica e invisível era de súbito, absorvida pela massa muscular que constituía a sua anatomia. Sobretudo, como é sabido, o seu corpo através das orações que utilizara no decorrer dos anos, passou por transformações surpreendentes, ficando resistente a todo tipo de provação da natureza. Por isso, nada sofrera a subida rápida, e nem a elevada altitude, onde os satélites artificiais e os ônibus espaciais, que na época ainda não existiam, orbitam. Assim que chegou a altitude de 122 mil metros, e após realizar as orações da força, que lhe deram imenso poder, começou a descer em alta velocidade de cerca de 5 mil quilômetros por hora. Mas quando entrou novamente na atmosfera terrestre, sentiu de leve na pele comichão como se estivesse queimando. Porém, aquilo, assim pensou: era só um contra tempo, devido à entrada brusca na atmosfera terrestre, mas nada que impedisse a sua incrível missão, a qual deveria realizar naquele instante. Quando se encontrava mais ou menos uns 60 mil metros de altitude distante do solo, o bruxo mago através do seu poder psíquico intuitivo percebeu a intenção do ataque, abriu uma brecha no campo de força, e lançou para o alto em sua direção uns raios mortais que tinham o poder de paralisar até um dinossauro, se o mesmo ainda existisse. Todavia, o mais galante que sempre fora muito astuto, já estava preparado para qualquer tipo de reação de defesa, e de maneira preventiva, se esquivou dos furtivos raios, realizando diversos zigue-zagues enquanto descia. E assim, se saiu incólume. Imediatamente, o bruxo mago lançou outro raio e o mesmo magicamente fechou a brecha que abrira no campo de força na tentativa inútil para tentar se proteger daquele poderoso e iminente ataque. Enquanto isso, a velocidade que atingira assomado a grande força que havia adquirido através das orações, foi tanta, que quando bateu no campo de força, provocou estupenda e fulgurosa explosão, como se fosse a explosão de uma bomba atômica, a qual atingiu um raio de um quilômetro e meio, que, além de irradiar luz incandescente, liberou energia semelhante a que provoca tsunami que arrastou tudo e a todos que encontrou pela frente. A lei da física explica: um corpo que cai de certa altura, a certa velocidade, tem o seu impacto multiplicado por diversas vezes o seu peso. Portanto, o incrível poder que havia solicitado foi tanto, que fizera com que descesse tão rápido como um míssil, que assim que chegou ao alvo, deu um poderoso murro, o qual trespassou a barreira de proteção do campo de força, rompendo lhe de imediato e atingindo o bruxo mago do Tibet e as tropas alemãs que estavam protegidas em seu interior, os quais, não resistiram ao forte impacto e a forte explosão e morreram na hora. Uma enorme cratera se abriu no solo e o corpo do mais galante foi arremessado para longe por uma força centrífuga, o mesmo tipo de força que joga um carro para fora dc uma curva quando um motorista imprudente a faz em alta velocidade; onde todos, e, inclusive, a sua amada pensaram ter chegado o seu fim, ao ouvirem de longe a fragorosa explosão.

Com a morte do bruxo mago, a magia que mantinham as criaturas e os soldados alemães mortos-vivos em ação combatendo os russos, perdeu o efeito. E eles, desabaram ao chão, voltando aos estados de origem. Os zumbis morreram novamente, e todas as outras criaturas voltaram ao tamanho normal acompanhado dos pássaros. Enquanto que, em território alemão os corvos gigantes que faziam a defesa do espaço aéreo nazista, se transformavam em pequenos e inofensivos corvos comedores de carniça. E, esse efeito, que os tornaram inofensivos foi sentido em Londres, Washington, Paris e Moscou, que definitivamente se livraram daqueles bombardeios infernais que foram empregados sempre durante o dia e durante quase uma semana inteira.

Na França, as tropas norte-americanas, inglesas e canadenses, ficavam livres dos constantes ataques que eram realizados por forças da natureza, os quais estavam sendo manipulados pelo bruxo mago.

De volta à Rússia, o impacto do murro foi tão forte que provocou uma explosão tamanha, que ele foi jogado para longe, e ao cair ao chão, desmaiou, ficando desacordado por alguns instantes.

Enquanto isso, dias depois em Berlim, no centro do quartel-general do império nazista, chegou a triste notícia:

Em algum lugar na Rússia, do dia 09 de fevereiro de 1945.

É com enorme padecer que comunico ao meu Furher, que: às 14h35min, do dia 07 de fevereiro de 1945, sucumbiu e jaz morto no campo de batalha na Rússia, frente ao soldado russo voador, a nossa rainha e com ela a última esperança de vitória do Terceiro Reich!

Ass. General Feldmarschal Wilhelm Keitel.
OKW- Alto comando das forças armadas.

## Capítulo XXX
# O sol como aliado

O evento catastrófico culminou instantaneamente na morte do poderoso bruxo, e de milhares de soldados nazistas que, erroneamente, pensavam que estavam protegidos dentro do campo de força. Sobretudo, Katarzyna Adler: a doce, afetuosa e gentil russa, através das tropas soviéticas que conseguiram localizar o seu amado a cerca de 2 quilômetros do epicentro da explosão, verificou com os próprios olhos, que ele milagrosamente estava vivo, embora estivesse no solo desacordado, com o uniforme militar aos fiapos, e todo sujo do pó da terra. Muito emocionada, pois pensara que o fim havia chegado para o amado, lhe deu um abraço apertando-o firmemente, e com as mãos lhe apoiando a cabeça sobre o colo como uma desvelosa mãe que segura o filho pequeno; o beijou no rosto, e disse-lhe: graças a Deus você está vivo meu querido! Ele abriu os olhos e sorriu.

Entrementes, voltando no tempo bem antes desse episódio acontecer, em junho de 1944, na frente ocidental, foi desencadeada uma das 10 maiores operações de guerra que aconteceu durante a Segunda Guerra Mundial, denominada pelos arquitetos de: Market Garden. Tinha como líder supremo dessa imensa operação, um general americano chamado de: Eisenhower. Nesse ensejo, foram empregados naquele grande esforço, aproximadamente 4.928 aviões de todos os tipos e de vários tamanhos, tanto americanos bem como ingleses, e entre eles: caças, bombardeiros e planadores, que voaram em direção a Alemanha fazendo barulhos ensurdecedores, e que, segundo relatos de moradores daquela região da Europa Central, que os viram passar voando sobre o espaço aéreo daquela estratégica região: pareciam abelhas que zuniam no ar de forma fragorosa à procura da colmeia. A síntese da ideia de seus planejadores foi a de usar aquela megaoperação para invadir o país nazista, através de um país vizinho, para atingir de forma mortal o coração do Terceiro Reich, lançando no seu próprio campo de batalha, grande número de tropas, e de carros de combates. Apesar de que em determinado momento durante a laboriosa operação ter surgido alguns contratempos, os aliados foram conquistando território e fazendo prisioneiros de guerra aos montes. Portanto, após grandes derrotas na Normandia, em julho, e em agosto de 1944, e, após a perda do seu metafórico monstro em solo francês, que, consequentemente, favoreceu "os aliados" na libertação de Paris, os lideres nazistas se viram envolvidos em um dilema: ficar na França e resistir aos aliados ou levar as tropas nazistas remanescentes que ainda detinham grande poder de fogo para fazer a defesa da "pátria mãe" contra o rolo compressor soviético, que inexoravelmente se aproximava pelo outro lado. A decisão depois de muito ser discutida pela alta cúpula alemã foi tomada: levar o que restava tanto de homens bem como o de material bélico de volta para a querida Alemanha. Com isso, foi possível em poucos dias, de dentro dos aviões batedores dos aliados, vê do alto, espalhadas ao solo, às forças remanescentes, milhares e milhares de soldados nazistas seguindo a pé, de carro, de cavalo, se retirando através dos Países Baixos e da França Ocidental, em direção ao território alemão.

De volta no tempo, assim como na frente ocidental que, no ínterim referido se mostrava favorável aos aliados, na frente oriental, em solo russo, o mais galante após se convalescer do embate que tivera contra o bruxo mago do Tibet, se juntou novamente aos exércitos russos, para dar prosseguimento à grande campanha russa que se iniciou simultaneamente, a que fora desencadeada pelos aliados na Normandia em junho de 1944. Em 20 de junho desse mesmo ano, os russos iniciaram uma das mais impressionantes campanhas ofensivas da Segunda Guerra Mundial, realizada apenas por um único país. Nesta ofensiva eles empregaram cerca de 3 milhões de soldados, cerca de 8 mil aviões de guerra, 50 mil canhões, além de empregar, 10 mil tanques de guerra e outros milhares de carros de combate, incluindo, os carros que conduziam os famosos morteiros foguetes Katyushas, que por ora faziam muitos estragos no meio das tropas nazistas. Essa imensa empreitada, ainda foi apoiada pelo "mais galante entre os homens" que sem hesitar e utilizando o recurso da invisibilidade concomitante com o poder da oração da força, ajudou as tropas russas a destruir dezenas de tanques de guerras e, outras dezenas de aviões nazistas que se encontravam dando apoio aéreo na região, os abatendo com as próprias mãos, onde em menos de 15 dias, as tropas soviéticas passaram por cima das tropas alemãs que estavam postadas como dominadoras por todo o território Polonês. Nesse tempo, nada mais que os alemães pudessem tentar poderiam mudar o rumo ao seu favor, pois a vitória final dos aliados parecia certa, e estava se concretizando de acordo com os longos preparativos de mais de 3 anos. Entretanto, ainda havia alguns obstáculos e desafios a serem superados até a rendição da Alemanha nazista, como por exemplo: além de grande número de efetivos de soldados alemães que estavam dispostos a lutar até a morte por Hitler; bem como as "grandes torres fortificadas" de Berlim, que era um composto de quatro fortes, que se assemelhavam a castelos medievais. Elas foram construídas e espalhadas de forma estratégica, no centro da cidade, com a finalidade de defender a capital de ataques aéreos. Foram revestidas por grossas camadas de concreto e pareciam serem impenetráveis, inexpugnáveis, pois os poderosos tanques t-34 de fabricação russa com os seus grossos canos disparavam compulsivamente contra, porém, nada aconteciam a elas, onde os soldados alemães que se encontravam entrincheirados dentro desses fortes, aproveitaram a posição de defesa e mandaram "chumbo grosso" contra os seus atacantes, levando a morte a centenas deles. Nesse episódio a aviação russa também se fez presente, e disparou algumas dezenas de centenas de bombas, mas os soldados alemães resistentes e arrojados se defenderam bem, e com as suas armas de artilharia antiaérea abateram diversos aviões russos durante os incessantes e sucessivos ataques. Em meio a esses combates, às 14h30min, o mais galante que, acompanhado dos russos, já havia atravessado a Prússia Oriental, e com eles, havia invadido o território alemão. Já se encontrava próximo do centro de Berlim, bem próximo onde ficavam as tais "torres fortificadas". Realizou a oração do vôo novamente, e começou a dar vôos rasantes em direção às grandes torres, e, a atirar contra os soldados alemães que se encontravam entrincheirado. Quando lograva êxito, nas investidas, matando dezenas de soldados nazistas, subitamente, surgiram em seu encalço, no fumacento céu de Berlim, cinco aviões a jatos alemães, conhecidos tempos depois como: asa voadora ou simplesmente Horten H-I, versões intrigantes de aeronaves dos quais muito se falaria após a Segunda Guerra Mundial, que talvez, fosse tecnologia extraterrestre, pois eram sofisticados e bem poderosos para a época; velozes e com bastante autonomia de combustível que, em vez de queimá-lo, como normalmente fazem os motores das máquinas no processo de combustão, se perpetuavam circulando na engrenagem como água de radiador de carro. E, eles, os aviões, eram equipados com visão noturna à base do infravermelho, e estavam vindos em alta velocidade em sua direção. Horten H-I era uma aeronave de asa fixa que não possuía nenhuma fuselagem, tinha o formato de um cilindro, quase parecido com um disco; assemelhava-se a estrutura dorsal do corpo de um morcego negro adulto quando se encontra com as asas abertas voando; manobrava a sua estrutura durante o vôo como se planasse e fazia isso tanto na vertical bem como na horizontal; subia, descia, girava e desviava-se dos obstáculos em alta velocidade com quase a mesma desenvoltura de um morcego. Sobretudo, já fora dito, que os aviões a jatos alemães foram os primeiros a serem construídos no mundo, chegando a atuar em combates, e tendo um desempenho arrasador. Onde em 3 noites do ano de 1944, mais de 100 aviões da RAF (real força aérea inglesa) foram abatidos por apenas cinco Me-262, segundo relatos de alguns pilotos ingleses que enfrentaram os tais caças. Portanto, foi contra aquele tipo de máquina que era ágil ao extremo, que o mais galante tivera que lidar; onde ao contrário de outras batalhas aéreas, onde foi a caça, dessa vez, foi caçado. Nesse ensejo, em 22 de março de 1945, durante o limiar do fim da

Segunda Guerra Mundial, praticamente a força aérea alemã, já havia deixado de existir como força militar, devido às grandes batalhas aéreas que tivera que travar por diversas frentes, onde perdera grande número de aviões, através dos bombardeios que sofrera dos "aliados" a quase 4 anos de guerra, o que resultou na destruição de além de milhares de aviões em centenas de fábricas, numa tentativa dos aliados de eliminar a terrível máquina de guerra alemã. Contudo, num esforço esplêndido para se manterem firmes na guerra, os nazistas jogaram as suas últimas cartadas, e muitas armas foram construídas no intuito de eliminar os adversários da nação alemã. E umas dessas armas foram os terríveis aviões a jatos Horten H-I. Enquanto isso, ao perceber através do aguçado sentido que os aviões nazistas estavam vindos pressurosos e quase que em velocidade máxima em sua direção, no intuito de eliminá-lo, a única coisa que tivera que fazer, foi voar o mais rápido que podia para sair daquele local. Por isso, semelhante aos pássaros de pequeno porte que, por medo das gigantescas aves de rapina, fogem apressados; a fuga, talvez, fosse a única coisa pensada e possível que podia fazer naquele instante. Então, subiu na vertical a uma altura de cerca de 12 mil metros, semelhante a projétil que fora disparado por arma de compressão a ar; numa velocidade de 1.300 quilômetros por hora. Ao perceber que as aeronaves faziam o mesmo percurso subindo atrás dele, reagiu fazendo movimentos de braços de forma simultânea para baixo como se estivesse mergulhando em um rio, semelhante a pássaro mergulhão que ligeiramente mergulha para fisgar os peixes pequenos; e assim, desceu na diagonal a uma velocidade de 1.900 quilômetros por hora, e, ao descer deu um voo rasante a uns 3 metros do solo, passando entre os prédios. Onde ora teve que se desviar de barricadas ora se desviava de carcaças de máquinas de guerra, cortando diversas quadras da cidade de Berlim, mas sendo possível a algumas pessoas que se encontravam camufladas, vislumbrar partículas de poeira que fora levantada e cortada bruscamente em função da velocidade do seu corpo que, ao se arriar se projetando próximo ao solo locomoveu-se pressuroso, sendo o mesmo seguido um pouco do alto, mas de perto pelos jatos. Elevou-se saindo de 3 metros de altura para exatos 100 metros. E no afã de escapar cortou o ar do espaço aéreo que estava a sua frente, mantendo a altitude, mas variando a velocidade. Voou semelhante a míssil para fugir dos aviões. E, em pouco mais de 20 minutos, fez uma volta e meia na capital da Alemanha. Contudo, os inesperados aviões estavam velozmente em seu encalço, atirando de forma frenética quase que sem parar, os quais estavam equipados com poderosos foguetes e metralhadoras que disparavam centenas de balas por minuto. Porém, nem os foguetes e nem as balas não o atingiam porque ele subia e girava bruscamente o seu corpo tanto para a direita bem como para a esquerda para confundir as aeronaves que o perseguia. E fazendo loops incríveis no ângulo de 360° graus, passou novamente por entre os prédios, e inclusive, pelo portão de Bradenburg, por onde um dos terríveis aviões, também tentou fazer a mesma manobra, mergulhando de súbito atrás dele. Contudo, o piloto embora fosse sagaz e tivesse uma máquina formidável sob o seu controle, errou nos cálculos ao tentar fazer os movimentos em zigue-zagues que eram radicais para uma aeronave, por isso, acabou batendo fortemente parte de sua asa no arco daquele famoso portão nazista, vindo a explodir fragorosamente e se espedaçar no solo em seguida. E tudo isto, tendo como pano de fundo no solo de Berlim, milhares e milhares de soldados, tanto nazistas como russos se digladiando em uma luta mortal que parecia que não teria fim. Sobretudo, e não obstante, mais uma vez, voou rápido numa velocidade que passava de 2.500 quilômetros por hora. Saiu dos limites geográficos de Berlim, sendo seguido de perto pelos outros aviões que ainda se mantinha firmes na perseguição. Nisto, num piscar de olhos como cometa que cruza as galáxias, passou por todo o território francês, incluindo a sua capital, onde viu a famosa e histórica: Torre Eiffel. Saiu da França e se dirigiu rápido em direção a Grã-Bretanha, sobrevoando rasteiramente as águas do Canal da Mancha, sentindo a brisa do mar que estava um pouco turvo respingar em seu rosto. Enquanto amanhecia aumentou a velocidade para algo em torno de 3.700 quilômetros por hora. Como já havia entrado no espaço aéreo inglês, passou por diversas cidades importantes e famosas daquele país, onde pôde contemplar na cidade de Londres, capital da Inglaterra, o famoso relógio chamado de: Big Bem. Entretanto, assim como os saudosos Zepelins que permitiam que tanto os tripulantes bem como os passageiros contemplassem do alto as cidades por onde passavam voando; semelhante fora ele, que de relance, vislumbrou do alto a paisagem romântica da Grã-Bretanha, mas impedido por circunstâncias adversas de momento não pôde fazer escala em seu território. E, assim, fez meia volta num ângulo de 180° graus e seguiu voando em direção a

Portugal. Em pouco tempo, entrou no espaço aéreo português, país que descobriu no ano de 1500 o Brasil, onde o mais galante nascera. E isso, numa velocidade impressionante e crescente de cerca de 4.100 quilômetros por hora. Contudo, os rápidos e sofisticados caças a jatos chamados de: Horten H-I, naquele jogo semelhante ao de pega- pega de gato e rato, ainda o perseguiam de forma alvoroçada, os quais, ávidos e focados no ponto luminoso que seguia rápido as suas frentes, não queriam perdê-lo de vista, pois estavam decididos a irem até o fim daquela incrível caçada. Escureceu já era noite, ainda assim, a perseguição continuava. E o mais galante afogueado voava pressuroso aumentando a velocidade ao extremo numa velocidade de 4.600 quilômetros. Sem delongas, saiu do território português, e entrou fugazmente no espaço aéreo espanhol do famoso descobridor das Américas, Cristóvão Colombo. Cruzou-o de ponta a ponta rapidamente. Contornou o país espanhol num ângulo de 90° graus. Retornou à França de Napoleão Bonaparte. Passou mais uma vez por todo o território francês e o cortou ao meio como um bolo. Seguiu como um míssil em direção ao Mar Negro. Passando pelo território austríaco já amanhecendo. Cujo país, 2/3 do total do seu território está localizada na seção oriental dos Alpes. Passou também, pelo território húngaro, que tem 93.000 quilômetros quadrados. Até que, chegou ao Mar Negro, às 08h00, por onde seguiu voando a uma velocidade acima de 6.000 quilômetros. Em determinado trecho do lugar, em questão de segundos diminuiu a velocidade que imprimia para algo em torno de 1.500 quilômetros por hora. Deu um mergulho sensacional nas águas escuras do Mar Negro.

Freou quase que bruscamente e nesse momento permaneceu parado submerso durante alguns segundos esperando os aviões que o perseguia aparecerem no seu campo de visão. Quando ele os bispou, subiu igualmente ao um peixe-voador que decola fugindo dos seus perseguidores naturais; e como um submarino de guerra que surgi das profundezas do mar sem fim e bombardeia os seus alvos; assim fora ele, que, mirou uma de suas funestas metralhadoras e bombardeou em cheio e de forma assertiva por baixo dois dos aviões que estavam cegamente lhe seguindo. Após isso, imprimiu velocidade e progressivamente foi aumentando-a para continuar a fuga de maneira fugaz. Quando de repente: forte barulho seguido de reflexo de luz às costas clareou ainda mais o céu, e isto lhe chamara a atenção. Ao olhar para trás, no seio daquelas águas escuras, daquele famoso rio, percebeu que, os outros dois jatos que ainda restavam naquela perseguição mortal desabaram frontalmente nas águas do Mar Negro devido ao superaquecimento do combustível. E, ao caírem contra a massa líquida salgada e compacta, explodiram e se espedaçaram na hora. Naquele momento, novamente como se estivesse freando um veículo motorizado, parou no céu e ficou em pé parado como um dos poucos pássaros que tem a capacidade motora de parar no ar, ou seja, ficou parado no ar como um beija-flor e com o rosto afogueado, pensou: ufa! Que alívio! Agora, acabou! É hora de retornar para a Alemanha! Nesse ínterim, havia passado 28 horas que saiu às pressas de Berlim. Por isso, era hora de retornar. Contudo, sem ter a mesma urgência fizera o regresso em 56 horas de viagem de volta para Berlim capital da Alemanha. Aonde chegando, percebeu que a situação das "torres fortificadas" que foram construídas de forma estratégica na cidade, praticamente, já havia sido resolvida pelos russos que bombardeavam o país nazista quase que sem parar. As forças nazistas remanescentes que ainda tentavam resistir para manter a Alemanha de pé, gradualmente estavam sendo dizimadas, por forças superiores, e junto com elas cidades foram sendo tomadas a ferro e fogo, entre elas: Colônia, Frankfurt e Nuremberg. E, a próxima seria Berlim, onde se encontrava o quartel-general do Terceiro Reich.

Na frente Ocidental, os aliados liderados pelos Estados Unidos e pela Inglaterra, também já haviam invadido o território alemão, com grande número de soldados, aviões, tanques de guerras e armados até os dentes. E nesse ínterim, faziam grandes estragos por onde passavam. Alguns dos generais nazistas da alta cúpula ao perceberem que a derrota era eminente e que praticamente já estava consumada, entraram em contato com os lideres dos aliados e demostraram a intenção de se entregar. Então, dias depois, os aliados receberam das mãos de dois generais alemães, a carta de rendição da Alemanha nazista. Embora, que, sem a anuência expressa de seu Furher, o qual ficou furioso ao saber que os seus generais haviam se rendidos contra a sua vontade. Entretanto, se mostrou ser covarde e se manteve escondido em Berlim no seu bunker. Contudo, enquanto a carta de rendição ainda não havia sido entregue a batalha insensata continuava, e de forma análoga às ondas frêmitas que chegam do alto-mar e que lançam com ímpeto as águas na beira da praia; assim era o Exército Vermelho, que marchava imponente em solo alemão, brandindo fúria e respirando ardor, e com o coração resoluto, cercava a cidade. Muito embora os seus defensores que mesmo estando em grande desvantagem, ainda resistiam tentando virar o jogo, utilizando os últimos recursos disponíveis, ao passo que, os russos com os seus exércitos e seu imenso poderio militar, bombardeavam a cidade intensamente. Defender-se pelos flancos a Alemanha não podia mais, pois as torres, os bispos e peões em números suficientes não mais existiam, ou seja, não havia força militar defensiva, nem aérea e nem terrestre que fosse capaz de barrar o avanço das forças antagônicas. Contudo, em meio a esses combates frenéticos, o mais galante entre os homens se juntou as tropas russas novamente para fazer a varredura completa dos remanescentes que ainda defendiam a cidade. E, quase no curso final dessa varredura militar, para simbolizar a derrota alemã, pegou uma bandeira russa e voou rapidamente sobre o prédio alemão. Chegando lá, a fincou no alto da chancelaria alemã, e juntamente, com outros soldados russos que fizeram questão de posar ao lado da bandeira de sua pátria, consolidou de forma simbólica a derrota nazista. Dias depois em Berlim, surgiu a notícia de que o grande líder alemão, aquele de quem tanto se falou e por quem tanto o povo e os soldados alemães lutaram, ao perceber que tomara xeque-mate dos aliados se suicidou, com um tiro na boca. Porém, antes, se casou com a amante Eva Braum. Com o suicídio, o próprio Furher acabava ele mesmo, com o mito de homem poderoso, respeitável e salvador da pátria alemã.

Enquanto a Alemanha se fragmentava diante da força libertadora e justiceira dos aliados, o destino reservava "o último desafio" para o mais galante entre os homens: uma criatura inimaginável havia acabado de sequestrar a sua amada, numa região próxima a fronteira alemã, e deixara um bilhete para que o grande herói russo, aquele por quem o povo soviético se orgulhava, fosse à noite e sem hesitar à Inglaterra, pois não lhe restara alternativa. E o destino era a cidade de Wiltchire, sul daquele país. Num lugar chamado de Stonehenge, que é um monumento megalítico da Idade do Bronze, formado por pedras, no aspecto a um altar de oferendas, cujo local fica localizado na planície de Salisbury, próximo a Amesbury, no condado de Wiltchire. O objetivo de ignota criatura, naquele lugar insólito, considerado pelos magos em todo o mundo, como "local de força", era aproveitar a mística do lugar para usurpar o poder do mais galante para se tornar a criatura mais poderosa existente do planeta. E com isso, escravizar a humanidade. Porquanto, o meio que achou para atrai-lo, seria raptar a pessoa mais importante e a mais preciosa naquele momento: a sua amada russa, e usá-la como moeda de troca.

Ao saber do rapto de sua amada, através de um tenente russo, o mais galante ficou desnorteado, com a mente confusa, olhando ora para o pedaço de papel que estava escrito com grafia em russo ora olhava para um lado e para o outro, com os lábios trêmulos e umedecidos, e o coração em frangalhos, só imaginando o que de ruim poderia acontecer a Katarzyna. Porquanto exclamou com os punhos fechados, enquanto olhava para o alto no lugar onde lera a inesperada e malfadada missiva: não importa quantos dias levarei, ou se terei que mover os céus e a terra para achá-la. Não importa, pois não descansarei um só minuto, um só instante enquanto não te encontrar minha querida! Ainda olhando para o céu concluiu: Deus que me abençoe nesta empreitada! Entretanto, ele tinha que agir o mais depressa possível. Então, mais uma vez, buscou através dos mapas a localização exata, onde ficava aquela cidade e onde era aquele lugar estranho que era considerado por muitos um lugar místico. Após consultar a bússola, e saber através do ponteiro a indicação assertiva, voou com destino à Inglaterra com aguda esperança no olhar de poder encontrar ainda viva aquela mulher guerreira, brava, mas frágil. Cerca de 3 horas depois, em que voou com pensamentos temerosos, pousou suavemente no lugar que era verdadeiramente uma "assembleia de pedras" as quais eram de diferentes formas e de diferentes tamanhos, como: pedras em formas de retângulos e quadrados; pedras em formas de círculos e nas formas de arcos. Eram exatamente 02h30min. O sol já havia se despedido há muito tempo, mas no céu uma lua cheia se mostrava radiante em meio às estrelas que salpicavam e que emitiam luz fluorescente para o lugar onde as corujas que são outros tipos de criaturas da noite cantavam de formas sussurrantes os seus tristes langores, e sem querer competiam com os sons estridentes dos grilos saltitantes que pulavam de um lado a outro. Conseguinte, olhando ao derredor, como alguém que procura algo, vasculhou com os olhos perscrutáveis, e a viu amarrada pelos pés e pelas mãos, entre duas pedras que tinham os formatos de arcos e que ficavam solidamente em pé fincadas no solo daquele conglomerado; a sua cabeça estava curvada sobre a fronte e os cabelos que tinham crescidos voavam ao sabor do vento; mas para sua alegria e alento, ela ainda se encontrava viva. Nesse ínterim, se aproximou andando de mansinho de sua amada, que chorava em meios a pequenos e entrecortados soluços. E semelhante ao um bondoso pai que acarinha o rosto de sua filha querida quando se encontra diante dela; alisou com a palma da mão uma das faces de seu belo rosto, além de enxugar as lágrimas que lhe caiam dos olhos. Quando ela elevou o seu olhar, e o percebeu, ficou com o coração palpitando de alegria, ao vê que o seu amado havia acabado de chegar mais belo do que antes. Conseguinte, ele, segurando o punhal em punho cerrado, e com firmeza, cortou as cordas que mantinham presas tanto as pernas bem como uma das mãos. E, quando se preparava para cortar a corda que ainda mantinha presa a outra mão, ouviu atrás de si, fragor esquisito e indecifrável, como som emitido por ave. Era a criatura insólita, sombria, oriunda do reino das trevas, a qual havia raptado a sua afetuosa Katarzyna, e que o atraiu para aquele lugar místico. Quando se virou no ângulo de 180° graus e olhou para o lado, donde o som havia sido emitido, vira em pé, a cerca de uns 15 metros de distância, uma mulher tão linda e atraente quanto a inesquecível Zilda da cidade de São Gonçalo dos Campos, que há tempos, arrebatou o seu coração. A mulher era lindíssima, e se encontrava despida dos pés a cabeça; era de tez clara; olhos negros, rosto macio e delicado; tinha boca e lábios volumosos; corpo escultural; mãos singelas e perfumadas por aroma agradável que espargia pelo ar; os seus cabelos longos e negros voavam de acordo com o bater do vento sobre eles; o seu olhar era penetrante semelhante a punhal afiado que rasga a carne humana; e esse olhar de súbito o hipnotizou e o deixou totalmente imóvel; os seus pés pareciam que haviam sidos fincados ao chão, pois não mais se mexiam do lugar, e poder sobre eles, não mais exercia. E, enquanto ela caminhava a passos lentos, e em total silêncio, continuou a manter o seu olhar fatal, focado e em direção ao seu olhar, aniquilando assim a sua vontade própria. Subitamente, ela parou de andar na distância de apenas 6 metros, e com uma das mãos ao alto, emitiu sinal imperativo com um dos dedos ordenando que ele se aproximasse, onde igualmente ao um ímã, que através do campo magnético atrai o aço; deu o primeiro passo em sua direção, com os olhos arregalados e sem piscar, como um zumbi que segue o cheiro de sangue onde este se encontra; deu mais outro passo, e assim, invólucro pelo poder mágico daquela criatura, seguiu abrasado para o fim. E, agora? Haveria ele de sucumbir nas garras do mal personificado no corpo de uma mulher? Será que depois de tudo o que aconteceu de todos os amores e dissabores amorosos que a vida lhe proporcionara, haveria de ser uma "mulher" a sua perdição? Ou, ele encontraria forças para se livrar a tempo daquele inexorável encanto e acabar de vez com o projeto que fora maquinalmente preparado por aquele ser maligno? Sobretudo, ele continuou passo a passo seguindo em direção daquela a quem os olhos viam à frente, enquanto que a misteriosa mulher que se encontrava em pé no caminho, com os braços abertos, o esperava ansiosa para cravar os dentes em seu pescoço. Não demorou e os braços abertos de ambos se encontraram e os corpos ardentes bateram de frente. E ele, com desejo estimulado, motivado pelo poder de fetiche a abraçou com anelo. Onde as suas mãos como sabonetes começaram-na a percorrer freneticamente, deixando-a também excitada. Enquanto que as mãos dela arranhavam lhes as costas; a boca de lábios carnudos lhe mordia os mamilos, o provocando e fazendo com que ficasse ainda mais envolvido em sua "teia". E nesse jogo de sedução onde as regras eram ditadas pela ignota mulher, ele, inerte na consciência e envolvido pelos afagos femininos se deitou no solo do lugar. E, em seguida, retirou o uniforme e ficou da forma como veio ao mundo, de papo para o ar, no meio daquele cenário místico, com a nudez masculina exposta, assanhada e rija pelo desejo. Ela, por sua vez, rapidamente, se moveu, e se escarranchou na altura de sua cintura, como se estivesse montando na cela de um equino; com uma das mãos, de maneira habilidosa, precisa e sem acusar dor, pois não era humana; voluptuosamente encaixou o sexo dele contra o seu órgão feminino reprodutor envolto pelas suas proteções venéreas crespas e negras, da qual exalava odor embriagante característico das fêmeas quando se encontram excitadas; como se ela, a criatura, quisesse prendê-lo pelo ponto mais fraco; e agindo como uma amazona em prova de equitação; começou a lhe estimular para que através do prazer carnal pudesse lhe envolver ainda mais. Enquanto ele lhe alisava a barriga, o busto e gemia ao mesmo tempo; ela, aproveitou que ele inclinara um pouco o corpo projetando-o para cima para lhe beijar e, se deleitar em seu busto feminil, para esticar a cabeça para trás e subitamente, transmudar os olhos, deixando-os vermelhos da cor de sangue. E, da sua boca, que parecia que havia aumentado de tamanho, presas enormes e pontiagudas, duas inferiores e duas superiores, eram reveladas. E estavam naqueles instantes prontas para serem cravadas no pescoço daquele que um dia o mundo reverenciaria. Contudo, quando tudo parecia que chegaria ao fim, e quando mansamente a criatura das trevas debruçava o corpo desnudado sobre o dele, na direção de seu pescoço, com a boca aberta e os olhos vermelhos brilhando de excitação, eis que surge por trás da criatura, Katarzyna Adler para mais uma vez salvá-lo das garras da morte. Enquanto a criatura de forma ofegante e envolvida em sua empreitada, mas ainda em forma humana, tentava cravar as presas, Katarzyna pegou o punhal que ele deixara cair logo após ouvir o sinistro barulho, cortou a corda que prendia a outra mão, e caminhando vagarosamente, seguiu em silêncio nas pontas dos pés na direção da criatura que sentada no colo do mais galante, se preparava para lhe desferir uma mordida fatal. De repente, com toda a força que possuía nos braços, cravou o punhal até o cepo e de surpresa nas costas da mulher, a qual deu um pavoroso urro, e com movimento de braços abrindo-os para os lados, sem ao menos tocar em Katarzyna, jogou-a contra uma daquelas pedras, através de grande força psíquica. Com o choque, Katarzyna ficou desnorteada, tentando se levantar tateava com sofreguidão a parede de pedra para a qual fora arremessada. Sobretudo, tomada por inenarrável terror, de súbito, percebeu que naquele instante, a criatura que caminhava em sua direção, havia sofrido uma terrível mutação, e para seu espanto, não tinha mais a bela aparência e forma de mulher perfeita e encantadora de homens. E sim, um corpo horroroso, no aspecto de um monstro, e era na forma de um morcego gigante, com cerca de 3.50 centímetros de altura; com a pele toda enrugada, como se estivesse sofrido queimaduras de 1°, 2° e 3° grau. Possuía ainda, duas minúsculas asas, uma de cada lado da cabeça, na altura das orelhas, e três imensos olhos que ficavam centralizados na cabeça, porém, em forma de triângulo, com um dos olhos abaixo dos outros, mas acima do focinho. Era uma das criaturas mais horrorosas e horripilantes que havia visto na vida. Onde a mesma, com voz monstruosa e ameaçadora, que penetrava de forma dolorosa nos tímpanos de quem a ouvia falar, disse para Katarzyna com ríspidas palavras: ah, sua tola atrevida, nada do que você tentar poderá impedir o meu plano, e jamais mudará o destino dele e o meu que há muito tempo, já estão entrelaçados. Pois há tempos que eu acompanho os seus passos e o que ele tem feito; desde a época, em que vocês fugiram do campo de extermínio de judeus, na Polônia, eu os seguir, e tenho observado os seus poderes; desde Moscou em que demonstrara habilidade e destreza de atirador de elite; passou por Stalingrado em seus ataques aéreos aos aviões nazistas; pelo território espanhol, quando seguiu um avião negro; durante esse tempo, tentei me comunicar através de sonhos, mas uma força psíquica, talvez, a dele mesmo, cortava de forma abrupta; contudo, o destino nos uniu mesmo assim, e não será você tola impertinente, que vai atrapalhar o que deve ser feito! E, no bater de asas freneticamente, inclusive, as que ficavam posicionadas na cabeça, e emitindo som de ave quando se encontra agitada; seguiu caminhando com o seu monstruoso corpo em direção de Katarzyna Adler, querendo lhe pôr um fim. Sobretudo, ao se transformar naquele morcego maldito oriundo das trevas, o encanto que envolvia, prendia e enfeitiçava o mais galante, se quebrou. E ele, que ainda se encontrava deitado ao solo, acordou como alguém que acorda de um sono profundo. Limpou os olhos como se estivessem impedidos de verem. Levantou-se resoluto da forma como estava, e de mansinho, para não despertar a atenção da criatura, que focada seguia de maneira ameaçadora em direção de sua amada. Rapidamente ele suspendeu ao alto, acima da cabeça uma enorme pedra, a qual fora erguida naquele lugar, para ser um altar, onde eram realizados rituais ou sacrifícios ao "deus sol". E, no movimento coordenado de seus membros musculosos: pernas e braços articulando-os jogou de maneira pressurosa aquela pesada pedra contra a criatura, a qual seguiu flutuando e de encontro daquele ser, que no instinto de defesa se virou, mas não conseguiu se desviar. E com um grito de ave assustada, recebeu todo o peso de mais de 45 toneladas direto na "caixa dos seus peitos" e logo caiu de papo para o ar, com a pedra por cima. Todavia, o peso daquela enorme pedra e a força com que fora arremessada, não fora o suficiente para matá-la. Porém, o suficiente para deixá-la presa, imobilizada momentaneamente, debaixo daquele pesado bloco. E antes que a criatura retirasse a placa de pedra de cima de si, o mais galante correu em sua direção, indo direto para cima da pedra e com os braços abertos e as mãos firmes como se estivesse empurrando uma porta para que ela não se abrisse, forçou-a para baixo com toda a força que dispunha no momento. Enquanto a criatura do mal empurrava no sentido oposto tentando se libertar, ao mesmo tempo, em que dava urros assustadores, e exalava bafo de sangue podre de suas ventas. E assim, a luta mortal continuou em suspense: um por cima segurando a pedra, e o outro por baixo querendo escapar. E, quando parecia que a ignota criatura das trevas de maneira irremediável conseguiria remover a pedra de cima de si, através de seus incomensuráveis poderes psíquicos, mesmo a pedra sendo pressionada em sentido contrário pelo mais galante, o astro-rei, aquele de quem algumas criaturas de hábitos noturnos abominam, deu o ar da graça. E rapidamente, saiu de trás das nuvens, no alto do firmamento, e radiante como se estivesse dando um sorriso para a terra, emitiu os seus primeiros e fúlgidos raios, os quais incidiram dolorosamente contra o corpo da criatura que estava presa debaixo da pedra. Nisso, de súbito, como matos ressecados pelo sol a parte inferior do corpo da "rainha das trevas" começou a matizar ficando da cor de brasa e em segundos essa matização se espalhou pelo corpo inteiro e em seguida virou chamas ardentes. E logo se ouviu do interior do corpo da sedutora do mal, ecos de vozes e alaridos de dor e desespero semelhantes aos gritos das aves quando são capturadas por predadores sanguinários que fincam as suas garras impiedosamente; e; em meio aos alaridos podia-se ouvir misturado e reverberando ainda mais sons de vozes de mulheres, ora de homens e, às vezes até de crianças que, imploravam tanto por socorro bem como por piedade, mas isso não impediu que o astro-rei que, a cada segundo que passava ficava mais forte, desse cabo a sua sanha. E em pouco tempo, a criatura insólita virou cinzas e logo voou ao vento. Enquanto o mais galante e Katarzyna observavam atentamente tudo se consumar diante de seus olhos. Sensação de alívio foi sentido pelos exaustos guerreiros, ele se vestiu e a abraçou. Ato seguinte, e mais uma vez, o mais galante entre os homens realizou a incrível oração do voo, e em seguida, pegou novamente o seu amor em seus braços musculosos, e voou apressadamente para Moscou.

# Capitulo XXXI
# Apoteose

A Alemanha nazista de Hitler se rendeu, e todos os obstáculos enfim foram superados. Chegara à hora de voltar para o convívio dos parentes e amigos leais de viagens que fazia aos rios para pescar, e tudo isso, após passar mais de 4 anos distante, sem dar notícia. No mundo inteiro, o fim da Segunda Guerra Mundial, foi comemorado como um carnaval fora de época, e explosão de alegria tomou conta dos povos e dos países, e por quase todas as cidades europeias, principalmente, aquelas que se envolveram diretamente na guerra, se ouviam os manifestos de alegria de seus povos. Sobretudo, a maioria das pessoas em São Gonçalo dos Campos, no povoado do Jacaré, na Bahia, onde o mais galante nascera, estava alheia a quase tudo o que havia acontecido, principalmente, em relação a um "filho de sua terra" ter contribuído decisivamente para o fim da mesma. Não sabiam, por exemplo: a respeito das grandes batalhas que ali foram travadas, e por qual vil motivo milhões de pessoas inocentes pereceram nas mãos dos fiéis sanguinários de Hitler.

Para o mais galante a ajuda do destino foi preponderante para que conseguisse vencer a batalha contra uma ignota criatura que de paradeiro ignoto surgira, para enfim, resgatar a sua paixão russa das garras da morte e levá-la em segurança para a Rússia. Onde permaneceu como convidado de honra, para que pudesse participar do dia da parada da vitória. Esse dia foi em 24 de junho de 1945, um dia memorável que jamais esquecerá, pois fora a data da grande festa russa, a qual fora realizada no centro da cidade, na principal praça, que é uma das mais importantes de toda a União Soviética: a Praça Vermelha. Eram exatamente

08h00, e o mais galante já se fazia presente. E, enquanto esperava as festividades acontecer, aproveitou o tempo de paz; o tempo do silêncio dos canhões; das rajadas das metralhadoras; e, do ensurdecedor aviso das sirenes que alertavam sobre os terríveis ataques aéreos da Luftwaffe; e fizera um tour minucioso pelos pontos turísticos mais afamados do lugar, sendo acompanhado por sua querida Katarzyna, que, além de lhe mostrar os monumentos arquitetônicos lhe falava com empolgação a respeito daquela praça histórica, que possui 12 palácios maravilhosos e cerca de 20 igrejas belíssimas que são tão aprazíveis de se ver. Segundo ela, o lugar parece que fora "encantado", pois detém charme, glamour e imponência. Recebera o nome de Kremlin, cujo conjunto arquitetônico é considerado no mundo da arte Moderna Contemporânea, um espetáculo da arquitetura mundial, com mais de VIII séculos da história e da cultura da Rússia antiga, além de ser considerado um dos símbolos do seu poder. É cercada por muralhas que foram arquitetadas para resistir a toda tentativa de invasão, e chega a possuir em alguns trechos, cerca de 7 metros de espessura; com grande revestimento de concreto; possuindo 22 torres e vários imensos portões, com cerca de 20 metros de altura. Tem aproximadamente, 2 quilômetros de comprimento, que fazem a proteção da praça. Arquitetado para proteger os Czares, há muito tempo que tem servido de fortaleza, se tornando o centro de comando para o partido que desde meados de 1918, após a grande revolução russa, governa o país.

Enquanto isso, ao circunvagar a Praça Vermelha, e visitar devidamente quase todos os monumentos históricos, onde milhares de pessoas se encontravam com objetivos, talvez, semelhantes, o mais galante ficou deslumbrado ao ver tanta arte e tantas belezas arquitetônicas juntas, onde se encontram a histórica e famosa Catedral de São Basílio; o Campanário de Ivan o Grande; o mausoléu do revolucionário Lênin e o incrível museu de História da civilização soviética. E, ao lado de sua paixão russa, ficou por alguns segundos, em pé e com os braços cruzados, olhando apoplético para as belezas feitas pelas mãos humanas. De súbito, exclamou: essas maravilhas arquitetônicas são tão inefáveis que eu estou sem palavras diante delas! Katarzyna ao ouvir, sorriu se sentindo assoberbada pelo elogio feito à capital de seu país.

Durante o longo dia de festejos, ele pôde contemplar com olhar de quem estar verdadeiramente deslumbrado, a beleza do desfile das forças armadas da União Soviética. Nessa feita, desfilaram com orgulho e sentimento de dever cumprido: os briosos soldados da marinha russa; "os indomáveis aviadores" de sua prodigiosa força aérea; e o seu poderoso "Exército Vermelho" carregado de honras e pompas. Sobretudo, naquele momento tudo estava pronto, perfeito e bonito. No céu, fogos de artifícios explodiam aos milhares e pintavam com cores brilhantes e extasiantes o espaço aéreo da capital. Onde aviões da força aérea russa faziam malabarismo de deixar o queixo caído de quem assistia a aqueles espetáculos. Nisso, as horas fluíram e sem ter compromisso com alguém levou o dia consigo, mas como se quisesse demostrar generosidade, trouxe a noite para que mais uma vez em uma cerimônia militar o povo soviético pudesse comemorar a vitória frente ao império do mal do

Terceiro Reich. Entretanto, o mais galante sem perder tempo já se encontrava em frente ao majestoso palácio do Kremlin, que possui fachada de 125 metros de extensão; e uma área total de 25 mil metros quadrados; o qual fora escolhido pelo comando russo para ser o soberbo palco da grande festa russa. No horário previsto, a honraria militar começou, e de súbito, 84 dragões da cavalaria russa ergueram ao alto as trombetas que manipulavam e as sopraram com harmonia e com bastante ênfase, anunciando o começo de mais uma cerimônia. Por sua vez aquele que seria homenageado já se encontrava postado, porém, antes de adentrar o palácio, passou em revista em meio à guarda oficial que estava posicionada em oito fileiras que eram compostas por 20 soldados cada, quatro fileiras de um lado e quatro do outro, por onde ele seguiu desfilando de maneira elegante. E nesse ínterim, trajava um belíssimo uniforme de gala do Exército Vermelho, que, horas antes, durante o dia, oficiais do Alto Comando lhe enviara para que ele pudesse se apresentar como um verdadeiro soviético. Enquanto isso seguiu em frente marchando e escutando o som e a letra do hino da União Soviética que estava sendo cantado com todo o fervor e patriotismo por quem estava presente. Trespassou a imensa porta do magnífico castelo, e adentrou o espaço que de tão belo que estava, e da forma suntuosa e pomposa que se encontrava que mais parecia ser um castelo dos mais nobres e sublimes sonhos que os mortais podem ter. Dali em diante, fora conduzido cordialmente por oito soldados da cavalaria real, quatro deles seguiam a frente, e mais quatro, o acompanhava seguindo o seu calcanhar. Seguiu sem interrupção e, direto para o piso superior do castelo, até chegar ao salão das honrarias russas chamado de: "salão de São Jorge". Onde ao passar os olhos percebeu que toda a decoração ali disposta estava consagrada à glória militar soviética, onde se podia ver que, ricos e encantadores ornamentos decoravam toda a sua abóbada e despertavam estupefação em todos, na qual têm como base de sustentáculo 18 poderosos pilones frente aos quais se alinhavam outras tantas colunas, e sobre elas, se assentavam majestosas e magníficas estátuas em mármore branco, que cintilavam a beleza de forma divina; a ornamentação que era uma suntuosidade a parte, continha figuras alegóricas que simbolizavam as províncias soviéticas e os principais principados do império czarista. O majestoso salão estava iluminado por um lado, através de suas duas filas de janelas sobrepostas que ficam dispostas ao longo de sua parede oriental, e pelo outro lado, através de seus 40 candeeiros de parede, assim como, por seis pomposos lustres de bronze que pendem da abóbada, cada um, dos quais, pesam cerca de 1.300 quilos; as paredes trabalhadas esculturalmente por artistas perfeccionistas são revestidas com chapas de mármore, e composto por duas filas sobrepostas de janelas arqueadas que encantam e enobrece o lugar. Em seu interior, bem ao centro, se encontrava estendido ao chão, um imenso tapete vermelho com desenhos pintados representando as grandes batalhas vencidas pelos soviéticos, como: a batalha de Stalingrado; a batalha de Moscou, a batalha de Leningrado e a de Kursk. Simbolizando o empenho mortal de sua determinada força militar. Nesse salão, havia também de um lado e do outro, disposto em forma de um grande corredor, dezenas de homens e dezenas de mulheres honradas, todos com os rostos alegres e satisfeitos por terem contribuído efetivamente com a força de seus braços indomáveis para acabar com o mito de que a Alemanha era invencível. Os quais de forma frenética o saudaram-no na entrada com as espadas cruzadas ao alto fazendo um longo corredor por onde ele fora passando orgulhoso por estar presente entre aqueles briosos oficiais que haviam sido arduamente consagrados no funesto campo de batalha. Nesse exato momento, o seu rosto brilhava parecendo uma criança quando está fascinada com algo extraordinário e que por uma maneira inquieta não consegue deixar a cabeça parada e por isso constantemente olha para um lado e para o outro. Enquanto passava caminhando pelo "corredor polonês" que havia sido organizado e disposto por pessoas elegantes todas ataviadas vestidas de uniformes militares de galas, cada qual, com os seus respectivos trajes, representando o poder da marinha; da aeronáutica ou do exército, vira que, presos nos uniformes, na altura dos ombros, condecorações os enfeitavam de glórias e os destacavam. Por isso, ele, os olhava atentamente, tentando distingui-los através de suas vistosas e preciosas condecorações quais eram as suas patentes. Enquanto passava pelo corredor polonês ora olhava para as fisionomias alegres das pessoas ora olhava para as magníficas estátuas de mármore branco ou olhava para a deslumbrante decoração do salão. No ponto final do corredor, distante mais ou menos uns 20 vinte metros, pôde ver "o senhor da Rússia" em pé, com os braços abertos, o esperando novamente, mas ansioso e com sorriso que denotava satisfação. Era o grande

Joséf Stálin, e, ao seu lado, alguns dos maiores generais de todos os tempos da União Soviética, entre eles, estavam: Chuikov e Zhukov. Contudo, ele continuou andando com passos cadenciados pelas batidas dos tambores que estavam sendo tocados por outros dragões da cavalaria russa que se encontravam posicionados no canto direito do salão, e com os seus olhos negros, vira também que no final do corredor, do lado esquerdo do lugar, e sobre uma haste, em cima de um pedestal de mármore, que a bandeira da União Soviética estava sendo desfraldada e tremulava gloriosa subindo ao alto, e, ele, ali, naquele lugar esplendoroso, observados por aquelas pessoas ilustres, seria o grande homenageado. O qual desfilava de forma solene, com as mãos vestidas por graciosas luvas brancas, segurando no cabo de uma belíssima espada que se encontrava presa em sua cintura, que, além de possuir o cabo prateado, possuía no seu bojo uma pedra de safira no formato oval. A espada media desde o cabo até a ponta da lâmina, 80 centímetros, era toda dourada com detalhes de pedras de brilhantes, fazendo com isso, que toda a atenção se voltasse ainda mais para a sua presença. Não obstante, ele percorreu o trajeto que deveria seguir, e deveras se encontrava empertigado por fazer parte daquela memorável festa. Pouco tempo depois, após atravessar todo o corredor que fora improvisado, chegou ao local onde estava o grande líder daquele país. Sem delongas ele o cumprimentou e cumprimentou também todos os outros oficias importantes da União Soviética que se encontravam próximos ao grande líder, e para sua surpresa, mais uma vez, foram escutados ribombares de tambores. Nesse instante, todos os olhos das pessoas que se encontravam presentes, se voltaram para a porta de entrada daquele magnífico salão. Houve silêncio momentâneo das batidas dos tambores, onde os oficiais russos que se encontravam presente, de forma sincronizada e simultânea retiraram as espadas novamente das bainhas e as ergueram ao alto acima de suas cabeças, e fizeram um novo corredor com as espadas cruzadas ao alto para que os cavaleiros pudessem passar. E no meio deles, dois soldados da cavalaria russa surgiram, e sem delongas, foram passando andando de forma cadenciada no interior do salão, trajando os seus belíssimos uniformes militares de gala e passando pelo "corredor polonês" carregando em suas mãos dentro de duas pequenas caixas que eram quadradas e de bronze com detalhes de ouro nas tampas: a honrada condecoração russa, e além dela, outro tipo de documento que também certamente era especial. Decorrido mais algum tempo, em que os soldados da cavalaria russa chegaram ao destino final, onde em seguida, entregaram as tais caixas de bronze a um dos grandes e consagrados generais russos, e o mesmo de maneira respeitosa as passou para as mãos do seu grande líder e líder daquele imenso país. Nesse instante, chegara a hora da consagração oficial "do mais galante" diante daquele povo determinado. E, então, após o ribombar dos tambores que se fizeram ouvir novamente, recebeu das mãos do próprio Joséf Stálin, dentro do castelo principal, no Kremlin, e na presença de diversos comandantes e de outros oficiais soviéticos, e inclusive, do tenente chamado Mickail Rostock Varichilov, que, alguns meses antes do final da guerra, ele expressara que gostaria de revê-lo na grande comemoração da vitória sobre a Alemanha, além é claro, da presença de sua querida e amada Katarzyna Adler.

Enquanto multidões de soldados comuns e civis o aguardavam lá fora para cumprimentá-lo, dentro do castelo, em pé e jubiloso, e diante do público com os rostos radiantes de alegria, recebia uma das mais altas condecorações militares russas dadas a um soldado estrangeiro: a condecoração de "herói da União Soviética" e ainda ouvira do mesmo, os seguintes dizeres:

— Soldado! Exclamou em alta voz: receba também, das minhas mãos "o título de cidadão russo" pelos seus préstimos realizados em favor desta nação. Finalizou orgulhoso, o qual não se contentava de tanta alegria, e olhando para as fisionomias das pessoas presentes, fazia sinal de vitória com uma das mãos.

Foi um momento indescritível para ele, receber naquele esplendoroso lugar, das mãos de um dos homens mais poderosos e importantes daquele país, e também, do mundo, uma honra daquelas. Foi demais, que ele sentiu tanta emoção, que, sem nem um pudor e sem nem um tipo de constrangimento deixou as lágrimas rolarem pelo rosto da imensa emoção que sentiu. Nesse exato instante, com a respiração ofegante que dava para perceber que o seu peito de tempos em tempos, arfava de emoção, e, tomado por uma contagiante alegria como se estivesse iluminado; olhava para todo o interior daquele esplêndido castelo, onde se encontravam dezenas de oficiais soviéticos. Então, falou em russo para todos ouvirem: senhores! Exclamou em alta voz. O povo em pé parado e atento o escutou:

Foi uma honra para mim, lutar ao lado desse povo tão bravo e tão destemido, como é o caso do povo unido soviético, que no seu maior desafio, usou a força da sua alma e a força do seu espírito indomável para arrancar o destino e a liberdade das mãos de seus opressores; por isso, sem hesitar lutou bravamente e quase a exaustão até derrotar o inimigo mais poderoso e mais cruel da história que já enfrentou! Concluiu o bravo e emocionado João barbeiro.

E por isso, ouviu da multidão que se fazia presente no salão, fortes saudações: vivas! Vivas! Salve "o soldado russo" gritavam aquelas pessoas com veemência dentro do castelo. Enquanto fora do mesmo, e no céu da praça, fogos de artifícios explodiam aos milhares. Após ser consagrado e receber as honrarias e os títulos, recebera também um telegrama francês endereçado ao bravo soldado russo, que, na oportunidade em solo francês derrotou o terrível monstro de Hitler. Onde esse telegrama, o convidava para que ele fosse até Paris, receber das mãos do presidente francês Charles de Gaulle, homenagens e condecoração militar. Enquanto isso, antes de seguir viagem e partir para Paris, na França, ele procurou no bojo daquele povo destemido, a sua amada Katarzyna, para que pudesse se despedir daquela russa, que tanto amou. Ao encontrar o seu amor, segurou em sua mão e a conduziu com sentimentos de despedidas no peito e na alma, e juntos seguiram para outro magnífico salão daquele famoso castelo, onde se posicionaram em pé, e próximos a uma de suas estátuas de mármores, como se quisessem hipoteticamente falando, que aquela figura inanimada, testemunhasse o que eles tinham para falar um para o outro. Onde beijos e abraços foram recíprocos. Nesse ensejo, e ainda emocionado, falou: estou indo embora meu amor, porque este não é meu mundo, mas quero dizer que você é simplesmente: a mulher mais incrível que conheci. E, é sem sombras de dúvidas, o maior prêmio que recebi na vida! Deixo com você o meu coração, com todo o meu carinho e afeto! Concluiu com a voz ofegante, e o coração se derramando em lágrimas. Katarzyna simplesmente se jogou aos seus pés, abraçou com firmeza as suas pernas na altura dos joelhos, e chorando implorou que não fosse embora, dizendo que não a abandonasse, porque ela, sem ele, era como: um peixe que fora d'água morre por asfixia na terra seca. Porém, quando ele pediu que ela largasse tudo para trás e fosse embora com ele para o Brasil, recebeu a resposta negativa: não posso, aqui está o meu coração e a minha vida! Então, ao ouvi-la dizer que não. Ele falou depois de ter balançando a cabeça querendo demonstrar que entendia o real sentimento por seu país natal: entendo, esse é o seu mundo, e, dele eu não posso afastá-la! Entretanto, terei que ir embora, porque lá no Brasil, onde nasci, é que é o meu lugar, onde ainda tenho uma dívida para pagar. Ela por sua vez, não teve mais argumentos que pudesse usar para convencê-lo a ficar. E, ele, apesar de sentir tamanha comoção no momento, lamentou as lágrimas de sua amada, e disse: adeus!

A despedida daquela de quem o destino lhe pusera no caminho para que pudesse concluir a sua grande missão, foi dramática, mas inevitável, porém, antes de ir pegar o avião russo, se lembrou de que, aquela aeronave fora uma cortesia de Stálin, oferecida por empréstimo pelo próprio, em reconhecimento aos seus imensos favores prestado a União Soviética, durante as lamúrias da Segunda Guerra Mundial. O qual lhe dissera: soldado! Exclamou em viva voz. Em reconhecimento aos imensos favores prestados a nossa nação, e, em nome do povo russo e de toda a nação soviética. Eu, Joséf Stálin governante supremo deste imenso país, lhe ofereço como condução, um avião da nossa força aérea, que tem a capacidade de cruzar os continentes, no qual, você será conduzido saindo da Rússia, se assim quiser, até Paris, e depois de Paris, até o Brasil! No momento em que se dirigiu para a base aérea para embarcar no avião russo, chegaram até as suas mãos, dois telegramas oficiais de duas cidades sedes e importantes, os quais foram redigidos pelos próprios punhos dos presidentes, cujos teores dos documentos, os convidavam para que, gentilmente pudesse comparecer nas grandes festas de comemoração da vitória. E, entre essas capitais, estavam os convites de dois dos mais importantes países: Londres capital da Inglaterra e Washington capital dos Estados Unidos. Após lê-los atentamente, os guardou nos bolsos do blazer que usava e embarcou no avião da força aérea russa que o aguardava estacionado na base aérea, o qual se dirigiu pressuroso para o primeiro ponto de parada na Europa: Paris capital da França. Ao chegar ao espaço aéreo francês e, contemplar a sua visão panorâmica, pôde notar que embaixo no solo pessoas como grãos de areia tomavam todo o espaço físico disponível e os aguardavam ansiosos na Avenida Champs Elysées, com um tapete vermelho estendido, como se fossem receber um chefe de estado. O avião russo cruzou o espaço aéreo e pousou na base aérea francesa e de lá ele fora conduzido pelo embaixador francês e por vários "batedores militares" que pilotavam motocicletas que seguiram o carro no qual se encontrava até o veículo chegar e parar na Champs Elysées. Onde fora posicionado por autoridades francesas para o desfile que faria diante do povo que o aguardava. Dali de onde olhava até onde a visão alcançava, a avenida se encontrava toda ornamentada com enfeites especiais no alto sobre as árvores e sobre os seus monumentos mais afamados; a sua iluminação artificial de lâmpadas ornamentais e imponentes com luzes de diferentes cores que quase não se vê e quase não se encontram em outro lugar, revelam para aqueles mais atentos uma beleza única; na avenida, grossas cordas separavam de um lado e do outro a multidão entusiasmada que lotava e disputava todos os espaços possíveis, e que naquele instante, em alvoroço se espremia, querendo ver o bravo soldado russo passar; ao lado e na distância de uns 2 quilômetros, e, em meios a suntuosos jardins se estendia para o alto em forma de cone a magnífica Torre Eiffel que cintilava a sua "beleza romântica". Em contrapartida, as mulheres francesas tão glamorosas de se ver, apesar de que já estivesse na estação de verão, não obstante, estavam todas adornadas pelas melhores roupas que possuíam, com os seus belos chapéus nas cabeças, e com os rostos maquiados, que até pareciam bonecas, as quais pulavam e acenavam os lenços além de soltarem beijos tentando de qualquer jeito chamar a atenção daquele elegante soldado que desfilou como se fosse um rei que desfila diante de seus súditos no dia em que é coroado. Nesse instante, ele andou orgulhosamente pelo tapete vermelho passando entre a multidão disposta, enquanto que os parisienses que tiveram o privilégio de vê-lo passar o saudavam de forma fervorosa, assim, como saudaram os aliados, no dia em que os mesmos libertaram Paris do jugo dos exércitos alemães. E, semelhante a uma celebridade hollywoodiana continuou desfilando até chegar a um palanque que estava armado próximo ao Arco do Triunfo, onde mais uma vez, e empertigado, recebeu das mãos de um chefe de estado, a mais alta condecoração militar dada a um soldado estrangeiro. Nesse momento, fogos de artifícios explodiram no ar tanto fragorosa bem como fulgurosamente para celebrar aquele momento glorioso. Em seguida, aos festejos e comemorações da belíssima Paris, chegou à hora de seguir viagem novamente. Por isso, de forma educada, e falando em francês de forma fluente, e ainda no alto do palanque, e na presença de várias autoridades, agradeceu primeiro as recepções calorosas do povo francês, e, para não enfadar as pessoas que há tempos já se encontravam por ali, fez um discurso lacônico. Para finalizar tanto a fala bem como a sua estadia por ali, falou: au revoir mis amis! Que traduzido quer dizer: adeus meus amigos! Onde a multidão mais uma vez deu hurras: os homens tiraram os chapéus das cabeças e os agitaram freneticamente para um lado e para o outro; e as mulheres pularam e se descabelaram chorando de emoção.

Com gestos de agradecimentos, ele se despediu do povo mais uma vez. Desceu do palanque no qual externara poucas palavras. Cumprimentou o presidente francês, agradecendo as recepções calorosas. Entrou no carro que o aguardava para levá-lo para a base aérea. Pegou novamente o avião russo que o aguardava já abastecido. E foi para a Inglaterra. Desceu no aeroporto e, ao chegar à cidade nos arredores da capital inglesa, autoridades do consulado inglês o receberam e cordialmente o puseram dentro de uma carruagem real a qual lhe transportaria até os limites do portão de uma famosa residência inglesa. Foi quando percebeu o movimento e todo o clima que o cercava, e vira que, passava em meio à multidão de londrinos que atentos se encontravam nos arredores de um famoso Palácio. Então, conjecturou por alguns segundos que análogo à França: os ingleses também haviam preparado uma festa e que lhe renderiam uma grande recepção de gala, como se fossem os britânicos receberem um chefe de estado no momento. E isto, o deixou assoberbado de tamanha honra. Em pouco mais de 20 minutos o cocheiro parou a carruagem da qual um dragão da cavalaria inglesa abriu a porta para que ele pudesse descer, onde ao pôr o pé ao solo foi ovacionado pela multidão de londrinos. Ele acenou agradecendo a recepção e começou a andar de maneira cadenciada por um tapete vermelho que se encontrava estendido desde a frente do portão principal até o interior do Palácio de Buckingham, onde ainda sob a ovação dos ingleses, continuou a caminhar e, de maneira enérgica passou em revista à ostentosa guarda real britânica, a qual envergava os históricos uniformes de galas, composto por calças pretas; casacas de mangas compridas de cor vermelha, com detalhes de ouro nas golas e nos botões, e de listras negras verticais em suas mangas; os quais possuíam imensos chapéus pretos e aveludados semelhantes a capacetes e-que ficam presos em suas cabeças por fitas amarradas pelo queixo. Enquanto isso, com o peito inflado, com os olhos brilhando de felicidade e suspirando de emoção seguiu o trajeto real. Na porta de entrada da antessala real foi recebido de forma oficial pelo honorável primeiro-ministro britânico: Winston Churchill que o cumprimentou pegando em sua mão, e, apertando-a, falou com a sua voz melosa e meio rouca: muito obrigado meu jovem, sem a sua ajuda não teríamos vencido a guerra! Depois andando próximo e ao seu lado o conduziu até uma porta, pela qual deveria passar e por onde e adiante encontraria os maiorais daquele país. Ao adentrar a "sala do trono" vestido com o uniforme de gala russo, com a sua beleza física e, simpatia inigualável, se prostrou diante dos tronos reais, e nesse ínterim, antes, primeiro, fez a reverência cabível que um súdito faz diante de suas Majestades: curvando-se com leveza o tronco para frente, e o braço esquerdo dobrado nas costas. E, com o braço direito livre e flutuante como se fosse reger orquestra reverenciou as Majestades do povo Britânico: o Rei Jorge e sua esposa, que, surpresos com a atitude daquele elegante soldado se sentiram imensamente honrados em sua presença. E, nesse ensejo, aproveitaram para lhe dar em reconhecimento aos incríveis feitos, o título de: "lorde João Crisóstomo" além de presenteá-lo com a condecoração de honra de: "herói de guerra do Império Britânico". Novamente, após receber a condecoração militar com pompas de chefe de estado, o mais galante depois de se despedir daquele povo falando em um inglês fluente, e externar os sinceros sentimentos para todo o país, falou: "God save The King!" "God save the England!" Que, quer dizer traduzindo para o português: "Deus salve o rei!" "Deus salve a Inglaterra!" Depois disso, a carruagem britânica que o aguardava estacionada na frente do castelo, o transportou novamente, só que dessa vez, para fora dos arredores do Palácio de Buckingham até chegar próximo a um automóvel que pertencia ao consulado russo que o aguardava adiante, de onde ele foi levado para o aeroporto inglês. Embarcou novamente no avião soviético, e seguiu viagem, carregando na bagagem títulos e condecorações gloriosas, para o local onde seria o último ponto de parada, até chegar ao Brasil seu destino final. Depois de longo tempo de viagem chegou ao espaço aéreo americano. E enquanto o avião russo sobrevoava solo ianque, cruzando pequena parte do espaço aéreo, fora escoltado por aviões norte-americanos, até o avião soviético, no qual ele estava como passageiro, pousar tranquilamente no aeroporto em Washington, capital da nação americana. Onde desceu e foi recebido ainda no aeroporto pela multidão compacta que o ovacionou, pois naquele ensejo, a população norte-americana, já sabia através dos correspondentes de guerra, dos seus feitos realizados no campo de batalha. Por isso, os americanos gritavam e se apertavam para vê-lo passar. Ao compreender o que as pessoas falavam ao seu respeito mais uma vez ficou emocionado, pois até então, não tinha imaginado o grau de tudo que realizara, ajudando o mundo a se livrar das terríveis ameaças nazistas. Enquanto o povo gritava, ele acenava e soltava beijo tanto para as mulheres bem como para as crianças. Portou-se humildemente, mas o fez como se fosse o presidente eleito dos Estados Unidos da América, ao tomar posse em seu primeiro dia de trabalho. Desfilou de carro aberto até chegar à Casa Branca, residência oficial da maior autoridade do país e já dentro da famosíssima "White House" no salão oval que, talvez, seja para os norte-americanos a sala mais importante da "casa Branca" recebeu das mãos de Harry Truman presidente na época, a mais alta condecoração militar. Nesse momento em que se encontrava diante do presidente dos Estados Unidos e diante de outras autoridades importantes, como: senadores, deputados federais, governadores e juízes de direito da alta corte, e, também, diante de dezenas de jornalistas da imprensa de um modo geral, o mais galante todo ataviado semelhante a um príncipe, vestido com o uniforme de gala soviético, de súbito, sentiu palpitações de alegria no coração, e inundado por um sentimento de dever cumprido, retirou o quepe da cabeça e o pôs sobre o peito. E, olhando para o derredor para quem se encontrava a sua volta recitou em inglês uma mensagem que fizera sobre a guerra há alguns dias antes de vir parar na Europa, a qual era um tanto melancólica, mas que emocionou a todos:

Senhores, a ganância e o desejo de poder de algumas nações sempre gerarão inquietação e perturbação, e, consequentemente, causarão guerra: a qual é semelhante a famigerados entorpecentes que gradativamente corroem a mente humana e aprisiona a sua alma, além de infringir um mandamento bíblico de que não deve matar; por fim, destrói não só o corpo, mas o separa de Deus, e de tudo que há de bom neste mundo. Provoca sofrimento insofismável e inconcebível. No entanto, é preciso sempre lutar quando houver a necessidade de defendermos tudo aquilo que julgamos ser importante para o bem comum e coletivo. Principalmente, quando a tocha da opressão e da escravidão estiver acesa querendo cercear a luz da liberdade. Por isso, senhores, devemos sempre estar em alerta para defendermos os nossos valores e princípios. Mas acima de tudo, a vida que é o bem mais precioso que o nosso Pai celestial nos concedeu!

Nesse momento, foi aplaudido de pé por todos aqueles que o cercava e que se encontrava presente no interior daquele local, fotos e mais fotos foram tiradas dele, e pessoas com quem não imaginava conhecer posaram ao seu lado para guardar uma lembrança daquele que havia se tornado um herói mundial. Sobretudo, enquanto estava sendo ovacionado por àquelas pessoas ilustres, pensou por um instante: que, aquilo tudo que estava acontecendo naquele momento, e de todas as pessoas boas que havia conhecido ao longo daqueles anos, para ele era um sonho, do qual havia sonhado várias vezes, e do qual não queria acordar jamais. Porém, todo sonho um dia ou uma hora acaba, e aquele doce e sublime sonho estava chegando ao fim, pois ele teria que partir de volta para a sua casa no Brasil, a sua querida e, amada terra natal, que certamente, para ele, não existia melhor lugar do que aquele, do qual pertencia. Contudo, levaria recordações daqueles lugares e, países que um dia, havia sonhado em visitá-los, os quais por um jeito diferente, não esperava que acontecesse: Moscou, Paris, Londres, Washington, e, até Berlim, capitais de países famosos com muitos séculos de história, que jamais esquecerá que um dia conheceu, pelo contrário, ficará para sempre registrada na sua memória. Fim

— Ufa! Que história incrível você acabou de me contar! Exclamou Dimitry. — Agora, responda-me uma coisa: uma curiosidade. Sei que a sua amada avó Katarzyna faleceu há 4 anos, em 2001, aos 91 anos. E quanto ao seu avô, que era um galanteador, um mulherengo, deixou de ser? Por onde anda agora? Será que ainda está vivo? Pois nunca mais meu amor, ouvi você falar dele.

— Olha, pelo que sei mesmo casado e morando com vovó, ele não deixou de ser o mulherengo incontrolável de antes. E, vovó, às vezes ficava sabendo dos romances que ele tinha, pelos diversos lugares em que andava, ainda assim, ela o perdoava, pois, era o instinto dele, era de sua natureza, uma chama que não se apagava. Até porque ela não podia satisfazê-lo plenamente, nenhuma mulher no mundo poderia. A última vez que o viram foi no funeral de vovó. E para o espanto de muita gente, ainda se encontrava com a aparência de um jovem, com a idade estimada entre 20, e, 25 anos. E divinamente lindo. Dizem que depois da morte de vovó, ele se mudou para o estado do Amazonas, região que fica no norte do Brasil, e foi viver livre na natureza, no bojo de uma reserva indígena, povoada por quatro tribos guerreiras e distintas que convivem em harmonia entre si, duas das quais, existe uma lenda, de que os seus povos possuem belas índias.

Fim

# Referências Bibliográficas:


Pt.wikipedia.org/wiki/feiradesantana.
Pt.wikipedia.org/wiki/salvador.
Pt.wikipedia.org/wiki/saogonçalodoscampos.
www.bahiaemfoco.com/juazeiro.
www.bahiaemfoco.com/remanso.
www.bahiaemfoco.com/barreiras.
Pt.wikipedia.org/wiki/bomjesusdalapa.
Pt.wikpedia.org/wiki/santoestevao.
Pt.wikipedia.org/wiki/xiquexique.
www.ferias.tur.brsaofelix.
pt.wikipedia.org/wiki/cachoeira.
Ecoviagem.uol.com.br/bahia/chapadadiamantina.
Pt.wikipedia.org/wiki/operaçaobarbarossa.
Pt.wikipedia.org/wiki/estadosunidos.
Pt.wikipedia.org/wiki/frança.
Pt.wikipedia.org/wiki/inglaterra.
www.apontador.com.br/local/sc/florianopolis.
Terceirocrondon.blospot.com/2009/04mitosparaenses.
Contoselendas.blogspot.com/2005/01/caipora.
Pt.wikipedia.org/wiki/sucuri.
www.territoriocidadania.gov.br/...chapadadiamantinaba/...
Pt.wikipedia.org/wiki/cachalote.
www.achetudoeregiao.com.br/ba/barreiras/historia.
www.flexpedition.com.br/portosabertoschega.
Pt.wikipedia.org/wiki/batalhadoatlantico.
www.rumoatolerancia.fflch.usp.br/...Auschiwitz.

br.answers.yahoo.com ... historia.
Desciclo.pedia.ws/wiki/camaradegas..
www.rumoatolcrancia.fflch.usp.br/modc/5.
Pt.wikipedia.org/wiki/historiademoscou.
Blogenario.blospot.com/2008_09_01.
www.apaginavermelha.hpj.ig.com.br/vassilizaitsev.
Pt.wikipedia.org/wiki/batalha_de_stalingrado.
Pt.wikipedia.org/wiki/batalha_de_kursk.
Pt.wikipedia.org/wiki/o_dia_d.
www.dayofdefeat.com.br ... militar..
www.gnosisonline.org/mestres.../adolf_hitler.
Pt.wikipedia.org/wiki/operaçao_market_garden .
www.2guerra.com.br/sgm/index.php?option.
http/viagem.hsw.uol.com.br/kremilin-e-praça-vermelha
pt.wikipedia.org/wiki/austria.
pt.wikipedia.org/wiki/hungria.
Pt.wikipedia.org/wiki/operaçao_marketgarden.
Pt.wikipedia.org/wiki/romenia.
Pt.wikipedia.org/wiki/schwerer_gustav.
Pt. Wikipédia. Org/wiki/Monte_ Ruschmore
Pt.wikipedia.org/wiki/Estatua _ da _ liberdade
Pt.wikipedia.org/wiki/Ponte_ Golden_ Gate
Pt.wikipedia.org/wiki/arco _do _ Triunfo
Pt.wikipedia.org/wiki/torreeiffel
Pt.wikipedia.org/wiki/tubarão_branco_grande_injustiçado.
Pt.wikipedia.org/wiki/historiademoscou.
Adluna.sites.uol.com.br/400/458.
Pt.wikipedia.org/wiki/Grande_Palacio_do_Kremilin
Pt.wikipedia.org/wiki/biologia_marinha
Pt.wikipedia.org/wiki/Rio_Paraguaçu

www.bahia.com.br/roteiro/cidade-de-cachoeira
Pt.wikipedia.org/wiki/livrodesaocipriano.
https://pt.wikipedia.org/wiki/Vassili_Chuikov
https://pt.wikipedia.org/wiki/Gueorgui_Jukov

pólen soft 80 gr/m2
tipologia Adobe Caslon Pro
impresso no inverno de 2020